血染

光岳楼

郭遂厚 著

团结出版社

图书在版编目（CIP）数据

血染光岳楼 / 郭遂厚著 . —北京：团结出版社，
2024.1

ISBN 978-7-5234-0570-3

Ⅰ . ①血… Ⅱ . ①郭… Ⅲ . ①长篇小说—中国—当代
Ⅳ . ① I247.5

中国国家版本馆 CIP 数据核字（2023）第 208341 号

出　版：团结出版社
　　　　（北京市东城区东皇城根南街 84 号　邮编：100006）
电　话：(010) 65228880　65244790（出版社）
　　　　(010) 65238766　85113874　65133603（发行部）
　　　　(010) 65133603（邮购）
网　址：http://www.tjpress.com
E-mail：zb65244790@vip.163.com
　　　　tjcbsfxb@163.com（发行部邮购）
经　销：全国新华书店
印　装：三河市华东印刷有限公司

开　本：185mm×260mm　16 开
印　张：29.25
字　数：705 千字
版　次：2024 年 1 月第 1 版
印　次：2024 年 1 月第 1 次印刷

书　号：978-7-5234-0570-3
定　价：98.00 元

目　录

第一章 | 老渔翁飞舟送鲤
胭脂楼花天酒地

一

晨曦微露，深邃旷远的苍穹，正在抖掉夜的朦胧，沉睡的古城准时苏醒了，人们又开始了一天的忙碌。

出西门往北，有一块不大的空地，绿柳环绕，芳草如茵。间或还有几块残损的太湖石，背靠古老斑驳的城墙，面对碧波万顷的东昌湖。这儿空气清新、景色怡人，是老年人晨练的好去处。有心人会发现，近半年来，有位花甲老人常在此打拳、练剑。这老人身材魁梧、长方脸、高鼻梁、深眼窝、大眼睛，下巴飘动着花白的胡须，熟人中享有"美髯公"之誉。他既有军人之威仪，又有文人之儒雅。此人就是时任山东省第六区行政专署专员、保安大队司令兼聊城县县长的范筑先。

范筑先原名曾叫过范金标和范夺魁，是山东馆陶县南彦寺人。因家境贫寒，早年即进入军界，曾在冯玉祥的西北军任过旅长和少将参议。军阀混战时，军阀孙传芳知范是位将才，曾以军长相许，范筑先却不为所动。在津门和沪上赋闲时，范筑先谢绝一切虚伪的应酬，闭门潜心于国学和书画。因钟爱竹子的虚心劲节，不畏寒暑，经得住风吹雨打，雪压霜欺的高尚品性。所以，将原名改为竹仙，谐音筑先。并找来郑板桥的墨竹作为范本，经常苦心习练。

此时，范筑先身着宽松的中式裤褂，正在全神贯注地挥舞着手中的七星剑。此剑乃为西北军的老上司冯玉祥先生所赠，所以范筑先一直珍爱有加。白天挂在办公室，晚上置于枕边，清晨则练剑健身。虽年近花甲，但其动作轻盈娴熟，缓急有序；劈刺砍抹，柔中见刚；左翻右转，出神入化。站在湖边的侍卫凌作善，早已被范筑先的拳法、剑术吸引住了，看得两眼发直，自己也不由自主地跟着练起拳来。

远处，西北角湖面上，一只打渔的小船，正在快速地向岸边飘来。渔翁耿老三的孙子耿大山用力地划着船，站在船头的耿老三手中拎着一条活生生的大鲤鱼，他眼睛一直盯着岸上打拳的范筑先。嘴里还忙不迭地催孙子使劲快划，好像有什么紧要事情似的。

范筑先已打完几套拳剑，身上大汗淋漓。他把剑放进鞘里，然后招呼着侍卫凌作善，两个人就向城里走去。

船上的耿老三眼看着范筑先走进城门，心里很是着急，感到非常失落又无奈。小船也只好无精打采地停在了岸边。

二

在通往道署街的一条小巷里，开茶馆的王老七因无钱雇人，就硬挺着年迈的身躯，自己到西城外去推水。西堤口有一眼井，名禹王井，井水特别清冽、甘甜，最适合煮饭、泡茶。此时，王老七把水车停在路边，吧嗒着旱烟袋歇息。正好耿老三的小船也靠了岸，王老七把烟荷包递给耿老三，冷冷地说："今儿咋把船停在这啦？"

耿老三："范专员来到聊城，改造了东城门，架高了北关桥，方便了咱老百姓。我心里热乎乎的，总想表示表示。这不，今儿第一网就打上来一条三斤重的大鲤鱼。我知道范专员每天早上都在西城湖边打拳，就想把这条鱼送给他。嘿，咱的船刚要靠岸，人家范专员却回城了。"

王老七有些鄙夷不屑地说："老三啊，不是我说你哩，你别拿着自己不当外人，净随便和当官的套近乎，人家一个堂堂的大专员，山珍海味还吃不完哩，能稀罕你这条破鱼！"

耿老三无所适从地说："这……"

王老七："新官上任都有三把火，先弄出点动静叫人看看。时间一长啊，还不是该贪就贪，该捞的就捞。没听古人说'三年清知府，十万雪花银'吗？"

耿老三："那……这条鱼？"

王老七嘴一撇、有意奚落地说："你既已许下把这条鱼当礼品用，就不能再拿到市上去卖了。"

耿老三："不卖咋着，如今再把它放到湖里，它也活不了了哇！"

王老七："我茶馆还有一瓶'宴宾窖王'哩，后晌咱哥俩就拿这条鱼下酒吧。"

耿老三："好你个王老七哩，拐弯抹角打我的主意，鬼点子还真不少。"

说罢，两个老头就哈哈哈地笑起来。

三

光岳楼的西北隅，有一处青砖大院，这里原是历代州府衙门。如今大门两边分别挂着两块大牌子，左边是：山东省第六行政专署；右边是：聊城保安大队司令部。门口有警卫哨兵持枪站岗。

此时哨兵见专员晨练回来了，就急忙立正持枪行注目礼。范筑先点点头表示还礼，然后径直走进西边自己的小院里。

小院里，大儿子范树仲和二儿子范树民正在练拳击对打。兄弟俩出手接招的动作干净利索，准确到位。两人都汗流浃背，打得难解难分。

大女儿晔晴和二女儿树琨正值豆蔻年华，朝气蓬勃，俩人的羽毛球水平不分上下，把个羽毛球打得来回翻飞，目不暇接。

范筑先看着这几个风华正茂的孩子，心中自是无限喜悦，脸上也露出淡淡的微笑。此时，最小的三女儿范树珊扯着母亲武治国的手来到院子里，高声喊："爸爸，哥哥，姐姐吃饭了。"她一边喊，一边拉着范筑先的手往屋子里走去。练拳的哥俩和打球的姐妹俩也都收了架势。

范筑先办公室，正面墙上悬挂着孙中山画像和青天白日旗帜。此时，范筑先正伏案批阅公文，抬头对提壶倒水的凌作善说："作善，你去把张秘书和王参谋长请来。"凌作善应声而去。刚一出门，正好碰上聊城县政府的孟秘书和财务总管崔德方，说有要事面见范专员。凌作善就将其引进办公室。范筑先问道："有事？"孟秘书急忙把一个公文信封放在范筑先面前说："这是驻军旅长邱一堂派人送来的，说今年劳军要提前，清单上写着要一千块现大洋、十头肥猪、细瓷餐具二十套、香烟二十箱、二十坛景阳冈陈酿。以上物品限七日内送达营房驻地。"

听孟秘书这么一念，范筑先心里早已怒不可遏，但他还是不露声色地把清单放在了桌子上，然后稍作平静地说："我来聊城以前是不是每年都有劳军这一说？"

崔总管："往年也有过劳军，那只是杀两头猪，送几坛酒，县政府还能拿得出来。如今却要一千块大洋，县政府的人半年不吃饭也弄不出来一千块大洋啊。"

孟秘书："最近有人说，邱一堂快要调走了，想趁机捞一把。"

范筑先深思良久说："好吧，这事我知道了，你俩先回去吧。"

崔总管："那清单上，邱一堂可是限七天啊！"

范筑先："你们不要理他，该干什么干什么。这事，天塌下来由我范筑先顶着。"

张维翰、王金祥早已来到多时。范筑先转过身来对张维翰说："张秘书，你通知各县，将县大队人员编制情况和现有枪支弹药的精确数目写成统计报告，三天内报专署，你汇总后，月底前上报济南。"张维翰点头称是。

范筑先抓起身后的一顶草帽，对王金祥说："水利科的人已将西堤路维修的路基、土方测量好了，今天分工段，咱们看看去。"

王金祥道："从前有体力活都请驻军帮忙，这次修路还要不要通知邱一堂旅长？"

范筑先余怒未消："不要劳人家的大驾了，若叫我劳军，我可劳不起！"

四

西堤路，是城西人进出聊城的重要通道。车辆行人较多，每天众多的拉水车辆也走这条路。因年久失修，路基毁损严重，坑坑洼洼、高低不平。若遇雨雪天气，更是泥泞不堪，比泥塘藕池还要难走，百姓们早就怨声载道了。

范筑先来到西堤路时，水利科的人早已测量完毕，各村的保长也都认领了工段。范筑先详细察看后，才算放了心。并嘱咐王金祥："保安大队各中队除值班站岗的以外，尽量都去修路工地。"王金祥稍一迟疑说："这些天各大队正进行训练……"范筑先边走边说："那也要抽两个中队参加修路。"

时近中午，范筑先安排妥当准备回城。

西堤路上行人已较稀少，开茶馆的王老七正跌跌撞撞地推着水车，左扭右拐地行走在坑坑洼洼的黄土泥路上。快到西门口的时候，因年老力衰，他脚下一滑溜，崴了脚脖子。"哎呦"一声，连车带人就摔倒了，水车里的水也咕咕地流了出来。

此时，范筑先、凌作善一行正好路过，见此情景，范筑先立刻上前将老人搀扶起来，问明原由后，即命王金祥和凌作善将老人送回家去。

王金祥面有难色，心里十分地不情愿。人高马大的凌作善见状说："参谋长，您帮我把大爷搊到我背上，我自己就能把他背到城里去，你光在后边跟着走就行。"

王金祥只好噘着嘴，很不情愿地帮着把王老七搊到凌作善身上。

王老七在凌作善背上挣扎着说："我的水车。"

范筑先脱掉上衣说："放心吧老哥，这水车我给你推着。"

王老七："你会推车子？"

范筑先："会，推小车不用教，左右扭腚、大弯腰。"范筑先边说边熟练地将袢绳稳稳地搭在肩上，两手紧握车把，腰一弓、腚一撅，迈步向前，水车就轻轻地往前转动起来。

范筑先边推车边对凌作善背上的王老七说："这推车子的事啊，我可不外行。十四岁的时候，我就能推四百斤粮食，从朝城到馆陶一百二十多里地，当天就能赶到卫河码头。"几个人边说话边往前走，引得很多路人好奇地驻足观看，不一会就进了西城门。

小巷内，王老七茶馆门前，凌作善把老头背进屋里，范筑先也将水车停到门口。专员给百姓推车是从来没见过的事，这让民众十分惊讶。王老七家人和邻居千恩万谢，说不尽的感激话。范筑先和凌作善擦了擦满头大汗，很快就离开了茶馆。

五

这是一处青砖灰瓦的老式院落，院落的上几代主人都是朝廷命官，只是到了近代，官运财源才逐渐败落，现在成了驻军邱一堂的旅部。门口有岗亭哨兵，显得非常肃杀、阴森。

这个旅的旅长，姓邱名一堂。他长得人高马大，满脸横肉、络腮胡碴；虽出身保定军校，言谈举止尽显军阀作风。说起话来高声大嗓、盛气凌人，一副满不在乎的嘴脸。

客厅里，邱一堂和聊城保安大队参谋长王金祥正在谈论着什么。

邱一堂有些嗔怒道："金祥，不是你大哥我说你哩，明知我快要调防，咋不到大哥这来看看哪！"

王金祥无奈地："大哥，你也别埋怨我，小弟早就想来了，可我脱不开身呀。自从范筑先来到聊城，他折腾的人人不得安生，今儿造桥哩，明儿修路哩，又是开街道，又是建学校，啥事都叫保安大队参加干。再加上部队还要军事训练，我整天忙得不可开交。"

邱一堂："他娘的，这个老家伙，还想再升官呀！"

王金祥："大哥，你……"

邱一堂："别哼哼叽叽，有啥话，说！"

王金祥："你给聊城县开出的劳军清单……"

邱一堂："咋着，他们敢不如数给我？"

王金祥："大哥，这次数目太大，副县长当不了家，这个事就捅给范筑先了。"

邱一堂："他范筑先啥意思？"

王金祥："范筑先当场并没说什么，不过看他当时的表情，这事恐怕要泡汤。"

邱一堂："这个熊老家伙，若这点情面也不给的话，我邱一堂也不是好惹的。"

一辆黑色小轿车经过光岳楼，驶出南城门，穿越护城河堤口，一路往前急速开来。到了旅部门口，鸣了声喇叭，哨兵急忙立正，注视着小车开进院里。

听到汽车喇叭响，邱一堂知道是老同学李树椿来了，就对王金祥说："我的老同学来了，他如今是省政府的厅长，昨天去临清四专署公干，今儿顺道来聊城看看我，准备在聊城玩几天。"

王金祥："我是否要回避一下？"

邱一堂："回避什么，都是自己人，我今天打电话叫你来，就是叫你来陪客哩！走，一块看看去。"边说边走出了客厅，王金祥也只好跟在后边去迎接。

李树椿头戴礼帽，身着长衫，鼻梁上架一副金丝小眼镜，虽然只有四十五岁，腰背却已有些微驼。他处事圆滑，长于官场世故，表面嘻嘻哈哈，内心却奸诈阴险。待小车停稳后，他才慢慢地打开车门钻出来，先和邱一堂打了招呼，然后看着王金祥问："这位是……"

邱一堂赶忙介绍说："噢，这是我的朋友王金祥，聊城保安大队的参谋长，也是保定军校同学，就是比咱晚两级。"

李树椿客套道："好，好，老同学、王参谋长。"

王金祥谦卑道："李主任好，在下，王金祥。"

几个人来到客厅里，分宾主落座后，勤务兵即刻上茶。

邱一堂："树椿老同学，你是省里的大员，难得来聊城一趟，先在我这里喝杯水，稍事休息，就到胭脂楼上去玩玩，我已派吕副官安排好了。"

李树椿故作姿态道："一堂，别太铺张，要注意点影响。再说这'胭脂楼'几个字也太粉艳了吧，咱是否……"

邱一堂："老同学，到了聊城就得听我的安排。再说了，这胭脂楼有什么粉艳不粉艳的，蒲松龄《聊斋志异》中的'胭脂'不是出自聊城吗？商家就是借这个名号招揽生意罢了。到胭脂楼去玩的人大都是军政要员和地方名流。再说了，我马上就要调防，不去白不去，走吧！"

李树椿："好，好，那就客随主便吧。"

六

聊城专署大门口，哨兵正在盘问一个乡下农民打扮的人。

哨兵："你找谁？"

农民："我找俺表哥。"

哨兵："谁是你表哥？"

农民："范金标。"

哨兵："范金标？"

农民："就是范专员。"

哨兵："范专员，真的假的？"

"真的。"此时，范筑先和凌作善正好来到大门口。

农民高兴道："金标哥！"

范筑先："二表弟，你咋来了？"

农民："听说你来聊城半年多了，也不回老家看看，这不我就来聊城看看你。"

范筑先亲切地："好，好，快跟我回家吧。"两个人边说边走进了西边的小院。

在聊城闹市区的拐角处,是一座二层木楼,"胭脂楼"的牌匾,赫然悬挂在二楼的滴水檐下。进出此楼的大都是穿戴入时的达官显贵、荡妇闲男。

二楼雅间里,邱一堂、李树椿、王金祥等已落座,每人身后都有个妖冶的女子,娇声嗲气地偎依着。有位叫"红樱桃"的名歌妓和邱一堂是老相好,坐在邱一堂腿上娇滴滴地说:"邱旅长,你可有些日子没来了,我好想你哟。"

此时,餐桌上十几道名贵菜肴已经上齐,胭脂楼老板庞德财腆着大肚子,手里掂一小瓷罐来到桌前,对邱一堂讨好地说:"邱旅长,贵客,欢迎欢迎!"

邱一堂:"庞掌柜,今儿有什么好酒奉送给本旅长啊!"

庞德财:"邱旅长,王参谋长,都是贵客。"

邱一堂:"庞掌柜,生意好红火呀!"

庞德财:"这全是托您的福气呀!听说邱旅长有贵客,这不我把珍藏多年的景阳冈陈酿给您拿过来了,请各位品尝品尝。"

邱一堂:"好啊!庞掌柜,会做生意,哈哈!"

庞德财:"好,诸位请喝好、玩好,需要什么,招呼我一声就是。"

庞得财边说边下楼去了。

酒桌上,邱一堂、李树椿、王金祥、吕顺臣、郑维君等在歌妓的服侍下,推杯换盏,觥筹交错,好一派花天酒地的场景。

范筑先家厨房里,武治国正在案板上切萝卜条,旁边小柳条筐里是洗净的绿莹莹的菠菜。小女儿范树珊看见案板上的菜还是老样子,就噘着小嘴说:"娘,又是萝卜条,俺都吃腻了。"

武治国:"树珊,小孩子哪有嫌饭的,这话叫你爹听见了非说你不行。"

范筑先和表弟亲切地边说边走,不觉已步入自家的小院,高兴地对里边喊道:"老家来客了。"

武治国和范树珊听到喊声,都惊喜地跑到厨房门口。表弟、表嫂互致问候之后,范筑先和表弟就走进了客厅。待表弟落座后,武治国悄悄地拽了一下范筑先的衣襟,两人就来到了小厨房。

在厨房里,范筑先说:"二表弟来了,今儿中午吃点啥?"

武治国看着案板上的菠菜、萝卜说:"这不,就这些,碗里还有一块大豆腐。"

范筑先挠挠花白的头发说:"咱来聊城半年多了,二表弟又是第一次来,得想法弄点好吃的呀,我看到街上买只鸡、买条鱼吧。"

武治国:"我也是这么想的,可上个月薪水你一个子不剩,都捐给北关修桥了。如今手里空空,要不先到财务科借支下个月的薪水。"

范筑先:"现在借钱也不好办,就豆腐萝卜条吧,再叫树珊到前边中队伙房里,要上两碗烩菜,凑合着吃吧。"

武治国摇摇头，自言自语又不无埋怨地说："顶着个大专员的帽子，表兄弟大老远的从老家来了，咱竟拿不出一顿像样的饭。即使人家不挑理，咱这心里也不得劲啊！"

范筑先满脸窘态地说："哎！反正表兄弟也不算外人，就将就着先对付一顿吧！"

武治国没再言语，低头掂起菜刀，一刀一刀地切起了萝卜条。

范筑先转身来到堂屋里，亲手给表弟斟上了一碗白开水。

表弟："金标哥，你都熬到专员份上，穿戴咋还像个庄稼人啊？"

范筑先嘿嘿一笑："我是从咱农村老家走出来的庄稼人嘛，这永远也是改不了的。"

表弟起身拍打着范筑先的衣裳说："这衣服上咋还弄了一身黄土啊！"

范筑先也一起拍打着衣裳上的土说："你来的时候没看见西堤口正在修路吗？"

"你也去修路？"表弟惊奇地问。

"我只是到工地上转转，真正修路的是民工。"范筑先有意转换话题说："家里的乡亲邻居们也都好吧。"

表弟："好，好。庄稼人就是耕种收割、扬场放磙，还是老样子，也没啥变化。"

范筑先："庄稼人只要不遭天灾人祸，平平和和就算好。"

"是啊！"表弟点点头，稍作沉思说："金标哥，刚开春的时候，你的远房侄子，叫二干净的来聊城找过你？"

范筑先一愣神："是啊，来找过我，这事你也听说了？"

表弟："听说了。二干净这个人我知道，东溜西逛的，好吃懒做。你不给他安排差使，村里人还都觉得你做得对哩。"

一提二干净，范筑先心里就有气："按家族辈分，他虽是我的远房侄子，可他不识字，不练武，还想要光拿钱不干活的差使。别说我没这么大权力，即便有，我也不能安排他呀！"

表弟："金标哥，今儿不提他了，别惹你生气。"

"咳！当时还真把我气得够呛。"范筑先摇摇头。一个月前，在这间屋子里发生的一幕，又清晰地浮现在眼前……

堂屋里，那个叫二干净的远房侄子，从穿戴到做派，都很像个二流子。他大大咧咧地坐在范筑先对面，两个人谁也不说话，场面很沉闷。二干净无聊地抖动着二郎腿，瞪着两眼瞅瞅这里、看看那里，一副满不在乎的样子，甚至轻浮地吹起了口哨。

范筑先为打破这种尴尬的局面，强忍着心中的不快，声音平和地说："二小啊，这些天来，把聊城的大街小巷、铁塔、光岳楼逛的咋样了？"

二干净心不在焉地敷衍着说："咳，聊城这几个破地方，早就逛过好几遍了。"

范筑先耐心地说："二小啊，眼前正是春耕大忙季节，要是没啥事的话，叫您婶子给你几块钱，你就回家去吧。"

站在旁边的武治国急忙从兜里掏出几张纸币，轻轻地放在二干净面前。

二干净立即惊觉地说："大叔、婶子，您二老这是想撵我走啊！"

范筑先："二小啊，你都来了十多天了，总不能长期住在我这里吧。"

二干净把头一扭，有点要赖地说："您不给我找个好差使干，我就不走。"

"你不走！"范筑先还是耐住性子说："你不走，我也给你找不着好差使。"

二干净看了看范筑先，不无讽刺意味地说："大叔，您是专员，是聊城最大的官，您给侄儿我找个差使，也就是一句话的事，关键是您愿不愿意操心。"

范筑先心里憋着火，却又不便发作。只好铁青着脸，紧闭着嘴唇，胡子都有些颤抖起来。

二干净见范筑先不言语，就以为是自己刚才说的话起了作用。于是，就大着胆子说："大叔，你知道咱河西的王殿元，人家也是在外边当官。可人家不但在老家修了祖坟，盖了家庙，建了庄园，而且还把自己的亲戚邻居带出去了四五十口子，都安排了肥缺要职。"二干净又看了看范筑先说，"大叔，你就别再傻了，你干脆说句话，把我……"

"别再说了！"范筑先再也按捺不住了："你大叔我就是傻，不会干那些敲诈勒索、贪赃枉法的勾当。我若是干那些刮地皮、谋私利、吸民脂、刮民膏的缺德事，咱范家的列祖列宗也不会饶恕我，就连你这样的晚辈，也要跟着我挨骂。"

二干净见范筑先真的动了气，心里也有些害怕，说："大叔，我的差使……"

"别说了。"范筑先果断地说道："你死了心吧，你要找的差使，我给你办不了。"

二干净："那……"

范筑先："你还是赶快回家，该干啥干啥去吧。"

二干净要赖地："你不给我差使，我坚决不走。"

范筑先："不走！你就住在这里，我要上班办公去了。"说完拿起帽子向外走去。

此时，范树忠、范树民、范树琨都已下课回家，范筑先令他们见过表叔。武治国从厨房出来说："人都来了，饭也好了。"

范筑先高兴地说："开饭，咱这亲戚也不是外人，就都在一块吃吧。"

树民和树琨等帮助母亲把饭菜端上桌。桌上有一盘萝卜条，一盘葱煎大豆腐，一盘菠菜炒粉条。柳条筐里是金黄黄的窝窝头，边上还有两个白馍馍，显得十分抢眼。此时，范树珊也从中队伙房里买来了两碗杂烩菜。

范筑先："菜齐了，咱们吃饭吧。二表弟，你是稀客，也只能跟我吃个家常便饭了。"边说边拿起个窝窝头，然后将两个白馍馍塞在表弟手里。

二表弟："金标哥，你这一家人还吃两样饭哪？这两个白馍可是表嫂专门给你这专员吃的，我怎么能吃呢！"

范筑先："吃吧，你是客人嘛！"

二表弟："既然你不吃，这俩馍馍就叫小树珊吃吧。"说着就拿起了窝窝头。

九

晴空万里，微风拂面。东昌湖一碧万顷，波光激潋。一只小船载着阵阵笑声，划破了平静的湖面。船头上是范树琨和同为教师的田苑，后边是李士超和范树民。这几个人都喜欢文学，就以李士超为首，成立了一个小组织叫《东昌诗社》。今儿适逢星期天，大家就租了条小船，来湖上游览采风，感受一下身边醉人的风光，借以激发灵感，然后再把每人近期的新作拿出来，大家进行点评。船尾摇橹划桨的年轻人，则是老渔翁耿老三的孙子耿大山。

范树琨转身回头一看，惊喜地大声喊道："快看哪，太美了！"

听到喊声，大家一齐转身回头，小船受力偏重摇晃起来。只见聊城那青灰色的古城，四周都被浩淼的湖水护围着,威严、肃穆,真可谓城坚水深、固如金汤。高大雄伟的光岳楼高耸蓝天,几朵白云在楼顶上悠闲的飘动着,一片宁静、安详的景象。

看着眼前的美景,范树琨颇有感慨地说:"平时很熟悉的景物,角度视点一变,就有了一种陌生的新鲜感。"

田苑:"真是太美了,我若是画家,一定会把这美景画下来。"

随着阵阵说笑声,小船向远处摇去。不一会儿就到了湖西堤,大家舍船上岸,行走在杨柳绿荫中。枝头莺啼燕唝,脚下芳草鲜美,树琨和田苑追赶着五颜六色的蝴蝶。几分钟后,大家来到湖边,分别坐在几块青石上,诗社社长李士超拍了拍手,把大家的注意力集中过来说:"哎!诸位,按上次布置的作业,大家都把作品带来了吗?"

还没等别人开口,范树琨就快人快语地说:"算不算诗我不敢说,反正我写了一首。"

"啊!好哇,那就拿出来念念,让大家听听吧。不过,因时间有限,大家对新作先有个印象,到下次聚会再深度切磋。好,现在就从范老师开始吧。"李士超说道。

范树琨大大方方的从兜里掏出一张纸,说:"题目是:《登光岳楼有感》。"之后,就抑扬顿挫的念道:

"熏风和煦艳阳天,登高望远心怡然。仰望苍鹰绕白云,俯视碧水映蓝天。远处渔歌听无声,近有天籁响耳边。风光旖旎堪入画,更宜敲句弄诗篇。中华民国二十六年仲春 范树琨"。

"好!"大家热烈地鼓起掌来。

李士超高兴地说:"感觉不错,别有韵味。不过时间有限,所有作品都不再详加分析,下边请田老师念读诗作。"

田苑脸上立即泛起一片红晕,矜持地说:"在李老师和范老师的鼓励下,我试着写了几句顺口溜,请大家予以指点。题目是《麦熟时节》:

布谷枝头唱,绿野翻金浪。爷爷磨镰刀,儿子杠麦场。奶奶拧腰子,孙子搓穗尝。麦收保卫战,即刻就打响。"

"好!"李士超首先鼓起掌来说:"没有陈词滥调,很鲜活,农村气息扑面而来。"

范树民有些茫然地问:"田老师,你这是律诗啊,还是新体自由诗啊?"

"我这叫顺口溜。"田苑有些不好意思地说。

李士超拍拍手说:"今儿以游览为主,咱不做深度研讨。"然后,示意范树民念自己的作品。

范树民手里拿着一张纸说:"李老师,先念你的大作吧,我这能不能念,我还没拿定主意哩。"

李士超知道范树民刚加入诗社,就谦和地说:"好,那我就先念吧。不过,这一回我试着写了一篇赋,请诸位听后多提宝贵意见。"

"赋!"大家惊讶地说:"那就快念念,也让我们见识、见识。"

李士超略微停顿后说:"其实,我也是第一次学写赋,现在我就念给大家听,题目是《聊城赋》:中华锦绣江山之大美兮,聊城乃鲁西一颗明珠。大运河如彩带飘舞兮,处山左而海右。北近燕赵悲壮之地兮,仰京畿之大都。南望人间天堂之美兮,通吴越苏杭之二州。东昌乃人杰地灵兮,民殷实而物阜。历史文化之璀璨兮,厚重而悠久。肇自三皇五帝兮,记有夏禹商周。

伊尹耕于有莘之野兮,以滋味说成汤名垂千古,乃中华第一名相兮,为美食烹饪之鼻祖。齐孙膑减灶十万兮,魏庞涓兵败马陵道口。解聊城经年之危困兮,鲁仲连挽弓射书。傅以渐蟾宫折桂兮,乃有清第一位状元。邓中岳博学多识兮,连中三元独占鳌头。康熙帝赞其书法之美兮,曰"字压天下"。结体之端庄大气兮,浑厚肃穆而高古。其墨宝"太平楼阁"兮,至今仍悬供于光岳楼头。

武蒙正乞讨兴学兮,万民崇敬,清廷赐黄马褂兮无尚尊荣,其义举感人之深兮,盛传遗风,荣载皇家之史籍兮,千古乞圣。

竹石绢帛之书简兮,乃文化之重要载体。五千年之闻名兮,始得于一脉传承。邑人杨以增藏书之丰兮,实可谓汗牛充栋。南天一(阁)北海源(阁)兮,大江南北遐迩闻名。众乡邻爱诗书重礼仪兮,心怀孔孟。勤耕读尚俭朴兮,存有古风。

聊城乃京华之肘腋,挽漕运之咽喉。樯帆蔽日,舟车辐辏。集散南北之物货,迎送八方之商贾。山陕会馆之宏伟,可见当年之繁华富足。卫仓钞关之庄重显赫,皆因有大运河码头商埠。

黄河水似乳汁滋润膏腴之地,徒骇马颊浇灌着田园沃土。平畴五百里,盛产小麦高粱。桃李瓜果,四处皆有。

东昌湖万顷如碧,杨柳岸微风摇曳,老渔翁水边张网,小牧童横笛牛背。浣衣女慢撩清波,长堤外谁唱小曲。其风光秀美若何,最宜人敢比西子。

古楼、铁塔、玉皇皋,史称聊城之三宝。铁塔乃隆兴寺佛门圣物,玉皇皋起源于老聃庄周之道。三宝中光岳楼最负盛名,恢弘大气建造精巧。百姓们视之为无尚神圣,乃游子心目中永恒坐标。黄鹤楼、岳阳楼伏首望拜,千人敬、万民仰,八方来朝。

中华民国二十六年仲春,邑人李士超。

李士超费劲巴拉地念完之后,抬头想听听大家的反应,见三个人都瞪着眼不说话,心里就觉得凉凉的,说:"这是我第一次学写赋,大家有什么看法,我一定虚心接受。"

范树琨直直地说:"李老师,你乃呀兮的,感觉又长又晦涩又深奥。你这是写的聊城历史文化呀!"

李士超礼貌地点点头,然后把视线对着田苑:"田老师的看法呢?"

田苑大大方方地说:"反正文绉绉的,显得挺有学问。"

李士超略微尴尬地轻摇了摇头,就把目光转向范树民。

范树民很诚恳地:"李老师,我不懂赋,也听不大明白。"

李士超:"赋的问题以后再议,树民,你的诗作给大家念念吧。"

范树民一摇头,不好意思地说:"我还没写出来,只是想跟着你们来玩玩,长些见识。"

李士超指着范树民手里拿的一张纸说:"那不是写出来了吗,别不好意思,咱成立诗社的目的就是相互学习和切磋吗?"

"这是我爹试笔写在宣纸上的,我觉得挺顺口,就抄下来了。"范树民晃了晃手里的纸片说道。

"啊!范专员的诗,快念念,让大伙听听。"李士超、田苑同时惊喜地说。

"没见我爹写过诗啊!"范树琨也好奇的说:"既如此,树民你就念念,叫大家听听。"

范树民见姐姐松了口，也不再迟疑，就立即照本宣科地念道："甲午国耻四三年，生民鏖战渤海边。马关丧权又辱国，台澎领土拱手献。五七五卅复五三，倭寇欺弱逞凶残。工农挥戈齐上阵，反抗呼号遍地传。沈阳最早起狼烟，抗日烽火正燎原。义勇军民齐抵抗，血染黑水白山巅。倭奴亡我心不死，团结御敌最为先，收复失地庆胜利，杀敌英雄凯歌还。丁丑春竹仙试笔。"

范筑先的诗歌念完之后，大家都频频地点头。范树琨却率先说："我看啊，我爹只是写他的感受，倒像是快板、顺口溜。"

田苑赞道："范专员这首诗，我觉得发人深思，激人斗志。"

李士超深深地点头说："田苑老师说的很对，我们年轻人写东西，只注重形式和技巧，空洞无物，缺乏思想内涵。在这方面，我们应该向范专员学习，他站得高，看得远，总是在忧国忧民……"

范树琨爽快地插话说："当着我和树民的面，你就别夸我爹了。"

"范老师，我这可是真情实感。"李士超趁机说："也好，抽空再仔细研究，今儿就到此为止，耿大山还在湖边等着咱们哩。"

"好！听李社长的指挥。"大家说说笑笑的就向湖边走去。

范树琨见眼前的景色太美，就对李士超说："哎！李老师，你不是玩过相机吗，这景色照个相多好啊！"

李士超摇头一笑道："上个月济南的同学带了架相机来，几个人玩了一天，第二天人家就走了，我怎么会有相机啊！"

大家遗憾地摇摇头，在湖边登上了小船。

耿大山见大家已经站稳，就喊了声"开船了！"只见他那粗壮的双臂一摇，小舟就载着一船欢歌笑语，飞快地向城中央光岳楼方向漂去了。

第二章 | 邱一堂耍无赖强刮民财
范筑先秉正义怒斥兵痞

一

天朗气清，微风徐徐。今儿正逢聊城大集，十里八乡的村民进城赶集的人络绎不绝。

正好是星期天，范筑先，为了放松一下身心，也为了观察一下集市，就邀着张维翰、王金祥、赵伊坪等人，便衣简从，随着赶集的人流向东大街走去。

大街上，赶集的人东来西往，好一派热闹的景象。因老街道过于狭窄，两边的商家店铺为遮阳防尘，就四处拉绳扯线，立竿搭棚，横七竖八地撑起了各色篷布，几乎把大街上的天空都遮挡住了。更有甚者，竟把摊床物品摆在房檐之外，使本来就窄狭的街道，就更加拥挤不堪。

范筑先一行随着人流来到一座青石牌坊前，牌坊左右的两根粗大的石柱子，蛮横地拦腰蹲跨在大街上，给拥堵难行的街道，似乎又添了一道闸门。

此时，有两辆牛拉运粮大车，正和迎面而来的几辆推水的独轮车在此交会。因避让不及，一辆独轮车被撞翻，一车井水顺着桶口"哗哗"地流出来。而牛车的辕杆也死死地抵在牌坊右边的石墩上，混乱中，运粮车前边拉梢的小牤牛受了惊吓，就胡钻乱蹦。摆在店铺外边的各种杂货，盆碗盘碟、香烛纸码，稀里哗啦，被踢蹬得乱七八糟。

店老板怒火冲天，一手护着货摊，一边对着赶车的人群破口大骂。

范筑先就在现场，看到了事态发展，他着急地和张维翰说了几句什么，就见几个便衣随从走进了人群。

牌坊下边，推独轮车卖水的汉子名叫张清，他一手掐腰，一手掂着枣木垫棍，怒气冲冲地指责赶牛车的乡下人，要他赔偿撞坏的水车。而乡下人则手握长鞭，说推车的汉子有意欺负乡下人，惊吓了他的小牤牛，撞坏了粮车辕杆。两个人越吵越厉害，竟至撸胳膊、挽袖子地对打起来。继而，双方的亲戚熟人也都搀和进来，形成了群打群殴。皇清敕造的功德牌坊下乱成了一锅粥，场面几近失控。

几个闻信赶来的黑衣警察，吆吆喝喝地挤进来。一边骂着，一边举起警棍，照着打架的人群抡过去，混乱的场面，才逐渐地平息下来。

卖水汉子张清，看着自己侧翻的水车，非常气愤地对警察说："你们光知道拿棍子打人，为什么不问问打架的原因？"

一个警察小头目不屑地："打架的原因！你说打架是什么原因？"

张清："你们是揣着明白装糊涂,这个熊地方,逢集就打架,五年打死了两个人,你们县政府警察队就不知道吗？"

警察小头目："别扯那么远,就说恁俩为啥打架？"

张清抬腿照着石牌坊底座狠狠地跺了一脚："因为啥,就是因为这座碍事的牌坊。这玩艺像只大狗熊一样,撇拉着两腿蹲在大街上,来往的车辆能不出事吗？"

警察小头目不耐烦地："牌坊的事不归我管,我只管打架的事。"说罢扬长而去。

张清气愤地："真他娘的成了铁路警察了……"张清知道跟警察唠叨这些也没用,于是,收了垫棍推车就走。

人群中议论开了："这牌坊早就该拆除了。"

年逾花甲的郑维君,不知何时也来到了牌坊底下。他身着长衫,头戴一顶黑缎子帽盔,脚上白布棉袜外,是一双黑色呢面的圆口鞋。他双脚蹬在牌坊石柱的基座上,然后,尖声地大喊道："你们大伙听着,我不管你是乡下赶车的,还是城里卖水的。今后谁敢再在牌坊底下高声叫骂,或是打架斗殴,我就不跟他算完。这种粗鲁、卑贱的行为,有辱我郑家祖上的声望和风水……"

郑维君颠倒是非的话还没说完,早就引起了人们的公愤。有的吹口哨、有的高声叫骂,还有人说这牌坊是引起事端的罪魁祸首,早就该砸烂了。

见到众人如此愤怒,郑维君在家人的护卫下,只好悄悄地溜走了。

范筑先来赶大集,原本是想放松一下的,眼前牌坊下发生的这一幕,却使他心情沉重起来。他觉得这牌坊是个亟待解决的问题,否则,类似的事件今后还会多次发生。

二

驻军旅部,邱一堂敞胸露怀,斜躺在摇椅上,他眯缝着眼睛,悠闲自得地前后摇晃着。桌上的留声机正在一圈一圈地转着,黄铜大喇叭里传出了山东琴书优美婉转的声音。

吕顺臣喊了声、"报告",就推门进来。

邱一堂慵懒地睁开了眼。

吕副官急忙说："东街的郑维君老先生来了。"

邱一堂："噢！郑先生来了,快请进来吧。"

吕副官把房门拉来,郑维君就带着一个仆人进来了。

邱一堂见仆人把一个大礼品盒放在桌上,就热情地和郑维君寒暄起来。待仆人退出客厅后,邱一堂、郑维君才按宾主落座。

邱一堂："自从孙同枫县长调离聊城后,郑先生,你可是头一回到我这兵营里来呀。"

郑维君点头称是。

邱一堂："郑先生今天来,咱们是光喝酒啊,还是另有什么事啊？"

郑维君看了看放在桌子上的礼品盒,然后有些气愤地说："他范筑先……"

邱一堂："范筑先怎么了？"

郑维君："范筑先新官上任三把火,他要把我郑家的功德牌坊拆掉。"

邱一堂："姓范的这个老家伙,怎么跟谁都过不去呢！郑先生,你的意思是？"

郑维君："邱旅长,看在咱们多年交好的份上,这事你得帮我一把。"

邱一堂："行啊,郑先生,你就说怎么帮吧。"

郑维君："范筑先的专署和聊城县政府已联合发了文书,明天就动工,扩街拆牌坊一块进行,到时候……"

邱一堂："小事一桩,郑先生,你就放心吧。"

三

民工们有的拿着铁锨,有的肩扛镢头,三三两两的向扩街工地走来。

牌坊的石柱上已架起了梯子,有两个民工已爬到了牌坊的顶上,将粗实的缰绳拴在了牌坊的横梁上。大家正在七手八脚的准备拆除牌坊。

此时,不知从何处冒出来十几个彪形大汉。他们手持木棍,咋咋呼呼地来到牌坊底下,不问三七二十一,抡起手中的木棍,就向民工们打过来。民工们不知道发生了什么事情,吓得懵头转向,撒腿就跑,工地上一片混乱。

站在周围路口的警察,见有人闹事,就急忙持枪跑过来。十几个闹事的汉子见到警察后,就立即四散逃窜了。

场面平静后,民工们又被喊回来,准备继续施工。

躲在胡同口观察动静的郑维君,见请来的打手已被警察赶跑,心急如焚,眼里冒火。情急之下,竟忘了自己的绅士身份,不顾一切地跑到牌坊底下,"噔哧"一声躺卧在石墩旁边,嘴里还不断地喊叫着:"谁要敢拆我家的牌坊,就先把我郑某打死。否则,就别想拆牌坊。"

无论施工人员和警察如何劝说,郑维君死活就是不起来。嘴里还"哎哎呦呦"地呻吟说:"无缘无故,凭什么拆我家牌坊,我要范筑先当面给我讲清楚。"

对这样一位老绅士,谁也不敢拖拉提拽,百十号民工也只能停工,围成一圈看热闹。

事情正在僵持不下的时候,张维翰带着肖守俭等几个卫兵来到现场。

郑维君还躺在地上嘟嘟囔囔地说:"你们谁来都白搭,范筑先必须当面给我说清楚……"

张维翰弯下腰说:"郑先生,你不是要见范专员吗?"

郑维君睁开松弛的眼皮看了看干练倜傥的张维翰说:"是啊,我就是要见范筑先。"

张维翰:"好吧,那你就赶快起来,我领你去见范专员。"

郑维君怀疑地:"你是谁?"

肖守俭急忙答道:"这是专署秘书。"

"郑先生,起来吧。"张维翰客气地说,然后,很礼貌地去搀扶郑维君,把他架到一辆黄包车上。

范筑先正在办公室审阅文件。张维翰陪同郑维君一块进来,后边还跟着七八个郑家族人。见郑维君进来,勤务兵赶紧奉上一杯热茶。范筑先很热情地招呼郑维君坐下,然后,客气地问道:"听说郑先生想见我,现在有什么话你说吧。"

郑维君怒气未消:"我当然要说。我问你,平白无故,为啥要强拆我郑家的牌坊?"

范筑先严肃地说:"拆迁牌坊的公文,我已派人送达给郑先生了,那上边写得明明白白。因牌坊妨碍民众通行,几乎每个集日都会因此发生争吵,这五年来就有两个人因此丧命。为防止类似事故再次发生,聊城县政府和六区专署,根据广大民众的呼声,决定将牌坊拆迁,这就是理由。"

郑维君极不服气,理直气壮地说:"牌坊是大清皇帝为旌表我郑家祖上的功德,而敕令建造的。多年来,历代州府衙门都对牌坊敬仰有加,悉心保护,怎么到了你范筑先这里,就非要拆毁不行呢?"

范筑先不愠不火,却句句掷地有声地说:"你说的清朝时期,那是封建帝王时代,如今可是民国政府。再说了,这牌坊当时并没建在你郑家的宅基地上,而是占用了公共街道。建牌坊是皇上旌表你祖上的功德,这说明当时你郑家祖上肯定做了些利国利民的好事,这是令人敬佩的。可如今,这牌坊却妨碍了当地百姓的正常生活。假如你祖上先人地下有知,他们定会支持拆除牌坊的。"

范筑先见郑维君的情绪渐趋平静,就接着说道:"此次聊城展宽扩街,我们是向省政府打了报告的,对你郑家的牌坊只是挪到了一个更安全的地方,并非拆除砸毁。对历史文化遗存,我们是要加以保护的。"

范筑先公正大义、妥善周全的一番讲话,使满腹怨气的郑维君,顿时烟消云散,张口结舌,无言以对。站在门口的郑氏族人也面面相觑,无话可说。

范筑先见此情景,语气温和而委婉地说:"郑先生是咱聊城妇孺皆知的开明士绅,对政府的意图和百姓的要求,向来是了解支持的。"

郑维君抬头看了看范筑先,脸上露出了钦佩的神情。

范筑先:"对于郑先生借用驻军士兵化装成百姓到工地捣乱破坏一事,我们也不想予以追究了。"

郑维君既尴尬又感动,急忙上前握住范筑先的手说:"维君老朽昏聩,多有唐突,不但没支持您的工作,反而设障添乱。心里深感愧疚,追悔莫及,敬请范专员海涵。"

范筑先很大度地笑着说:"事情就算过去了,请郑先生放心,今后还要请您多多支持我的工作。"

郑维君点头连忙称是。

四

聊城县政府办公室里,孟秘书正伏案翻检着什么材料,财务总管崔德方却忧心忡忡地来回走动着。

崔德方来到办公桌前说:"孟秘书,今天是礼拜几?"

孟秘书抬起头来,略一思考说:"今儿是礼拜六,有事?"

崔德方:"到月底还有两天,就是邱一堂给咱规定的最后期限了。"

孟秘书:"邱一堂要慰劳品的事,范专员不是不叫咱管了吗?"

崔德方:"话是这么说。范专员和邱一堂两个人的脾气性格,我是知道的。到时候若两个人硬碰硬的闹起来,大家都不好看,也显得咱这些当下属的办事不力。"

孟秘书不断地点头称是。

崔德方说:"我想,咱作为下级,虽不能给上司分忧解难,但也应尽量减少长官的压力和烦恼。"

孟秘书扶了扶镜框说："崔总管，你的意思是……"

崔德方："邱一堂要一千块大洋，咱聊城县肯定拿不出来，可杀两头猪，弄两坛酒还是可以的。"

孟秘书点点头，表示认可。却又担心道："邱一堂能愿意吗？"

崔德方："到时候我跟着去，大不了多给他说几句好话。"

孟秘书："能行吗？"

崔德方："试试吧。"

一辆拉着猪肉、烧酒的骡马大车出了城门，正在向军营驶去，崔德方骑着自行车紧随其后。当大车来到邱一堂旅部大门口的时候，哨兵问："干什么的？"

崔德方赶紧上前道："是县政府来送慰劳品的。"

哨兵一摆手说："进去吧。"

崔德方就招呼车把式，赶着车进了军营。

客厅里，邱一堂十分用心地剔着牙，吕顺臣进来报告说："聊城县的崔总管来了。"

邱一堂："劳军的钱物带来了吗？"

吕副官："只看见拉来两头肥猪和几坛酒。"

邱一堂："还有别的吗？"

吕副官："不知道。"

邱一堂："他现在什么地方？"

吕副官："就在门外等着哩。"

邱一堂："叫他进来。"

吕副官领着崔总管进了客厅，邱一堂阴冷地问："崔总管，今年的慰劳品都送来了？"

崔总管微笑着说："邱旅长，您要的肥猪和烧酒，我给您送来了。"

邱一堂："别的东西呢？"

崔总管："邱旅长，聊城县政府派我当代表，想给邱旅长汇报一下情况。"

邱一堂不耐烦地："说，什么情况。"

崔总管："邱旅长，你也知道，咱聊城的财政状况本来就很紧张，您张口要一千块大洋，县政府实在拿不出来呀！"

邱一堂把脸一沉："拿不出来！好吧，崔总管，我邱某也不难为你。这个事谁能当家，你就给谁打电话。他们什么时候送钱来，你就什么时候回去。否则，你就在我这儿待两天吧。"

崔总管一脸惶恐道："邱旅长，您这……"

邱一堂指着电话机："说别的都没用，赶快打电话吧。"

崔总管惊呆了，一时不知如何是好。

五

西城外修路工地上，民工们正在分好的工段上，推土的推土，填坑的填坑，一派热火朝天的繁忙景象。

范筑先头戴草帽，身着衬衫，不停地来回走动，察看着施工情况或和民工交谈着什么。其形象就是个地道的老农民，民工们也不知道他就是聊城的专员。

张维翰和肖守俭急匆匆地向工地走来。找到范筑先后，紧张地汇报着什么。

范筑先听完汇报后，脸色发青，胡子抖动。只见他脚一跺，说了声："胆大妄为！"然后就和张维翰、肖守俭一起离开了工地。

聊城专署范筑先办公室。张维翰、王金祥、赵伊坪、牛连文、总务科长邢保元，正在聆听范筑先讲话。

范筑先："邱一堂知道部队最近要调防，就以劳军的名义，要聊城县出一千块大洋，十套细瓷餐具、十头肥猪、二十二坛景阳冈陈酿酒。据我所知，这些东西是运回他的老家建造邱氏祠堂所用。现在的问题是，聊城县拿不出这么多钱，邱一堂就把县政府财政总管崔德方扣押在他的兵营里，要我们拿钱去赎人。这是公开绑架人质要挟我们，是地地道道的流氓行径。对这个问题如何处置，我想听听各位的意见。"

赵伊坪气愤地："什么国军，简直是土匪。土匪是暗抢，邱一堂这是明砸！我看一分钱也不能给他。"

牛连文："对，一分钱也不能给他。看他下一步还有什么花招。"

孟秘书："光说气话没什么用，真是站着说话不腰痛。关键是崔总管被扣押在兵营里。人家老婆孩子在家哭哭啼啼，老爹老娘愁得吃不下饭睡不着觉。眼下第一要务，是想法把崔总管捞出来。"

范筑先看了看王金祥："王参谋长，听说你跟邱一堂是军校同学，你又一直在军界服务，对今天这个事，你有什么好的办法吗？"

王金祥转动一下小眼珠说："我虽和邱一堂是军校同学，但他比我高三级，我们几乎没见过面。这两年他驻防聊城，也没把我这个保安大队参谋长放在眼里。他这个人脾气暴躁，听不进别人意见。对他扣押人质的事，我也想不出什么好办法。"

范筑先又问邢保元："邢科长，咱们专署财政上还有多少钱？"

邢保元："咱们的钱大都垫支在修路、架桥、挖水渠上了。正常的生活和办公，也只能维持个把月。邱一堂要一千块大洋，咱就是不吃不喝，也凑不够。"

赵伊坪："邱一堂是明显的敲诈勒索，到济南找韩复榘主席告他去。"大家也齐声附和要去济南告邱一堂。

范筑先沉思良久，摆摆手说："现在不能告他，显得我们太不仗义。若遇事就往上推，也显得我们办事能力太低下。"范筑先十分镇静地对大家说："你们都先回去吧，该干什么还干什么，有事再通知你们。"从说话的语气上看，范筑先对解决此事似乎已成竹在胸。他不想过早地公布自己的想法。在座的各位似乎也捉摸不透范筑先对此事究竟如何处理。

六

风和日丽，湛蓝的天空下，光岳楼上空悠闲地飘着几朵白云，一群灰色信鸽飞过，天空中传来一阵悦耳的鸽哨声。大街上人来人往，一如往常，胡同里小贩的叫卖声，更显得安闲平静。

此时两个骑自行车的人穿过街上的行人，急匆匆地飞驰而过。他们越过光岳楼，穿过海源阁，出了南城门，顺着护城河南堤路，消失在烟雾似的绿柳丛中。

驻军大门口，哨兵正在盘查两个骑自行车的人。这两个人都穿着时兴的灰色中山装，苍髯长脸的老者就是范筑先,年轻的是卫兵凌作善。

驻军旅部客厅里,李树椿和邱一堂正在品茶闲聊。李树椿端起茶杯轻轻地呷了一小口说:"一堂,怎么没听你提起过范筑先啊?"

邱一堂:"范筑先到聊城都半年了,我还没见过他哩。这老家伙很特别,人家别人上任后,大都来旅部拜访我,最低也得把我请到胭脂楼或三德元饭庄,和工商军界的要人一同见个面。可这个老东西,根本就没把我邱一堂放在眼里。"

李树椿:"一堂,没必要和这种人较劲,范筑先在省里当参议的时候我就认识他。别看他在冯玉祥的西北军里当过少将参议,可他却一直是个土包子。来到山东后,韩复榘见范筑先确实又土、又拧劲,就叫他到沂水和临沂当过几年县长,我也没想到他能到聊城来当专员。"

邱一堂:"土不土包子我不管,他范筑先瞧不起我,我邱一堂对他也不客气。我把他的财政总管给扣了。"

李树椿:"一堂,你也太冒失了,怎么能随便扣人呢?"

邱一堂:"老同学,你别着急,我这是有名目的。"

李树椿:"什么名目?"

邱一堂:"他的前任孙同枫在聊城当县长的时候,每年劳军都会弄得挺好,当然我们俩也都能得点实惠。可范筑先却连个面也不见,我咽不下这口气,就叫下面写了份劳军清单,限七天内准时送来。"

李树椿:"我看这事办的太不靠谱,你如何收场呢?"

邱一堂:"老同学,这事你放心,其一,我们这个旅马上要调防;其二,我料定范筑先也不敢跟我硬碰硬。"

客厅外,吕副官连着喊了两声"报告",邱一堂才让他进来,说:"有事?"吕副官见李树椿在场,只是点头说:"是的。"

邱一堂不耐烦地:"有事直说,这屋里又没外人。"

吕副官:"聊城专署专员范筑先来了。"

邱一堂:"带慰问品了吗?"

吕副官:"好像没有。"

邱一堂:"来了多少人?"

吕副官:"一共两个人,那个年轻人好像是个卫兵。"

邱一堂:"他们在什么地方?"

吕副官:"就在大门口等着。"

邱一堂:"叫他们进来,看看老家伙能耍什么花招。"

吕副官说了声"是",就要往外走。

邱一堂:"哎,慢,你叫警卫连派两个班在门外听命,镇乎镇乎老家伙。"

吕副官立正答道:"是!"转身走出客厅。

李树椿:"等一会范筑先来了,看情况发展,要适可而止,不可把事情闹大。"

邱一堂:"老学长,这事你就放心吧。"

李树椿:"范筑先来,我先回避一下吧。"

邱一堂:"也好,你先在里屋歇一会,用不了多大会,我就会把他撵跑,然后咱上胭脂楼。"

见李树椿已进了里间，邱一堂就躺在藤椅里，顺手拧开留声机，故意把声音放得很大，他也摇头晃脑跟着留声机哼起了山东琴书。

范筑先在吕副官的引领下，不卑不亢地走进了客厅，见邱一堂那种目中无人、故意做作的丑态，心中鄙夷地哑然一笑，权当毫无察觉。他双手抱拳，很平静地说："想不到邱旅长对邓九如的琴书还情有独钟啊，雅兴，雅兴！"

邱一堂仍躺在藤椅上，赖不叽地睁开眼皮，故作不知地说："你是？"

吕副官："这是范专员。"

邱一堂："噢，范专员！"

范筑先点点头很礼貌地说："筑先来聊城后，本当早来拜访邱旅长，怎奈公务繁忙，分身乏术，还请邱旅长海涵。"

邱一堂仍躺在藤椅上，摇晃着腿故作惊诧地说："噢！你就是范筑先专员，一堂不知范专员屈尊下驾我这穷兵营，有失远迎，还请范专员不要怪罪。"

范筑先见邱一堂令人作呕的样子，显然在羞辱人，心里就窝了一肚子火。冷淡地答道："筑先本来就是个小专员，又初来乍到，怎敢怪罪邱旅长啊。"

邱一堂猛然从藤椅上站起来："范筑先，你这话是西北风带蒺藜——连讽加刺。你以为我听不出来呀，你也别拐弯抹角，说实话，你到我这里来究竟想干什么？"

门外全副武装的士兵，听见客厅里气氛有些紧张，就提高了警觉，握紧了手中的枪。

客厅里间的李树椿一边品茶一边听着外间的动静。此时也放下茶杯，侧身听外间屋正在进行的舌战。

张维翰拿着一份文件来找范专员签字，见办公室的门上锁，只好悻悻地离开。刚转过身，迎面碰上了赵伊坪。赵伊坪说有要事请示范专员，可找遍各科室也没见到范专员的影子。两个人边走边说，到大门口警卫班一问，警卫班长说范专员和凌作善一人骑一辆自行车出去了，往何处去不得而知。

赵伊坪："这老头是不是又去修路工地了。"

张维翰："不可能，工地这么近，他从来不骑车去。"

赵伊坪："这老头子都快六十的人了，还整天东跑西颠的，也太可以了。"

张维翰："你知道，我和范专员是一个村的，他这个人虽然穷，可特别要强，论下地干活在村里是出了名一把好手。"

赵伊坪并未听清张维翰说了些什么，却突然发现什么似地说道："哎！维翰，范专员会不会去找驻军邱一堂啊？"

张维翰也惊呼道："对！有可能。走，咱们看看去。"

邱一堂客厅里。

范筑先："邱旅长，你先不要发火吗，筑先这次来的目的，你心里是最明白的。"

邱一堂："我明白什么？"

范筑先："你为什么扣押我县的财政总管？"

邱一堂："为什么扣押他，你范专员心里最清楚。每年慰劳驻军是当地的惯例。你的前任孙同枫县长，我们合作得很好，可换了你范筑先却铁公鸡一毛不拔。你何止是轻视我邱一堂，简直连国军也不放在眼里！"

客厅里间的李树椿静听范筑先是如何回答邱一堂的。

范筑先："邱旅长，大概你也知道我范某也是军人出身。正常的劳军我是支持的，可你上来就要一千块大洋，十几套细瓷餐具，难道这也是劳军吗？"

邱一堂："怎么不是劳军，军人就不花钱、不吃饭吗？"

范筑先："你巧立名目敲诈勒索，还要强词夺理。"

邱一堂："范筑先，官场里的事，我邱一堂也并非一点不懂，你也别装出一副清官的样子教训我。自古至今，人人都知道军营里长不出白面大米，你衙门里也长不出庄稼和大洋，咱都是从老百姓身上刮油吃，军界政界都是彼此彼此。"

范筑先："是啊！军营里是长不出白面大米，衙门里也长不出庄稼和大洋。但你军队有国民政府全额供给粮饷，地方衙门也要按国民政府编制的预算执行。除此之外，一切不正当的收入都是犯罪。"

邱一堂还想狡辩，范筑先正义凛然地说："邱旅长，今天你必须把人给我放出来！"

邱一堂："嘿！放人，可以，叫他照清单把大洋送来。"

范筑先没想到邱一堂如此地贪婪固执，于是强压怒火说："邱旅长，你先把我们崔总管放了，叫他回去借钱，你要不放心，就把我压在你这儿吧。你看怎么样？"

邱一堂把脸一沉说："范筑先，你这是威胁我！"

范筑先实在憋不住了，正色说道："邱一堂，你不要贪得无厌，这样是不会有好下场的。我告诉你，别说一千块大洋，只要我范筑先主政聊城，你连一个子也别想拿走。"

邱一堂："范筑先你别跟我来这一套，说我贪得无厌，你也跟我一样。"

范筑先："邱一堂，你不要以小人之心度君子之腹。"

邱一堂恼羞成怒，竟然掏出手枪拍在茶几上说："范筑先，你竟敢骂人，要知道老子的枪不是吃素的。"

听到邱一堂摔枪，门口的卫兵忽地涌进来，枪口对准了范筑先。与此同时，凌作善也迅速奔到邱一堂身后，拿枪抵住了他的头部，气氛十分紧张。

范筑先依然稳稳地坐在椅子上，平静地训斥道："作善，不得无礼。"

凌作善只得把手缩回来。邱一堂直起腰就想摸茶几上的手枪，范筑先迅疾地摁住了邱一堂抓枪的右手，然后从腰间抽出自己的手枪也摔在了桌子上。镇定自如而又略带嘲讽地说："邱旅长，我范筑先这里也有一把供你使用。请吧，邱旅长若敢开枪，我范筑先绝不眨一下眼睛。"

邱一堂："你……"

一时间客厅里静得有些可怕，空气也仿佛凝固了似的。这时，躲在屋里看热闹的李树椿怎么也没想到事态发展的这么快，简直使人手足无措。这局面必须马上刹车，否则，后果不堪设想，而此时自己又不便出面。情急之下他顺手抓起了桌上双铃马蹄表，使劲按了两下退弦扭。客厅里间屋突然响起了一阵不同寻常的电话铃声，打破了令人窒息的死寂。吕副官听到铃声赶紧推门进了里间。

急促的电话铃声，缓解了剑拔弩张、一触即发的紧张气氛。也使色厉内荏而又无计可施的邱一堂，有了下台阶的缓冲机会，脸上凶顽、粗鲁的表情也在逐渐消失。

范筑先从电话铃声的突然响起，以及邱一堂的表情上看，意识到事态发展会有些变数。

于是,就进一步试探性的表态说:"邱旅长,你我今天这样见面,也算是咱俩有些缘分。我也趁机再向你进一步申明:我范某是个小小的地方官,没有什么能耐,更没有什么权势,可维护治下百姓的利益,我责无旁贷。邱旅长,你要的一千块大洋,我范某一块也没有,要杀要刮,悉听尊便,可你必须把我们崔总管放回去。"

邱一堂面对范筑先的冷嘲热讽,无言以对。只是飞快地看了范筑先一眼,然后气哼哼地把头扭向了一边,两眼直直地盯着通往里间屋的小门。

范筑先料到邱一堂"是玩把戏的打滚——没法了",就说:"若邱旅长大发慈悲不杀筑先,你还可以去济南,到韩复榘主席面前告我的状,范某随时准备听候传唤。"

客厅里间屋,昏暗的光线下,李树椿和吕副官简短耳语后,吕副官立即回到客厅,用眼神示意气急败坏的邱一堂,并高声说道:"邱旅长,济南长途电话!"

面对范筑先正气凛然的逼问,邱一堂正在无言以对的狼狈之时,听到吕副官说济南长途,如有救兵解围似地,立即钻进了里间屋。

七

里间屋里,光线甚是阴暗,桌上放着一块双铃马蹄表,秒针还在"哒哒"地走动着。李树椿严肃甚至有些气愤地对邱一堂说:"愚蠢,给人家要一千块大洋,还开列清单,把柄就在人家手里攥着。必须赶快放人,千万不可再招惹范筑先,你要再闹下去,韩复榘知道了也不会饶你。"

邱一堂拧着脖子,还"吭吭唧唧"的不大服气。

李树椿威严而不容置辩地说:"去,马上放人,给范筑先道歉,赶快打发他走。"

客厅里,吕副官和十几个荷枪实弹的士兵的表情十分尴尬可笑。在没有命令的情况下,既不能把枪收回,又难以保持原有的姿态。时间一长,有的刺刀触地,有的枪口朝天,有的依门靠墙,有的弯腰曲腿,姿态各异。

面对这种荷枪实弹的阵势,范筑先依然若无其事,并示意凌作善把手枪放进枪套里。两个人交换了一下眼色,知道里间屋里有猫腻。范筑先也意识到这种长时间的冷场很不正常。刚才电话铃的响声也有些像马蹄表的铃声,邱一堂也不可能是接听济南的电话,客厅里间一定是有什么高人在面授机宜。

邱一堂耷拉着脸,突然从里间屋推门出来之后,先是对那些士兵呵斥道:"谁叫你们进来的,都给我滚出去!"然后对吕副官和勤务兵说:"还不快给范专员上茶!"接着转过身来强作笑脸的对范筑先说:"范专员,实在对不起,我这个人很粗鲁,刚才我是给您开了个玩笑,您大人不记小人过,请范专员多多担待。"

知道情况会有变化,却没想到邱一堂会来个一百八十度大转弯。范筑先心想无论邱一堂要什么花招,把人放出来是第一要务。于是也客气地说:"好哇!刚才邱旅长既是开玩笑,筑先心里能不明白?那就把我们崔总管放出来吧!"

邱一堂点头哈腰地说:"好,好,马上请崔总管回去。"随即转身对吕副官说:"快去把崔总管请出来!"

范筑先:"既如此,筑先告辞了。"说罢即和凌作善走出客厅。邱一堂假惺惺地送至门口说:"范专员慢走。"

范筑先道："邱旅长请留步！"然后，握住邱一堂的手说："筑先还有一事相求。"

邱一堂弄不清范筑先什么意思，为尽快把他送出军营，于是，就大大咧咧地说："好，有什么要求尽管讲，一堂保证照办。"

范筑先："其实也没什么大事，前天挪牌坊的时候，邱旅长主动派了二十几个弟兄，换成便衣去帮忙。明儿街道拓宽工程正式启动，请邱旅长就不要再派弟兄们去帮忙了。"

邱一堂一听此言，犹如被人狠狠地打了一巴掌，大胖脸立即红到了耳朵根。

意识到两天前派人帮郑维君搅局的事已被范筑先发觉。脸上的表情既尴尬羞惭，又不敢恼怒反驳，只得连声说："一堂是个粗人，实在对不起，请范专员多多原谅。"

范筑先不冷不热地一点头，转身走出了军营。

军营门口，张维翰、赵伊坪还在和哨兵争论着，无论怎么说，哨兵也不放他们进去。正在焦急万分的时候，突然看见范筑先、凌作善、崔德方三人正高兴地向门口走来，他们简单地打过招呼后，几个人跨上自行车一同向城里骑去。

邱一堂脸色阴沉，一条腿登在椅子上，把头扭在一边生闷气。李树椿轻轻呷了口茶，走到邱一堂面前说："老同学，如今的官员都爱钱、爱权、爱美色。可人家玩的手腕高，而你是硬来，一个字，'笨'。今天这事就到此为止，你也别再生气，今后若用钱，先给我打招呼。"

邱一堂："说实话，我也不缺钱花，别人当县长都和我套近乎，主动给我送钱物。可范筑先来聊城半年多，竟连个面也不见，我是咽不下这口气。"

李树椿："范筑先是出了名的别愣头，在省城济南当参议的时候，他当面就敢和韩复榘顶嘴。正因为这老头太倔，韩复榘才把他弄到下边来的。"

李树椿接着说："这次调防去哪里知道吗？"

邱一堂："可能去临沂，或者是苏皖一带。"

李树椿："何时出发？"

邱一堂："大概月底。"

李树椿："我就不送你了，不过，离开聊城前可不能再惹范老头。"

邱一堂："我知道，他娘的，君子报仇十年不晚，我邱一堂早晚要出这口恶气。"

八

东大街，是聊城最繁华地段所在，街道地面铺着青灰色的条石，大街上人来车往，熙熙攘攘。路两旁大大小小的商铺、店堂鳞次栉比，土产洋货琳琅满目。路南一条小街聚集了当地各种小吃，什么魏氏熏鸡、房式康园肉饼、沙镇呱嗒、莘县北街尹氏酱牛肉、高唐老豆腐等等。另一块宽绰的空地上，聚集着算卦相面的、说书唱戏的、玩猴斗鹌鹑的等等，自是十分热闹。其中一位名叫穆九如的游走艺人在当地甚有名气，山东快书最拿手，说学逗唱可谓样样皆精。所以，他只要一扎场，立刻就会围满人。此时，他手打鸳鸯版，拉开架势，正在唱"武松打虎"："闲言碎语不要讲，咱说说好汉武二郎，那武松学艺到过少林寺，功夫练到八年上，当里个当，当里个当……"

大街上，一辆人力车，穿越行人小道往西跑去。车上坐着一位头戴黑色礼帽，身着臧青长衫的青年人，长得眉清目秀、英俊潇洒，眉宇间显露着一种睿智、刚毅的气质，此人名叫彭雪枫。人力车熟悉地左拐右转，然后在聊城专署门前停下来。彭雪枫提着个小皮箱下车，付过车钱后,即向专署大门口走去,哨兵挡住去路。

哨兵:"先生,你找谁?"

彭雪枫:"找我的老同学张维翰。"

哨兵:"张秘书出去了。"

彭雪枫:"什么时候回来?"

哨兵:"这可说不准。"

彭雪枫:"我在这里等他。"

哨兵:"你可以到值班室等他。"

彭雪枫:"谢谢。"然后走进大门里的值班室。

王金祥独自抽着闷烟,来来回回地走动着,显得六神无主,无所适从。

参谋孙金利没喊"报告"就径自走进来,显示出两人关系绝非一般。

王金祥问:"有事吗?"

孙金利先从桌上烟盒里抽出一支烟,在手里掂了掂说:"中队来人反映说,西堤路开工以来,都七八天了,弟兄们想休息一天,洗洗衣裳。"

王金祥气哼哼地:"洗个屁,老头子要突击十天,路不修好不准休息。"

孙金利:"范筑先这个老家伙,咋怎么狠呢?"

王金祥:"这话不能在外边说。"

孙金利:"这事,你不用嘱咐。"

王金祥:"上午,老头子没找我吧?"

孙金利:"没听说。"

王金祥:"今后要留点神,有事多向我报告。"

孙金利:"是!"

王金祥:"今后少去胭脂楼,听说修完路老头子就要整肃军纪。"

孙金利:"啊!"

范筑先、张维翰、凌作善一行来到专署门口下了自行车。哨兵行持枪礼后对张维翰说:"张秘书,有位北京的同学来找您。"

张维翰:"噢!"这时彭雪枫也已从值班室走出来,两个老同学相见握手、拥抱,显得十分亲切。

范筑先看着这两个朝气蓬勃的年轻人,内心非常高兴,用一种慈祥的目光看着他们。

张维翰激动过后,突然意识到有什么不妥,赶紧为范筑先和老同学做了相互介绍。

张维翰对范筑先说:"这是我的同学彭雪枫。"然后又看着范筑先说:"这是我们的范专员。"

范筑先紧紧握着彭雪枫的手说:"好啊,看见你们这些有文化的年轻人,我心里就高兴。"然后转过脸对张维翰说:"维翰,放你几天假,陪你的老同学在咱聊城好好玩玩,到光岳楼、海源阁等地方,看看咱这里的名胜古迹。"

然后对凌作善说:"张秘书来客人了,有些事情你帮着张罗张罗。"

凌作善:"是!"

张维翰和彭雪枫一起道:"谢谢范专员。"

第三章 | 风光大美，彭雪枫畅游光岳楼
为民立命，死囚当堂立判无罪

一

张维翰虽为专署秘书，住处却只是一间小平房。房间虽小，倒也清净整洁。脸盆书架都摆放得很有条理，显示着主人的性格和处事的干练。

彭雪枫摘下礼帽，脱去长衫，张维翰也早已沏好了一壶热茶。彭雪枫一边拿毛巾擦脸，一边问："维翰，咱的同学赵伊坪、牛连文都还在聊城吧？"

张维翰将一杯茶放在茶几上："对，他们二人也都在聊城。我们虽同在专署，但平时都忙于各自的工作，也很少相聚。"

彭雪枫："维翰，你能不能马上把他们俩找来呀。"

张维翰："这事好办，你不要急，先喝点水。"

此时，房门"砰"的一声被推开了。赵伊坪和牛连文风风火火地闯进屋来，进门就抱住了彭雪枫，三个人亲密地又捶又打。稍一喘息，赵伊坪说："听说北京的同学来找维翰，我就知道准是你彭雪枫来了，这不，就赶快邀上连文来看你。"

彭雪枫高兴地："伊坪，了不得呀！你啥时学会能掐会算了？"

张维翰："真是山东地邪——说谁谁来。你俩进屋前，雪枫非要我马上把你们找来，我叫他先喝点水再说，话音未落，这不，你二位就进屋了。"

赵伊坪："咱四个老同学难得一聚，你既然来了，咱就好好的玩几天。"

彭雪枫："我也真想好好玩几天，可时间……"

牛连文："怎么，你总不能马上就走吧？"

彭雪枫压低声音说："我这次到山东来，还真有些事情要办。"

牛连文："不管什么事情，人总得要吃饭，先给你洗尘接风。今儿下馆子，我请客。"

张维翰："我看雪枫找咱们既然有事情要交代，干脆先叫他把事说完，然后咱们再吃饭叙旧岂不更好。"

牛连文、赵伊坪也附和说："也好，那就请雪枫……"

彭雪枫："见到老同学们很高兴。这次我受中共中央的委派到山东来，其主要任务就是加强统战工作。巩固发展我党的实力，扩大在民众中的影响，团结一切进步力量为抗击日本帝国主义的侵略作好准备。"彭雪枫稍一停顿接着说："特别是你们鲁西重镇聊城，与河北、河南交界,地理位置十分重要。我临来的时候,周恩来副主席特别强调指示:'要告诉山东的同志,一定要做好范筑先将军的工作,老将军为人正直、仁慈友善,是我党团结合作的可靠对象。"彭雪枫看了看张维翰他们说:"你们三位都是我的老同学,现在又都是党员,还都在范筑先将军身边工作,相信你们会开创聊城工作的新局面,具体步骤稍后再详细研究。"

赵伊坪对彭雪枫说:"请老同学放心,我们一定按周副主席指示,做好范筑先专员的工作。"

张维翰:"雪枫,范筑先很喜欢青年人,你是不是直接和他本人谈一谈,他对共产党很有好感。"

彭雪枫:"这一次就不见他了吧。若要见他,我就得公开身份,如宣扬出去,恐今后对范专员影响不利。"

张维翰:"也好,尊重你的意见。"

牛连文:"雪枫,工作的事,一时半会儿也说不完,咱们还是到街上先吃点饭吧。"

彭雪枫:"不要到街上去了,咱们就在这儿随便吃一点就行。"

张维翰:"雪枫不愿意上街,我已经叫作善买东西去了,今儿就先凑合着吃点吧。"

此时,凌作善已把熟食买来,有荷叶包的聊城魏氏熏鸡、莘县北街尹氏酱牛肉、观城的沙仁肘子,还有陈老四花生米。

赵伊坪不知何时跑出去了,回来时将两瓶"景阳冈透瓶香"放在桌子上说:"这可是本地名酒,他们说当年武松打虎就是喝的这种酒。"

张维翰:"好! 今天咱老同学就喝点打虎英雄的酒。"大家一齐笑起来。

四人正在边喝边聊,此时,凌作善又拿着东西进来了,把纸包打开说:"这是从俺老家临沂捎来的煎饼,也不是什么好东西,请首长们尝个稀罕。"

张维翰、赵伊坪说:"来,来,作善,坐下喝一杯。"

凌作善:"不,你们快喝吧,我还有事。"说完就出了门。

彭雪枫目送凌作善出了房门说:"刚才这小伙子是临沂人吧?"

张维翰:"是的。"

彭雪枫:"刚才我在门口值班室等你,那哨兵也是临沂口音。"

张维翰:"是呀,警卫班十几个人,几乎都是临沂人!"

彭雪枫:"是吗?"

张维翰:"他们可是个个都身怀绝技,称得上是绿林好汉。若有人能把他们的故事写出来,准是一部很动人的新响马传。"

彭雪枫:"这么厉害?"

张维翰:"要不要听一听?"

彭雪枫:"当然要听喽!"

赵伊坪举起酒杯说:"闲话以后再说,咱老同学难得一见,今天先喝酒。"

彭雪枫:"伊坪,别着急,咱可以边说边喝嘛。"

赵伊坪:"那就先喝三杯,给雪枫洗尘。"说罢大家一同举杯敬彭雪枫,三杯酒过后,彭雪枫还是催着张维翰讲故事。张维翰干咳了一声,清了清嗓子说:"好,那我就说说,我

25

和范筑先专员是一个村的，都是馆陶南彦寺人，对他就比较了解。当时，范筑先去临沂任县长之前，凌作善的父亲就是沂蒙山一代有名的响马，专门杀富济贫，抱打不平。后有歹人诬告，被抓进死牢。事也凑巧，范筑先刚上任，省里对此案就来了批文，命将凌犯立即斩首处决。可就在这时……"

二

临沂县大堂下跪着一个犯人，被五花大绑，背后还插着亡命牌。

此时，新任临沂县长范筑先，穿一身灰色中山装，手拿公文，严肃地念道："……凌犯正泰，犯抢劫杀人罪，经审理证据确凿，凌犯也对其罪行供认不讳。为伸张正义，震慑邪恶，经山东省政府核准，决定对凌犯正泰判处死刑，文书到达之后，立即执行……"判决书宣读完毕，范筑先把判决书放在案子上，然后说："凌犯正泰对省政府的判决还有何话要说吗？"

罪犯昂头高声喊道："县大老爷，草民冤枉。"

大堂门外早已跪下很多百姓，齐声为凌犯求情喊冤：

"凌大侠杀富济贫，为民除害，不应该判死罪。"

"凌大侠是俺的救命恩人。"

"凌大侠罪不该死。"

"请县大老爷开恩。"

范筑先摆摆手说："乡亲们，此案前任县长早已审理终结，筑先初来上任，只能按省里文书指令行事。"

"前任县长是贪官，他和恶霸勾结，贪赃枉法，栽赃陷害，这是冤案。"人群中有人愤愤不平地说。

此时，县政府秘书及有关人士和范筑先耳语后，范立即大声说道："有省政府批文在此，临沂县必须立即执行。"然后，就对两边的警察命令道："行刑队。"

行刑人员大声呼应着，就要将凌犯押往刑场。

就在这时，只听大堂外有人大喊一声："县太爷饶命。"随着喊声，一个彪悍的青年农民已经走进大堂。只见他身上自缚麻绳，腰带上斜插两把砍柴刀，此人的出现立即令所有人为之震惊。此时已早有县警将其牢牢抓住，硬摁其低头下跪。

范筑先厉声喝道："你是何人，竟敢私闯公堂？"

那青年道："小人凌作善，是罪人凌大侠的儿子。"

范筑先："凌作善，你父亲犯了死罪，这里有省政府的批文，此时，你还有何话要说？"

凌作善："县长大人，我爹受歹人诬告，前任县长贪赃枉法，判我爹死刑，今又有山东省文书，这些事都和范县长大人无关。但我爹的死刑却由范县长下令执行，你来临沂杀的第一个人就是屈死鬼。如果范县长无法改变这一切，我凌家也不会怨恨你。"

范筑先："既然如此，你为何还要大闯公堂？"

凌作善："若我爹就这样被冤屈致死，我那八十多岁的老奶奶也会随之悲愤而死，小人凌作善也不会善罢甘休。为保全家性命，以尽人子之孝，小人情愿顶替我爹去死，请范县长万万恩准。"

人们惊诧不已，大堂内外鸦雀无声，继而又都"啧啧"称赞。

范筑先喝道:"凌作善!"

凌作善:"小人在。"

范筑先:"无论你有何种理由,携带凶器闯入公堂可知有罪?"

凌作善:"小人知罪。我只有闯祸犯罪,才会引起大人注意,以替我爹不死。"

大堂内外又是一阵寂静,然后有人议论,有人叹息,更多的人都把目光投向大堂上新任县长范筑先。看这位新任县官如何处理这个案子。

面对眼前发生的这些怪异现象,范筑先立即陷入了短暂的沉思。古人云,人命关天。尽管有省里的批文在,作为一县之长,我也不能稀里糊涂的草菅人命。我若延缓执行,省政府顶多把我革职罢官。如果是杀错了,人死却永不能复生。于是,就大声命令说:"来人,将凌犯父子二人分别收监,待调查清楚后再作处理。"

范筑先这一决定,令堂上所有人感到吃惊。秘书和警察局长等有些不解地说:"范县长,省政府批示可是对凌犯立即执行死刑。"

范筑先很坦然地说:"你们都不必担心,此事由我范筑先负责。天大的事情,我自己顶着,你们就按我的意见办吧。"

三

张维翰的小平房里,就连赵伊坪也不再催着喝酒了,彭雪枫也被这动人的故事所吸引,迫不及待地追问:"后来怎样呢?"

张维翰:"别着急,先喝一杯再说。"

彭雪枫:"好,大家共同喝一杯,维翰你就别卖关子了。"

张维翰轻轻呷了下杯子说:"范筑先把凌作善父子分别收监后,一边给省政府写报告,一边派人彻查案子。结果是,凌大侠确系被人诬告,前任县长受贿,案子证据确凿。凌家的冤案就彻底翻过来了,凌家父子被释放出狱,免受一切处罚。这个案子翻得干净彻底,凌家自是感恩戴德。这故事很快传遍了沂蒙山区,范筑先清正廉洁、刚正不阿、一心为民的高贵品质也为广大山民所颂扬。"

彭雪枫:"这事就完了?"

张维翰:"完了。"

彭雪枫:"总觉得有点不过瘾,那凌作善是怎样来到聊城的呢?"

张维翰:"好,你问的很是个节骨眼。"张维翰接着说:"范筑先在沂蒙山里干了六七年县长,口碑甚佳,要按说早该提拔重用了。可范老头率直自重,不会巴结上司,所以就一直呆在山沟里。那韩复榘虽是个官僚,可对范筑先的政绩还是心知肚明的。他觉得范老头干得不错,若不予升迁心中也感到过意不去,于是,就下了一纸调令,调范筑先到聊城任山东第六专署专员兼保安大队司令。"

范筑先接到调令后,为了不扰民,他决定趁天亮前悄悄离开县城。但他调往聊城的消息,还是在民众间传开了,当时的场面,比戏台上演的更富有情趣……

四

黎明前,临沂县衙外。一辆马车载着范筑先一家老小和简单行李,轻轻地行进在薄薄的晨雾中。车上范筑先最小的女儿范树珊揉着惺忪的睡眼嘟哝说："天这么早就走哇！"

母亲武治国小声训斥说："别多话。"

城门开启，马车轻轻地驶出城门，范筑先松了口气，对车把式说："已经出了城，咱可以快点走了。"于是，车把式就扬起鞭子，喊了声："驾！"车子的速度立即快了起来。就在这时，路两边忽然涌出很多民众，并高喊："范县长，临沂的百姓送您来了，祝您老一路平安。"

一时间不少山民将带来的核桃、大枣、花生、煎饼等食物举起来就往马车上塞。也有的说："范县长别走，我们派代表到济南，一定要把您留下来，临沂百姓离不开您。"还有的干脆说："坚决请范县长留在临沂。"这场面充分显示着临沂百姓对范筑先的爱戴，范筑先也眼含热泪，亲切地和众人握手道别。

天已大亮，一老者很通情理地说："官身不由己，上命难违，现天色不早了，大家让一让，请范县长上路吧。"山民们只好依依不舍地将路让开，范筑先鞠躬再三，深情地与送别的民众揖别。

马车渐渐远去，车把式不时扬起鞭来，拐过一个小山坡，只见远处的高岗上，有两个黑点，这两个黑点迎面向马车移动。黑点越来越大，原来是两匹奔驰的快马，而且很快就超越了范筑先的马车，两匹马围着马车转了两圈。在快马挡路的情况下，车把式只得"吁"了一声停下来，车上范筑先一家老少甚是惊愕。此时只见骑马的两个人翻身下马，"扑通"一声立即跪在马车前，并高呼："请范县长稍停，山民有话要说。"

范筑先定睛一看，跪在车前的两人竟是凌家父子，于是就说："你们凌家的案子已结，若还有事情，就请你们找下一任县长吧。筑先现已卸任，临沂的事情已无权过问了。"

凌家父子齐说："范县长，山民不是为了案子。"

范筑先："那是为了什么？"

凌父说："范县长，我这条命，已被前任县长送进了阴曹地府，是您老人家硬是把我从黄泉路上拉回来，你救了我的命，保住了我一家人的平安。我九十多岁的老母亲说，此种大恩大德世上罕见，如若不报，何以活在世上为人……"说着已泣不成声。

范筑先："噢，原来如此！老凌啊，你完全不必在意，作为一个地方官，支持公道、伸张正义、秉公办事，这是最起码的天理。好了，老凌啊，你父子二人大老远的来为我送行，这情我领了，若没别的事情，你们就请回吧，我也该上路了。"边说边示意车把式准备赶车上路，但凌家父子仍然跪在地上没有躲开让路的意思。

范筑先："凌作善，赶快把你爹扶起来，回家好好过日子，我也该上路了。"

凌父说："范县长，山民虽落下个响马名声，可我决不贪无义之财。现在家境仍然贫寒，也没有礼物送给您老人家，我老母亲带领全家对天发誓，决议令犬子作善，为您牵马坠蹬伺候您一辈子。"

范筑先："老凌啊！这可使不得。"

凌父："范县长，此事您若不恩准，我和犬子作善恐又会流落山林。"

范筑先惊诧地："这话从何说起？"

凌父："范县长有所不知，我家老母生性刚烈，一言出口，即如板上锲钉，不容小辈改动。我和犬子临来时，老母再三告诫，若此事不能办成，就不许我二人回去，她自己也会以死明志。"

范筑先听了此言,思忖半天:"这老太太也太刚烈了,既如此,那就叫作善跟我去当差吧。"

凌氏父子再三跪地磕头说:"谢谢范县长!"

范筑先拍着凌作善的的肩膀说:"作善,我虽身为县长,你跟着我也享不了什么福。"

凌作善:"小人甘愿受苦,即使赴汤蹈火也在所不辞。"

范筑先:"好,既如此,咱们走吧。"马车启动,凌父目送马车消失在天边。

彭雪枫:"这么生动的故事,若写成戏、编成书,准会受到大家的欢迎。维翰,你文笔不错,完全可以写一写嘛!"

张维翰:"老同学,别开我的玩笑了,我哪里有编书的本事嘛?"

赵伊坪端起酒杯说:"咱们光听故事了,可别忘了喝酒。"

彭雪枫:"酒就别喝了,老同学见面有这个意思就行了,再说咱仨个又都不能喝。"

张维翰:"也好,雪枫一路劳顿,今儿就早一点休息,明天咱们一块看看聊城的风光。"

五

王老七茶馆里,此时喝茶买水的人不多,王老七和耿老三正围着小矮桌喝酒。桌上放着两把花生米和一张荷叶盛着的豆腐丝。王老七端起黑色的粗瓷小碗,呷了一口高粱白干说:"老三,光顾在湖里打渔挣钱了,范专员只身舌战邱一堂的事听说了不?"

耿老三:"今儿早晨卖鱼的时候才听说,这事传的快着哩。"

王老七猛喝一口酒,然后轻轻捋了捋稀稀拉拉的黄胡子说:"痛快,真解气。想不到称霸多年的邱一堂,临走却栽到范老头手里,这个姓范的专员还真不瓤哩。"

耿老三得意地:"老七哥,您兄弟我眼光如何?当初我想给范专员送条鱼吃,你是拧鼻子撇嘴地挖苦我。事实摆在这儿,这次服了吧!"

王老七:"服了,这次是真服了。"老哥俩边说边端起了手中的小黑瓷碗。

游走艺人穆九如背着简单的行囊走进茶馆,王老七见有人来就赶忙打招呼:"哟,是穆先生,快坐下喝杯酒。"

穆九如双手抱拳很礼貌地说:"谢谢七哥,九如白天还要扎场说书,不敢喝酒,我只讨碗热水喝就行。"

王老七对穆九如说:"你又不是外人,开水随便喝嘛。"然后仿佛有新发现似的问:"穆先生,范筑先专员舌战邱一堂的事你听说了吧?"

穆九如:"听说了。"

王老七:"你若能把这事儿编成山东快书,大伙保准爱听。"

穆九如:"七哥高见。范专员舌战邱一堂的事,小弟已编了一半,估计三天后能编完,到时候还请七哥指点。"

王老七和耿老三同声说:"到时候,一定去听听。"

六

星期天早饭后,孙金利显得心烦意乱,六神无主,和姘头"小旋风"有些日子没见面了,欲火攻心,急得他抓耳挠腮。于是,换了一套便装,鼻子上还架了副墨镜,就从便门溜出去了。在经过王老七茶馆的时候,为避嫌,孙金利有意把脸扭向了一边。

茶馆里的王老七和耿老三还是认出了孙金利。待孙金利拐进北边的小胡同后，王老七才把目光收回来，摇着头，鄙夷地笑了笑。

耿老三使劲地往鞋底上磕了磕烟袋锅说："不用说，这小子又去会'小旋风'去了。"

王老七："他可是有些日子没从茶馆门前路过了。"

孙金利鬼鬼祟祟地走进他熟悉的小胡同，趁着前后没人，便快速地钻进一个虚掩的灰色小门里。

暗娼肖凤仙，是个酷爱搽胭脂、抹官粉的人。她走起路来，脚步又快又碎，扭动着腰肢，就像一阵"小旋风"，身后还散发着一股刺鼻的香味。邻居们就称她为"小旋风"，把她的真名倒忘了个一干二净。

正在闷闷不乐的"小旋风"见孙金利来了，先是一阵惊喜，随之就轻轻地关上了门。

两人刚进屋，就迫不及待地又搂又抱又亲嘴，嗯嗯腾腾地就在床上滚起来。忙活了一阵子之后，孙金利气喘嘘嘘，像个撒了气的破皮球。

"小旋风"刚刚扣好上衣扣子，扭过头来看了一眼像滩烂泥似的孙金利。然后，撅起小嘴说："是不是外边又有新人了？"

孙金利筋疲力尽地摇摇头，表示否认。

"小旋风"："讲好的两个星期来一回，这都两个月了怎么才来啊？"

孙金利有气无力地："别提了，自从新专员范筑先来到聊城后，他又是修路，又是扩街，我们这些当兵的都得跟着干活。我就是有心想来，也抽不出时间哪，我的宝贝！"

"别唬弄我。""小旋风"撅着小嘴不相信。

"信不信由你。"孙金利不再争辩。

"小旋风"斜愣着眼睛，看着孙金利说："这几天手臭，麻将桌上是孔夫子搬家——净输（书）了。"

孙金利眼一眨巴，知道"小旋风"想要钱了，于是，就很爽快地说："巧！昨儿刚关了饷，今儿就给宝贝送来了。"孙金利边说边从兜里掏出几张纸币，"啪"的一声拍在桌子上。

"还是孙哥心疼我。"眉飞色舞的"小旋风"急忙把钱收起来，回过来又钻进了孙金利的怀里说："孙哥，光靠这点钱也不够咱花的，咱还得干点大事，挣点大钱。"

孙金利看着怀里的"小旋风"说："嗨，咱这号人还能干啥大事？有吃，有喝，有玩，有乐就行了。"

"小旋风"一听这话，使劲一把将孙金利推开，自己一腚坐在椅子上，掏出一支"哈德门"叼在嘴里，划根火柴，自顾自的吸起来。

孙金利："怎么，一生气，连颗烟卷也不舍得给了？"

"小旋风"不屑地："烟在桌上，自己不会拿呀！看见你那胸无大志的样子，我心里就来气。"

孙金利讪讪的，低三下四地从桌上摸起一颗烟说："别生气，宝贝。说吧，干啥大事，我保证跟你一块干。"

"小旋风"先嗔后笑地说："这还差不多。我早就看出你是个干大事的人。不然的话，我也不会啰啰你。"

孙金利："别拐弯抹角的，你就说干啥事吧。"

"小旋风"："当然是大事,好事了。"

"啥大事好事啊?"孙金利说:"我都快急死了。"

"小旋风"："你急啥! 一个月就那几十块钱的军饷,能够你花的?"

孙金利一听钱就有些丧气:"再加上几十块也不够花的呀!"

"小旋风"神秘地:"咱这事要干起来,一次就能赚你两个月的饷钱。"

"啊!"孙金利一惊:"能赚这么多呀!"

"小旋风"自信地:"当然喽!"

孙金利一听能挣大钱,立刻心往神驰、馋涎欲滴地说:"我的小祖奶奶,你就说干啥事吧?"

"小旋风"把脸往下一沉,声音放低故作神秘地说:"咱们一块搞烟土。"

"啊!"孙金利一听搞烟土,立即吓了一跳:"搞大烟,贩毒品,可是要犯法的呀!"

"咋着! 害怕了?""小旋风"生气地说:"拄着棍子上大街讨饭不犯法,你能去呀!"

孙金利:"怕,倒是不怕。只是我这身份?"

"小旋风"："你啥狗屁身份? 半个芝麻粒大的小烂参谋,人家城南旅部的营、团长都搞买卖。正因为你有个军人身份,这事才能好办。"

孙金利还是有些害怕:"新专员范筑先,可是个铁面无私的角色,听说他在临沂当县长的时候,就枪毙过好几个吸大烟的。"

"小旋风"一听就不耐烦:"平时看你还像个人物似的,真要上阵干事哩,就成了怂包软蛋了。你不干就散了,今后再也不准进我的门。"

孙金利:"你看你,先别急嘛,我也没说不干吗。"

七

天朗气清,艳阳高照。张维翰、彭雪枫、赵伊坪漫步在繁华的大街上。快到光岳楼的时候,保安大队参谋长王金祥和参谋孙金利、姜洪源、胡作良迎面走来。张维翰主动打招呼:"王参谋长好。"

王金祥故作惊讶地:"哟! 张秘书,平时很少见你们这些秀才逛街呀?"然后朝彭雪枫问:"这位是……?"

张维翰:"这是我的同学,路过这里,我领他看看咱聊城的名胜古迹。"

王金祥:"好! 好! 你们请便。"彭雪枫和王金祥相互点头致意。

张维翰:"参谋长请走好。"双方相背走了十多步,孙金利说:"张秘书这位同学长的好气派呀!"

王金祥:"说不定又是一位什么神秘人物哩。"

孙金利:"参谋长的意思是……?"

王金祥:"快走吧,你知道啥。"

彭雪枫、张维翰、赵伊坪仰望着高耸云天的光岳楼。光岳楼稳固地坐落在十多米高的台基上,台基为正方形,坚固、庄重而宏伟。台基上方的四边,都有大青砖砌就的半人多高的护身围墙。它平时可保护游客的安全,战时既可作为瞭望台,又可作为掩体对外射击。

光岳楼为四重檐、歇山十字脊楼阁,飞檐斗拱,全部为木质结构,没用一根铁钉,均为榫铆紧扣。人物、花草鱼虫鸟兽镂雕精细,形象逼真,栩栩如生。

彭雪枫一行并不急于登楼,而是兴趣颇浓地遍揽南门楣上的"文明"、北门"武定"、东门"太平"、西门"兴礼"匾额。再往上就是"风城仙阙"、"阆苑瀛洲"、"宇宙衡文"及"泰岱东来作翠屏"。最后,他们把目光长时间的集中在"光岳楼"三个大字上。彭雪枫十分感慨地说:"'光岳楼'这个名字太好了。"

张维翰:"'光岳楼'这个名字,说起来还要感谢你们河南人哩。"

彭雪枫:"此话怎讲?"

张维翰:"说来话长,此楼始建于明洪武年间,当时的东昌守备陈镛为远眺敌情,就将修城剩下的木料建了这座楼,很长一段时间官民都称其为'余木楼'。后来你们河南一位叫李赞的人,是朝廷的考工员外郎,他来到东昌和知府金天锡同登此楼,很有感慨地说'此楼高壮极目,仰视俯临,毛骨欲竖。而斯楼百年来落寞无名,不亦屈乎!'他认为此地近鲁,而光于岱岳,因与金天锡议定为'光岳楼'。这就是'光岳楼'的来历。"

彭雪枫:"好,'光岳楼'这名字很有意义。"三个人边说边登上了五十五级台阶。梯台上方有敞轩以防雨,且悬有古人题字的匾额。一行人走出敞轩顿觉十分光亮,绕行一圈后拾级而上,全城风光尽收眼底。海源阁、万寿观、铁塔、运河、山陕会馆等名胜皆历历在目。城墙外碧波万顷,波光粼粼,远方是一抹绿色的岸柳,风光秀丽,使人神清气爽,心旷神怡。

彭雪枫情不自禁地:"好一个鲁西重镇聊城,真是好城、好水、好风光啊!哎,那鲁仲连射书救聊城……"

张维翰:"是呀,聊城历来为兵家必争之地,远在战国时,鲁仲连射书救聊城就是这里,射书台至今尚存。"

彭雪枫手把栏杆大为感慨地说:"维翰,要说起来大小城市我也去过不少,在江北还没见哪个城市有这么多、这么好的水,我看你们这东昌湖堪比杭州西子。你们这光岳楼,从规模和建造精巧上来看,均在黄鹤、岳阳之上。"

张维翰:"好啊,真是君子所见略同啊。"

彭雪枫有些迷茫:"我和哪位君子所见略同了?"

彭雪枫和赵伊坪都回过头来,想听张维翰的下文。

张维翰说:"刚才忘了说啦,五百年前给此楼起名的李赞在'题光岳楼诗序'中有"因叹斯楼天下所无,虽黄鹤、岳阳亦当望拜"的语句。五百年后,你这个河南人也说出同样的话来,岂不是君子所见略同吗?"

彭雪枫:"我也是有感而发,怎敢与前贤相比呢?"

张维翰:"怎么不能比,那李赞是朝廷命官,而你也是中央大员嘛!"

彭雪枫听张维翰说话有点漏口风,随即小声"嘘"了一声用眼神予以提醒。张维翰此时也感到失言,随向左右一看,并无闲散人等,三人才相视一笑。从三楼往南看,是一片青砖黛瓦的老式建筑,极显恢弘大气。张维翰说:"那里就是海源阁,是我国著名的私家藏书楼,是清朝聊城人杨以增所建,藏书有二十二万多卷。与宁波天一阁齐名,享有'南天一'、'北海源'之誉。"

彭雪枫:"维翰,对你们当地文化,你真是了如指掌啊!"

张维翰："我只不过是略知皮毛,一知半解罢了。"三个人边说边向楼下走去。

海源阁的大门敞开着,门楣上黑底金色的"海源阁"三个大字,在阳光下熠熠生辉。时有读书人出出进进。范树民、范树琨、田苑、李士超等东昌诗社的社员,都拿有自己喜爱的图书,从海源阁出来,说说笑笑地:"哎!诗人,大街上可不是用功的地方,当心被撞着。"田苑捅了一下范树琨,将书本合起来。当他们来到光岳楼南门时,张维翰、赵伊坪、彭雪枫三人也正好从光岳楼上下来。范树民、范树琨很礼貌的和张维翰打招呼,张维翰很认真地说:"听说你们成立了个东昌诗社?"

范树琨:"是呀,我们热情很高,但不大懂诗。这不,刚从海源阁找了几本声律方面的书。"

张维翰:"有热情就很好嘛,希望咱们的诗人把咱聊城好好的写写。"

范树琨:"不过,张秘书,你得当我们的顾问。"

张维翰略显意外地说:"我? 好,好……"

第四章　卢沟桥枪声响震惊世界　耿大山抱不平见义勇为

一

从工地风尘仆仆回来的范筑先，头上还戴着一项草帽，和乡下老农没有任何区别。他回到办公室，摘下草帽，简单的洗了把脸。心情很好，没有一点劳累的样子，就高兴地对卫士说："作善，你把宣纸和毛笔找出来。"

凌作善知道范筑先心情一好，就要写字画画。于是就赶快把毡垫、宣纸铺放在桌上，然后站在桌边研起墨来。

范筑先稍稍凝神静气后，慢慢将笔提起，然后濡墨挥毫。

张维翰推门进来，见范筑先正在神情专注地笔走龙蛇，就很知趣的，静静地站在桌边观看。

洁白的宣纸上，立即出现了几枝坚硬挺拔的竹竿。范筑先直起腰来，眼睛紧盯着纸面，心里正在审视画面的布局结构是否合理。之后才又掭起笔来，快速准确地点节、出枝，接下来就是撇叶、拾掇修整。瞬间，一幅迎风而立的墨竹图就画完了。左下方题款是：丁丑孟夏竹仙。范筑先搁笔后，伸了伸腰，深深地长吁了口气。

张维翰点着头，由衷地赞叹说："范专员这幅墨竹很有郑板桥的风韵，今儿怎有此雅兴啊？"

范筑先："历时半个多月，西堤路终于收工了，我身上觉得轻松了很多。来到聊城后还没有画过画，趁今儿高兴，练练笔。不要光说好，有什么缺点和不足也要给我提出来。"

张维翰知趣地："对水墨丹青，我是一窍不通，反正光看着好。"

范筑先轻轻地摇摇头，然后突然问道："维翰，来找你的那位同学，先前你们是在哪个学校读书啊？"

张维翰："噢，我们是北平育德中学的同学。"

范筑先听罢高兴又自豪地说："啊！北平育德中学，那可是咱西北军办的眷属子弟学校啊！"

张维翰："是的。"

范筑先："好，今儿我请客，你作陪，一会叫你的同学一块到我家吃顿饭去。"

张维翰有些为难地说："我替他谢谢您。可惜，我那位同学今儿一早就去济南了。"

范筑先："啊！走了，你咋不早告诉我一声？"

张维翰："这……"

范筑先："这什么？"

张维翰十分警觉地看了看门口，然后压低声音对范筑先说："实不相瞒，我那位同学是延安来的共产党。"

范筑先稍有惊愕地说："共产党？共产党怕什么。我倒很钦佩他们打土豪、分田地、抗日救国的主张，我正想见见他们哩！"

张维翰："我也想叫他见见您，可他说，共产党在山东还没完全公开，他说您是韩复榘的地方官员，若冒然见面，怕今后给您增添不必要的麻烦。"

范筑先有些失落地："你们年轻人想得太多，有什么麻烦不麻烦的，我范筑先无党无派，身正不怕影子斜。"稍停了停又说："维翰，你那位同学这次到聊城来的目的？"

张维翰："噢，延安方面对咱聊城很重视，特别是周恩来副主席对您的清正廉明、勤政为民的高风亮节，高度赞许，十分敬佩……"

范筑先一摆手谦逊地说："我还没那么好，你快说说具体内容。"

张维翰："好……"张维翰正要说统一战线的具体内容，电话铃突然急促地响了。凌作善赶快抓起听筒："噢！省政府，找范专员……"凌作善急忙把听筒递给范筑先："范专员，省政府电话。"

范筑先接过听筒："啊，是呀，我是范筑先，怎么，鬼子在卢沟桥，是，是，我一定……"范筑先把电话一放，愤怒地说："日本倭寇的狼子野心终于按捺不住了，他们在芦沟桥向中国军队开了第一枪。"

张维翰、凌作善闻听面露惊愕，非常愤慨。

二

古楼东南角的一所小学。随着一阵"铛铛"的下课铃声，平静的校园立即沸腾起来。学生们从各个教室里蜂拥而出，整个校园充满了勃勃生机。田苑和范树琨是这所学校仅有的两位青年女教师。两个人都活泼开朗，又都喜欢文学，是全校公认的才女。范树琨穿戴较为时尚，上身是洁白的衬衫，下穿一袭黑色的过膝短裙。田苑则是碎花小褂，下穿一条浅蓝色的长裤。此时，二人拿着各自的教科书正说说笑笑地往宿舍走去。

此时，校工李大爷手里举着一封信对范树琨招呼："范老师，您的信。"

范树琨是个急脾气，把信接到手里，快速地看了看信封，"哗啦"一声就撕开了，取出信瓤，稍一浏览，高兴地对田苑说："田苑，咱寄出去的十首诗，编辑部准备留用三首。"

田苑凑过去看着信，也高兴地说："写聊城风光的诗都被选用了，看来今后还要多写地方风情的诗。"二人正在高兴之际，学校的铃声竟又急促地响起来。那节奏，既不是上课，也不是下课，好像有什么特别事情。师生惊愕地都停止了一切活动，把目光集中在校长办公室的门口。

老校长是位清末秀才，言行举止都极具老塾师气派。他鼻梁上架一副无框眼镜，身着灰色长衫，手中拿着一张纸出现在办公室门口。他先从镜片后边看了一眼全体师生，然后，声音颤抖而愤怒地说："同学们，现在把大家集合起来，有一桩大事要告诉大家。二百多年来,倭奴日寇不断地侵扰我国领土。甲午战争割走了宝岛台湾,七年前又霸占了东三省。昨天,也就是西历 1937 年 7 月 7 日万恶的日本鬼子,在北京卢沟桥向中国军队开枪射击,发起了全面的侵华战争,妄图吞并整个华夏大地,要我们同胞沦为亡国奴……"

此时,范树琨愤怒地站在队伍前,振臂高呼:"打倒日本帝国主义,把日本鬼子赶出中国去,誓死不当亡国奴……"口号声此起彼伏。

平静的校园里立刻掀起了一片声讨日本侵略者的高潮。

从光岳楼上往下看,大街上到处是人,光岳楼、十字路口和街道两边墙上,都贴着各种颜色的标语。各机关团体和中小学生打着横幅标语,振臂高呼"打倒日本帝国主义"的口号,群情激愤地正在游行示威。古楼小学的老校长,也举着小三角旗,正气凛然地走在全校师生之前。范树琨、田苑、李士超走在小学生前边,不时带领学生们呼口号。范筑先、张维翰、王金祥等军政要员,走在保安大队和政府职员之前,也和民众一起参加抗日游行。

街边巷口站满了市民百姓,一老年绅士模样的人十分感慨地说:"倭奴垂涎我中华圣土的狼子野心久也。"

一商铺掌柜说:"鬼子向咱中国开战,今后的日子就别想安生了。"

一青年人说:"咱中国有的是人,还能干不过几个小日本鬼子?"

示威游行的队伍浩浩荡荡地向光岳楼走去。

三

夜色浓重。一间不大的房子里,灯光昏暗。几个人围坐在一张长条桌旁,有些拥挤。所有人行动都很轻捷,说话声音也很低,气氛神秘而庄重。组建中共鲁西北特委的会议正在这里召开,张霖芝代表中共山东省委书记黎玉主持会议。他压低声音说:"卢沟桥事变后,鬼子疯狂南侵,不少部队和国民政府的地方官员弃民众于不顾,仓惶望风而逃,当前形势十分严峻。为此,省委决定组建鲁西北特委,赵健民同志任书记,徐运北同志任组织部长,申云浦同志任宣传部长,以便更好地发动民众,团结抗日。"张霖芝宣布特委后,大家轻轻鼓起掌来。

张霖芝接着说:"现在请鲁西北特委书记赵健民同志讲一下近期工作的重点。"

一阵轻轻的掌声过后,一身学生装束的赵健民站起来说:"关于全国大的形势,霖芝同志已经讲过了。现在,我党在鲁西北尚未完全公开。因此,我们首先要加强各级党组织的建设,壮大我党的基层队伍。在这方面,黎玉同志曾蹲过点的古云徐庄,是个很好的典范。"

赵健民继续说:"在抓好党组织建设的同时,主要精力要抓队伍,抓枪杆子,只有这样才能真正抗击日本侵略者;根据特委的安排,散会后我将回老家冠县亲自抓武装。申云浦同志也要回阳谷。张维翰、赵伊坪同志,利用在专署工作的便利条件,要做好范筑先专员的统战工作……"

会议结束后,与会人员相互握手道别。

四

王老七茶馆。穆九如背着行囊倚着门框,和王老七一起望着远处大街上的游行队伍,却不时地回头注视着屋里的一个年轻人。这小伙子二十来岁年纪，脸庞白皙红润，浓眉大眼，气宇轩昂，英俊洒脱，身材魁梧而矫健。此时，他手上端着一碗白开水，注视着远处街上的游行队伍，此人就是赵健民。

耿老三和孙子大山掂着鱼叉，背着粘网来到茶馆门前，王老七问道："今儿咋收网恁早哇？"

耿老三："这几天听说鬼子要霸占中国，我这手就一直气的打哆嗦，手一哆嗦，鱼就不上钩。"然后指指孙子大山说："这小子心里也一直烦躁，我想叫他到街上看看游行的人，也好解解闷、散散心。"

耿老三的孙子叫耿大山，十年前曾随父母闯关东。"九•一八事变"后，鬼子侵占了东三省，大山的父母和一个妹妹都死在鬼子的屠刀下。当时只有十岁的大山在老乡的帮助下，把他带回山东，交给了爷爷耿老三，从此，爷孙二人相依为命。大山白天跟爷爷下湖打鱼，夜晚和街上的年轻人一块练武术、拉架子。随着年龄的增长，他也练就了一身好拳脚，可脾气却也越来越犟了。

耿老三看着呆站在门口的孙子说："大山，把网放这吧，街上正游行示威哩，快去看看吧。"

"我不看那，有种的就真刀真枪的跟鬼子干。"大山说着就背起渔网先回家了。

赵健民放下手中的水碗说："好，看得出来，这位兄弟今后准能成为英雄好汉。"

穆九如："保江山，平倭寇是国家军队的事，咱老百姓有劲也用不上啊！"

赵健民："大叔，可别小看咱老百姓，无论哪个朝代，离开咱老百姓，他就长不了。"

赵健民的话引起了所有人的注意，他们觉得很有道理。于是王老七就问道："这位兄弟是……？"

赵健民很有礼貌地说："噢，我姓赵，家住在马颊河西边的赵堂，平时做点小生意，经常出门路过聊城。"说完就提起小包袱准备离开茶馆。

王老七热情地说："往后啥时候来聊城，一定要到我这小茶馆里歇歇脚。"

赵健民回过头来，双手抱拳说："谢谢，今后一定来拜访。"

穆九如刚才看见正在喝水的赵健民，就觉得眼熟，这人很可能就是他寻找多年的小虎。所以，赵健民一离开茶馆，他就在后边尾随紧跟着。

赵健民行走在小巷里，其实他早已发现了穆九如跟在身后，却佯装什么也没看见，依然悠闲地往前走着。拐过岔路口，他进了胡同里的一家小客栈。和店掌柜点了点头，掏出钥匙打开门锁，正要进屋，却突然扭过头来说："穆大叔，请到屋里坐坐吧。"穆九如猝不及防，只得进了屋，却感到有些意外。赵健民立即关上房门说："穆大叔，请坐吧。"

穆九如惊诧又试探地问道："你是？"

赵健民："我是马颊河西赵堂的，我叫赵健民。"

穆九如："你们赵堂可有个叫赵小虎的？"

"大叔，我就是小虎，小虎是我的奶名，上中学后就叫赵健民了。"

穆九如惊喜地："天哪，你就是小虎，如今我终于见到你了。"

赵健民："大叔，你认不出我，我可一眼就认出了您，您的相貌，您的衣着还从前一样。"

穆九如深情地："那年冬天我从临清回观城老家，在路上病倒了，又赶上风雪交加，又渴又饿，又发高烧。天快黑了，我爬到了您赵堂村头的小庙里。你的父亲赵寿卿老先生正好从庙门口路过，因我到处说书唱曲，赵老先生认识我，就把我背到你家，热汤热饭的侍候着。不然的话，我就得冻死在小庙里，是你们全家救了我的命。"穆九如擦了擦含泪的双眼继续说："第二年春天，我去赵堂看望赵先生，才知道他被人诬陷已屈死在省城济南大牢里。十九年后，又听说你也被韩复榘关进了省城的监狱里。"

赵健民："是呀，韩复榘把我抓进监狱，受尽了酷刑，还未来得及枪毙，就赶上"七七事变"，释放政治犯，我就被放出来了。"

穆九如："你如今是想干……"

赵健民："全国都在抗日，我当然也要抗日。"

穆九如："好，好哇！大叔真羡慕你们这些年轻人哪！只可惜，我老了。要是能年轻十岁，我也敢跟你一块去抗战，去打日本鬼子。"

赵健民："大叔，抗战不分老幼，您才五十来岁，不算老。"

穆九如："都这把年纪了，腿脚已经不灵便了。"

赵健民眼睛盯着穆九如行囊中露出的三弦，高兴地说："大叔，抗日正需要您这样的特殊人才哩。"

穆九如苦笑着说："小虎，不是拿你大叔开玩笑吧。我四处云游，卖唱要饭的人，怎么还特殊人才了？"

赵健民："大叔，抗日需要宣传，正可以利用您说书唱曲的一技之长来宣传抗日嘛！"

穆九如眼睛一亮："说书唱曲也能抗日？"

赵健民："大叔，如果您愿意，从今天起，您就算参加抗日了。"

穆九如高兴地："好，你们老赵家的人，办事就是干脆、麻利、快。小虎，噢，健民，你就说我该咋干吧？"

赵健民警惕地看了看门外，然后严肃认真地说："大叔，眼下，您表面上仍然是说书唱曲的，可暗中……"

赵健民和穆九如在小客栈交谈了很久。

五

范筑先办公室的左边是两间小会议室。此时，凌作善和另外两个勤务兵已把桌椅板凳打扫干净，专署各部门长官和负责人也已陆续到会。

范筑先今天着一身戎装，头戴军帽，显得特别干练、威严，长长的苍白胡须飘于胸前，极有一种儒将风度。他和张维翰、王金祥等一齐走进会议室，相互交谈着，会议室慢慢静下来。张维翰把一份文件放在桌子上说："现在开会，请范专员讲话。"

范筑先首先看了看会场，然后很严肃地说："卢沟桥事变，日本鬼子的狼子野心已大白于天下，佟麟阁将军正率部拼死抵抗，而我们作为地方官员，在国难当头的情况下，更要尽职尽责，保护一方百姓的安全。在没有接到省政府命令之前，各部门都要很好地坚守岗位，稳定民心。"范筑先把目光盯住王金祥说："聊城保安大队各中队，和各县县大队要立即进入一级战备状态。"范筑先特别指名说："王参谋长，咱们保安大队平时以维持地方治安为主，如今情况特殊要做好随时和鬼子开战的准备。要从严要求，一切从实战出发，绝不准松松垮垮。"

王金祥回答道："是。"

范筑先："从现在开始，各部门凡带'长'字的，一律停止休假，不得以任何理由擅离岗位，违者从严处置。会后，各单位要做出详细的备战方案，明天天黑以前将方案送到专署，不得有误，散会。"

六

范树琨和田苑带着几个学生，在小街上贴抗日标语。有的刷糨子，有的往墙上贴标语。由于风大，学生们身材矮小，刚贴上的标语就被风刮下来了。此时，保安大队参谋孙金利从他姘头家里出来，正好从这里路过，被风吹下来带糨糊的标语，恰好缠在他的裤腿上。孙金利见状气急败坏地骂道："这是什么鸡巴玩意，黏糊糊的弄了我一身。"

范树琨一愣神，就立即理直气壮地："这是抗日标语，你这人怎么说脏话呢？"

孙金利根本就没把老师和几个孩子放在眼里，他不屑一顾地说："什么狗屁脏话不脏话的，你们的脏东西都弄到我身上了，不叫你们赔我，就便宜你们了，还敢在老子面前要横！"说着就把脚下的标语踢成了两截。

这儿是居民区，听见有人吵架斗嘴，早已围满了人，其中就有路过这里的耿大山。穆九如和赵健民也从不同方向走来，这事从头到尾都看在眼里。耿大山觉得这事和自己无关，掂起渔叉就想走。只听见范树琨说："你这人怎么说出如此下流的话，你破坏抗日标语，这事绝不能算完。"

孙金利故意挑衅地："什么鸡巴抗日标语，先把我腿上的脏东西给老子擦擦。"

范树琨恼怒地："你混蛋。"

孙金利："你敢骂老子？"说着就撸袖子想打范树琨。

围观的民众都紧张地看着事态的发展。

赵健民瞪着激愤的眼睛，随时准备出手。

穆九如着急地看着。

耿大山早已气红了脸，就在孙金利出手要打范树琨的关键时刻，他手持渔叉横在孙金利的面前，以魁梧的身体挡住了范树琨。

耿大山指着脚下断成两截的标语，威严地对孙金利说："把标语接好贴到墙上去。"

孙金利扭头一看，眼前只不过是个打渔的小子，于是就蛮横地说："滚一边去，这里没你的事。"

耿大山不急不躁，只见他右腿一抬，狠狠地踩住了孙金利的脚，然后又抓住了他的右臂。孙金利几次使劲想把脚抽出去，可无济于事。这一手，令所有人目瞪口呆，连连叫好。

狼狈不堪的孙金利还想挣扎，耿大山瞪着眼说："快把标语贴上。"孙金利转了转眼珠子仍没贴标语的意思。耿大山没再说什么，只在脚上又加了点劲，孙金利就鬼哭狼嚎地瘫倒在地上说："我贴，我贴。"耿大山把腿抬起来，孙金利在众人的注视下，只好老老实实地把标语贴好，然后就灰溜溜地逃走了。身后留下了围观人群的一阵呵斥和笑骂声。

范树琨和田苑对耿大山在关键时刻站出来解围非常感激，二人想向耿大山说两句感谢的话，但耿大山早已扛起渔叉走远了。

七

耿老三嘴里嘬着旱烟袋,坐在碧荷塘边老柳树下的马扎上。看着孙子大山磨完渔叉,就沉下脸说:"大山,你过来。"

耿大山把渔叉放在墙角里,然后来到爷爷面前。

耿老三不满地:"大山,我嘱咐你多少回了,千万别在外边惹是生非,可你总是把爷爷的话当成耳旁风。"

耿大山不知道爷爷又要说什么,仍然静静地听着。

耿老三磕磕烟袋锅:"你今儿又在外边惹事了?"

"没有哇!"大山似乎没意识到什么。

"还敢犟嘴!"耿老三很生气:"我都听说了。"

耿大山醒悟了:"噢!今儿那个人欺负人家贴标语的老师和学生,我气不过,当然要管了。"

耿老三:"这世上你气不过的事多着哩,咱一个穷打渔的,管得了吗!"

耿大山低着头,他不想再和爷爷顶嘴。

"愣头巴儿的。"耿老三训斥着:"知道你得罪的人是谁吗?听说那人是保安大队的参谋,姓孙。"

耿大山气哼哼地:"他保安大队参谋,不去打日本人,欺负贴标语的师生,那算什么能耐。"

耿老三:"你还有理了。这几天就在家里呆着,哪儿也不能去。听说那姓孙的吃喝嫖赌、心狠手辣,要防备他报复你。"

"我不怕他。"耿大山气愤地说。

"他手里有枪!"耿老三提醒孙子。

耿大山沉闷了好久,突然说:"爷爷,我想走。"

"你上哪儿去?"耿老三关切地问。

"我想去当兵,拿枪打鬼子。"

耿老三:"当兵!你上哪儿当去。如今遍地是土匪,大部队早都跑到黄河南边去了。"

耿大山又沉默起来。

八

王金祥一脸愤怒,他一边使劲吸着烟,一手翻阅着几张毛笔写的什么东西。这时,孙金利像往常一样喊了声"报告"就推门进来了。大大咧咧地来到王金祥面前就往桌子上摸烟。王金祥迅速地用左手把烟盒一捂,抬起右手照准孙金利脸上"啪啪"打了几个嘴巴子。孙金利被这几个突如其来的耳光子打得两眼直冒金星,嘴角也流出了鲜血,他瞪着迷惑不解的小眼,丈二和尚摸不着头脑,自己不知道因为啥挨打。他抹了抹嘴角的血丝,对怒气未消的王金祥说:"大哥,参谋长,你……"

"别叫我大哥。"王金祥气急败坏地说。

孙金利哀求地:"王参谋长,我犯了啥错误?你指出来,我挨打心里也知道是因为啥。"

他边说边哭起来。

过了好长时间，王金祥才狠狠地把半截烟头扔在地上说："正因为咱是老乡，又沾点亲戚关系，我就一再警告你，可你就是不听我的。"王金祥拨拉着桌上那几张纸说："这不，学校的校长、街上的绅士都把你告了。你涉嫌贩毒、玩野妓、耍流氓，昨天你竟然对贴抗日标语的老师和学生耍无赖。你知道贴标语的老师是谁吗？那是范筑先范司令的闺女，范二小姐。"

闻听此言，孙金利眨巴着小眼，还真有点害怕了。

王金祥仍很气愤地说："现在是非常时期，你这是反对抗日。这些事如果捅到范老头那里，论罪，你就该枪毙。"

也许刚才没意识到问题的严重性，那么现在，孙金利是真的害怕了，吓得脸色煞白，头上直出虚汗。他"噗通"一声跪在王金祥面前说："大哥，看在亲戚和老乡的份上，你无论如何也得帮我一把。"

王金祥有些厌恶地："我帮不了你，你一次次给我惹是生非，若再留你，早晚有一天会把我也帮下去。"

孙金利叩着头、痛心地说："今后我若再给大哥惹事，我就不是人。大哥，你可以亲手把我枪毙了！"

王金祥思谋良久，才说道："看在亲戚份上，我给你两条路，一是卷铺盖回家；一是到下边县里当个大头兵。"

孙金利想了想说："大哥，我不想回家。"

王金祥："那就到下边县里当个兵吧，反正你得离开聊城。"

孙金利有些不情愿地："要真是这样的话，我想去阳谷县大队。"

王金祥："阳谷、东阿、茌平、冠县没人要你，王嘉猷在莘县当县长，你去莘县吧。"

孙金利只好无奈地点点头。

九

办公室桌案上放着一张四尺宣纸，范筑先站在桌前沉思，在琢磨写什么字。他大概想到了当年岳飞收复中原的决心吧，于是很快拿起笔来饱蘸浓墨，运气挥毫，洁白的宣纸上就出现了"还我河山"四个大字，下款小字为：丁丑夏月竹仙。写完之后，他抚摸着长长的胡子，围着桌子慢慢地走动着。突然间，他喊了声"作善"。

凌作善应声推门而入，范筑先说："你去把维翰叫来。"不一会儿，张维翰就来到办公室，进来后，见范筑先正思考着什么，就站在桌边静静地欣赏着范筑先的书法。

范筑先叫张维翰搬把椅子坐在自己办公桌对面，然后心事很重地说："现在形势很糟糕，鬼子已占领平汉线上的邯郸和津浦线上的德州。气势汹汹地正向高唐、夏津逼近，我们的大部队和地方政府官员纷纷南逃。"范筑先心有疑虑地继续说："如今，咱省政府韩主席仍没有明确态度，下边人心惶惶，各地都在着急地观望，我也是心急如焚。"稍作停顿，范筑先继续对张维翰说："你是我的秘书，又是一个村的邻居，你又接触过共产党，我很想听听你对当前形势的看法。"

张维翰心想，这正是宣传中共中央统一战线、团结抗日的大好时机。于是就沉稳地说："其实这些天我也很着急，但光着急也没用，必须以实际行动做好抗日工作。"见范筑先听得很有兴趣,张维翰就接着说:"他们大部队可以继续撤退,抬腿就跑,无牵无挂,可咱们是地方政府,若鬼子一来就逃跑,你跑到哪里算完哪?专署机关若撤出聊城,咱就成了无土之木,风中的一片落叶,无依无靠了。"

范筑先显然很欣赏这位小老乡的分析和判断,他把椅子往前挪了挪,极有兴趣地问:"维翰,照你的思路说下去,现在我们应该怎么办?"

张维翰:"从长官到民众,必须树立坚决抗击日本鬼子的决心,起码不能静等着鬼子来打我们。"

范筑先深深地点头,表示赞同。张维翰就接着说:"如今情况紧急,咱不妨学学共产党的游击战术。"

范筑先有点为难地说:"咱怎么学呀,也没地方去找共产党啊?"

张维翰很警惕地看了看门口,然后压低声音说:"范专员若真想找共产党,这事并不难。"

范筑先惊喜地"啊"了一声。

张维翰:"前不久在你身边工作的姚弟鸿就是共产党,他现在三路军济南政训处工作。那里收留了很多从平津流亡来的进步学生和大批的文化人,这些人都是坚决抗日的积极分子。如果范专员同意,可以去济南要些人来。咱们聊城也办一个政训处,培养自己的抗日人才。"

范筑先感觉眼前一亮,十分高兴地说:"好!维翰,这个点子好!你明天就去济南要人,我范筑先欢迎他们来聊城。"

张维翰兴奋地说:"好,我明天一早就去。"

十

初冬的鲁西平原,树木光秃秃的,野草枯黄,满目萧条,一片凄凉。有"倒戈将军"之称的石友三的部队正顺着黄土大道仓惶地向南撤退,其中约有一个连的官兵,在黄土斜坡的避风处停下了脚步。有的坐在路边吸烟,有的躺在地上就想睡觉,还有些在侃大山。一个满脸胡渣的老兵说:"照现在这个速度走下去,用不了一个月,咱就撤到长江南边去了。"

一个长条脸的兵油子酸不溜地说:"撤到江南好哇,咱可以吃江米儿,喝江水儿,江南的小妮一拍一股水,等着咱去亲她的小嘴唇。"这话立即引起一阵轻浮地浪笑。笑声未落,一个老兵说:"别他娘的净想好事了,都行了一天军了,还没吃上一顿饱饭哩。"

在土坡拐弯处,连长齐子修正在给班排长们开会,他说:"弟兄们,现在情况紧急,我们不能再跟着石友三往南撤了,按计划明后天就要过黄河。我们这个连的弟兄们都是北方人,离家越来越远,部队供给也很难保障。现在的形势是,我们的军队往南撤,地方政府就都垮了,有的专员、县长闻风二百里,带上钱就跑,各地已是无政府状态。土匪蜂拥而起,手里只要有枪在,就能吃香的、喝辣的。我想我们就留在这里,完全可以称雄一方。"

齐子修一脸严肃,班排长们都在静静地听着。齐子修接着说:"情况已经说明,愿意跟我干的就留下。不愿意跟我干的,我也不强求,跟着石友三继续往南跑或者另谋高就,我齐子修悉听尊便。"齐子修的话刚一落音,班排长们就异口同声地说:"我们跟着齐连长干,坚决不再跟石友三跑了。"

齐子修见大家都想跟他一起干,心头一块石头算是落了地。他高兴地说:"从现在起,咱们就正式脱离了石友三的六十九军。现在百姓们看见军队往南跑就骂,骂我们不打日本鬼子。因此我早就想了一个好听的名字,咱就叫"抗日英勇救国军",在这块地盘上咱就是老大,咱兄弟们有难同当,有福同享。"

一个瘦猴似的排长趁机讨好地说:"从今天起,齐连长就是咱的齐司令。"对这个头衔,大家也表示同意,齐子修当然十分高兴,说:"好!弟兄们够哥们。为庆祝这次改变命运的举动,我刚才已命司务长搞了一头猪,还弄了几坛酒,现在天色已晚,酒饭大概已准备好了,快集合弟兄们一齐进村会餐。"

十一

行走在高高的黄河大堤上,心胸会感到非常开阔,眼前也特别敞亮。北边是一望无垠的大平原,堤南侧是,波涛万里的黄河水。

张维翰带着二百多个自愿到鲁西参加抗日的平津学生和一众热血青年,从济南登上大堤,徒步向聊城进发。途中所到之处,村民都以惊异的目光看着这些青年人。许多天来,无论军队、地方官员和难民,大都是从北往南走,几乎还没见过大批人员往西北去的景象。

中午,队伍下了黄河大堤,在一个村头路口休息。很多人向张维翰打听聊城的各种情况,一个名叫张冬的学生,年龄最小,他问张维翰:"水浒中武松景阳冈打虎是不是在聊城?"

张维翰介绍说:"咱们聊城,是水浒英雄活动最多的地方:有武松打虎的景阳冈;阳谷城里还有斗杀西门庆的狮子楼;高唐的柴进花园;范县有孙二娘开店的十字坡;观城有鲁智深解救林冲的野猪林;李逵当知县的寿张县衙等,都在咱们聊城辖区内。等咱们打败日本鬼子以后,大家可以尽情地去逛逛、玩玩。"

"好!"大家精神振奋,忘了走路的疲劳。队伍又重新上路,行进在辽阔的旷野里。

十二

范筑先办公室,他亲自手书的"还我河山"四个大字早已装裱,悬挂在身后的墙壁上,旁边还斜挂着那把宝剑。范筑先正对宝剑和"还我河山"沉思的时候,凌作善兴冲冲地推门进来说:"张维翰秘书打来电话,请您到师范操场去,给济南来的学生讲话。"

范筑先惊诧地:"张秘书!他啥时候回来的?"

"昨天晚上十点、"凌作善回答。

"咋不早告诉我一声?"范筑先稍有不满地问。

凌作善:"张秘书怕影响您休息,所以……"

"这个张维翰!"范筑先欣慰地摇摇头,对凌作善说:"走,咱们赶快看看去。"

师范的操场上,张维翰面对列队整齐的平津学生们说:"经过三天的艰苦行军,没有一个叫苦喊累的,我刚才已打了电话,你们希望见到的范筑先专员,马上就过来和大家见面。他是位非常正直、非常慈祥的老人,他又特别喜欢有学问的青年人。"张维翰的话还没说完,范筑先和凌作善等就来到了操场。张维翰将范筑先请到队列前介绍说:"同学们,这位就是你们希望见到的范专员,现在掌声欢迎范专员给我们讲话。"

一阵热烈的掌声后,范筑先高兴地说:"同学们好,对你们的到来,我本人和聊城的父老乡亲们都表示热烈欢迎。同学们从济南到聊城步行三百多里地,有的脚上磨了血泡,但没有一个掉队的,这种吃苦精神,我范筑先非常敬佩。你们千里迢迢,离开家乡,离开亲人,离开学校到聊城来,这是为什么呢?是因为日本鬼子侵占了我们的东三省,侵占了我们的北平城,烧毁了我们的房屋,杀害了我们的亲人。同学们自愿来聊城参加抗日救亡,我范筑先十分敬重你们这些有文化的青年人。从今以后咱们就是共同抗日的弟兄们,是亲密的战友,咱们有福同享,有难同当。我们要团结一致,英勇杀敌,不怕牺牲,小小的东洋鬼子就一定会被我们消灭掉。"对范筑先的讲话,同学们报以一阵热烈的掌声。

"我们愿在范专员指挥下抗击日本侵略者。"大家共同表示。

范筑先:"好哇,咱们大家齐心一致,共赴国难。"

同学们情绪很高,要求抗日心切,他们大声地问:"范专员,我们什么时候才能去抗日?"

范筑先也为同学们的热切情绪所感染,说道:"同学们不要着急,你们先休息两天,然后要集中学习一些军事技术,有了一定的本事再把你们分到各县或者直接进入抗日队伍。现在,很多地方都需要有文化的年轻人,需要抗日的骨干力量,你们大有用武之地。"又是一阵热烈的掌声。

范筑先走近面前一位身材健壮、面目文静的青年跟前问:"这位同学叫……"

青年人干练地回答:"我叫吕世隆,山东泰安人,就读于北平中国大学政治系。"

范筑先与吕世隆亲切握手后,又询问身边一位圆脸善目、敦厚老诚的青年。青年人很有礼貌地回答道:"我叫张炳元,河北文安人,就读于北平大学。"

在一位稚气尚存的小青年面前,范筑先问:"小同学,你叫什么名字,家乡是哪里呀?"

"我叫张冬,吉林通化人。"小青年回答道。

"今年多大啦?"范筑先又问。

"报告专员爷爷,我今年十六岁。"小青年说完,引起了一阵哄堂大笑。

范筑先笑着说:"张冬啊,你看着我挺老相吗?"

"我看您不老。"张冬说:"就是胡子比我爷爷的胡子长多了。"又是一阵笑声。

范筑先捋了捋胡子说:"我的胡子是长了些,咱们是老少齐抗日。在抗日队伍里,咱们是一个战壕里的战友,是在一个锅里要勺子的弟兄们,今后咱就不兴喊爷爷了。"

"是。"张冬腼腆地回答到。队伍又发出一阵轻微的笑声。

范筑先正在和青年人交谈的时候,孟秘书和警卫班长骑着自行车飞快的来到操场。孟秘书跳下自行车,跑到范筑先面前耳语了一阵后,范筑先的情绪和声音明显有了变化。范筑先叫同学们先好好休息,然后就连同张维翰等一起迅速地离开了操场。

情况的突然变化,让同学们面面相觑。他们似乎也预感到有什么重大事件要发生,却又茫然不知所措,呆呆地看着范筑先一行远去的身影……

第五章 | 范专员黄河口勒马而返
| 齐子修趁混乱窜扰聊城

一

聊城专署小会议室里，坐着张维翰、赵伊坪、王金祥等专署、县府大小官员。

范筑先手里拿着一封电报，他严肃而忧心地说："这是刚收到的战况通报，日军已离开德州向南进发，估计两天内可到高唐。据此，我再次强调一下，我们要厉兵秣马，做好抗日守土的一切准备，从现在开始……"

一阵急促的电话铃声打断了范筑先的讲话。孟秘书立即去接："喂！我是聊城，找范专员？好的！"

孟秘书捂住话筒，抬头对范筑先说："省政府电话，要您亲自接听。"

范筑先接过听筒说："噢，韩主席，我是范筑先，撤退？日军还没来到聊城辖境，怎么能撤退？是，是，服从命令，到黄河南，嗯！"范筑先慢慢地放下电话，心里有些迷惘，眼睛怅然地看着窗外。

会议室里相当安静，人们心里都很紧张，知道时局有了新变化，但又不知道范筑先做何打算？时间一长，有人开始交头接耳，窃窃私语。

为了应对情况的变化，范筑先早已有过思考。为慎重周全起见，他不得不再次细心斟酌，短暂的权衡之后，范筑先回过头来说："大家静一静。刚才省政府韩复榘主席，在电话里命令我们专署及保安大队，要立即撤出聊城，到黄河以南待命。"范筑先看着下边没什么反应，然后接着说："据此，我命令专署及保安大队做好一切准备，听到命令后立即出发。"

整个会场气氛肃穆，范筑先稍一停顿，立刻加重语气说："因为时间紧迫，有些问题不便细说，现在我宣布一项口头任命。"

这个节骨眼上要宣布任命，大家都感到突然，睁大眼睛静静地听着下文。只听范筑先说："现在我任命专署秘书处长张维翰为聊城县代理县长，在我离开聊城的情况下，代我管理专署的一切事务。"

口头任命刚宣布完，范筑先非常干脆地说："现在散会，大家回去后立即做好撤出聊城的准备。聊城代理县长张维翰留下。"

在这种时候，范筑先做出这样的任命，大家都觉得十分意外，就连张维翰自己也感到太突然，甚至难以置信。

会议室只剩下范筑先和张维翰两个人。

张维翰着急地说："范专员,我们不能撤退。今后如何对京津二百多名青年交待,如何向聊城的父老乡亲交待……"范筑先双手一压,示意张维翰先坐下,然后极严肃地说:"韩复榘既是山东省政府主席又是三路军的最高长官,战争时期军令不可违。但是我赞成共产党对鬼子实行的游击战术,这要选准时机,创造机会。另外,这是考验机关人员,特别是保安大队的最好机会,关键时刻是否能拉得出去。还有,途中我会酌情择机而行。我叫你代理聊城县长监管专署事务,主要是安抚广大民众和领导京津来的青年。这些人,愿意撤退的可随我一块走。愿意留下守聊城的,由你组织安排他们,再就是观察我走后聊城发生的情况,无论是否发生变故,每天至少要派人快马给我汇报一次。"范筑先稍一停顿,深情地看着张维翰:"我给你留下三百块大洋,一百支大枪,时间紧迫,情况复杂,别的我就不多说了。"

张维翰听到这里,刚才还紧锁的眉头已经稍有舒缓,脸上也浮现出既沉重又会心的表情。

范筑先站起身来,紧紧地握住张维翰的手,"你肩上的担子很重,任务艰巨,可也正是你展示才能的时候。"

二

黄河大堤,像一条巨大的长龙,静静地横亘在鲁西平原上。前不见龙头,后不见龙尾。堤边稀稀拉拉的几棵柳树,树叶已完全凋落,枯黄的枝条在寒风中摇动着,发出哀戚的呜呜声。

堤下黄泥土路上,涌动着一眼望不到边的难民,扶老携幼,推车挑担,呼儿唤女,牵羊抱鸡,艰难地在风中行走着。

另一条路上,是从聊城撤退的保安大队和专署人员,此刻,他们正登上大堤。

大堤上,一群流亡来的学生翘首北望,迎着凛冽的寒风,唱起了"我的家在东北松花江上……"的歌声,如泣如诉,饱含着国破家亡的痛苦和凄楚。

范筑先全副戎装,身披斗篷,走在长堤上,凌作善牵着一匹战马紧随其后。寒风把范筑先的斗篷掀起来,也吹动着他胸前长长的胡须。眼前的一切,使这位年近花甲的老将军无法平静,胸中波涛翻滚,心如油煎,脑海里思绪万千。他好像听到自己的声音在说:"倭寇入侵,国有大难,在这种危机时刻,我范筑先就是一个普通的平头百姓,也不能背着乡亲们自己溜之大吉呀!何况我还是个将军,还是个主宰一方的官员。若真的就此逃跑,今后我还有何颜面再见家乡父老,后世子孙又会说些什么……"想着想着,他忽然回过身来,从凌作善手中牵过枣红色的战马,动作快捷利索地跨上马背,双腿紧夹,缰绳一抖,战马箭头似的顺着长堤向远处飞驰而去,范筑先想用这种方式消解心中的郁结。

三

聊城大街上,店铺商号虽还开着门,却没有了往日的繁华。人们仨一伙,俩一团聚在街头巷口,七嘴八舌地议论着。

"什么专署,什么保安队,简直狗屁不如。小鬼子还没到,就把他们吓尿了。"

"这些吃官饭的家伙,心黑得很,紧急关口他们只顾自己,哪里还有心管咱老百姓的事。"

"范筑先这老头,平时又修桥又修路,看着是个好官,可听说鬼子要来,他也鞋底板抹油——溜之大吉了。"

王老七站在茶馆门口,听着人们的议论。

耿老三和孙子耿大山背着渔网经过茶馆门口,只对王老七摇摇头就走了。穆九如身背行囊,毫无目的地行走着,情绪显得很低沉。

专署大院里,京津来的青年们心中非常气愤。他们对范筑先的撤退很失望,觉得走错了路,跟错了人。

"范筑先怎么能说话不算话呢,他说跟咱们一块抗日,自己却先跑了,这算什么事呀?"

"都说他是好人,是英雄,现在看来,他是个胆小鬼。"

张维翰吹了几声哨子,把青年们集合起来说:"大家伙静一静,现在是特殊时期,情况不断变化,光讲些牢骚怪话也没用。但,我无意为范筑先专员辩护什么,他是在执行上边的命令,绝非临阵脱逃,更不是贪生怕死。他走的时候,还特意想着大家,给咱留下了枪支和钱粮,叫我们做好自卫。"张维翰见大家情绪已平静下来,就接着说:"我现在把留下的四十二个人编成四个小队,每人一支枪,现在就发给大家。"

经过一阵分发之后,青年们每人得到一支汉阳造。这是他们平生第一次接触真枪,却根本不知道怎么使用,连拿枪的姿势也是千姿百态。

张维翰把分到枪的同学们又重新集合起来说:"同学们大都不会使用枪支,所以现在没发给你们子弹。今后由赵伊坪主任给你们上军事课,亲自教大家用枪射击的方法,现在就请赵主任。"

赵伊坪衣着整齐,很像一位训练有素的教官。他先吹了两声哨子,要大家集中注意力,然后大声喊道:"集合。"队形虽不大整齐,大家却也站成了一行。赵伊坪又喊道:"立正,向右看齐,向前看,报数。"

青年们听到口令后挨个报起了数:"一、二、三、四、五……"

四

马颊河东岸的一个小村外,齐子修的"抗日英勇救国军"正在整装待发。

一匹快马飞驰而来,身后搅起一团浑浊的黄尘。来到队列之前,侦察员翻身下马,向齐子修报告:"报告齐司令,据侦察,范筑先已奉韩复榘之命率领专署、保安大队离开聊城,正向黄河以南撤退。"

齐子修小眼一斜愣说:"消息可靠?"

"千真万确!"侦察员回答说。

"好,范老头一走,聊城就是一座空城。"齐子修把军帽扶正,很嚣张地说:"今后聊城就是咱们的天下。这叫有福不用忙,无福跑断肠,真是天赐良机也,弟兄们进城。"说完,即率队伍向前开进。

聊城北门,齐子修率部闯进城里。街上民众一看就知道这是一伙散兵流寇,都吓得急忙躲避,有些小店主也慌忙关上了门板。

专署门口，往日站岗的保安队员，如今换成了两个持枪的青年。

齐子修率领着他的手下窜到专署，根本就没把持枪的青年们放到眼里，上去就下了他们手中的枪。然后又跑到院里，收缴了所有枪支弹药，并把青年学生集中到会议室，由手下士兵站岗看守。

张维翰闻讯后，即和赵伊坪赶到现场。要求士兵们归还枪支，释放所有被关押的青年。话不投机，双方激烈地争吵起来。真是秀才碰见兵，有理说不清。张维翰要他们的头目出来说话。

齐子修歪戴破军帽，挽袖敞怀，手里握着枪，不耐烦地问张维翰："你是干什么的？"

"我是聊城代理县长兼管专署事务的张维翰。"

"好！张代县长。"齐子修不无揶揄地说："范筑先那老头都溜了，你也是早晚的事。现在是非常时期，聊城实行军事管制，这座城就归我了。"

"好大的口气。"张维翰正气凛然地："你是什么人，快告诉我。"

"听好了，别吓着你。"齐子修撇着无赖的腔调，恬不知耻地说："老子原属六十九军石友三部下，现在是鲁西'抗日英勇救国军'的司令官，齐子修。"

张维翰一听就知道眼前这个人是个流寇头目，于是不屑一顾地说："石友三的六十九军早就跑到黄河南边去了。你还自称什么司令官，说穿了，你就是个逃兵，流寇，土匪。"

齐子修的大话没能蒙住张维翰，他知道这个代理县长不好惹，就用缓和的语气说："张县长，咱就别斗嘴了，弟兄们来到聊城，你总得先弄点粮饷吧！"

张维翰也不想把事情闹大，于是就顺势说："弄点粮食吃倒可以，但你必须先把青年学生们放出来，把枪支还给他们。"

齐子修眨巴着眼皮说："放人可以，可枪支不能还给你们。"

"枪支也必须归还。"张维翰坚持说。

齐子修："这样吧，如今已到晌午头了，先弄点饭吃，然后再说枪的事。"

由于兵痞骚扰，大街上行人较以前少多了。齐子修带着他的副官和几个排长，趾高气扬地向胭脂楼走来。

胭脂楼的庞老板，见街上散兵流寇到处横行，正欲关门停业，齐子修此时已闯到门前。庞老板只好笑脸相迎说："老总们辛苦了。"他那肥胖的身躯仍挡在门口，并没有让齐子修进来的意思。

齐子修瞪着眼说："知道老子辛苦，还堵在门口不让进去！"

庞老板无奈，只好低头弓腰让齐子修一行进了门。他们在楼上一个雅间坐下，就有小跑堂的赶快上了一壶茶。庞老板毕恭毕敬地说："老总想吃点什么？"

齐子修："好吃好喝的都给上了，环城湖的鲜虾米、大鲤鱼，更是必不可少的。"

"好，好。"庞老板点头正要离去，齐子修急忙喊道："还有，这楼上最红的小妮也弄几个来慰劳慰劳弟兄们。"

庞老板有些为难地说："听说要打仗，她们都跑回家去了。"

"都给我找回来！"齐子修小眼一瞪生气地说。

五

黄河渡口，参谋姜洪源正要举手打一个老船工，王金祥正好来到这里，便问是怎么回事。

姜洪源说："部队征用船只,这老家伙,非要先交给他钱,不然他就不开船。"

王金祥冷冷地对老船工说："国难当头,战争时期,部队有权免费征用一切交通工具,你知道吗?"

"可你不给钱,我一家老小吃什么?"老船工哀怨地说。

姜洪源:"你们没饭吃,可我们上前线打仗,那是要丧命的。"

船老头:"你们这是往后撤退,又不是上前线。"

姜洪源恼羞成怒地说:"这老家伙还敢跟老子犟嘴。"说着就要捋袖子打船老头,双方发生争执,乱作一团。

大堤上,范筑先翻身下马,凌作善随即接过缰绳。范筑先虽然骑了一阵马,可并未能减少忧虑和惆怅之情,心中仍十分纠结,脸上表情更加凝重。在他的视野里,远处出现了一匹快马向大堤驶来。

那匹马越来越近,凌作善年轻,眼神好,他已看清了骑在马上的人,惊喜地对范筑先说:"是通信班王班长来了。"

大堤脚下,王班长翻身下了马,跑步来到范筑先面前。范筑先急忙问:"这两天聊城情况怎么样?"

王班长气喘嘘嘘地报告:"情况是这样的……"

范筑先听说齐子修闯进专署,关押了青年们,还收缴了枪支,非常愤慨,却并没有当众动怒。此时,他的脑海里竟出现了拔地接天的光岳楼;出现了高高的城墙和风光秀丽的环城湖;出现了在湖上打渔的耿老三和推水车的王老七;最后竟然出现了他自己在师范操场给青年们讲话的画面;也出现了齐子修的兵痞流寇闯入聊城,乱抢乱拿的混乱场面……

范筑先从纷乱的思绪中醒过神来,寒风中又传来"我的家在东北松花江上"的歌声。他看到堤南渡口准备过河的保安大队已集合在一起,身着便服的专署人员正在准备上船。

此时,王金祥从渡口跑过来,向范筑先敬礼报告说:"范专员,渡船已准备妥当,请指示。"按常理说,此时只要范筑先一声令下,部队就会立刻登船南渡。令人困惑不解的是,范筑先并没有马上下什么指示,他的目光久久地注视着波涛翻滚的黄河水。这情景令所有人都费解,尤其是王金祥,更觉有物卡在喉咙,甚是尴尬、难堪。

经过再三思考,范筑先终于下定决心,他无比严肃地对王金祥说:"王参谋长。"

王金祥精神振奋地回应:"到!"

范筑先:"集合部队,立刻返回聊城。"

王金祥听后非常惊愕,他甚至怀疑范筑先年龄大了,可能是糊涂了。所以马上追问道:"范司令你说什么?"

"我叫你集合部队,立刻返回聊城。"范筑先斩钉截铁地说。

对范筑先这个果断的决定,除王金祥以外,大部分人都喜出望外。

对于仍呆立不动的王金祥,范筑先几乎有些发怒地吼道:"王参谋长,立即执行命令!"

王金祥面露难色地说:"范司令,费了九牛二虎之力,刚把渡船征集到。"

范筑先威严而不容置疑地说:"这是战争时期,执行命令。"

王金祥无可奈何地说了声:"是。"然后转身向渡口走去。

六

聊城胭脂楼上,乌烟瘴气,酒气熏天,齐子修一伙正在恣意狂欢。八仙桌上杯盘狼藉,鸡骨头、鱼刺遍地皆是。瘦猴有滋有味地啃着猪蹄,高秃子大口大口地嚼着鸡腿。一个满脸胡渣的老兵油子,一手攥着酒瓶,一手夹起一块红烧肉塞进嘴里。靠窗口的一张桌上,一胖一瘦的两个排长,呼天喊地,吆五喝六地猜拳。胖子喊"五魁首",瘦子就回"四季财"。胖子喊"八仙寿",瘦子对"七仙女"……

雅间里,齐子修坐在正位上,一手搂着一个青楼女子,任凭小妮们抓胳膊、托头地往嘴里灌酒。

正在这些醉生梦死的家伙玩得开心之时,马副官突然神色慌张地闯进来,向齐子修耳语了几句。

齐子修惊慌地:"什么,范筑先回来了?他不是过黄河了吗?"

"他根本就没过黄河。"马副官说。

"这个老家伙,还真叫人捉摸不透。"齐子修说:"范老头现在什么地方?"

"先头部队已离徒骇河不远了。"马副官回答:"马上就抵达东关板桥。"

情况已相当紧急,一直沉湎于酒色的齐子修陡然醒过神来。他立刻推开还要给他灌酒的两个小妮,命令马副官说:"赶快集合队伍,马上离开聊城。"

胭脂楼庞老板看着即将离开酒楼的这伙散兵游勇,急忙来到齐子修面前说:"老总,请结了账再走吧?"

"滚一边去。"齐子修把庞老板一推,不耐烦地说:"部队有紧急任务,等回来再说。"

庞老板无奈地看着兵痞们扬长而去,心中无比气愤,他十分厌恶地对齐子修逃离去的方向,狠狠地"呸"了一声。

七

聊城大街上,已恢复了往日的平静,店铺商号照常营业,熙来攘往的行人也较前多了起来。专署大门口,依然是保安大队的士兵在站岗。街巷不少重要的墙上都贴着"欢迎范专员回聊城抗日"和"团结起来,坚决打倒日本帝国主义"的红绿标语。范筑先走在回聊队伍之前,不断地向欢迎的人群招手。看到聊城民众这么需要自己,内心又高兴又愧疚,一股热流涌上来,泪水模糊了眼睛,滴到了他长长的胡须上。

王老七的茶馆里聚集了不少街坊邻居。一中年人说:"真没想到范专员还能回来。"

王老七掂着一把铁壶说:"我一直就不相信范专员会离开聊城。"

耿老三吸口旱烟,很有感触地说:"平常也没啥感觉,听说鬼子要来了,咱身边又没部队,又没有长官,心里就觉得无依无靠,空落落的。"

王老七把铁壶坐在炉子上,拉着风箱问耿老三:"今儿咋没见大山哪?"

耿老三:"自从范专员离开聊城,大山这小子就像丢了魂似的,也不说话,黑天白日的练拳脚。范专员带着人马回来了,他也有了精神,今儿一大早他就下湖叉鱼去了。"

王老七:"十八九的小伙子了,该给他张罗媳妇了。"

耿老三:"他爹娘都在东北叫日本人打死了,我一个老头子哪里有钱给他张罗媳妇。"

这是个星期天。晴空万里,艳阳高照,是半月来难得一见的好天气。环城湖边,一对青年男女正在悠闲地散步。那"男"的上身穿一件咖啡色的皮夹克,头戴一顶软胎鸭舌帽。他一会面向湖边,一会又拣起脚下的小石子,向远处掷去,显得潇洒倜傥,朝气蓬勃。那女的就文静多了,除专心地注视"男青年"的一切行为外,就是远眺环城湖风光。路人把这一对年轻人视为情侣,都投以羡慕的眼光。其实,她们就是范树琨和田苑,只不过具有男子性格的范树琨今儿有意着了男装而已。范树琨和田苑心情愉悦,为体验和积累创作素材,两个人兴致勃勃地来到环城湖边。岸边的白杨翠柳,已失去了夏日的葱郁婀娜,变得稀疏而干枯了;芳草野花没有了春天的娇嫩和艳丽,显得枯萎而焦黄。平静的湖水虽清澈碧绿,却显得阴冷、寒湿而毫无生机。看着眼前凋零萧瑟的景象,田苑心中毫无诗意。此时她发现了远处湖面上有一只小船,船上的人正在撒网捕鱼。

范树琨问田苑:"哎!怎么样,有灵感了吗?"

田苑答非所问地:"看来当个渔民也不容易。"

范树琨:"诗人大发感慨,灵感也就快来了。"突然范树琨高兴地说:"哎!田苑,咱要租他的小船在湖里转一圈,肯定会别有一番感觉。"

田苑:"当然,视角一变,眼前景物和感觉也会随之而变。咱春天不是坐过一回船吗?"

树琨:"春天和秋天的感觉绝对不一样。"

田苑:"可咱上哪儿弄船去呀?"

"我有办法。"范树琨边说边对着湖中的小船招手。为引起船上人的注意,她索性解下红色的毛线围巾,向着小船使劲地摇晃起来。

船上撒网的人就是耿老三的孙子耿大山,他身板结实,肌腱发达,浑身仿佛有使不完的劲。他今儿心情特好,两只粗壮的胳膊轻轻一抡,手中一团乱麻似的渔网,"唰"地一声,就变成了一朵巨大的倒扣莲叶,稳稳地罩住水面,慢慢地沉入湖里。就在将要起网的时候,耿大山看见岸边有人向他招手,这在一般情况下,都是有急事等着用鲜鱼。耿大山急忙收了网,然后驾着小船向岸边摇过去。

小船将要靠岸,耿大山看清了向他打招呼的是两个女子,是贴标语的学校老师。

范树琨和田苑也看清楚了划船的小伙子,就是贴标语时为他们打抱不平的人。范树琨惊呼道:"你……"

耿大山很沉稳地问:"你们要买鱼?"

"我们不买鱼。"

"不买鱼叫我靠岸干什么?"耿大山有些不悦。然后摇动着船桨,准备继续去打鱼。

范树琨见小船要走,就急忙说:"我们想雇你的小船到湖里转一圈。"

耿大山:"我今儿是专门打渔的,船舱里潮湿,腥气难闻,不能坐人。"说着就摇动着船桨,又向远处驶去。

田苑见小伙子要走,就着急地喊:"谢谢你那天为我们打抱不平。"

小船已经远去,耿大山根本没听见她们在喊什么。

乘船游湖的想法落空了,范树琨极感沮丧,顿时诗兴全无。

田苑的眼睛一直盯着远去的小船,看见耿大山已重新开始撒网,就觉得心烦意乱,似乎失落了什么,早已没有寻诗觅句的情趣了。

51

夜,聊城大街上,店铺商号大都上板关门了,只有个别酒馆、饭铺还亮着煤油罩子灯。随着风箱的"呱嗒"声,灶膛里会窜出很高的火苗,那火苗忽高忽低,是夜色下一道特有的风景。

聊城保安大队的司令部,参谋长王金祥的宿舍也已亮起灯光。此时,门外有人轻轻地敲了几下门,王金祥问道:"谁呀?进来吧。"

随着房门的开启,孙金利快速地挤进来。这让王金祥有点吃惊,他立刻问道:"怎么这时候来了?"

"我有急事想请大哥拿个主意。"孙金利说。

"啥事?坐下说吧。"王金祥不冷不热的说。

孙金利坐下后,心里安稳了许多,然后说道:"莘县县长王嘉猷听说日本人要来,他把县里的三百块大洋全部卷走,夜里偷偷地逃跑了。县里成了一盘散沙,乱成了一锅粥。我是逃跑呢,还是回家呢?自己也拿不准主意,特来请大哥指条明路。"

王金祥听了孙金利的话并不感到吃惊。自鬼子入侵以来,军队和地方官员望风而逃者已是屡见不鲜。但他还是问道:"县大队的人还都在吗?"

孙金利说:"大部分都在。"

"只要有人就好办。"王金祥不无得意地说:"王嘉猷是县长兼县大队长,看着我的面子,他委任你当副大队长。如今他已挟款逃跑,那么县大队就理应由你接管。这是个好机会,你必须马上回去。"

"我回去倒可以。"孙金利说:"王嘉猷把钱都带走了,弟兄们吃什么,我拿什么发军饷?"

王金祥有些轻蔑鄙视地说:"你也太死心眼了,只要有人、有枪,莘县这么大个地盘,还能缺你吃的、花的?"

听了王金祥的开导,孙金利立刻开了窍,高兴地说:"好,我这就回莘县。"

王金祥瞪着眼,板着脸:"立即回莘县,可别再拐弯了!"

孙金利:"是,我绝对不拐弯。"

孙金利并没有立即回莘县,而是拐进那条他经常出入的小胡同。夜色很浓,街上已很少有人走动。孙金利胆怵心惊地溜到一个平头门楼前,害怕地前后看了看,稍一稳神,就动手敲了三长两短的暗号。断断续续敲了七八遍,也不见院里有任何动静,心里就有些焦躁和失望。

这些天来,兵荒马乱,没人上门,生意难做。心里空落落的"小旋风",正要脱衣准备睡觉,却突然听到了熟悉的敲门声。他知道这是孙金利惯用的暗号,心里甚是惊喜。可又一想,孙金利已两个多月没有音信了,敲门的能是谁呢?于是,就迟疑地没敢马上去开门。

灰心丧气的孙金利,怀着无奈而失落的心情,正想离开的时候,却听到院子里传来了脚步声,紧接着院门就轻轻地开了一条缝,孙金利熟练地趁机闪进了门里。

灯光下,"小旋风"披衣敞怀,露着诱人的粉红内衣。孙金利像只饿久了的馋猫,扑上去就搂住"小旋风"。

“小旋风”却假意把孙金利推开，撒娇地说：“两个多月了，我的门边你都不踩，又找哪个相好的去了？”

孙金利依然搂着“小旋风”说：“宝贝儿哎，我哪里还有拈花惹草的闲心啊。”

“小旋风”：“这两个多月，你上哪儿去了？”

孙金利撒谎不带害臊地说：“王金祥参谋长看我是个人才，就把我调到莘县当大队长去了。”

“那你咋不告诉我一声？”“小旋风”问。

“这是军事秘密。”孙金利说：“接到命令就得走，没来得及。”

“小旋风”噘着小嘴说：“你十句话，就有八句是假的，我不信。”

孙金利：“这么多年的老交情了，我还能糊弄你。”

“小旋风”：“你这次从县里来，给我带来点啥好东西？”

孙金利：“今儿是紧急会议。下次吧，你说要啥，我保准给你带来。”

“小旋风”嗔怒地：“反正你净糊弄我。”

孙金利欲火攻心，总想进入正题。

“小旋风”早已摸准了孙金利的脾性，眼珠子一转，想吊一下他的胃口，就冷冷地说：“你来得正好，正愁莘县没人哩。”

孙金利：“你是说？”

“小旋风”：“莘县可是烟土的大市场，你们县长王嘉猷，是个出了名的大烟鬼。”

孙金利一听就明白：“你是说在莘县捣腾烟土？”

“小旋风”眼珠子一瞪，嘴一撇：“这事还用说吗？”

孙金利稍加思考说：“好吧，县长王嘉猷一跑，莘县成了一盘散沙，群龙无首，趁机捞一把也好，只是……”

“小旋风”：“不用只是，你放心吧。烟土到了莘县地面上，你只要保证安全，分红时就可以多得一份。”

孙金利眉开眼笑地：“分不分红是小事，只要宝贝你高兴也就行了。”

两个人就又抱在一起，油灯也随之熄灭了……

九

夜深人静，煤油灯下，武治国还在一针一线的织毛衣，范筑先手拿一本线装的《孙子兵法》，可注意力却没有放在书本上。深思良久，他忽然从笔筒里抽出一支七紫三羊小楷毛笔，在印有山东省第六区行政专署的信笺上写道：两天来所发生的事情，余感受颇深……

一阵睡意袭来，武治国放下手中的毛线团，对还在写字的范筑先说：“天不早了，快睡觉吧。”

范筑先将毛笔套上笔帽，放进笔筒里说：“好吧。”然后慎重地说：“哎、治国，我想给你商量个事。”

武治国笑着说：“真是太阳从西边出来了，今儿咋想起喊我名字了？”

“这不是有事跟你商量吗？”

“你不喊名字，我心里很平静。”武治国说：“你只要喊治国，我这心里就会想到……”

范筑先："我也有这种感觉。当年的情景,又浮现在眼前……。"

鲁西平原的深夜。

两间黄泥平顶土屋里,破旧的梳妆桌上放着一盏棉油瓦碴灯,灯光下只有一张简陋的木床,床里边的土墙上贴着一张大红"喜"字,透着些新婚的气氛。

新郎官范夺魁(范筑先原名)虽穿一身土布裤褂,却身材矫健、英姿勃发。他看着略显腼腆的新娘说:"这不咱已经结婚了,光知道您娘家姓武,却还不知道你叫啥名字哩?"

新娘抬头看了看眼前这个自己的男人,羞涩地说:"俺长这么大,还没起过名字哩。"

新郎官惊奇地说:"没名!那家里人叫你啥啊?"

新娘不好意思的说:"因为俺的脚大,家里人都叫俺'大脚',有时候'大脚'后面还带个'妮'字哩!"

新郎官笑着说:"大脚、大脚妮。这算啥名字呀!"

新娘高兴地说:"你要觉得不好听,今儿是新婚夜,你就给俺起个新名字吧!"

新郎官:"我那里会起名字呀?"

新娘:"你不是还念过几年书吗,你就大胆的起吧,只要是你起的名字,无论叫啥,我都喜欢。"

"好吧。"新郎官略微思考了一阵说:"有了。"

新娘:"快说叫啥?"

新郎官:"你娘家姓武,我也从小喜欢练武,今后我也准备从军为国家效力,就根据这,你以后就叫'武治国'吧。"

新娘一愣神,惊异地:"什么!叫武治国?"

新郎官:"对啊,叫武治国。"

新娘:"我一个女人家,叫武治国?"

新郎官:"是啊,名字表达了我的心愿,我看挺好。"

新娘:"好,只要你喜欢。"……

灯光摇晃了摇晃,两个人随即幸福地相视而笑。

武治国哑然笑着说:"人呐,也真快,不知不觉,一晃几十年就过去了。头发、胡子都花白了,孩子们也都长大了。"

武治国问范筑先:"你不是有事要商量啊?"

范筑先:"是啊!"

武治国:"说吧!"

范筑先:"是这么个事。最近京津来的青年学生,抗日热情很高,咱的二小子树民要求了几次,他们要成立'青年抗日挺进大队'。现在大敌当前,国家正需要这样的青年,我看这是个好事,我们当父母的应该支持,应该高兴。"

范筑先看着武治国没啥表示,就接着说:"树民怕你不同意,要我先给你打个招呼。"

武治国听说儿子要当兵,心里自然有些忧虑地说:"这'青年抗日挺进大队',少不了要上前线打鬼子,可咱树民还是个孩子啊。"

范筑先："自古英雄出少年嘛。前些天来聊城参加抗日的平津学生中,就有两个十五六岁的,别说在他们父母眼中是孩子,在我眼中他们也是孩子。"

武治国："咱树民参加挺进大队的事呀,我看恁爷俩都谋划好了,在这种事上,我也不会拖后腿的。"

范筑先很高兴地说："真没想到,这么快你就同意了。"

武治国："其实成立'青年抗日挺进在队'的事,树民也给我漏过口风。恁爷俩就放心大胆的干吧,我是不会阻拦的,我名字就叫武治国嘛!"

范筑先深情地看了看老伴,轻轻地点了点头。

武治国也久久地注视着范筑先说："才几天啊,我看你人就瘦了,老了。胡子头发也都长了。赶明儿就理理发、修修胡子,歇上一天吧!"

范筑先："眼下事情太多,忙都忙不过来,哪里还敢歇息啊。"

武治国："那也得抽空理理发、刮刮胡子呀。"

范筑先："只要一天不消灭鬼子,我就没心思理发、刮胡子。"

武治国醒悟地说道："你这是像古贤一样要蓄须明志啊!"

范筑先："知我者,夫人也。"

十

入冬以来,天气总是阴沉沉的。古楼小学仍像往常一样在上课,朗朗的读书声不时地飞出校园外。

耿大山今儿没下湖打渔,他忧心忡忡地在学校门口溜达起来,还不时伸头往校园里张望着。

耿大山的异常举动,早已被校工李老头看在眼里。这时下课时间到了,他看了一眼桌子上的马蹄表就急忙走出房门,解开栓在小槐树上的绳子,很认真的打响了下课铃。然后他走出校门,操着浓重的聊城口音向耿大山喊道:"喂!年轻人,你是干么的?没事在校门口转悠么?"

"我找个人。"耿大山拘谨地说。

"你找谁?"

"我找女老师。"

"么个?"李老头十分惊觉地问:"你找女老师?"

耿大山认真地点点头。

"女老师!哪个女老师?叫么名字?"

"我不知道叫么名字。"

李老头有些嘲讽地说:"年轻人快走吧,连名字都不知道,你找么!"

随着下课铃声的响起,范树琨也走出教室。当她向宿舍走的时候,一抬头看见了大门口的耿大山和校工李大爷正在理论什么。

正在说不清、道不明的时候,耿大山也看到了范树琨。于是,他就大着胆子向范树琨使劲地招手。

范树琨见耿大山向她招手,竟高兴地向大门口跑过来。

耿大山指着跑过来的范树琨对李老头说："我就找她。"

范树琨高兴地说："你找我？"

耿大山红着脸点头说："啊！是啊！"

范树琨："好好，那就到我宿舍去吧。"

耿大山："我想请你帮个忙，就在外边说吧。"

范树琨："外边风大。快进屋吧。"两人边说边进了宿舍。

校工李老头看着两个不同身份的年轻人的热乎劲，露出一脸的疑惑和不解。

正在屋里埋头备课的田苑，见范树琨领着渔民耿大山走进宿舍，脸上先是惊奇，后是喜悦。她立即站起身来，热情地把椅子拉过来让耿大山坐下。

耿大山面对两个女老师显得很拘谨，他并没坐下，也不知如何站着才好。心里慌乱，手足无措。他终于木讷地说："我想请范老师帮个忙。"

范树琨高兴地说："帮忙？好啊，说吧，只要我能办到的，一定会帮你。"

耿大山很拗口地说："听说你家树民要成立'青年抗日挺进大队'，正在招兵，说光要青年学生，不要不识字的百姓。"耿大山憋得满脸通红说："我不识字，可我要打鬼子，我爹娘都是被日本人打死的，我想报仇。"

耿大山的话，让田苑、范树琨很感动。她们很同情耿大山，觉得眼前这个既厚道本分、又近于木讷的青年人很可爱。

范树琨说："全国各地都在发展抗日队伍，欢迎大批青年人参加，有文化的更好，不识字的也欢迎。这个事儿你就放心吧，我一定帮你这个忙。"

耿大山见范树琨愿意帮忙，心里很高兴，弯腰就给范树琨鞠了一躬，然后转身就走。

范树琨和田苑本想和耿大山多交谈一会，把那天贴标语替她们打抱不平的事说说，可还没来得及张口，耿大山就出了屋。看着他越走越远的背影，两个人摇摇头笑了，又觉得有些怅然若失……

第六章　老将军通电全国裂眦北视
冀镇国临危受命慷慨激昂

一

聊城专署小会议室,长条案子左侧坐着大都是专署职员:有张郁光、张维翰、赵伊坪、姚弟鸿、牛连文等;右侧是着保安队军服的参谋及中队长们:他们是王金祥、姜洪源、林金堂、刘佩之、郑佐衡、胡作良、杜子恒等。

范筑先见人已到齐,即起身立正,收腹挺胸,脸上挂着不怒而威的严肃表情,他将记事本放在桌子上说:"今儿宣布三件事。一,现在鬼子已侵占了清河、大名、临清,我们聊城已直接暴露在敌人面前。为提高士气,适应形势的需要,我决定将聊城保安大队更名为'鲁西抗日游击大队'。"

范筑先看着大多数人都表示认可的轻轻点头,然后接着说:"'鲁西抗日游击大队'由我任总司令,张郁光少将任高级参议,王金祥任参谋长。这样从名义和组织上都名实相符,也能激起我区军民坚决抗日的激情,有力地打击日本鬼子的侵略。"话音刚落,全场爆发出一阵热烈掌声。

范筑先接着说:"第二件事,根据抗日发展形势的需要以及广大有志青年的愿望,我们现已成立了'聊城青年抗日挺进大队'。由范树民任大队长,从武汉来的何方任参谋长。"

范树民、何方二人立正站起,向全场与会人员行举手礼,然后坐下。

范筑先继续说道:"第三,由于国军全面撤退,黄河以北已没有大部队,地方政府官员也大都弃城而逃,形成了权力真空。因此,民团、会道门、土匪、老缺、黄沙会、红枪会、忠孝团以及散兵勇、黑帮、流寇等给当地百姓造成了极大危害。因此,我们要下决心收编、改造他们,使其变成抗日的力量,同时我们也要发展壮大自己的队伍。"

范筑先翻了一下桌上的记事本,然后问:"王金祥参谋长,齐子修这伙兵痞的下落查到了吗?"

王金祥回答说:"已派出多名侦察员,现在还没有确切消息。"

这时,孟秘书捧着文件夹来到会议室,立正向范筑先敬礼后,说道:"报告总司令,省政府韩主席急电。"然后将文件夹呈上。

范筑先接过文件夹,拿起桌上的老花镜一字一句的看电文,他反复地看了两三遍才在电文纸上签了字,脸色十分严肃。与会人员都静静地看着范筑先的表情,猜测着韩复榘来电的内容,可范筑先却没有马上向大家公布电文的意思。看得出来,这封电文的内容肯定事关重大。

范筑先思谋良久,才对张维翰说:"张处长,你立即通知各单位负责人,包括四街三关的绅士和学校团体,明天上午九时,到专署来集合,我有要事宣布。"

"是!"张维翰应声而去,刚走到门口,范筑先又说:"哎,别忘了政训处、'青年抗日挺进大队'和《抗战日报》,叫他们也全部过来。"

"是。"张维翰立即答道。

二

聊城"青年抗日挺进大队",四十多个年轻人,正分三个小队进行队列训练。范树民和何方也在操场边上观看训练情况。这时,范树琨、田苑、耿大山出现在操场的一角,田苑和耿大山站在边上,范树琨独自向训练队列前跑来。操场上突然出现这么一位穿着入时的青年女子,几十个训练队员立即把目光一齐投向了范树琨。

范树民见跑来的女子正是二姐范树琨,心里就有些惊愕地说:"二姐,你怎么跑到操场上来了?"

"来找你,有事。"范树琨不冷不热地说。

"赶快回去,有啥事回家再说。"范树民不悦地说。

何方一旁很大度地说:"范大队长,既然范老师有急事找你,那就叫她说说吧。"

范树民:"好,有啥事就说吧。"

范树琨指了指远处的耿大山说:"有人要参加你们的'青年抗日挺进大队'。"

"我们第一批四十人已招够了。"范树民说。

"打鬼子人越多越好,多一个人就多一份力量吗。"范树琨说。

范树民笑了笑:"可是,我们现在还没有招女兵的计划呀。"

范树琨:"什么呀,不是我,是男的。"

范树民:"男的!哪个男的?"

范树琨指指操场边上的耿大山说:"呐,就是他。"

范树民:"他是谁?"

范树琨:"观西胡同的,名叫耿大山。他的爹娘和妹妹被日本人杀了,他誓死要报仇。"

"我们挺进大队虽然年轻,可最起码也都是高小文化。"范树民看了看远处的耿大山说:"他识字吗?"

范树琨有些激愤地说:"有没有文化不都一样能抗日吗?耿大山的爹娘都被日本人杀害了,他要为亲人报仇,坚决打鬼子,这不是好事吗?"

何方很感兴趣地说:"大队长,人家坚决抗日这是好事,咱先看看再说怎么样?"

范树民稍一思忖说:"好吧。"

范树琨对及时出来替自己说话的何方很有好感,她不禁认真地看了看何方。这人英俊秀气、机灵洒脱,举止文雅,处事得当。说起话来,舌尖齿音比较重,很显然是个南方人。她觉得耿大山入伍有了希望,就急忙向田苑和耿大山招手。田苑和耿大山立即跑过来,拘谨地站在范树民、何方面前。耿大山膀宽腰圆、胸肌结实,胳膊腿脚处处都显示着力量。看着他健壮的体魄,范树民和何方都十分高兴。

范树民问道:"家住哪里,叫什么名字?"

"我叫耿大山,家住在观西胡同。"

"今年多大了?"

"十八岁。"

"识字吗?"

"没上过学。"

"我们青年抗日挺进大队,都是些有文化的人。"范树民说:"你既然不识字,有别的什么特长也行。"

"有!"耿大山说:"我会拉架子、打拳,刀、枪、三节鞭都会。"

"学习几年了?"

"七年。"

何方、范树民相视一笑说:"既然会武术,给我们露两手,叫大家看看行吗?"

耿大山点点头并不说话。他脱下破棉袄,露出上身仅有的贴身小褂。双手狠劲紧了紧练功专用的宽布腰带,挺胸昂首,做好了准备姿势。此时,所有队员也都停止了训练,自觉围了个大圆圈,好奇地看这小伙子表演武术。

范树民喊了声"开始",只见耿大山猛一跺脚,两手闪电般的左右出击,然后辗转腾挪,跃身翻飞,其招式之干练快捷,令人眼花缭乱、目不暇接。手法之利落、气势之威猛、动作之有力、击点之准确,引得观者一阵阵惊叹。正在大家被其精湛的武艺所倾倒时,只见耿大山立正收势,兴于鲁西民间的一套查拳就练完了,大家报以热烈的掌声。

田苑还沉浸在精湛的武功表演中,面露惊羡,一种说不清、道不明的暖流,竟在心中萌动了一下。这时,只听范树民说:"好,武功不错,近距离和鬼子对打,准是一把好手。好,咱们'青年抗日挺进大队'收下你了。"大家一阵热烈的掌声后,范树民又问:"家里还有什么人?"

"就我和爷爷俺俩过日子。"耿大山说。

"你爷爷知道你当兵吗?"

"不知道。"

"你马上回家和爷爷商量一下,他老人家如不同意,我们也不好收留你。"

"是。"耿大山披上破棉袄,走出了操场。

挺进队员们又开始了队列训练,操场边只剩下何方、范树民、田苑和范树琨四个人了。范树民恍然大悟地说:"光顾得看表演了,忘了向你们介绍一下。"他指着何方对范树琨和田苑说:"这位就是我们'青年抗日挺进大队'新来的参谋长——何方。"

何方很礼貌地点点头。

范树民又向何方介绍说:"这位是我二姐范树琨,这位是田苑老师,她们俩都在鼓楼小学教书,也是我们'东昌诗社'的主要社员。"

何方有礼貌地说道:"范老师好,田老师好。"与她们逐一握手后说:"其实,我也很喜欢诗词,二位老师的大作,我能否拜读一下啊?"

范树琨高兴地说:"当然可以,我们正想请高人指点哩。"说完,大家哈哈地笑起来。

此时,司令部通讯员骑着自行车来到操场,下车后向范树民、何方敬礼后说:"报告范大队长,总司令命你们二人,到专署大院开会去。"

范树民:"好的,知道是什么内容吗?"

"不清楚。"通讯员说着跨上自行车飞驰而去。

三

专署会议室以及大院里,都是各机关团体、中小学校、社会各界人士来开会的人。大院右侧是"鲁西抗日游击大队"各中队的官兵,左侧是机关团体和各学校的师生代表。在会议室门外,摆了张桌子,算是临时主席台。

上午十点,与会人员已经到齐。范筑先、张郁光、张维翰、赵伊坪、牛连文、姚第鸿、王金祥等从会议室走出来。

张维翰看了看腕上的手表,从警卫员手中接过哨子,"嘟嘟嘟"地吹了三下,会场立刻安静下来。然后他提高声音喊道:"请大家安静,现在开会。首先请山东省第六区行政专署专员兼'鲁西抗日游击大队'总司令范筑先讲话。"

范筑先一身戎装,笔挺地站在桌前,胸前飘着花白的长胡须,显得特别威严、庄重。范筑先肃穆地看了一下会场,近千人的大院里鸦雀无声,就声音宏亮地说:"到会的各界同胞们,今天把各位请来,有一事要通报给大家。现在国难当头,倭奴夺我国土、杀我同胞,其残暴行径令人发指。据早晨得到的报告,临清、大名、清河已被鬼子占领。我想问一下大家,面对侵略者烧杀抢掠,我们应该怎么办?"

与会军民早已怒火填膺,立即振臂高呼:

"血债要用血来还!"

"坚决抗击日本侵略者!"

"誓死保卫我们的家园!"

范筑先已被大家同仇敌忾的决心所感染,他向会场招了招手说:"同胞们坚决抗日的爱国精神和决心,令我非常感动。"然后,稍一停顿说:"可就在大敌当前的情况下,省政府韩复榘主席却再次命令我们撤出聊城,撤到黄河以南去,大家说,我们应该怎么办?"

"坚决守土抗日!"

"誓死保卫聊城!"

范筑先又向会场摆摆手说:"誓死保卫聊城是大家的心愿,也是我的心愿,为向全国人民表明我们的抗日决心,现在,我范筑先代表大家向全国通电。"

几个秘书,以及《抗战日报》的记者们,都迅速拿出纸笔准备记录。各界人士、部队和学校师生也都瞪大了眼睛。大家似乎都屏住了气息,唯恐漏掉一个字,千多人的会场静极了。范筑先手里虽拿着文稿,可他的眼睛却注视着整个会场。只见他一字一句、声音洪亮而庄严地念道:

"南京海陆空大元帅蒋:

山东省政府主席韩:

全国各通讯社报社、各机关学校、各人民团体钧鉴:

盖自倭奴入寇,陷我华北,铁蹄所至,版图易色。现我大军南渡,黄河以北坐待沉沦。

哀我民众胥蹈水火,午夜彷徨,泣血椎心。"

范筑先的眼神扫了一下会场,人们聚精会神,翘首侧耳等待下文。只听范筑先声音有些微颤地说:"筑先忝督是区,守土有责。裂眦北视,决不南渡。誓率我游击健儿和武装民众与倭奴相周旋。成败利钝,在所不计。鞠躬尽瘁,亦所不辞。所望饷项械弹,时予接济。俾能抗战到底,全其愚忠。引颈南望,不胜翘企。"

然后范筑先看着文稿上的落款念道:"山东省第六区行政督察专员兼'鲁西抗日游击大队'司令范筑先叩皓。中华民国二十六年十一月十九日。"

范筑先决心守土抗日的通电刚一念完,全场就响起了雷鸣般、长时间的掌声,继而是义愤填膺、震耳欲聋的"打倒日本帝国主义!"的口号声。这气壮山河的声音响彻在专署大院,响彻在光岳楼上方云层,响彻在城墙外环城湖的万顷碧波上。

范筑先裂眦北视,通电全国的英雄壮举,立即得了南京国民政府,延安中共中央的赞许和支持。

"范筑先通电抗日"醒目的大字标题,也出现在《中央日报》《新华日报》《申报》《抗日战报》等报纸上。

四

在土匪遍地有,野司令如牛毛的鲁西地区,最大的团伙有三个。他们的头领分别是卫河西的章兴五、百姓们称之为"北杆"的史洪典、以及"南杆"的蓝春河。这三个人的旗下,各有四千多人,形成三足鼎立的格局。而且,均怀有火并吞掉对方的打算。

"南杆"的蓝春河,早年曾在东北军干过。张作霖被日本人炸死后,一时军心不稳,蓝春河就趁机回到了山东老家。"七七事变"后,他趁兵荒马乱之际,拉杆子、竖山头,笼络了一伙人,当起了土匪。为给百姓留个好名声,这支人马起名叫做"马颊河抗日义军"。

为强占地盘,史洪典的"北杆"已进了县城。而卫河西的章兴五,也意欲过河东侵。自范筑先通电决心抗日后,很多有正义感的人,都投奔了范筑先。

为振作精神,提高士气,蓝春河正在召开中队长以上的头目开会。蓝春河的司令部,就设在马颊河西岸的黑风寨,寨墙外树高林密,四个寨门都有哨兵昼夜把守。一处二进的瓦房大院,就是司令部的所在地。

蓝春河上披黄呢旧军大衣,下穿黑色的紧口马裤,头戴一顶高桩的狐狸皮帽子。虽贵为司令,却喜欢自己弄张白纸卷烟抽。此时,他刚把一支烟卷好,值班中队长黄龙飞就向他报告说:"报告蓝司令,开会的人员已到齐了。"

蓝春河慢吞吞地把烟点着,使劲吸一口,吐出烟圈,品了品味,然后才说道:"今天把各位请来,主要是商量一下眼前的形势和下一步要做的事情。"

会场很静,大家都注视着蓝春河。

蓝春河又抽了一口烟说:"他奶奶的,如今的情况,就是大鱼吃小鱼,小鱼吃虾米,虾米没啥吃,只能吃污泥。为了不被他们吃掉,我命令一、二、三大队长期严密监视卫河口岸,防止章兴五东进。"

蓝春河看了看赵健民说:"赵大队长,你们四、五、六中队日夜监视县城四门,防止史洪典那小子出城偷袭我们。"

赵健民点点头,表示坚决完成任务。

蓝春河狠狠吸了最后一口烟,顺手把烟屁股扔在地上,然后对副司令周英千说:"周副司令率其余大队驻守原地不动,但要多搞些粮食。官道边上的李金村是出了名的富裕村,我看,最近你就先把李金村攻下来,以解决咱多天来的缺粮问题。"蓝春河布置完任务后,还很民主地说了一句:"大家还有什么话要说吗?"

沉寂了好长时间,并没人再说什么。

蓝春河:"既然大伙没什么意见,那就按分派的任务,各自去执行吧。"

眼看就要散会,副司令周英千突然站起来说:"依我看哪,卫河西的章兴五和进入县城的史洪典,倒没什么可怕的,真正可怕的倒是一心想收编我们的范筑先。"

一听周英千此时说出这种话,大伙感到很惊愕,都瞪大了眼睛。

周英千接着说:"范筑先虽说是国民政府的官员,可实际上却为共产党所掌控,他们把我'马颊河抗日义军'视为土匪。一旦落在他们手里,咱这些人都得按土匪定罪,要是走到这一步,咱可就彻底完蛋了。"

周英千这番煽动性言论,实际上就是敲打赵健民的,具有很强的挑衅性,大家都很气愤。特别是黄龙飞,他觉得嗓子眼里憋得难受,就先和赵健民交换了一下眼色,然后站起来说:"说范筑先在共产党的掌控下,这消息是怎么来的,难道周副司令也通共产党?咱既是真心抗日的义军,他谁敢按土匪治咱的罪?周副司令是否有些心虚了?"

周英千被黄龙飞连珠炮似的质问呛急了,就气急败坏地说:"姓黄的,这里是义军司令部,没你说话的份,快滚出去。"

黄龙飞沉着大气地说:"姓周的,你没权力赶我出去。是蓝司令通知我来开会的。"

蓝春河看着眼前的局面,心里非常烦乱,他使劲一拍桌子说:"都给我住嘴,净说些没用的话,我警告你们,要立即按我刚才说的去执行。到时候谁要完不成任务,可别怪我姓蓝的不讲情面。"

五

冬夜,鲁西平原已是寒气逼人,冷冷的月亮不时在云层中钻进钻出。大地黑咕隆咚的一片朦胧。黑风寨东头的场院屋,宛如一座黑灰色的碉堡,静静地蹲卧在浓雾中的月光下。小屋的门上吊着一领麦秸秆编的草苫子,这东西既挡风寒,又遮灯光。屋里土墙上挖的窑窝里,点燃着一串麻子仁,其光亮度比棉油灯还强。灯光下,中共鲁西特委书记赵健民,正在向几个党员传达特委会议的精神。此时,赵健民的公开身份是"马颊河抗日义军"十大队的大队长。为尽快拉起自己的队伍,赵健民通过叔父的关系,潜进了蓝春河的"南杆"。且很快提拔为大队长,为发展抗日队伍提供了诸多方便。小屋里的其他与会人员也都在义军任职。坐在土炕上的黄龙飞,原是东北军一个汽车连的排长。因连长克扣军饷,横行霸道,打骂士兵,弟兄们忍无可忍。于是,黄龙飞就联合了几个关里老乡,在野营训练的夜晚,开车轧死了那个连长,然后逃回了山东老家。为了生计,就加入了"马颊河抗日义军",现任二中队中队长。

孙良义是个瘦高个,腰扎一条黄色牛皮带,显得精神利索。他和赵健民是小学同学,半年前入了党,现任十大队一中队中队长。

王山虎，是所有与会人员中最年轻的，今年只有十七岁。在义军司令部勤务班，专门伺候副司令周英千。小伙子长的很机灵，办事快捷利索，很受周英千的赏识。

赵健民看了看大家说："现在形势虽然严峻，但就咱鲁西来说，抗日局面却正向好处发展。范筑先已向全国通电，表示坚守聊城，守土抗战。他的这个正义举动，引起了全国的关注，并已把聊城保安大队，更名为'鲁西抗日游击大队'。如今，他在我党的支持下正在招兵买马。根据这一情况，中共鲁西特委决定，要全力配合范专员发展抗日力量。另外，他的秘书处长张维翰同志也准备离开专署，到堂邑一带组建我党自己掌控的抗日队伍。"

听了赵健民的讲话，大家兴奋不已，眼里充满了希望之光。

赵健民继续说："当前的具体任务，是利用我们在'马颊河抗日义军'的公开身份，更多地培养发展骨干力量，一旦时机成熟，我们要把这支匪气十足的民军，改造成抗日的有生力量。再就是范筑先专员有个发展抗日力量的庞大计划，我们也可以配合他收编这支队伍。好，今天时间已经不早了，现在散会，回去时大家注意行动的隐蔽性。"

与会人员先后离开场院屋，最后就剩下赵健民和王山虎。

赵健民问："小虎，最近情况如何？"

王山虎很有情绪地说："周英千除了抽大烟，搞女人，就是千方百计地搞钱。他把我当狗一样使唤，整天为他跑前跑后的，反正没一件是光明正大的事。我早就想找你谈谈，我坚决要离开周英千。"

赵健民耐心地说："小虎，你忍辱负重伺候周英千，党组织是清楚的。但是，也只有你，才能直接了解国民党反动派的动向。你的工作十分重要，具体我就不再多说了，希望你认真考虑一下。"

王山虎稍一沉思答道："好吧，我服从组织决定。"

赵健民也兴奋地说："小虎啊，现在情况非常复杂，周英千若有什么动向，要立即向组织报告。"

王山虎立正道："是。"

<h2 style="text-align:center">六</h2>

"鲁西抗日游击大队"参谋长王金祥，正在给属下开会。他说："范司令在通电中已讲的很明白，我也没什么可说的，如今，黄河以北确实没有国军大部队了，我们聊城保安大队，噢，现在是'鲁西抗日游击大队'，就是最大的武装力量了，希望各位好自为之，随时随地准备上战场吧。"

散会后，很多中下层连排长都已离开了会议室。而作战参谋姜洪源、骑兵连长胡作良、侦察连长林金堂等，并没有马上离开会议室的意思。姜洪源把半截烟卷往地下一扔说："真不知道范司令是咋想的，人家石友三、宋哲元、韩复榘这些大人物都纷纷后撤，他一个小专员竟敢和日本人硬碰硬，就咱保安大队这几支破枪，你能碰得过人家？还不是有意拿弟兄们去送死。"

王金祥别有用意地说："姜参谋，今后说话要注意方式，对长官的指示只有无条件服从，不得在背后讲怪话。"姜洪源把头一扭又点着一支香烟。

林金堂说："我看这老头糊涂了，简直不知天高地厚。"

胡作良说:"我看,这范老头是想落个好名声。他办公室里就有他自己写的岳飞名言'还我河山'。"

听了这几个心腹的议论,王金祥并不真正制止和反对,甚至很有同感,他意味深长地说:"范司令这人很耿直,今儿这事,我看后边恐有高人指点。"他稍一深思说:"你们都马上回去,少说怪话,多长点心眼。"

正在这时,侦察排长王佑福带着两个侦察员来到会议室,他立正敬礼后说:"报告参谋长。"

王金祥一招手说:"好,你们回来了,有什么情况说说吧。"

"根据详细侦察,已发现了匪徒齐子修的准确地点。"

"好!"王金祥说:"在什么地方?"

"就在正北边的武城镇。"

"好。"王金祥说:"你们辛苦了,快回去休息吧。"

王金祥见侦察员们已经走了,就沉着脸故作姿态地说:"今后,在我面前,任何人不准讲范司令的怪话。"然后,又不无得意地说:"刚才你们也听到了,齐子修的几个散兵流寇已窜到武城镇。我想这是一块送到嘴边的肉,也是天赐良机,是个立功的好机会。胡连长你若带骑兵连立即奔赴武城镇,擒拿齐子修定如探囊取物。"

闻听此言,姜洪源、胡作良也兴奋地瞪大了眼睛,同声说:"好!"

王金祥掩饰不住兴奋的心情说:"咱们现在就向老头子请战去。"

七

在范筑先办公室,人们首先注目的是墙上的"还我河山"和七星宝剑,总觉得有一种正义的威力,让人肃然起敬。张维翰坐在桌旁的椅子上,范筑先却在屋里慢慢地走着,两个人好长时间也没说话,好像都在思考着什么。范筑先终于回到座位上,很认真地对张维翰说:"你都考虑好啦?"

"考虑好了。"张维翰说。

范筑先深深地点点头,并没有说什么。

张维翰庄重沉稳地说:"既然范司令已向全国通电,留在聊城打鬼子保家乡,我想,必须有一支坚强的、服从我们指挥的抗日队伍。现在虽将保安大队更名为'鲁西抗日游击大队',但其战斗力和组织性、纪律性还是比较差,和全副现代化装备的日本人对决,恐怕有很大悬殊。"

范筑先深深地点着头说:"那你的意思是……?"

张维翰:"我想搞一支真心属于我们自己的队伍。"

范筑先思考良久,下意识地将捋胡子说:"你的想法很好,也很必要,我也非常同意,但是……"稍一停顿又继续说:"维翰,咱是一个村的老邻居,你虽在我手下当差,我不敢有半点徇私。论年龄我是长辈,我有责任保证你的安全。现在你想离开我去搞抗日队伍这是好事,但是,我是担心你的安全哪。"

张维翰笑了笑:"感谢司令的关怀,可如今维翰已不是小孩子了,都二十好几的人了,你看从平津来的这些抗日青年,比我都年轻。"

范筑先："好吧，既然这样，我就任命你为堂邑县长，你今后发展的队伍就加委为咱"鲁西抗日游击大队"下属第十支队。"

张维翰："谢谢总司令。"

范筑先笑着摆了摆手说："现在，这只是个想法而已。近期内，你还是专署秘书处长兼政训处长，没有合适的人选之前，我是不会放你走的。"

"好吧。"张维翰深深地点点头。

范筑先看着张维翰走出办公室，心里对这位年轻的小老乡，充满了喜悦和羡慕之情。他觉得张维翰不但文才好，将来在抗日战争中，也会历练成一个很好的军事指挥员……

心情很好的范筑先，似乎又想起了什么，他抬起头来，喊了声"作善"。

凌作善听到喊声，立即从隔壁走过来，说："范司令，有事？"

范筑先："作善，你去把张郁光参议请过来。"

"是。"凌作善应声而去。

八

张郁光正在办公室里起草政训处的训练大纲，就听到大门口的卫兵喊了一声："张参议，有人找。"话音未落，就见一位身穿长衫、头戴礼帽的人走进办公室。来人五十岁上下年纪，既文质彬彬，又有一种威武的雄强之气。一副墨镜遮住了眼睛，进屋后并不说话。

张郁光注视良久，看不出来人是谁。于是，就礼貌地问道："先生，您是？"

来人迅速摘掉眼镜，笑着说："张参议，连我也不认识了？"

张郁光高兴地："啊，冀镇国，你怎么弄了这么一身打扮？"

冀镇国："是啊，光路上就走了一个多月。到了陕西省三原县红军办事处，换了手续，正在等待去延安，'七七事变'就爆发了，后来中央首长指示，凡是以前有部队经历的人，暂不要去延安了，一律都要回原地搞抗日武装。这不，又辗转了好几个月，才算回到山东。"

张郁光："回来搞武装好啊，咱们鲁西特委书记赵健民，还有吕世隆、张炳元、管大同、徐茂里等，也都下去到各县搞武装去了。"

二人正说得热火，凌作善来到屋门口说："张参议，范司令有请。"

张郁光："现在就去吗？"

"是的，现在就去。"凌作善说完就走了。

张郁光对冀镇国说："我先去一下，你喝点茶，我去去就来。"

冀镇国很通达地说："你去吧。"

张郁光来到范筑先办公室，没来得及开口，范筑先就道："张参议，今天有事吗？"

张郁光："没什么大事。"

范筑先带上军帽说："走，咱们一块到'青年抗日挺进大队'去一趟。那里的政治思想工作，你们政训处也要管一管哪。"

张郁光一听要立即去挺进大队，想到冀镇国还在屋里等着，就面露难色，嘴上说话也就含含糊糊。

范筑先察觉到了张郁光的表情，就问道："怎么，你还有当紧事要办？"

张郁光："当紧，倒也不大当紧。只是从济南来了一位老朋友，刚进门，现在还在屋里等着哩。"

范筑先："济南来的老朋友？"

"对，济南来的老朋友。"此时，张郁光忽然精神一振，高兴地说："范司令，我这位老朋友，你也可能认识。"

范筑先很感兴趣地："噢，谁呀？"

张郁光："他叫冀镇国，曾在韩复榘的三路军当过高级参议。"

范筑先略一沉思说："冀镇国？噢，想起来了。他在三路军当参议时，我正好在临沂任职。在省里开会时常见面，他老家是不是濮城的？"

张郁光："对，他就是濮城人。"

范筑先兴奋地说："这样吧，咱们明天上午再去挺进大队。走，一块会会老朋友去。"

张郁光迟疑了一下说："还是叫镇国来拜访您吧。"

范筑先："为什么？"

张郁光："你是专员，又是司令吗。"

范筑先："什么专员啊，司令的，老朋友到聊城来，人家是客人吗。"二人边说边走出了办公室。

离办公室还有很远，张郁光就高兴地喊道："镇国，快出来，范专员看你来了。"

冀镇国轻轻推开屋门，此时范筑先已来到门口，二人相互看了一眼，冀镇国就很礼貌地先开口说："久仰，久仰，范专员，您好。"

范筑先："好啊，冀参议也挺好啊。"二人握手落座后，范筑先接着说："你在三路军当参议时，我正在临沂任职，虽打的交道不多，却相互知道。"

冀镇国："是啊，范专员在临沂审的几桩大案，办得很漂亮，在全省反响很大。在三路军和省政府的老同事中传为佳话，镇国也颇感自豪呢。"

范筑先淡淡一笑："咳，过去的事了，不值一提。"然后又问道："冀参议这次到聊城来……"

冀镇国主动地："范专员不知听说过没有，半年前，我就辞去了三路军的参议，一直在济南赋闲。"

范筑先惊诧地："这倒没听说。"

冀镇国："现在济南的情况是，韩复榘已撤出济南，日本鬼子正从衡水向山东进发，济南城里是人心惶惶。我想回老家濮城，乡下总比城里安稳些。"

范筑先听了冀镇国的话后，沉默良久，什么也没说，气氛略显得冷清、沉闷。

张郁光很适时地掂起壶来说："来，先喝茶。"边说边给每人杯子里又斟了一些水。

范筑先端起杯子，象征性地呷了一小口，然后盯着冀镇国说："冀参议，说起来，咱也算是老同事。你家在濮城，我家在馆陶，都属鲁西聊城老乡。而且，又都是行伍出身。"

冀镇国很有感触地认真点点头。

范筑先语气沉重地说："日本倭寇已侵至山东，吃人的恶狼已跑到咱家门口，父老乡亲被涂炭，兄弟姐妹惨遭蹂躏。在这种时候，冀参议，你真有心回乡隐居吗？"

冀镇国被范筑先的爱国、爱民的热情深深地感动了。但，他知道范筑先是无党派人士,自己是受共产党的指派,回家搞抗日武装的,其真情又不便马上公开。于是,就搪塞说:"范专员,你的肺腑之言镇国听明白了,且深受感动。但,我已辞去公职半年多了,如今就是一个平头百姓。再说了,军政界的勾心斗角,我也实在厌烦透了。"

范筑先诚挚地说:"冀参议,不管你如何说,除非你不认我这个老乡,除非你不痛恨日本鬼子,否则,我是不会放你走的。"

冀镇国和张郁光听了范筑先的话都有些惊讶,话的分量显然很重。

范筑先接下来说:"国难当头,生死存亡之时,你这个还比我小好几岁的老军人,正是报效国家的用武之时。冀参议,你就真有心隐居吗?"

看着冀镇国低头不语,范筑先说:"冀参议,这样吧,你如果信得着我范筑先,你就留在聊城,咱们一块抗战,打日本,你意下如何?"

冀镇国和张郁光听范筑先这么一说,甚是惊喜,但又觉得事情来得太突然,一时不知如何应对才好。

冀镇国客气地说:"范专员这么看重我,镇国甚感荣幸。范专员裂眦北视,绝不南渡,通电全国,留聊城抗日的决心之大,令人十分敬佩。只是……"

范筑先:"只是什么?"

冀镇国:"要我留下和您一块抗日,镇国实在感到才力不足,怕辜负范专员的真情厚义。"

范筑先:"冀参议,你若再客套,咱这老乡的情分,可就显得太薄了。"

此时,凌作善进门向范筑先敬了个礼说:"报告范司令,王金祥参谋长有要事向你汇报。"

范筑先:"王参谋长现在何处?"

凌作善:"就在门外等候。"

范筑先:"冀参议,稍等一下,我马上就来。"

大门里边,王金祥和胡作良正在等候,见范筑先走过来,就急忙迎上去。

范筑先问王金祥:"有事?"

王金祥:"对,齐子修的下落摸清了。"

范筑先兴奋地说:"好,好哇。他现在什么地方?"

王金祥:"齐子修到处流窜,如今正盘踞在最北边的武城镇。"

范筑先:"武城?这小子跑的可够快的。"

王金祥:"我把骑兵连长也叫来了,我想带着骑兵亲自去剿灭齐子修。"

范筑先稍一思索说:"齐子修是惊弓之鸟,暂不宜用兵。否则,他会到处流窜祸害百姓。先把他稳住,如何收拾他,稍后再说吧。"

王金祥表面服从范筑先的决定,内心却非常反感和抵触。他知道齐子修的几个残兵败将,是不堪一击的,想趁机邀功请赏。美梦落空了,心里沮丧,脸上却不敢表现出来。

范筑先和王金祥谈话的时候,张郁光趁机对冀镇国说:"想得好不如碰得巧啊,我看范专员是真心留你,你干脆就做个顺水人情,留下。这样,今后搞抗日武装更名正言顺,比咱们另起炉灶要省力的多。"

冀镇国:"我本人倒没意见,只是党组织那里……"

张郁光："这个你就放心，我会亲自把情况向省委和鲁西特委汇报的。"

冀镇国："好吧，既如此，我听从组织安排。"

范筑先把王金祥打发走之后，又重新回到屋里，刚坐下就说："冀参议，我也不客气了，咱们都是国家的老兵，国家现在需要咱。在这种时候，你真要回乡隐居，我范某也拦不住你，但我会把你看成是临阵脱逃。"

冀镇国脸色红红的，显然是被范筑先的话刺痛了。他声音激动且有些震颤地说："范专员，别再说了，镇国听你的，你怎么安排，我保证无条件服从。"

范筑先高兴地拍着冀镇国的肩膀说："好，不愧是个老兵。"三人一起哈哈笑起来。

冀镇国："范专员，你想叫我干点啥吧？"

范筑先故意把脸一沉说："你呀，还是应该回你的濮城老家吧。"

听范筑先这么一说，张郁光和冀镇国都有些茫然，弄不懂范筑先是什么意思。

范筑先："这些天，我拟定了一个计划。以鲁西抗日游击大队为核心，下边准备再组建三十五个支队。你的老家濮城，正是计划中的十三支队。周围有清丰、南乐、观城、鄄城。"

范筑先见冀镇国听得很认真，就接着说："这几个县，你有很多同学和熟人，可谓天时、地利、人和都有了。我就把十三支队的番号加委给你，你想一切办法也要把部队拉起来，否则，我拿你是问。"

冀镇国很高兴，但又为难地说："我……"

范筑先："冀参议，你也别推辞，明天就上任，具体事宜和手续，由张郁光、张维翰二人给你办理。"

张郁光高兴地："好啊，就这么定了。"

冀镇国也没再说什么，但心下已表示同意。

范筑先今儿兴致很高，说："哦！晌午了，走，上'三德元'饭庄，我请客。到那里咱边吃边谈吧。"

办公室里，张维翰正在填写冀镇国的委任状。然后，又在印有山东省第六区行政专署的公用信笺上，一张一张的钤印关防。

冀镇国和张郁光则在另一张桌旁交谈着什么。

张郁光喊了声："冀司令。"

冀镇国微笑着回答："委任状还没到手，怎么就喊冀司令了。"

张郁光指着张维翰说："那不，张处长已在委任状上盖了章嘛！"

冀镇国微微地摇摇头，没再说什么。

张郁光："镇国啊，刚才和范专员一起吃饭的时候，我就想到你去古云组建十三支队，是有很多有利条件的。因为你家就在濮城，亲戚邻居、同学朋友都会支持你的。再就是，古云徐庄是咱鲁西地区第一个党支部。当年省委记黎玉同志，亲自在徐庄蹲过两次点。咱鲁西特委书记赵健民同志，也先后两次去过徐庄，那里的党员多，群众基础好。徐光霄、徐宾、徐洪袍同志，都是早期的党员。你到古云后，我会派人通知他们，叫他们全力协助你发展抗日队伍，争取尽快把十三支队建起来。"

冀镇国惊喜地："徐庄是鲁西第一个党支部，黎玉、赵健民同志又都到过那里？"

张郁光深深地点点头。

张维翰已把手续办完，先把委任状递到冀镇国手里说："这是十三支队司令的委任状。"然后又把一沓纸递过去说："这是三十张盖好关防的信笺，是范专员特别交待的。今后，十三支队下边的团、营、连长，你可用这些信笺直接任命。聊城到古云来回四百里地，可减去来来回回不必要的麻烦。"

九

观西胡同的尽头，是一片不小的水塘。水塘边上有两间鲁西样式的平顶土坯房，房子显然很老旧了。房前塘边的几棵小柳树上，横七竖八的晾晒着粘网子。耿老三坐在门前小杌子上，眼睛很欣然地看孙子大山劈木柴。只见大山早已脱掉棉袄，双手轻轻举起火头锛，几乎用不着瞄准，随着"嘿嘿"的号子声，火头锛迅速劈下，粗实的木头圪垯"咔喳"一声就被劈成了两半。

耿大山将劈好的木柴整整齐齐的码了两大摞。然后对爷爷说："这两堆木柴够您烧一冬了，等烧完了我再回来给您劈。"

耿老三说："大山哪，看来你是决心要当兵了。"耿大山只点点头并没有说什么。

耿老三吸了口旱烟袋说："当兵打鬼子，给你爹娘报仇，爷爷不会阻拦你。只是觉得你还是个孩子，爷爷是不放心哪。"

爷孙二人正在话别，耿大山扭头一看，只见范树民大队长、何方参谋长还有范树琨和田苑老师四个人，一块从水塘边上走过来。几个人热情地见面后，何方就对耿老三说："耿爷爷，你孙子大山要参加抗日队伍，你舍得让他去吗？"

耿老三很爽快地说："舍得，大山这孩子给他爹娘报仇心切，已经练了七年武艺，就是准备打鬼子哩，能跟您大伙在一块，我老头子就更放心了。"

范树民也关切地问："耿爷爷，大山走后，你有啥困难？只要您提出来，我们尽量帮您解决。"

"我没啥困难，让大山放心走吧。"耿老三说。

何方："眼下，部队就住在城里，一早一晚的大山也可以回来看看您。"

范树琨爽快地接着说："如部队离开聊城，耿爷爷有啥事，我们也会帮助的。"

田苑把手中的两包点心放在耿老三的手里说："耿爷爷，我们今后会常来看您的。"

耿老三手捧两包点心高兴地说："你们还花这钱干啥呀！今儿部队长官、学校老师都来看我，这是我老头子一辈子都没有享受过的荣耀。叫大山跟你们去，我十分放心。"说完，大家都舒心地笑起来。

十

范筑先办公室，张郁光、赵伊坪、王金祥、姚弟鸿等几个人，坚决不同意范筑先亲自出马劝降齐子修。从气氛上看，他们似乎已经争论多时了。

范筑先微笑着："各位的意见我能理解，也感谢大家的一片好意，都是为我的安全着想。不过凭着几十年的经历，我觉得对付齐子修这样的小无赖，我还是有把握的。请大家放心，会带来好消息的。刚才我已叫人准备去了，一会就出发，你们在家各司其职，把工作做好就行了。"

此时,卫士凌作善、肖守俭已换了便装,且已把自行车推到了办公室门口。凌作善敬礼后说:"报告范司令,按您的指示,一切准备完毕。"

范筑先:"好,马上出发。"

鲁西平原,冬天的旷野里。三个骑自行车的人,正迎着寒风艰难地向前踩着的脚蹬子,走在前边的是凌作善和肖守俭,殿后的是飘着花白胡须的范筑先。他们越过村头的小水沟,穿过小树林,然后爬上马颊河大堤,慢慢地向遥远的天边驶去。

血染光岳楼

第七章 百里追踪降服流寇齐子修
枪法马术看巾帼不让须眉

一

参谋长办公室,王金祥满脸沮丧地吸闷烟,姜洪源、胡作良也跟着闷闷不乐。

王金祥使劲地猛吸了一口烟,然后狠狠地把烟头扔在地上说:"自从'七七事变'以后,这个范老头的脾气就变得古怪起来,省里韩主席第一次命令南撤,大批人马到了黄河边上,船也安排好了,他却突然下令全部返回聊城。韩主席第二次催他撤出聊城,他竟违抗上峰命令,而且还向全国通电。刚才咱主动请战捉拿齐子修,他竟无动于衷,还要亲自出征,咱实在猜不透这老头心里是咋想的。"

"咋想的?"姜洪源说:"你没看见他屋里'还我河山'四个大字吗,他趁着日本人侵略中国,想当现代的岳飞,想留个好名声。"

"我看,这范老头是老糊涂了。"胡作良说。

王金祥似乎很有见解地说:"我看,没那么简单。自从平津流亡青年、学生和张郁光、袁仲贤、齐燕铭、任仲夷这伙人一来,他就对这些小毛头青年很感兴趣,把文人秀才敬为座上宾,对我们这些拿枪杆子的却冷若冰霜。今后,凡事也要多动动脑筋,多想……"

王金祥的话还没说完,随着一声门响,张郁光、赵伊坪和姚弟鸿已走进屋里。这几个人的突然出现,使王金祥甚感意外,一时间手足无措,急忙说道:"哟,张参议,今儿咋有空到我这儿来了?想必是有什么指示吧。"

"王参谋长客气了,哪有什么指示啊?"张郁光说:"王参谋长和范司令相处多年,对他的脾气是了解的。这老头太倔,他没带部队就去见齐子修,这样很危险,咱们能放心吗?"

王金祥:"不放心又怎么样,他又不听别人的意见。我说派骑兵连去,他坚决不让去,我能有什么办法?"

张郁光:"范司令已经走了,若万一有个好歹,我们也放心不下呀!"

王金祥一脸的冷若冰霜,摇着头,啥也不说。

张郁光建议道:"王参谋长,咱们派骑兵连从后边接应一下怎么样?"

王金祥把头一昂说:"派骑兵连?我可没这个胆子。"

赵伊坪有些焦急地说:"你是参谋长……"

王金祥："我这个参谋长还不是聋子的耳朵——摆设。再说了,部队早就有明文规定,班以上的部队调动,必须有范司令的手谕或口头命令,否则一律按军法处置。"

听王金祥这么一说,张郁光、赵伊坪明知是他故意刁难,却又无可奈何。

二

武城镇原是一座老县城,今儿正好逢集日,很多乡下人推车挑担的进城赶集。城门口有两个齐子修的哨兵把守着,只要不穿军装不带枪,也不怎么盘查,基本上可随便进出城门。

天近晌午,便衣装束的范筑先一行三人,骑着自行车来到武城南门外,稍一观察,即决定进城。哨兵看见三个骑自行车的人,就觉得有点好奇,立即把枪一横说:"干什么的?"

"赶集的。"肖守俭回答说。

"从哪来?"

"济南府。"

"来干什么?"

"赶集买棉花。"

"生意人,进去吧。"

范筑先一行很轻松地进了县城。县城虽不大,商铺、酒馆、饭店倒也不少,算卦相面、耍猴卖艺的,也吸引了很多乡下赶集的人。

在县城老衙门的斜对面,有一个极简陋的农家小饭铺,专营大饼、胡辣汤。范筑先三人走进小饭铺,肖守俭要了三碗胡辣汤、六个大烧饼,三个人边吃边用心地看着衙门外的一切情况。

衙门旁边有个较大点的饭店,跑堂的一趟趟的掂着提盒往衙门里送菜。衙门口虽有个穿军装的来回走动,但对出入衙门的人却未见盘问。

肖守俭问:"老板,这衙门里今儿有喜庆事啊,不断有人进去往里送菜。"

饭铺老板说:"嘛喜庆事啊,原来的县长听说鬼子要来,吓得屁滚尿流,夹起尾巴就跑了。县长头脚跑了,后脚救国军的齐司令就进来了。也没见他打鬼了,倒先叫保甲长们给他送军饷。当兵的天天在里边大吃海喝,这算他娘的啥事呀!"

说话间,范筑先三人已吃完午饭,肖守俭对饭铺老板说:"我们到集上看看,请老板留意一下车子。"然后三个人就混进了赶集的人群中。

三

马颊河岸边的一个村头上有个很大的场院,"鲁西抗日游击大队"十支队的战士们,正在紧张地进行军训,这支队伍的初期就是由中共组建的。为尽快发展壮大,张维翰虽身为专署秘书长,却也经常亲自来此坐镇指挥。这里的官兵组织纪律性强、精神状态好,队员们一律是崭新的灰色军装,显得生气勃勃、威武雄强。张维翰正在观看队员的训练情况。却见小通信员跑步来到面前,立正敬礼后报告说:"报告首长,聊城张郁光参议来电话找您。"

张维翰说:"什么事?"

"不知道。"通信员说:"要您亲自接电话。"

张维翰和通信员急忙跑回支队部拿起了听筒,电话那头,张郁光对着话筒说:"张处长吗?"

"我是张维翰。"

张郁光语速极快地说:"请你立即选一部分精干力量到武城驰援范司令。"

张维翰有些茫然地问:"究竟发生了什么事情?"

"噢!是这样。"张郁光放慢了语速说:"齐子修现在武城,范司令只带了两个卫兵去劝降,我和赵伊坪都认为这样太危险,就决定要王金祥派骑兵连接应,王金祥却借故按兵不动。"

"明白了。"张维翰说:"我立即亲自带队去武城。"

"好,越快越好。"张郁光说。

四

武城老衙门外,两个歪戴帽子、风纪不整的哨兵正在边聊天边吸烟。衙门正堂里,齐子修和瘦猴司务长还在边数大洋、边记账。这时,两个头戴礼帽、身穿长袍的保长,越过衙门向正堂走来,见到齐子修就急忙作揖施礼。

齐子修对这两个人斜了一眼说:"哪个街上的?"

"报告老总,俺们是小西关的。"一个保长说。

"大洋带来了?"齐子修问。

"带来了。"保长边说边把盛大洋的小布袋恭敬地放在齐子修面前。

齐子修解开小布袋往桌上哗啦一倒说:"派给你的任务是多少?"

"五十块大洋。"保长回答。

"为啥只送来十块?"

"村里很穷,有些人家连饭也吃不上,俺们的确再也找不出钱来了。"保长无奈地说。

"你们有困难,我和弟兄们东跑西颠打日本,不比你们困难得多,不知何时小命就没了。"齐子修说:"好吧,暂且收下十块,剩下的以后再想法补上。"

衙门外,范筑先三人已在街上观察了多时,他抬头看了看天,知道已到正晌午,觉得时机已到,于是,就很随意地向衙门里走去。

哨兵见又来了三个人,就说道:"是来送钱的吧?"

"是的。"肖守俭随口应道,三个人就走进了县衙。

正堂里,齐子修掂量着钱袋说:"他妈的,一大晌才收了一百多块现大洋。"

瘦猴司务长拨拉算盘说:"天已晌午了,不会再有人送钱了。"

"他妈的,明天再派人去村里催。"齐子修说边掂着钱袋子进了隔壁的里屋。

此时,范筑先三人正好来在正堂门外,瘦猴司务长抬头看了一眼三个来人说:"是来交钱的吧?"

"对。"肖守俭顺口答应着。

"等等吧。"瘦猴司务长只顾拨算盘,头也不抬地说。

范筑先觉着这瘦猴不是齐子修,很快就给肖守俭使了个眼色。

肖守俭领会了范筑先的用意,就对瘦猴说:"俺保长有些事想请示一下齐司令。"

瘦猴头也不抬手指里间屋说："去吧，齐司令刚进去。"

范筑先和凌作善相互一点头，立即推门进了里屋，肖守俭留在正堂监视外边的情况。

齐子修正在屋里一五一十地数大洋，其得意忘形的样子，可谓丑态百出。一会儿拿着袁大头敲一敲，一会儿照着大洋吹口气，然后放在耳朵上听一听。一会双手将钱袋抱在怀里，一会又张嘴亲吻钱袋子。正在他欣喜若狂、忘乎所以的时候，忽听屋门一响，见两个陌生人闯进屋来，立即吓了一跳，稍一愣神，就不耐烦地问道："干么的？"

凌作善："我们是'鲁西抗日游击大队'的。"

齐子修转动了一下小眼睛，心想眼前只不过是一老一少两个穿便衣的人，什么抗日游击大队，很可能是冲着他这百十块大洋来的土匪。于是就壮着胆子说："什么抗日大队，老子才是真正的英勇救国军哩。你抗你们的日，我抗我们的日，咱井水不犯河水，你到我这儿来干什么？"

范筑先："到你这儿来干什么？我是来搭救你的。"

齐子修不屑地："搭救我的？"

范筑先："齐子修，你带兵四处游荡，抢占地盘，骚扰百姓，民愤极大，我是怕地方民团一口吃掉你。"

齐子修："老子是国军第六十九军的正规部队，谁敢把我怎么样？"

范筑先："六十九军早就跑到黄河南边去了，你目无国法、军纪，胡作非为，竟敢在鲁西这块地盘上横行霸道，我岂能不管。"

齐子修："你这么个糟老头子敢管我，你是什么人？"

范筑先："我是什么人，我是范筑先。"

齐子修冷冷一笑道："嘿嘿，他娘的！这范筑先也是敢冒充的，你要是范筑先，我就是韩复榘，反正吹牛皮不用交税。"

凌作善："齐子修，你太放肆。"

"你放肆！"齐子修边说边掏枪。

凌作善见齐子修要掏枪，就以迅雷不及掩耳之势，跃身而起，一手抓住齐子修握枪的手，一手扼住其脖颈子。还在正堂拨拉算盘的瘦猴，听到里面"咕咕咚咚"的响声，感到有些不对劲，就推开算盘慌忙向里屋跑。守在旁边的肖守俭立即上前把瘦猴双手拧到背后，连推加搡地把他弄进了里间屋里……

五

冬天的田野里，树枯草衰，行人稀少。张维翰带着十支队的一个加强排，正冒着寒风骑着自行车，向武城急行军。战士们气喘吁吁、满头大汗，时而走在小道上，时而走在沟壑边。如今，他们正顺着马颊河大堤向东北行进。下了大堤以后，队伍减慢了速度，张维翰命令休息五分钟，让大家方便一下。

部队重新整队后，张维翰站在堤坡上说："弟兄们，大家辛苦了！为了范司令的安全，只要大家再加把劲，半小时内即可到达武城，大家有信心吗？"

"有！"

"好，出发！"

六

武城旧衙门正堂里,肖守俭已把瘦猴推进了里间屋。

齐子修见瘦猴也被押进来了,也就估不清外边还有多少人,更不知道发生了什么事。他瞪着小眼睛问凌作善:"你们到底是干什么的?"

范筑先很严肃地说:"齐子修,我刚才说了,我是来搭救你的。"

"救我的?"齐子修惊愕地问:"你到底……你是谁?"

范筑先郑重地说:"我是山东省第六区专员兼'鲁西抗日游击大队'总司令范筑先。"

"你真是范筑先?"齐子修瞪大了眼睛。

"怎么,不像吗?"范筑先轻轻捋了捋花白胡子。

齐子修仰头向上一看,面前这位浩然正气的老头像是一座巍峨的大山,压得他喘不上气来,急忙说道:"像,像,都说范筑先是大胡子,果真不假。"

范筑先让肖守俭、凌作善把齐子修和瘦猴松开,然后说:"齐子修,如今国难当头,你身为军人,不但不为国家效力,反而到处流窜,趁机搜刮钱财。更不能容忍的是,竟敢跑到聊城专署收缴了抗日青年的枪,你自己说说该当何罪?"

齐子修此时如同小狮狲见到了如来佛,小眼眨巴着,心中害怕地说:"子修知道罪孽很大,只要范司令饶我不死,子修定当悔过自新,知恩图报。"边说边双膝跪在范筑先面前。

范筑先:"齐子修,你才三十来岁,很年轻,只要改邪归正,前程还是光明的。"

齐子修很会抓时机地说:"范司令,您老人家就是我齐子修的再生父母。只要您一声令下,子修定当鞍前马后伺候您老人家。"说完就往地下磕了三个响头。

范筑先:"青年人知错能改就好。"

范筑先大声说道"齐子修!"

"子修在。"

"你手下现在还有多少人?"

"包括伙夫在内,统共七十四人。"

范筑先:"就这么几十个人,今后不要再到处祸害百姓了,都跟着我去打日本鬼子,走光明正大的路吧。"

齐子修很痛快地说:"子修一定从命。"但转念一想说:"那军饷……?"

范筑先说:"这个你放心,队伍的吃、穿、军饷等费用由专署和各县供给。"

闻听此言,齐子修和瘦猴都有点喜形于色,抑制不住内心的高兴。

范筑先接着说:"从今天起,你们这几十个人,就编入我'鲁西抗日游击大队'序列,为第九支队。由你齐子修任司令,暂住清平、高唐。"

齐子修很精明,他马上立正站好,行军队举手礼说:"子修愿为范司令效命。"

范筑先:"上前线打鬼子,为国、为民效命。"

"是!"齐子修说:"为国、为民效命。"

范筑先又说:"齐子修。"

齐子修立正答道:"到!"

范筑先:"你既已同意归我收编,现在就马上集合部队,徒手站好,我要点编人数。"

"是!"齐子修从口袋里掏出白铁哨子,和范筑先、凌作善一起走到正堂外,就"嘟嘟嘟"地吹响了哨子。

东西厢房里,齐子修的手下咋咋呼呼,只顾醉生梦死地大吃二喝了,根本听不见紧急集合的哨子声。

齐子修吹了一阵哨子,竟不见有人出来集合。着急上火红了眼,顺手掏出手枪,照着厢房上方"啪!啪!啪!"开了三枪。

醉眼朦胧的酒徒们听到枪响,都立马惊呆了,一时间弄不清发生了什么事情。继而,就像炸了窝的黄蜂一样,乱哄哄地拼命往院子里跑。有歪戴着帽的,有敞胸露怀的,有手里掂着酒瓶的,有嘴角叼着半只鸡腿的,丑态百出。折腾了十几分钟,才勉强把人员集合在一块。

齐子修站在队列前,看着眼前这些人的狼狈样子,心里也非常气愤。他长长地吹了一声哨子,然后训斥道:"他娘的,咱好歹也在大部队里呆过几年,如今哪里还有一点国军的样子。看着你们这副德行,光知道吃喝嫖赌,简直就是一伙地地道道的土匪蟊贼。若长此下去,不被地方民团吃掉,也会被日本人打死……"

高个一排长眯着醉眼说:"大哥!"

"今后不准再称兄道弟!"齐子修反感地说。

高个一愣神,弄不清齐子修为啥突然发火,就急忙改口喊:"齐司令,这些日子弟兄们是有些吊儿郎当的散漫惯了,你就说今后咋办吧。"

齐子修扭头往后边大堂里看了一眼,知道范筑先也在听他讲话。于是,就提高声音扯着嗓子,近乎喊道:"这些天来,咱们到处流窜,敲诈、勒索、欺负老百姓。民众怕咱、恨咱,家乡父老若知道我们在外边作孽,也不会原谅我们的!"

齐子修知道大家都在认真听他讲话,有些痛心地接着说:"我听说,有的妇女哄小孩睡觉说,'乖乖睡觉吧,别哭了,若叫齐子修的兵听见了就坏了'。弟兄们,我听到这些话后,真是从心眼里臊得慌,比骂我八辈祖宗都觉得难受。咱有罪呀!"

齐子修几句忏悔性的言语,士兵们都感到新奇又在理,可心中又非常疑惑,他怎么突然间,就脱胎换骨变成另外一个人了呢?所以,大家都用惊诧的眼光注视着齐子修。就在齐子修整理队列的时候,张维翰已带着荷枪实弹的驰援队伍冲进了武城,并迅速包围了旧县衙。张维翰首先发现了正在门口放风的肖守俭,二人简单的耳语之后,张维翰留在衙门外待命,肖守俭则迅速进了衙门里的大堂,将张维翰带人驰援的消息悄悄告诉了范筑先。

齐子修看着队列很安静,就接着说:"弟兄们,告诉大家伙一个好消息。就在咱深陷于罪恶深渊的时候,上天还在保佑咱,眼下就有一位贵人来搭救咱们,他给咱指出了一条光明大道。"

齐子修转身进了大堂,把范筑先和凌作善请到队列前,高兴地说:"这位就是聊城的范筑先专员,是专程来搭救咱们的,现在就请范专员给我们讲话。"

说完就带头鼓起掌来。

齐子修转身向范筑先敬礼报告道:"报告范司令,队伍已集合完毕,请你训话。"

范筑先扫视了一下眼前的方队,队列里这些衣冠不整的士兵们,一脸的茫然,呆呆的注视着胸前飘着长胡须的范筑先和身边威武干练的凌作善。范筑先看出了大家的心情,然后大声讲道："弟兄们,你们好,你们可能要问,讲话的这个老头是谁呀? 你们的齐司令已经告诉你们了,我就是聊城的专员兼'鲁西抗日游击大队'总司令范筑先。"

队列里一阵小声"叽咕"后,范筑先继续说:"弟兄们,你们脱离石友三的大部队后,在聊城这块地盘上到处流窜,敲诈勒索,明抢明砸,大吃大喝,胡作非为。竟然敢把聊城抗日青年的枪支抢走,你们的所作所为,已是极大的犯罪。老百姓痛恨你们,骂你们是土匪,是老缺,是蟊贼,是败类。"

队列里的士兵们震动很大,大都低着头,羞惭不语,有的已有幡然悔悟之意。

范筑先接着说:"你们如继续流窜抢劫,肯定是死路一条,历史不会饶恕你们。刚才,我已和你们齐司令谈过了,现在我要带你们走向光明大道,将弟兄们编入我们'鲁西抗日游击大队',为第九支队,仍由齐子修任司令,暂住清平、高唐一带。从今以后,你们就是堂堂正正的抗日军人,老百姓会欢迎你们,你家乡的父老乡亲也会感到无尚光荣。"

范筑先稍一停顿后,大声地问:"眼前是两条不同的道路,何去何从,希望弟兄们表个态。"

齐子修首先站起来大声说:"弟兄们,范司令就是当今的岳飞,我们坚决跟着范司令打日本鬼子。"

队列里立即跟着连续高呼:"坚决跟范司令打日本鬼子。"

范筑先十分严肃地说:"齐子修,瞎胡咧咧,以后说话不准信口开河。否则,一定严肃处理。"

齐子修摇摇头说;"我太激动了,可也是心里话。"

七

武治国今儿心情特别好,挎着菜篮子,刚从街上买菜回来。篮子里盛满了绿莹莹的菠菜、白生生的莲藕、红鲜鲜的胡萝卜。右手还拎着一条用柳条串着的大鲤鱼,高高兴兴地走进自家的小院。她想让老头和孩子们趁星期天多歇一会,就悄悄地走进了厨房。

范筑先听见武治国已经回来,于是就拿了个马扎也坐在厨房里,帮武治国一起择菜。

范筑先:"哟! 今儿咋买这么多好吃的啊?"

武治国:"犒劳犒劳你这个大英雄啊!"

范筑先:"犒劳我?"

武治国:"是啊,你这么个长胡子老头,带两个卫兵就能降伏齐子修一个连,这不是大功臣吗?"

范筑先笑着说:"谢谢夫人。"

武治国也笑着说:"你呀,今儿我得说说你这个不知老的老头子。"

范筑先择着青菜,作出一副洗耳恭听的样子。

武治国:"你去武城收编齐子修,家里人为你担惊受怕,就连张郁光、赵伊坪、张维翰、王金祥都不同意你去,你这不是逞强好胜吗?"

范筑先:"如今是战争时期,年轻人经验少,我得给他们带个头哇。"

武治国:"你带头我不反对,你应该多带些人,你三个人对付齐子修一个连,这是冒险。"

范筑先："保安大队表面上看人员不少,但是良莠不齐,非常杂乱,我又是刚到聊城,所以有些事我必须亲自出马。"

武治国还没来得及说话,范筑先又接着说:"从前咱家可有约法三章:家庭的事一般由你做主,外边的公事,特别是带兵打仗的事,你不能插言。"

武治国:"你常说女人不能干政,这事我知道,可今儿这是事后提醒你,事前我从没干扰过你的决心和行动。"见范筑先不回话,武治国又接着说:"你常说兵在精而不在多,将在谋而不在勇。你这次去武城,就是勇猛的冒险。"

范筑先有意把话岔开,就一边择菜一边说:"说真心话,我是整天在外边忙的昏天黑地,你自己操持七口之家也实在不容易,今儿我择菜做饭,犒劳犒劳夫人。"

武治国看着范筑先十分认真择菜的样子,不禁撇嘴一笑说:"几十年了,我算摸透了你的脾性,只要有需要我表态的事,你总是表现得很勤快。"

范筑先:"知我者,夫人也。"

武治国:"快说吧,还有啥事?"

范晔晴和三妹范树珊同住一间小屋,房间虽小,屋里却简朴、洁净。此时,范树仲也来到这间小屋,姐弟仨人围在一张小桌旁,正对着一张油印的歌曲哼唱着。他们仨都是聊城政干校的第一批学员,很快就要结业。结业典礼上,学校领导要求大唱抗日歌曲,今儿星期天,他们在家里也积极地练唱《大刀进行曲》:"大刀向鬼子们的头上砍去……"

休息喝水的时候,范树珊瞪着大眼睛问范树仲:"大哥,你是学生干部,咱去延安的人选定了吗?"

范树仲:"基本定了,有政干校的学员,还有莘县、冠县、阳谷、茌平、东阿推荐的几个人。结业典礼后听通知就动身。"

范晔晴和范树珊问:"怎么走啊?"

范树仲从兜里掏出一张纸,抖开放在小桌上说:"你们看一看,这是我画的去延安的路线图。"他用一支铅笔指着说:"按直线说,从聊城到延安也就是二千来里地,徒步走起码要一个月的时间,沿途经冠县、馆陶、邯郸,翻过太行山,经山西的长治,越同浦线、渡黄河就到延安了。"

范树珊眼睛紧盯着地图,吃惊地说:"哎呀,这么远哪!"

范树仲伸了伸腰,手里握着铅笔说:"这条路虽然近,但是我们却不能走!"

"为什么?"晔晴、树珊同时问道。

范树仲俨然像个指挥员说:"京汉线的邯郸、邢台、安阳已被鬼子占领,而整个山西又都是阎锡山的势力范围,到处都是关卡、哨所,我们根本没法通过。"

"那咋办啦?"范树珊问。

范树仲:"咱们政干校的张郁光、赵伊坪、齐燕铭主任说,咱们可以从聊城往南去商丘,搭乘陇海线的火车去西安,西安七贤庄中有中共中央办事处,办事处可为咱开介绍信,并想法帮咱们去延安。"

"这条路线好。"晔晴和树珊高兴地说,"咱们就走这条路。"

范树仲问:"树珊,去延安很艰苦,你有决心吗?"

范树珊:"当然有决心了,只要你俩有决心,我就有决心。"

范树仲又问晔晴："大姐,你怎么样?两千多里地,可不是说来就来,说走就走的事。"

范晔晴:"什么怎么样,咱仨一块填的表,一块交的决心书,怎么会有动摇呢!"

范树仲对大姐和小妹,又像是自言自语:"这事啊,咱爸爸很支持,就怕咱妈不同意。"

范晔晴:"树仲,夜个晚上,你给咱爸怎么说的?"

范树仲:"咱爸答应做咱妈的工作。"

厨房里,范筑先和武治国还在择菜。

武治国站起来准备拿盆子洗莲藕,她对范筑先说:"怎么,今儿没啥事要说呀?"

范筑先也站起来说:"还真有点事要和你商量。"

武治国:"只要不是公事,你放心说吧。"

范筑先:"这事啊,也是公事,也是家事。"

武治国:"快说说。"

范筑先:"咱大小子树仲和晔晴、树珊,都在政干校受训,现在马上快要结业,学员们大都要分到各县去参加抗日工作。只有少部分人,政干校推荐去延安学习深造。"

武治国很关心地问:"咱家孩子准备上那儿去呀。"

范筑先:"根据政干校推荐和他们个人申请,咱家这仨孩子都去延安。"

范晔晴小屋的门,不知何时开了一条缝,姐弟三人挤在门缝两边,小心翼翼地倾听父母决定他们命运的谈话。

武治国吃惊地说:"怎么,仨人都去延安?"

范筑先点点头。

这时,范家小院里一片寂静,好长时间都没人说话。门缝里的范树仲、范树珊、范晔晴仨人的眼睛一眨不眨地盯着父亲和母亲的脸,急切地等着他们的表态。

武治国沉思良久,终于开口了,她说:"咱二小子树民参加了'青年挺进大队',二妮树琨在学校教书。如今一下子把树仲、晔晴、树珊他们仨都放走,还是到千里之外的西北黄土高原,谁知道这一走啥时候才能回来呀?我这心里……"武治国说着说着眼泪就掉下来了。

范筑先体贴、温和地说:"孩子大了,就像小鸟一样,终归要飞出去的,历来都是这样。"

武治国抬起头很怅然地说:"大道理我明白,可如今兵荒马乱的,仨孩子一块都离开家,我这当娘的……"

范筑先:"当爹娘的心都一样,这得适应一段时间,日子一长也就好了。不过孩子去延安,我是很放心的,咱应该感到欣慰和高兴。延安可是出息人才的地方,你看我们司令部的几个干事,挺进大队的参谋长何方,他们文武双全,都是延安培养出来的。"

武治国:"你呀,就别再给我作工作了,在家国大事上,我从来都是支持你的,更不会拉你的后腿。别帮我择菜了,你赶快忙你的大事去吧。"

范筑先听老伴这么一说,心里自然十分高兴,不过他还是追问了一句:"树仲、树珊、晔晴他们去延安的事你同意了?"

武治国十分大度地说:"放心吧,我同意。"

躲在门缝里的晔晴、树仲、树珊"忽地"一声推开屋门,一齐跳到两位老人面前,拉着他们的手说:"谢谢妈妈、谢谢爸爸。"

第七章 百里追踪看降流 枪法马术巾帼不让须眉修

八

茶馆里,王老七正在"呼嗒、呼嗒"地拉风箱。这时,耿大山来到茶馆,王老七看见衣着整齐、精力旺盛的耿大山,就高兴地说:"大山啊,自从你进了'青年抗日挺进大队',就像变了个人似的,精神多了,往后准有出息。"

耿大山憨厚地笑了。

王老七:"咋,有事吗?"

耿大山:"今儿星期天,队伍里放半天假,我想借您的水车,给我爷爷推一趟水。"

水车是王老七的饭碗,平时他是不肯轻易外借的。可今儿却十分爽快地说:"水车在门洞里,你自己拉去吧。"见大山把水车拉出门洞,就又说:"叫你爷爷到茶馆来喝水。"

"哎!我一定告诉他。"说完耿大山推着水车离开了茶馆。

观西胡同里,耿老三坐在自家土屋门前的马扎上,吸着旱烟袋,眯着老眼晒太阳,门旁边还放着一个大瓦渣盆及几件换洗的衣裳。

田苑手里掂着一包点心,匆匆地走进观西胡同,沿着碧荷塘边,来到耿老三的土屋前。见老人正眯着眼晒暖,就轻轻地喊了声"耿爷爷"。

耿老三听到有人喊他,就睁开了老眼,定睛一看,认出是学校的田老师,就急忙从马扎上站起来,高兴地说:"田老师,您来了,快屋里坐吧。"

田苑很有礼貌地说:"耿爷爷您坐吧,今儿阳光好,就在外边说话吧。"田苑看着旁边的大瓦盆和换洗的衣裳说:"爷爷,您这是想洗衣裳啊!"

耿老三:"今儿队伍上没事,大山这孩子回来要给我洗衣裳,一看缸里没水了,就借水车拉水去了。"耿老三看了看日头说:"去的时候也不短了,大山也快回来了。"

田苑和耿老三说话之间,胡同里传来了"吱吱呀呀"的木轮车声音,耿大山推着木轮水车,正快步走来。

耿大山来到土屋前停下水车卸下袢绳,用手抹了把满脸汗水,见田苑和爷爷正在说话,心里充满了惊喜。他有些腼腆地说了声:"田老师好。"然后就低下头,准备从水车上往缸里放水。田苑见状就很适时、得体地去帮忙,她掌控着放水的胶带,耿大山就提着水桶往土屋的水缸里倒水。

耿老三在一边吸着旱烟袋晒暖,一边很得意地看着两个年轻人,看他们干活配合的很默契,心里就乐滋滋的,满脸的皱纹也都舒展开了。

缸里已盛满了水,可水车里还剩有一些,田苑就叫大山将水倒进大瓦渣盆里,然后就挽起袖子准备洗衣裳。

耿大山无论如何也不叫田苑洗爷爷的脏衣裳,而田苑却执意要洗,二人争执不下。

耿老三见状高兴地说:"大山,你就别跟田老师争了,你快到街上买点肉去,晌午留田老师在家吃饭。"

耿大山没想到爷爷能想出这么好的点子,心里特高兴,就爽快地答应着,抬起腿来一蹦三跳地跑远了。

九

聊城南关外,徒骇河北岸有一片开阔地,还建有几间平房,远处有一道人工筑起的黄土冈子。这里就是多年来驻军和保安大队的打靶场,有个姓石的退伍老兵在这里看管着。

靶场东边是一条黄土大道,范树民和何方骑着一红一白两匹战马,正飞快地向靶场奔来。

老石听到有动静,就急忙走出门外,认出是"青年抗日挺进大队"范树民大队长和何方参谋长。就赶紧请二位屋里落坐,并很有礼貌地问:"二位首长,今儿是星期天,咋有空到靶场看看啦?"

范树民:"上次因开会,把打靶的事耽误了,我和何参谋长想补上这一课。老石,请你拿两个胸靶,我们俩打两枪。"

老石从库房里拿出两个胸靶,很快就放到了靶挡前的掩体旁。

范树民和何方各自对准一个靶子,先练了练瞄准,然后举枪打起来。每打完三枪就跑到靶子前边看一看,指指划划,研究弹着点的位置,以便于修正准星的左右。

黄土路上,范树琨飞快地骑着一辆自行车,红色的围脖和乌黑的头发,一起一伏地飘在脑后,成了一道很靓丽的风景,引起了不少路人的注目。

在岔路口,范树琨很敏捷地向右一拧车把,自行车就拐向了去靶场的路上,来到靶场她气喘吁吁地下了车子。

范树琨突然出现在靶场上,这让范树民有些惊讶地说:"二姐,你咋到这儿来了?"

范树琨:"我听说你和何参谋长来打靶,我也想来打两枪。"

"范老师,你也会打枪?"何方惊喜地问。

范树民不无夸耀地说:"我二姐从小就喜欢玩枪,她是左撇子,双手可同时举枪射击,枪法可准了。"

"啊!"何方惊愕地道:"好,今儿我可要开开眼界,见识见识范老师的枪法。"

范树琨落落大方而又谦逊地说:"我的枪法可不像树民说得那么好,从小喜欢枪倒是真事。我今儿就试着打两枪,让何参谋长见笑了。"

范树琨边说边卷起袖口,接过范树民递过来的一把小手枪,只见她轻轻地甩了下头发,稍一定神,举起枪,照着靶子"啪啪啪",三发子弹就射出了枪膛。

范树民见范树琨三发子弹打完,就急忙吹哨子,然后喊老石看靶。

三个人把目光都集中在靶挡前,老石手持小红旗慢慢地露出掩体,然后就连着往上举了三下。

范树民高兴地说:"好,三发三中。"

何方也随即竖起大拇指说:"真神枪手吔,不得了,我看范老师今后准能成为巾帼英雄。"

范树民叫老石把两个胸靶都竖起来,然后对何方说:"何参谋长,我二姐双枪快射,那才叫一绝哩。"

何方高兴地说:"好,请范老师再展风采,何方也学两手。"

范树琨略微有些不好意思,但还是从范树民手中接过另一支枪。稍一屏气凝神,只见她双臂有力地向前一伸，"啪啪啪"响声起时，两支枪里的六发子弹，瞬间都飞向了靶子，靶挡后立即溅起几股白烟。范树民立即吹响哨子，喊老石报靶。

稍顷，老石从掩体右边露出来，他左右手各拿一面小红旗高兴地同时向上举了三下。

范树民高兴地蹦起来："啊！六发全中。"

何方十分惊喜，他非常叹服地对范树琨说："范老师，您确实不简单！不但诗词写得好，今天又见识了您的手枪射击，弹无虚发。才女呀，佩服、佩服。"

范树琨略有羞赧地说："何参谋长过奖了。"

三个人边说话边向靶场小屋走来。两匹战马见到主人，也高兴地活动着蹄腿，"咴咴"地叫起来。

范树琨看见战马，心里就非常兴奋说："噢，你俩是骑马来的呀？"

"骑马有啥惊奇的，军人嘛！"范树民说。

范树琨故意娇嗔地："你们大队长、参谋长，当然可以骑马，我这平头百姓，可是好长时间都不曾骑马了。"

"范老师骑马的技术还挺高啊？"何方问。

范树琨很挑逗地说："骑马的本事，民女不敢说高，若何参谋长肯赏脸的话，树琨倒想陪您骑两圈。"

何方明知范树琨正在向他挑战，却一时语塞，不知如何回答是好。

范树民却高兴地鼓劲说："何参谋长上马，跟我二姐比试比试，今儿反正是星期天。"

何方犹豫了一下："天不早了，咱们也该回去了吧。"

范树民很果断地推起树琨的自行车说："天早哩，你俩绕大堤骑两圈，我到南关路口等你们。"说完蹬起自行车就走了。

何方摇摇头，似乎有点无可奈何。

范树琨倒很大方地说："何参谋长，请上马吧。"

"好，就骑上两圈。"何方边说边跨上了马背。缰绳一抖，双腿一用力，大白马就如脱兔般地向前飞去。

范树琨兴奋异常，只见她矫健的身姿一纵，飞身上马，和何方一前一后，向远处天边奔去。

这一男一女，在一白一红的两匹马上，飞奔追逐，这给枯燥单调的冬日原野带来了情趣，增添了不少色彩，引得路人驻足观望，露着惊奇和羡慕的目光。

范树民看着已经跑远的两匹马，心里充满了喜悦和满足。骑上二姐树琨的自行车独自一人向城里驶去。

徒骇河北堤，稀稀拉拉的柳树上，叶子大都被风吹落了。一白一红的两匹马还在奋力地追逐着，渐渐地，红马超越了白马。到堤口下坡时，二人将速度就慢慢地降下来，两匹马也并行在一条线上。

范树琨粉红的脸颊和前额上，已渗出了细碎的汗珠，内心却有抑制不住的喜悦，她大声地说："何参谋长骑马的技术不错呀。"

何方摇了摇头，沉稳地说："范老师别开玩笑了，您的枪法和马术确实让人大开眼界，何方甘拜下风。"

范树琨面带笑容地说："何参谋长,刚才骑马,您是有意让着我哩,树琨心里很明白。"

范树琨见何方不回话,就有意扭转话题说："何参谋长,上星期你到我们学校教歌的时候,我交给你的几首诗歌习作,您看了吗?"

何方若有所悟地答："范老师的诗歌大作,何方早已拜读了,写得很不错。"

范树琨："何参谋长,您可别虚夸我,树琨想听到真实的批评意见。"

何方："批评说不上,建议嘛,倒有一条。"

范树琨迫不及待地问："快说说是什么意见?"

何方："写鲁西平原和聊城风景的诗,意境都很美,稍一修改就可定稿。只是写民众抗日的那两首,结构上有些松散,语言上也应该更朴实、更大众化一点。这些看法不一定对,不过我将意见写到你的诗稿后边了。"

范树琨很高兴,但一时并没说出什么。

何方："您那些诗稿我会交给范大队长,请他转交给您。"

范树琨隐隐有些不悦说："那些习作,我不希望叫树民转交,我想亲自聆听一下您的意见。"

何方："这……"

范树琨："别这那的了,下星期六晚饭后,我在万寿观门前等您,不见不散。"说完抖了下缰绳,枣红马就快速地奔跑起来。

何方稍一愣神,也一抖缰绳,白马不肯落后,也立即向前赶去。

第八章 | 梁水镇歼日寇首壮军威
万寿观意中人诗词传情

一

这几天的形势,可以说是急转直下。因临清已被鬼子侵占,几十里以外的清平县大队闻讯后溃退而逃。为巩固抗日力量,范筑先带着警卫连,立即冒险赶往清平。经过几天的艰苦努力,终于将县大队整顿完毕,同时,还收编改造了城外三百多人的散兵游勇。看着政权、军权都又重新运转,范筑先就令警卫连先行开拔,他自己又和县政府和县大队的官员研究了应注意的事项。然后,才和凌作善、肖守俭、孟秘书一行离开清平,飞马向博平进发。

今儿天气好,正逢博平大集,四面八方的村民纷纷地向城里拥来。

时近晌午,警卫连已来到博平西关。此时,范筑先一行,也已快马追赶上来。

范筑先下马后,对警卫连长杜子恒说:"博平政训处的吕世隆、张炳元这两个青年人工作很努力,在组织抗日宣传方面,做得有声有色。今儿正巧路过这里,我想顺便看看他们。"

杜子恒:"好,我带警卫连跟您一块进城。"

范筑先:"不!午饭后,你带着队伍直接回聊城,我顶多在这里待几个钟头,天黑之前就会赶回聊城。"

杜子恒有些不放心:"叫二排三排先走,我带一排留在您身边。"

范筑先摆摆手,坚决地说:"博平和清平不一样,你不必担心,就按我说的办。"

杜子恒只好点头服从,呆呆地看着范筑先、凌作善、孟秘书、肖守俭融进了赶集的人流中。

二

堂邑到聊城的黄土大道上,一队全副武装的鬼子骑兵,分成三个小组,拉开百米长的距离,趾高气扬、肆无忌惮地向东走来。前边第一组为首的鬼子,背上还斜插着一面小太阳旗,边走边观察地形。经过道口铺东的一条小河时,几个鬼子还下了马,他们反复地观察、测量着什么。之后,有的嚼起了饼干,有的拿着军用水壶,仰着脖子往嘴里灌水,在此逗留前后长达半个多小时。

一个小队长模样的鬼子,举起手中的望远镜,前后左右地看了看,傲慢骄横地说:"我大日本皇军,自北平南下千里至此,如入无人之境,没受到任何一个中国人的抵抗,真乃大大的出乎意料啊!"

此时,有一鬼子从挎包里掏出一张军用地图,"唿唿啦啦"地迅速在河堤上展开。

那小队长一手拿着望远镜,一手指着地图说:"从脚下这条小河,到鲁西重镇——聊城,只有十几里路程。看来,今天中午饭,可以在聊城咪西了。"

"好啊!走,到聊城的咪西去。"鬼子们咋咋呼呼,狂妄地向东奔去。

三

博平大集上,人山人海,十分热闹。县城学校的师生手中拿着小旗,队列整齐地走在人群中,积极地参加抗日宣传。

队列前边是洋鼓洋号,"咚咚、嚓嚓""嘀嘀、哒哒",非常引人注意。接下来是腰鼓队和秧歌队,之后就是长长的游行队伍。他们不断地高呼:"打倒日本帝国主义""把日本鬼子赶出中国去"的口号,最后还有肩抗梭标,手持大刀的青年农民,也都此起彼伏地高喊着抗日口号。如此宏大热烈的场面,在这个鲁西小城还是空前的。

为了组织这样的宣传,县政训处的吕世隆、张炳元可没少费心血。如今,他们也正在现场跑前顾后的指挥着,虽是寒冬时节,二人却已满头大汗,声音嘶哑了。

博平县衙,如今是县政府和政训处所在地。

范筑先经过这里时,驻足往里看了看说:"走,咱们到里边喝口水去。"

范筑先领着凌作善、肖守俭、孟秘书几个人,一起走进了县政府。

吕世隆、张炳元得知范专员已来博平,就从大集上急忙向县衙跑来。

博平政训处办公室里,范筑先看着大汗淋漓的两个年轻人,高兴地说:"吕世隆、张炳元,你们干得不错啊。从今天的实际情况看,博平的抗日宣传工作,确实很有成效。在短期内能组织起来这么大的宣传队伍,你们肯定付出了艰苦的劳动。看到这里的民众有如此高的抗日热情,我很受启发,也很受鼓舞。"

吕世隆擦了一把脸上的汗水,略显谦逊地说:"我们缺乏经验,有什么不足的地方,还请范专员多加批评指正。"

"我很开眼界,哪里还有什么批评啊!"范筑先扭过脸来对身边的孟秘书说:"你把博平的做法和经验总结一下,然后发个通报,争取在全区尽快形成抗日宣传高潮。"

"是!"孟秘书习惯性地扶了扶镜框,然后掏笔准备记录。

此时,三匹快马突然冲进了县衙。

办公室的人都为之一惊,只见专署通信排的孙排长飞速地滚鞍下马,直奔办公室而来。

范筑先一看这阵势,预感到有重要情况,就沉稳地对孙排长说:"不要着急,有什么事慢慢说。"

孙排长边擦着汗,边喘息着说:"是这样……"

范筑先:"说吧,这屋里都是自己人。"

孙排长:"据侦察员报告说,今天上午在堂邑突然发现了鬼子的侦察兵。"在场的人都很惊愕。

范筑先:"鬼子的侦察兵!他们有多少人?"

孙排长:"一共有十八个人,他们都骑着马。正往东迂回前进,看样子是向聊城进发。"

范筑先:"你是……"

孙排长："噢！是张郁光参议和王金祥参谋长派我来的。"

范筑先点点头，稍作沉思，随后说道："孙排长，你马上回去，告诉张参议和王参谋长，叫他们按第一方案，立即进入战备状态。鬼子若敢进入西堤口，就坚决消灭他。注意不到万不得已，不可暴露我们的防御阵地。"

"是。"孙排长转身走出门外。

范筑先叫住他："等一下。"

孙排长立即转回来。

范筑先："告诉王参谋长，要随时派人向我报告事态进展情况。"

"是！"孙排长立即出门，和两个战士飞身上马奔驰而去。

看着孙排长已经出发，所有人都松了一口气。

范筑先对肖守俭说："你马上赶到西关，告诉杜子恒连长，立即集合部队，准备回聊城。"

"是。"肖守俭跑步离开县衙。

四

十八个鬼子兵一路走来，看似忘乎所以，却也小心翼翼。下午一点来到聊城环城湖的西堤外，在堤口徘徊很久，却不敢贸然进城，隔着宽阔的水面向城里张望。偌大的一座古城，似被浩淼的碧水托起，而又稳稳地坐落在水面上。高大的光岳楼就是这座古城的轴心，显示着它的古老壮观和威严。

这帮鬼子的小头目不断地拿着望远镜，窥视着这座古城的动静。光岳楼在望远镜里更显得高大清晰，西城门好像敞开着，时而还有人进进出出。

从堤口到西门，中间有一座恢宏的庙宇，名曰：吕祖堂。平时有不少信众来此烧香许愿，同时也是人们游览观景的好去处。自范筑先向全国通电、守土抗日以来，这吕祖堂就住上了军队，这里是西边进城的必经之路，是绝好的天然哨卡。

驻守在吕祖堂城防三中队的官兵已经得到了命令，在吕祖堂里做好了战斗准备。待鬼子越过吕祖堂后，就掐断其后路，形成关门打狗之势。

鬼子侦察兵短时间犹豫后，首先派一个小组六匹马慢慢地向城里进发。前边那个鬼子还特意高高地举着那面肮脏的太阳旗。

吕祖堂内，尽管班排长一再说没有命令不准开枪，但几个新兵见到头戴钢盔骑着高头大马的鬼子，还是紧张得喘不过气来。

一个叫徐根发的新兵，眼看鬼子离吕祖堂越来越近，伸在扳机护圈里的手指头一哆嗦，"啪"的一声，子弹就飞出了枪膛。

鬼子先头侦察兵听到枪声，方知吕祖堂里有伏兵，吓得"嗷嚎"一声，慌忙勒转马头往西逃窜，转眼就消失在西堤外了……

五

博平西关，一处大车店的院子里，肖守俭向杜子恒传达完范筑先的命令后，杜子恒感到情况突然，立即吹响了紧急集合的哨子。

正在就地吃饭的战士们，听到哨音后，扔下饭碗，摸起枪来，迅速地集合在一起。

此时,范筑先、凌作善一行也赶到了大车店。

杜子恒整好队形后,立即跑到范筑先面前敬礼道:"报告范司令,警卫连已整队完毕,请指示。"

范筑先还礼后,站在队列前说:"弟兄们,我们这几天在清平点编县大队,改造土匪武装,大家已经很辛苦了,原计划今天回聊城休整几天,情况却突然有了变化。"

听到情况有变化,官兵们都警觉起来,精神也高度集中,聆听着范司令讲话。

范筑先继续说:"根据情报得知,鬼子侵占临清后,高桥大队派出了十八个骑兵,对我冠县、堂邑、聊城等地进行侦察,这也是我区第一次发现鬼子。我们之所以不随韩复榘南逃,就是为了打鬼子保家乡。现在我们就立即回聊城围堵敌人,坚决把来犯的鬼子消灭掉,大家有没决定心?"

"有!"全连官兵异口同声地回答。

范筑先下令道:"好,立即出发!"

杜子恒迅速发出口令:"立正,枪上肩,向右转,目标:聊城北关,跑步前进。"

警卫连刚走出大车店,范筑先也准备上马的时候,只见大队作战参谋和一个战士骑着马,风尘仆仆地来到范筑先面前说:"报告范司令,鬼子侦察兵在西堤口受到惊吓后,迅速退到了西堤外。看来,他们是不敢冒然进城的。张郁光参议让您放松一下,不必太着急回聊城。"

范筑先听了战况报告后,凝神静思。良久,才果断地喊了声:"作善,你赶快告诉杜子恒连长,部队立即停止前进。"

"停止前进?"凌作善显然有些迷惑。

"对!"范筑先严肃地说:"停止前进,就地待命。"

"是,停止前进,就地待命。"凌作善复述后,立即飞马而去。

在博平西南城角,凌作善追上了警卫连。

警卫队连刚在路边停下,范筑先也快马赶到了。

范筑先没有说明情况,就立即命令杜子恒,将部队调转头来,向正西梁水镇进发。

杜子恒一听向梁水镇进发,一时也弄不清楚范筑先的意图,但凭着军人的感觉,他预测到范筑先有了新的作战计划。于是,就立即带着警卫连向西快速前进。

一个小时后,队伍已经越过了杨官屯。在官兵稍事喘息的时候,范筑先看了看表,时针正指向下午两点。这时,他才对杜子恒说:"鬼子侦察兵既然不敢冒然进聊城,他们也就不敢在外边过夜,这样,他们就必然要回临清,而回临清的必经之路就是梁水镇。我们赶在鬼子之前,先在马颊河设伏,一旦鬼子出现,我们就打他个措手不及。"

杜子恒:"好,我明白了。"

范筑先:"告诉弟兄们,继续跑步前进。"

一声哨响,杜子恒又带着警卫连向西快速进发了。

六

杜子恒亲自带着连队一路小跑,现已来到梁水镇以北的马颊河口,并立即做好了战斗部署,他命令:"一排在堤口东,二排在堤口西,成单兵线散开,简单构筑工事;三排在左后坟包一带埋伏,没有命令不准开枪。"

各班排听到命令后,立即进入阵地开始构筑工事。

此时,肖守俭骑着一匹快马,正从东边顺着干涸的河道飞速地奔来。他见到范筑先立即滚鞍下马,报告说:"接到城防的消息说,鬼子侦察兵现正以步兵速度,边侦察边向临清方向走来,估计现在可能已走到闫寺了。"

听完肖守俭报告后,范筑先对杜子恒说:"果然不出我所料,看来鬼子一定要回临清了。"

"司令判断得准确。"杜子恒附和着。

范筑先稍一沉思后对杜子恒说:"鬼子十八个人全是骑兵,我们若在此地设伏,枪一响,鬼子的快马会四散逃跑,恐难达到预期战果。"

杜子恒:"范司令,您的意思是?"

范筑先:"要把主力放在梁水镇村边,鬼子进入街巷后,枪一响,战马就失去了狂奔乱跑的能力……"

杜子恒:"司令的意图是把伏击点设在村头?"

范筑先点点头,然后,看了看表,时间是下午四点半。

冬日昏黄的日头,已开始坠入西天的云层。

远处的大路上,扬起了缕缕黄尘,鬼子的侦察兵出现了。快到梁水镇村头的时候,他们逐渐地放慢了速度,并分成了三个小组,拉长了前后的距离,很警惕地往村里走来。

矮墙下、小巷口、场院的草垛后、屋角边、柴门里埋伏的战士们,眼睛一眨不眨地等待着战斗的命令。只待指挥员一声令下,仇恨的子弹就会立即向鬼子们飞去。

第一组打头阵的鬼子已经走到村子中心,并没有发现任何可疑迹象。于是,鬼子小队长就抖动手中缰绳,想快点通过梁水镇。

范筑先知道时机已到,他举起手枪高声喊道:"打!"声音未落,埋伏在各个角落里的战士就扣动了枪机。

鬼子受到突然袭击,惊慌失措,晕头转向,马嘶人喊,狼奔豕突,乱作一团。鬼子小队长知道中了埋伏,就嚎叫着准备撤到村外。此时,已有五六个鬼子落马,剩余的鬼子就拼命地向村外跑。

埋伏在村边坟堆后的警卫连二排,在杜子恒的指挥下,迅速开枪拦阻鬼子,枪响过后又有几个鬼子被击毙落马。

戴望远镜的鬼子小队长落马后还在拼死抵抗,此时,班长刘洪涛冲出胡同口端枪就打。却见鬼子小队长还在地上挣扎,并举枪对准了指挥战斗的杜子恒,刘洪涛见情况危机,就飞起一脚,把鬼子的手中的土八盒子踢飞了,紧跟着一刺刀扎进了敌人的胸膛。鬼子小队长立刻毙命,还没来得及蹬腿,就魂归东洋了。

在短兵相接时,范筑先不知何时已脱掉了棉袄,举着手枪和战士们一起向前冲杀,凌作善、肖守俭紧随其后。此时,有几个侥幸逃脱的鬼子骑马向村外逃去,班长刘洪涛见旁边一匹马还在围着一个被打死的鬼子打转,于是就抓住缰绳飞身上马,准备追赶逃跑之敌,却被范筑先阻止说,暮色渐浓,不可到村外追逐残敌。

按照统一部署,梁水镇的十几个民兵,猫在村西胡同口,他们正紧张地观察动静。见有几个鬼子骑马慌不择路的跑过来,他们就将早已准备好的竹竿、树枝子,迅速地抛出去。两匹战马被绊倒,马上的鬼子也被重重地摔下来。民兵们大吼一声,冲出去,掐脖子,摁腿,夺枪的夺枪,牵马的牵马,又有两个鬼子被打死了。

短暂的激战后,十八个鬼子骑兵,只有少数侥幸漏网逃走,其余都成了亡命鬼。这其中也包括那个用望远镜窥视我方情况的小队长。

战士们把敌人丢下的战马、军毯、枪支、钢盔、战刀、饭盒、香烟、望远镜、小太阳旗等战利品打扫收拾完毕后,范筑先和警卫连的战士们带着胜利的喜悦,在夜色中离开了梁水镇。

七

临清,是山东西北部的重镇,从隋唐到明清,一直是京杭运河和漳卫河上的重要港口,是闻名遐迩的水陆大码头,山东省第四行政专署就设在这里。鬼子刚到衡水、德州,这里的大小官员就闻风而逃了。侵华日军高桥大队没受到任何阻碍,没费一枪一弹就占领了这座城池。

原第四专署驻地,现已是高桥大队的指挥部。室内悬挂着太阳旗和"武运长久"血光四射的军旗。这屋里的气氛,让人感到威严寒冷而阴森。

大队长高桥是个小矮胖子,脖子短而粗,嘴上留一束稀如牛毛的小胡子,眉毛也似几根稀稀拉拉的荒草。眼睛细小,却露出一种阴险、邪恶的凶光。平时,他厚厚的嘴唇紧闭着,两边嘴角有意使劲往下撇,明显的有一种趾高气扬、刚愎自用的"霸"气。

此时,高桥正面向墙壁,不时挪动着两条短腿来回的察看山东西部地形图,然后扭过头来看了一下腕上的手表。他对面前的山本副官和三个中队长傲慢地说:"自我大日本皇军向南进军以来,攻城掠地、所向披靡,中国军队闻风丧胆。情报显示,黄河以北已没有中国军队,也没有地方政权存在。"

高桥盛气凌人而又不屑一顾地说:"如今,聊城还有个叫范筑先的小专员,他不自量力,坚持着不撤退。根据以往的进军速度,皇军要不了半个月,拿下聊城管辖的所有县城是没任何问题的。"

山本副官和三个中队长大声附和着:"哈咿!"

正在侵略者狂傲骄横忘乎所以的时候,在梁水镇受到范筑先警卫连痛击的鬼子侦察兵残余之敌,有的头上缠着纱布,有的胳膊吊着绷带,垂头丧气而又胆战心惊地走进高桥的指挥部。

见到这几个日本兵狼狈凄惨的丑态,高桥等所有头目均大吃一惊。高桥气急败坏地问道:"怎么回事?"

一个头缠绷带、满脸血污的鬼子兵,胆怯声弱的说:"我们完成对堂邑、聊城敌情的侦察以后,在返回临清途径一个叫梁水镇的村子时,埋伏在村头的中国军队突然向我们开火,我们虽奋力抵抗,但还是……"

"妈的!"高桥听到汇报,早已气红了眼睛,然后又立即问道:"什么样的中国军队?"

"他们的装备并不精良,在一个留长胡子的老头指挥下,他们都非常勇敢。"

稍顷,高桥鄙夷而恶狠狠地点点头说:"留长胡子的老头——范筑先,一个小小的专员!"高桥的两只肉乎乎的短胳膊狠劲地往里掐捏着,以示他决心要将范筑先置于死地。

八

清晨,冬日初升的阳光照射在光岳楼的东墙上,那幅巨大的抗日宣传画下边,又贴了新写的大标语:"庆祝梁水镇首战告捷""把侵略者赶出中国去"。

街上的行人也知道了这个大好消息,脸上都洋溢着胜利的喜悦。

王老七的茶馆里,穆九如放下肩上的行囊,刚刚坐下,王老七就掂了一壶热水,满满地倒了一大碗说:"穆先生可好久没上我这小茶馆来了,今儿是稀客,先喝一碗白开水吧。"

穆九如:"谢谢七哥。"

王老七略显神秘且小声的说:"听说穆先生回家抗日去了?"

穆九如:"抗日的心是有的。可如今国军撤走,遍地土匪,有几个是真抗日的?"

王老七:"你这话就不对了,你看范专员,人家都六十岁的人了,还亲自上前线哩。"

穆九如:"对,范老将军是我敬佩的人。"

此时,耿老三兴冲冲地走进了茶馆,开口就说:"七哥,怎么样,范专员这个人我没看错吧,如果说修路、架桥是门面活,这上火线和鬼子真刀真枪的干,这可不是装门面吧。听说夜个在梁水镇五分钟就打死十多个鬼子。啧!啧!这老将军不瓢杆,他还真有两下子。"

王老七:"要没两下子,能当上将军专员!"

耿老三一扭头看见穆九如,惊喜的说道:"穆先生,范专员梁水镇打鬼子这事,你要编出戏来唱,保准能唱红。"

穆九如:"好啊,范专员打鬼子这事啊,我一定尽快编出来。"穆九如说完就背起了行囊走出了茶馆。

耿老三看着穆九如远去的背影说:"好长时间可没见穆先生说书了。"

王老七:"穆先生可是个有远见的人,听说他也到下边县里组织抗日去了,他有可能是这个。"王老七边说边用右手比了个"八"字。

九

专署小会议室正在开会,参会人员有张郁光、姚弟鸿、赵伊坪、牛连文、王金祥、姜洪源等人。人们的脸上也都浮现着一种喜悦和期待的神色。

范筑先看人已到齐,很兴奋地说道:"想必大家早已知道了,梁水镇伏击鬼子取得胜利,有力地戳穿了'日本鬼子不可战胜'的神话。那些有恐日情绪的人,今后要振奋起来,积极投入到战斗中去。"

范筑先充满自信地说:"从梁水镇战斗中看,只要摸准敌情,指挥得当,官兵团结一致,就一定能取得胜利。这里应该特别表扬的是,警卫连二排一班长刘洪涛,在和鬼子短兵相接、人慌马乱的情况下,他机智勇敢、沉着冷静,不但挽救了杜子恒连长的生命,他还亲手消灭了两个鬼子,其中就有鬼子一个小队长,还收缴了鬼子的两支枪和一匹战马。"

范筑先对坐在后排的刘洪涛说:"小刘哪,站起来,叫大家看看。"

刘洪涛立即挺身而起,动作干净利落地向全场行了个举手礼。小伙子挺胸昂首、英姿勃发,立刻赢得了一阵热烈的掌声。

范筑先并没有让刘洪涛坐下的意思,而是看了看手中的小本子说:"为奖励勇士,提高斗志,现在我宣布,将刘洪涛由班长晋升为排长。"大家又是一阵热烈掌声。

张郁光、姚弟鸿、赵伊坪、牛连文等由衷地使劲鼓掌。

王金祥、姜洪源等面孔冰冷,应付性的拍了两下手。

范筑先:"现在看来,我们不跟韩复榘南逃,而留在聊城守土抗日的决定是对的。而且大部分县抗日宣传工作开展得很好,老百姓很欢迎。像高唐、茌平、博平、东阿等县,抗日工作组织的很有成效。"

范筑先严肃地说:"还有些县抗日工作处于瘫痪状态,观城的牛功勋、莘县的王嘉猷等人,竟然弃城逃跑,这是可耻的行为。为改变这些县的工作面貌,现在宣布以下任命书。"会议室人员精力高度集中,都想听一听这位老专员有何任命。

范筑先从桌上拿起早已书写好的委任状宣布道:"我宣布,任命原茌平县政训处主任吕世隆为莘县县长。"

吕世隆从后排来到台前,行举手礼后,从范筑先手中接过委任状。这是个身材魁梧、精力充沛、四方大脸、肤色白皙的青年人。他敏锐的目光,给人以坚毅、刚强的感觉。举止大方,热情又稳重。

范筑先又拿起另一张委任状,宣布道:"任命张树礼为濮县县长并兼理观城县政务。"

张树礼来到台前,行军人举手礼后,从范筑先手中接过委任状。张树礼的长相和他的名字相仿,慈眉善目、温文尔雅、沉稳敦厚、说话温和。

范筑先从桌上又拿起一张委任状,宣布道:"任命管大同为寿张县县长。"

管大同着灰色制服,佩戴上尉军衔,显得沉稳干练,他庄重地走到台前,行礼后接过委任状。

范筑先接着又宣布了对张炳元、孙思清分别为莘县和寿张政训处主任的任命。

正在全场为新任命的官员热烈鼓掌的时候,孟秘书神情有些惊慌地来到会议室,把一份电文交给了范筑先。

范筑先把电文仔细看了两遍,好长时间没说话,稍一沉思后,很严肃地问孟秘书:"此电是什么时候收到的?"

"刚收到我就马上送来了。"孟秘书说。

"电文没译错?"范筑先又追问道。

"我和译电员反复核对两遍,保证没有错。"

会议室鸦雀无声,气氛有些紧张。与会人员感到范筑先手中的电文绝非寻常,但又猜不准究竟发生了什么。

范筑先又看了一遍电文,然后才面向会场说:"大家注意,据电文通报,原山东省政府主席韩复榘,因惧敌后退,没放一枪一弹,就放弃了山东的大片土地。他一贯无视中央政府号令,肆意我行我素。为肃清其恶劣影响,巩固加强全体军民的抗敌意志,中央政府已于汉口将韩复榘就地正法,以儆效尤。"会场里,人们目瞪口呆、一片惊异。

十

光岳楼、万寿观、海渊阁,是聊城城内最负盛名的三大古建筑,而且距离很近,便于人们游览。若到了夜晚,经常会有年轻的恋人在此幽会。

一痕新月斜悬在万寿观的飞檐上,精美的建筑就失去了白天的光鲜和精致,只剩下朦朦胧胧的大致轮廓。

范树琨自从和何方认识以后,在闲暇时就不断地见见面。天上地下、古今中外,无所不谈,最多的当然是诗歌、词赋。尤其是宋代山东的辛弃疾和李清照,更成了他们谈论的重点。范树琨喜欢稼轩的铁马金戈,何方则对易安的婉约缠绵情有独钟。两人虽有争论,彼此却更感亲切。时间一长,两个年轻人就慢慢萌生了一种相互倾慕的情愫。范树琨虽是女孩子,性格却大胆泼辣、热情奔放。相比之下,何方就斯文多了,而且,他又是党从武汉派来的政工干部,平时就严守纪律,很少外出。今儿是星期六,范树琨就把他约出来一同到万寿观踏月。

月光下,何方、范树琨悠然走着,还不时的窃窃私语。

在何方、范树琨身后不远处,也有两个黑影鬼鬼祟祟、如影随形地盯着他们。何方和范树琨却没有任何察觉。

范树琨走着走着,突然停下脚步,回头问何方:"上次请你看的诗稿,为啥让树民送给我?"

何方:"这些天来,部队军训很累,我还要抽时间写教案,忙得喘不过气来。那天范树民大队长正好回家,我就请他捎给你了。"

范树琨有些不满地:"你这是托辞。"

何方:"怎么会呢?"

范树琨:"我最近又写了几首抗日的诗,请参谋长再指点指点。"说着就把手中的诗稿递过去。

何方边说好,边伸手去接,可两个人的手并没有马上缩回来。停了一会儿,范树琨不容置疑,而又有些娇气地说:"这次看完以后,不准别人捎,你一定亲手送给我。"

何方很大方地说:"好的,我一定亲自送到范老师手上。"

范树琨:"一言为定。"

何方:"一言为定。"

"这还差不多。"范树琨满意地点点头。

两个黑影还鬼鬼祟祟地躲在远处墙角的阴暗处,他们侧棱着耳朵,瞪着眼睛,蹑手蹑脚、屏声敛气,馋涎欲滴地想听一些秘闻趣事,或想看到两人有什么动作。但,他们失望了。

小巷里黑影甲说:"真他娘的扫兴,竟没看到想看的好戏。"

黑影乙:"长官叫咱跟着人家谈情说爱的人,这事有啥意思啊?"

黑影甲:"长官叫干啥,咱就干啥,你管这么多,有个屁用!"

第二天,专署和保安大队里,就有人私下里放出风来说:"挺进大队参谋长何方和范筑先的二小姐,在万寿观幽会了。"

十一

参谋长办公室,王金祥敞着怀,叼着烟卷,来来回回地在屋里走动着,情绪烦躁不安。自从范筑先收编了齐子修和几个县的民团,特别是在梁水镇又打了个小胜仗之后,他心里就一直不是滋味。今天又传来韩复榘被老蒋枪毙的消息,他更感到六神无主。自己这个参谋长当得窝囊,憋着一肚子火,又不知该怎么发泄。

姜洪源不知何时踏进屋里,看见王金祥正在吸闷烟,就知道他心情不好,自己不便多话,但又不好马上便走,于是就悄无声的坐在一边吸烟。

王金祥转过身来发现了姜洪源,扔掉大半截烟卷问:"有事吗?"

姜洪源:"我倒没事,就是肚子里有气。"

"你有啥气?"王金祥不屑一顾地说。

"我觉得范老头处事太不公道。"姜洪源说:"把政训处的一些毛孩子学生敬若上宾,关心备至,又是照顾生活,又是提拔重用。"姜洪源又点上一支烟卷:"而对咱这些穿军装的军人,他根本就没看到眼里。就说我吧,且不说他和我家老爷子是世交,就凭我这个中校参谋,放到县里当县长,也总比这些毛孩子强吧……"

王金祥不以为然地道:"官迷心窍,一个区区的小县长就这么重要?"

姜洪源:"如今的县长都兼任县大队长,县长就是当地的土皇帝。"

王金祥自命不凡地说:"眼下,时局瞬息万变,扑朔迷离,韩复榘刚被老蒋正法,此时万不可轻举妄动。但有一点是必须要做的。"

"什么?"姜洪源问。

王金祥:"要抓自己的人,要抓自己的枪。张维翰在堂邑搞了个十支队,赵建民也混进了冠县蓝春河的义军。"

姜洪源会意地点点头,表示认可。

王金祥:"从明天起,参谋处你带几个人到各县大队及所属各中队,要暗暗发现并培养自己的人。此事要十分稳妥,以待时局变化。"

"还是参谋长高见。"姜洪源似有新发现,小声而神秘地说:"这几天晚上,城防巡逻队的人发现,在万寿观,不断有男男女女在幽会。"

"这有啥神秘的,"王金祥毫不在意地说:"自古以来男女偷情还不是常有的事。"

"这可不一样。"姜洪源故弄玄虚。

"怎么不一样?"王金祥问。

姜洪源:"据说那男的是青年挺进队的参谋长何方,那女的像是范司令的二小姐范树琨。"

王金祥惊诧地大声道:"何方、范树琨!他们看准了?"

姜洪源:"绝对没有错。"

王金祥:"你听谁说的?"

姜洪源:"参谋长,这事你还用问我,警察局长柯劲根没向你回报?"说罢,两个人会心地笑起来。

十二

鲁西平原的旷野里,西北风卷着沙尘,枯草败叶漫天飞舞。天地间灰蒙蒙、昏沉沉,毫无生机。

在聊城通往莘县的黄土道路上,有两个年轻人在风沙中跋涉着。走在前边的是体魄健壮、性格坚毅的吕世隆。紧随其后的是斯文老诚、朴实无华的张炳元,他们用木棍把行李卷挑在肩膀上,步行着去莘县上任。

晌午了，张炳元、吕世隆才走到两县交界的沙镇。在路边小店里买了一壶白开水，又买了两个凉馍馍，简单的垫巴垫巴，打打尖就又上路了。

　　冬季昼短夜长，昏黄的太阳很快就钻进了西天边的云层里，暮色也悄悄降临。

　　两个年轻人虽体格健壮，但八十里土路走下来，也感到了腰酸腿软、浑身疲惫了。

　　他们走出一个村子，越过一条黄土堤坡，那高高的莘县大雁塔就映进了眼帘。二人精气神顿时为之一振，脚步也轻快了许多。暮色中，当大雁塔在眼中只是模糊的轮廓时，他们终于来到了莘县城。

　　莘县在鲁西平原上是个很平常普通的小县城，但它历史悠久，文化积淀厚重。有中国第一名相之称的伊尹，在未出道入仕之前，就曾耕于有莘之野，而宋朝名相王旦等皆出于莘县。

　　梯云楼，是莘县城里最负盛名的的酒楼。煎、炒、烹、炸、涮的厨艺绝妙，当地的官绅名流也就成了这里的常客。

　　孙金利听了王金祥的指点，他既没跟县长王嘉猷弃城逃跑，也没有再回聊城，而是以副大队长的名义继续撑着县大队的摊子。这样一来，他既捞了个守土抗日的好名声，又可得到升职的资本。可他恶习难改，吃喝嫖赌更加肆无忌惮。

　　今天，他刚在梯云楼酒家吃饱喝足，之后就留在二楼一个雅间里和他那些臭味相投的狐朋狗友们打麻将。牌桌上铺着一块垫桌布，每人面前的桌上，都放着些纸币，孙金利面前还放着几块袁大头。此时，马成魁嘴角叼着半截烟卷，两个手正在"哗哗啦啦"洗牌。掷骰子打点，然后按上下顺序分别抓牌。

　　孙金利嘴上也叼着一支烟卷，两只手分别拿着两张牌，聚精会神地摸扭着。他要凭手指头的感觉，预知手中的牌是好点还是坏点。此时，只见他眼神露出惊喜，就把牌往桌上一摊，大声说："啊！又和啦。"

　　正在孙金利为自己赢钱而狂喜的时候，县大队勤务兵王梦秋慌慌张张地进了屋。

　　孙金利："这时候跑来有事呀？"

　　王梦秋："有事。"

　　孙金利赌得正在兴头上，就不耐烦地说："有啥事明天再说吧。"

　　孙金利见王梦秋表情急迫，一直在给他使眼色，知道是有要事，于是就很不情愿地走出屋外。

　　王梦秋小声说："范专员派来一个新县长。"

　　"啊！"孙金利一惊："什么时候来的？现在什么地方？"

　　"傍黑刚到，李管理员、孙助理已经安排他在县政府住下了。"

　　"噢！"孙金利一脸的失落而惊诧。

第九章 | 启新锐吕世隆初试锋芒
设行辕李树椿老奸巨猾

一

冬日的早晨，小城显得格外清冷。吕世隆和张炳元带着专员范筑先的委任状，昨儿从聊城徒步来到莘县，晚上又和部分人员座谈到深夜。今儿天刚蒙蒙亮，吕世隆又早早地起了床，却依然精力充沛，浑身是劲，年轻人毕竟有活力。此时，张炳元也早已穿好衣服，两人就相伴着走出县政府。大门右侧，是一座极显苍凉古老的青石过街牌坊，这是朝廷旌表义夫、节妇、贤良、隐逸人物的象征。

从县政府东南角往北一拐，就是莘县最繁华的南北大街。抬头首先映入眼帘的，是巍峨壮观的大雁塔。此塔全部用二尺长的大青砖砌成，塔高十三层，再加铜笼罩顶，据说周遭八百里之内，没有任何一座佛塔能与其比肩。仔细看一看，确有高耸入云、一柱擎天之感。莘县人把大雁塔视为吉祥圣物，将每年正月十六定为登塔庙会。届时，十里八乡的村民都会涌到城里，人山人海，热闹非凡。

此时，吕世隆、张炳元已走到雁塔寺跟前，塔下冷风飕飕、寒气逼人。一把锈迹斑斑的大铁锁，紧紧地锁住了塔寺的大门，给人一种失落和无奈的感觉。吕张二人正在仰头观望，背后似有人喊，回头一看：一位干练、洒脱的小伙子正向他们跑来，来人是昨晚参加座谈会的孙玉珠。

孙玉珠，城东蔡庄人，老诚敦厚，办事细致认真，又特别精于珠算，是县府财务科的人兼任伙房司务长。自前任县长王嘉猷携款逃跑后，县政府就成了一盘散沙，小伙房也自然停火关门了。孙玉珠心想，吕县长、张主任新来乍到，人生地不熟，天气又冷，他们上那儿吃早饭去呢？自己是本地人，又是县政府的司务长，良心和责任都在敲击着他。起床后，发现吕世隆二人早已外出，于是，就从县政府找到了雁塔寺。孙玉珠把伙房停火关门的事说了一遍，吕世隆爽快地说："今后，伙房还得搞起来，今天的早饭吗，就在街上凑和一顿吧。"孙玉珠有点不好意思地说："咱这儿是偏僻小城，清早卖饭的不多，现只有一家叫'阳平豆沫胡辣汤'的小摊。吕世隆'哦'了一声，一字一句的重复着："阳平胡辣汤豆沫！小吃摊还有这么好听的名号。""是啊。"孙玉珠很有点自豪地介绍说，摊主姓任，是我的乡邻王升公村人。祖上原是书香门弟，老祖父曾参加过州县乡试，是当地小有名气的乡贤文人，然而他却始终不想出仕。除在家中读书教子之外，竟认真研究起祖上历代传承下来的糕点和酿造技术,特别是胡辣汤和豆沫,更有独到之处,很受乡亲们欢迎。其味道麻辣酸香,清纯爽口,可谓小城早餐精品。赶集上店的平民百姓,若能喝上一碗味美价廉的任家胡辣汤或豆沫,那简直就是享受,就是过年。"

孙玉珠继续介绍说:"这任老先生有位同窗好友,名叫申鸿宾,曾是前清致仕县令,他每天清早必来喝豆沫和胡辣汤。然后就和任老先生闲聊说,济南府的甜沫都赶不上你老任家的手艺,胡辣汤更堪称一绝,我给你起个堂号吧。"任老先生见同学县令给起堂号,自是喜出望外,说就请老同学费神吧。这申知县捋捋胡子说,其实我早就想好了,叫"阳平"。任老先生听后稍有迟疑,致仕申鸿宾就解释说:"这阳,乃阳光,三阳开泰之阳,这平,乃平安吉祥,公平交易之平。"申县令又说,老同学,你一定翻阅过方志吧,早在秦始皇、汉刘邦时,咱这儿就叫过阳平。任老先生点点头,高兴地申出大拇指。自己的主意得到赞同,申知县自是十分高兴,说正好我家有块木版,明儿我就写好给你挂上。

故事虽不曲折离奇,寒冷的大清早上,却能勾人食欲。三人离开大雁塔,边走边说,越过魁星阁,拐过火神庙,在王旦祠路口傍,突兀的挡着一领秫秸箔,门前挂着一块小木板,上书"阳平豆沫胡辣汤",这七个大字既浑厚遒劲,又端庄秀雅,显示着书者的功力和审美意趣。孙玉珠说,吕县长、张主任,咱今儿早饭就喝碗阳平豆沫或胡辣汤吧。三人正欲进屋,却见北街学校的蒋小亭老师急匆匆跑来,和孙玉珠说了些什么。之后,孙玉珠转身说,吕县长、张主任您俩先进去吃吧,我有点当紧的事,回头我来结帐。吕世隆一摆手说,你赶快去忙吧,这儿的事你就甭管了。

吕世隆和张炳元见孙玉珠、蒋小亭已经走远,于是,就从秫秸箔边拐进去,里边是两间平房土屋,屋子虽不大,却拾掇的干净、利亮。门里边并排放着两口陶制大瓮缸,外边套着保温用的棉被,一个盛豆沫,一个盛胡辣汤,还都冒着诱人的香味和热气,地桌上已有几个人在边吃边聊。此时干练通达的三代任摊主,面带笑容站在瓮缸之后,见进来两位生客,就热情的打招呼并询问吃点什么。吕世隆指着第一个瓦缸说,就来两碗这个和两个烧饼吧。摊主说了声"好嘞",随之把长柄木勺洒脱、快捷地伸进瓮缸里,勺头在缸里稍微一转,手腕轻轻一拧,迅即高高提起,两碗热乎乎、香喷喷的阳平胡辣汤,就放在了客人面前。

此时,屋里的食客们却都停下了筷了,好像在倾听什么动静。街上传来了"一二一、一二一、一二三四"的出操声。随之,一排身着黄军装的县大队员,就从饭摊门前一晃而过。

"嗨,怪他娘的稀罕! 自打工嘉猷卷款逃跑后,县大队的人就翻了天,通夜吃喝嫖赌,今儿咋想起来出操跑步了?"人们七嘴八舌的猜测着。靠窗一位很世故的老者,小声又神秘地说:"听说聊城范专员给莘县派来一个新县长,县大队孙金利那小子可能有点收敛,出操跑步摆个样子,给新县长看看呗。"老者眼睛看着吕世隆和张炳元这两个陌生的年轻人,似有点警觉地说:"这年头莫谈国事为好,还是喝咱的胡辣汤吧。"经老者一说,人们都在打量着门口这两个年轻人,屋子里顿时鸦雀无声。吕世隆、张炳元本想再多听一听民情、民意,可屋里的气氛已尴尬僵冷。于是,付钱后起身离开了阳平小吃摊。

二

经过几天的调查,在摸清了一些基本情况后,吕世隆和张炳元商量决定,立即和县城各界人士见见面,以便尽快开展工作。

莘县县政府会议室很简陋,只有十多条杂木长条凳。靠墙放着一张小长条桌,就算是主席台了。来开会的人员中有共产党员王锡恩、白朴、刘泮溪,也有各界代表人士。国民党人士魏玉德、公安局长张际涛,穿军装的是县大队副大队长孙金利、一中队长赵长发、二中队长马成魁、三中队长刘建唐,以及县政府各科局没有出逃的公职人员。孙玉珠则跑前跑后的紧忙活。这些人虽然信仰观点不尽相同,但对新县长上任,还是很感兴趣的,想观察一下这位新县长的思想倾向和才学能力。

原县政府一科科长曾庆先见人已到齐,就拍了两下手掌说:"请各位坐好,现在向大家介绍一下,我身边的这位,就是新任莘县县长吕世隆先生,大家欢迎。"

随着一阵热烈的掌声,人们都把目光集中到吕世隆身上。

吕世隆今天穿一件学生时期的浅咖啡色西服,虽略显陈旧,却仍洁净、舒展,人也显得精神干练、朝气蓬勃。他站起身来,首先将右手举到额前,行了个军礼。然后声音洪亮地说:"大家好,非常感谢诸位来参加会议。"会场里响起了一阵掌声。

吕世隆接着说:"世隆受范筑先专员的委任,为莘县县长兼县保安大队队长。"共产党人白朴、刘泮溪、王锡恩及各界民主人士又一次热烈地鼓起掌来。国民党人士魏玉德和公安局长张际涛也随着鼓起掌来。只有孙金利和他手下的三个中队长面露沮丧,不知所措,之后也随着拍了两下手。

吕世隆继续说:"从今天起,莘县就是我吕世隆的第二故乡。以后,我们大家就在一块工作,一块生活。但世隆才疏学浅,初来乍到,又不谙世情。如今国难当头,兵荒马乱,世隆没有多大能耐,一无所有,只有一片诚心,一腔热血。希望与莘县各界贤达、仁人志士,齐心携手,共同把莘县的事情办好,以造福于莘县百姓。"

吕世隆一番掏心亮肚的肺腑之言,深深地感动了大部分与会者,又是一阵热烈掌声。但魏玉德、张际涛、孙金利、马成魁等,则心里不是滋味,脸上的表情复杂。

吕世隆颇受感动地说:"对大家的热情支持,世隆非常感谢。我们今后的首要任务是,尽快恢复政府职能,强化治安,让百姓们有个安定的生活环境。"

吕世隆掀开记事本,继续说:"原县政府各科公职人员,限三天内来县里报到,否则按自动离职处理,请大家相互转告一下。"

吕世隆的目光盯着孙金利几个穿着军装的人说:"县保安大队原副大队长,及各中小队长,一律维持原任。要抓好纪律性,每天照常出操训练……"

散会后,孙金利回到了县大队部。他心里懊恼、失落的无名火,就一直憋在肚里,一时又感到六神无主,不知如何是好。当时县长王嘉猷逃跑时,他本想随其一块走,可王嘉猷根本就不把他放在眼里。自打听了王金祥的话后,孙金利就一直在莘县坚持着,心想即便当不上县长,最不济也得弄个正大队长。可今儿吕世隆一上任,才知道一切美好的梦想都成了泡影。

刘建唐、赵长发、马成魁三个中队长知道孙金利不高兴,都陪在一旁。

马成魁递给孙金利一支烟说:"大队长,这年头升官不升官的无所谓,只要咱哥们有吃有喝就行,手里有枪杆子,咱怕啥!"

孙金利啥话不说,只是低着头吸闷烟。

马成魁指着赵长发、刘建唐说:"刚才俺仁商量好了,咱还是到梯云楼去,请大队长喝一杯,散散心、解解闷。"

"胡扯淡,这个时候去喝酒,不是自找着往枪口上撞吗!"孙金利说:"你们没听见姓吕的说,要抓纪律性吗?"

赵长发:"他抓他的,咱喝咱的,他一个外来的毛头小子,谅他在莘县这个地盘上也翻不了天。"

马成魁:"我看,还是孙大队长说得对,在这个节骨眼上,咱没必要跟姓吕的对着干。如果姓吕的真敢欺负咱弟兄们,咱也不受那小子的气。"

孙金利:"我看二中队长说得对,管好你手下的人,千万别惹出事来。"他眼珠子转了转说:"最好能有个可靠的人,放在吕世隆身边,时刻注意吕世隆的行动。好吧,今儿不再议论这事,先观察一段再说。"

三

莘县政训处离文庙很近,庙院里的唐柏古松被藤萝紧紧地缠绕着,在夜风中发出"呜呜"的响声,给人一种阴森恐怖的感觉。在一间小平房里,木棂子小窗户上堵着一把谷草,用以遮挡寒风。靠北墙是孤零零的一张小木床。床上铺着一层麦秸瓢子和一床薄薄的棉被。寒冬腊月,小屋里冷的就像冰窟窿,只有床边砖台上放着的一盏小棉油灯,发出的微弱灯光,还多少给人一点暖暖的感觉。

由于工作开展的积极稳妥,莘县的同志很快就联系上了。按照张炳元的计划,今天,白朴、王锡恩、刘洋溪、冯子华等,天一黑就来到了张炳元的住处。

张炳元看了看王锡恩和白朴说:"我和吕世隆同志来莘县,真是两眼一抹黑,什么情况也不知道,今儿就请锡恩同志谈谈县里的大体情况吧。"

王锡恩公开身份是莘县小学教师,他面色白皙,眉清目秀,浑身都显示着儒雅气息。且老诚厚道、处事稳重。听张炳元叫他汇报莘县情况,先警惕地看了看门窗,然后压低声音说:"自从前任县长王嘉猷携款逃跑后,莘县就处于无政府状态。土匪、老缺遍地,各种山头林立,学生不敢到校上课,老师也都卷铺盖回家了。受害最深的还是老百姓,经常受到土匪恶霸的袭扰。"张炳元认真地拿起小本子记录着,然后问王锡恩:"原县政府的职员呢?"

王锡恩:"王嘉猷一走,群龙无首,他们也都各自回家另谋出路了。"王锡恩想了想又说:"当时县大队的人也自行解散了。三天后,原来的副大队长孙金利又回来了,不知受了什么高人的指点,他先把三个中队长找回来,七大后原班人马基本上到齐了。"

张炳元:"孙金利招收旧部是什么意思呢?他们的吃喝军饷谁发呢?"

王锡恩笑了笑说:"孙金利自己就说,手中有枪,就能吃遍四方。他以县政府的名义,到各乡镇摊派。要啥就得给啥,否则,轻则打一顿,重则就抓进大牢蹲监狱。"王锡恩又说:"以孙金利为首的几个头目,几乎天天都去梯云楼酒家大吃大喝,百姓们敢怒不敢言。莘县就成了孙金利的天下了。"

白朴是个很老诚的中年汉子,头上扎一条羊肚毛巾,粗布黑棉袄,外缠一条半幅白布当腰带,人也显得很精神利索。他接着王锡恩的话茬说:"老百姓说,莘县遍地是土匪,司令如牛毛。但真正控制莘县局面的，还是以魏玉德为首的国民党县党部的几个人。他们既和地方恶势力联系，又和县保安大队、公安局勾结……"

说话间，窗外传来了"嘭嘭"的响声，有人向窗户扔砖头。白朴立即拉开屋门，只见两个黑影迅速越过短墙，跳到文庙后院去了。文庙院里的古松老柏黑黝黝的，在风中"呜呜"作响。

白朴回到屋里说："这准是魏玉德和孙金利他们搞的鬼。"

张炳元："乱世之秋，难以太平。大家要提高警惕，会议改日再开。"

王锡恩："听说鲁西北特委书记赵健民同志正在积极地组建自己的部队。"

张炳元："是啊，今后我们也要把自己的抗日队伍拉起来。今儿就谈到这儿吧，天不早了。"

白朴、王锡恩起身要走时，关心地说："炳元同志，可要小心点，需要啥就说一声。"

四

韩复榘被枪毙后，蒋介石随委任原青岛市长兼海军第三舰队司令沈鸿烈，为山东省政府主席。

沈鸿烈是湖北天门人，清末秀才，曾留学日本。回国后投奔奉系军阀张作霖，张被日本人炸死后，少帅张学良向蒋介石推荐其为青岛市长。

"七七事变"后，起初，沈鸿烈是主张抗日的，他下令炸沉四艘舰艇和一部分工厂后撤出青岛。日本人侵占济南后，他和省政府流亡转移到了曹县，并向敌后各地派出了亲信。原省民政厅长兼省政府参议李树椿是他的忠诚追随者，故将李树椿派往聊城，以省政府行辕主任身份监督范筑先及其抗日力量的活动。

聊城专署会议室，张维翰、张郁光、赵伊坪、姚弟鸿、王金祥、姜洪源、齐子修、杜子恒、吕世隆等县处级负责人参会。主席台和范筑先坐一块的，还有一个绅士模样的陌生人。

范筑先看人已到齐，就站起来说："请各位注意，现在开会，首先告诉大家一个好消息，为加强我区抗日的领导力量，山东省政府沈鸿烈主席，特委派李树椿厅长为聊城行辕主任，大家欢迎。"

见范筑先带头鼓掌，会议室响起了一阵掌声。

李树椿从范筑先身边站起来，很礼貌地从头上摘下貂皮高装帽子，脸上有一种使人难以捉摸的、阴森森的淡笑，左手扶了扶眼镜框，然后向大家深深地鞠了一躬。他身穿黑色缎面棉袍，外罩一件皮坎肩。一举一动都显露出饱经风云、老于官场世故的作派。

范筑先也很程式化地说："现在请李树椿主任讲话。"

一阵掌声过后，李树椿很谦逊地说："诸位好，树椿受沈鸿烈主席委派，来聊城和范专员及各位军政界同仁，守土抗日、共赴国难，树椿甚感荣幸。奈本人学疏才浅，又人地两生，在今后实际工作中愿意诚恳地听从诸位的高谋良策。"

李树椿轻轻地呷了一小口茶说："树椿虽为省政府驻聊城行辕主任，但具体工作仍仰赖范专员和诸位同仁精诚奋力。特别是范专员，虽年事已高，但精力旺盛，在梁水镇战斗中身先士卒，冲锋陷阵，打了胜仗。沈鸿烈主席特地嘱咐我，向范老将军祝贺。"大家报以一阵热烈的掌声……

李树椿讲完后,范筑先总结道:"趁今天欢迎李树椿主任的大会,我顺便说一下近期全区的工作。由于大家同心协力,抗日宣传工作开展得轰轰烈烈。特别是莘县、寿张、茌平、博平,在原县长逃跑、土匪、恶霸横行的情况下,吕世隆、管大同、徐茂里等新任县长,不畏困难,积极工作,业绩显著,成为全区、各县学习的榜样。实践证明,在抗日工作中,有能力的青年是大有前途,大有作为的。今后,在李树椿主任的监督指导下,我们聊城地区的抗日工作将会有声有色,搞得更好。"

五

山东省聊城行辕主任李树椿的驻地,原是一处旧官僚的深宅大院。青砖灰瓦,厚门高墙,使人望而生畏。夜里常有野猫和黄鼠狼一类的小动物出没,更增加了一种阴森恐怖的气氛。屋子里,在煤油罩子灯下,李树椿手里捏着半截烟卷,缓缓地来回走动着。沈鸿烈派他来聊城的目的很明确,要把聊城近于赤化的政权夺过来。可他一无兵权,二无帮手,要想把政权夺过来,也绝非易事。此时,院门沉重的响了一声,警卫员报告说:"'鲁西抗日游击大队'的参谋长王金祥已到。"李树椿惊喜地说:"快,快请王参谋长进来。"

王金祥在警卫员的引领下来到了李树椿面前,毕恭毕敬地行了个军礼。

李树椿亲热地握住王金祥的手说:"王参谋长,咱可是老熟人了,不必再拘于礼节。你既是邱一堂旅长的朋友,又都是保定军校同学,咱们一同在胭脂楼喝过酒,大家自然都是好朋友。"

二人落座,警卫员立即沏茶。

王金祥有点受宠若惊的说:"李主任,您太客气了,金祥乃一介武夫,承蒙李主任厚爱,甚感荣幸。今后有用得着金祥的地方,我当愿效犬马之劳。"

李树椿亲自把王金祥扶到椅子上坐下说:"王参谋长,咱们既然都是老朋友,今后应以兄弟相称,万万不要客气。树椿我虽为聊城行辕主任,但是人地两生。和范筑先专员虽早就相识,但没有什么交情。今天把王参谋长请来,就是想请您谈谈聊城的情况。"

李树椿见王金祥尚有些疑虑,就又进一步引诱说:"在聊城,除了范筑先就数王参谋长你了。范筑先虽为司令,但他已近花甲,军、政这双重担理应由你挑起来。"

王金祥听后心中立即有股暖流涌动,既激动又吃惊。他忿忿不平地说:"人家是总司令,他喜欢用青年学生,根本就不把我这个参谋长放在眼里。"

李树椿:"战争时期,不依靠军人,他还指望谁呀?"

王金祥:"我这个参谋处,尉官不必说,光少校、中校、上校就有好几个,这些人都白白的放在那里不用,他却重用张维翰从三路军政训处弄来的青年学生,还有从延安、武汉来的一些小毛孩子,他们都是姓共的。"

李树椿敏感地看了看门口,并示意王金祥继续讲下去。

王金祥:"范筑先真有点老糊涂了,最近又委派了七八个共产党的小青年,分别到莘县、寿张、观城等去当县长,这些毛孩子懂个屁呀。"

李树椿主动地给王金祥斟上一杯茶说:"范筑先虽然没跟韩复榘南逃,还通电全国留在聊城抗日。因他是无党无派人士,中央政府和沈鸿烈主席并不信任他。武汉国民政府拨给山东的粮饷弹药,就一点也没给聊城。"

王金祥信服地点点头，两眼聚精会神地看着李树椿。

李树椿冷冷地说："表面上看来，几个共产党分子和范筑先打得火热，他们是利用范筑先这棵大树做掩护，暗地里发展他们自己的力量而已。至于范筑先任命的好几个共党县长嘛，沈鸿烈主席早已准备好了。"李树椿的右手使劲往下一砍，并没说出下文。

王金祥点点头表示已明白了李树椿的意思。

李树椿又给王金祥的茶杯里斟了一次水说："刚才忘了，我从曹县临来的时候，沈鸿烈主席还亲自嘱咐我说，要代他向王金祥参谋长问好。"

"沈鸿烈主席还知道我？"王金祥有点受宠若惊。

"当然知道了。"李树椿进一步添油加醋地说："沈主席还知道你是保定军校的高才生哩。"

"啊！"王金祥惊喜地瞪大了眼睛。

李树椿站起来轻轻地拍了一下王金祥的肩膀说："沈主席对咱寄以厚望，说今后聊城的工作，就仰仗咱俩去开展了。只要咱俩拧成一股绳，那范老头还不得乖乖的听咱的。至于那几个共党的小毛孩子，再怎么闹腾，也成不了什么气候。"

王金祥深信不疑地点头称是。

正在两人谈得热火的时候，行辕勤务兵掂着一个精致的提盒进了屋，立即在小桌上摆出四个精美的小菜和一小嘟噜"景阳冈陈酿"。

李树椿说："今儿天太冷，咱哥俩喝一杯，暖暖身子。"

勤务兵斟上酒，李树椿和王金祥高高地举起了酒杯。三杯酒下肚后，王金祥已是面红耳赤，兴奋异常。他突然问道："李主任，咱那老同学邱一堂现在什么地方？"

李树椿："唉！别提他了。"

王金祥心里一惊，瞪着眼想听下文。

李树椿："邱一堂，有勇无谋，这个人缺乏头脑。当时他积极地跟着韩复榘往南跑，韩复榘被老蒋枪毙后，他心里就很害怕。经再三权衡，竟投靠了日本人，如今就在济南千叶大佐的旗下。"

王金祥："啊！原来如此。"

李树椿："乱世之秋，人各有志，一堂虽在敌营，可对咱来说也不一定是坏事。来，咱们还是喝酒吧。"

六

东昌湖西堤口有一眼千年古井，井水清洌甘甜，煮饭绵滑爽口，沏茶清香润喉，从早到晚来此取水的人络绎不绝。人群中有专事拉水卖的，也有百姓自取自用的。政府机关和驻军也大都派人来此拉水。因井口小，每次只能容下一人，余者都需挨在后边排队。此时正挨到王老七的号，他手握柳根拧成的粗井绳，缓缓地把水桶放到井里，左右摇晃着井绳往桶里灌水。待桶里水满后，又艰难地往上拔，然后再将水倒进自己的水车里。在一边排队的邻居们也都自愿帮着王老七往车里弄水。

此时，保安大队二中队的几个士兵，也拉着水车"叽里咕噜"来到井边。他们一贯的作风是不排队，说是战争时期军队优先。其中一个叫姜东来的班长，对正在拔水的王老七说："快让开。"

王老七因耳背似乎没听见他说的什么,于是就把水桶继续往井里放,嘴里还嘟囔着说:"老总,请您行个方便,我那车里还差两桶就满了,请稍等一下就好。"

"去去!"姜东来不耐烦地说:"这是规定,快一边去。"说着还用手扑拉了一下王老七。老人一脚没站稳,身子往后一仰,摔倒了,手中的井绳和水桶也稀里哗啦的掉进水井里去了。

当兵的蛮横粗暴,惹怒了在场所有的人,有人就站出来说:"你们穿军装的怎么能这样对待老百姓,也太不像话了。"

"怎么不像话,老子还要替你们卖命打日本哩。"姜东来说。

正在吵闹的时候,"青年抗日挺进大队"的两辆水车也来到了井边,这其中就有耿大山。他对刚才发生的全过程,从头到尾看得一清二楚,憋了一肚子火,于是就挺身站在老百姓和四个拉水兵的中间说:"你们不要欺负老百姓,您爹您娘也是庄稼人,快去把老人扶起来,帮着打满水,送老人回家去。"

因为"青年抗日挺进大队"还没有佩发军衔,二中队那四个人一看就知道耿大山是挺进队的人,以前就听说青年挺进队是姓"共"的,为此,两个单位本来就不和睦,今儿见这几个小青年,不知天高地厚的出来管闲事,心中早已十分恼怒。那姜东来十分阴冷而讽刺地说:"噢!你们不是挺进大队吗,撒泡尿照照,你算老几呀,还跑出来多管闲事。"

耿大山强压怒火:"挺进大队怎么你了,你为啥骂人?"

"我哪敢骂你呀,你们不就是些学生崽子、新兵蛋子、共党孩子吗?"

"你别骂人,若再惹我,可没你的好果子吃。"

"谁没理?"那小子紧逼道:"告诉你,小子,你要是再在老子面前咋咋呼呼,猪鼻子插葱——装象的话,我这拳头可不是吃素的。"姜东来边说边带着三个人向耿大山逼来。

耿大山也 ·边讲理、·边护着三个队友往后退让。

见耿大山往后退,姜东来就更以为新兵蛋子软弱可欺,愈发地疯狂嚣张。

这时,挺进大队的一队员被脚下的扁担绊了一下摔倒了。二中队的人就乘机给了那个队员一拳头,这一拳正好打在鼻子上,瞬时满脸是血。

耿大山见队友被打,实在忍无可忍。便把另两个伙伴往后一扒拉,然后健步向前。只见他两只胳膊轻轻向前一伸,姜东来就被扑倒在地。可他迅速从地上跃起,顺手抓起一条扁担,照准耿大山的胸口就捅过来。耿大山手疾眼快,先是一闪身,躲过刺过来的扁担,然后双手一推,就将姜东来搡出了三米以外,"啪啦"一声摔在井台的石头上,磕的鼻子、嘴里都是血。两个老兵见班长姜东来挨了打,就又喊又骂的朝着耿大山扑过来。耿大山不想把事情弄大,就往后退着、躲着没还手。趴在井台边的姜东来趁机爬起来,抄起扁担照准耿大山抢过来。耿大山早已察觉了姜东来的险恶企图,顺势搂住了那俩扑上来的老兵,姜东来的扁担正好砸在两个老兵的脖子上,一个老兵"啊"了一声,立即躺倒在井台下的湖边上了。姜东来见错打了自己人,更加恼羞成怒地举起扁担,嚎叫着又扑向耿大山。耿大山则伸手夺下姜东来手中的扁担,并将其扔到湖水里,然后,招呼着三个战友推着群众帮着打满的水车向城里走去。

姜东来看着远去的耿大山,恶毒地骂道:"小兔崽子,等着瞧,老子早晚要收拾你。"围观的人群则高兴地喊:"打得好,打死这几个混蛋玩艺儿。"

七

专署范筑先办公室。范树民和何方垂首低头,静静地站着,很显然是受到了批评,范筑先则把脸扭到一边,也在生闷气。

范筑先终于扭过头来说:"我给你们讲过多少次,带兵打仗,必须有铁的纪律,要友爱农工,团结友军。可你们挺进大队的人,竟然把保安队的人打伤了好几个,影响很坏,你叫我这个总司令如何说话。"

范树民低声嘟囔着:"是保安队的人欺压老百姓,是他们先动的手。"

范筑先:"闭嘴,挺进大队的大队长是我范筑先的儿子,说保安队的人欺负你们,会有人相信吗?"

"报告总司令。"何方说:"对整个事件的全过程,究竟怨谁,当时在场的民众都愿意作证。"

范筑先不容争辩地说:"行啦,不要再说了。对于打架事件,你们大队长、参谋长要负领导责任,对于当事人……叫什么名字?"

何方、范树民同时回答:"耿大山。"

范筑先:"对耿大山要批评教育,给予一定的处分。"

何方:"是。"

范筑先:"好吧,你们现在可以回去了。"

何方已经走到门口,却见范树民仍站在原地不动,没有要走的意思。

范筑先见状就问:"你怎么还不走啊?"

范树民终于鼓足勇气、蹑懦地说:"有错误,你批评处分我们,这都是应该的。打架这件事,是保安队的人故意挑起事端,也不能因为我是你司令的儿子,就应该蒙冤受屈啊!"

范筑先:"行了,不要再说了,赶快回去写检查吧。"

范树民仍站在原地不动。

范筑先:"怎么还不走啊!"

范树民:"你和警卫连在梁水镇,伏击鬼子打胜仗,我们'青年抗日挺进大队'今后也要求参战。"

范筑先:"参战打日本,不用着急,今后有的是机会。你们挺进大队眼下的任务是努力学习,加强训练,抓好纪律性。"

八

莘县大雁塔,在晴空丽日下,更显宏伟高大。塔尖搅动着白云不停地飞舞,银灰色的鸽子带着风哨在半腰盘旋,苍鹰在高空展翅。

自吕世隆就任莘县县长以来,莘县发生了很大变化。没有了往日沉寂、惶悚的气氛,取而代之的是欢快向上充满活力的景象。在主要街道两旁、牌坊两边的石柱上，都张贴着标语，大街上红旗招展。学生们在老师的带领下，大唱抗日歌曲，高喊抗日口号。居民及来城里赶集的乡下百姓，也都高兴地驻足观看，脸上洋溢着喜悦的笑容。

莘县妇联主任李自贞是个很活跃的人，他家就住在莘县南关。寿张乡师毕业，原在女子小学教书，因积极参加抗日宣传活动，在县长吕世隆的提议下，现已调到县妇联。蒋小亭是莘县北街人，省立聊城师范毕业，在北街小学任教，平时就喜欢读一些进步书刊。李自贞和蒋小亭都是进步青年，积极拥护并参加吕世隆和县政府发动的一切抗日活动。这使莘县的抗日宣传工作，名列全专区第一。而县长吕世隆对这些积极分子，也给予重点培养和任用。

吕世隆来到莘县后，工作开展得很顺利，心里高兴，身上就有使不完的劲。一天上午他参加完宣传活动后，刚回到办公室，还没来得及洗脸，县保安大队副大队长孙金利就来到办公室求见，吕世隆先请孙金利坐下，然后问："孙副大队长这时来，有事吗？"

孙金利："噢，倒没什么大事，只是吕县长来到莘县都好些天了，我和几个中队长总想给吕县长接接风。"

吕世隆笑着说："还接啥风啊，咱们已经很熟了，接风这一说就免了吧。"

孙金利："吕县长，你不光是莘县的县长，你还是咱县大队的大队长哩。这可是弟兄们的一片心意，他们已经在梯云楼把酒菜安排好了，大家委托我来，请您过去坐一坐。"

吕世隆："弟兄们的心意我领了，孙副大队长替我谢谢弟兄们。等工作有序了，我请弟兄们一块喝一杯。"

孙金利意识到，再怎么说吕世隆也不会赴宴了，就顺坡下驴地说："吕县长，既然是这样，我就先走一步了，我和弟兄们可等着您的通知了。"

吕世隆："放心吧，没问题。"

请客不到自来臊，孙金利一脸怒气地回到县大队，把帽子摘下来往桌子上一摔，一屁股坐在椅子上生闷气。

县大队勤务兵王梦秋，是二中队长马成魁的亲外甥。这小子虽略显青涩稚嫩，脑袋瓜却特别机灵，很会看人眼色行事，把孙金利伺候得很满意。后来，两个人发展成了心腹知己、铁杆朋友。孙金利有些自己不便出面的私密事，就交给王梦秋去办理。

此时，王梦秋见孙金利一脸怒气，就知是在吕世隆面前碰了冷钉子。于是，就急忙泡了一杯热茶，轻轻地放在孙金利面前。

孙金利双手捂着茶杯，心里很温暖，眼睛盯着这个善解人意的小勤务兵。看着看着，突然眼前一亮，于是，一个阴险的计谋，就在他脑袋里形成了。

第十章

明争暗斗黑风寨波涛汹涌
凛然正气爬火鏊铁骨丹心

一

聊城专署,范筑先办公室。墙壁上"还我河山"四个大字和七星佩剑首先映入人们的眼帘,室内很静。其他各科室的门口,似乎也有不少人趴在门口在关注这边的动静。

范筑先沉静地坐在椅子上,慈祥而威严的面孔,似有些愠色。长长的苍白胡须,掩住了他紧闭的嘴唇。

李树椿坐在范筑先的斜对面,面容不温不火,还不时无奈地摇摇头。

从气氛上看,范、李二人似乎长谈了很久。话不投机,就不断出现卡壳现象。此时,李树椿极力掩饰着内心的焦躁,语气平和的有些变味,对范筑先说:"竹仙兄,在当今咱山东的政界里,你是出了名的诚实、正派的好人。不但韩复榘佩服你,就是现任的沈鸿烈主席,也对您敬重有加,仰慕得很……"

"敬重什么?"范筑先打断李树椿虚伪的夸奖说:"日本鬼子还没来到,大部分官员弃城而逃,地方上一片混乱。韩复榘被正法后,我费了九牛二虎之力,才把二十几个县的县长配齐,抗日工作才得以顺利开展。正在大家同心协力,积极抗日的时候,他沈鸿烈不问是非曲直,连招呼都不打,就把我任命的县长免掉,请问李主任,你们这样做,究竟是何道理?"

李树椿喃喃地搪塞道:"沈主席此举也是为了抗日大局嘛!"

范筑先气愤地:"难道我任命的人都是不抗日的?"

"是抗日不假。"李树椿说:"可他们都是些不谙世情,二十来岁的青年学生……"

范筑先:"青年学生怎么了,他们爱国热情高,抗日决心大,难道这就是撤掉他们的理由吗?"范筑先抑制不住自己的情绪说:"这些青年人单纯直率,比那些哼哼哈哈官场的老油条强得多了。"

李树椿尴尬地说:"竹仙兄,别激动吗。沈鸿烈主席之所以下令撤掉他们,其真正理由,我想,竹仙兄是心知肚明的。"

范筑先诧异而愠怒地道:"我怎么会心知肚明?沈鸿烈远在曹县流亡,他根本就没到聊城来,就免掉我十多个县长。筑先愚钝,实在不明白沈鸿烈的用心何在。"

李树椿翻着眼皮,不无嘲讽地说:"竹仙兄真的不知道?"

范筑先面带厌恶地回答:"我不知道。"

李树椿似乎胸有成竹地说："难道竹仙兄不知道那些小青年是共产党？"

范筑先继续说："如今大敌当前，国家民族处于生死攸关之时，任何内斗都是错误的。在我聊城这块地盘上，共产党也好，国民党也罢，只要不怕牺牲、坚决打日本，我就重用他，支持他，这难道有错吗？"

李树椿："竹仙兄，你我都是国民政府委任的官员，怎么能不分共产党和国民党呢？"

范筑先："我只凭中国人的良心办事，从来不参与什么党派勾心斗角的纷争。"

谈话又陷入了僵局，勤务兵掂着烧壶，又一次想进去送水，都被凌作善以手势制止住了。

磨蹭多时，李树椿从公文袋里拿出几张纸，然后几近哀求地说："竹仙兄，兄弟我这次来聊城前，沈鸿烈主席已经签发了任免书……"

范筑先很气愤地说："你们既然已把任免书签了，还来找我范筑先干什么？"

李树椿皮笑肉不笑地道："兄弟我虽然是省政府派驻的行辕主任，但毕竟是行辕性质，聊城的具体事情，还是由范专员您来执行。"

范筑先："你们既已把任免书签好，我倒想听听是什么理由，把我的十几个县长免掉。"

李树椿一看范筑先想听听理由，认为事情可能有点转机。于是，就从文件夹里抽出一张纸念道："查阳谷县县长徐茂里诸事不利，着即免职；查寿张县县长管大同人地不宜，着即免职，听候任用；查莘县县长吕世隆人地不宜，着……"

此时，范筑先早已怒不可遏，他打断李树椿说："别念了，欲加之罪，何患无辞。你们这样搞，是明目张胆地破坏聊城抗日的大好形势。"范筑先一甩手，愤愤地走出了办公室。李树椿尴尬地呆坐着，自我解嘲地讪笑着摇摇头。

二

清平县，是齐子修三支队的临时驻地。此时，齐子修的着装，已由原来的旧黄军衣改成灰色制服，佩戴中校军衔，人也显得气派、精神多了。自从被范筑先收编后，三支队的发展很快，齐子修把周边几十里内的土匪、民团武装进行了收编整治。如今已有了三千多人马，武器也精良，有二十四挺轻机枪，这是其他支队所没有的。齐子修自己也是志得意满，沾沾自喜。此时，他正在司令部悠闲地品着香茶。

王金祥一直很关注三支队的情况，他很想拉拢齐子修，却又怕被范筑先发现，所以就没敢去过三支队。自打李树椿来聊城任行辕主任后，王金祥就有了靠山，也有了底气，拼命地拉拢人马，想挤掉范筑先身边的共产党人。今天，王金祥趁范筑先到范县、朝城视察之际，就带了两个参谋离开了聊城。

王金祥和两个参谋骑着自行车来到清平，走到三支队司令部门口后，早有一个参谋指着王金祥告诉卫兵说："告诉你们齐司令，就说大队王参谋长来了。"

正在喝茶的齐子修，听说王金祥来了，心里是又惊又喜，小眼眨巴一下，弄不清王金祥的来意，但还是放下茶杯，急忙出门迎接。

宾主落座之后，勤务兵立即上茶。

齐子修边向王金祥递烟，边说："王参谋长，真没想到您会到清平来，怎么没事先打个招呼呀？"

王金祥边抽烟,边戏虐地说:"怎么,不欢迎我来吗?"

齐子修:"欢迎,当然欢迎了,盼还盼不来您呢?"

王金祥阴阳怪气地说:"这就好。"

齐子修想尽快弄清王金祥的来意,就问道:"王参谋长这次来,是常规视察部队呢,还是另有指示?"

王金祥答非所问地道:"才几个月的时间,齐老弟就把部队发展得这么快,金祥今天来,就是想看一看,向老弟求教求教治军经验。"

齐子修诚惶诚恐地回答道:"王参谋长如此说,子修实在不敢担当。半年来若还有些许进展的话,也是范筑先司令和王参谋长您领导的有方啊。"

王金祥很近乎地说:"老弟呀,你我就不必客套了。咱们都是国民政府的军人,是老朋友,一荣俱荣,一损俱损。我今儿到清平来,一个是拜访拜访你老弟,一个是替沈鸿烈主席和李树椿主任向你问好。"

齐子修受宠若惊地说:"哎呀,子修何德何能,怎敢劳沈主席、李主任问候。"

王金祥:"他们都很佩服你治军有方。"

齐子修谦恭地摇摇头。

王金祥继续说:"近来的形势,齐老弟大概也很清楚吧?"

齐子修呆呆地望着王金祥,眼睛里透着迷惑。

王金祥:"韩复榘在武汉被枪毙后,蒋委员长就委任沈鸿烈主席来主政山东。沈主席为加强对聊城的领导权,委任省民政厅长李树椿为行辕主任。在这种大形势下,省政府沈鸿烈主席下令免掉了范专员任命的七八个共产党的县长。现在只有莘县的吕世隆还没被免掉,但他也是兔子尾巴——长不了。"

齐子修觉得形势确实变得很快,不禁吃惊地瞪大了眼睛。

王金祥见齐子修的注意力很集中,知道其思想已经有了波动。于是就继续说:"还有,我参谋处的姜洪源,他一直郁郁不得志,想必齐老弟你也认识他。"

齐子修点点头说:"认识,在一块开过会。他怎么了?"

王金祥:"在沈鸿烈主席和李树椿主任安排下,现已被委任为濮县县长,兼管着鄄城、观城两个县,其军政大权都在他的掌控之下。"

齐子修听到姜洪源升迁如此之快,心中的确十分惊奇,思想深处就有一种酸酸的感觉。

王金祥有意挑唆地说:"齐老弟若和姜洪源相比,就你的才华和实力以及你所占的这块地盘来说,完全应该升为县长,兼管清平、博平是理所当然的。也就成了名副其实,独霸一方的诸侯了。"

齐子修摇着头说:"我一介武夫,哪里是当县长的料。"

"想不想当县长,是你的事。"王金祥说:"你大哥我只不过是为你鸣不平罢了。再有从济南来的张郁光,武汉来的袁仲贤,一到聊城,范筑先就委其少将参议。"

齐子修"嗯嗯"着点点头,不置可否。

"你就是不想当大官,可你这三千多人马,还有二十四挺轻机枪,也应该向范筑先和政训处的那些人展示展示。"

"怎么展示?"齐子修说。

"这就看你自己的了。"王金祥说。

此时,勤务兵来屋里报告说:"报告齐司令,醉花楼上的酒宴已经摆好了。"

齐子修热情地对王金祥说:"王参谋长,请,咱们到醉花楼上边喝边聊吧。"

王金祥起身拍着齐子修的肩膀说:"老弟,从今往后,咱就以哥们相称。你我之间,我叫你齐司令,你喊我王参谋长,显得又别扭又生分。"

齐子修也顺水推舟地说:"好,就听参谋长的。"二人起身走出了办公室。

三

光岳楼南,政干校里边一处单独的小院里。张霖芝、张郁光、姚弟鸿、张维翰、赵健民、赵伊坪几个人,正在召开鲁西北特委临时会。

张霖芝严肃地说:"现在的情况发展,已经很清楚的看到,国民党反动派已疯狂地向我们扑来。沈鸿烈、李树椿利用范筑先凭热血良心抗战的弱点,免掉了我们七八个县长,这些县的政权又重新落到反动派手中。有迹象显示,下一步他们就准备向我党领导的十三支队开刀。濮县的姜洪源在王金祥的指挥下,正在蠢蠢欲动。我们必须提高警惕,揭穿他们的阴谋。"

张霖芝说:"根据当前形势,特委决定,由张郁光同志和范筑先司令深度交谈几次,做好老将军的思想工作,提高他的识别能力,揭穿国民党反动派破坏抗日统一战线的阴谋。"

张郁光严肃地点点头,表示明白。

张霖芝接着说:"严峻的现实告诉我们,必须有一支我党自己领导的武装力量。为此,特委决定张维翰同志把主要精力放在十支队。此事已争得范司令的同意,要他名正言顺地委任张维翰同志为十支队司令,兼冠县、堂邑两县的县长。"

一旁的,张维翰着灰色军服,配上校军衔,他英武洒脱地起身立正,行举手军礼,表示坚决服从组织决定。

张霖芝最后看了看赵健民说:"为配合范筑先司令收编蓝春河的马颊河义军,特委决定赵健民同志要尽快做好内部发动工作,揭穿国民党反动派的干扰破坏阴谋。"张霖芝看着英姿勃发的赵健民说:"怎么样,有困难吗?"

赵健民很有信心地说:"困难不可能没有,蓝春河匪性难攻,对我仍然半信半疑……"

政干校门口突然来了几个黑衣警察,不打任何招呼就往里闯,门卫急忙上前阻拦,黑衣警察不予理睬,继续往里冲。门卫急忙拔出手枪,双方争吵起来。

张霖芝听到门口的动静,严肃地说:"反动分子又来骚扰了。"并示意张维翰出去制止。

张维翰立即来到门口,对黑衣警察训斥道:"干什么的,敢在这里瞎胡闹?"

那伙人见张维翰是上校军官,斜眼小队长胆怯地说:"报告长官,我们是警察局的。"

张维翰威严地说:"你警察局跑这来干什么?"

斜眼小队长回答道:"上级说,最近有不法分子混进城来,我们是奉命清查坏人的。"

张维翰厉声喝道:"混蛋,这里是司令部的政训处,是《抗战日报》社。谁叫你们在这里胡闹,还不快滚!"

斜眼小队长知道碰上了硬茬子,立即点头哈腰的带着人灰溜溜地逃走了。

四

黑风寨，是马颊河西岸一个较大的村子。村子周围筑有高高的黄土寨墙，东、西、南、北开有四个坚实的寨门，昼夜均有哨兵把守。寨门里的一处青砖灰瓦的两进大院，就是蓝春河抗日义军司令部的所在地。

蓝春河五十来岁，早年曾在东北张作霖部下当过副营长。因和营长关系长期不和，张作霖被日本人炸死之后，他趁机跑回了山东老家。"七七事变"后，看到国军节节败退，黄河以北成了权力真空。霎时间，土匪处处有，司令如牛毛。于是他就趁机拉杆子、立山头。两个月来，其手下竟聚集了四千多人。因粮饷吃喝，都向民众强征暴敛，民愤很大，百姓们都骂他们是土匪、老缺。

蓝春河觉得这么多人马，没个好听的名字不行。于是，就命副司令周英千起了个名子，叫"马颊河抗日义军"。名字虽好听，实则是一些乌合之众。队伍成分复杂，五行八作什么人都有。国民党县党部的周英千和共产党的鲁西北特委书记赵健民，就是两党的代表人物。

近日，因李金村拒不交粮款，蓝春河曾用武力催粮，仍是空手而归。后又派人强行攻打，一连几天几夜，李金村依然四门紧闭，毫发无损。蓝春河十分气恼，于是，就命副司令周英千率三个中队，亲自坐镇指挥攻打李金村。

是日一大早，蓝春河就在司令部坐等周英千攻打李金村的消息。

随着一阵脚步声，周英千带着三个中队长回到司令部，这几个人都现出一副无精打采、疲惫不堪的狼狈相，耷拉着脑袋，低头不语。

一看这几个人的模样，蓝春河就知道了战果，说："怎么，李金村又没拿下来？"

周英千表情复杂地点点头，几个中队长连头也没敢抬。

蓝春河懊恼地说："怎么，他娘的，脑袋都叫霜打了，头也抬不起来啦。"

紧接着蓝春河又卷了一颗纸烟说："昨儿晚上是哪个中队主攻的？"

周英千："是四中队主攻。"

"是我们主攻的。"四中队长王彪抬起头来说。

蓝春河不满地道："为什么没攻下来？"

周英千用眼神示意王彪赶快回答。

王彪看了看周英千说："李金村寨墙太高，寨门太厚，咱手中的武器，根本用不上。再加上天寒地冻，弟兄们肚子里也空空的……"

蓝春河越听越烦，他拍了一下桌子说："强词夺理，别说了。几百人拿不下个李金村，简直是草包、混蛋，来人！"

几个匪兵立即跑进屋里。

蓝春河凶狠地说："把他拉出去，打二十军棍。"

几个匪兵上去拉王彪，王彪用求救的眼神看着周英千，以期免受皮肉之苦。

周英千故意把脸一扭，装作没看见。

匪兵们将王彪拖出门外，就一五一十的打起来。

待王彪和几个中队长走后，蓝春河仍然非常烦闷，他对周英千说："周副司令，若照此下去,咱马颊河抗日义军,可就没什么威望了。今后,恐怕连生存也会成为问题,我看哪,咱得另想门路。"

五

穆九如背着装有坠琴的行囊,很自如地来到黑风寨东门,和守寨门的两匪兵亲热地打招呼,顺手就给每个人递了一支烟。守门的匪兵们都是当地人,大都认识穆九如,知道他是个说书唱曲的,一年四季云游八方。

一个匪兵问:"穆先生,今儿晚上唱哪一回呀?"

"弟兄们想听哪一回,咱就唱哪一回。"穆九如说。"杨家将,岳飞传,响马传,随便点。"

"好,好!"匪兵们点头哈腰地:"穆先生快进寨吧。"

穆九如客气地打着招呼,走进了寨门。

这是一处有围墙的农家场院,院内有几棵高大粗壮的白杨树,在寒风中挺然而立。赵健民的第十大队队部就设在这里。

此时,赵健民仍是一身学生装束,正在给几个党员干部传达鲁西特委的会议精神。

赵健民正要开口讲话的时候,只见周英千的勤务兵王山虎,正在门外着急地向他摆手。于是他示意大家稍等片刻,然后急忙走出门外。

赵健民关切地问:"怎么这时候来了,周英千呢?"

"他在司令部向蓝司令汇报攻打李金村的情况,所以,我才抽空来找您。"王山虎说。

赵健民:"噢,有啥事说吧。"

王山虎气喘吁吁说:"噢,是这样……"

赵健民听后说道:"周英千不光是搞女人,抽大烟,昨天还收了李金村财主送来的五十块大洋和半斤烟土。"

赵健民耐心地说:"小虎,早先不是说过吗,你现在的岗位很重要,只有你才能直接掌握周英千的活动情况。你今天的发现很重要,要继续监视他的行踪。"

"好吧。"王山虎转身就走了。然后,赵健民也回到了屋里。

屋里有人说:"这不是周英千的勤务兵吗,他上这儿来干啥?"

赵健民笑了笑,不做任何解释,然后用手势示意大家安静,说:"从当前形势看,沈鸿烈、李树椿插手聊城,对我区抗日工作的进展十分不利。范专员任命的几个县长,几乎都被沈鸿烈免掉了。现在只有莘县的吕世隆县长,在范专员的力挺下,仍在坚持工作。最近,李树椿、王金祥的黑手,已经伸到了堂邑、冠县,妄图破坏范专员对蓝春河的收编。因此,我们要……"

赵健民的族叔赵荣发,是十大队的管理员。刚帮伙房刷完锅,端着个瓦盆来到大门口泼完泔水,抬头一看,穆九如背着装有坠琴的行囊正好来到面前,简单的寒暄之后,赵荣发说:"快到伙房里喝碗水,暖和暖和吧。"

两个人来到伙房耳语一阵之后,赵荣发说:"穆先生,你稍等,我去把他叫来。"赵荣发掂着把大铁壶就进了大队部,他一边倒水,一边瞟了一眼赵健民说:"健民,门口有人找。"

赵健民早已心领神会,他跟屋里人嘱咐了几句,迅速地来到伙房,紧紧地握着穆九如的手。

110

穆九如看四周没人,就小声的说:"范专员明天来黑风寨,要亲自见蓝春河。张霖芝、张郁光同志要你做好准备,一定要保证范专员的安全。"

赵健民:"叫霖芝和郁光同志放心,我一定保证范专员的安全。"

赵健民递给穆九如一碗水问:"大叔,你今儿是住在黑风寨呀,还是回聊城啊?"

穆九如:"我既不能住在黑风寨,也不能回聊城。"

赵健民:"啊!那你?"

穆九如:"张郁光同志的意思,叫我从这里去莘县、阳谷、观城那几个县看看,说那里的情况很复杂,叫我从侧面和当地的党组织接接头。"

赵健民听穆九如要去观城,略一沉思说:"大叔既然您还去观城,我建议您也到古云、徐庄看看,徐庄是鲁西最早的党支部,而咱们的第十三支队就驻在古云。您可以给他们通通气、牵牵线,以便于相互支援。"

穆九如点点头,赵健民继续交待说:"到徐庄后,可先找徐宾、徐红袍、徐广彩、徐开先,他们几位和我都很熟。"

穆九如:"徐庄离我家也不远,很多人我都认识,这事好办。"

赵健民:"大叔,您可辛苦了。"

穆九如:"咳!一点也不辛苦,我这一辈子呀,就是个跑腿的命。健民哪,你算给大叔我找了个好活干,能够为抗日跑腿,我是身上有劲,心里高兴啊。"

送走穆九如,赵健民刚回到大队部,就听到大门口有人喊了一声:"蓝司令到!"

赵健民一听蓝春河到,就觉得有些奇怪,他来干什么?时间不允许多想,就立即和黄龙飞等几个中队长准备出门迎接。此时,蓝春河、周英千等人,已经进了场院大门。

蓝春河落座后,发现中队长们都在,就问赵健民:"你们正在开会?"

赵健民急忙回答:"今儿没什么事,弟兄们就凑在这里闲聊。"

蓝春河手里卷着烟问:"噢!都聊些什么啊?"

赵健民:"聊日本鬼子侵略中国,也聊咱马颊河抗日义军。"

"噢!"蓝春河显然很关心这个问题:"大家对咱马颊河抗日义军的前途有什么看法啊?"

屋里的人都大眼瞪小眼、面面相觑,沉闷不语。

蓝春河见大家都不说话,就把目光落在赵健民身上说:"咱当前还有个李金村问题,断断续续地打了七八天,中间也换过两次将,至今也没能拿下来。对此,我想听听赵大队长的意见。"

赵健民没想到蓝春河会问这个问题,稍一沉思,就诚心诚意地说:"对这个问题,不知蓝司令是想听真心话呢,还是……"

蓝春河一瞪眼道:"别啰嗦,当然是要听真话了。"

"好。"赵健民也落落大方地说:"蓝司令,咱马颊河抗日义军,名子、旗号虽然好听,可乡亲们并不认可,骂咱们是土匪、是老缺,咒咱们要断子绝孙。"

赵健民略一停顿,见蓝春河无甚表情,周英千则好像憋着一肚子气。于是就接着说:"咱这支人马,都是本乡本土的邻居,十里八村都有亲戚故旧关系,有人给李金村通个风、报个信,也是难免的。"

蓝春河点点头，表示认可。

赵健民就加重语气说："怕就怕咱内部个别头目和李金村相勾结，倘若真是这样，事情可就不好办了。"

周英千对赵健民最后一句话十分敏感，心里既有惊觉，也有恼怒。他翻着白眼珠，恶狠狠地瞥了赵健民两眼，挺不自然地"干咳"了两声。

蓝春河有些急躁，就说："赵大队长，别扯的太远了，你干脆说说咱这支人马今后怎么办吧。"

赵健民从容镇静地说："好，蓝司令若想永远吃绿林这碗饭，那就远走高飞，到关东或口外去拦路劫道。如果还在咱家门口打着抗日旗号，那就必须真心实意地打日本，不能对父老乡亲们打砸抢。俗话说：'兔子还不吃窝边草'哩……"

从心里说，蓝春河知道赵健民的话是对的，但嘴上却说："赵大队长，你就别再向我做宣传了，我知道你赵健民嘴硬、骨头也硬。在韩复榘面前，你就敢公开宣传抗日，不简单啊。"

赵健民弄不清蓝春河的真实企图，更不清楚他今后会干些什么。所以，也就不再说话，屋里的气氛就沉闷下来。

蓝春河对赵健民的才识和胆量，已是早有所闻。今儿一谈话，就更进一步增加了好感，从心里佩服、喜欢这个年轻人。他抬头看了看赵健民说："听说赵大队长当年在济南大堂上，敢公开向韩复榘宣传抗日？"

赵健民没正面回答，只是轻微的点头一笑。

蓝春河更好奇地问道："听说韩复榘一气之下，叫你光着脚板，爬了十二盘烧红的铁鏊子？"

赵健民仍是微笑着点点头，不置可否。

蓝春河好奇心很强，兴趣很浓，手中的烟也不吸了，就催着赵健民说："哎！赵大队长，快说说当时的情景是怎么回事？"

几个中队长和司令部的其他人也想听个稀罕，就齐声附和着说："赵大队长，您就讲讲吧，也叫弟兄们开开眼界。"

周英千冷眼窥视屋里的热火场面，心里却对蓝春河和赵健民充满了鄙夷和仇恨。

赵健民本不想张扬自己，但考虑到这正是争取人心和宣传抗日的好时机。于是，就决定将某些情节讲出来，他首先稳了稳神，脑海里呈现出当年在济南监狱受刑的真实场景……

六

赵健民讲完了爬铁鏊子的故事，听故事的人也从惊心动魄的气氛中走出来。

稍一喘息，几个中队长就急切地问："赵大队长，爬完铁鏊子，韩复榘就把你放了？"

赵健民摇摇头说："咳！军阀大佬们有几个是说话算数的。韩复榘看我爬完铁鏊子，冷冷地瞟了我一眼，站起来拍拍腔就走了。狱警们把我抬回来，又扔进了监狱里。"

"那你是咋出来的？"

赵健民："'七七事变'后，迫于全国民众的压力，国民政府释放政治犯，我才得以从监狱里出来。"

蓝春河不断地点着头,然后又竖起大拇指高兴地说:"好!赵大队长,好样的。你为咱聊城人争了光,是条汉子。佩服,佩服!"

赵健民很平常地笑着说:"蓝司令过奖了。我能爬过十二盘铁鳌子,一是我年轻时练武术,学过一点轻功,跑过几趟木炭火;再就是,人若到了紧要关头,后退是死路一条,你只有勇敢地往前冲,才可能有一线生的希望。"

蓝春河点点头,表示认可。其他人也都跟着点头称是。

赵健民趁机说:"如今,日本鬼子侵略中国,烧杀抢掠,无所不用其极。我们中国人面对仇敌,就应团结起来,拧成一股绳,誓死跟鬼子血战到底。现在,咱马颊河抗日义军,不能光打着一个好听的名字,而去干损害乡亲百姓的土匪行径……"

早已憋了一肚子气的周英千,忽然站起来斥责道:"赵健民,你爬过一回铁鳌子,有什么了不起的,不准你再侮辱我们马颊河抗日义军的名誉。你要真看不上这些弟兄们,现在就可以马上滚蛋。"

听到周英千侮辱性的挑衅,十大队的几个中队长们立即站起来。而周英千带来的几个参谋也都瞪大了眼睛。

"都给我住嘴!"蓝春河一拍桌子愤然而起:"真是一个槽里不能拴俩叫驴。我知道你们一个是国民党,一个是共产党。你们两党如何斗法,我管不着。可如今,你们都得听我的。是英雄是狗熊,要拿出点真本事来。"

赵健民和周英千都扭着脸,谁也不看谁。而十大队的中队长和周英千的几个参谋则怒目而视,大有立即开打之势。

蓝春河说:"今儿准备准备,明儿还要攻打李金村,周副司令带七大队攻打西寨门,赵健民带着你的十大队攻打东门,你们谁能取得胜利,谁就留下来。谁要是无功而返,谁就立马滚蛋。"

屋子里一时很寂静,气氛很压抑。

蓝春河把烟屁股一扔,对参谋们说:"走,明天夜里见分晓。"说完就走出了十大队,周英千等也气亨亨地跟着走了。

第十一章 周英千耍手腕阴谋败露
范筑先踏匪穴收编南杆

一

赵荣发把盆碗洗刷干净，将锅灶拾掇利索，嘴里噙着小旱烟袋，坐在厨房的门板后边，两眼紧盯着门外的村街，时而也回头向大队部张望一眼。

大队部聚集着十多个人，赵健民正严肃地向每个人嘱咐着什么，两手还不停地比划着，示意大家立即行动。之后，不少人就相继离开了大队部。

副司令周英千住在一个小跨院里，此时，他正在神情诡秘地摸索着什么东西。

勤务兵王山虎也正在外间屋抹板凳、擦桌子，那机灵的眼神告诉人们，他的每根神经都伸到了里间屋，揣度、探测着周英千的一切行动。

里间屋的周英千，也时不时地放下手中的东西，似乎对外间的王山虎也存有猜疑。于是，就拿着一张纸币来到外间屋，对王山虎说："小虎，到兴隆小铺买盒烟去。"

王山虎接过钱问："周副司令，要啥牌的？"

周英千："这里能有什么好烟，还是'哈德门'吧。"

王山虎说了声"好"，就立即向外跑去。

周英千见王山虎已跑出门外，心里放松了很多，就又急忙回到里屋。弯腰从床铺下边摸出两个小布袋，正要解开观看的时候，就听到大门口有人高声大嗓地喊：周副司令。

周英千听到喊声后，先是一惊。当知道来人是司令部勤务兵时，就急忙把两个小布袋又放到床铺底下。略一镇定，即挑帘出门，悠然地来到外间屋。

司令部来的勤务兵立即行了个举手礼，说："报告周副司令，蓝司令请你到司令部议事。"

"好。"周英千说："我马上就去。"

兴隆小铺，座落在黑风寨的中心路口。主要是卖些烟酒，还有花生瓜子、糖果梨膏，也有香箔纸码等日用品。

王山虎花了三毛钱，给周英千买了一盒"哈德门"，然后正要转身离去，就听前方有人喊他，抬头一看，只见十大队副大队长黄龙飞快步向他走来。

"小虎，"黄龙飞问："给谁买的烟哪？"

王山虎耷拉着脸说："给周英千买的呗，还能有谁。"

黄龙飞见街上没有人，就暗暗地拽了一下山虎的衣襟。

王山虎会意到有事，两个人就边走边小声叽咕着什么。直到街口转弯处，才自然分开。

在聊城通往堂邑马颊河的黄土官道上，一支着灰色军服的骑兵队伍，正在快速地向西行进着。这支三十多人的队伍，都是二十来岁的精壮小伙子，士气高昂、精神抖擞。而率领这支西征队伍的，却是一位花甲老人，鲁西抗日游击大队总司令——范筑先。

自称"马颊河抗日义军"的土匪组织，现已发展到三千五百之众，是当地最大的土匪团伙。其匪首就是自封司令的蓝春河。为把这些为害一方的土匪组织改造成抗日的武装力量，范筑先曾三次派人来和蓝春河谈判，却一直没有结果。蓝春河是旧军人出身，他当然知道自己在家门口拉竿子当土匪，是会被乡亲们唾骂的，可他又不想被范筑先收编，担心收编后，范筑先会清算他的土匪罪行，所以一直犹豫不决。

为尽快收编这支人马，范筑先决定亲自出马。政治部的张郁光、张维翰等人，从安全角度着想，力阻范筑先只身闯匪穴，可范筑先本人却不以为然。他说："蓝春河这些人虽有匪性，但毕竟是本乡本土的人，再说了，我一个堂堂正正的专员，真心实意劝说他，即便蓝春河不接受改编，谅他也不敢把我老头子怎么样。如果一切都不行，到时候咱再出兵讨伐他也不迟。"

今儿天气晴好，黑风寨四个寨门大开。寨门上虽有哨兵把守，但对出入寨门的本村村民并不盘查询问。范筑先的骑兵排，由远渐近地靠近寨门时，哨兵见有队伍开来，不禁有些惊恐慌乱，他们立即把寨门紧紧地关上，然后审到寨门楼上，注视着越来越近的骑兵队伍。

骑兵排来到门口，排长刘洪涛勒住马缰，对寨门楼上的哨兵喊道："哨兵弟兄们，快把寨门打开，让我们进去。"

"你是什么人，是哪一部分的？"

"我们是鲁西抗日游击大队的。"刘洪涛指着范筑先说："这位就是聊城范专员，是我们的总司令，快叫你们蓝春河司令出来迎接。"

寨门楼上的哨兵，看着胸前飘着花白胡须的范筑先，他们既惊喜又敬畏，知道范筑先是鲁西最大的官。于是，就急忙说："请你们在寨外稍候，我们马上报告蓝司令。"

骑兵排长刘洪涛，有些着急说："先打开寨门，让我们进去再说。"

范筑先立即摇摇头说："别为难哨兵，我们就先在寨外等一等吧。

二

马颊河抗日义军司令部里聚集着十几个中层头目，蓝春河气哼哼地扭着脸，双手不紧不慢地撮弄着卷纸烟。

赵健民平静地看着蓝春河，显得泰然而大度。

副司令周英千的眼神焦躁而慌乱，快速地瞥了一下与会人员，从兜里摸出一支"哈德门"，叼在嘴角，旁若无人的吸起来。

屋里人对周英千鄙俗迂腐而又拙劣的作派，报以冷眼，一时气氛沉闷而郁结。

蓝春河终于卷成了一支烟，他没有马上放在嘴里吸，而是把烟卷紧紧地攥在手里，目光盯着周英千和赵健民说："你们二位昨晚的表态，大家也都听到了，今儿夜里谁要攻不下李金村，到时候可别怨我姓蓝的不讲义气……"

此时,把守东寨门的哨兵小队长急急忙忙地闯进司令部,神情慌张地说:"报告蓝司令,聊城专署专员范筑先来了。"

一听范筑先来了,在场的所有人都为之一惊。蓝春河故作镇静地问:"范筑先现在什么地方?"

哨兵小队长说:"我没敢放他进来,正在寨门外等候。"

"有多少人?"蓝春河问。

"三十多个人,全部骑着马。"

"范筑先怎么说?"

"他说要面见蓝司令,有要事共议。"

蓝春河对于范筑先不邀自来的目的,是心知肚明的。他想,与其我自作主张,还不如趁国共两党的代表人物都在,干脆把事情摊开,也听听他们的意见。想到此,蓝春河立即大声说:"范筑先此来,主要目的就是收编我们。之前,他曾三次派人来游说,我们未曾答应。此次范筑先以专员身份亲临黑风寨,我们如何处置,请周、赵二位也说一下自己的看法。"

赵健民立即给身边的几个中队长使了个眼色,副大队长兼二中队长黄龙飞早已心领神会,立即说:"蓝司令,这次范筑先亲自带着骑兵来,定是来者不善。若硬碰硬,我们根本不是对手,倒不如早开寨门,以礼相待的好。否则,若是惹恼了范筑先,他定会以武力攻打黑风寨。一旦攻破寨门,打开寨子,咱就都会成为俘虏,到那时,咱可就彻底完了。"

副司令周英千恶狠狠地看了一眼赵健民,立即对黄龙飞反驳道:"寨门绝对不能开。一旦把范筑先放进来,咱就失去了主动权,到那时后悔也晚了,请蓝司令春河大哥三思。"

黄龙飞针锋相对地说:"周副司令带兵攻打李金村,一直打了七天,也没能拔动李金村一根汗毛。眼下各大队伙房已无米下锅,今后日子怎么过,难道叫弟兄们饿着肚子当土匪?"

"李金村拿不下来,和范筑先进寨有什么关系,你这是明显的讽刺我。"周英千气急败坏地说:"这里没你说话的份,快给我滚出去。"

赵健民十分冷静地说:"周副司令,蓝司令准备攻打李金村,想叫我们大队替换你,要我带着三个中队长一块来研究一下今夜的战斗方案。二中队长可不是随便跑到司令部来的,周副司令叫二中队长滚出去,恐怕有些不妥吧。"

周英千瞪了瞪眼珠子,张嘴结舌干生气,却无言以对。

蓝春河冷眼瞥了一下周英千,却扭过头来问赵健民:"赵大队长,刚才周副司令已表明了他自己的看法。那么,你对范筑先收编我们是怎么想的呢?"

赵健民平静地说:"要不要范筑先收编,对咱马颊河抗日义军来说,这可是生死攸关的头等大事,对我们每个人来说,更是至关重要。选对了,于国、于民、于己都有利;选错了,祖宗三代跟着落骂名,后代子孙脸上也无光。"

蓝春河有些不满地说:"赵大队长,有啥话尽管照直说,不必拐弯抹角,你的意思我明白。"

赵健民:"既如此,蓝司令您的意思是?"

蓝春河:"我的意思是,先把范筑先请进黑风寨,听听他要说什么,我们心里也会有个底。"

听了蓝春河的这番话,令所有的人都大吃一惊。

周英千火急火燎地说:"蓝司令,此时,千万不能把范筑先放进来。范筑先到黑风寨来,是黄鼠狼给鸡拜年——没安好心。到时候,就怕是请神容易,送神难了。"

黄龙飞觉得周英千说话太猖狂,就立即站起来想反驳。

蓝春河把手向下一压,制止了黄龙飞。然后,却把目光停在赵健民脸上。

赵健民知道蓝春河此举,是要自己表态,于是,就大声地说:"我也赞成,不能把范筑先马上放进来。"

没人想到赵健民持这种态度,就连黄龙飞和周英千都甚感意外。

蓝春河瞪着迷茫不解的眼睛问:"赵大队长,你的意思是?"

赵健民说:"打开寨门,放范筑先进来这事很容易。可能保证他的人身安全吗?若有居心叵测的人,捣乱破坏,范筑先万一有点什么闪失和意外,我们怎么交待?范筑先不光是聊城的专员,他同时还是几万抗日队伍的总司令。"

蓝春河听罢哈哈大笑说:"赵大队长,你也太小看我蓝某人了。你放心,我既然敢叫范筑先进寨,当然就能保证他的安全。我八十个人的手枪队,三千多个弟兄们,都是白吃干饭的啊?真是!"

赵健民微笑着说:"我只是提醒蓝司令,这乱世之秋,鱼龙混杂,还是小心谨慎点好。"

蓝春河突然扔掉手里的烟头,大声命令道:"各大队按预先的布署,马上集合,在街道两旁列队警戒,手枪队在司令部院内外站岗守卫。"

听到蓝春河的命令后,各大、中队和手枪队立即行动起来。

周英千和赵健民等,也起身准备离开司令部。

蓝春河嘱咐道:"你们把自己的人员布置完毕后,都要回到司令部来,和我一块见范筑先。"

周英千在司令部门外,和他的心腹一、四、七大队长叽咕道:"看来蓝春河已经动摇,他想接受范筑先的收编,这一定是听了赵健民这伙共党分子的蛊惑。我们要千方百计阻止这次收编,必要时⋯⋯"周英千做了个开枪杀人的手势。

三

范筑先要来黑风寨收编蓝春河的消息,鲁西特委早已通知了赵健民。赵健民也做了周密的安排。今天范筑先真的已经来到,他又将预案详细地考虑了一遍,以确保收编成功。

蓝春河司令部大门外的右边,是周英千掌控的一、二、三大队,他们显然已做好了破坏收编的准备;列在大门左边的是赵健民领导的十大队和八大队,其注意力始终注视着对面的一、二、三队的一举一动。

手枪队全副武装,已列队在司令部大院的甬道两旁。

蓝春河觉得已安排就绪,就对传令兵说:"通知东寨门哨兵,可马上放范筑先进寨。"传令兵说了声"是",转身就走。蓝春河又喝道:"回来,告诉岗哨,只准范筑先带两个卫兵,其余人员一律在寨外等候。"传令兵说了声"是",才又转身向外跑去。

东寨门岗楼上,哨兵小队长对寨门外喊道:"来人听着,我们蓝司令有命令,现在请范专员进寨议事,但只能带两个随员进寨,其余人员仍在寨外等候。"然后,"哗啦"一声打开了寨门。

范筑先带着凌作善和肖守俭就要进寨门,骑兵排长刘洪涛不放心,坚持要多去些人。范筑先坦然一笑说:"放心吧,不必再多去人。蓝春河既然请我进寨议事,就一定会保证我的安全。"说完,即带着凌、肖二人进了寨子。

在范筑先一行所经过的街道两旁,都有蓝春河的人列队端枪守候。那气势如临大敌,又像是夹道欢迎。

范筑先和凌作善、肖守俭三人,挺胸昂首,行进在大街上。范筑先那挺拔的身材,威严的表情,气宇轩昂的风骨,飘在胸前的苍苍美髯,使所有见到他的人,都不约而同地肃然起敬。队列中不少人都在啧啧赞叹:"这老将军实在是不同一般。"此时,早有赵健民安排好的人喊道:"欢迎范将军来收编我们。"

"我们不再当土匪了!"

"坚决跟范专员一块打日本!"

右边的一、二、三队里,也有人鼓噪着喊:"范筑先滚回去,我们不欢迎你。"

在乱糟糟的声音中,范筑先三人步入了蓝春河的司令部。甬道两边的手枪队,枪已出套,张开了机头,大有剑拔弩张之势。

除凌作善、肖守俭左右护卫着范筑先外,赵健民也早已在手枪队里安插了自己的人。这些人时刻都在观察动静,可以随时应对一切突发情况,以确保这次收编成功。

司令部里,除蓝春河外还有赵健民、周英千及有关头目。蓝春河端坐在大厅当中的太师椅里,装模做样,摆足了一个土匪头子的气派。可那姿态,就像草台班里的三流演员,动作极为别扭,举手投足都十分青涩生硬,又滑稽可笑,胳膊腿不知往何处放,让人感到造作且恶心。

当范筑先大气凛然地步入厅堂后,蓝春河早已沉不住气了,但他还是硬挺着坐在椅子上,也不说话,也不起身相迎,场面一度非常沉闷而压抑。

看着蓝春河那副窘相丑态,范筑先知道这是他装样摆谱、浅薄的小伎俩。范筑先也毫不计较,不无讥笑地说:"蓝司令,你好大的架子啊!别说我范筑先还是个小专员,就是普通百姓来找你议事,也应该打个招呼让个座吧。"

蓝春河毕竟是小庙里的和尚,见到威严正气的范筑先站在面前,立即乱了方寸,自觉矮了半截。听到范筑先开了口,才如梦初醒地急忙对勤务兵说:"快,快给范专员打座,沏茶。"

范筑先:"茶就不必沏了,今儿也不是闲品茶的时候。蓝司令能赏给一个座位,我老头子就非常感激了。"

蓝春河非常尴尬,且又语无伦次地说:"范专员,春河没别的意思。"

范筑先:"没别的意思就好,可我老头子在你东寨门外,足足站着等了一个多钟头。在这一个多钟头的时间里,你把兵力都布防好了,气势壮观、威严得很吗!"

蓝春河、周英千都瞪着眼珠子,一时体悟不出范筑先说话的用意。

范筑先:"在这一个多钟头里,想必你也计划好了应对我的办法!"

周英千的眼神里,已稍露愠怒。

赵健民的目光很自信,似乎正在稳稳地掌控着一切。

蓝春河脸上略显羞惭,说:"范专员,你就直说吧,你到黑风寨来,到底想干什么?"

范筑先："我来干什么,难道蓝司令心里还不清楚?"

蓝春河："当然清楚,你看着我蓝春河手下有三千多弟兄,你是想来收编我。"

范筑先淡淡一笑说:"蓝春河,收编你,是我看着你还算是个人物。再说了,这次来,收编你倒是其次。"

"不为收编我们,你来此何干啊?"蓝春河困惑地问。

"来此何干?"范筑先说:"你自己想想。"

蓝春河更加不解:"我想不明白?"

"是啊!"范筑先平静地说:"齐子修,你一定知道吧,他可是正规部队的连长。手下武器精良,他知道土匪流寇没什么好下场,才乖乖地被收编为我的三支队,他由一个兵痞土匪头子,立刻变成了抗日游击队的一个支队司令。"

蓝春河点点头说:"这事我听说了。"

范筑先严肃地问道:"既然听说了,我三次派人来劝说你,为何不给答复?"

蓝春河躲躲闪闪地说:"我是怕……"

"怕我清算你当土匪的旧账?"范筑先紧逼着问。

蓝春河见范筑先点到了肯綮处,只得"嘿嘿"一笑说:"范专员真好眼力,堪称神机妙算。春河我虽没啥能耐,但毕竟是军人出身,我也实在不想落个土匪的恶名。"

范筑先微微一笑说:"好,蓝司令,真乃通情达理之人。你若马上接受改编,带着弟兄们跟我一块去打日本鬼子,我范筑先绝对不计前嫌,更不会清算什么旧账。"

蓝春河眼睛一亮,轻轻地点了下头,对范筑先的讲话,表示认可和相信。

蓝春河这个微小的动作,已被对面的副司令周英千看在眼里。他认为蓝春河已经动摇,很可能会接受范筑先的收编。因此,心里非常害怕,转而对蓝春河更增加了愤恨,眼睛恶狠狠地盯着蓝春河。

对蓝春河和周英千二人各自不同的心理变化,赵健民早已敏锐地察觉到了,并用眼神示意身边的几个自己人,要随时准备出手,以应对情况的突变。从眼神上看,几个骨干人员早已心领神会。

司令部门外大街上,受周英千教唆的一、二、三大队的部分人,已开始煽动性地鼓噪说:"范筑先这次来,就是为了吃掉我们,弟兄们,以后咱就没有吃喝玩乐的自由了。"

其中的一个小队长恶狠狠地说:"走,到司令部里去,把范筑先这个老家伙撵出去。"说完,就想带人往司令部里闯。

赵健民掌控的十大队,光共产党员就有七个,这个大队的人,大部分是坚决抗日的。看着对面的人想破坏范专员的收编,立即站起八个人。这八个人都是五大三粗的壮汉,他们端着枪,堵住了司令部的大门口,坚决不准任何人闯进大门,并高声喊道:"谁要胆敢乱闯司令部,伤及范专员一根汗毛,老子就先嘣了他。"说着"哗啦"一声,拉开了枪栓,把子弹推上了膛,一下子就把乱哄哄的场面镇住了。

司令部内,周英千听到了大门外的吵闹声,露出得意而又阴冷的笑意。他确信自己的心腹已在门外起哄,觉得时候到了,于是就不无挑衅性地说:"范专员,你刚才说,此来不是为收编我们,既然如此,你为何还要来呢?"

范筑先早就听说过周英千是个刁钻狡猾的家伙,就冷冷地说:"收编你们,实际上是为了挽救你们。"

周英千冷冷地回敬道："说得好听,收编我们,挽救我们。弟兄们要是不领情,不同意你收编,不愿意被你挽救呢?"

范筑先严厉地说："同不同意收编,你们每个人都有权自由选择。不同意收编的,你还可以继续当你的土匪。不过土匪可是百姓们和政府的敌人,是千人咒、万人骂的。到时候是会被剿灭的,你听说过有几个土匪是有好下场的?"

周英千还想无理取闹,别有用心地阻扰范筑先的收编进程,他正要再说什么的时候,蓝春河却以坚决的手势阻止了他。

蓝春河对周英千的僭越和狂妄非常气愤,就冷冷地说："周副司令,范专员在和我议事,你不要乱插嘴。"

蓝春河已觉察到周英千不满的的表情,于是,就进一步说："我觉得范专员说的话很在理,是为了长远的大局着想,如果有谁不愿意听,也可以马上离开这里。"

从蓝春河的这两句话里,在场的人都意识到蓝春河的态度有了变化。于是,就有人小声说："我们同意范专员收编。"这喊声越来越大,人也越来越多。就连院子里的手枪队也高喊:"我们不当土匪,坚决跟范专员一块打日本。"

对眼前出现的局面,范筑先、赵健民、蓝春河的脸上,都露出了难以察觉的喜悦之情。

周英千却像一个将要输光的赌徒,心里几近懊恼和疯狂。他眼露凶光,近乎哀求地喊道："蓝司令,你可要拿定主意,千万不要听信别人的花言巧语!一旦被人家收编,你亲手创立的马颊河义军,可就彻底完了!"

周英千声嘶力竭的叫喊,立刻激起了人们的义愤,有人高喊着:"把周英千这小子捆起来。"

蓝春河站起来,双手往下一压说:"请弟兄们安静一下,有话慢慢说……"

不知何时,周英千的勤务兵王山虎,回到了周英千住的一间民房里。翻箱倒柜,寻找着什么东西。不一会儿,就将找到的两件东西,放在一个小包袱里,然后,撒腿就往街上跑。人们都以惊诧的眼光看着飞跑的王山虎,不知发生了什么事情。

蓝春河把乱哄哄的局面刚控制住,王山虎就气喘吁吁地跑进了司令部,并把手里的小包袱放在蓝春河面前的桌子上。

蓝春河很诧异地问:"山虎,这是什么东西?"王山虎立即将小包袱解开说:"您一看就知道了。"

蓝春河和所有人都把眼光集中在桌子上,小包袱里边是一百块现大洋和一包烟土。

蓝春河问道:"这是咋回事?"

王山虎:"这事,周副司令最清楚。"

周英千心虚而凶险地说:"你的东西,我怎么会清楚。"

王山虎没理会周英千,转而对蓝春河说:"蓝司令,我们半个月没攻下李金村,你知道是什么原因吗?"

蓝春河瞪大眼睛,着急地问:"小虎,快说说,是什么原因。"

王山虎挺了挺胸,大胆地,说:"李金村的金大财主,为保护村民的利益,就派人给周英千副司令送了一百块大洋和半斤烟土……"

王山虎的话，让在场的人为之一震。

周英千知道自己的丑恶行径完全败露，他立即从腰里掏出手枪说："你小子血口喷人！"说完一举手就要开枪。

赵健民早已识破了周英千杀人灭口的企图，就在周英千挥枪的一霎那，赵健民迅速飞起一脚，把周英千的手枪踢出了门外。紧接着几个中队长和警卫人员，立刻七手八脚地把周英千死死地摁在地上。有人拿来一条绳子，三下五除二，就把周英千捆绑起来。

蓝春河早已气得怒目圆睁，围着捆在地上的周英千转了两圈，然后说："姓周的，我蓝春河以前总是把你当个人物看待。现在看来，你小子无恶不作，阴险毒辣。一百块大洋，半斤烟土，就把你收买了。李金村半个月拿不下来，原来是你小子搞的鬼啊。眼前人赃俱在，你还有啥话可说。"

周英千知道大势已去，却很不甘心，就指着王山虎恶狠狠地说："蓝司令，他和赵健民是一伙的，都是共党分子。"

蓝春河冷笑道："好啊，现在看来，共党分子比你这个党国分子强多了。"

王山虎趁势揭发说："周英千平时常发牢骚说，蓝春河是猪脑子，咱这支人马，与其为范筑先卖命打日本，还不如叫他周英千当司令，领着大伙干好哩。"

蓝春河："今儿这一说我明白了，范专员三次派人来，都是你小子从中搅局，原来你另有图谋。"

周英千一看眼下自己的处境很凶险，就急忙爬到蓝春河脚下，哀求道："蓝司令，蓝大哥，只要您饶过兄弟这一回，今后我定当舍身以报。"

蓝春河阴冷地说："好啊，那就到下辈子再说吧。"然后，他一摆手说："来人，把这个吃里扒外的东西拉出去，老子要亲手崩了他。"

几个卫兵听到命令后，立即扑上去，拉拽着准备将周英千推出门外。

事态的发展，令范筑先备感意外，心想，若现在就把周英千打死，其同伙不可能善罢甘休，势必会影响收编计划的顺利进行。于是，范筑先立即站起身来对蓝春河说："蓝司令，且慢动手。"

蓝春河立即转过身来，不解的看着范筑先。

范筑先很沉稳地说："蓝司令，别着急，先坐下好吗？"

蓝春河只好又坐在椅子上。

范筑先："蓝司令，今儿是你我第一次见面的大好日子，不能叫周英千扫了咱的兴。如何处置他，以后再议不迟。"

蓝春河稍一愣神，就顺水推舟地说："好，范司令说的有道理，春河坚决服从。"然后转身对畏缩成一团的周英千说："今儿，算你小子走运，要不是范司令讲情，你小子早就魂归西天了。"

周英千小眼一转，急忙趴在地叩着头说："谢谢大哥，谢谢范专员。"

蓝春河不耐烦地对卫兵说："先把姓周的这小子关起来，严加看守，以后再作处置。"

四

范筑先十分感触地说："从前，我三次派人来，你没有任何回音，我原以为你是个办事粘糊,而没有主见的人。从今天处理周英千这事来看,蓝司令还真是干练果断,甚有雷厉风行的军人作风。"

蓝春河乐滋滋却也谦逊地说:"范司令过奖了。其实,两个多月来,我诸事不顺,心里挺纳闷,就是找不出原因来。今儿才明白,是姓周的这小子耍的阴谋。"

范筑先:"揭露了周英千,蓝司令今后跟我一块去抗日,大概没什么问题了吧。"

蓝春河很爽快地说:"对,没问题了。"可稍一思索,马上又说:"范专员……"

蓝春河突然又想起什么重要事似的:"范司令,你收编我,一点问题也没有,可你得答应帮我一件事。"

范筑先:"什么事? 说吧。"

蓝春河:"你得帮我出一出肚子里憋的一口闷气。"

范筑先:"什么闷气? "

蓝春河:"你得派弟兄们,帮我把李金村打下来。"

范筑先一听蓝春河要他帮着打李金村,先是很惊愕,随之就哈哈大笑起来。

蓝春河见范筑先哈哈大笑,就疑惑地问:"范司令,你笑什么? "

范筑先肃穆威严地说:"蓝司令,这种事,你觉得我能帮忙吗? "

蓝春河猜不透范筑先是何态度,所以,手足无措,一时语塞,不知说啥好。

范筑先诚挚、耐心地说:"蓝司令,你好生想一下,我是聊城的专员,是当地的父母官,这马颊河西的李金村,就是我治下的村庄,我当然不会同意任何人欺辱我的百姓。我这次来,一是收编你,叫你走上光明大道;二就是不准你继续攻打李金村,你若敢继续打下去,我就会调部队来,先把你打掉。"

蓝春河越听,眼睛瞪得越大。然后,手抓头皮,自嘲地痴痴一笑:"看我这猪脑子,咋就没想到这一层呢? "

范筑先既宽容,又略带戏谑地说:"是不是匪性难改呀? "

蓝春河嘿嘿一笑说:"今后,我蓝春河保证听从范司令的指挥,您说咋干,我就咋干。"

范筑先高兴地说:"好,既然如此,你就赶快下令集合队伍。"范筑先看了看赵健民和黄龙飞等人,说:"咱们几个研究一下,改编后的领导人选问题。"

蓝春河兴高采烈地喊道:"来人! 快把队伍全部集合起来,到寨东打麦场上听从点编。"

司令部门外及各条村街上,都响起了集合的哨子声以及跑步喊人的声音。人们的脸上都洋溢着激动、喜悦又期盼的表情。

寨东打麦场上,队伍已集合完毕。这些人的穿戴各式各样,手中的武器,也是五花八门。有手枪、老套筒子,也有打兔子的火药土枪,还有标枪、大刀,个别人还赤手空拳。最气派点的,就是蓝春河直属的手枪队了。

在打麦场的四周,分别散布着范筑先的骑兵排,战士们个个精神抖擞,甚是威武、壮严。刘洪涛牵着马,来回的走动着。

队伍前摆着一张普通的木条桌子,范筑先、蓝春河、赵健民等在桌子后面坐着。

值班中队长黄龙飞看着一切就绪后,立即跑到桌子前说:"报告蓝司令,弟兄们集合好了,请你训话。"

蓝春河站起来稳了稳神,严肃庄重地看着队伍,然后大声地说道:"弟兄们,给大家说个天大的喜事,想必大伙已经知道了,从今儿起,咱就甩掉了'土匪'这个千人咒、万人骂的恶名,成了范总司令领导的抗日队伍了。"

长时间的热烈掌声过后,蓝春河大声地说:"现在,请鲁西抗日游击大队范筑先总司令讲话。"

范筑先站起来,首先向队伍行了个军人举手礼。然后又环视了一下整个会场,他声音宏亮地说:"弟兄们,我范筑先今天很高兴和大家见面。刚才,你们蓝司令讲了要带领大家接受改编,这是很好的事情,我代表山东省聊城专署和鲁西抗日游击大队司令部,向大家表示热烈的祝贺和诚挚的欢迎。"说完就带头鼓起掌来,整个打麦场都响起了热烈的掌声。

范筑先接着说:"弟兄们,你们也都知道,万恶的日本鬼子,先后霸占了我国宝岛台湾、东北三省还有口外的察哈尔、热河、北平、天津,如今大名、高唐、德州、临清也被他们侵占了。面对这些跑到咱家门口烧杀抢掠的野兽,我们中国人,特别是我们这些热血的七尺男儿,应该怎么办? 是拿起刀枪奋起抗争,还是乖乖地当亡国奴?"

范筑先话音刚落,队伍中早有人带头喊起了"誓死不当亡国奴,坚决消灭小日本。坚决跟随范司令抗战到底。"

队伍的激愤情绪稍一平息,范筑先从兜里掏出一张纸,念道:"请大家安静,现在,我以鲁西抗日游击大队总司令的名义,宣布原马颊河抗日义军,改编为鲁西抗日游击大队第六支队;任命蓝春河为六支队司令;任命赵健民为第六支队参谋长兼第三团团长。其余所有人员,除周英千外,一律保留职位。此令,范筑先。"

又是一阵长时间的热烈掌声。

范筑先继续说道:"从现在开始,弟兄们就甩掉了'土匪'这顶坏帽子,而成为了一名真正的、保家卫国的抗日战士,人民欢迎你们,国家欢迎你们。你们的粮饷、弹械,一律由各级政府供给。三十天内,给大家换发颜色一致的抗日军装。"

又是一阵热烈掌声。

第十二章 | 老将军瞻雁塔睹物忆旧
"小旋风"贩烟土胆大妄为

一

今儿是农历十一月初八,莘县城逢大集。农闲没事,乡下进城赶集的人成群结队络绎不绝,男女老少从四面八方,都朝着高高的大雁塔走来。街道两边已摆满了各种摊位。

县大队的院里和门前,打扫的干干净净,墙上还贴着"团结抗日"和"欢迎范专员来莘县视察"的大标语。

县长兼县大队长吕世隆,虽在昨天对各单位进行了安排布置,一大早,他还是又来到了县大队。

县大队部,一中队长赵长发、二中队长马成魁、三中队长刘建唐等都着装整齐,见吕世隆来到办公室,三个中队长急忙敬礼打招呼。

此时,副大队长孙金利有些慌乱地来到办公室,见吕世隆已经到来,虽然也相互握了手,其表情却很显然心不在焉,他神不守舍,像丢了魂似的。这种不正常的现象,让在场人都感到意外。

吕世隆很关心地问:"孙副大队长,是不是有什么事还没准备好啊?"

孙金利猛一惊说:"一切都准备妥了,就等着范专员来视察了。"

"好哇!"吕世隆指了指身旁的椅子说,"那就坐下歇着等吧。"

孙金利不自然地笑着说:"好好。"却并没坐下的意思。

此时,大队勤务兵王梦秋正提着一把烧壶进来了,他很爽利地给几只竹皮暖壶倒满了水,然后,转身就往外走。

看到王梦秋来倒水,孙金利愁苦的眼神却突然一亮。随后,他立即搭讪着也走出办公室。看着院子里没什么人,就把王梦秋叫到了自己的卧室,很谨慎又神秘地比比划划,和王梦秋耳语了几句后,弯腰从枕头底下摸出一个小布袋,亲手交给了王梦秋。

王梦秋急忙把小布袋揣进怀里,深深地对孙金利点点头,表示对所交待的事情已经心领神会,保证能圆满完成任务。

孙金利也信任地一摆手,王梦秋就快速地离开了孙金利的卧室。

看着王梦秋消失的身影,孙金利才如释重负。然后,快速地回到大队部。

吕世隆见孙金利回到办公室,就问道:"刚才那倒水的小伙子……"

"是咱县大队的勤务兵,他叫王梦秋。"孙金利回答道。

吕世隆赞赏地说:"小伙子长得很精神,手脚也挺利索。"

"噢!"孙金利眼珠子一转,心里说,好!这倒是个很好的时机,真乃天助我也。就很认真地说:"吕县长,既然你看着小王不错,今儿迎接检查团,明天就叫他到县政府伺候您去。"

吕世隆摆摆手,微笑着说:"我只是随便说说而已,可没有别的什么意思啊。"

孙金利讨好地说道:"吕县长,您既是县长,又是我们的大队长,叫小王伺候你正合适。"其实,这是孙金利早已谋划好的一步棋,只不过今天才找到了合适的机会。

二

大集上。耍猴斗鸡的、套圈抵羊的、卖膏药大力丸的、还有打拳卖艺拉洋片的等等,每处都围着一群人,很是热闹。

大街上人潮涌动,摩肩擦踵。卖五彩小风车的、卖糖葫芦的,都把杆子举得高高的,还大声吆喝着,以招来行人的注意,这是北方集市上一种特有的风景。

赶集的人潮中,大多是乡下普通民众,时而也能见到穿灰、黄制服的军人,和戴着大沿帽、穿着黑制服的警察。

王梦秋着一身黄军装,在流动的人群中,显得特别显眼。他来到东街路北,在写有"东鲁客栈"的门口停下了脚步,敏感地向前后、左右瞅了瞅,确认没有任何异常后,才迅速地进了小客栈。

就在王梦秋在东鲁客栈门前稍一停留的时候,对面茶馆里两个黑衣警察,也正在注视着他的一行一动。王梦秋的诡异表现,引起了黑衣警察的极大兴趣。他们见王梦秋进入客栈后,并没有立即跟着进去,而是沉着地观察着动静,随时准备出击。

客栈王掌柜是个十分精明的人,他的叔叔,就是在聊城开了几十年茶馆的王老七。这王掌柜见多识广,谙熟世情。他认定着一身军装的王梦秋,不是来住店的一般客商。于是,就热情地迎在门口问:"老总,您是……?"

王梦秋并不答话,而是眼皮一翻,举手指了指上房。

王掌柜也不说话,只是习惯地点一下头,表示已领会来人的意思。他轻轻地指了指上房,意思是说:请进吧。

王梦秋见上房屋门紧闭,快步上前在门框上轻轻地敲了两下。

上房里住的是孙金利在聊城的姘头——"小旋风"。她一改从前的油头粉面,也没穿往日的绫罗绸缎,头上松散地顶一块花毛巾,着一身农家女子的花衣裳。虽然装扮素朴,那眼神和举动,却难掩骨子里的妖冶和狐媚。

战乱以来,"小旋风"不但仍操野妓旧业,竟然还利用关系,大胆地干起了贩卖毒品的勾当。自从孙金利重新当上了副大队长,"小旋风"就多次来过莘县。一是和孙金利鬼混,二是通过孙金利出手毒品。按照预先的约定,她今儿应该和孙金利在客栈会面。刚才,她已听到了前堂王掌柜的问话声,又从门缝里看清了来人穿着黄军装,脸上就露出了紧张而兴奋的表情。听到两下敲门声,就立即拔闩开了门。

王梦秋立即迅速地闪进屋里,转身把门关上。然后扭过头来,二人相视点头一笑。

"小旋风"见来人不是孙金利，就有些失望地问："你们大队长怎么没来？"

"今儿，大队范司令和王参谋长来检查战备情况，孙大队长脱不开身。"王梦秋解释说。

"小旋风"看着面前这个年轻英俊的小伙子，竟然心荡神摇，脸上现出爱慕和贪婪的神情，娇声嗲气地说："小王，你们大队长不来更好，其实我更喜欢你来接货。来，快过来，挨着姐姐坐着，咱们好好说会话。"

面对"小旋风"的温柔攻势，王梦秋不敢有任何邪念。他有点紧张地说："孙大队长说，办完事就赶快回去，为迎接范司令来检查，这几天啥都抓得很紧。"

"小旋风"看着王梦秋反应冷淡，心里失望，脸上羞臊，气哼哼地转过脸来说："货款带来了吗？"

王梦秋立即从怀里掏出一个小布袋说："噢，带来了，这是二十块大洋。"然后，将钱袋交给了"小旋风"。

"小旋风"耷拉着脸接过钱袋，然后眼睛一眨不眨地点数着袁大头。

王梦秋见"小旋风"已经把钱点完，就嗫嚅地说："那货呢？"

"小旋风"爽快地说："放心吧，老娘向来就是一手交钱，一手交货。"然后就从床下边掏出一包烟土，递给了王梦秋。

此时，门外的两个黑衣警察觉得时机已到，就突然闯进了"东鲁客栈"。

王掌柜见警察来势很凶，就机警地要去阻拦，并大声喊道："老总！老总！我这里没有……"喊声既是本人惊恐，又含有给上房通风报信的用意。

店掌柜的惊呼大喊，使上房里正在毒品交易的"小旋风"和王梦秋惊骇万分，他们知道情况突变，有杀身之祸的凶险。平时刁钻傲慢的"小旋风"，竟吓得魂飞魄散，即刻瘫软在地。

王梦秋毕竟当过几天兵，瞬间就从门缝里看清了门外是缉毒队的警察，若被他们堵住，其后果不堪设想。情况急迫，他来不及多想，赶紧将手中的烟土扔掉，迅速拉开屋门，猛然蹿出门外，往右一拐，就进了西山墙的夹道，轻轻顺势跃起，翻过了七八尺高的院墙。

两个黑衣警察，听见门响的同时，只见从屋里飞出一个人影，一把没拦住，立即跟着追到夹道里，眼看着黄乎乎的影子，轻松地飞出了墙外。

王梦秋从"东鲁客栈"翻墙逃出之后，飞快地转弯抹角，就蹿进了文庙。院子里荒草盈足，干枯的松柏树枝上，缠绕着落了叶的藤萝枝条。栖息在老树上的黑老鸦和灰麻雀，受到惊吓后，"扑啦"一声，"啊啊"地展翅飞去。王梦秋见没人跟上来，于是就掸了掸身上的土，稳了稳神，然后，若无其事地融进了赶集的人群。

两个黑衣警察眼巴巴地看着王梦秋逃跑了，两个人无奈地摇了摇头，也不再追赶逃跑者。

"小旋风"见没人进屋，就急忙收拾好大洋和王梦秋没来得及拿走的烟土，携起小包袱正欲溜走。这时，两个黑衣警察就闯进了屋里，不但没收了赃款、赃物，还趁机把"小旋风"从上到下浑身摸捏了一遍，说是"彻底搜身检查。"

"小旋风"还没来得及施展哭、闹和以色相来求饶，黑衣警察就说："快带上你的东西，跟我们到局子里走一趟。"

三

時至半晌,是魯西農村集市最熱鬧的時候。各路抗日宣傳隊,就敲鑼打鼓的出現了,這給本就人山人海的大集,更增添了喜慶歡快的氣氛。

打頭的宣傳隊,由城關高小和四街三關的村民組成。首先是洋鼓洋號鳴鑼開道,依次是中式的鑼鼓和波斯人發明的嗩吶喇叭,緊接著就是張魯鎮的高蹺隊,燕店鄉的秧歌隊,十八里鋪的雜耍隊,馬橋的活報劇。再往後,就是學生、民眾舉著各色的彩旗,高呼"團結抗日"、"打倒日本帝國主義"的口號。隊伍的最後是各鄉鎮民兵青抗先,肩扛紅纓槍、手握大刀片的遊行示威隊伍。

這麼宏大的宣傳隊伍,雖有縣、鄉政府號召,可實際組織者,卻是些熱血沸騰的青年人。一位是南街的女青年教師兼縣婦聯副主任李自貞,一個是北街小學青年教師兼縣青聯主任蔣小亭。這兩個分別畢業於壽張鄉師和省三師的青年人,朝氣蓬勃、風華正茂,他們積極熱情,深受縣長呂世隆的器重,是重點培養的兩棵好苗子。

范築先一行來到莘縣後,並沒有馬上去縣政府,而是在呂世隆、張炳元等人的陪同下,先察看了繁華熱鬧的莘縣大集,接著又目睹了頗為壯觀的抗日宣傳遊行隊伍。之後,才向城市中心的大雁塔腳下走去。

范築先邊往前走,邊問呂世隆說:"聽說莘縣大雁塔,在方圓八百里以內,是最高的佛塔了。其詳細情況是……?"

呂世隆稍顯尷尬地說:"我來莘縣的時間短……"順勢指著身邊的蔣小亭說:"蔣老師是莘縣北街人,他對莘縣的歷史文化比較熟悉,就請蔣老師說說吧。"

范築先回頭看了看這位朝氣蓬勃的青年教師,親切地示意他講一講。

蔣小亭在專員面前雖稍有拘謹,卻沉穩又落落大方地說:"最早這裡就是座很大的寺院,叫雁塔寺,香火旺盛,信眾極多。到了清末,由於兵燹和災荒頻繁,香火才逐漸冷落下來。"

蔣小亭看著大雁塔說:"這座塔始建於宋治平元年,竣工於金天眷二年,共歷時七十五年,至今已有九百多年了。幾百年來,大雁塔就是莘縣人心中的聖物和標誌。而且,每年的正月十六登塔趕廟會的習俗,一直延續到今天"。

范築先聽後十分敬佩地感歎道:"真是工程浩大啊!"

李樹椿附和著說:"是啊,古人的智慧和毅力也真不簡單哪!"

范築先饒有興趣地問:"為何稱之為雁塔呢?"

蔣小亭微微點了點頭說:"佛教自印度傳入我國後,凡有道高僧圓寂後,埋葬其骨灰和舍利子的地方,就叫高顯或浮屠,中國創意為塔,唐代長安有慈恩寺佛塔和薦福寺佛塔。一日,眾僧在塔前誦經,高天飛來一隊大雁,頭雁飛至僧人面前,慘叫一聲,直直地墜地而死。眾僧愕然,老方丈結合昨夜之夢,知是菩薩顯靈垂誠,於是將佛塔命名為雁塔。城南的慈恩寺佛塔逐改為"大雁塔";城內的薦福寺佛塔亦改為"小雁塔"。咱莘縣這雁塔寺,大概也有傳承仿效之意,縣志上也有記載。"

范築先點頭說道:"好!蔣老師解說的不錯。"

呂世隆見客人都對古塔感興趣,於是就說:"范專員、李主任,要不咱們打開塔門,登上去看一看?"

范筑先仰望着高塔,有些依依不舍地说:"上午不是还有莘县各界人士的见面会吗?今儿就别上去了,等消灭了鬼子,咱再高高兴兴地登一回莘县的大雁塔吧。"

大家附和着说:"也好,也好。"

范筑先一行离开大雁塔,顺着大街往南走去,往西一拐,石牌坊东边路北,就是莘县县政府所在地。

四

孙金利用小梳子拢了下头发,准备到县政府去开会。此时,屋门突然一响,王梦秋没喊报告,就灰头土脸的闯进来了。

孙金利看见王梦秋的狼狈而又沮丧的表情,就知道出事了。孙金利心里明白事情的严重性,但还是强自镇静地说:"小王,别着急,有啥事慢慢说。"

王梦秋稳了稳神说:"我看着'东鲁客栈'门口和往常一样没什么情况,就进去了,正在一手交钱一手交货的时候,两个警察突然闯入客栈,我一看不好,就立即冲出屋门,翻过西墙跑出来了。"

孙金利稍有紧张地说:"警察看清你了吗?"

王梦秋:"当时慌乱中,我速度又快,估计他们没看清我是谁。"

孙金利:"这就好,那肖金凤的情况呢?"

王梦秋:"那我就不知道了。"

孙金利略一沉思,点点头说:"嗯,对,小王,今天这事,除了你我,任何人都不能叫他们知道,否则咱俩都得完蛋。"

王梦秋:"放心吧,大队长,从我嘴里,保证不会漏出一个字。"

"好,我没看错人,梦秋,从今以后,你就是我的亲兄弟。"孙金利亲切地拍了下王梦秋的肩膀。然后,从抽屉里拿出两块银元,塞到王梦秋的衣兜里说:"这些钱你先用着。"

王梦秋推辞不收。

孙金利把脸一沉说道:"兄弟,你要不收下就见外了,信不过我这个大哥咋的!"

王梦秋:"大队长,你……好,我就收下。"

孙金利小声又十分神秘的说:"吕县长已批准把你调到县政府门卫班去,后天就报到。去了之后你的主要任务是……"王梦秋先是惊异,转而高兴又坚决的点点头。

孙金利:"梦秋,你在我这里洗洗脸,休息休息,我还得到县政府开个会。"说完,戴上军帽就出了门。

张炳元、白朴、王锡恩、孙玉珠从农会办公室出来,正要去会议室开会,正碰上迎面走来的县妇联李自贞和青联的蒋小亭。

张炳元关切地问:"噢!您二位也来开会?"

"是啊。"李自贞和蒋小亭说。几个人边说边向会议室走去。

国民党县党部书记长魏立德,在吕世隆上任前,就是这座小城黑白两道,三教九流的灵魂人物。他接到县政府的通知后,甚是得意。今儿特意着砖青色长袍,外罩黑色马褂,头戴一顶细毡礼帽,稳重地跩着四棱子步。在县政府门口,正碰上来开会的公安局长张际涛,二人虽轻轻地打了下招呼,从表情上看,二人关系非同一般,他们也一同向会议室走去。

范筑先、李树椿一行，在吕世隆的陪同下来到会议室，与会人员立即起身鼓掌欢迎。范筑先也频频招手，向大家致谢意。

吕世隆见参会人员已经到齐，向会场一招手说："请大家安静一下，现在请聊城专署专员、鲁西抗日游击大队范筑先总司令讲话。"

一阵热烈的掌声过后，范筑先站起来亲切而又随和地说："很早就想来莘县看看，总是忙得抽不出空来。今儿终于来到了莘县，看到了浩浩荡荡的抗日游行队伍，看到了莘县民众高昂的抗日精神和决心。刚才还近距离的看了咱们莘县的大雁塔，现在又和各界朋友见面，心里很高兴。"

范筑先像位长者拉家常一样，亲切慈祥地说："其实，四十年前，我也曾多次来过莘县。当年，我推着拱车子从馆陶去朝城贩卖粮食，莘县就是必经之地。走到中心阁，就看见大雁塔了，越往前走，眼中的塔就越高、越大、越清楚。两条腿走起路来就越有劲，推起车子就轻快多了。"

范筑先像讲故事一样娓娓道来，开会的人也都觉得亲切有趣。

坐在前排右侧的魏立德，脸上没任何表情。他用审视的眼光观察着范筑先，怀有一种难以名状的阴暗心态。

孙金利有意坐在最后排，他的脸色黄中泛黑，显得非常难看，他低着头，却不时地用眼角偷看一眼主席台。他虽在聊城王金祥手下当过小参谋，可范筑先并不认识他，而孙金利做贼心虚，总觉得随时会有人认出他来似的。

范筑先笑了笑说："刚才，我说了些题外的话，因为是对莘县有特殊的感情。现在我要讲的，还是抗战问题。如今，全国各地，从城市到乡村，从军警到工农大众，第一要务，就是积极抗日。我们聊城也和全国一样，掀起了轰轰烈烈的抗日高潮。"

范筑先看了看平静的会场说："现在，我就说一说莘县。自从原来的县长王嘉猷挟款逃跑后，莘县就成了一片散沙。土匪、老缺、会道门、恶霸、红枪会、黄沙会等应运而生，到处坑害百姓，再就是武器、毒品走私猖獗。可是，自从你们吕世隆县长上任后，才几个月的时间，莘县的面貌就有了很大的改观。各级政权已重新建立起来，农会、妇联、青联、儿童团等各种抗日组织相继成立，百姓们有了依靠。青年人积极参军抗战，要求进步，向往未来。你们莘县的各项工作，都走在了全专区的前边。因此，你们的吕世隆县长也被光荣地评选为全区的抗日模范县长。"

范筑先抬头看着会场说："关于抗日的总体精神，诸位可能早已听说过了。蒋委员长对卢沟桥事变的严正声明中说：''抗日一旦开始，就地不分南北，人无分老幼，拼全民族的生命，以求国家的生存。不容中途妥协，惟有牺牲到底以赢取最后的胜利。'总之，全国各民族各党派都要团结起来，枪口一致对外。而根据我国眼前的现实来看，有些个别人，为一己之利，拉山头、搞分裂，破坏了团结抗日的宗旨。"

范筑先的讲话，本来是当时常用的词语，可那些心术不正的人，却受到了强烈的刺激。台上的李树椿和王金祥，低头不好，抬头不是，其表情和动作极为尴尬难堪。而台下的魏立德、张际涛、刘玉珂、孙金利等则是心虚脸红，很不自然的低着头，不敢直视前边的范筑先。

"现在说一下我们六区的情况。"范筑先接着说："武汉国民政府，延安的毛泽东主席对我们的工作，都给予了充分的肯定，并在人力、物力上给予了大力支持。但是，社会上却有那么一部分人,总在千方百计破坏我们团结抗日的大好形势。如阳谷的迷信反动组织忠孝团,就赶走了我们的抗日县长徐茂里;高唐的恶霸暴徒,就杀害了我们的抗日英雄金谷兰……"

台上的李树椿和王金祥,对范筑先的一番话,早已反感,表情上也极其冷漠。

台下,善于察颜观色的魏立德,从李树椿的表情上,已观察到,会场上应该出现点别的声音了。于是,就暗自扯了一下邻座刘玉珂的衣裳袖,示意其向范筑先发难。刘玉珂虽没吱声,可表情上已告知魏立德,他已心领神会,将会择机向范筑先开炮。

刘玉珂是本地小有名气的乡绅,他的脸颧骨高,腮帮子低,清癯瘦削。身穿长袍马褂,头戴一顶上有疙瘩纽的黑缎子锅盔帽,下巴留一撮山羊胡,以老奸巨猾著称,是魏立德的得力谋士。此时,他见范筑先刚把水碗放下,还没来得及张口说话,于是起身一点头说:"啊!范专员,你讲的这些我们都听清楚了,都是报纸上的社论。我有个问题,不知能不能请教范专员一下?"

刘玉珂这种绵里藏针,又阴毒狡黠带威逼性的问话,令全场所有人为之愕然。

范筑先觉得此人来者不善,可也不感到意外。先审视了一眼刘玉珂,然后,又把征询的目光转向了吕世隆。

吕世隆没想到会出现这种局面,心中略显不安,声音有些不自然的指着刘玉珂说:"呃!这位是乡绅刘玉珂先生,是莘县原教育界的名望人士。"

范筑先友善的点头一笑说:"哦!刘先生,在抗日工作方面,有什么高招或者好的建议,筑先欢迎您提出来。"

刘玉珂眼皮一眨巴说:"范专员。听说你什么党也不是。可你的队伍里,既有国民党人士,也有共产党的小青年,你认为哪个党更可靠一些。"

范筑先非常清楚,这是个带有挑衅的问题。他大度地淡然一笑说:"抗日乃整个中华民族的抗日,刘先生想必是早已知道,武汉和延安双方早已达成共识。至于咱聊城,我不管你什么党、什么派,只要真心积极抗日,我就坚决支持。如果谁挑拨离间,破坏团结抗日,我就坚决予以打击。"范筑先看着刘玉珂说:"刘先生,你看我这样做对吗?"

刘玉珂顿时面红耳赤、羞臊尴尬,言不由衷地说:"对,范专员说的对!"

五

黄昏,变天了。西北风卷着雪霰悄然而至,气温也骤降了许多。监狱里光线极暗,已早早的点着了煤油灯,灯捻子很粗,暗淡的火苗上,冒着长长的黑烟。

"小旋风"失去了往日的风骚和娇气,像一条受了伤的癞皮狗,躺在麦秸草的地铺上,冻得瑟瑟发抖,蜷缩成一团。

一个狱警来到"小旋风"的女监房,"哗啦"一声打开了门锁。对着"小旋风"喝令道:"快,快起来,准备提审。"

"小旋风"低着头,蓬乱的头发稍上沾着几根麦秸草。她双手紧紧地裹挟着小棉袄,缩着脖子,在狱警的押解下,拐弯抹角地来到一间小屋里。屋子里灯光明亮,还点着煤火炉子。狱警令"小旋风"蹲坐在墙旮旯儿的一个砖墩上,然后关上门走了。

坐在离火炉很近的桌子后边的张际涛,冷冷地审视着"小旋风"。观察她的表情,琢磨其心理变化。

"小旋风"知道要审问她贩毒情节,早已在心里编织好了狡辩的理由。可进屋很长时间了,却不见提审官问话,心里难免有些沉不住气,禁不住用狐媚的眼睛,偷偷地瞄了一眼桌子后边的提审官。只见那人清癯长脸,眼光阴冷,"小旋风"感到一束刺人的冷光,在逼视着她,那眼神令她胆战心惊地低下了头。早已编织好的防线,也似乎自行溃破了。

张际涛从"小旋风"的眼神和表情里,早已猜透了她的心理变化。认为时机已经成熟,就从抽屉里拿出来警察从"小旋风"身上搜出的二十块袁大头和一包烟土,将这两样东西重重地往桌子上一放,就冷冷地问"小旋风":"你叫什么名字?"

"我叫肖金凤。""小旋风"急忙回答。

张际涛指着桌子上的大洋和烟土说:"肖金凤,你是个聪明人,如今,人赃俱在,你还有什么话说!"

张际涛的声音不大,却极具威慑力。"小旋风"哆哆嗦嗦地说:"报告长官,我认罪,我交待。"

"半年以内,你到莘县来过几次?"张际涛问。

"小旋风"回答:"一共来过五次。"

张际涛问:"跟你接头的收货人是谁?"

事已至此,"小旋风"觉得瞒是瞒不住了。她心想,孙金利在莘县大小也是个官,县大队和公安局肯定都认识,官场都是官官相护,我若如实招来,说不定还会无罪释放哩。她觉得这不是梦想,即便是梦想,也备不住梦想成真。想到这里,她顿时眼前一亮。于是,就将在聊城如何和孙金利勾搭成奸,又如何共同贩毒的来龙去脉,都一五一十交待的一清二楚。

张际涛录完口供后,语气平和地对"小旋风"说:"好,你对犯罪事实供认不讳,态度很好。我跟孙金利副大队长也都是熟人了,你一定会得到宽大处理。"

"小旋风"有点忘乎所以,就大胆地问道:"啥时候放我啊?我想见见孙金利。"

张际涛的眼珠子飞快地转了一下说:"你提的这些问题都好解决。来,你先在这上边摁个手印吧。"

"小旋风"非常高兴,走到桌子前边,伸出右手食指在印泥盒里点了一下,然后将指纹重重地摁在笔录上。

张际涛审完"小旋风"后,把笔录揣进怀里,没顾得上回家,就直奔东城墙根走去。他来到一条小巷里,在一处青砖门楼下停住了脚步,伸手轻轻地敲了下门框,很快就有一个精干小伙子把门打开。

魏玉德吃罢晚饭,正趴在桌子写什么,见张际涛此时冒着风雪赶来,就预料到会有什么急事。待张际涛落座后,就问道:"张局长,此时来寒舍,想必有什么急事吧?"

张际涛并没有马上回答魏立德的问话,而是向四周环视了一遍。

魏玉德:"放心吧,家人他们都在东屋,有什么事你就放心说吧。"

张际涛把椅子往前挪了挪,先把"小旋风"的笔录放在魏玉德面前说:"请您先看看这个。"

魏玉德戴上花镜,然后细心地翻阅着笔录。随着一页一页的翻看,脸上的表情也越来越严肃,到最后竟变成了忧愤和恼怒,摘下花镜说:"张局长,你对这个案子有什么想法?"

张际涛："我认为案子本身并没什么了不起,但此案若张扬出去,事情的发展就会非常严重。如还是王嘉猷主政莘县,这事就不值一提,可现在掌权的却是六亲不认的吕世隆。"

魏玉德："张局长,你判断得极是。今天莘城大集,两个警察从'东鲁客栈'抓到了毒犯,人多嘴杂,这种事是很难保密的。"

张际涛："范专员和李主任现还在莘县,此事若传到吕世隆耳朵里,孙金利不被枪毙,也得判重罪。"

魏玉德："说实话,孙金利这个人光知道吃喝玩乐,是个成事不足、败事有余的东西,他就是真被吕世隆枪毙了,也是罪有应得。可关键是,孙金利若将'我们对抗吕世隆,联合阳谷忠孝团的卞氏二兄弟,赶跑县长徐茂里,准备杀害吕世隆的计划'说出去,可就麻烦了。"

张际涛说:"不行,无论如何也要趁机杀杀孙金利的威风,震慑震慑这个无法无天的兵痞。"

魏玉德沉思良久,然后凑近张际涛,二人头挨着头,小声的叽咕了很长时间。

最后两人深深地点了点头,魏玉德一拍桌子说:"对!就这么办。"然后,抬起头来,对外喊了声"来人"。

随着喊声,那个精干的小青年推门进了客厅。

魏玉德口气平和地说:"你马上到县大队去一趟,叫孙金利副大队长到家来,就说我请他。"

小伙子说了声"是",然后,一转身利索地出了客厅。

六

小城的冬夜很宁静,偶尔也有几声犬吠从远处传来。两个黑色的人影,从大街上拐进了小巷。

客厅里,魏玉德和张际涛还在神秘地说些什么,就听到院子里有人走动。知道是孙金利来了,两个人就立即停止了交谈。

孙金利耷拉着眼皮,无精打采地进了客厅,一腚坐在椅子上说:"天这么晚了,有啥当紧的事啊,非把我叫来不行?"

魏玉德和张际涛看着孙金利那副无所谓的样子,心里就来气,两个人谁也没搭理他。

孙金利坐在椅子上见没人理他,这才看了一眼魏玉德和张际涛。见两个人都板着脸,没有了从前说说笑笑的样子,就立即有了惊觉,才正儿八经地问:"魏书记长、张局长找我来有事?"

魏玉德、张际涛还是没马上说话。

孙金利有些沉不住气了,着急说道:"有事快说呀,天塌下来,我顶着就是了。"

魏玉德还是不言语,却突然把两样东西"稀里哗啦"地倒在桌子上说:"认得它吗?"

装大洋的钱袋和"小旋风"包烟土的小花包袱,对这两样东西,孙金利是非常熟悉的。刚一看到时,他先是一愣神。然后,就无所谓地说:"不就是二十块现大洋,二斤烟土吗?"

魏玉德气愤地说:"你不知道这是犯罪吗?"

孙金利:"如今市面上搞这个的又不是我自己,你们政府里边、国民党里边不是也有人搞吗?从前的王嘉猷县长不是亲自带头吸吗?"

魏玉德从心里对孙金利这个兵痞十分反感,他强压愤怒,冷冷地说:"孙副大队长,我和张际涛局长,在你眼里只不过是小菜一碟。你看不起我们,这倒没什么要紧。可我告诉你,今儿我们是奉了李树椿主任和王金祥参谋长的指示,才敢叫你来谈话的。"

孙金利听到李树椿和王金祥的名字,心里是真害怕了,瞪着眼睛"啊"了一声。

魏玉德:"你和肖金凤合伙贩毒的事……"

孙金利有些哆哆嗦嗦地问:"他们……"

张际涛趁势把笔录往桌子上一放说:"孙副大队长,这是'小旋风'的口供笔录。你们从聊城相好直到在莘县贩毒的全过程,都详细地记在这里了,这里有'小旋风'画押的手印。"

此时,孙金利的傲气和蛮横已消失得无影无踪。他求饶地说:"两位老大哥,我孙金利不知好歹,请二位多多指教,小弟我一定遵从照办。"

魏玉德见孙金利这头野驴已经就范,就进一步地说道:"孙副大队长,你也没必要求我们。现在范专员还在莘县住着,他对吸毒贩毒一向嫉恶如仇。他在沂水当县长的时候,发现一个警察中队长和一个破鞋娘们合伙贩毒,事发后还嫁祸于人,范筑先专员审问清楚后,亲自下令将那一男一女就地枪决。"魏玉德盯着孙金利问:"这件事,孙副大队长也肯定听说了吧?"

孙金利惊魂不定地点点头。

张际涛见孙金利已服软,就接着说:"孙副大队长,你的胆子也忒大了点。大白天,集上人又多,你竟然派你的勤务兵,穿着军装,明目张胆地到'东鲁客栈'去接货,你这不是自我暴露吗?"

孙金利吓傻了眼,只是用乞求的眼光看着张际涛。

魏玉德则进一步分析说:"这事已弄得沸沸扬扬,捂是捂不住了。天一亮就可能传到吕世隆和范筑先的耳朵里,到那时候,别说是我们,就是李树椿主任、王金祥参谋长也救不了你。"

孙金利越听越害怕,双膝下跪,瘫软在地上了,捣蒜似地"梆梆"磕头。嘴里哀求道:"张局长,魏书记长,两位老大哥,无论如何,要想法救小弟一命。孙金利知恩图报,给两位大哥做牛做马,我也心甘情愿。"

魏玉德和张际涛看着趴在地上磕头的孙金利,两人相互看了看,又会心地点点头,他们知道火候已到,应该趁热打铁了。于是,二人就把孙金利从地上拉起来,说:"孙副大队长,请坐下说话吧。"

孙金利虽然从地上爬起来,但始终没敢再入座。一副毕恭毕敬的样子,随时准备聆听二人的教诲。

魏玉德:"孙副大队长,我们知道你和王金祥参谋长是老乡亲戚,所以,有些事情也不想瞒着你。今天县政府会议后,李树椿主任、王金祥参谋长在下榻的房间严肃地对我们说,由于范筑先被共产党迷惑着,情况对我们很不利。虽经沈鸿烈主席和李树椿主任的努力,才强逼着免掉了几个共产党的县长,形势有了一定的好转。可我们莘县,却还在共产党吕世隆的控制之下,而他吕世隆还成了全聊城的抗日模范县长。为此,李主任、王参谋长要求我们莘县的国民党员及一切党政军的骨干力量,要严格自律,待时机成熟后,一定要把吕世隆等共党分子赶出莘县去。"

孙金利一听此言，以为不再追究他和"小旋风"贩毒的事了。于是，就讨好地说："二位大哥放心，要干掉吕世隆，这事就交给我吧。"

魏玉德不屑地看了一眼孙金利说："别着急，现在还不是时候。"冷冷地说："现在你需要干的是另外一件事。"

"行！"孙金利坚决地说："大哥叫我干啥，我就干啥。"

魏玉德对张际涛使了个眼色，张际涛也会意地一点头。然后，用不容置疑的口气对孙金利说："孙副大队长，你现在就去会见'小旋风'。"

孙金利诧异地问："现在黑天半夜的，去见她干啥？"

张际涛严肃地说："若是到了天亮，你和'小旋风'合伙贩毒的事就会传遍全城，就会传到范筑先和吕世隆的耳朵里，到那时……"

孙金利的腿又软了，呆楞着憨脸，眼巴巴地看着魏玉德和张际涛。

张际涛指着桌子上的案卷说："'小旋风'的口供笔录就在我手里，保证不会叫别人看见，这一点，你尽可以放心。"

孙金利茫然地问："我见到肖凤仙说什么？"

"说什么不重要。"魏玉德凶狠而不耐烦地把右手举起来说："关键是这个！"然后右手往下一劈，做了个抹脖子的架势。

"啊！"孙金利迷惘又惊恐地说："你们的意思是叫我把肖凤仙杀死？"

"嗯，聪明人！"魏玉德表情冷酷，眼睛鄙视着孙金利说："孙大队长，你是行武出身。像肖凤仙这种惹事生非的骚货，必须坚决除掉，以绝后患！"

张际涛见到孙金利态度不明朗就进一步的诱导说："孙副大队长为了玉德大哥和你我在莘县站稳脚跟，成就一番事业，对肖凤仙这种祸水女人，必须灭口！"

"噢！"孙金利指向不明的点点头，可并没有马上表态。经反复思考后，他确认魏玉德和张际涛二人心狠手辣，办事太绝情，想借机打压我这个外地人。他娘的！你们不叫我好过，我也不能叫你们安生。想到这儿，孙金利反倒平静了许多。于是就冷冷地说："杀'小旋风'的事，你们谁愿意干谁干，我反正不干！"孙金利一百八十度的大转弯，令魏玉德和张际涛手足无措，感到十分惊愕。

孙金利愤然地说："你们明知道肖凤仙是我的情人，不就二斤烟土，二十块袁大头嘛！就这点屁事威逼我去杀'小旋风'，置我于不仁不义之地，然后再把我除掉！试问你俩的情人手脚就干净吗？"孙金利越说越气愤："既然你们不仁，也别怪我姓孙的不义。我这就趁范专员在莘县视察之际，把你们阴谋挤走县长吕世隆，和勾结阳谷卞氏二兄弟赶走县长徐茂里的罪行都捅出去。要完蛋，咱们一块完蛋，要不然，你们现在就把我打死。"

事情闹到这一步，完全出于魏玉德意料之外。莘县自县长王嘉猷挟款潜逃后，孙金利趁着手里有枪，就成了莘县的老大。什么教育科长、公安局长、商会会长、国民党县党部书记长等，均没有放在眼里，一手遮天称霸全城。本想趁机教训他一下，可孙金利这小子却不吃这一套，如果硬碰硬的闹下去，万一被范筑先知道了，可就真要彻底完蛋了。魏玉德对张际涛一使眼神，就态度温和地说："孙副大队长，咱这不是商量吗？请息怒。这样处理毒贩'小旋风'，也是无奈之举。金利老弟如有更好的办法，咱们尽可商量吗！"

刚才还盛气凌人、颐指气使的魏玉德，显然是软下来了。孙金利心里不禁一阵窃喜，小眼一巴瞪，凑合在魏玉德、张际涛面前，三个人就诡秘的小声叽咕起来……

魏玉德抬起头来说："好！还是孙副大队长年轻，脑袋瓜好使，所说办法可行。趁着天黑夜静，你们就赶快行动吧！"

孙金利小眼珠子一转道："张局长得跟我一块去。"

"我！"张际涛："我去干什么？"

"你是公安局长吗。"孙金利斜了张际涛一眼。

魏玉德一点头说："张局长，你就跟孙大队长走一趟吧！"张际涛很不情愿，可又无法推辞，只好推开屋门和孙金利一块消失在黑夜中了。

七

已是下半夜了，西北风依然卷着零星的雪花，墙角和背风的门洞里已经有了白花花的积雪。觅食的狐狸突然从墙根溜出来，把低头行走的孙金利吓了一跳，猫头鹰的瘆人叫声，更增加了夜的恐怖。

监狱女犯人的号房里，煤油灯更加暗淡了，那如豆似的火苗飘飘摇摇，随时都有熄灭的危险。"小旋风"裹着小花棉袄，冻得翻来覆去的睡不着。此时，号房门"哗啦"一声被打开了，狱警喝斥道："肖金凤，快起来！"

"小旋风"有些不情愿地嘟哝道："刚才不是都交待了，怎么又提审哪？"

狱警并不答话，只是催她快走，来到刚才提审的地方，狱警把"小旋风"送进屋，然后关上门就走了。

"小旋风"来到审讯室，没敢抬头，就直接坐在墙旮旯儿的砖台上，低着头，准备回答问话。

坐在桌子后边的孙金利，看着"小旋风"狼狈的下贱样子，就觉得恶心、反感。往日的亲密感，早已荡然无存了。他觉得如今的"小旋风"，就是一个脓水外溢的麻风病人，避之犹恐不及。为了尽快结束这次不寻常的会见，他故作亲密而怜悯地说："砖台上太冷，快坐到炉子边上暖和暖和吧。"

"小旋风"听到这十分熟悉的声音，感到非常意外，立即抬起了头，见眼前真是老情人孙金利。先是惊喜，继而是恼怒。她迅速地从砖台上站起来，来到孙金利面前，抓住孙金利又摇又打，嘴里埋怨着说："你个没良心的，咋到这时候才来呀？"

孙金利只好耐心抚慰说："宝贝，我这不是来了吗！"

"小旋风"稍一冷静说："你平日不是吹嘘说，莘县这块地盘，只要有你在就不会出事吗？"

孙金利信口瞎编乱造地说："今天情况特殊，范筑先、李树椿来莘县视察，县里怕出漏子，才临时派了几个警察到旅馆里看看。吕世隆在县大队盯着，我没办法离开呀。"

"小旋风"撒娇道："你没办法离开，可警察都把我吓唬了一整天。"

孙金利顺势把"小旋风"搂在怀里，亲密地说："宝贝，我知道你受苦了。这不，我听说后就冒着风雪来了吗？"

"小旋风"噘着小嘴说："反正你真真假假的净糊弄我，你为啥不早来呀？"

孙金利：“这里是监狱，我也不能说来就来呀。咱干的这事总不能大张旗鼓啊！”

“小旋风”撇了撇嘴，一头扎进孙金利的怀里，说：“你总是常有理。”

孙金利小眼珠子转了转，又低头看了看怀中一头乱发的“小旋风”，既有些旧情难舍，又觉得怀里抱的就是一颗随时都可炸响的定时炸弹。此时，窗外传来一阵雄鸡"哏哏"的报晓声，马上就快天亮了。时间不允许他再犹豫，必须尽快地把怀中这条导火索掐断，否则会祸及自己，不然将悔之晚矣。想到这里，孙金利马上摇了摇怀中的"小旋风"说："哎！宝贝，天太冷，我给你弄了一瓶平时你最爱喝的宴宾老窖，还有两只刚出锅的热烧鸡，给你压压惊，驱驱寒。"

一天来，"小旋风"又渴、又饿、又冷、又怕。看着眼前的美酒佳肴，立即激活了她的馋虫酒瘾，撕下一条鸡腿放进嘴里，就大口嚼起来。

孙金利趁势把酒瓶抓在手里，说："天太冷，我把酒给你热一热再喝吧。"

"小旋风"边啃烧鸡边点头。

孙金利两手颤抖得厉害，先哆哆嗦嗦地斟满一茶杯酒，然后放在热水碗里温着。

"小旋风"吃着烧鸡问："这监狱里也准许喝酒哇！"

孙金利此时也没忘了吹嘘卖弄，说："我和公安局张局长是有八拜之交的铁哥们。别说是喝酒，就是在这里打麻将，也没有人敢管咱。"

"小旋风"高兴地吃着烧鸡说："既然有这种关系，为啥还不赶快把我放了？"

"这绝对没问题。"孙金利把热好的酒放在"小旋风"面前说："快趁热先把酒喝了，天一亮，我就叫人把你放出去。"

"小旋风"端起茶杯说："真的？"

"这还有假。"孙金利咬着牙说。

"好！""小旋风"高兴地说："你这个朋友算没白交。"举起茶杯一仰脖，一杯热酒就下了肚。

孙金利见"小旋风"一杯酒喝得一干二净，心里不禁一哆嗦说："好，还是这么爽快。"

"小旋风"大吃大喝了一阵，对孙金利说："今儿我受苦最多，这笔买卖的红利，可就全归我自己了。"

孙金利："没问题，今后所有红利都归你。"

"小旋风"突然有种不对劲的感觉说："哎！今儿这个酒，咋有点怪怪的味啊？"紧接着就感到天旋地转，之后，就抽搐着倒在桌子底下了。

此时孙金利表情复杂，既惊恐害怕，又有点于心不忍。呆愣了一阵后，就急忙弯腰去搀扶"小旋风"。

当孙金利确认"小旋风"迷糊到不省人事后，就开门向外一招手。进来几个黑衣人，就把"小旋风"迅速地弄到平板车上，悄悄地离开了监狱。

张际涛见孙金利已把事情办妥，二人就随即像幽灵一样，消失在无边的黑夜中了。

第十三章 | 夜半敲门张炳元识破美人计
多年夙愿李自贞竟梦想成真

一

李自贞早在寿张八乡师读书的时候,就认识了地下党员徐光霄,随之接触到新思想、新观念,读了些进步书刊。临毕业时,徐光霄再三动员她去延安深造,并给他的朋友彭雪枫写了封介绍信,要李自贞带在身上,嘱咐她只要到了延安,把信交给彭雪枫,工作、学习、生活等问题,就会得到很好的解决。

可家里人一听,刚毕业的女孩子,只身一人去延安,觉得简直不可思议。一是世道太乱,二是路途遥远,翻山越岭,人生地不熟,风险太大,坚决不同意,这事也就搁下了。可渴望去延安的愿望,却一直在李自贞的脑海里萦绕和闪现着。真是苍天不负有心人,而今,县长吕世隆亲自推荐她去延安深造,李自贞心中的惊喜和激动,自是不待言说。

一直风风火火忙于工作的李自贞,今儿却显得有些悠闲。她脚步缓慢地走在大街上,思绪万千:明天就要离开家乡,奔赴千里之外的延安了,这是自己盼望已久的愿望,既憧憬延安新的学习生活,又留恋生于斯长于斯的鲁西平原。家乡的一草一木,都那么的亲切可爱:眼前拔地接天的大雁塔,更显得神圣高大,似有佛光温暖着心田;每天都要经过多次的石牌坊,更加威严庄重,倍感亲切。

李自贞走在大街上,和每个熟悉的人都亲切地打着招呼。来到县政府大门口时,正碰上县农会主席王锡恩从西边走来,二人互致问候后,相伴着走进县政府。

通信班的王梦秋,年轻洒脱、机灵敏捷,很会看眼色行事,却也显露出刁钻、油滑的习性。他看见妇联副主任李自贞和农会主席王锡恩来了,就点头哈腰、热情地打招呼。

李自贞:"梦秋,吕县长在吗?"

王梦秋笑着往里一指说:"没看见他出门,一定在办公室。"

县长办公室里,吕世隆正神情专注、字斟句酌的伏案写信。两张信纸写完后,又认真地审视了一遍,才折叠起来塞进了一个公函信封里。

随着几下敲门声,王锡恩和李自贞出现在吕世隆面前。

吕世隆急忙起身相迎,热情地请二位落座后,就拿起那封刚写好的信函说:"李主任你来的正好,你去延安的介绍信和在莘县的工作鉴定,我已经写好了。"

李自贞立即站起来,双手接过信函,心里非常激动,一时竟不知说什么好。心头一热,眼里充满了高兴的泪水。

吕世隆见此情景，宽慰地说："李主任，你去延安学习，可是难得的大好事。这是你自己的光荣，也是咱莘县的光荣，我们应该高兴才是啊！"

"是啊，大家应该高兴。"王锡恩也附和着说。

李自贞急忙揾了揾潮湿的眼睛，笑着说："我是太高兴了，真不知道该怎样感谢组织和同志们，要没有领导的帮助，我也不会有今天的进步。说实话，我既愿意去延安学习，又不想离开你们。"说着，眼睛又湿润起来。

"是啊。"吕世隆很有感触地说："自贞同志，你朝气蓬勃、埋头苦干，把全县的妇女儿童工作搞得有声有色，在全专区被评为第一名，给莘县带来了光荣。说实话，我们也不想放你走啊！不过，到延安学习的机会难得，抗大毕业后，你可以申请回来，咱们还在一起工作嘛。"

李自贞深深地点点头。

"自贞同志，明天你就要离开莘县了，快回家好好准备一下，刘泮溪同志已为你找了一辆马车，明天早晨，我们大家一块去欢送你。"

李自贞和吕世隆、王锡恩握手后，就恋恋不舍地离开了县政府。

王锡恩目送李自贞走后，立即凑到吕世隆跟前，小声地说："有个情况，不知你知道不？"

"什么情况？"吕世隆急迫地问。

王锡恩："集上逮的那女毒贩子。"

"不是关押在监狱里吗？"吕世隆说。

王锡恩神秘而有把握地说："有人在聊城亲眼见过那个叫'小旋风'的女毒贩子！"

"有这种事！"吕世隆非常惊愕。

"千真万确。"王锡恩说："监狱里有一个自己人亲眼所见。"

"怎么回事？"吕世隆甚感意外。

"事情太蹊跷，一定有内鬼。"王锡恩说。

吕世隆表情凝重地点点头说："嗯，有这种可能。你通知白朴、张炳元、冯子华同志，咱们晚上开个县委会，分析一下形势，研究应对措施。"

"好吧。"王锡恩略沉思说："地点呢？"

吕世隆不加思索地说："就在我这个办公室。"

王锡恩一愣神说道："在你这屋里，行吗？"

"行！就在我办公室。"吕世隆说："我们都是县里的公职人员，没必要东藏西躲，在我这里会更安全些。"

王锡恩点点头，然后就离开了办公室。

看着王锡恩离开办公室，吕世隆心情更加沉重。他和张炳元、刘泮溪来到莘县虽然才几个月，却很快把各级政权建立起来，整顿了县大队，也建起了几个区小队。农会、民兵、妇联、学校等方面的工作也卓有成效，整个莘县被评为聊城的抗日模范县。可近期种种迹象显示，在表面平静的状态下，似乎有一股邪恶的暗流在涌动，可一时又没办法找到这股暗流的源头。

吕世隆在屋里来回走动，走到门口却突然停下来，推开一扇门，对着大门口的通信班喊道："小王，到我屋里来一趟。"

在通信班的门口，王梦秋正有意无意地观察着来往行人，忽然听到吕县长在叫他，就应声跑步来到办公室。

吕世隆看着的王梦秋说："梦秋，你到公安局去一趟，请张际涛局长马上到我办公室来一下。"

"是。"王梦秋立即向外走去。

吕世隆从抽屉里拿出记事本，一页一页的翻看着什么，之后又不断拿出笔来写着什么。

"报告！"王梦秋额头上浸着汗珠，气喘吁吁地又回到了办公室。

吕世隆抬起头，惊诧地注视着王梦秋。

王梦秋："报告吕县长，张际涛局长不在公安局。"

吕世隆："他到哪里去了？"

王梦秋："不知道。"

吕世隆闻听后眉头紧锁，表情肃穆，没再言语。

二

时近中午，穆九如已来到莘县北关外。抬头一看，城里的大雁塔已近在眼前，精神顿时为之一振，远行的疲劳也随之消失。他把肩上的行囊使劲拽了拽，就向城门走去。因是游走艺人，他对莘县城的街巷并不生疏。

穆九如进城后，拐弯抹角就到了文庙，文庙东边有一处很大的破院子，原是一座学校，因早已停办多年，院墙内房屋已是破败陈旧，但有的房子尚能遮风避雨。为培养抗日骨干力量，莘县的政训班就开设在这里。为方便工作，政训班主任张炳元，就住在靠院墙的一间小屋里。

穆九如驻足往院里看了看，听见一个大点的房子里有人在大声讲话。稍一思忖，就拐进了路南的虞家茶馆。

开茶馆的虞老头是个喜欢热闹、爱听书、好看戏的人，和游走卖艺的穆九如也是老熟人了，二人见面后，少不了寒暄一阵子。

穆九如要了碗白开水，从行囊里摸出一个高粱面窝窝头，吹了吹表层的尘土，就张嘴啃起来。

虞老头看穆九如喝白水啃凉窝头，就立即从灶台上端出一碟自己腌制的萝卜条，说："穆先生，如不嫌弃，就凑合着吃吧。"

穆九如也不客气，接过萝卜条，说了声"谢谢虞大哥。"

虞老头："穆先生，你可有些日子没到莘县来了，又往哪儿发财去了！"

穆九如喝了一口水道："虞老掌柜的见笑了，咱一个穷说书卖唱的，能混口饭吃就不错了，哪里还能发财！"

虞老头信服地点点头，似乎又想起了什么，就问："穆先生，你东奔西走，听得多，见得广，我向您打听个事。"

穆九如啃了口窝窝头问："说吧，啥事？只要我知道的。"

虞老头带着疑问的语气问道："听说冠县那边没土匪了？"

穆九如笑着说："噢！这个事倒是听说了。马颊河最大的土匪头子蓝春河的三千五百人，都叫范专员给收编了，成了抗日队伍，现被调到东阿守黄河渡口去了。"

"噢，是这样。"虞老头很舒心的样子。

"听说莘县这地面上也挺安定的？"穆九如问。

虞老头："唉！是啊，比以前强多了。自从姓吕的来当县长后，那些地痞恶霸就老实多了，土匪也不敢进城了，百姓们都挺高兴。不过，我看姓吕的在莘县也待不长。"

穆九如有些惊诧地问："为啥？"

"为啥？"虞老头："原先那些敲诈勒索欺压百姓的恶势力，对吕世隆县长恨之入骨，不断地给他出难题。吕世隆虽为县长，可他是个外乡人，单枪匹马，那能干得过这些地头蛇！"

穆九如听得十分认真，又问道："地头蛇再厉害，顶多心里生闷气，人家吕县长是上头任命的，他们能有啥办法？"

虞老头："穆先生你是不了解，吕世隆是上头任命的不假，可县大队、公安局、商会、教育科等，都是原班人马，听说有人还想把吕世隆撵走哩。"

穆九如心头一沉，凝神静思，嘴里还在慢慢地嚼着干窝窝头。

三

在一个空荡荡的教室里，桌椅早已不知去向。四十多个年轻的庄稼人都席地而坐，有的头上戴顶破毡帽，有的头上包一条白毛巾，身上的衣裳也都灰暗破烂。他们的精神却都很昂奋，听起课来十分认真。

县农会主席王锡恩、民运部长白朴也和学员一样，腚底下坐块砖头，既维持会场，又认真听课。教师出身的王锡恩，看着大家都已安静下来，说道："请大家注意，现在就请政训班张炳元主任讲话。"

张炳元是河北文安人，原就学于北平燕京大学新闻系，现暗里是中共莘县县委书记，明里任县政训班主任。

屋子里没有讲台，张炳元就靠墙根站着，手里拿着个小本子，来回的翻看。参加受训的学员们都好奇地把目光集中在张炳元脸上。

张炳元脸庞清秀、黑发浓密、慈眉善目，言行举止都透着斯文儒雅、平易近人、老成稳重。

张炳元合上手中的小本子，看着学员们笑了笑说："……过去，由于政府的软弱，外国人任意欺辱我们，称我们为'东亚病夫'，最可恨的是日本鬼子，近百年来夺走了我们的台湾省，又霸占了东三省，这一次鬼子的野心更大，想把我们整个中国都吞进去。为了不当亡国奴，我们所有中国人，要紧密地团结起来，誓死和日本鬼子血战到底。"

王锡恩看着学员们都很激愤，于是"忽"地一声站起身来，带头喊起了口号：

"打倒日本帝国主义！"

"誓死不当亡国奴！"

"把小日本赶出中国去！"

宏亮激昂的口号声,震荡着沉寂多年的大院子,街上的行人也都好奇地瞪大了眼睛,寻找着声音的来源。

口号声也传到了街对面的虞家茶馆,穆九如甚是振奋。

虞老头神秘地对穆九如说:"对面是县里办的训练班,说是为打鬼子栽培人材。"

穆九如高兴的点点头,往外一看,对面的训练班已经下课了,学员们也都向门外走去,穆九如心想,终于等到时候了。他立即把剩下的半碗水喝完,顺手把几个零钱放在虞老头的风箱上,背起行囊,和虞老头打了个招呼,就离开了茶馆。

张炳元送走了受训的民兵骨干,回到自己睡觉的那间小屋里,放下小本子,洗了洗手,就要出门去吃饭。刚来到大门口,正好和迎面进院的穆九如碰了个满怀,两人面对面的刚一愣神,穆九如笑着说:"张炳元主任,还认识我吗?"

张炳元稍作凝视说:"哟,还真想不起来了。"

穆九如看着左右没人,不等张炳元说完,就压低声音说:"张主任,有人托我给您捎了一封信。"

"噢!"张炳元立即有所会意,也小声说:"穆先生,请到屋里坐吧。"

两人回到屋里,穆九如就从衣缝里掏出来一张折叠的纸条说:"这是省委张霖芝和鲁西特委书记赵健民同志给您的信。"

张炳元立即展开纸条,一字一句地认真看起来。

穆九如见张炳元正在认真地看信,就顺便环视了一下这间老旧的黄土小屋。

墙根因为潮湿,在碱性的侵蚀下,已积淀了很多剥落下来的黄土。西北角靠墙是一张破旧的木条床,床上没有蓆,只铺着一层麦秸草,上边放着一床粗布的小被子。床头边有一个砖块垒成的小台子,台子上放着一盏煤油灯。窗上没有糊纸,只塞着两把谷杆草以挡风雪。两扇木板门,老旧得早已裂了缝。看到这苍凉的场景,穆九如心头很沉重。对这样的住所,自己这个游走艺人是很熟悉的,没想到共产党的县委书记也会住这样的房子。心头不禁一热,酸楚地微微摇了摇头。

张炳元看完信后,对穆九如说:"好,特委的指示太重要、太及时了。请穆先生转告张霖芝和赵健民同志,让他们放心,我们一定努力做好莘县的抗日工作。"

"好的。"穆九如看着寒酸的小屋问:"张主任,你就住在这里?"

"是啊,能遮风挡雨,就算不错了。"张炳元似突然想起来了什么似的说:"哎!天都晌午了,走,穆先生,咱们一块吃点饭去。"

穆九如笑着说:"刚才我已经吃过了。"

张炳元:"既如此,就请穆先生歇一歇吧。"

穆九如开心地苦笑着说:"嗨!我哪里有歇着的空啊!"说罢,就把行囊褡裢扛在了肩上。

四

冬天的夜晚,小县城冷冷清清,街上少有行人。偌大的县政府大院里黑黑沉沉的,只有吕世隆办公室里还亮着灯。吕世隆、张炳元、白朴、王锡恩、冯子华、刘泮溪等,正在研究近期的工作。

灯光下,吕世隆看了看笔记本,然后抬起头来说:"刚才大家谈到了农会、民兵、学校和宣传方面的一些情况,都取得了显著成绩,这是同志们努力的结果。但是,我们也应该清醒地看到,一些消极的、反面的敌对势力依然存在,甚至还比较嚣张。特别是范专员督办的贩毒案,监管部门的有些人阳奉阴违。先说女毒贩关押在监狱,我提出去监狱看一看,可又说女毒贩已服毒自杀。最近我们的人在聊城却亲眼看到了毒贩'小旋风'。对这个问题,我同意大家刚才的意见,在没弄清事情的来龙去脉之前,不要打草惊蛇,不要声张,更不能叫它干扰破坏我们的抗日宣传、组织工作。"

张炳元说:"我完全同意世隆同志刚才的意见。趁今天开会这个机会,我提一个有关个人的小问题。"

一向朴实无华、吃苦耐劳的张炳元突然提出个人问题,与会者都为之一惊。

"政训处那个地方我不想待了。"张炳元说。

勤勤恳恳、诚实厚道的张炳元,突然提出要离开政训处,大家都感到有些不解。

吕世隆惊讶地问:"离开政训处,为什么?"

张炳元温厚地笑笑说:"刚才我可能没说明白。我是说,我还在政训处工作,就是不想住在政训处了。"

吕世隆虽然明白了张炳元的意思,但还是追问说:"总要有些原因吧?今儿人多,你不妨说一说。"

张炳元有些腼腆地说:"白天政训处人来人往,倒没感到有什么不好。只是到了晚上,我一个人住在那个大破院子里,虽然不害怕什么妖魔鬼怪,却总有些不踏实。一开始,先是有人学夜猫子叫,嗷嗷地学鬼哭;到后来就有人往窗户和门口扔砖头。起初,我认为这可能是些顽皮孩子的恶作剧,根本就没当回事。可前天晚上发生的情况,却有些不可思议。我怀疑有什么政治因素,或有什么险恶阴谋。"

"啊!"所有人都瞪大了眼睛,感到很惊愕。

吕世隆看了看屋门口,然后压低声音说:"究竟发生了什么事,张主任,你慢慢的说说。"

"情况是这样的。"张炳元回忆着说……

夜色像一张无边无际的黑色幕布,严严实实地笼罩着这座鲁西小城。凛冽的西北风吹得树梢"呜呜"作响。大多商家都已早早地上板关门了,只有梯云楼酒家还亮着灯。

张炳元在西街和县农会的几个负责人研究完工作后,穿着那件又短又薄的小棉袄,缩肩抖膀地向政训处走去。经过梯云楼酒家的时候,门口有几个黑影正在盯着他,并远远地尾随其后。

张炳元来到大雁塔东边的十字路口,他警惕地向前后左右看了看,似乎连一个人影也没看见。然后,又独自向东走去,后边的黑影也像幽灵一样飘忽在其后。

政训处原来也是所学校,现已停办,如今是墙倒屋漏,残垣断壁。张炳元先关上了大门,来到自己住的那间屋子门口,伸手从门框上沿摸出钥匙,"哗啦"一声,打开了屋门。进屋后,回手把门栓插上,摸摸索索地点着了煤油灯。在昏暗灯光映照下,家徒四壁,屋子里空荡荡的,干冷冰凉,冻得张炳元睡觉也不敢脱棉袄。

张炳元前脚进了宿舍,后边的几个黑影也从墙豁口处翻进了院子,远远地躲在墙角。

其中一个黑影蹑手蹑脚地靠近了张炳元住的房子,停下脚步后先听了听动静,然后轻轻地敲了几下房门。

正要拉被子睡觉的张炳元听到敲门声后,立即警惕地坐起来,侧耳朵静听,门外静悄悄没任何声响。张炳元想,刚才的敲门声可能是自己听错了,这么冷的冬夜,谁会到这种破地方来敲门呢?想罢,就又安心地躺下了。刚躺下,门外就又响起了"当当"的敲门声。张炳元听得真真切切,心里不免有些惊怵。稍一定神,就迅速"噗"地一声把油灯吹灭了,屏住呼吸,从枕边摸出手枪,精神高度紧张地注视着门外。

门外又"当当当"地响了三下,紧接着就传来一个女人的声音:"张主任,开门吧。我听过你的讲话,我知道你是个好人,也是个外地人。天太冷,你穿的太单薄,又没个家,怪可怜的,我给你送来一床棉被,还买了一只热烧鸡,给你暖暖身子。俺可没别的意思,快开门吧,外边挺冷的。"

"我不冷,谢谢你的好意。你还是赶快回家吧。"屋里传出张炳元的声音。

听到张炳元和女人的搭话,隐藏在墙角的几个黑影,就悄悄地靠近了房门。

"张主任,你好狠的心啊。俺一个女人家,黑灯瞎火、半夜三更地来给您送被子,又给你买烧鸡,你连门都不开,这大冷的天,就忍心叫俺在外边挨冻啊!"

张炳元:"谢谢你,我这屋里比外边还冷哩。"

"张主任,你要不开门,我就冻死在你门口。"

"那就是你自己的事了。"张炳元已断定门外的女人居心不良,就毫不客气地说。

门外的几个人对着门口的女人指手画脚地比划了几下子,女人就气急败坏地拍打着门板说:"张炳元,你若痴迷不悟、不知好歹再不开门的话,我就叫人把你的屋门端开。"

只听屋里"哗啦"一响,是子弹上膛的声音。张炳元冷冷地说:"如果不怕死,谁敢端我的门,我就立即开枪。"

门外有个黑影把女人拉开,然后就要端门,却立即被另两个黑影抓住了。然后就叽里咕噜地往外走,嘴里还吵吵嚷嚷、骂骂咧咧。

张炳元确信那伙人已经离开政训处,就轻轻地把门闩抽开,手里握着枪,悄悄地走出屋门。

几个黑影沿原路翻墙走出政训处的大门后,往西一拐就放慢了脚步。有个公鸭嗓子的家伙说:"一脚把门端开,把张炳元那小子抓起来不就完了吗。"

"混蛋,局长不是叫咱抓贼,而是叫咱捉奸捉双,使吕世隆、张炳元这几个共产党分子,在莘县的威信扫地。"

"咱四五个人还抓不住个张炳元,有咱几个做人证,他有口也难辩。"

"张炳元手里有枪,咱别偷鸡不成蚀把米,别给局长捅娄子。"

"今儿算是白来一趟!"一个矮个子说。

"快走吧,来日方长。张炳元躲得过初一,他未必能躲过十五。"一个瘦高个说道。

那个女人说道:"还真没见过张炳元这样不沾荤腥的猫哩?"

几个黑影边说边往西走去……

王锡恩、白朴、刘泮溪听完之后,都面面相觑,感到事态严重。

王锡恩:"这绝非一般街滑子的恶作剧,很显然是有政治目的的栽赃、陷害。"

吕世隆心情深重地说："现在，莘县的抗日工作刚有些眉目，反动派顽固分子，就沉不住气了。我们还没和日本人打起来，而内斗却非常凶险。"

白朴："我也听人说，集上警察在'东鲁客栈'抓毒贩子时，有一个穿军装的人，从西边翻墙跑掉了。"

吕世隆："监狱里又传出信来说，女毒贩子在夜里自杀了，通过种种奇怪的现象和不可思议的蹊跷事情的发生，我也甚为怀疑，我们要提高警惕呀！"

白朴："还有人说'小旋风'没有死，在聊城有人亲眼见过她……"

此时，有人在外边"当当"地敲门，屋里人都瞪大了眼睛。此时来敲门，很是不寻常。

吕世隆警惕地盯着门口问："谁呀？"

"我，吕县长，我是通信班的小王。"

"进来吧。"吕世隆说。

推门进屋的是王梦秋，他提着一把大铁壶说："我是来给您添开水的。"说着就来到吕世隆桌前，拿掉竹皮暖壶上的软木塞子，就往暖瓶里哗哗地灌开水。

屋子里鸦雀无声，人们都把目光集中在王梦秋身上。

王梦秋倒完水，眼睛飞快地环视了一圈，然后看了看吕世隆。

吕世隆对王梦秋说："天不早了，水就不要再送了。"

王梦秋说声"是"，就立即走出了办公室，然后又回过头来，稳稳地把屋门关上。

王梦秋出去之后，张炳元问："刚才那个小战士……"

吕世隆："那天我到县大队去，副大队长孙金利，看我这里需要有个勤务兵，就把他送过来了。"吕世隆看了看大家说："其实我用不着勤务兵，退回去吧，又不好意思，我就把他放到门口通信班了。"

"噢！这个小青年我知道。"白朴说："他是咱县大队二中队长马成魁的外甥，这肯定是马成魁把他引荐到县大队的。"

吕世隆对近期发生的种种诡异情况，心里早已引起了高度警惕，觉得夜已很深，不宜再继续研究，就果断地说："安全第一。炳元同志立即从政训处搬出来，今晚就住在县政府农会办公室。现在就请王锡恩、白朴帮炳元同志把被子搬过来吧！"

"好！现在就去！"王锡恩、白朴、张炳元三人离开县政府，向政训处方向走去……

第十四章 | 狼狈为奸李树椿得意忘形
　　　　 | 忘乎所以齐子修自讨苦吃

一

"当！当！"下课铃声响过之后，在学生们的喧哗声中，青年教师蒋小亭从教室里走出来。

蒋小亭中等个头，白净红润的方正脸庞，黑发浓密显得朝气蓬勃。头戴一顶时兴的黑革中山帽，着一袭浅灰色的大褂，显得既传统，又有时代气息，这是当时进步青年的特有象征，给人以一种洒脱干练的感觉。

蒋小亭正要走进办公室，却见同事王兆元走来，好像有什么当紧的事要说，于是二人就一前一后来到办公室。还没等落座，王兆元就问："哎！有两件事你听说了不？"

"什么事啊？"蒋小亭把一个杯子递给王兆元。

王兆元近乎神秘地说："吕世隆县长想把你调到县大队当副大队长兼文书，可魏立德、刘玉珂等人，特别是孙金利坚决反对。吕县长为稳定大局，就把这事给搁下了，这事难道你不知道！"

"我什么都不知道。"蒋小亭惊讶地说："你是从哪儿听来的，这种没影的事可不能瞎胡说。"

"信不信由你，这事绝非空穴来风。"王兆元接着说："李自贞、裴新华被推荐到延安上抗大去了，这事你听说了不？"

"嗯！这事我倒是听说了。"蒋小亭点了点头。

"哎！小亭，你敢上延安去不？"王兆元问。

"当然敢去了！"蒋小亭说："这是大事，得听县领导的安排。"

屋门"吱呀"一响，老校长进来说："噢！这么巧啊，王老师也正好在这儿。刚才县政府通知下午三点，请你们二位到县政府办公室开会。"

"哦！什么会呀？"蒋小亭、王兆元同时问。

老校长慈祥的一笑："这我就不知道了，不过吕县长会把详细情况告知你们的。"

三个人会意的点头一笑。

县长办公室，吕世隆、张炳元、刘泮溪等，将人事调整的名单商讨完毕，勤务兵王梦秋就提着大铁壶进屋报告说："吕县长，北街蒋小亭和王兆元老师来了。"

"好!"吕世隆看着门口说:"快请他们进来。"

蒋小亭、王兆元刚进门,吕世隆就立即站起来,热情的与他们打招呼。稍一寒暄,蒋小亭并未落座,很有礼貌地问:"吕县长找我们来,有任务……"

吕世隆:"蒋老师别着急嘛,先坐下再说。"见蒋小亭和王兆元均已落座,才说道:"这一次啊,还真有一项新任务。"吕世隆接着说:"半年多来,你们为莘县的抗日宣传做了大量的工作。今后为使你们挑起更重的担子,县里决定你们二人到聊城政干校在职学习,时间六个月。结业后可回原单位,也可另行分配工作,你们看有什么意见吗?"

"没意见,服从县政府决定。"蒋小亭和王兆元异口同声地回答。

"好啊!"吕世隆说:"你们回去把学校的事跟李校长交代一下,回家准备一下换洗的衣服,后天报到,大后天开学。"

"是!"蒋小亭二人站起来,就准备离开吕世隆办公室,只见王兆元又回头问:"吕县长,我们能去延安抗大吗?"

"可以啊!"吕世隆说:"这要等到下一批了,咱县的李自贞、裴新华刚走了才三天。"

王兆元点点头,准备和蒋小亭一块离去。

张炳元已看透了两个年轻人的心思,就插话说:"年轻人要求进步、热爱学习是好事,能去延安上抗大固然好。可咱聊城已有'华北小延安'之称,咱们的政干校,也是培养抗日才俊的摇篮。校长是范筑先专员,副校长是知名教育家张郁光参议,教务长是知名文化界人士齐燕铭。教哲学理论的是任仲夷、教军事的是老红军袁仲贤、时事政治由张郁光参议兼任,这个教学班子可是挺棒的啊!"

张炳元这番话,让蒋小亭、王兆元都瞪大了眼睛。吕世隆说:"如果二位想去延安抗大深造,政干校结业后,还可以直接申请去延安。怎么样,二位还有什么想法吗?"

蒋小亭和王兆元相视一笑说:"没有了,我们这就回去,准备去聊城政干校。"

二

聊城城南靶场,周围几个路口都有战士站岗放哨,以警戒路人不得靠近。聊城青年抗日挺进大队,今天第一次进行实弹射击训练。

靶台右边临时放了两张长条桌,桌子后边坐着前来视察观摩的领导:有范筑先、张郁光、张维翰,何方也坐在边上。

范树民看着一切均准备就绪,就立即跑到队列前整队。他先吹了声哨子,然后大声喊道:"立正—向右看齐—向前看。"之后即转身跑到长条桌前,"咔嚓"立正站好,干净利索地行了个举手礼,报告道:"聊城青年抗日挺进大队,第一次实弹射击准备完毕,请首长指示。"

大家的目光都看着范筑先,范筑先满意的说:"开始吧!"

"是!"范树民敬礼后,立即向后转,跑步来到队列前命令道:"各小队按预先安排好的顺序,分好的靶台,各就各位,实弹射击开始。"

听到大队长的命令后,各小队长立即指挥自己的战士实施射击。只见靠近首长最近的一个班长站在队列前喊道:"耿大山。"

"到。"耿大山回答。

"出列。"班长命令道。

"是。"耿大山立即跨出一步,立正站好。

"上靶台,卧倒。"

耿大山迅速卧倒在靶台上。

靶台沙袋上放着一支汉阳造步枪,一个班只有一支枪。所以,全班战士只能轮流使用。

"装子弹!"班长喊道。

耿大山就迅速拉开枪栓,将三发子弹逐一压进弹仓里。

班长见耿大山一切均已准备妥当,就命令道:"开始射击。"

耿大山沉稳地将枪托抵在肩膀上,同时举枪瞄准,直指前方百米处的胸靶。只见目标通过标尺觇孔,准星尖直指靶心。确认已形成三点一线之后,耿大山屏住呼吸,轻轻地扣动了扳机。随着清脆的枪响,十几个靶位上立刻响起了此起彼伏的枪声。

指挥员不断地下着命令,报靶员举着小红旗,大声报告着子弹命中的环数。范筑先和张维翰等也观看得颇有兴趣,靶场上一派热火朝天的景象。

全体射击完毕后,长条桌后边所有坐着的人,脸上都露出了满意的笑容。

范筑先稳重地站起来,健步向前走去。他先审视了一下整齐的队列,然后立正站好,挺胸昂首、腰杆笔直,长长的苍鬓,在微风中轻轻飘动。举手投足,都显示出一位老将军的威严和军人风度。他大声地说道:"大家辛苦了。"

"长官辛苦!"战士们同声回答。

范筑先:"咱们聊城青年抗日挺进大队组建以来,今天是第一次实弹射击训练。从整体来看,成绩还算不错,但,每个人要成为一个优秀的百发百中的神枪手,还有很大距离。军队有一句老话,叫'操场多流汗,战场少流血'。只有掌握了熟练的军事技能,战场上才能多杀敌人。你们都年轻力壮,正是报效国家的大好时机……"

一匹快马正从官道上向西一拐,迅速地向靶场奔来。奔驰的战马搅动着靶场人们的视线。

通信班长下马后,立即向范筑先面前跑去,还没等开口,范筑先就问:"有情况?"

通信班长:"报告范司令,有一伙全副武装的军人,要强行闯进专署,声言一定要见到您。"

范筑先镇定地说:"这是些什么人,是几支队的?"

"不知道。"通信班长说:"警卫连的刘洪涛连长正在和他们交涉。"

"知道了。"范筑先没做过多的思考,就说:"走,咱们马上回去。"就和张郁光、张维翰、凌作善、肖守俭等跨上战马,一齐向聊城奔去。

三

一支拥有二十四挺轻机枪的队伍,走到光岳楼北往西一拐,就到了专署,不打任何招呼硬往里闯。两个哨兵见状,立即向前盘问阻拦,终因势单力薄,未能拦住,那些士兵就趁机进了大院,并把机枪都架在最显眼的地方。

哨兵感到事态严重,情急之下,拉响了值班室的警报器。

呜—呜—呜的警报声,使人心惊肉跳。专署大院里乱哄哄的,各科室的人不明就里,听到警报声就稀里糊涂地往外跑,相互打探着发生了什么事情。

警报声中,警卫连、通信排的全体官兵,都手持武器自动集合起来。

警卫连代理连长刘洪涛,听完哨兵简单的情况汇报,也弄不清这伙军人的来历,更不知道他们的隶属和番号以及闯进大院的目的。为防万一,他立即命令全体官兵子弹上膛。

刘洪涛整理好自己的队伍后,稍一思索,又立即吹响了哨子。待人们略微安静后,就大声地喊道:"请大家注意! 为保证安全,除警卫连和通信排的军人外,其他所有行政文职人员,一律回到自己的办公室,千万不要乱窜乱动。"

刘洪涛喊话后,大院里很快就安静了许多,双方军人也容易区别出来。刘洪涛勇敢地接近闯进大院的军人,清楚地看到进院的士兵们一脸茫然。肩上虽扛着机枪,却是一副无所适从的样子,也没有显露出什么恶意。看到这种情况,刘洪涛心里就有了底,他从兜里掏出哨子,使劲地吹了两声,场面就静下来了。他大声地喊道:"弟兄们,你们是什么队伍,什么番号,到专署想干什么? 请你们的长官出来讲话。"

齐子修扒拉开前边的士兵,大大咧咧地来到队列前,轻慢地问刘洪涛:"你是干什么的? "

"我叫刘洪涛,是鲁西抗日游击大队司令部警卫连的代理连长。"

齐子修甚是不屑地说:"刘洪涛,代理连长。"

刘洪涛正气凛然地追问道:"你是什么人? 为什么私闯专署? "

齐子修:"我是什么人? 我是鲁西抗日游击大队三支队的齐子修齐司令官。"

刘洪涛:"什么七司令官、八司令官的,你为什么带着全副武装的人员胡乱闯? "

齐子修此时似乎已意识到自己的行为有些过分,于是,就耍着无赖腔调说:"你一个小小的代理连长,我给你说不着。"

专署大门口,各直属营连的官兵闻讯后,都全副武装地跑步来支援,一时间,大院里全是军人,他们占据了有利的地形、地物,封锁了所有的拐角和道口。

齐子修看到大院里到处都是兵,形势相当严峻,气氛非常紧张,就立即乱了方寸,一时竟不知如何处置才好。

刘洪涛知道兄弟连队已来支援,心里就更踏实了。于是就对龟缩在大院东北角的士兵们喊话:"弟兄们,无论你们是什么队伍,也无论你们的目的如何,现在,我命令你们,要立即放下手中的武器。"

听到刘洪涛的命令后,士兵们那呆滞的目光都一齐投向齐子修。

齐子修不但没让士兵们放下枪支,而且还大声地质问刘洪涛:"你算老几,敢下这样的命令。告诉你这个代理连长,在这个大院里,除非范筑先司令下命令,否则任何人瞎嚷嚷都是废话。"

正在刘洪涛和齐子修僵持不下的时候,人们"呼啦"一下子,都把目光转向了大门口。

范筑先、张郁光、张维翰、凌作善、肖守俭等通过大门口,正急速地向大院里走来。

刘洪涛见范筑先来了,就立即跑过去,先打了个敬礼,然后又很快地耳语了几句。

范筑先在刘洪涛、凌作善、张郁光等人的簇拥下,正颜厉色地向齐子修走去。

齐子修见范筑先正气逼人地向他走来,就觉得面前是座大山,压得他喘不过气来。虽有些心慌意乱,却并没忘了向范筑先立正敬礼。

范筑先不动声色,却极为严厉地说:"齐子修。"

"到。"齐子修立正回答。

范筑先:"叫你手下的人,全部把枪放下。"

"是。"齐子修回答后,立即向后转,面向队列喊道:"枪全部放下。"

跟随他来的士兵们听到齐子修的口令后,立即将手中的武器就地放下。总计有二十四挺轻机枪,以及三十多支中正式新步枪。

齐子修转过身来说:"报告范司令,战士们手中的武器全部放下了。"

范筑先:"不对,还有人没放下。"

齐子修又看了看队伍,点了点人数,有些迷茫不解地说:"报告范司令,所有枪支都放下了。"

范筑先:"齐子修,你腰里别的是什么?"

齐子修:"范司令,这是我的手枪。"

范筑先声音不大,却不容置疑地说:"放下!"

齐子修呆愣愣地看着范筑先,也只好解开皮带,乖乖地把手枪连套一块放在地上。然后还拍了拍手,表示已经把枪放下了。

范筑先:"把怀里的小手枪也拿出来。"

齐子修知道隐瞒不住,无可奈何,将怀里揣的一把小撸子掏出来了。

此时,范筑先大喊一声:"来人! 把齐子修捆起来。"

范筑先的话音刚落,刘洪涛随即一挥手,就有四五个彪悍的战士扑上去,七手八脚,就把齐子修绑了个结结实实。

齐子修根本没想到有此结果,就急忙求饶说:"范司令,子修可没别的意思,我是来向您汇报工作的。再就是将得到的二十四挺轻机枪带来,想给您老人家一个惊喜⋯⋯"

范筑先根本没理会齐子修的哀求,而是对刘洪涛下令道:"先打齐子修二十军棍,然后交军法处审理。"说完转身就走了。

听到范筑先的命令后,执法队的几个战士立即将齐子修摁倒,然后就"噼里啪啦"狠狠地打起来,直打得齐子修在地上翻来滚去,喊爹叫娘地求饶。

四

寒鸦归巢,暮色已至。

老县衙门口,濮城县政府的木牌子,影影绰绰,渐渐地被暮色吞没了。

一辆黑色小汽车径直开进了县政府,哨兵急忙立正行礼,目视着小车,拐到最后一个小院的圈门前,司机熟练地停了车。车门开启,第一个跳下车的是时任濮城县长的姜洪源,第二个下车的是王金祥,最后从车里钻出来的是李树椿。三个人进院后,立即向客厅走去。

客厅里吊着已点燃的两盏煤油罩子灯,显得宽敞明亮,且又感到暖融融的。县政府的夏秘书戴着一副近视镜,正在忙忙碌碌地指挥着勤务兵沏茶倒水,以迎接主人的到来。

李树椿三个人高高兴兴地进屋后,先是摘帽脱衣,由夏秘书和勤务兵接过来,小心谨慎地挂在衣架上,夏秘书招呼三位长官坐下来。姜洪源见勤务兵已出去,就抑制不住兴奋地说:"今天去濮阳收获太大了,没想到丁树本专员会这么支持我们。"

李树椿微微一笑："都是国民政府任命的官员,目标是一致的。丁专员当然要从党国的大局出发,和我们联合一块抑共、逐共,这对濮阳和他们本人也是有好处的。"

王金祥不失时机地献媚说："今天这事,要不是李主任亲自出马,丁树本也不会答应的这么痛快。"

"是,是!"姜洪源极力附和着。

李树椿志得意满,神采飞扬地对姜洪源说："洪源呐,丁树本答应五天之内,把冀镇国的十三支队从清丰瓦屋头、陆塔等地赶出去。那么,如何把十三支队的军权从共产党手里弄过来,这就要看你的了。"

姜洪源盛气凌人、不可一世地说："请李主任放心,一个月之内,我会叫冀镇国把十三支队的司令,乖乖地让给我。"

李树椿说："冀镇国来自西北军,又在省政府当过多年的高级参议,此人是有些谋略的。况且,他就是濮城本地人,同学、老师、亲戚朋友一定少不了。你万不可小觑冀镇国,必须谨慎行事。"

王金祥："光一个冀镇国,也倒好办。张郁光、张维翰把汪毅、王青云这两个共党分子安插在十三支队,分别任副司令和政治部主任,这就十分棘手了。"

姜洪源刚愎自用地说："汪毅、王青云都是外乡人,必要的话,就先干掉他们。"

王金祥："如果真能把十三支队的大权弄到咱们手里,东北角的高唐、清平有齐子修,西南角的濮城、观城有你姜洪源,这今后的事情就好办多了。"

李树椿："齐子修可靠吗?"

王金祥："我亲自和齐子修谈过几次,关键的时候,他会听从我们的。"

李树椿满意的点点头说："这就好。"

姜洪源亲自提壶为李树椿、王金祥斟上茶水说："李主任,王参谋长,关于十三支队的事,咱已研究多次了,我一定按照两位长官的指示,坚决完成任务。您二位难得同时来濮城一趟,今儿一大早我就叫人把本城最有名的两个厨师安排好了,请二位长官品尝一下濮城的美食。"姜洪源回头一看,见夏秘书拿着茶叶盒正准备换新茶,他愣了一下愣神,然后就说："夏秘书,你去看一下,酒菜准备得如何了?"夏秘书说了声"是",就向外走去。李树椿心情很好,他不以为然地说："这么偏僻的小县城还能有名厨师?"

姜洪源讨好地说道："李主任,可别瞧不起濮城这个小地方。厨师梁海山、翁富芝的手艺,可是远近闻名的。即使临近的开州、清丰,若是上边来了大员,他们二位也会被请去做菜。"

李树椿："好啊!没想到今儿还有如此口福。"

勤务兵捧上来两个精致的景阳冈小酒坛,轻轻地放在靠墙的小桌上。

姜洪源眉飞色舞地说："今天,咱就大胆地放松一下,痛痛快快地喝他个一醉方休。"

王金祥瞪了姜洪源一眼说："别忘乎所以,隔墙有耳,也要注意影响。"

姜洪源毫不在乎地说："濮城离聊城二百多里地,天高皇帝远,谁还能跑到聊城给范老头子报信去?"

李树椿："也好,今天咱就无拘无束地喝一回。"

此时,夏秘书进来说："姜县长,一切都准备好了。"

姜洪源高兴地大声喊道："上菜！"

五

煤油罩子灯下，范筑先披着军大衣、戴着老花眼镜，正在审批文件。此时，门外有人喊报告，范筑先抬起头来问："谁呀？"

"我，刘洪涛。"

"进来吧。"

刘洪涛拿着一份笔录推门而入。

"审完了？"范筑先问。

"审完了。"刘洪涛边说边把笔录呈递给范筑先。

范筑先认真地看着笔录，不断地点点头又摇摇头，然后问刘洪涛："齐子修现在什么地方？"

"还在军法处的审讯室里。"刘洪涛回答。

范筑先表情复杂而深沉地说："天太冷，赶快叫厨房给他做点热乎饭吃，然后，叫他到招待室里住下。"

刘洪涛："齐子修不吃不喝，再三要求要见您一面。"

范筑先略一沉思说道："好，就叫他来吧。"

"范司令，天不早了。"刘洪涛提醒说。

范筑先一摆手说："去吧，把他叫来。"

刘洪涛出去不一会儿，警卫连的两个战士就架着浑身是土、狼狈不堪的齐子修来到了范筑先门口。齐子修规规矩矩地站在门外，有气无力地喊了声"报告"。

凌作善刚把门拉开，齐子修就趔趔趄趄地走进来，见到范筑先后，啥也不说就趴在地上，失声痛哭起来。那哭声似乎含着他的悔恨、委屈和自责。

范筑先示意刘洪涛、凌作善把齐子修拉起来。这一拉，齐子修反而哭得更厉害了。

齐子修的哭声终于小了，凌作善把齐子修搀扶在椅子上坐下。他情绪虽然稳定了些，却低着头，不再言语。

"齐子修。"范筑先问道。

"到。"齐子修挣扎着想站起来。

范筑先摆了摆手："别动了，坐下吧。"

"是。"齐子修立即坐下。

"感到委屈吗？"范筑先问。

"不委屈。"齐子修答。

"知罪吗？"

"知罪！"

"该挨打吗？"

"该挨打。"齐子修心悦诚服地说。

"好！知罪、认罪就好。"范筑先语重心长且诚恳关切地说："子修哇！你也是扛了十几年枪的人，你真是聪明一世、糊涂一时啊。如今是战乱时期，事前没有任何申报和请示，

151

甚至连个招呼也不打,就带着一连人,扛着二十四挺轻机枪,闯进专署司令部驻地。这是什么性质的问题? 说你夺权、谋反、哗变,一点都不冤枉。"

齐子修低着头,悔恨地直点头。

范筑先:"子修,你想一想,军队有明确规定。平时,一个班的兵力调动,要有上一级的参谋长批准;而一个排的兵力调动,要有上一级司令官的手谕。而你,你竟敢带着一个加强连,明目张胆地乱闯司令部,胆子也忒大了吧。这里是专署,是鲁西最高军事指挥机关。不是小孩子过家家、捉迷藏、随便胡闹的地方。"

齐子修一脸悔恨:"范司令,我齐子修是真的昏了头。只想着把收缴的机枪拿给您看一看,让您高兴高兴。谁知头脑一懵,就忘乎所以了,现在我才明白什么叫悔之晚矣。"

范筑先:"是不是还想借机狡辩啊?"

齐子修:"范司令,子修自被您收留后,我是千分之千、万分之万地服了您。我把您看成是我的再生父母,您是西天如来佛,我就是个小猢狲。"

范筑先严厉地说:"齐子修,不准瞎胡扯,如没什么事就到伙房吃点热饭,回招待室休息去吧。"

齐子修:"范司令,平时没机会,今儿您得叫我把话说完。"齐子修见范筑先没再言语,就继续说:"自国军大举南撤,您老留在黄河北边抗日,我想您就是当今的岳飞、岳鹏举⋯⋯"

范筑先:"齐子修,你再胡诌八扯的给我戴高帽,我还要叫人狠狠打你。"

"范司令,您就是再打,我也得说。"齐子修瞪巴着小眼,显出一副无比虔诚的样子。声音颤抖着,又似抛心亮肚地说:"范司令,您一向老诚厚道,不图虚名,这无须我再去夸您,可我今天要说的是机密,您必须⋯⋯"

范筑先见齐子修欲说又止的样子,就示意刘洪涛、凌作善等人暂时出去回避。

齐子修见屋里没有别的人了,就压低声音说:"范司令,三天前,有三个神神秘秘的人物到清平去找我,来人自称是省政府的人。"

"噢!"范筑先平静地问:"是省政府的人?"

"是啊。"齐子修加重了语气:"他们是从曹县过来的,受沈鸿烈主席委托,亲自找我谈话。"

范筑先轻轻地点点头。

齐子修知道引起了范筑先的注意,于是就更加神秘地说:"他们说只要我带着三支队的全班人马渡过黄河,到曹县听从沈鸿烈的调遣,就立即将三支队升格为正师级单位,并给五千块大洋、三百支快枪、一万发子弹。其他一切,均和吴化文的手枪师一样待遇。"

范筑先听了齐子修的一番话,表面上很平静,心里却觉得不是滋味。他意识到齐子修的话,不可能是空穴来风,但也不会这么简单。于是,就笑着说:"好啊! 平步青云,齐司令,我范某祝你高升。"

齐子修摇头摆手,甚是尴尬地说:"不,不,范司令,你可别误会,我真要上了他们的钩,子修再傻,也不会向你汇报啊!"

范筑先严肃地说:"这件事,都有谁知道?"

齐子修郑重地回答:"这件事,除了我,就是你,只有咱俩知道。"

范筑先："齐司令,你能坦白地把这事告诉我,这是对我的信任。可面对一个人的发展和升迁,我范某是绝不会阻拦的。"

齐子修快速地瞟了一眼正气凛然的范筑先,进一步表白说:"范司令,你放心,别说他们给我个师长,就是给我个军长,我齐子修也不会离开您。"

范筑先上前几步拉着齐子修的手说:"齐司令,谢谢你对我的信任。"

第十五章　姜洪源夺兵权急不可耐
　　　　　　冀镇国探底细引蛇出洞

一

　　金堤河北岸的古云集,地处三省(河南省、山东省、河北省)、五县(观城县、濮城县、清丰县、鄄城县、范县)的边沿地带,聊城鲁西抗日游击大队的十三支队司令部就驻扎在这里。

　　半年前,冀镇国带着范筑先颁发的十三支队司令的委任状,两手空空地来到古云集。以组织和个人的影响力,收编了几个县的民团和一些散兵游勇,从上任时的光杆司令,现已发展到三千五百多人的抗日队伍。其中青年学生兵一千多人,地方民团武装一千多人,可马上能拉出去打仗的也就是三百来人。这支队伍极大地振奋了当地民众的抗日精神,鼓舞了斗志,老百姓觉得这是自己的队伍,心里就有了依靠。

　　古云集北有处古庙院,当地人称其为"铁庙。"以前年轻人曾在这里习武练功,如今是十三支队的司令部。

　　司令部里,冀镇国和政治部主任汪毅,表情都很凝重、肃穆。汪毅向冀镇国汇报说:"三天内,有六个大队报告说,队伍的粮食供给出现了问题,其中有两个大队情况紧急,如不采取措施,明后天就可能断炊。"

　　冀镇国:"咱们和县、区政府不是有协议吗？"

　　汪毅:"后勤部门的人曾到区公所去催要粮食,区公所的人搪塞说县里的军粮指标已经用完了。"

　　冀镇国沉思着,两手下意识地翻弄着桌子上的一个公函信封,然后说:"汪主任,这几天突然一齐出现粮食问题,你认为……"

　　汪毅:"以前,张树礼任濮城、观城两县县长时,从未出现过队伍缺粮的问题。而姜洪源任职不到三个月,就出现断粮的危机,这难道不值得深思吗？根据掌握的消息说,王金祥、李树椿和姜洪源近日去濮阳,他们和丁树本联手,准备逼走我十三支队,甚至要吞并我们。"

　　"好！你我所见略同。"冀镇国掏出怀表看了看说:"王青云副司令快该来了吧？"

　　汪毅:"快来了。"

　　原野里,一匹战马正在飞奔,由远渐近,很快就踏过了徒骇河上一座陈旧的小木桥。骑在马上的王青云,不断地挥动手臂,催促战马,向古云集北的铁庙奔去。

司令部里，冀镇国又看了看怀表。汪毅则来回地走动着，两个人都很焦急。此时，大门口传来几声战马"咴咴"的嘶鸣声。二人抬头向外一看，见副司令王青云已滚鞍下马，匆匆地向院里走来。

三人亲热地握手后，王青云就急切地问："冀司令，有紧急任务？"

冀镇国："别着急，先坐下来再说。"

王青云接过勤务兵递过来的一杯水，然后坐在椅子上。

"好，现在咱们就开会吧，"冀镇国见秘书、勤务兵都已出去，就接着说道："我们预料的情况，现在终于发生了。昨天夜里，濮城内线送来的情报说，李树椿、王金祥、姜洪源开车蹿到了河北，和濮阳专员丁树本秘谈后，制定了一个恶毒计划。丁树本负责把驻扎在清丰、濮阳边界上的我十三支队的五个大队，七天内全部赶到山东境内，然后由姜洪源、王金祥再把我们搞垮。"

王青云愤慨地说："他娘的，这帮人也忒歹毒了，欺人太甚，咱得去范司令那儿告他们去。"

冀镇国摇摇头说："王副司令，之所以把你紧急叫来，就是要详细研究一下，做出稳妥的应对措施。切不可盲目行动，既不能授人以柄，又要防备落入他们的圈套。"

王青云意识到刚才说的话欠思考，所以平静地点点头，表示认同。

冀镇国深沉严肃地说："面对当前出现的新情况，我想咱们三个人要分头去处理。"

冀镇国目光注视着王青云说："散会后，王副司令要马上回到河西，时刻关注濮阳丁树本的动向，现在我们还不能和他硬碰硬，赶在他们行动之前，要保证把我们五个大队的一千多名官兵，安全、完整地撤到河东来。"

王青云立即站起来说："是。"

冀镇国又对汪毅说："汪主任，你把最近所发生的情况详细整理一下，亲自到聊城向范筑先司令和张郁光参议汇报，看看他们有什么见解和指示。"

"是。"汪毅起身回答。

冀镇国拿起桌子上那个信封说："姜洪源来濮城上任后，曾三次送来了请柬。也好，我正想见见他，观察一下他到底有何企图？我准备近日就去濮城。"

汪毅："姜洪源既有了搞垮我们十三支队的计划，此时请冀司令去濮城，他可能又在要什么阴谋伎俩吧。"

王青云担心地说："我看不能去，姜洪源那小子，万一……"

冀镇国说："上个月在聊城开会，姜洪源就和我套近乎，硬把我拉到三德元饭庄，装出一副毕恭毕敬的样子，称我为大哥，说十三支队离濮城近，咱可要联起手来。一定叫我到濮城去，说请我喝一壶。"冀镇国哈哈笑着说："放心吧，现在姜洪源绝对不敢把我怎么样，如果我不去的话，倒会真的引起他的多心和猜疑。"

二

两匹战马从黄河北岸的金堤下来，顺着黄土大道就一直颠颠地向南走去。当他们来到濮城北门外时，冀镇国首先下了马，警卫连长武广兴也随即跳下马来。

冀镇国驻足站立，久久地仰视着写有"濮城"二字的城门楼。一时间感慨良多，思绪万千。他轻轻地说了声："濮城,故乡,镇国回来了。"

武广兴问："冀司令,多少年没回家乡了?"

冀镇国："最后一次离开濮城,现在算来也有十三个年头了。"说完之后,不禁唏嘘长叹一番。

"等消灭了日本鬼子,下决心要在家乡多住些天。"冀镇国拍了拍马鞍子说:"走,咱们进城吧。"于是,二人牵着马,钻过城门洞,很快就来到了县政府大门外。

濮城具政府门口,有哨兵持枪站岗。警卫连长武广兴上前和哨兵交涉后,值班哨长说:"请你们稍候,我马上进去禀报。"说完转身就走进了大院。

姜洪源办公室,桌椅、书架、茶几等用具,一律古香古色,高贵雅致,处处都彰显着主人的奢华作派。

姜洪源一本正经地坐在太师椅上,夏秘书拿着两份材料向姜洪源汇报说:"鄄城保安大队和观城保安大队新招募的兵员已经到位,只是枪械不足,他们要求尽快下发武器。"

姜洪源冷冷地"嗯"了一声,然后问站在一边的保安大队长亢保来说:"亢大队长,十三支队有什么动静吗?"

亢保来说:"侦查员天天都去打听,没发现十三支队有什么反常举动。"

姜洪源点着一支香烟,深深地吸了一口,慢慢地喷吐着烟圈,似有疑虑地自言自语:"七八个中队已断粮好几天了,冀镇国这个老家伙,还真能沉得住气呀!"

亢保来:"断粮难不住冀镇国,他是本地人,关系很广。还有,以古云徐庄为首的几个村子,自动向十三支队献粮食……"

此时,门外有人喊"报告。"

姜洪源又吸了两口烟才说:"进来吧。"

哨长推门进来,立正敬礼道:"报告姜县长,大门外有人找。"

"什么人?"姜洪源问。

"来人说叫冀镇国。"哨长回答。

"什么?冀镇国!"姜洪源有些意外地问:"来了几个人?"

"两个人。"

"穿什么衣服?"

"穿灰色军装,冀镇国佩戴上校军衔。"

姜洪源表情复杂地说:"他娘的,山东地邪——说谁谁来。说曹操,曹操就到了。"

哨长:"姜县长,您要不要见他?"

"当然要见!"姜洪源亢奋地说。

"我去把他叫来。"哨长说着就往外走。

"慢!"姜洪源转了转眼珠子说:"我要亲自到大门口迎接。"

"啊!您亲自到门口迎接他?"夏秘书和哨长都有些意外。他们知道,除王金祥、李树椿之外,姜洪源从来没到大门口迎接过客人。

"对!"姜洪源说:"你们先走一步,我稍后就到。"

姜洪源见其他人都已出去,稳了稳神,就把亢保来叫到跟前说:"亢大队长,要多长几个心眼。"

"是！"亢保来愣了愣神说："是不是要把冀镇国抓起来？"

"不要想得太多。"姜洪源说："随时听从命令吧。"

"是。"亢保来立即走出办公室。

姜洪源转身来到一个大穿衣镜前，拿起一把小梳子，细心地拢了拢头发。对着镜子反复自我欣赏那张目空一切、桀骜骄横的脸。然后，双手紧了紧风纪扣，戴上军帽，洋洋自得地走出了办公室。

冀镇国和武广兴长时间地被冷落在县政府大门外，显得尴尬而无奈，无所事事地来回走动着。武广兴年轻气盛，脸上显露出愠怒和愤慨。饱经沧桑的冀镇国，对世态炎凉、人情冷暖，早已是见怪不怪了，虽然内心波涛翻滚，脸上却平静淡然。

随着一阵"嘎嘎"的皮鞋声，姜洪源在亢保来、夏秘书和哨兵的簇拥下，傲气十足地来到县政府大门外。

冀镇国在听到皮鞋的响声时，就意识到是姜洪源来了，却浑然不去理会，仍在悠闲地观望着街上的行人。

姜洪源只好趋前几步，热情地喊道："冀司令。"

听到姜洪源的喊声，冀镇国转过身来，两个人热情地握手寒暄。姜洪源郑重其事地说："冀司令驾到，洪源有失远迎，请冀司令海涵。"

"姜县长，你我之间，乃是老相识，何必过分客气。"冀镇国回应着。

姜洪源陪着冀镇国边往里走边说："小弟洪源自来濮城上任后，就想到古云拜见冀司令。可县里杂务太多，政界、军务、民事都要管，整日忙忙碌碌，实在分身乏术啊。"

冀镇国："姜县长年富力强，天资过人，治理濮、鄄、观这三个区区小县，对老弟来说，还不是轻而易举的小事一桩吗？"

一行来到办公室门口，姜洪源看着武广兴对夏秘书说："夏秘书，请带这位兄弟到你屋里喝茶去吧。"

夏秘书就招呼武广兴。

武广兴一看要和冀司令分开，难免有些担心，就着急地看了冀镇国一眼。

冀镇国心里非常明白，说："武连长，你去吧，我和姜县长也好清静地叙谈叙谈。"

武广兴随夏秘书走后，姜洪源和冀镇国也到客厅落了座。勤务兵上茶之后，姜洪源故作谦卑地说："冀司令，无论资历和年龄，您都是我的老前辈。今天您光临濮城，洪源甚感荣幸，务必请老前辈对我的工作多多帮助指导哇！"

冀镇国从容地："姜县长何必过谦，自你主政濮城、鄄城以来，无论政务、军务都搞得风生水起，发展很快，这是有目共睹的。此次镇国到濮城来，一是向你学习，再就是有求于你。"

姜洪源："学习谈不上，不过，有什么事需要我办的，洪源将竭尽全力。"

冀镇国："好吧。鲁西抗日游击大队旗下，共有三十五个支队，我带领的十三支队，大部分驻在濮城、观城地盘上。按照范筑先总司令的指示，我十三支队的粮饷，可都归姜县长您操持啊。"

姜洪源不动声色地点头称："是啊。"

"最近我不少连队告急说，队伍已无米下锅了。"冀镇国肃穆着急地说："队伍没有粮米，军心自然不稳。镇国此来濮城，就是请姜县长知会下属区、乡，按照预先规定，给队伍……"

姜洪源耐住性子说："队伍缺粮的事，洪源确实不知。不过，请冀司令放心，我马上通知各区乡，要他们保障部队的供应。"

"好！"冀镇国高兴地说："姜县长真乃干练之人，办事快捷利索。队伍有了粮食，镇国也会少些忧虑。"

姜洪源："冀司令为抗日救国，尽心尽力地不辞劳苦，实为洪源学习的楷模啊！"

冀镇国："楷模不敢当，为了抗日，镇国就是搭上这条老命，也绝对在所不惜。"

姜洪源眼皮一眨巴，讨好的说："冀司令，您可一点也不见老啊！"

冀镇国："怎么能不老呢，我已五十有三，可谓垂垂老也！要不是范司令硬叫我拉队伍，我也不会操心费力，做难发愁了。"

姜洪源听冀镇国话里有些忧怨，就趁机说："冀司令，我若是您这般年纪，定要解甲归田，安安稳稳地过着含饴弄孙、颐养天年的好日子，这岂不是人生一大快事。"

"我何尝不想如此，可眼下军务缠身，我哪能离得开呀！"冀镇国别有含意地说："若是上峰派年轻的人接替我，我会马上撒手，也落得个清静。"

"啊，是啊！"姜洪源见冀镇国如此说，竟有些馋涎欲滴了，他贪婪地说："冀司令，不怕您笑话，也不是洪源吹大话，现在我虽掌控着濮城、鄄城、观城三个县，若再给我个两团三营的队伍，洪源照样能玩得团团转。"姜洪源进一步恬不知耻地说："如冀司令愿意，洪源情愿兼管着你的十三支队，什么粮饷弹械，您老再也不用发愁了。"

"若真能如此，当然是桩好事。"冀镇国稍有难色地说："此事虽好，你我却都没权私下成交。再说了，如果没有上峰的命令，我可不敢随便把队伍交给你，即使我敢交给你，可你老弟也不敢要哇，我的姜老弟。"

姜洪源忘乎所以地说："冀老，这事只要您同意，就算成功了！"

"啊！"冀镇国惊讶地说："那上边……？"

"上边没问题。"姜洪源轻狂地说："王金祥参谋长、李树椿主任，就连省主席沈鸿烈，也会坚决支持的。"

"想不到姜老弟有这么好的人缘啊！"冀镇国故作惊喜地说："哎！我说姜老弟呀，沈鸿烈、李树椿、王金祥虽都是咱的上司，而我这个司令，可是范筑先任命的呀。我要把十三支队的司令让给你，总得叫范司令说句话吧。"

"是啊，是应该叫范司令说句话。"姜洪源忿忿地说："范老头已经老糊涂了，颠三倒四不知道好歹，我对他早就有看法了。"

"这话从何说起？"冀镇国惊异地看着姜洪源说："令尊大人和范司令不是世交吗？"

"那管个屁用！"姜洪源气恼地说："我在他眼里尿泥不如。我到濮、鄄、观来上任，全是王金祥参谋长、李树椿主任力挺的结果。"

冀镇国静静听着姜洪源发牢骚，脸上也无任何表情，更不宜说什么。

姜洪源却认为冀镇国对范筑先也产生了不满，于是就不无挑唆地说："范老头对我本人如何，我也无所谓。可他用人明显的有偏有向，这实在令人看不下去。"

"噢，这我却不清楚。"冀镇国说。

姜洪源："也不知范筑先怎么迷了心窍,他把沾共产党边的小毛孩子都奉为上宾,而对我们这些穿了几十年军装的人却冷若冰霜。"

姜洪源见冀镇国正在用心地听他说话,就把脖子往前伸了伸,带着同情的表情煽动说:"就说冀司令您吧,在军界、政界也是职位较高、众望所归的人物。范筑先才叫你当个支队司令,给个上校军衔。而共产党人张郁光本是教员出身,却弄到司令部,授给少将参议⋯⋯范老头子的做法,能不令人生气吗?"

冀镇国："姜县长、洪源老弟,生气倒是大可不必的。我冀某作为炎黄子孙,只是为了抗日救国才拉起了队伍,至于什么级别待遇、军衔官职,镇国却从来没有考虑过。"

"是啊,是啊!"姜洪源说:"冀司令的高风峻节令人敬仰。不过,依洪源之见,您年望花甲,无论如何都不该再操心费力了。"

冀镇国："姜县长的意思是?"

姜洪源："您赶快把十三支队的重担放下来,安安静静地享清福,痛痛快快地度晚年。"

冀镇国也挨近姜洪源,故意小声说:"姜老弟,你只要能让范筑先给你下一纸委任书,或叫范老头亲自给我说一声,我就立即把十三支队交给你。"

"好吧!一言为定。"姜洪源说:"剩下的事由我去办。"

冀镇国缓了缓气说:"姜县长,在范筑先的任命书下来之前,你必须保证我十三支队的粮食供给。官兵们对你有了好感,今后你也好指挥。"

姜洪源掩饰不住喜悦地说:"这事请冀司令放心,我管着三个县,还能没有十三支队的粮吃?"

"既如此,镇国也就放心了。"冀镇国十分大度地说道。

姜洪源兴致勃勃地捋开袖子,看了看表,就大声地喊:"夏秘书,海山酒楼的饭菜安排好了吗?"

夏秘书进屋后毕恭毕敬地说:"报告姜县长,酒菜都已安排好了。"姜洪源非常高兴地说:"走,冀司令,咱们走!"

冀镇国："姜县长,公事已经谈完,只要您保证十三支队不断粮,我就心满意足了。镇国离开濮城多年,很想趁机到老宅看看族人、故旧,今儿我就不叨扰姜县长了吧。"

姜洪源一愣说:"洪源任职濮城后,曾多次函请冀司令,今儿难得您下驾濮城,容洪源略尽地主之谊吧。"

冀镇国笑着说:"恭敬不如从命,镇国打扰了。"

姜洪源志得意满地说:"濮城的梁海山、翁福芝可是你们家乡的名厨,冀司令,咱们今天可要到海山楼痛痛快快地喝两杯哟。"

三

星期天的聊城,比平日繁华热闹。特别是光岳楼东大街,推车的、挑担的、补漏锅的、卖蒜的、市农工商各色人等,熙来攘往,络绎不绝。

范树琨着一件咖啡色的皮茄克,银灰色的绒线编织帽下,白皙的脸庞,黑亮的秀发,显出时尚、洒脱而新潮。她雍容娉婷、优雅活泼地走在大街上,吸引着路人的目光。

在路南"陈记冰糖葫芦"门前,范树琨停下脚步,掏钱买了两串鲜红光亮的冰糖葫芦。

店掌柜双手利索地用荷叶包好，热情地递到范树琨手里。

对面胡同口，有几个游手好闲的男女，眼睛盯着范树琨，指指划划，不知说些什么。

两个巡逻的黑衣警察，迈着四楞子步，慢悠悠地走过来，眼睛直勾勾地看着范树琨。那贱气微妙的眼神，似乎不是那两串冰糖葫芦引得他们馋涎欲滴，脑袋小、帽子大的瘦子说："啧啧，这就是范专员的二小姐。"

矮胖子眼睛看着往前走的范树琨说："听说这范二小姐，在古楼小学当老师哩。"

瘦子说："不错，就是她。挺进大队的参谋长何方，正和他热火着哩。"

矮胖子伸手比了个"八"字说："听说何方是从延安来的这个？"

瘦子撇着嘴说："何方和范二小姐相好的事，已是满城风雨了。"

矮胖子有些不解地说："范老头治军很严，这二小姐的事咋不管管呢？"

瘦子一脸不屑地说："他管不管的碍着咱啥事了，你这不是咸吃萝卜——淡操心吗！"

这两个家伙光顾胡聊瞎侃，一转眼，前边早已没有范树琨的影子了。

古楼小学的大门紧闭着，只有旁边的小门还开着一条缝。校门里边槐树杈上的校钟，静静地悬挂在半空中，失去了往日的欢快。老校工李大爷，坐在门房里的一把破圈椅上，正在磕头合眼的打盹。

田苑的父母都在农村，由于交通不方便，即便是星期天，她也不经常回家。如今，她正在自己的小屋里，聚精会神地读《诗林广记》。

"铛铛铛"有人轻轻敲门，田苑先是一惊，随即放下书本问道："谁啊？请进吧。"

屋门慢慢地开了一条小缝，首先映入眼帘的，是两串鲜红晶亮的冰糖葫芦。田苑正在惊诧疑惑时，屋门"哐当"一声全部推开，范树琨哈哈笑着，一阵风似地进了屋。田苑也笑着说："我就知道是你。"两人亲热地笑着，相互搂抱在一起。随后，两人就坐下来吃冰糖葫芦。

田苑问："平时风风火火，推门就进屋，今儿咋学会慢腾腾地斯文起来了？"

范树琨使劲咽下嘴里的冰糖葫芦，然后学着戏台上小生的腔调说："田小姐的闺房，实乃私密禁地，小生怎敢冒然而进呢？若房内有什么情况，岂不羞煞人也！"

看着范树琨挤眉弄眼、撇腔拿调的样子，田苑笑弯了腰，拍着范树琨的肩膀说："学得太像了，范二小姐，你快别当教师了，干脆改行登台演戏去吧。"说完两人又开心地大笑起来。

稍一喘息，田苑注视着俊秀俏丽又朝气蓬勃的范树琨，眼里充满了无限的爱意说："树琨，今儿星期天，咋不在家陪陪大爷大娘啊？"

范树琨收住笑容说："我爹那老头，生来就是个闲不住的人。从前节假日是闷在家里写字画画，如今是一门心思地扩充队伍打日本鬼子。昨儿刚从莘县回来，今天一大早就去了东阿。"

"去了东阿？"田苑问道。

"是啊！"范树琨不经意地说："听说黄河滩里发现了鬼子。"田苑觉得话题太沉，就有意扭转气氛说："范专员不在家，你应该去挺进大队呀，怎么跑我这儿来了？"

范树琨眼睛瞪着田苑，有些嗔怪地说："我去挺进大队干什么？"

田苑样子诡异地说："你怎么不找何参谋长改诗稿去啊？"

范树琨微笑着坦诚大方地说："告诉你吧，今儿早饭后我就去挺进大队找何方去了，可惜人家半夜的时候就打起背包出发了。"

田苑听后非常惊诧地说："半夜三更的,何方往哪去了?"

"不是何方自己,而是大队全体官兵都走了。"范树琨说。

"他们往哪儿去了?"田苑有些吃惊地问。

范树琨一本正经地说："这可是军事秘密,人家是不会告诉我的。"

田苑陷入了沉思,眼神也有些发呆。

范树琨看着田苑说："哎!两眼呆呆地,想什么呢?"

田苑一激灵,眼睛怔怔地说："没想什么呀。"

范树琨逼问道："你那副陷入相思的样子,就知道你在想谁,快交待。"

田苑疑惑地问："我交待什么?"

范树琨："我问你,对抱打不平的英雄耿大山,是不是有点想法?"

田苑脸颊立即飞过一层红晕说："什么想法不想法啊?我是看着他们爷孙两人过日子不容易,才帮着耿大爷洗洗衣裳而已。"

范树琨爽朗地笑着说："善哉!善哉!"

然后,两人又亲昵地打闹起来。

四

为抵御冬天的寒风,耿老三把土屋的门窗,都用谷草毡子挡起来了。屋子里的光线很暗,显得毫无生气,耿老三在摸摸索索地捕缀着渔网。

送走了范树琨,田苑的心里就乱糟糟的,再也平静不下来。于是她掂着个小包袱出了校门,急匆匆地向观西胡同走去。拐过碧荷塘,就来到了耿家的土屋前,然后,轻轻地敲了几下门。

耿老三听到有人敲门,就放下手中的梭子,赶紧把挡风的草苫子掀开一条缝。见田苑站在门口,惊喜地说："是田老师啊,快进屋吧,外边冷。"

田苑把手里的包袱递给耿老三说："这是上次给您和大山洗的衣裳,已经晒干好几天了,我也没得闲给您送过来。"

耿老三感激地说："田老师教书够忙的了,还抽空给俺洗衣裳,我这心里可真过意不去呀!"

"有啥过意不去的呀?"田苑说:"一早一晚的,反正我也没啥事,洗两件衣裳也累不着我。"

田苑看着耿老三问："今儿是星期天,大山咋没回来看您哪?"

耿老三："队伍上练兵紧,这几天又拉到黄河滩上去了。"

田苑听说耿大山不在家,眼神里就露出一种失落感,下意识地点点头。

耿老三似乎察觉到了田苑的表情,就又说道："俗话说:'铁打的营盘,流水的兵',长官一声令下,当兵的就得立即行动。"

田苑点着头说："耿大爷,快进屋吧,别冻着您了,我也该走了。"

耿老三依着门框,看着田苑远去的身影。快要走出胡同口的时候,田苑转过身来,两眼深情地看着耿家那两间小土屋……

第十六章 | 黄河滩歼鬼子一枪未发
清心居诗评会四面险情

黄河北岸的一个农家场院里，六支队选拔出的四个方队，正准备接受范筑先等大队长官的校阅。

官兵们一律着崭新的灰色军装，戴灰色军帽，腰扎褐色皮带，小腿绑着裹腿，个个生龙活虎，精神抖擞，肃穆敛容。

操场边上，范筑先、张郁光、张维翰、王金祥等，在赵健民的陪同下，正在审视着眼前这支变化极大的队伍，他们心里充满了喜悦，感到相当欣慰。只有王金祥与众不同，他表情冷漠，似别有一番滋味在心头。

蓝春河今天着装整洁，精神振奋，一举一动都显露出昔日曾是位训练有素的老军人。他将队伍整列好后，跑步来到范筑先面前，立正敬礼后铿锵有力地说："报告范司令，第六支队参加校阅的人员已整队完毕，请指示。"

范筑先回礼道："校阅开始！"

蓝春河回答"是"的同时，立即转身面向队列喊道："稍息，立正，向右转，端枪，正步走。"随着口令声，四个方队整齐划一，步调一致，就像一个整体在涌动。

蓝春河还不断地喊着"一二一、一二三四、练好本领，消灭鬼子"。四个方队也一齐高喊："练好本领，消灭鬼子。"其声音威猛雄壮，引得村里的男女老少争相出来观看。

队列停下来以后，范筑先、张郁光、张维翰、王金祥脸上都露出了满意的笑容，并以热烈的鼓掌，表示对校阅结果的祝贺。蓝春河重新整好队列，请范筑先讲话。范筑先拍着手来到队列前，高兴地说："弟兄们，辛苦了，今天见到你们，很高兴。你们的军容风纪、精神面貌、队列操练、军人气质等方面，较半年前有天壤之别。这样的队伍若奔赴战场，一定会彻底消灭日本鬼子……"

范筑先的话还没讲完，只见三团侦察连长刘勇骑着一匹枣红色战马，飞快地向操场奔来。

此时，刘勇的出现，让所有人都大为震惊，目光也一齐投向了刘勇。

刘勇来到操场，就急忙滚鞍下马，见范司令正在校阅部队，各级长官都在，对于发现的敌情，一时竟不知该向谁汇报才好。

赵健民见此情形，就立即来到了刘勇面前，小声问："怎么回事？"

"刘堤口发现了鬼子。"刘勇仍有些气喘吁吁地说。

"啊！"赵健民心里一惊。

范筑先见此情形，知有重要情况发生，立即对蓝春河说："蓝司令，命令部队继续操练。"

蓝春河领命后，跑步来到队列之前，大声命令道："各方队拉开距离，按规定课目继续演练。"

范筑先、张郁光、张维翰、王金祥也来到刘勇面前问道："什么情况？"

刘勇急促地说："今天早晨……"

二

清晨，浓浓的雾霭笼罩着大地，黄河大堤、岸柳、村庄等，都被潮湿的大雾给隐藏起来，甚至连鸡鸣狗叫声也被浓雾封堵住了。大地混混沌沌，一团灰暗和沉寂，空气也似乎特别黏腻，人们连喘气都感到有些困难。

黄河北岸的刘堤口，是个只有几十户人家的小村子。自从赵健民的三团来驻扎到附近后，这个村的抗日宣传和组织工作就有了很大的起色。现在，大部分村民还沉浸在甜蜜的梦乡里。

在浓雾的遮掩下，只见村东、大堤上有猫腰端枪的鬼子，他们正在偷偷地靠进村子。这些如鬼似魔的影子，似乎就飘浮在空气中，使人毛骨悚然，不寒而栗。

王栓财是刘堤口最爱起早的人。今儿他像往常一样，肩背粪筐，手拿粪叉，围着村子转悠起来。当他走近大堤的时候，似乎听到异常的动静，定睛一看，一大溜灰色的影子正悄悄向他走来。王栓财从没见过这种阵势，他觉得一定是碰见鬼了，吓得"哎呀"尖叫一声，转身就往回跑，那走在后边的灰影子就端枪向他拥来。王栓财脚下一滑，顺势滚下大堤，看到那些影子身上还嘟噜嘟噜的带着不少东西。此时，王栓财已经意识到眼前这些鬼影，一定是日本鬼子兵了。于是，就顺着深沟往村里跑去，嘴里高喊着："老少爷们，快跑吧，日本鬼子来了。"

听到王栓财不同寻常的呼喊，村子里的狗立即"汪汪"的叫起来。然后是大呼小叫的呐喊声和小孩子的哭闹声。不一会儿，扶老携幼、牵牛拉羊的村民就走出了家门。

天已大亮，浓雾也渐渐散去，鬼子已把刘堤口完全包围起来，人们大部分没有跑出去。

鬼子兵把全体村民轰赶到村中的土地庙前，四十多个鬼子兵都端着上了刺刀的三八大盖，远处高坡上还架着一挺机关枪，东西村头还有站岗的瞭望哨。

一个满脸络腮胡子的小鬼子，手里掂着指挥刀，看样子是个小头目，他对身边的一个胖翻译叽咕了一阵子，那胖翻译就屁颠屁颠地站出来说："大家听着，太君说了，你们不要害怕。只要听从皇军的指挥，就一定保证大家的安全。"

鬼子小头目又向翻译叽咕了一番，那胖翻译又说道："如今黄河虽然断水，但仍然泥泞不堪。为不影响交通，也便于大家通行，皇军今天来，就是要叫你们把河滩里的路修好。散会后，你们都各自回家把筐子、车子、铁锨等工具拿出来，然后跟皇军一块去修路。好，现在散会，十分钟之后，拿着工具还在这里集合，大家听清了吗？"

"听清了。"村民七长八短地回答。

"散会。"胖翻译官说。

刘堤口的村长王来臣随着回家的人群往西走,他紧赶几步,撵上了农会主席王来胜。两人相互一使眼神,就迅速地拐进一条胡同里。

"看样子鬼子一会半会走不了,我在村里支应着他们。"王来臣说:"你赶快从后边矮墙上出去,向三团报告敌情,看看赵团长和黄团长有啥打算,然后你再想法混进村里来。"

王来胜点点头说:"你放心吧,我一定想法出去,把敌情报告给赵团长。"

村街上响起了哨子声和翻译吆喝的集合声。

王来臣:"时间紧迫,赶快行动吧。"

"好吧!"王来胜一纵腰,利索地飞过了矮墙,拐弯消失在干涸的水沟里。

王来臣喘了口气,从家里拿了把铁锨就慢腾腾地向街上走去。

在三团团部,王来胜详细地向副团长黄龙飞报告了刘堤口发生的一切。

黄龙飞听完敌情之后,就立即命令身边的侦察连长刘勇说:"刘连长,你立即骑马去支队司令部,把刘堤口发现的敌情,详细地汇报给蓝司令和赵参谋长。"

刘勇应声而去。

三

听完三团侦察连长刘勇的汇报后,范筑先那深邃的眼里既有些震惊,更多显露出镇定自若的大将风度。他用眼神扫视着在场的每一个人,张郁光、张维翰、赵健民好像还在急切地等待着范司令的下文,而王金祥却显露出旁观者的随意和淡然。

蓝春河看着没人说话,就迫不及待地表态说:"鬼子出现在六支队的地盘上,我是支队司令,我带兵把那几十个鬼子干掉就完了。"

刘勇插话说:"我来时,黄龙飞副团长表示,只要长官同意打,我们三团就把这个任务包下了。"

赵建民见时候已到,立即说:"黄副团长说得对,这几十个鬼子就叫三团包下来吧。我这就回二团,范司令、蓝司令你们就等着听好消息吧。"

张郁光、张维翰眼睛透露着关切,却并没说什么。

王金祥脸上的表情,就像死了个爹一样难看,对蓝春河和赵健民的请战,眼神里却略显鄙夷和嘲讽。

范筑先平静地分析道:"鬼子派人来修路,绝不是为了百姓的出行,他们肯定有更重要的战略意图。但无论如何,跑到家门口的豺狼,我们一定要把他消灭掉。"

范筑先目光盯着赵健民说:"你马上回部队,和黄副团长一块把敌情分析透,把作战方案搞细密,争取把这一小股鬼子干净彻底地一网打尽,我等着你们胜利的消息。"

"是。"赵健民向范司令打了个敬礼后,就立即和刘勇一块向外走去。

四

灰蒙蒙的天底下,几十个村民肩扛铁锨,推着簸箕形的独轮小土车,在鬼子们荷枪实弹的押解下,心情紧张地向空旷的黄河滩里走去。

在开始动工修路之前，鬼子络腮胡子小头目和翻译叽咕了一阵子之后，胖翻译就像哈巴狗一样，站在民工队列前说："你们大伙听着，刚才皇军说了，修路时间很紧，你们干活的动作要快，否则不准回家吃饭。故意捣乱的，当场严惩不贷。"

村民在鬼子的威逼下，拉开距离，开始铲土填坑。

鬼子小头目把正要开始干活的王来臣拉过来，用手比划着太阳，又指着自己毛哄哄的嘴巴说："你的……"

胖翻译赶紧说："太君叫你和他一块回村里去，好好地给皇军准备一顿午饭。"

王来臣一听，心里暗自高兴，就点头笑着说："好的，我尽量想办法叫太君吃好。"

鬼子小头目和王来臣很快就回到了村里，他命令身边的几个鬼子，分别在村子的两头放了哨，并嘱咐说，要提高警惕，不得麻痹大意，过往行人必须严格盘查。鬼子哨兵"哈咿"了两声，就分头站岗去了。

鬼子小头目又转过脸来通过胖翻译对王来臣说："你要准备四十多个人的饭菜。"

王来臣点点头说："准备四十多个人的饭可以，村子里可没什么好菜吃。"

鬼子小头目通过胖翻译说："太君说叫你搞些猪、羊肉，实在不行也可以搞点豆腐、粉条什么的。"

王来臣："这些物件得上村西王庄集去买。"

胖翻译和鬼子小头目叽咕了两句后，高兴地说："王庄集有多远？"

"村西二里地。"王来臣回答。

"你马上派两个人到王庄集去搞。"胖翻译说。

王来臣心里非常高兴地说："猪肉炖豆腐一定要叫太君吃上，请放心吧。"

胖翻译说："你赶快找人，我通知村头哨兵放行。"

"好嘞。"王来臣一边派人出村去王庄集搞猪肉，一边暗中交代王栓财向三团报告鬼子的情况，然后就吆喝人在院子里支锅垒灶。

五

三团团部。赵健民、黄龙飞、刘勇等正在研究作战方案。

赵健民沉思后说："现在鬼子和村民都混在一起，而黄河滩里又十分开阔，我们只要一出动，就会被鬼子发现。在没有任何隐蔽物的情况下，地形对我们相当不利。为此，我认为，对付这股鬼子只能待机智取，而不能强行攻击。否则，会伤及广大乡亲们。"

黄龙飞："我也是这么想的，可采用什么办法呢？"

此时，坐在旁边吸烟的王来胜说："赵参谋长、黄团长，你们研究吧，我还是回村一趟，摸摸真实情况去。"

正在这时，团部通信员跑进来说："报告黄副团长，刘堤口的一个老大爷要找您。"

"刘堤口的老大爷？"黄龙飞稍一沉思，立刻惊喜地说："快，快请老大爷进来。"

通信员往外喊了声："大爷，黄团长请您进来哩。"

随着喊声，王栓财就背着粪筐、拿着粪叉进来了。

一听说王栓财来报告情况，赵健民、黄龙飞、刘勇、王来胜等都瞪大了眼睛，急迫地问："王大爷，有啥情况，快说说吧。"

王栓财语气有些急促地说:"鬼子把全村人都赶到黄河滩里修路。鬼子小队长现在村里,命令来臣准备四十多个人的晌午饭,还一定要弄猪肉炖豆腐。来臣叫我混进到王庄集割肉买豆腐的人里,偷偷来向团长报告情况的。"

"好,王大爷,您说的情报很重要。"赵健民真诚地说:"我们谢谢您了。"

送走王栓财后,赵健民、黄龙飞、刘勇、王来胜等,根据情报,立即进行了分析研究,确定了行动方案。

赵健民坚定地说:"好,按照刚才研究的作战方案,大家分头行动吧。"

"是!"黄龙飞等立即走出了团部。

队伍来到刘堤口村外,赵健民和警卫连长耳语了几句后,侦察连长刘勇就带着两个排隐蔽地向村东头运动。

赵健民亲自带着一个排,直接爬上黄河大堤,在堤顶土牛子后边潜伏下来。

村东头,警卫连长和两个战士也登上了堤顶,靠在柳树后边,可以清楚地看到黄河滩里的一切,鬼子和村民修路的情况,都在他们的视线之中。

赵健民在土牛子后边举起了望远镜:几个庄稼人正在向刘堤口走来,走在前边的人推着一辆小平推车,还有个人背着根绳子使劲往前拉,走在后边的是个挑担子的。这三个人分别是黄龙飞、刘勇和王来胜。跟在后边的两个人,就是村长王来臣派到王庄集购买猪肉的人。

这五个人满头大汗走到村口的时候,两个站岗的鬼子兵立即端枪向前盘查。一个鬼子掀开小推车上的盖布一看,见是一扇子鲜猪肉,眼睛突然一亮,嘴边就吧叽了两下子,知道这是给自己准备的美食,于是手一摆,就急忙放行了。

鬼子兵又来检查挑担子的人,他揭开蒙在上边的一层湿布,露出了一大托盘洁白、鲜嫩的大豆腐,二话没说,也随即放行了。

村公所的院子里,有人在新支的锅灶前烧火拉风箱,有人在忙忙碌碌的刷洗碗筷。

黄龙飞、王来胜、刘勇等推着车子来到村公所门前,正要进门,却被两个鬼子兵横枪拦住了。

村长王来臣听到门口有人嚷嚷,就急忙走出来,见是工来胜、黄龙飞,心中自然明白是怎么回事。此时,王来胜也迅速把盖布揭开,猪肉、豆腐就露了出来。王来臣趁机对站岗的鬼子兵说:"这是太君要吃的东西,马上就要下锅了。"边说边扶着车子进了小院,并示意王来胜和黄龙飞等留在这里帮忙侍弄饭菜,自己就进屋陪着鬼子小头目和胖翻译说话去了。

院子里一时进来四五个人,鬼子小头目甚是警觉,瞪起眼睛问胖翻译官:"怎么这么多人?"

王来臣回答道:"他们都是杀猪、做豆腐的,这里人手不够,要他们留下做菜的,他们会做菜,味道大大的好。"

鬼子小头目余惊未消地问:"你们这里来过八路没有?"

王来臣:"听说太行山上有八路,俺这儿没有。"

鬼子小头目:"来过其他军队吗?"

王来臣:"俺这刘堤口又穷、又小、又偏僻,啥军队也不上这儿来。"

鬼子小头目半信半疑地点点头,然后撸开袖子看了看腕上的手表,表针正指向下一点,然后就对着胖翻译又嘟噜了几句什么。

胖翻译对王来臣说:"天不早了,太君要你们快点做饭,修路的皇军马上就要下班吃饭了。"

天已晌午了,黄河滩里的村民在鬼子的监视下,还在挖土填坑,修路面。干活的速度明显地慢了,又累又饿,大家都在磨洋工。就连监工的鬼子兵,也都无精打采,没了精神头。

此时,监工的鬼子"嘟嘟"地吹响了哨子,把大家集合在一起说:"现在各自回家吃饭,饭后还要继续干活,听到哨子声立即集合出工。"

大堤土牛子后边,潜伏了大半天的战士们,见鬼子收工回村,也都瞪大了眼睛,提高了警惕。

赵健民通过望远镜,看到民工在鬼子的监视下都回了村子,但村子东西两头四个鬼子哨兵却没有撤,仍牢牢地在村头把守着。赵健民心里十分清楚,为全歼鬼子,就必须先除掉这四个哨兵。于是,他立即命令身边的战士,分头向鬼子的哨位悄悄运动。

修路的村民进村后,就各自回家吃饭去了,而监工的鬼子也都进了村公所的院子。猪肉炖豆腐的肉香味,令这些鬼子兵高兴异常。他们张口吸气、垂涎欲滴,解下了子弹袋,放下手中枪就预备吃饭。

黄龙飞、刘勇、王来胜等开始忙活着盛菜、端盆、拿筷子、抹桌子。

饥饿的鬼子兵围成几个圆圈,拿起筷子夹着肉就要大嚼,却发现没干粮,立刻就嚷叫起来。

鬼子小头目看到这种情况,就对王来臣喝斥道:"馒头在什么地方?快快地拿来。"

王来臣应对说:"蒸馍馍的在村西头,现在就差人去拿。"于是指着黄龙飞、刘勇、王来胜等四人说:"快,你们四个到西头二喜家抬馍馍去。"

黄龙飞、刘勇等人心领神会,立即放下手中的活计,抬腿就往村西头跑去。来到村街左右一看,村庄两头四个鬼子兵,还在呆呆地站着岗。再仔细一看,见鬼子哨兵远处的大树和矮墙边,都有时隐时现的人影在晃动。黄龙飞一看就明白,赵健民为搞掉鬼子哨兵,已经开始行动了,心中顿时又激动又紧张。

隐蔽在村外树丛里的赵健民也看到了黄龙飞等人的行动,知道消灭鬼子的时候快要来到了。

村民们大都在吃中午饭,村里静悄悄的,几乎没有人影。不一会儿,黄龙飞四人分别抬着两笼屉白馍馍,一前一后走到了村街上。

黄龙飞和刘勇抬着一笼扇热馍馍,有意从鬼子哨兵面前经过,并示意鬼子哨兵每人先吃一个馍馍充充饥。鬼子哨兵不敢随意拿馍馍吃,身子只好往后挪,目的是离黄龙飞他们远一点。

摸到鬼子兵身后的几个战士,见鬼子哨兵的注意力已被黄龙飞吸引过去,觉得机会已到,就立即跃身扑向鬼子兵,从后边紧紧地掐住其脖子,然后将其拽到土坡下边去了。

赵健民从望远镜里看到了村西头的两个鬼子哨兵已被解决,就立即指挥战士们把东头的鬼子哨兵也干掉了。

村公所里,鬼子兵们叽哩咕噜的埋怨着没馍馍吃,看着几盆猪肉炖豆腐直发呆,有的则来回走动着。

村长王来臣看着鬼子小头目想到院子里去维持秩序,于是就从桌子底下将一瓶高粱白干拧开了盖,并使劲碰了一下桌子,屋子里立即酒香四溢。

正要出门的鬼子小头目闻到醉人的酒香,立即回过头来问胖翻译:"什么东西?"

王来臣立即从桌子底下拿出酒瓶说:"刚才不小心把酒瓶踢倒了。"

"酒!什么酒?"鬼子小头目问。

"就是俺乡下人自己蒸的高粱酒。"王来臣说着就喝了一口。

鬼子小头目吸了吸鼻子,吧唧了两下嘴,却摇了摇头。

王来臣知道已把鬼子的酒瘾勾起来了,就冲着院子里喊了声:"快,快盛碗肉菜来。"

随着喊声,一碗猪肉炖豆腐就端上来了。

王来臣把酒瓶往鬼子小头目手里一递:"太君,来一口尝尝。"

鬼子小头目实在顶不住酒香的诱惑,于是,就接过酒瓶子喝了一口。一口高粱酒下肚,觉得浑身通泰,滋润地他摇头挤巴眼,"啧啧"地巴嗒着嘴。

黄龙飞、刘勇、王来胜等抬着两笼屉白馍馍快步进了村公所。

鬼子们像饿极了的野狗,抓起馍馍就往嘴里塞。

村街上,赵健民带着侦察连的战士们迅速地向村公所接近。

村公所的屋子里,鬼子小头目一只手抓着酒瓶子,一只手挟着一块肥肉片,喝得滋润,吃得痛快。

黄龙飞看着王来胜漫不经心地给鬼子送馍馍,可突然间,他手中的馍馍却落到地上了。黄龙飞心里明白,这个信号表明赵建民已在外边做好了突然攻击的战斗准备。于是,就给刘勇等使了个眼神,然后,又盛了一碗肥肉,直接送给鬼子小头目。

院子里,鬼子们还在狼吞虎咽地抢肉吃。

屋子里,黄龙飞和王来臣围着鬼子小头目,一个劝酒,一个劝肉。已有几分酒意的鬼子小头目,则高兴得忘乎所以,不断地放声大笑。此时,院子里一声惊天动地的"不准动",把所有人都惊呆了。霎时间,院子里就涌现出了好多穿灰军装的战士,赵建民手持驳壳枪冲在最前边。在鬼子们惊魂未定、还在发呆卖楞的时候,他们所有放在墙边的枪支弹药,早已被侦察连的战士们收拾得一干二净。待鬼子们醒过神来的时候,一切都为之晚矣。屋子里,鬼子小头目酒劲已被惊醒,他扔掉酒瓶子,就要去掏王八盒子,王来臣眼急手快,一把摁住了鬼子小头目的手,黄龙飞则顺势把手中的一碗肥肉扣在了鬼子脸上,然后一脚踹过去,鬼子小头目立即四仰八叉的摔在了地上,黄龙飞紧跟着扑上去,连枪带套都从鬼子身上撸下来,一阵拳打脚踢之后,这个鬼子小头目就像一头死猪,没有了动静。被解除了武装的胖翻译官,则蹲在地上一个劲地发抖……

六

聊城,鲁西抗日游击大队司令部,小会议室里座无虚席。除张郁光、姚弟鸿、张维翰、王金祥、赵伊坪等要员之外,司令部、政训处、参谋处和直属单位团以上长官也都在座。

在主席台长条桌后,李树椿正和范筑先小声地说些什么。

秘书处长兼十支队司令张维翰,看了看腕上的表对范筑先说:"范司令,人都到齐了。"

范筑先把记事本放在桌上,看了看会场说:"好,现在开会。首先报告给大家一个好消息。昨天,六支队在他们的防区刘堤口,在没放一枪一弹,自己无一伤亡的情况下,全歼了四十六个探路、修路的日本鬼子工兵小分队。缴获四十多支三八式步枪,一支手枪和一挺轻机枪。经初步审问得知,鬼子的企图是把断流的黄河床修好,打通从河北邯郸到江苏徐州的通道,以便给他们的先头部队运送军械物资,这和我们得到的情报是吻合的。为配合全国的战略行动,上峰给我们的任务就是,掐住敌人的运输线,使鬼子的先头部队得不到弹药的补充。现在,从濮城、范县、东阿、齐河的黄河一线,均有我鲁西抗日游击大队守护,各支队、各县大队要提高警惕,严阵以待。"

范筑先看着会场里很安静,大家都在倾听。于是,就提高声音严肃地说:"现在大敌当前,要消除一切偏见。各县、各支队要互通情报,搞好团结,共同对敌。特别是各县政府,要大力支持驻军,搞好军民团结。最近我听到一种不顺耳的声音,有的县对军队的支持不够,消极懈怠,甚至有意克扣军粮。你们想一想,军队如果吃不饱饭,还怎能上战场打仗?反过来说,军队也要遵守相关规定,不得强行向地方政府伸手要这要那。"

范筑先稳定了一下情绪,颇有感慨地说:"因为战争,很早没开过这样齐全的会了,趁此机会,我想向大家说明一件事:有人说我范筑先钟爱部队,也有人说我偏向地方政府。范筑先有些激动地继续说:"如今大敌当前,有灭种族亡国家的危险,在这种危机时刻,无论地方和军队,无论男女老幼,无论何种党派,其唯一的目标就是万众一心消灭日本鬼子,保卫我们的国家。你们想想,我范筑先既是聊城的专员,又是鲁西抗日游击大队的司令官,我怎么可能钟爱这个,偏向那个呢?"

范筑先的肺腑之言,令张郁光、张维翰、姚弟鸿、赵伊坪等为之动容。而李树椿、王金祥、胡作良、姜洪源等,则是一脸的冷漠和不屑,甚至还闪现出不易察觉的鄙夷和仇恨。

李树椿一直紧盯着范筑先,那表情似乎并没注意范筑先讲了些什么,而他倒像是有什么话要说,却总也找不到机会。

范筑先:"刚才我已说过了,六支队歼灭了四十多个鬼子,为体现奖惩分明,司令部决定给予赵健民、黄龙飞、刘勇等通报嘉奖。"会场里响起一阵热烈的掌声。

范筑先收起记事本,看了一眼李树椿说:"最近,我和李主任要到曹县省政府开个会,诸位在家要各司其职,各负其责。特别是军队方面,王金祥参谋长要抓好队伍的组织性和纪律性。无论什么人,只要有违纪、违法现象,一律严惩不贷。"

王金祥先是一愣神,但随即站起来,应了声"是"。

李树椿很会见缝插针:"是啊!一定要抓好纪律。据说,我这次和范专员去省里开会,主要议题也是要狠抓组织性和纪律性。"

明眼人都很清楚,李树椿这两句话是另有所指的。

七

聊城南关外,在通往城里的大道上,鲁西青年抗日挺进大队,正雄赳赳地向城里进发。队伍是一律灰色军服、灰色军帽,每个人背上背着一个灰色小背包,背包后边还插着一双布底鞋。战士们都是十七八岁的小青年,人人朝气蓬勃,个个精神抖擞,整个队伍都充满了旺盛的青春气息。

耿大山因身高马大,又是一班的班长,自然就成了排头兵,他步伐矫健地走在最前边。

队伍顺利地完成了十五天的野营训练，达到了预期效果。

走在队伍后边的大队长范树民、参谋长何方心里也都非常高兴。范树民边走边对何方说："何参谋长，六支队是改编的队伍，可人家在刘堤口很轻松地就消灭了几十个鬼子。咱这回趁进城休整的机会，首先得请求上级发枪、发子弹，然后，也争取和别的支队一样，担当一定的驻防任务。"

"别着急，想上战场打鬼子，今后有的是机会。"何方说。

范树民："回城后，我去找司令和参谋长，起码得先把枪发给咱。"

何方："回去后再说吧。"

队伍已走进了高大的南城门，正向着北边的光岳楼走去。整齐的步伐、高昂的士气，强烈的吸引着街上的行人，都惊奇地驻足观看。

八

王金祥在聊城的另一处居室，除了几个私密好友和身边的铁杆亲信之外其他人并不知晓。

王金祥着一身宽松的便衣，抽着烟，喝着茶，十分悠闲自得。他不时地看看腕上的手表，好像在等待着什么人。

警察局长柯劲根是个十分会来事的人，虽非军界人物，可他和王金祥却私交甚好，没打任何招呼就进了屋。见王金祥着一身便装，就谄媚地说："大哥，今儿是星期天，范专员和李树椿主任又都到曹县开会去了，咱哥们儿几个彻底放松放松。我这就去胭脂楼，叫他们好好地安排一下。"

王金祥并不领情，板着脸说："今儿星期天，胭脂楼人太多、太乱。"

柯劲根伸长脖子觇着脸问："参谋长的意思？"

王金祥："就去三德元饭庄把。"

柯劲根："好，我这就去安排。"

王金祥："慢，吃饭事小，我问你，挺进大队那几个毛头小子回城了，知道吗？"

柯劲根："知道了。"

"你们的便衣，晚卜还在巡逻吗？"王金祥问。

"还在照常巡逻。"柯劲根回答。

王金祥诡秘地向柯劲根轻轻地招了招手。

柯劲根就屁颠屁颠地小步来到王金祥面前，两个人神情怪异地小声嘀咕了一阵子。

王金祥最后说："你告诉手下人，可狠狠地教训一下那小子，但不要伤及他的生命。"

"明白，请参谋长放心。"柯劲根说："我这就去安排。"

王金祥："你安排完之后，就到三德元饭庄，我在那里等你。"

柯劲根刚一出门，胡作良就拿着几张纸走进来。

他对王金祥说："青年挺进大队独立于建制之外，大队长是范筑先的儿子，参谋长是从武汉来的共党分子。他们想打枪就打枪，想骑马就骑马，全城都风言风语，说不定那姓何的小子还会成为范筑先的乘龙快婿哩。"

王金祥诡异地笑着说："别着急，今儿夜里，就会有好戏看。"

胡作良听得晕头转向，摸不着头脑。

王金祥："刚才我已叫柯局长安排去了,今儿晚上要好好地教训、教训姓何的那小子。"

胡作良点点头,很快就明白了王金祥的意思。

王金祥得意忘形地说:"范筑先这次到曹县去开会,沈鸿烈主席一定会把他臭熊一顿。我们在家里再给他添上两把火,从精神上先把老家伙搞垮……"

警察局的一间小屋里室内光线很暗,烟雾缭绕,不时有人被呛得直咳嗽。

柯劲根吸了口烟,把烟屁股扔在地上,对便衣队的几个心腹头目说:"我再说一遍,这次任务非常特殊,下手要狠,把姓何的小子弄成残废,但不可把他打死。情况万一有变,要迅速离开现场,不准暴露自己的身份,也不准向外走漏任何消息,听清楚了吗?"

"听清楚了。"几个头目同声说。

便衣队副队长是个大高个、秃脑袋,这家伙是个愣儿巴唧的半吊子,他大大咧咧地说:"柯局长,您就放心吧,对付一个南蛮子,还不是小菜一碟。"

"不用费吹灰之力,保证把那小子的胳膊腿给他弄折。柯局长,你就在家静候好消息吧。"几个人七嘴八舌的向柯劲根表态。

柯劲根又点着一支烟说:"你们完成任务后,我一定在胭脂楼请客。"

"好啊!"众头目一阵哄叫。

九

一向开朗乐观的范树琨,今儿特别高兴,从她的动作和转瞬间的眼神中,流露出内心的真诚和喜悦。现在,她异常高兴地与何方并排走在大街上,绕过光岳楼,拐进一条小巷,一路上吸引着不少人的眼光。

古楼小学的大门口,校工李大爷早已把院里、门外打扫得干干净净。老校长和语文老师李士超、田苑等几位老师站在校门口,不断地向巷子的尽头张望,好像在迎接什么人似的。

范树琨和何方走出小巷就来到了校门口,范树琨主动地向老校长和老师们介绍了何方,大家寒暄着,一齐走进了校门。

范树琨边走边问老校长:"人都集合好了?"

老校长:"早就集合停当了,大家正在殷切地等着哩。"

范树琨:"那,咱们就直接去教室吧。"

"我已把茶水沏上了,请何参谋长先喝杯水再说吧。"老校长真诚地说。

何方很礼貌地说道:"谢谢校长,我不渴,茶就不喝了,咱们还是先学唱歌吧。"

老校长:"既如此,就辛苦何参谋长了。"说罢,几个人相拥着,陆续进了教室。

班长见老校长陪着客人进了教室,就立即喊了声"立正",学生们"唰啦"一声起身相迎。

老校长高兴地指着何方说:"同学们,这位就是鲁西青年抗日挺进大队的何参谋长。何参谋长会唱很多抗日歌曲,百忙之中,来咱们学校教唱抗日歌曲,让我们以热烈的掌声,欢迎何参谋长。"说完就带头鼓起掌来。

何方边鼓掌边示意同学们落座,教室里很快就静下来了。何方把随身带来的一卷白纸展开,范树琨就递过几只图钉,待何方把白纸固定在黑板上后,大家才看清这是用毛笔抄写

171

的《大刀进行曲》，歌词和曲谱都写得非常规整。

何方习惯地把右手放在帽沿上，行了个军礼之后，说："校长、老师、同学们，你们好。"热烈的掌声后，何方声音宏亮地说："现在全国各地都已掀起了抗日高潮，大唱抗日歌曲，振奋民族精神，已在全国各地轰轰烈烈地展开了。咱们古楼小学的师生们热切地学唱抗日歌曲的心情是十分可贵的。"何方指着黑板说："咱们今天，就先学唱《大刀进行曲》。"教室里又是一阵热烈的掌声。

何方说："现在，我先把这首歌的歌词给大家念一遍：'大刀向鬼子们的头上砍去，全国武装的弟兄们，抗战的一天来到了，前边有东北的义勇军，后面有全国的老百姓，咱们军民团结勇敢前进，看准那敌人，把它消灭，把他消灭，冲啊！大刀向鬼子们的头上砍去，杀！'"

何方说："这首歌，唱出了中国人民抗击日本鬼子的决心、信心和勇气，唱出了中国军民的英雄气概。为便于大家熟悉一下这首歌的旋律，我先唱一遍曲谱。"

何方唱完曲谱说："按说是先学会谱子，之后再学唱词。为尽快使大家会唱，现在我唱一句，大家后边就跟着学唱一句，用这种方式，大家说好不好啊？"

"好！"所有人异口同声。

"好。"何方说："现在咱们就开始学唱"。

"大刀向鬼子们的头上砍去……"老校长和师生们也都一句一句地跟着学。

雄壮的歌声响遍校园，也惊动了街巷中的行人。

何方本来就英俊潇洒，又有南方人学说北方话的特殊韵味，再加上他博学多才和青年抗日挺进大队参谋长的身份，几个女老师们都投以羡慕的眼光，而范树琨的眼神中则显露着亲昵和骄傲。

田苑看着范树琨的表情，眼角里流露着一种善意的微笑。

学校门口，有几个不三不四的家伙，贼头鼠脑地往校园里张望。

校工李大爷认定这几个家伙不是什么好鸟，就用地道的聊城话说："恁几个是做么的？学生们正在唱歌，这儿有么好看的，快，该干么干么去吧！"

李大爷说完，那几个家伙便自找没趣地溜走了。

十

今儿，耿老三的家特别热闹，耿大山在挺进大队的几个战友都来帮忙劈木柴。小伙子们抢起火头铚，两根大树圪垯，吃顿饭的功夫，就都劈成了碎柈子。

耿老三端出一壶开水，还拿出几只饭碗说："谢谢大伙帮忙，都过来喝碗水，坐下来歇歇，晚上我给你们熬鱼汤喝。"

小伙子们朝气旺盛地说："这点小活还能累着人喽！我们也不累，也不渴，谢谢爷爷啦。"

耿大山把盛满水的饭碗，分头递到战友们的手里。

张大河是个直性子，他看耿爷爷回到屋里，就对耿大山说："耿班长，人家三班和四班，在回城的路上就商量好了，为庆祝野营训练结束，今儿晚上，人家两个班一块去吃馆子。我看咱们班也凑钱去吃一回馆子吧。"

耿大山笑着说："哎，大个子，刚才不是说好了吗！晚上就在这儿喝我爷爷熬的鱼汤，吃吊炉烧饼吗？"

一个小战士也说："晚饭后还跟耿班长到街上看武术训练哩。"

大家也异口同声地说："对,看武术训练,咱也学两手。"

这是一座闲置的庙堂,两头山墙上各挂有一只铁洗脸盆,权作油灯。灯捻粗大、灯火通明,这里就是习武场。耿大山和他的几个战友早早就来到这里,观看武术表演。

一位留有长胡须的光头长者,稳稳地坐在中间的一把圈椅上,从气质和表情上看,就是一位身怀武艺的师傅。

两个身着汗褂的小伙子,腰里都扎着粗布练功带,伸胳膊、蹬腿的正在准备出场。椅子上的老者见两个年轻人已经准备停当,就声音宏亮地说："按夜个后上说的套路,恁俩先走一遍,开始吧。"

两个小伙子就晃着膀子走到了屋子中央,其架式如同两只好斗的公鸡,昂头瞪眼、随时准备袭击对方。只见他们先是拉开了一定距离,然后是前进后退、辗转腾挪,上下跳跃,手脚利索,这一个击打准确,那一个避让及时,出手有力,防守得当,围观的人眼睛发直,嘴里不断地"啧啧"叫好。

跟耿大山一块来的几个战友,全神贯注,他们被高超的武术表演强烈地吸引着。

此时,从不到武场来的耿老三,却神色慌张地出现在武场门口,他拉着正在看表演的耿大山就往外走。

耿大山十分奇怪,急忙问道："爷爷,您这是咋着了,有事？"

耿老三小声地说："老七爷的外甥在清心居茶馆当小伙计,他见你们大队长、参谋长还有范老师、田老师在楼上喝茶,门口有几个便衣等了一个多钟头了,看来是不怀好意。他怕出什么意外,就叫我告诉你一声。"

耿大山一听,就知事态严重,来不及多说,就带着几个战友,直奔胭脂楼对过的"清心居茶馆。"

十一

王金祥、胡作良和参谋处的几个铁杆亲信,着装整齐,表情肃穆,好像马上要出门执行什么任务。

屋子里很静,王金祥时不时地撸起袖口看手表,然后就来回地踱着步,以掩饰内心的烦躁。

突然门一响,警察局长柯劲根着一身便衣,气喘吁吁地闯进屋来,还没来得及张嘴,王金祥就急忙问："情况怎么样？"

柯劲根立即汇报说："姓何的那小子在古楼小学教完歌,吃完晚饭后又到胭脂楼对面的清心居茶馆喝茶去了。"

"姓何的还挺有雅兴啊！"王金祥气哼哼地说："还怪浪漫哩,他们几个人在一起？"

柯劲根："范专员的二小姐范树琨、二公子范树民,还有古楼小学女老师田苑、语文老师李士超。"

王金祥："他们都在干什么？"

柯劲根："好像在谈论什么诗词、歌曲之类的东西。"

王金祥："姓何的哪有一点军人作风，典型的公子哥、小衙内的坏习气。"王金祥又看了看手表说："柯局长，今儿的行动你要亲自到场，要干净利索，不准出一点漏子。"

柯劲根底气十足地说："放心吧，王参谋长，我保证完成任务。"说完，出门就消失在黑夜里了。

王金祥对胡作良等人说："好，咱们也开始行动吧。"几个人就跟着出了屋。

在煤油吊灯的辉映下，"胭脂楼"三个行书大字依稀可见。

"清心居茶馆"就座落在胭脂楼对面，左边是"一品香饺子馆"，右边是"四季春点心铺"，若是到了晚上九点以后，还能清楚地听到南边不远处东华戏院子里的锣鼓声。

"清心居茶馆"二楼共有两张桌子，现在却只有一张桌有客人，他们是范树民、何方、范树琨、田苑和李士超。

八仙桌上放一把景德镇白瓷彩袖茶壶，还有两小碟葵花籽。虽有点简朴，却也有一种淡雅的文化情调。在座的几个人面前都放有一张油印的诗稿，是他们最近的新作，趁今儿是星期天，也是东昌诗社两个星期一次的例会日，李士超就将大家招呼到了这里。

李士超手里拿着一张诗稿，表情有些沮丧地说："今天看了各位的诗作，我既高兴又灰心。高兴的是你们的新作在艺术上都有长足的进展；沮丧的是，我是越写越倒抽，三天五天也憋不出一句来。我现在倒是对咱聊城当地的民间文化很感兴趣。"

何方："文学艺术都是相通的，对民间文化感兴趣也很好，特别是你们聊城的历史文化底蕴深厚，是完全可以下工夫研究的。"

范树琨："李老师，其实你的诗比我们的强多了，特别是那篇《聊城赋》起初，我根本看不明白，仔细一解读，它反映的都是我们聊城的历史文化。"

李士超笑着摇摇头。

田苑似在无意间扫了李士超一眼，没有言语。

范树民兴趣好像不在诗歌上，无精打采的坐着，显得无所事事。

何方一抬头，对面"胭脂楼"三个字就映进了眼帘，他高兴地说："李老师大可不必谦虚，你的诗，在这几个人当中是最棒的，无论是格律声调还是意境上，都挑不出大的毛病。"

李士超笑着摇摇头。

何方说："李老师，你刚才说对民间乡土文化有兴趣，我想问一个问题。"

一听何方要提问题，所有的人又都来了精神。

何方："蒲松龄老先生把胭脂的故事放在聊城，是虚构的呢，还是真有点影子呢？"

李士超向来关心本地文化，听何方一问，立即来了精神，说道："噢，是这样，小说的发生地确实在聊城，故事也基本上真实可靠。当年蒲松龄有个老师叫施闰章，他曾是刑部主事，后调任山东学政。他多次来过聊城，对胭脂一案的全过程，所知甚详，他把这段曲折离奇的故事讲给学生们听，蒲松龄先生觉得故事复杂奇巧，又耐人寻味，于是就把它演绎成了小说。"

何方点了点头，却又问道："怎么能证明施闰章就是蒲松龄的老师呢？"

李士超轻轻地笑了笑说："何参谋长可能忘记了，在小说《胭脂》正文之后，有异史氏曰：愚山先生吾师也……愚山，是施闰章的号，咱光岳楼上现存有施闰章的亲笔提壁诗。何参谋长若有兴趣，抽空可到光岳楼上看看施闰章的手迹。"

范树琨、田苑、范树民一同问道:"真的吗?咱们一定去看看。"

"好,到下个星期天。咱们一块去看看。"何方高兴地说:"哎!有一个好消息还没告诉大家,这消息我也是刚听到。"

范树琨:"别卖关子了,快说是啥消息吧。"

何方看着李士超说:"你们看,李老师今天是否红光满面哪?"

大家的目光都转向李士超。

范树民说道:"我看和从前一样啊。"

何方:"李老师文采出众,能写一手好文章。现已被《抗战日报》社总编辑齐燕铭,指名调到报社当记者了。"

"啊!好啊!"大家一阵惊喜,"哗哗"地鼓起掌来。

范树琨:"李老师,这么好的喜事,怎么不早告诉大家啊?"

何方还没等李士超回话,就说道:"今儿之所以来'清心居茶馆'搞诗评会,就是李老师精心策划的告别会,所有费用,都是他自己掏的腰包。"

"啊!原来如此。"范树琨、田苑、范树民齐声道:"谢谢李老师的盛情安排。"

李士超笑着站起来说:"工作性质稍有变化而已,大家都住在聊城,诗社活动仍然照常进行!"

"对!诗社还要照常活动!"

灯光下,赵伊坪、张郁光、张维翰等表情严肃,眼里充满了焦虑和愠怒。张郁光说:"我们得到可靠消息,王金祥趁范司令和李树椿去曹县开会之机,妄想破坏聊城联合抗战的大好形势,他们准备先从青年抗日挺进大队开刀。一是给范司令脸上抹黑,二是栽赃破坏我党的声誉。现在何方、范树民几个年轻人正在清心居喝茶。而茶馆外,柯劲根按王金祥的旨意已布满了便衣。我们必须尽快地想法解围。"张郁光看着面前的刘洪涛说:"刘连长,这个任务就交给你了。"

刘洪涛"咔嚓"一个立正说:"请首长放心,我保证完成任务。"

张维翰:"要机智稳妥,不要扰民,事不宜迟,立即行动吧。"

"是。"刘洪涛转身向门外走去。

大街上,行人已逐渐稀少,胭脂楼和清心居的楼上,却依然亮着灯光。

刘洪涛带着一排战士,越过光岳楼向东走去。刘洪涛令队伍减慢速度,他只身一人径直进了"清心居茶馆",和老板稍一打招呼,就上了二楼。

二楼上,李士超等还在热烈地谈论着什么。刘洪涛的突然出现,却令他们吃惊不小。何方惊诧地问:"刘连长,你怎么也有雅兴来清心居啊?"

刘洪涛没直接回答,而是迅速地和何方耳语起来,大家见状,也意识到会有变故。

何方和刘洪涛耳语后,对大家说:"现在我们就和刘连长一块下楼,详细情况以后再说。"于是,刘洪涛在前,何方殿后,大家鱼贯下楼。

此时,警卫连一排的战士也刚好来到门口,刘洪涛、何方等人,也插进队伍,向远处走去。

在清心居监视多时的便衣警察,一开始并没在意出入茶馆的人,及至看见何方、范树琨等人,随着一伙军人走远之后,才感到事情有些不对劲,却也无能为力了。"

十二

从三德元出来，王金祥已有醉态，他东倒西歪地走进了一条小巷，胡作良等弄不清他要干什么，也只能跟着他往前走。

夜色很浓，小巷深处更为幽暗。王金祥、胡作良和几个亲信，正悄悄地向鲁西青年抗日挺进大队驻地走来。

驻地两个放哨的战士见有人来，就立即喊了声：谁，干什么的？

胡作良说："我们是大队的，王参谋长来查哨，你们快立正站好。"

哨兵马上拧亮手电筒，见王金祥等几个长官就站在面前，吓得赶紧立正站好，一副听从训话的样子。

王金祥漫不经心地问："你们空着两只手放哨，敌人来了怎么办？"

哨兵："上级还没给我们发枪，我们范大队长说，徒手也要站岗放哨。"

王金祥不屑一顾地说："徒手站岗顶个屁用，你们大队长和参谋长呢？"

哨兵："报告长官，我们不知道。"

"营房里还有多少人？"王金祥问。

"不知道。"哨兵回答说。

"太不像话！"王金祥扭头对胡作良说："吹哨子，叫挺进大队紧急集合。"

黑夜中，胡作良"嘟嘟"地吹响了哨子。

因为放两天假，营房里有的人早已入睡，有的人在闲聊拉呱，一些外出的人还没回来。

当急促的哨子声在夜空中突然响起后，战士们一脸的惊诧和茫然，不知发生了什么。于是，就懵懵懂懂地向操场跑去。五分钟后，操场里也只聚集二十几个人，没人整理队伍，战士们就松松垮垮地聚成了一群。

此时，范树民、何方、耿大山等已来到大门口，正好听见紧急集合的哨子声，感到十分惊讶。于是，就静静地隐在墙边，以观事态的变化。

王金祥围着人群转了一圈，心里是又来气又高兴。他阴毒地想，自己和李树椿曾多次谋划，要解散这支有共党倾向的青年队伍，却苦于没有机会。现在范筑先去曹县开会，而范树民、何方等人又彻夜未归，这可是天赐良机啊。于是，他毫不掩饰的对面前的战士们说："现在，我清楚地告诉你们，你们这支所谓的挺进队，是不在编制的，也是不合规定的，所以是不会发给你们枪的。你们的大队长和参谋长，也不是正式任命的。而他们带头吃喝玩乐，这哪里还有一点军人的样子。为此，我宣布，从现在起，你们的挺进大队立即解散。所有人员，愿意当兵打仗的，可编入其他团队；不想当兵打仗的，明天就可以卷铺盖卷回家……"

听到王金祥这一番肆无忌惮的胡说八道，范树民、何方、耿大山等，早已按耐不住心中怒火，范树民欲上前去质问王金祥。何方却伸手抓住范树民，叫他冷静下来，以免钻进王金祥这只"老狐狸"设下的圈套。

第十七章 | 沈鸿烈施淫威不欢而散
　　　　　　范筑先海泉寺礼佛参禅

一

东方天空渐显鱼肚白,晨曦中,巍峨的光岳楼也渐渐地从朦胧中清晰起来。随着太阳的升起,从东边楼尖开始,渐次披上了一层绚丽的金色霞光。

鲁西青年抗日挺进大队的操场上,战士们一如往常,精神抖擞地在上早操。大队长范树民、参谋长何方也随着队伍在跑步。

轮值班长耿大山挺胸昂首地指挥着队伍,不时地高喊:"一二一、一二三四","练好本领,消灭鬼子"的口号。高亢响亮的声音,在晨风中振荡着古老的城墙和街巷。这声音给平静的清晨,增添了无限活力,振奋着人们的精神。

收操前,耿大山整好队列,请大队长讲话。

范树民憋着一肚子气对何方说:"何参谋长,还是你说说吧,我一说就得上火。"

何方微笑着点点头,径直走到队列前说:"弟兄们,昨天晚上发生的事,想必大家都知道了。听说王金祥参谋长酒喝多了,黑天半夜跑到咱挺进大队说了一些醉话。既然是醉话嘛,我就希望大家在思想上不要受什么影响,我们要一如既往,按照训练大纲的要求,进行战术训练……"

队列解散后,开饭前,战士们七嘴八舌地议论:"什么参谋长,自己带头喝酒,跑到咱挺进大队来撒野,这叫什么事啊!"

有个战士说:"他根本没有醉,他早就想把咱挺进大队搞垮。"

另一个战士说:"酒话才是真话哩,酒后吐真言嘛。"

有人说:"王金祥是对何参谋长来的。"

有人说:"他随便说解散挺进大队,咱得找他说说清楚,这样不吭不言的太窝囊了。"大家七嘴八舌,忿忿不平。

此时,范树民和何方端着碗走过来,范树民心里仍窝着火,就对战士们吼道:"都快吃饭去吧,别瞎议论了。"

二

韩复榘被武汉国民政府枪毙后,蒋介石任命原青岛市长沈鸿烈为山东省政府主席兼保安司令及省国民党部主任。因济南早已被日军侵占,沈鸿烈只好带着部分省政府人员四处转移,如今,就在山东最西南角的曹县,暂时落了脚。

曹县文庙胡同边上有个小小的招商客店,聊城专署驻省联络处,就在这个小店里租了两间房子,联络处主任是专署秘书处的牛连文,随同范筑先来曹县开会的五个人,就下榻在这个小店里。

范筑先等五人每人刚在门口吃了个烧饼,喝了碗胡辣汤,李树椿和沈鸿烈的秘书就来到了小客店。

李树椿指着身边的年轻人对范筑先说:"这位是沈主席的秘书,我们一块来看范专员早饭吃好了没有。"

范筑先客气地回答:"早饭已吃过了。"

李树椿:"筑先兄既已用过早饭,沈鸿烈主席也正在办公室等候,派我和史秘书来接各位,咱们就一块过去吧。"

范筑先:"还接什么,别客气,咱们一块走吧。"

李树椿、史秘书在前引路,范筑先、牛连文、孟秘书、凌作善等在后,相继离开了小店。

沈鸿烈的办公地点,就在原县政府大院内,三间青砖大瓦房,办公用品一应俱全。

沈鸿烈中等个头,着一身灰色中山装,鼻梁上架一副无框眼镜。脸上表情凝重,在屋子里来回走动,似乎在思考着什么问题。听到院子里的脚步声,他意识到范筑先可能到了,就莫名其妙地笑了笑,振作了一下精神,一副礼贤下士的样子,急忙到门口相迎,他上前握住范筑先的双手,两个人相伴着走进办公室。落座之后,早有勤务兵斟上茶水,二人简单寒暄客套之后,沈鸿烈用碗盖拨了拨水面上的茶沫,又轻轻地吹了吹说:"从聊城到曹县四百多里地,范专员不顾年事已高,竟骑自行车跨黄河来曹县,一路上辛苦劳顿,实在令人由衷地钦佩,来,快喝杯热茶吧。"

范筑先也端起茶杯说:"如今抗战时期,军务紧急,筑先作为下属,接到沈主席电报后,理应连夜赶来,说不上什么辛苦劳顿。"

沈鸿烈点头微笑着:"无论如何,范专员冒着危险,在聊城坚持抗日,其精神十分可嘉。从有关汇报材料上看,我已基本上了解了一些情况。"沈鸿烈说到这里,有意停顿了一下,他看了看正在做记录的范筑先和孟秘书,用另一种语调说:"总之,成绩不小,但,问题也不少。"

范筑先心里明白,沈鸿烈客套了一阵子,终于要进入正题了。而牛连文和孟秘书脸上却露出了疑云和警惕。

李树椿在一旁点着头,阴险地干笑着。

范筑先想急于知道沈鸿烈的葫芦里到底卖的什么药,就说:"对聊城的抗日工作,有什么批评和训示,沈主席不妨明说。"

沈鸿烈不咸不淡地说:"范专员,咱们都是在国民政府任职多年的人了,如今是抗日的非常时期,咱们要同心同德,团结在国民政府蒋委员长的麾下,尽职尽责地做好抗日工作。为此,我想给你提出以下几个问题,有不同意见,咱们可以共同商议、切磋。"

范筑先点点头:"请沈主席明示吧。"

沈鸿烈略显牵强地微笑着说:"范专员是个痛快人,那我就明说了。你留在聊城一心抗日是对的,可你不该大量的收留京津来的青年学生。他们之中不乏共产党员,而这些人的思想大都非常激进,容易走极端,我们这些老年人,万不可被这些小青年牵着鼻子走。盲人瞎马,别弄个晚节不保。"

在场的牛连文、孟秘书、凌作善听了沈鸿烈的一番话后,心里气鼓鼓的。见范筑先面无表情,非常镇静,他们也不好随便说什么。

沈鸿烈见范筑先没什么反应,就接着说:"俗话说,嘴上没毛,办事不牢。范专员,你既然已把这些青年收下来,给他们个大头兵、小差使干干也就行了。可你竟给他们委以重任,七八个当县长的、十几个当主任的,还有当政委、当队长、当秘书的等等。而你把穿军装的老部下却抛在一边坐冷板凳,这样做的后果,是鲁西很快就赤化了,甚至全国都知道山东红了半边天。还有人说,聊城已变成了山东的小延安。而你又擅自将保安大队改成了鲁西抗日游击总队,这么严重的问题,难道不值得深思吗?"

范筑先听完沈鸿烈的挞伐责难,心里自然非常气愤,他也知道李树椿、王金祥等也有这种想法,应趁这个难得的机会说明原委,以正视听。于是,就心平气和地说:"沈主席刚才所说的现象确实存在。为使沈主席了解事情的真相,筑先想作如下申明:卢沟桥事变后,大批抗日青年学生南下,原准备投靠韩复榘三路军的政训处,来到济南后,韩复榘却弃城而逃。这些青年人不愿当逃兵,可又抗日无门。他们听说我仍在聊城,就步行三百里,心甘情愿和聊城人民大众一起抗日。在这种情况下,我能忍心把这些热血青年撵走吗?"

范筑先喝了口水,继续说道:"至于为什么重用这些青年人?当时的情况是韩复榘弃山东而逃,各县的县长自然是争着效仿,也都弃县城而逃。一时间,各种社会渣滓揭竿而起。汉奸、土匪、恶霸、会道门、劣顽等甚嚣尘上,当时百姓们称之为"五鬼闹鲁西"。在找不到国民政府官员的情况下,我派这些既有文化知识又热情能干的青年们,到各县收拾残局,坚持发展抗日,这难道有什么不对吗?"

面对范筑先有理有据、慷慨激昂的一席陈词,沈鸿烈面红耳赤,无言以对。但他还是无理争三分、以上凌下地说:"范专员,就算你有些道理,可你任命县级官员,也总该给省里打个招呼吧。"

范筑先真诚地说:"沈主席,筑先何尝不想给省里打招呼啊,可我给谁打呀!当时,韩复榘已在武汉被枪毙,而沈主席您也尚未到任。再说了,沈主席您一到任,不就把我任命的县长免了好几个吗?"

沈鸿烈毕竟是官场里泡出来的老滑头,在范筑先有理有节的步步紧逼下,并未显出多少尴尬和难堪。而是淡然一笑,转换话题,反攻为守地说:"你是专员,却无限度的扩充军队,什么人都收,不分良莠,鱼龙混杂,甚至土匪、旧军阀的逃兵,也搜罗在你身边,这些人能抗日吗?"

范筑先镇静地将了将胡须说:"土匪、旧军阀的军人我那里是收了一些,他们在军事上都有一技之长。听说东北王张作霖也出身于绿林,而沈主席您从日本留学回来,不是也曾在张大帅麾下干过葫芦岛的海军校长吗?"

李树椿看沈、范二人唇枪舌剑,互揭老底,恐难收场。于是,就打圆场说:"沈主席、范专员今天是第一次见面,机会难得,老话就不要再提了,咱们还是说说眼前的事情吧。"

沈鸿烈心里本很恼怒,可对范筑先却又无计可施。见李树椿施以援手,自己也正好顺势下台阶。于是,就硬挤出一点笑意说:"范专员,我说你扩充军队,人员太杂,并没有别的什么意思,是怕你年事已高,难以驾驭这些人。"

范筑先不咸不淡地说:"谢谢沈主席的关怀。"

沈鸿烈见范筑先语气有些平和,就又接着说:"咱们都是国民政府的老人了,还有个很刺眼的问题,我不得不提醒你。"

范筑先、牛连文、孟秘书都为之一震,不知沈鸿烈又要说什么。

沈鸿烈一副很诚恳地样子说:"全国,除正规军外,其余各省的地方部队,一律称之为保安大队。我是山东省保安司令,你是聊城的保安司令,怎么可以随便就把聊城保安大队改为什么'鲁西抗日游击总队'呢? 这种名字就是共产党习惯使用的。"

范筑先心里已经压下去的怒火,被沈鸿烈又激起来,他正要据理反驳,却见译电员手捧文件夹急忙走进来,向沈鸿烈敬礼后,报告道:"沈主席,武汉来电。"

沈鸿烈接过电文仔细看了两遍,然后在文件上签了字,待译电员出门之后,他转脸对范筑先说:"昨天已向全省发了通知,所有地、县军政机构,都必须无条件的服从省政府的领导。不准无组织、无纪律的各行其是,更不准拉拢一些不三不四的人另立山头,搞独立王国。"

沈鸿烈稍一停顿又对范筑先说:"范专员回聊城后,对今天我指出的问题,要想一想,争取尽快改正,和省政府要站在一条线上。"

范筑先实在忍无可忍,立即站起来准备回击。

沈鸿烈见状,很不耐烦地说:"今天到此为止,武汉国民政府有人来,我还得接待他们。"说完就离开了办公室。

三

刚一散会,蓝春河和警卫员小刘就离开聊城,一路上扬鞭催马,及至暮色降临,才风尘仆仆地回到六支队驻地。

蓝春河边洗脸边对小刘说:"你去找一下赵参谋长,叫他马上到司令部来一趟。"

"是!"小刘抹了把脸上的汗水,应声而去。

蓝春河擦完脸正在卷纸烟,赵健民随小刘就来到了司令部。

赵健民问蓝春河:"怎么样,大队对忠孝团是什么态度?"

蓝春河吸了口烟说:"王金祥参谋长不表态,张郁光参议说,忠孝团的人都很迷信刀枪不入的法术,以此来蛊惑信众。半年来始终未能取得什么进展,若要采取强硬措施,必须等范司令从曹县回来再说。"

赵健民点点头说道:"阳谷、寿张、阿城等地忠孝团势力很大,解决起来确有难度。"

"忠孝团的事以后再议。在聊城散会时,张维翰处长撵上我说,咱六支队就驻在黄河边上,范司令开完会,昨天下午就离开了曹县,明天可能到我们这儿,为保证范司令的安全,要咱派人往南迎一迎。"

赵健民一听此言,心里就咯噔一下:"是啊,黄河岸边情况十分复杂,保证范司令的安全是头等大事,我们必须立即行动。"

蓝春河:"那我准备明天一早,就派警卫连出发。"

"明天？"赵健民坚决地说："不行！"

蓝春河一愣神："你……"

赵健民："时不我待，马上出发。"

蓝春河："也好，小刘，赶快把警卫连长找来。"

"慢！"赵健民制止说："人不必太多，挑选十个人，我亲自带队去。"

蓝春河："有必要吗？"

赵健民不容置疑地说："有！寿张以东，斑鸠店以北的海泉镇一带，我比较熟悉，我去较为合适。"

四

蜿蜒的运河长堤上，范筑先、凌作善一行便衣简从，骑着自行车，风尘仆仆地由远而近向正北而来。在圪圪塮塮的土路上长时间的骑行，别说是范筑先，就连孟秘书这些年轻人，也都显得十分疲惫了。

时近晌午，运河拐了个牛梭子湾，河湾里是个很大的集镇。集镇的西北角，是一大片茂密的树林，林深处有一座红墙绿瓦的寺院。这情景，给人一种久远而神秘的感觉。

范筑先下来车子，两手扶着车把，看着眼前的景象，似乎勾起了什么联想。他问身边的孟秘书："这里是？"

"刚才我问了问老乡，说这是海泉镇。"孟秘书说，"离聊城还有一百六十多里地，这里有座佛寺，叫海泉寺。"

"噢！果然是这里。"范筑先若有所悟地点点头说："已经过晌午了，咱们到镇里打打尖，垫巴垫巴再走吧。"

海泉镇今儿不是集日，街上行人稀少，两边的店铺门前也很清冷。最惹眼的是十字街东南角的二层小楼，木质匾额上刻着"会英楼酒家"。这在小镇上显得特别气派，能在此楼喝酒吃饭的人，大都是有权有势的保甲长，或财大气粗的四方绅士，平时赶集上店的庄稼人是不敢光顾的。

此时，孟秘书等一行也来到了会英楼酒家门口，凌作善推门进去，范筑先看了看"会英楼酒家"几个字之后，说："咱又不喝酒，还得赶路，随便找个小地方吃点东西就行了。"

会英楼酒家对面不远，有一个常见的农村集市小饭铺，破旧的窄木板上，写着"郑老五丸子锅"几个字。

范筑先一见就来了精神，说："早就想喝丸子汤吃吊炉烧饼了，这才是咱吃饭的地方哩。"几个人就一齐走进了小饭铺。

小饭铺门前齐刷刷放着七八辆自行车，这在闭塞的鲁西小镇上，成了一道十分刺眼的风景，引来不少好奇的小孩们围着观看。

"会英楼酒家"二楼临街的一个雅间里，两个年轻人正在品一壶西湖龙井，桌子中间只有一小碟精制的糕点。坐在上座的人约有二十来岁，头戴一顶黑色礼帽，着一袭黑色长衫，鼻梁上还架着一副墨镜。

坐在下首的人，只有十六七岁的样子，脸庞浑圆，略显稚气，着一身灰色中山装，头戴一顶咖啡色的鸭舌帽，言行中透着机智和伶俐。

这二人虽是男人装扮,却难以掩饰其女性的本质。刚才楼下老板和客人的对话声,打破了楼上的宁静。待听到人走声消之后,楼上的两个人才不约而同地慢慢起身,透过敞开的窗扉,清楚地看到街上发生的一切。今儿一不逢集,二不是庙会,一下子来了六七个骑自行车的人,怎能不使人感到奇怪呢?

鸭舌帽疑惑地瞪大眼睛说:"下边这帮家伙是不是阳谷卜大头忠孝团的人哪?"

戴黑礼帽的人摇摇头、稳重地说:"卜大头的忠孝团,正在向北发展。再说了,即便是到咱海泉镇来,也不会喝郑老五的丸子汤,这帮人别看去喝丸子汤,气质上倒像是正规军的派头。"

鸭舌帽不以为然地说:"正规军为啥不穿军装?"

黑礼帽胸有成竹地道:"这就是问题之所在。"

鸭舌帽摸了摸腰里的手枪说:"我到小饭铺里看看去。"

黑礼帽:"别轻举妄动,你这是自我暴露!先盯住这伙人,看他们到什么地方去。"

小饭铺里,范筑先一行吃着吊炉烧饼,喝着绿豆面丸子汤。这虽不是山珍海味,可对鲁西人来说,却是一道上好的美食,制作工序看似简单,实则非常用心。先用一小块面团,沾上盐水、花椒面,作烧饼的内瓤。然后再裹上一层面团,待制成饼形时,在面上抹一层蜂蜜,接着再撒一层洁净的芝麻粒,贴在不见明火的木炭吊炉里,烤成金黄色后即可出炉。这烧饼吃一口,是又香又甜,又脆又软,又麻又咸。再来上一碗酸辣丸子汤,吃得人满头大汗,浑身通泰,嘿!这就叫享受。

范筑先擦着脸上的汗,看着小饭铺这一阵不大忙,就问掌柜的说:"哎!老掌柜的,您这个村在运河边上,可为啥叫海泉镇呢?"

店主人郑老五对这个问题很感兴趣,有些炫耀地说:"听老辈人说,俺这村西头有一口古老的砖井,井水清冽甘甜。南方一个云游的行脚僧来到这里,在古井边转悠了大半天,说这口井的水来自东海,他用这井里的水治好了不少病人。后来,这老和尚就在井傍边坐化了。乡人为感其善行,就在此为他建了这座寺院,名曰'海泉寺'。俺这个村,也随着改成了海泉镇。"

范筑先一听"海泉寺"三个字,心里为之一动,眼神里也充满了一种期盼。接着问道:"这海泉寺,现在还有吗?"

"有是有,天下不太平,兵荒马乱的,寺院也破败了。"郑老五遗憾地说。

"寺里还有和尚吗?"范筑先问。

"有,病快快的,也撑不了几天了。"郑老五有些怜悯地说。

"那和尚的法号可叫'慧泉'?"范筑先问。

郑老五有些惊奇地问:"啊!是呀,是叫慧泉,您老先生认得他?"

"只是听说,并不认识。"从范筑先的表情上看,他对海泉寺显然很感兴趣,其中必有特殊缘由。

离开郑老五的饭铺,范筑先一行没再走运河大堤,而是直奔海泉镇西北的树林里去了。

范筑先一行刚离开郑老五的小饭铺,正在吃饭或已经吃完饭的人就喊喊喳喳地议论开了:有的说刚才那几个人不像是商人,也不像教书的先生,更不像称霸一方的土匪。那个留长胡子的老头可能是个官,那几个年轻人都挺尊重他。

郑老五把脸一沉，惊诧地说："你们还别说，这伙人可能是聊城专署的官，听说专员范筑先就是个留胡子的老头。"

一个正在喝丸子汤的人抬起头来说："得了吧、老五，专员可是个大官，他能上你这小破饭铺来吃饭！人家最起码也得到对面'会英楼酒家'开个雅间啊！"

郑老五信服地点点头。

海泉镇西北角，有偌大一片茂密的树林，海泉寺就隐在其中。绛红色的围墙皮，虽已斑驳脱落，但"南无阿弥陀佛"几个大字尚依稀可见。干秃的树枝上，几只寒鸦"啊啊"地叫着飞来飞去。寺院内落叶荒草遍地，一片荒凉破败的景象。禅房里，老方丈慧泉法师和一个小沙弥正在眯眼打坐。

范筑先一行穿过林间小路，很快就来到了海泉寺门口，下车驻足观看这座苍凉的寺院：山门上横悬着"海泉寺"三个行楷大字，已失去往日的色彩和光鲜。孟秘书在山门外留下了两个卫兵，然后就和凌作善一起，随范筑先走进寺院。

寺院住持海泉法师已打坐完毕，虽有些老态龙钟，行动迟缓，目光却炯炯有神，身上似有佛光瑞气。见有人来到禅房，说："今日天朗气清，鹊鸣莺啼，知有贵人光临，施主可是……"

孟秘书急忙答道："我们路过宝刹净土，特来瞻仰佛光。"

慧泉睁眼看了看范筑先一行，脸上微有不悦："如今，外寇倭奴侵我中华，生灵惨遭涂炭，施主还有心到我这卑寺荒刹来观光，老衲甚为惊奇，阿弥陀佛。"

范筑先一听，知道老和尚有情绪，但却有一颗爱国心。于是，就敞开心扉说："面对真人不说假话，老禅师切莫见怪，实不相瞒，我就是范筑先，在聊城专署做事。对法师大名早有所闻，只是无缘相见，今路过宝刹，筑先特来拜见法师。"

慧泉瞪大眼睛，审视着范筑先说："不知范专员到来，有失远迎，罪过呀，罪过。"

范筑先双手合十以示回礼说："请问老方丈，您可是慧泉法师？"

慧泉："正是老衲，不知施主有何见教。"

"老禅师不必客气，筑先此来有一事相问。"二人的目光稍一对视，范筑先接着说："在下早年曾在西北军服务，一位姓单的老将军知我是鲁西人，他说，他的一个同学就在鲁西运河边上海泉寺当住持，法号叫'慧泉'，俗名'王天佑'。这王天佑早年留学日本，是个热血青年。适逢沙俄帝国无理侵占我东北大片国土，激起全国人民的愤怒。王天佑和同学在日本就成立了'拒俄队'，回国后，这支'拒俄队'却被清政府编进了北洋军。天佑一路升迁，麾下有千余兵马。后来，他坚决反对袁世凯称帝，袁世凯死后，他又反对军阀混战。于是，在鲁西将所部就地解散，他自己也遁入空门……"

从面部表情看，慧泉已陷入对痛苦往事的沉思之中。他睁开微闭的双眼，有些诧异地看着眼前的范筑先，并没有开口说话。

范筑先："老禅师高尚的爱国情怀，令我等钦佩至甚。"

慧泉手数念珠低声答道："刚才施主所言，老衲不知所指何人？阿弥陀佛。"

范筑先真诚地："如今日寇侵我国土，杀我同胞，筑先忝列地方官员，不能救百姓于水火，心中甚是不安。老禅师不必再隐瞒身份，筑先特来拜见，有何御敌良策，还请老禅师教我。"

慧泉："施主爱国之心天地可鉴，人人敬佩。可老衲如今已是世外之人，心如止水，滚滚红尘之事,早与贫僧无缘了。"

范筑先:"如今鬼子到处烧杀、抢掠,老禅师发发慈悲,救救黎民百姓吧!"

慧泉:"大批国军都已南撤,你一个专员能裂眦北视,决不南渡,已经是尽心尽力了。"

范筑先:"筑先虽有救国之心,手下也发展了几万人的队伍,可武器弹药严重不足。虽多次向国民政府申请,却终归石沉大海。"

慧泉:"既然国民政府都不予解决,我一个出家的穷和尚能有什么办法呢!"

范筑先:"听说老禅师当年决心皈依佛门时,将一个团的武器就地隐藏了。筑先此来,就是想请老禅师……"

慧泉看着眼前人员太多,突然闭上老眼,呼噜呼噜地打起瞌睡来,任他人如何喊叫,都不再回应。

范筑先无奈地摇摇头说:"老禅师累了就歇歇吧,等清静下来,筑先再来请教。"

五

范筑先离开郑老五的饭铺不久,"会英楼酒家"二楼的雅间里,黑礼帽自信地说:"刚才这伙人,肯定不是忠孝团的。"

鸭舌帽:"当家的,你认为他们是什么人呢?"

黑礼帽:"八成是聊城专署的人。"

"有啥根据呢?"鸭舌帽问。

黑礼帽:"听人说,聊城专员范筑先是个留长胡子的老头。"

鸭舌帽醒悟地:"哎!刚才是有个留长胡子的老头。不过,咱海泉镇很偏远,他上这儿来干啥?"

黑礼帽:"这就不知道了。走,咱们下楼跟他一段,看他们究竟想干什么。"

鸭舌帽:"当家的意思是?"

黑礼帽:"如有可能,我想见他一面。为了抗日,听说范筑先专员收编了很多民间武装,咱这支娘子军,如果他想要的话,以后咱就是正牌的抗日队伍了。"

鸭舌帽天真地:"是吗?"

黑礼帽:"快走,下楼看看去。"

她俩从二楼下来,正想出门往外走,街上却突然出现了十来个穿灰军装的骑兵。二人警觉地收住脚步,坐在一张餐桌后边,静观街上的动静。只见一个骑兵下马后,到郑老五饭铺门口问了句什么,然后十几个骑兵立即向镇子西北奔驰而去。

骑兵已经远去,街上又恢复到往日的平静,黑礼帽弄不清这些骑马人的意图,不敢冒然行动,难免有些怅然若失。

原来这是赵健民带领的骑兵小分队,专来迎候范筑先。他们穿过树林,古老破败的海泉寺就出现在面前,一行人在山门刚刚下马,就看见范专员和孟秘书等从寺院里走出来,赵健民与范筑先简单聊了几句,然后大家或骑马或骑车向北驶去……

六

小院里很静,范筑先戴着老花眼镜,坐在八仙桌旁看文件。本来就清癯的面容,更显得消瘦了，眼神里也露着疲倦和憔悴。

武志国腰扎围裙从厨房里出来，右手端一把沏上茶水的紫砂壶，右手指还勾着两只小茶瓯，来到堂屋后，就把茶壶、茶瓯放在范筑先面前的桌子上。

武治国稍有张扬的动作、明显地妨碍看文件的范筑先。范筑先把眼镜摘下来，似嗔非怒地盯着一向温顺知礼、举止有度的老伴。

武治国假装没看见范筑先的表情，并趁此空当，顺手把桌上所有文件也都收起来说：“别弄湿了，先放在条几上吧。”

范筑先有些愠怒地说：“你……”

武治国泰然而略带幽默地道：“范司令，今儿是星期天，别人都在休息，你也喝杯茶，歇歇吧！”

范筑先无奈地摇着头：“唉！事情太多，咱在这个位上，总得在其位谋其事吧！”

武治国把茶瓯递到范筑先手里说道：“你在外边是专员、是司令，可你在家是丈夫、是家长。你到曹县开会这几天，人也瘦了，头发也更白了，气色也不好，叫人看着就难受。”武治国说着说着，眼泪就下来了。

范筑先见老伴落泪，心里也热乎乎地忙说道：“今儿就啥也不干了，喝茶休息。咱也享受享受！”然后，端起茶瓯啜了一小口。

武治国抹了下眼泪，含笑端起茶壶急忙给老头子斟上。

范筑先喝下第二杯茶后，怡然轻松的神情渐渐地不见了，有些神不守舍的样子。他看见条几上的砚台，就把它拿到桌上，点了几滴清水，竟磨起墨来。

武治国苦笑着摇摇头，她知道自己的老头子是个闲不住的人。于是，她将茶具拿走，把桌子擦干净，铺上毡垫、放好宣纸。

此时，范筑先已把墨研好，然后拿起毛笔，在砚台边上轻轻地濡着，心里好像在琢磨着写点什么。少顷，他屏住气息，运腕挥毫，雪白的宣纸上就出现了几块坚硬的岩石，在岩石缝里长出了几撇挺拔的幽兰，边上还有一支探出来的竹子，竹叶挺拔、伸展。画面虽不大，却高洁淡雅而清秀，有超凡脱俗之神韵。落款为郑板桥的《咏竹》诗句：咬定青山不放松，立根原在破岩中。千磨万击还坚劲，任尔东西南北风。

范筑先放下毛笔，站在桌前，左手捻着胡子，仔细地审视着自己的画作，眼神里透着几分得意。

“画这么好哇！爸，您这是给谁画的？”随着朗朗的说话声，身后的范树琨已站了一会儿了。

范筑先看着二女儿有些嗔怪地说：“给谁画的？就我这水平敢给谁画呀！”

范树琨边看画边说：“俺学校的李士超老师说好几回了，想请您给他画一幅竹子。”

范筑先审视着范树琨说：“李老师咋知道我会画画，是你告诉他的吧。”

“爸，别冤枉我。”范树琨说：“在外边我从来没提过这事。”

范筑先：“来聊城后，我从没给人画过画，他是怎么知道的呢？”

“这我就不知道了。”范树琨噘着小嘴道：“爸，这幅画，我先给你保存着吧。”

范筑先瞪了范树琨一眼：“如真喜欢，就拿去吧，但不能再转送他人。”

范树民不知何时进了屋，正好看到刚才的场面说：“爸，你也给我画一幅呗。”

范筑先坐在椅子上端起茶杯说：“你自小就喜欢使枪弄棒，又不喜欢书画！”

范树民：“怎么不喜欢哪，喜欢！”

范筑先：“好吧，今天不画了，等以后有空了，我一定给你画一幅。”

范树民摇头又点头，却突然转变话题说：“爸，你整天东跑西颠的忙活，俺青年抗日挺进大队的事，你也得管一管哪！”

范筑先：“管，怎么不管了，我早就说过，你们现在的任务是苦练杀敌本领。”

范树民气呼呼地说：“还苦练杀敌本领啩，人家要解散俺挺进大队哩！”

“谁有这么大的胆子，敢解散你们？”范筑先问。

“王金祥参谋长！”范树民气愤地说。

“啊！”范筑先一愣，他觉得事态严重，就对范树民说：“青年抗日挺进大队的事属于公事，既然是公事，你明天叫何参谋长到我办公室去谈。在家里不谈公事，我已经说过多次了。”

范树民噘着嘴，转了个圈就到院里去了。

院门一响，张维翰和孟秘书急急忙忙地进来，看见范树民正在院里站着，就问：“范专员在家吗？”

“在。”范树民指了指堂屋。

张维翰和孟秘书随后进了屋。

厨房里的武治国和范树琨正在准备午饭，看到张维翰和孟秘书急切的表情，就知道又有当紧的事了，两个人静静地听着堂屋里的动静，心里就有一种惴惴不安的感觉。听着张维翰说话的声音很激愤，详细内容听不清，只断断续续崩出“忠孝团、县长、阳谷”等字眼……不一会，谈话停止了，屋子里很安静。突然门一响，就见范筑先、张维翰、孟秘书一起走出屋来，没给任何人打招呼，就直接向外走去。

七

李士超今儿心情很好，手里拿着两张刚印出来的《抗战日报》，兴致勃勃地向古楼小学走来。

老校工李大爷见李士超来到学校，就高兴地说：“李老师，您可是个稀罕人哪！自从您调到报社，这是第一次回学校来吧！”

李士超：“是啊！报社人手少，又要到下边采访，又要回来编稿，整天忙得脚手不沾地，我是真想到咱学校来看看啊！”

“好啊！年轻人多干点活是好事。”李老头看见李士超手里拿着报纸，就问：“您这是……”

李士超高兴地举起手中的报纸说：“这上边登了一首田老师写的抗日歌词，我拿来了一份，先叫她看看。”

李老头手往里一指说：“范老师走了，没看见田老师出门，您快去吧。”

“好！谢谢李大爷。”李士超边说，边往校园里走去。来到田苑宿舍门口，见屋门虚掩着，就站在门外，稳了稳激动的心情，然后，轻轻地敲了两下门。

伏案批改作业的田苑，听到敲门声，有些诧异，少顷，就立即放下作业本，起身去开门。

见是原来的同事李士超,两个人都感到又惊喜又尴尬,一时不知该说什么好。还是田苑先开口说:"哟!李老师,您怎么来了,快请坐吧。"

李士超在古楼小学的时候,心里就喜欢田苑。而田苑对李士超总是以一般同事相待,从未表现出过分的喜欢和热情,他今天趁着送报纸的机会,想再找田苑谈谈。可眼前客气、冷淡的气氛,让他心中的热情顿减。于是,李士超正儿八经地说:"田老师,您写的抗日歌词,今天报上发表了,我顺便拿来一份。"说着,将报纸递给田苑。

田苑接过报纸,高兴地看起来。李士超被晾在门口坐也不是,站也不是,他有些无奈地说:"田老师,您慢慢看吧,我回去了。"

田苑礼貌地放下手中的报纸说:"李老师,您这就走啊,不再坐会了?"

"不坐了,我还得到挺进大队去采访何方参谋长。"说完就向校门口走去。

田苑站在门口,手里拿着报纸,看着李士超消失的背影,摇了摇头。

八

夕阳很慷慨,把万缕金光尽情地撒在大地上。波光粼粼的东昌湖,折射出绚丽多彩的光芒,让人眼花缭乱、心情舒畅。微风轻摇着岸柳,堤坡上漫散着啃草的牛、羊。鹅、鸭在河里戏水,群鸟在空中飞翔。光岳楼在夕阳的映照下,更显得威严壮观,彰显出久远古老的苍凉。

何方和范树琨二人,悠闲地行走在湖堤路上。在一个伸进湖面的观景亭里,范树琨掏出手绢抖了抖,然后掸了掸石条凳说:"何参谋长,请坐吧。"

何方微笑着说:"范老师,你可真够活泼的。"

范树琨瞥了何方一眼,乖嗔地说:"给你说过多少次了,今后不准再喊我范老师。"

何方有些迷惘地问:"不叫范老师,那叫什么?"

范树琨思忖了一阵子,说道:"叫什么?就叫我树琨哪!"

何方有些玩笑地说:"直呼范二小姐树琨,太有点不尊重吧。"

范树琨:"就你们南方大学生想的多,直接叫名字,有什么不尊重的。"

何方顺从地说:"好,今后就叫你树琨。"

范树琨高兴地回应道:"嗯,这还差不多。"

何方一时语塞,他抬头远望,静静地观赏着夕阳之下古城的湖光景色,不断地点头赞叹不已。

范树琨主动地挨近何方,稍有矜持地说:"哎!我们学校的老师都很羡慕咱俩,说咱俩挺般配的。"

何方看着范树琨俊秀的脸蛋泛起了一层羞赧的红晕,就故作茫然地说:"般配!什么般配?"

范树琨双手摇着何方的肩膀,噘起小嘴撒娇地说:"你真坏,明知故问。"

何方认真地说:"范老师……"

"怎么还叫范老师?"范树琨责问。

何方恍然道:"噢!树琨。我倒不是明知故问,如今,全国民众都在大张旗鼓地抗日,在这特殊的战争时期,哪里还能考虑这些私人问题呀!"

范树琨：“男婚女嫁是天经地义的事，又不是说谈恋爱就不抗日了。”

何方：“现在是乱世之秋，时局不稳，还是等把鬼子彻底消灭了，咱再放心大胆的谈吧。”

范树琨有点着急：“我看，你这是找借口。”

何方急忙辩解道：“这绝不是找借口，再说了……”

“再说什么？”范树琨追问道。

何方：“咱中国谈婚论嫁，可都是讲究门当户对。”

范树琨一愣神，反问道：“什么门当户对？”

何方：“你爹是将军，是专员，又是司令，你是将门之后。我则是个普通的农家穷孩子，现在是军人，有些事情，也需领导批准，我考虑咱俩不太合适。”

此时，夕阳已钻进岸柳西边的云层里，天色明显地暗下来了。牧童在赶羊回村，打渔的小船也在收网靠岸，宿鸟投林，炊烟渐起。

范树琨鼓足勇气、红着脸问何方：“别的啥也不再多说了，我只问你一句话，“你到底喜不喜欢我？”

“当然喜欢！”何方加重语气：“而且是十分喜欢！”

范树琨悬在心中的石头终于落地了，她不由自主的猛然扑在何方的怀里，嘴里还喃喃地说：“有这一句话就行了，其余什么都不重要。”

何方和范树琨紧紧地偎依在一起，过了好长时间，范树琨幸福地仰起脸来问何方：“哎，是你们扬州好哇，还是我们聊城好？”

何方：“我看扬州、聊城都不错。”

范树琨故意找话说：“你们那里有什么好的？”

何方：“我们扬州有大运河、瘦西湖，你没念过唐朝李白的‘烟花三月下扬州’吗？”

范树琨：“我们聊城也有大运河和东昌湖，你也读过战国鲁仲连射书救聊城吧！”

何方：“我们南方是千山、千水、千秀才！”

范树琨：“我们山东是一山、一水、一圣人！”说罢，两个人竟开怀哈哈大笑起来。

笑声里，月亮偷偷地从光岳楼尖上露出半个脸来，窥视着这对幸福的恋人。

第十八章 忠孝团玩骗局刀枪不入
黄龙飞巧机关避弹有术

一

聊城专署，大门口有哨兵站岗，大院里军人在来回走动，都在忙于公务。

范筑先和孟秘书骑着自行车从大街上来到门口，哨兵立正敬礼。范筑先和孟秘书下车推着自行车向大院里走去。

凌作善接过范筑先的自行车停放在办公室门口，就急忙进屋打水、沏茶。

范筑先洗完脸，端起水碗"咕咕"地喝起来。

凌作善拿块破布，蹲在门口给范筑先擦自行车。

张维翰手拿记录本急匆匆地走过来，见凌作善蹲在门口擦车子，用手指了指范筑先的办公室。

凌作善知道张维翰要找范筑先，就深深地点了点头，意思是范筑先在屋里。

张维翰来不及多想，就急忙推门进屋。他抬头一看，却见范筑先疲惫地斜躺在椅背上睡着了，桌上的水碗还微微地冒着丝丝热气。张维翰深知范筑先太劳累，难得有个休息的机会，实在不忍心叫醒他，就把踏在门里的一只脚轻轻地抽回来，刚一转身，谁料却"咣"地一声碰到了门框，声音虽不大，范筑先却立即睁开发茶的眼睛问："谁呀？"

"是我。"张维翰急忙说，"范专员，您先休息一下，我过一会再过来。"

范筑先脸一沉，说道："还休息什么，快进来，阳谷的情况怎么样？"

张维翰只好又回到屋里，向范筑先汇报说："根据现在掌握的材料看，把徐茂里县长赶出阳谷城的主谋，是治安队的卞二愣，还有盘踞在康乐屯忠孝团的卞大头。他卞家二兄弟，一个在城里，，一个在乡下，是当地的主要反动势力。这两股反动武装如果不除掉，今后，阳谷的抗日政权就很难巩固。"

范筑先听了张维翰的汇报后陷入沉思。他在考虑如何解决阳谷的问题，一时又拿不出万全之策。

张维翰看着冥思苦想的范筑先说："实在不行的话，就先派两个团过去。"

范筑先："派谁去呢？你的十支队把守着堂邑、冠县、馆陶、卫河一线，紧盯邯郸大名的鬼子；九支队、三支队在高唐、清平一带，防守德州方向的鬼子；其他支队也各有任务。"

长时间沉默后，范筑先突然抬头兴奋地说："就派六支队的蓝春河和赵健民去，你看如何？”

张维翰瞪着吃惊的眼睛说："叫六支队去阳谷，范专员的意思是武力解决阳谷问题？"

范筑先摇摇头说："对于忠孝团这种民间反动组织，我一贯主张和平解决。"

"和平解决？"张维翰疑惑地问："蓝春河这些人能行吗？"

范筑先："蓝春河不行，还有赵健民和黄龙飞嘛。我看赵健民、黄龙飞就是两个难得的人才。黑风寨收编南杆，刘堤口消灭鬼子工兵，他们两个可是取胜的关键人物。还有，他们六支队离阳谷县城较近，这任务就交给他们吧。"

张维翰还是有些担心地问："任务很重，再说了，蓝春河自己也当过土匪呀！"

范筑先："是啊，人这一辈子谁还没点错处。叫他参加处理忠孝团，也是对他的最好考验。疑人不用，用人不疑嘛！"

张维翰见范筑先决心已定，也不便再阻拦，即改口说："好，既然范专员认为可行，就派人给他们下命令吧。"

范筑先："叫通讯班长来一趟。"

"是！"张维翰转身就往外走。

范筑先从椅子上站起来，伸了伸酸疼的腰，稍一思忖，就蹙眉对门口喊道："作善！"

"到！"凌作善人和声音同时进了屋。

范筑先："你马上把张处长叫回来，另外，立即准备马匹。"

"是。"凌作善即向门外跑去。

张维翰折回到办公室问："范专员，情况有变化吗？"

范筑先点点头说："情况倒没什么变化，我想咱一块去六支队，我要亲自给蓝春河下命令。"

张维翰非常不赞成地说："范专员，你要觉得通讯班长说不清楚的话，我可以去六支队。您这么大年纪了，下个命令，就不要亲自去了吧。"

范筑先严肃认真地说："我去与不去，效果恐怕不一样。"

张维翰醒悟地点点头。

这时，凌作善推门进来道："报告范司令，战马已准备好。"

范筑先手一挥说："好，立即出发。"

二

座落在十字大街西南角的"狮子楼"，是阳谷县的标志性建筑，也是地方名流经常出入的地方。在自任治安司令卞二愣的授意下，硬拉来几个所谓乡绅和地方名流，凑在"狮子楼"为其举行庆功宴。

二楼的一个大雅间里，悬挂着五盏煤油罩子灯。大方桌的周围，坐着几个穿戴各异的人：有戴列宁帽、着中山装的，有穿长衫戴礼帽的，有着西装革履的，有着马褂、戴缎面帽盔的，坐在上首的竟然是一位脑袋后边耷拉着一条猪尾巴小辫的前清遗老。这些人在一起虚伪地相互恭维着，"哼哼哈哈"地说些不咸不淡的话。

隔壁一间屋里，卞大头和卞二愣兄弟俩，早有人为其披上红绸，戴上了红花。待手下人出去后，卞大头问卞二愣："怎么，你请这些人来，还真想当县长啊？"

卞二愣抑制不住兴奋的心情说："徐茂里被咱赶跑之后，四街三关的保甲长们都愿意推举我当县长，我想，不当白不当。我要是当上了阳谷县长，也给咱老卞家增添了光彩。"

卞大头摇着大头，不以为然地说："如今这世道，就像小孩的脸——一天三变。咱把徐茂里赶跑了，你出来当县长，说不定也会有人赶跑你。"

卞二愣毫不在乎地说："能当一天算一天，咱老卞家的人也过一把当县长的瘾。"

卞大头不无忧虑地说："自从赶跑了徐茂里，心里总是不安稳，我觉得范筑先不会善罢甘休。"

卞二愣不想听这种丧气的话，就嘟噜着脸冷冷地说："大哥，就你想的太多，前怕狼、后怕虎的，你要是不想在城里干，干脆还回康乐屯经营你的忠孝团去吧！"

卞大头心里也窝着一肚子火说："走就走，我还真不愿意参与你这种自己出钱办的庆功会哩。"说完就想把身上的披红拽下来。

卞二愣一看卞大头真的要走，在这个节骨眼上，自己的面子岂不丢尽了。于是，就急忙转变态度说："大哥，我这毛躁脾气，你还不知道？千万别生小弟我的气，你就是回康乐屯，也得把今儿这个场面给我应付下来再走哇！"

卞大头瞪了卞二愣一眼，啥话也不说，气哼哼地坐在椅子上。

刚才卞氏兄弟二人争吵时，副大队长郑广同就在房门外边站着。听着里边不再吵了，才推门进来说："卞县长，客人都已到齐了。"

保安大队副大队长郑广同，是这次宴会的主持。他着一身保安大队的黄军装，佩中尉军衔。他站起来，首先向全场敬了一个军礼说："谢谢诸位光临狮子楼，现在我先说两句：诸位乡谊发达，想必大家早已知道了，在赶走共党无能县长徐茂里的行动中，咱大队，现在已改名为治安团的卞万财'卞司令'，忠孝团的卞万福卞堂主立下了汗马功劳。因此，四街三关的保甲长和各界绅士、名人，决定为卞县长和卞堂主，设宴庆功，请大家鼓掌。"

一阵掌声后，郑广同用眼神请示了一下卞二愣之后说："现在，就请新任县长兼治安团的'卞司令'讲话。"

人们一听新任县长，就瞪着疑惑迷茫的眼睛，稀稀拉拉的鼓了几下掌。

卞二愣着一身黄军装，披着红绸，头戴大盖帽，配上尉军衔，鼻梁还架着一副浅黑色墨镜。他先干咳了一声，右手往帽檐上一点，算是行了一个军礼。然后，摇头晃脑撇腔拐调地说："大家好！万财今儿把各位年高德劭的父老乡贤请来，是想把我县的近况向大家通报一下。第一，共党分子徐茂里拉帮结派，已被民众唾弃。作为本地人，又是保安大队长，我有权维护治安，并把姓徐的这个外乡人赶跑；第二，聊城行辕主任李树椿、王金祥参谋长不但坚决支持我们，而且还要求并任命我为咱阳谷县的县长。万财虽然不才，但我会竭尽全力为乡民服务，诚望在坐的各位给予大力支持！"

"啪啪"的几下掌声后，卞二愣首先端起酒杯说："现在，就请诸位举杯，为咱阳谷的美好明天，共同干杯！"卞二愣讲完话，自己首先一仰脖子，一口喝了个杯底朝天。之后，狮子楼上，一伙人就猜拳行令、吆五喝六的大喝起来。

三

落日熔金，暮云渐起。三匹战马从夕阳的霞光里飞驶而来，快速地向东奔去。凌作善在前，张维翰殿后，范筑先居中。战马拐进了运河堤下的一个小村里，六支队司令部就驻扎在这里。

黄泥土房里已掌上了油灯，紧急会议正在进行着。参会人员有范筑先、张维翰和蓝春河、赵健民，还有刚提为副司令的黄龙飞和有关人员。

张维翰把手中的小本子合起来说："刚才我已把阳谷的事态给大家通报了，下边请范司令给大家作指示。"

与会人员把目光一齐投向灯光下的范筑先。

范筑先表情严肃地说："刚才大家都听到了，现在阳谷的形势很严峻，反动势力竟公然把我们的抗日县长赶出来，其气焰之嚣张可见一斑。盘踞在阳谷城里自任治安团司令的卞二愣以及、康乐屯忠孝团的卞大头，是两股主要反动势力。我们只有消除卞氏二兄弟的反动势力，才有可能恢复阳谷的抗日政权。经过研究，我决定把这个任务交给你们六支队去完成，怎么样，大家有信心吗？"

蓝春河、赵健民、黄龙飞等同声回答："有信心，保证完成任务。"

范筑先满意地点点头，大声说："好！对于处理这样的问题，我们一贯的主张是，先礼后兵，分化瓦解，尽量和平解决。如果卞氏兄弟顽固不化，对抗到底，我们再考虑动用别的方法。这就需要大家动脑子、用智慧。你们想想，还有什么问题吗？"

蓝春河信心十足地说："没问题，请范司令放心，三天内保证完成任务。"

范筑先："你们要尽快制定出行动计划、具体方案，可先报司令部一份。"

蓝春河："是！"

范筑先站起身来，戴上军帽，无意中捋了捋花白胡子说："既如此，你们就马上进行研究吧，我和张处长还要赶到二支队去。"

蓝春河："天已黑了，范司令您就在这儿住一晚上，等明天再走吧。"

"明天，还有明天的事。"范筑先边说边和张维翰走到院子里，凌作善已将马匹备好。

蓝春河、赵健民、黄龙飞等，将范筑先送到村口，看着老将军消失在茫茫的夜色里。几个人马上返回司令部，研究决定兵分两路，分别处置卞氏二兄弟。

屋子里很静。煤油灯下，赵健民眉宇深锁，正在冥思苦想，仔细地权衡着明天的行动计划。

坐在赵健民对面的侦察连长刘勇、警卫连长王山虎耐心地等待着，目光静静地注视着赵健民。

赵健民终于抬起头来，对刘勇、王山虎说："刚才咱们研究的行动方案比较周密，我认为是可行的。"

刘勇、王山虎兴奋地说："明天我们就可以行动了？"

赵健民："对，明天一早就开始行动。"

赵健民对刘勇说："刘连长，今儿晚上你还得再动动脑子，仔细琢磨一下你表哥郑广同，此次行动的成败，你表哥可是个关键性的人物。"

"参谋长，你就放心吧。"刘勇很有把握地说："我敢保证不会出现任何问题。"

"好！"赵健民说："既如此，大家都早点休息，明天一早开始行动。"

六支队司令部里，蓝春河显得很兴奋，他手里拿着一把手枪，熟练地耍弄着，那手枪就像一只黑色的燕子，在他面前上下翻飞。坐在一旁的黄龙飞看得眼花缭乱，弄不清蓝春河在耍什么把戏。

蓝春河停止了手枪的转动，对黄龙飞说："既然范司令不主张对忠孝团动武，我看哪，咱俩就必须亲自去康乐屯，跟卞大头面对面的交锋。先动之以情晓之以理，劝其改邪归正。如果卞大头顽固不化，我还准备了最后一招。"

黄龙飞不解地问："最后一招？"

蓝春河："对！给他来个以毒攻毒。"

"以毒攻毒？"黄龙飞一脸疑问。

"是啊！"蓝春河说："卞大头的看家本领，就是所谓"刀枪不入"的法术，他就仗着这个小障眼法，笼络人心。"

黄龙飞点点头，表示认可。

蓝春河十分自信地说："卞大头那一套，仅算是小伎俩。我有更高级的障眼法，可以当场表演避弹术。"

"啊！"黄龙飞惊奇地道："蓝司令会避弹术？"

蓝春河毫不避讳地说："当年我在关外深山老林胡子窝里混饭吃的时候，和不少匪徒们玩过这一手。还真是屡试不爽，从未失过手。"

黄龙飞担心地说："子弹的穿透力太强，万一……"

蓝春河一笑，熟练地把手枪中的弹夹取出来，从中扣出一粒子弹，拧下弹丸，把弹壳里的火药倾倒在左手掌上说："子弹打的远近，穿透力强弱，关键就在于枪口和人体距离，装药量的多少。再就是，要琢磨透对方的心理，料定卞大头会出些什么刁钻古怪的难题……"

黄龙飞此时已明白了所谓"避弹术"的奥妙，高兴地说："我明白了，我带两个人去康乐屯就行，蓝司令，您就不必亲自出马了。"

蓝春河摇摇头认真地说："不！这次任务我必须亲自去。要知道，卞大头可是个老奸巨猾的土匪头子。和这种人打交道，不但要有胆量、有气势，而且还必须善于随机应变。"

黄龙飞："蓝司令，我是担心……"

蓝春河轻松地一笑说："黄副司令，放心吧，只要把卞大头的心理琢磨透，按咱刚才设计的步骤走。胆不怯、手不软、心不慌、神不散，我就保证万无一失，马到成功。不过，今晚要把明天所用子弹的药量，配搭准，试量好。对于'避弹术'，人们大都持怀疑态度，所以前三发必须是真子弹。一定要把前三发子弹打出去，然后才能表演，这一点是至关重要的，成败均在此一举。"

四

空中笼罩着铅灰色的云层，大地弥漫着浓重的雾霭，天地间混混沌沌，使人觉得压抑、沉闷和无奈。

运河西岸的康乐屯，是仅次于阳谷县城的大集市。因内忧外患，世道不宁，歪门邪道、胡子、土匪盛行，但能成气候的，敢跟政府抗衡的，就只有康乐屯卞大头的忠孝团。

康乐屯北头，有一座大庙，庙前是一处很宽敞的打麦场，这里就是忠孝团练功、念咒的聚集地。

庙院前后，打麦场周边，插着一圈黄底红边的三角狼牙旗，庙台正中悬挂着一块长方形的大黄布，上书"忠孝团"三个楷书大字。庙台下边放着三个灰色面缸子，每个面缸子里都插着信众们供奉的香烛，被风一吹，烟雾缭绕，狼牙旗也"哗啦哗啦"乱响。气氛虽妖邪怪异，也透着一种神秘庄重。

今儿一大早，蓝春河与黄龙飞身着灰军装，腰扎牛皮带，身姿矫健地骑着战马，斗志昂扬地向康乐屯奔来。

康乐屯北大庙的门口，有两个团丁站岗放哨，他们身着黄布红边的上衣，头上扎着黄布包头，手中拿着长柄红缨枪，背靠在一棵榆树上，两个人吸着自制的卷烟，喷云吐雾地胡唠海聊。

蓝春河、黄龙飞来到庙门口滚鞍下马，两个团丁才发现眼前突然来了两个英气逼人、威武雄壮的军人，心里就有些毛呆呆地发怵。但还是壮着胆子，把手中的红缨枪往前一杵说："站住！你们是干么的？"

蓝春河不无骄横地说："我们是鲁西抗日游击总队六支队的。"

团丁："你六支队，到我们忠孝团来干么？"

蓝春河："来干么？快去告诉你们卞堂主，就说六支队司令蓝春河有要事要见他。"

团丁稍一愣怔说："想见卞堂主？你们先在门口等着，我这就去禀告。"

庙堂里，红烛高照、烟雾缭绕。神龛后光线昏暗，影影绰绰的挂有一张画像，神秘怪异，看不清供奉的哪路神仙。

忠孝团堂主卞万福，因脑袋长得特别大，人们私下里都喊他"卞大头。"他一年四季总是把脑袋刮得净光锃亮，看上去就像一只吹足了气的猪尿泡。卞大头眼不大，眼神里却透露出狡黠和奸诈。此时，卞大头正在庙堂里和他手下的几个头目商量着什么。

哨兵突然闯进庙堂，慌慌张张地喊卞堂主。

卞大头虽有些惊愕，却不动声色问："慌啥，有什么事？慢慢说。"

哨兵："东边六支队的司令来了。"

"你说什么？"卞大头显然有些震惊。

哨兵："六支队的司令来了。"

卞大头惊异地问："他们现在什么地方？"

哨兵："就在大院门口。"

卞大头使劲转了一下小眼珠子问道："他们来了多少人？"

"一共只有两个人。"哨兵说。

卞大头："后边有大部队吗？"

"没看见！"哨兵回答。

卞大头稍一沉思，摆手对哨兵说："你先到门外等一等。"

哨兵闻言，立即退到门外。

卞大头看了看左右号称"八大金刚"的小头目说："蓝春河只身到咱忠孝团来，你们说说,他来想干什么?"

一中队长胡聚财说:"我看,蓝春河此来,是黄鼠狼给鸡拜年——没安好心。"

二中队长陈发亮说:"蓝春河这小子是土匪出身,见多识广,鬼子点很多。我看,干脆把他干掉算了。"

三中队长杨俊臣说:"不可莽撞,我看先叫蓝春河进来,看他葫芦里卖的什么药,然后再想法处置他。"

其他的几个中队长说:"都别瞎咧咧了,还是叫咱堂主卞大师说说吧。"

卞大头见大家不再言语,很自恃地说:"蓝春河事先不打任何招呼,就敢轻易闯进咱忠孝团,这说明他是有备而来。虽没来大部队,但我敢断定,蓝春河的六支队就在后边埋伏着。在没弄清他的意图之前,我们不可轻举妄动,以防钻进他设好的圈套里。"

几个中队长一齐问:"大师。您的意思是……"

卞大头抬手抹了一把光溜溜的大脑袋说:"蓝春河这个人早年在关外当过兵,也曾落草为寇,半年前他还是马颊河南杆的土匪头子,如今却成了范筑先的六支队司令。我虽看不起这种人,但他能登门求见,我们还是先观察一下,然后再确定如何应对他。"

"好!"大家同声道:"就听大师的安排。"

卞大头立即对门外的哨兵说:"去,叫蓝春河进来吧。"

哨兵应声向外跑去。

康乐屯忠孝团大门口,蓝春河、黄龙飞已在此等候多时,并没发现周围有什么异常动静,两个人正在小声说着什么,却见哨兵气喘吁吁地跑出来说:"我们卞堂主请二位进去说话。"说完就自行在前引路,蓝春河、黄龙飞紧随其后。

大院里的人,扛树的、开石的、要大刀的、要长矛的,都在练着各自的功法。看见哨兵领进来两个穿军装的人,都觉得挺稀罕,纷纷停下来,眼盯着哨兵和蓝春河、黄龙飞向庙堂走去。

来到庙堂门口,哨兵叫蓝春河、黄龙飞暂时止步,进去报告卞大头说:"人已来到门口。"

卞大头看了看八个中队长,而自诩为"八大金刚"的八个中队长们,则把自己惯使的枪刀剑棍紧紧地握在手中。卞大头则稳了稳情绪,然后很不自然地端坐在大圈椅上说:"叫他们进来吧。"

哨兵走到门口对蓝春河、黄龙飞说:"卞堂主请二位进去说话。"

蓝春河、黄龙飞立即不卑不亢、大大方方地走进了庙堂。

卞大头和屋里所有的人都盯着蓝春河和黄龙飞,而蓝、黄二人健壮的体魄、光彩照人的英姿、坦然自如的表情、不怒而威的气质,竟震慑得这伙人目瞪口呆。他们自感矮人三分,卑陋猥琐的缩脖弯腰,一时间,气氛凝滞沉闷。

蓝春河看着满屋的人都不说话,为打破僵局,就反客为主、落落大方地说:"听说忠孝团以'忠孝'二字为立身之本,以仁、义、礼、智、信为待人之法。今天,我们前来拜访,卞堂主总不会叫客人站着说话吧?"

此时,卞大头似乎才醒过神来,表情尴尬地说:"来人,快给客人打座。"

蓝春河、黄龙飞落座之后,卞大头明知故问地问:"二位是……"

蓝春河对卞大头的装腔作势感到十分好笑,但还是礼貌地答道:"在下鲁西抗日游击总队六支队司令蓝春河。"

黄龙飞随着答道："在下鲁西抗日游击总队六支队副司令黄龙飞。"

卞大头："你们不是驻扎运河东吗，突然跑到我们康乐屯有何贵干哪？"

蓝春河正气凛然地说："康乐屯不是独立王国，这里是聊城专署管辖的地方，我们当然有权力到这里来公干。"

卞大头自知理亏，喃喃地问："你们来，想干什么？"

蓝春河义正词严地回答："我们奉聊城专员兼鲁西抗日游击总队司令范筑先将军的命令，专门来挽救你的。"

卞大头干哑地笑道："笑话，我一个拯救众生的忠孝堂主，还用得着你来挽救？"

蓝春河威严地说："你是堂主不错，可你这个堂主已经犯了大罪！"

一听卞大头犯有大罪，几个中队长众喽啰都瞪起了疑惑的眼睛。

卞大头心里很虚，稍一镇静后说："我们忠孝团以忠孝节义为立足之本，以保家为民、驱逐倭寇为行为准则，难道这也算犯罪吗？"

蓝春河早已看透卞大头是嘴硬心虚，就厉声道："忠孝团名字虽好听，但还不是吃老百姓、喝老百姓的。"

卞大头气急败坏地说："蓝春河，你别刚穿上裤子就骂我们这些光腚的。几个月前你也是土匪，咱俩是一个在蓆上，一个在苇子上，本质都一样，如今你却跑到这儿来装好人。"

蓝春河并不避讳，坦然地说："是啊！几个月前，我也算是土匪。可我知错就改，现在我们是国家的抗日队伍，可你还是土匪。"

卞大头张口结舌反驳道："我，我怎么就土匪了？"

蓝春河："你有三大罪状：一勒索乡民、强逼粮款；二截留国家公粮、大肆挥霍；三也是最重要的，就是你帮助你兄弟卞二愣，共同赶走了我们的抗日县长徐茂里。"

"你……"卞大头理屈词穷，早已无力申辩。

蓝春河接着说："你赶走抗日县长，就是有意破坏抗日，破坏抗日，就是卖国投敌。阳谷城里早已有人跑到聊城告你兄弟卞二愣，康乐屯也有民众去告你以忠孝团的名义胡作非为。现在政府已立案侦查，范专员为最后挽救你，才特派我和黄副司令来找你谈谈。你如果不愿意谈，我蓝春河马上就回去，犯不着跟你磨嘴皮子。"

卞大头虽然霸道蛮横，此时，他也感到了事情的严重性。使劲从眼皮底下挤出点笑意，恬不知耻地说："蓝司令，别误会，兄弟我是个大老粗，愿意听从蓝司令的指教。"

听卞大头这么一说，众喽啰大眼瞪小眼，呆呆地面面相觑。他们已看到卞大头的态度有了变化，每个人自然也会权衡自己今后命运的走向。

庙堂里很静，东西两厢彩塑的哼哈二将，目光如电，注视着人们的一举一动；眼神如剑，能穿透人的五脏六腑。伸出来的巨掌，似乎随时都在准备抓人。虽然才进入秋天，也使人感到浑身上下凉飕飕的。

黄龙飞觉得时机已到，就立即站起来大声说："好！弟兄们，只要改邪归正，接受改编，参加抗日队伍，政府会支持你们，乡亲们也会欢迎你们。"

庙堂内竟有大半以上的人同声高喊："我们接受改编。"

眼前的状态使卞大头大为震惊，人心已散，大势所趋，料难挽回。常言道，识时务者为俊杰,何必在一棵树上把自己吊死呢。于是,决定就坡下驴,来它个顺水推舟,但他仰起脸来对黄龙飞说:"何去何从我卞某自有主张,敢问这位兄弟你是……?"

蓝春河抢先回答道:"刚才说了,这是我们六支队黄龙飞副司令。上个月在刘堤口全歼鬼子工兵的事,诸位可能听说了吧?"

"听说了,六支队真英雄。"卞大头和众头目等异口同声。

蓝春河接着黄龙飞说:"刘堤口战斗的现场总指挥,就是我们的黄龙飞副司令。"

庙堂里响起了热烈的掌声。

蓝春河:"黄副司令不但善于指挥战斗,而且他还有一身非常好的武功,上房越墙如履平地,也就是我们常说的飞檐走壁。"

黄龙飞谦虚地说:"我那点小技巧算不了什么。我们的蓝司令的功夫比我厉害得多,他会神奇的避弹术。"

"避弹术?"卞大头和众头目吃惊地问。

黄龙飞就按预先策划好的步骤说:"避弹术,就是全身运上真气,子弹炮皮就打不到人的身上,这比刀枪不入的工夫要强多了。"

蓝春河和黄龙飞一唱一和地几句话,立即把人们的好奇心吊起来了。他们对蓝黄二人不但敬畏,而且还拉近了距离,有了亲切的信任感。

卞大头兴趣极浓而又怀疑地问:"蓝司令,避弹术这种绝招,你是怎么学的呀?"

蓝春河见一屋人都在听他说话,就故意无所谓地说:"所谓避弹术,其实也是小菜一碟,没什么了不起。我蓝某小的时候家很穷,为有口饭吃,我十几岁就去闯过关东。关东那个地方,俄国老毛子、韩国的高丽棒子、蒙古的马贩子、满洲旗人、日本浪人什么人都有,什么奇招妙术都有,见得多了,也就知道是咋回事了。"

"请蓝司令表演一下避弹术,叫弟兄们也开开眼界如何?"卞大头及手下一致要求。

卞大头既有好奇心,又不坏好意地说:"蓝司令,您就让弟兄们开开眼界吧!"

蓝春河正色道:"春河奉范专员之命来康乐屯的目的,可不是为了什么表演……"

卞大头一听,见蓝春河有意回避,认为避弹术一定是假的。于是,就冷冷地说:"蓝司令,你只要露一手避弹术,我卞某带头,马上接受你的改编,否则嘛……免谈。"

"对,看完表演就接受改编。"喽啰们一齐跟着起哄。

黄龙飞来到蓝春河面前说:"蓝司令,卞堂主和弟兄们都一再要求,我看你是不是……"

蓝春河转而对卞大头说:"卞堂主,表演避弹术的事我一点准备也没有,咱们还是把改编的事谈妥后,再给弟兄们表演吧。"

卞大头和众头目紧追不舍道:"只要蓝司令表演避弹术,我们保证接受改编。"

蓝春河觉得火候已到,就带着一副豁出去的劲头说:"好吧,既然卞堂主和众弟兄看得起我蓝春河,今儿我就献丑了。"

一阵热烈的掌声后,蓝春河对卞大头说:"卞堂主,这庙里地方太窄狭,不宜打枪,更怕失手伤人,还是到外边场子里去吧。"

卞大头一听蓝春河真要表演,情绪就高涨起来。他立即命令中队长们说:"去,你们赶快叫人把庙台场子布置一下。另外,把全团所有人员都集合起来,大家一块看蓝司令的表演。"

"是!"众喽啰急忙走出大庙,各自忙活去了。

蓝春河见卞大头已经上钩,就郑重地说:"卞堂主,军中无戏言,咱可要说话算话哩!"

卞大头一拍胸脯说:"好!君子一言、驷马难追。"

蓝春河说道"空口无凭,立字为证!"

卞大头喝道:"拿笔墨来!"

卞大头阴冷地说:"蓝司令,即是立字据,就必须写上:若三枪打不着你,我忠孝团乖乖的接受你的改编。若一枪把你打死,可与我卞万福的忠孝团毫无干系。"

蓝春河哈哈大笑说:"大丈夫一言九鼎,岂能反悔!"

卞大头重重拍了下光头说:"立马签字画押!"

蓝春河一点不含糊地回应道:"好!"

五

聊城专署大院里,张维翰拿着文件夹从过道里走出来,正巧碰上往办公室送水的凌作善,就问:"范司令在吗?"

"在!"凌作善指着范筑先的办公室说。

办公室里,范筑先正在伏案批阅着什么,见张维翰进来,就摘去花镜放下手中的文件。

张维翰:"按照您的指示,卫队营和骑兵连昨天晚上已经出发了。据刚才收到的信息,卫队营已到康乐屯,骑兵连也在阳谷城外待命。按照计划,他们会主动和六支队取得联系。"

"好。"范筑先显然很高兴,又问道:"六支队有新消息吗?"

张维翰:"第一路赵健民、刘勇、王山虎已准备潜入到阳谷城里;第二路蓝春河、黄龙飞已进入康乐屯的忠孝团。"

范筑先急切地问:"有后续消息吗?"

"现在还没有。"张维翰回答。

范筑先稍有些失落,他摸起眼镜又想看文件。

张维翰立即插话说:"范司令,古云十三支队副司令王青云、政治部主任汪毅,受冀镇国司令的委托已来到聊城,他们想亲自向您汇报一下十三支队当前面临的情况。"

"嗯!"范筑先稍一沉思:"现在十三支队的大体情况如何?"

张维翰:"情况很不理想。关键是濮城县长姜洪源不供军粮,限制活动范围,千方百计地刁难十三支队,不少连队常常断炊。姜洪源还以请客为名,公开逼迫冀镇国司令交出十三支队的指挥权,对此,官兵们都十分气愤。"

范筑先越听越有气,心里十分恼怒。沉默许久,似乎在思考着解决十三支队问题的办法。

张维翰不失时机地说:"据说,冀镇国派他的副司令来聊城,已发现姜洪源在李树椿的支持下,恐有更大的阴谋计划。"

范筑先显然有些烦躁地说:"没有真凭实据,不可贸然听之、信之。"然后起身在屋子里踱来踱去,心里在梳理着一团乱麻。他突然回过头来对张维翰说:"这样吧,等蓝春河、赵健民他们把阳谷问题解决后,咱们一块到濮城古云去一趟,彻底解决姜洪源和十三支队的矛盾问题。"

张维翰点点头，没再说什么。

六

夜色很浓，聊城胡同里更是黑咕隆咚。临街第一家就是李树椿的行辕，只听大门"吱呀"响了一声，一个黑影就迅速地从门缝里钻进来了。

李树椿坐在罩子灯下，阴沉着脸，似有心事，正在呆呆地想着什么。一股凉气进来，煤油灯的火苗忽闪了两下，李树椿未曾抬头，他知道来人是王金祥，立即问道："卞氏两兄弟赶走徐茂里之后，阳谷有什么新消息吗？"

王金祥怨声怨气地说："这两天范老头派我去三支队，今儿刚回来，没听到有什么消息。"

李树椿："事不宜迟，要赶快把阳谷县长的人选定下来，否则，阳谷的政权还会被共党分子夺回去。你看，在卞氏两兄弟中，能不能挑一个出来当县长？"

"几天前，我已给阳谷城里的卞二愣传过话去，只要他能把共党县长徐茂里赶走，今后阳谷的大权就可以由他掌管。"王金祥对李树椿说："我一个军人，不便出头，这事啊，还得李主任您亲自见一见卞氏兄弟最好。"

李树椿明白自己不可能一个人去阳谷见这两个有土匪嫌疑的人，就"哼哼哈哈"地改变话题说："你参谋处有能当县长的人选吗？"

王金祥："有是有，这得由范筑先批准。"

李树椿阴沉着脸，又陷入了沉思，呆了好长时间，才突然问："濮城和古云的情况怎样？"

王金祥："十三支队副司令王青云和政治部主任汪毅今儿窜到聊城来了。"

李树椿："你亲眼看见的？"

"不！"王金祥回答："是警察局柯局长的人发现的。"

"噢！"李树椿惊异地说："他们是不是到范筑先那里去了！"

"不清楚。"王金祥说："他们反正先到了政治部，跟张郁光、张维翰这些人秘谈了大半天。"

王金祥说完，从兜里掏出来一个信封，递给了正在沉思的李树椿说："这是姜洪源差人秘密送来的。"

李树椿精神陡然一振，急忙抽出信瓤抖了抖，看完之后瞪着大眼睛压低声音说："姜洪源想把王青云、汪毅这两个共党分子干掉！"

王金祥点点头，十分凶狠地说："我看姜洪源是个难得的人才，他的想法很对。如果不把王青云、汪毅这两个共党分子干掉，十三支队不但不能到手，而姜洪源在濮城、观城、郓城的政权也难以保住。"

李树椿把手中的信封往桌子上一拍说："好，就按姜洪源的计划办！"

七

康乐屯庙院里，忠孝团正在集合，人来人往，一片忙乱的景象。庙堂里，只有卞大头一个人陪着蓝春河和黄龙飞喝茶，其他人等都在外边忙活着布置会场。

一中队长站在门口往里喊了一声："卞堂主,你出来一下,看看会场布置的行不?"

卞大头从一中队长的眼神里,知道有别的事情。于是,就急忙站起来对蓝春河说:"蓝司令,您二位先喝着,我去去就来。"

蓝春河微笑着说:"卞堂主,您请便。"

卞大头走出庙门,跟着一中队长往左一拐,进了东厢房。就听到有人高声说:"咱忠孝团威震八方,怎么就蔫不唧地被蓝春河收走,这也太怂包了吧。"

还有人说:"我们倒无所谓,咱卞堂主,起码也得弄个司令啥的干干吧。"

卞大头待大家情绪稍一稳定说:"范筑先既然派蓝春河来了,我们只能走一步说一步。蓝春河来探咱的底,他说他会避弹术,我看他是胡诌八咧、吹牛皮。我之所以要求他表演避弹术,就是想叫这家伙在大庭广众面前丢丢丑,现现眼。"

一团长疑惑地说:"蓝春河表演避弹术,那谁敢开枪打他呀!"

一个中队长说:"只要卞堂主同意,我就敢开枪打他。"

"别价!"卞大头提醒说:"你少管闲事,如果蓝春河没真功夫,被你一枪给打死,咱忠孝团可是跳进黄河——也洗不清了。他范筑先能跟咱善罢甘休吗?"

卞大头接着说:"在避弹术这个事上,我认为蓝春河在耍弄咱们,把忠孝团当成一伙啥也不懂的乡瓜子。"

大伙儿瞪着疑惑的眼睛,听不明白卞大头想表达什么意思。

一向自视精明惯于卖弄的卞大头,竟在无意中自我暴露说:"说句实话吧,咱忠孝团的刀枪不入,和蓝春河的避弹术都是障眼法,只要不是铁打钢铸的人,我保证都是胡诌八咧的糊弄人。"

"怎么?都是假的呀!"人们吃惊地说。

卞大头也意识到自己说漏了嘴,就立即岔开话头说:"详细情况我就不说了。到时你们注意看着,看我怎样当场揭穿蓝春河的避弹术,如果蓝春河露了馅,咱就理直气壮的反对他的收编。"

蓝春河的避弹术,强烈地吸引着康乐屯忠孝团的人,人们都抱着惊喜、好奇又怀疑的心态集合在大庙前。

庙院四周又添了十几面狼牙旗,忠孝团的八个中队,也全部召集到庙台前。一分队的人都拿着红缨枪;二中队的人肩扛大刀片;三中队的人手持黄色枣木棍;四中队的人一律是三节鞭;五、六中队是卞大头的嫡系,他们手中都是一律的汉阳造和中正式,都是从四处搜来的,几乎都没有子弹,仅是装装门面而已;剩余的两个中队则全部徒手而立。这些人一律着忠孝团的团服,上下身都是黄底红边的衣服,头上统统缠着一块黄底红边的头巾。虽也整齐划一,却掩饰不住妖魔怪异又土里土气的样子。他们之间,相互交头接耳、七嘴八舌议论着什么,整个庙院里笼罩在一种使人心烦意乱的气氛之中。

庙台上靠东面架着一面老旧的特大牛皮鼓,还悬着一面裂了纹的大青铜锣。整个后墙是一面巨大的忠孝团旗。庙台中间摆着一张大八仙桌,堂主卞大头很气派的坐在一把大圈椅里、八个中队的中队长分别站列两旁,再后边就是十几个持枪的护卫。

蓝春河和黄龙飞端端正正的坐在卞大头的旁边。庙台前三个大灰瓦缸里,香火正旺、青烟袅袅。

值班的一中队长看了看场子,然后来到卞大头面前说:"卞堂主,人全到齐了,一切就绪。"

"好!"卞大头扭身对蓝春河说:"蓝司令,我们练功前都要焚纸烧香、念咒许愿,不知您是不是……"

蓝春河微笑着说:"我不需要磕头烧香,更不会跪拜什么神灵。只须心中念咒语、颂真言即可!"

"好!"卞大头说:"既如此,咱们现在就开始?"

蓝春河点头回答:"可以。"

卞大头告诉一中队:"开始吧!"

一中队长来到庙台中央,把张开的两只胳臂往下一压,两边的锣鼓就停止了敲打。之后,大庙后面就"咚咚"的响起了几声三眼铳,用以镇场、壮威。紧接着就上来了一个小伙子,从腰理摘下一管特大牛角号,站在台上就"呜呜咽咽"地吹起来。那声音古老旷远、苍凉瘆人。听到号声后,乱哄哄的会场立刻静下来了。

卞大头从椅子上站起来,摸了摸光脑袋,走到台前说:"乡亲们、团友们,我们忠孝团成立一年多以来,虽以保家为民,抵抗倭寇为目的,但,聊城范筑先专员,却派蓝春河司令来改编我们。

"我们不接受改编"台下有人大声起哄。

"放肆!"卞大头见台下平静下来,就接着说:"不过,我们刚才和蓝司令达成了一个君子协定。他说我们刀枪不入的功夫是糊弄人,说他的避弹术才是真功夫,并愿意当众表演以辨真假。如表演失败,伤残命死的后果自负,且抬腿走人。若是表演成功,令人信服,我们忠孝团情愿接受改编,大家听明白了吗?"

"听明白了!"

卞大头煽动说:"愿不愿意看蓝司令当场表演?"

"愿意!"

"好!"卞大头向蓝春河一招手:"蓝司令,请吧!"

蓝春河站起身来,首先抬手给全场行了一个军礼:"弟兄们好!"引来一片热烈掌声。

蓝春河接着说:"春河受范专员派遣,来康乐屯和大家见面,心里很高兴。卞堂主一定叫我当场表演,可我一点思想准备也没有,我看,还是等以后有了机会再表演给大家看吧。"说完之后就准备坐下。

此时,台上台下一齐高喊:"请蓝司令今天就表演。"中间还有人喊"骗子、怂包、软蛋!再耍赖,就揍他!"

卞大头一看场面开始要乱,就立即站起来说:"请弟兄们安静,我一定请蓝司令今天就表演。"

看着场面又重新静下来,他回头对蓝春河说:"弟兄们都在眼巴巴地等着看您的绝技,您就别客气了。"

蓝春河有意露出一脸无可奈何,稍一停顿后,摆出一副豁出去的样子说:"好吧,既如此,我蓝某就露丑了。不过,万一表演失手,还请卞堂主和各位弟兄们多多担待。"说罢,就利索地脱掉军衣外套,将剩下一件贴身的小褂衩也立即甩掉。光着膀子双手抱拳,前后左右的转了一圈说："哪位兄弟有手枪，可以上来试一试，也算帮了我蓝春河一把。"

庙台下边鸦雀无声，谁也不敢当这个愣头青。

蓝春河见台下无人应声，就回过头来转向卞大头和台子上边的人说："各位弟兄，你们哪位身上带着枪，也不妨拿出来试一试。"

卞大头这些人，平时惯有的莽撞劲，此时竟然荡然无存。身子使劲往后缩着，表情十分尴尬，整个会场异常宁静。

此时，站在会场最后的一个护卫手持一只破旧的汉阳造，突然从人群后边钻出来说："哎！用我这棵枪打行不？"

卞大头和众人一看，横空里钻出来怎么个二愣吧叽的冒失鬼，立即喝斥道："混蛋，你懂个屁，还不赶快滚下去。"

那个拿汉阳造的愣小子，立即被人给哄走了。场面重新静下来，人们又都把目光盯着蓝春河。

蓝春河已经看出忠孝团的人，并非传说中的那么厉害，更没有英武豪侠之气，充其量也不过是乡间的一些刺头和小混混，关键时刻没人敢出头露面。而这种局面，也正是蓝春河所需要的。他知道，长时间的冷场，人们的情绪会发生变化。于是，他立即来到黄龙飞面前说："黄副司令，既然忠孝团的弟兄们不肯帮忙，干脆还是请老弟你打两枪吧。"

人们又把目光集中到黄龙飞身上，并报以热烈的鼓掌，高声大喊："请黄副司令上场。"

在众人的喊叫下，在蓝春河目光的鼓励下，黄龙飞沉稳地从椅子上站起，先向台上的卞大头和"八大金刚"行了军礼，然后又回头向台下打了个敬礼说："既然大家一定要看一下蓝司令的避弹术，那我就帮忙打两枪吧。"

黄龙飞从枪套里掏出手枪，吹了吹枪口，对蓝春河说："蓝司令，你把避弹术运用好，兄弟我可要开枪了。"

蓝春河把腰带一紧，肚子一挺说："不必啰嗦，你就准备开枪吧。"

全场人都把目光集中到庙台上，眼睛一眨不眨地盯着蓝春河和黄龙飞，希望马上能见证奇迹的出现。

黄龙飞和蓝春河二人的目光相撞，都心领神会地点了点头。只见黄龙飞往后退了几步，目测了一下距离，然后，回过头来对准蓝春河就要举枪瞄准。

全场人都把心提溜起来了。

"慢！"就在黄龙飞即将开枪的一刹那，卞大头突然站起来说："黄副司令，你这枪里装的是新子弹啊，还是旧子弹啊？"

对于卞大头的突然掺和，黄龙飞并没感到意外，这都在意料之中。之前，他们就已料到老奸巨猾的卞大头，肯定会制造一些难题，以期抓到什么把柄和漏洞。为此，黄龙飞也早以做好了应对的准备。听到卞大头的喊叫后，就很坦然地把举枪的手收回来。当着卞大头和全场人员的面，黄龙飞"唰"的一声把装满子弹的弹夹取出来说："卞堂主，请您过过目，看我这枪里的子弹怎么样？"

卞大头伸出锃光瓦亮的大脑袋，眯缝起小眼睛，看着幽蓝的弹夹，和明晃晃的子弹，仔细地审视了好几遍，最后还伸手捅了捅坚硬的弹体和弹丸。确认子弹无任何瑕疵疑点后，就打着哈哈说："子弹，是真正的好子弹，黄副司令，重新开始吧。"

在卞大头检验黄龙飞子弹的时候,不少人提心吊胆地捏着一把汗;也有很多人瞪着好奇的眼睛,盼着出现点岔子或什么新故事,十分佩服卞大头见多识广、足智多谋。

黄龙飞把弹夹重新摁进了弹仓之后,稳稳神,又深深地吸了一口气,然后又重新举起枪来。

站在庙台东北角的蓝春河,一直鼓着内气,紧勒着腰带,做出随时都准备挨枪子的架势。由于卞大头中间挑刺找茬,他只好收起架势,放松身体。

当黄龙飞第二次举起枪时,只见蓝春河双手下垂,肚子一凸一凹的鼓着气。重新运好气,摆好了架势。

全场所有的人,又把注意力都集中在庙台上。

黄龙飞手枪上的准星,慢慢地瞄准了蓝春河的胸膛。只见握枪的右手食指,已开始轻轻地往下压动扳机,子弹瞬间就可射出去。可就在这时,卞大头竟又突然喊了一声:"黄副司令,且慢!你枪里的子弹,可别是臭弹皮火吧!要不先打两枪,试试再说吧。"

卞大头这么突然一咋呼,也正是黄龙飞所盼望的,他很自然地又把枪收回来。人们悬着的心也随着放了下来,大家把目光又重新集中在黄龙飞身上,并随着卞大头喊道:"先打两枪试试,看看响不响,到时候出现皮火臭弹就不好看了。"

卞大头出的鬼点子并不高明,黄龙飞心里很沉稳,为了满足大家的好奇心,他前后右搜寻着可供开枪的目标。说来也巧,黄龙飞正在为找不着目标发愁的时候,大庙旁边的一棵干榆树梢上的几只黑尾麻雀竟耐不住寂寞,嘎嘎地叫着,正从庙台上空飞过。黄龙飞不失时机的将手枪举起,照准雀群,"啪啪"就是两枪。枪声响起的同时,两只黑尾麻雀就"噗噗啦啦"的摔在了庙台下,而庙台下有人把血淋淋的黑尾麻雀捡起来扔到了庙台上。

黄龙飞绝妙精准的枪法,立即博得了全场的热烈掌声。让以练拳脚为主的忠孝团的人大开了眼界,十分钦佩地啧啧称赞。

场面恢复平静后,人们的注意力又重新集中到庙台上。

此时,卞大头的心情是又兴奋,又酸酸的带些醋意。蓝春河的避弹术尚未表演,而黄龙飞的神奇枪法,就已经令其折服的五体投地了。按他的智商,再也无力找茬挑刺,可又十分的不甘心,所以,就急乎乎地发令道:"表演立即开始。"

庙台上下又重归寂静。

站在庙台东北角的蓝春河,又重新开始运气,他与站在西南角准备瞄准的黄龙飞,相距只有八米远,这是子弹装的药量,计算好了的距离。

台上的卞大头,时刻都在注视着黄龙飞。他清楚地看到黄龙飞持枪的手,抖动得非常厉害。眼看着就要扣动扳机了,黄龙飞却把持枪的右手往下一耷拉说:"蓝司令,照着你开枪,我实在下不了手啊!"

蓝春河显然有些急躁地说:"别磨磨蹭蹭的,是男人,你就赶快开枪吧。"

卞大头和众喽啰们也嗷嗷地叫喊:"黄副司令,快开枪吧!"

黄龙飞见火候已到,就大声喊道:"蓝司令、卞堂主,你们注意,兄弟我可要开枪了。"随之立即举枪瞄准。

蓝春河鼓着肚子瞪着眼,运足了内气。

黄龙飞深深地吸了一口气,稳稳地一扣扳机,"啪"地一声,枪响了。

枪响的同时，黄灿灿的弹壳滚落到地上，还跳了两下。

蓝春河的身体轻微地一振，并伸手往空中抓了一下什么，然后又牢牢地站稳。

全场众人大惊失色，却又鸦雀无声。

黄龙飞心里更有底了，瞄准后，又对蓝春河开了第二枪。

蓝春河又是轻微一动，左手往空中又抓了一下什么，然后，又重新站稳。

三枪，已打完了两枪，蓝春河竟完好如初，毫发无损。忠孝团上千号人，眼看就要易手他人，卞大头如坐针毡，心有不甘。他认为，黄龙飞在扣扳机的瞬间，只要枪口稍微一偏，蓝春河就会安然无恙。他后悔这点小障眼法，自己怎么就没想到呢。

此时，黄龙飞正在举枪，准备打最后一颗子弹，卞大头怕错过时机，就立即站起来，大声喊道："停"！

卞大头这一喊，令所有人都感到惊讶和愕然。黄龙飞也只好把举枪的手放下来，眼睁睁的看着向他走来的卞大头。

卞大头阴沉着脸，表情诡谲而狡黠地摸了摸还在发热的枪管，然后对黄龙飞说："黄副司令，你已经打了两枪，这最后一粒子弹，就让老朽我为你代劳吧。"

卞大头这个突然举动，很显然是对黄龙飞产生了怀疑。而"八大金刚"和众喽啰，则兴奋异常，认为此刻能想出来这么个大胆的绝招，是卞堂主有勇有谋的表现。于是，他们就把目光盯着黄龙飞，看他如何接招。

由于蓝春河和黄龙飞事先已经做好了万全准备，对卞大头的此种小儿科的伎俩并不感到意外。黄龙飞于是坦然地，把还有最后一颗子弹的手枪交给了卞大头说："谢谢卞堂主为黄某代劳。"

卞大头虽玩过枪，可用真枪打活人，他还是第一次，握枪的手就像麻雀叨米，抖得十分厉害。

蓝春河见卞大头已经做好了开枪的准备，就立即深深地运了一口气，把肚子鼓鼓地挺起来。

卞大头紧张地瞄准蓝春河的胸膛，凶狠地扣动了扳机。枪响的同时，只见一枚紫铜色的弹丸，带着余温从蓝春河的肚皮上滑落下来。

卞大头与此同时急忙地捡起滚落在脚下的弹壳，却差点没烫坏他的手。蓝春河拿着弹丸来到卞大头面前说："卞堂主，看看弹丸和弹壳是不是一个型号。"

卞大头还真的把余温尚存的弹壳和弹丸拿在手里对比了一阵子。在铁一般的事实面前，只能无奈地点头认可。他口是心非、变音走调地说："蓝司令，了不起啊！耳听为虚、眼见为实，卞某今儿大开眼界。佩服！佩服！"然后，蓝、卞二人拉着手，高高兴兴地举起来。瞬间，整个大庙前响起了长时间的掌声。

第十九章 | 六支队狮子楼胜利会师
 卞二楞怡春院束手被擒

一

为了弄清阳谷城里治安团的情况,根据预先分工,赵健民带着侦察连长刘勇和警卫连长王山虎,三人扮成商人模样,骑着自行车直奔阳谷而来。穿越大运河古渡口,经过一个多小时的跋涉,一路上道路起伏不平、全是些沟壑纵横的沙土丘。这里树高林密、荆棘遍地、杂草丛生,三个人进入林子里,立即感到潮湿阴冷。前边不远处就是个高坡,高坡上有一座青砖灰瓦的三间破庙。庙台的东南角竖立着一尊年深日久的青石碑,石碑通高不足四尺,上边刻着"景阳冈"三个颜体大字,虽然残缺剥蚀,字迹尚可辨认。

破庙的门楣上,雕刻的"武松庙"三个字,仍依稀可见。游人到此,会产生一种由衷的仰慕和敬畏,也会为武松庙的破败而唏嘘。

赵健民三人来到高坡上,见是景阳冈武松庙,心中非常惊喜。王山虎高兴地说:"没想到景阳冈就在这里。"

刘勇:"我虽是阳谷本地人,到景阳冈武松庙来,这也是大闺女上轿——头一回。"

王山虎走得快,来到庙跟前,急忙将半掩的庙门推开了。神龛后有武松打虎的彩塑,武松的雄姿尚在,颜色光彩却早已剥落。膝盖下压着的那只猛虎,其皮毛早已腐烂成了一堆黄土,只剩下几根朽木做的骨架。

看到这种情况,三个人心里都不是滋味,王山虎唏嘘着说:"这武松庙也忒破旧了,咋就不修一修呢。"

刘勇:"嗨,兵荒马乱的年头,谁还管这种事啊!"

赵健民:"等打败了日本鬼子,咱一定建议政府重修一下武松庙。"

刘勇:"好,就等着这一天了。"

赵健民抚摸着"景阳冈"石碑,好像想起了什么,他回过头来问刘勇:"哎,刘连长,你表哥是个有文化有教养的人,他怎么也跟着卞二楞干起了土匪性质的治安团呢?"

刘勇:"说来话长,我表哥也是被逼无奈,误打误撞给卞二楞当了副大队长,我知道他这也是权宜之计。咱们要是想叫他过来,我敢保证不会有任何问题。"

赵健民:"咱这次进城,主要是解决卞二楞的问题,如果有机会,我想和你表哥见个面。"

刘勇:"参谋长,见机行事吧,我看没啥问题。"

赵健民点点头说："好！咱还是马上赶路吧,这儿离阳谷县城还有三十多里地哩。"

景阳冈上的山风越来越大,松涛阵阵作响。赵健民、刘勇、王山虎三人离开武松庙,逐渐消失在茂密的丛林里。

二

在阳光的照射下,阳谷城东门显得特别高大、庄严。门洞上方嵌刻的"陽穀"两个大字,映衬出这座城市的古老与苍桑。

东门外不远,有一座明万历年间建造的石桥,人们称此桥为"博济桥"。桥的护栏石板上,雕刻着一组牛车出行图。说的是江西德兴的笪一顺,明万历年间奉命来阳谷当官,因路途遥远,舟楫不便,无奈之下,自己亲自驾着牛车,千里迢迢来阳谷上任。这头老牛在阳谷竟生下一头小牛犊。三年任满,笪一顺说:"小牛是吃阳谷的水草长大的,理应留给阳谷的百姓。不然的话,我来时是一头牛,任满回去却成了两头牛,乡亲、父老会骂我是个刮地皮的贪官。"

阳谷百姓感恩于笪一顺的清廉,就将此故事刻于石桥上。石桥不但是进入城里的必经之路,同时也是老人休闲、小孩玩耍的好去处。

经过近两个小时的骑行,赵健民三人已来到阳谷城东的博济桥,有老者在桥头吸烟,儿童在桥下嬉戏。

赵健民一行放慢了脚步,仔细观察着周围的动静。只见城门洞开,担挑推车的商贩来来往往,出出进进,一切都很正常。城门洞却有两个民团模样的人在持枪站岗,他们对进出城门的人并不检查,只是东张西望,抽烟聊天。

赵健民觉得没什么危险,就决定立即进城。三人越过博济桥,正要进入城门洞,一个哨兵突然指着王山虎问:"哪个村的,进城干么去?"

王山虎被这突然一问怔住了,但立即回答道:是城东柿子园的。

哨兵又问:"进城干么去?"

刘勇怕王山虎回答不好,就立即抢先说:"进城找我表哥去。"

哨兵瞥了一眼刘勇问:"谁是你表哥?"

刘勇:"县治安团'副司令'——郑广同,听说过吗?"

"听说过,听说过。"哨兵急忙点头哈腰赔着笑脸说:"郑广同是我们'副司令',先生,您请。"

刘勇没理会哨兵的诌媚讨好,挺起胸来,和赵健民王山虎一起,大摇大摆地进了阳谷城,他们慢慢地拉开了距离,仔细观察着街上的情况。在经过老县衙时,刘勇还从挎篮叫卖的女孩手里买了一盒"哈德门"香烟,凑着抽烟的机会,往县衙里边看了看,一切如常,没有任何可疑现象。离开县衙门口,再往西不远就是十字大街,这里是全城最高处,也是最繁华热闹的地方。沿街两旁全是商号店铺,各种货物也琳琅满目,游走的小商小贩高声叫卖,十分红火。《水浒传》《金瓶梅》等文学作品里提到的狮子楼,就座落在十字大街的西南角。狮子楼斜对过不远处,有座1882年德国传教士建造的哥特式天主教堂,与狮子楼中式建筑风格形成了鲜明的对比。

赵健民三人在十字街转悠了一阵子,也没有发现什么情况。于是三个人就又慢慢地向南走去,往西一拐就是紫石街,这里的店堂铺面也是鳞次栉比:绸布店、药铺、酱菜店、杂货铺、招商客栈、饭庄、酒馆,以及妖艳的荡妇站在门口招引客人的春香院,"地方豪绅、兵痞、赌徒常进出于此,买春取乐。

赵健民意识到在街面上很难得到有用的信息,于是就决定动用第二套方案。叫刘勇到治安团部找他的表哥郑广同,赵健民和王山虎坐在狮子楼对面的小茶馆里,边喝茶,边观察街上的动静,等着刘勇的消息。

坐在茶馆里,可清晰地看到狮子楼的细部结构。楼高两层,青砖绿瓦,五开间,飞檐斗拱,雕梁画栋,颇为壮观。因年代久远,外观虽不光鲜,却仍彰显着昔日的大气和辉煌。

狮子楼东路北一个临街大院,就是卞二楞治安团的所在地。治安团是以县大队为基础,卞二楞又塞进来一些土匪组成的乌合之众。卞二楞为稳固自己的控制权,就请原县大队的文书郑广同当副司令。郑广同本不想与卞二楞这样的恶人为伍,却又怕得罪他,以权宜计,只得屈节勉强答应下来,以待时局变化。

自从抗日县长徐茂里被反动势力赶出阳谷后,卞二楞就把治安团的事交给郑广同去管,他自己则整天和四街三关的乡绅名流喝酒吃饭,笼络一些地痞恶霸,到了晚上就泡在妓院里。

治安团的大门口,站着两个穿着土黄色军装的哨兵,歪戴着军帽,军装也皱巴巴的。这俩哨兵摇头晃脑,东瞟西瞧,专盯街上的行人,尤其是看见漂亮的大闺女、小媳妇,则是一副谗涎欲滴的流氓样子。

刘勇来到治安团门口,旁若无人的往里闯,哨兵惊慌失措地急忙问:"干么的!你找谁?"

刘勇:"找我表哥郑广同。"

哨兵一听找"副司令",立即赔着笑脸说:"郑'副司令'在里边,请吧。"

郑广同细高个,脸白净,举止稳重、儒雅斯文。早先在乡下教小学,后因县大队要一个文笔好的人,就把他从乡下调到县里,才上任两个月,抗日战争就爆发了。

此刻郑广同正在屋里整理文件,见表弟刘勇推门进来,二人好久不见,自是非常亲热。郑广同给刘勇沏上茶,两个人就有说有笑的聊起来。随着说话内容的深入,两个人越靠越近,越聊表情越严肃,说话的声音也越来越小了。

三

清晨起来,人们惊奇的发现,阳谷城突然戒严了。四个城门虽然都开着,站岗放哨的兵力却增加了好几倍。出入城门的民众,也盘查的非常严。

城里东大街的老县衙门口,站着两、三道岗,还有来回巡逻的流动哨。哨兵们荷枪实弹,如临大敌。

县衙大院里,原有五间正堂,现已成了会议室。自任县长的卞二楞,把有关人士召集到县衙,正在准备开会。参会人员有警察局长、商会会长、教育局长、四街三关的保甲长、绅士阔老以及所谓的社会名流等。

在最后的一排座位上,六支队侦察连连长刘勇,也大大方方地坐在那里。不过,他把鸭舌帽的帽檐,往下拉得几乎盖住了眼睛。刘勇之所以能出现在这样的场合,全仗他表哥郑广同的周密安排,才得以堂而皇之的坐在县衙大堂里,以便更好地辨认卞二愣。

卞二愣今天脱去了治安大队的一身黄皮,穿上了一套灰色的中山装,长长的头发上,抹着一层油乎乎的发蜡,头发从头顶中间向两边分开。他虽极力摆出一副庄重地样子,却难以掩饰其骨子里的奸猾和轻狂。

卞二愣看看五间大堂已坐满了人,就示意他身边的警察局长盛世才主持会议。

戴着黑底白箍大盖帽的盛世才立即站起来,对着会场"啪啪"地拍了几下手说:"诸位请安静,现在开会,欢迎卞万福县长给大家讲话。"

卞二愣在稀稀拉拉的掌声里站起来,而右边的一绺锃亮的长发,也随之滑落在脸上,盖住了眼睛。为庄重起见,他不想摇头把这绺不识时务的长发甩上去,而是举起手来,把头发轻轻的往上抹了一下。卞二愣的这个动作,使人既感到非常造作,又觉得十分滑稽可笑。

卞二愣"干咳"一声说:"今天把各位请来,是想给大家通报一下情况。大家知道,自从赶跑了共党县长徐茂里之后,全县人民都表示热烈欢迎、坚决支持。但,也有徐茂里的余党和少数心存不满的人,散布一些流言蜚语,造谣惑众。说我'卞万福是自封县长,是兔子尾巴——长不了'。"会场里有轻微地嬉笑声。

卞二愣接着说:"为防止共党分子的破坏,保证民众的安全,我们已加强了戒备,增添了兵力,对共党分子发现一个抓一个。"

会场的气氛紧张肃穆,与会者都以不同的心态注视着卞二愣。

穿着军服的郑广同,专注的观察着卞二愣,默默分析着每句话的含意。

刘勇的鸭舌帽虽然往下拉得很低,而眼神却能观察到会场的一切动静。他右手放在胯上,准备随时应对情况的变化。

卞二愣觉得会场很安静,就继续说:"诸位,有人说我这个县长是自封的,这是恶毒的造谣、中伤。现在我可以明确地告诉大家,我这个县长是聊城保安大队参谋长王金祥保荐的,是由山东省政府聊城行辕主任李树椿任命的,这是省主席沈鸿烈签发的委任状。"他边说边从桌上拿起一张纸,"哗啦啦"的展示给大家看。

此时会场里响起了零零星星的掌声,也夹杂着些许唏嘘声。

卞二愣话锋一转说:"今后,地方上的治安,当然要有地方政府负责。为了加强战斗力,县治安团要扩大编制,下边各乡也要建分队。他们需要吃穿,更需要枪支弹药,这一切都需要花钱。钱从哪里来呢? 羊毛出在羊身上。凡是本县户籍的民众,都必须摊一份。城里每个商号、店铺,都要按规定交钱。昨天晚上,我们初步拉了个清单:东大街和东关,要交五百块大洋;南街、南关也是五百块大洋;西街、西关三百块大洋;北街三百块大洋。"卞二愣露出了凶恶的面目说:"刚才所分配的钱额,三天内必须交到县政府。否则,拿各街保甲长是问! 散会。"

会场里,人们都瞪大了眼睛,刚才卞二愣宣布的数字,四街三关谁在三天内也难以拿出几百块大洋。可当场又没人敢吭气,他们知道卞二愣这个恶棍的厉害。

四

狮子楼北大街路东,有一个小饭馆,门楣上有块木板,上边写着"泰丰饭铺"。门头不大,却素净、清爽。桌椅板凳、锅碗瓢勺、灶台风箱,都摆放的有条有理、恰到好处,各种用具都擦拭的干干净净、一尘不染。

掌柜兼厨师王良友，是个诚实善良、头脑灵活、洞达干练的人。王友良原在张秋一家饭店帮厨，在表哥郑广同的撺掇下，半年前才在狮子楼北租赁了这个小铺面，开了个大众小饭馆，起名"泰丰饭铺"。

此时正值后午，前堂已无吃饭的客人，王良友却仍在忙活着。他见炉子上的水壶正"噗噗"地冒气，就把手中的毛巾往左肩上一搭，把炉子上的水壶掂下来。伸头往左右街面上一看，没发现什么异常，之后，就掂起水壶，往里面的上房走去。

上房屋里，赵健民、刘勇、郑广同、王山虎等，围着一张方桌，好像是刚刚吃完饭的样子。

穿一身便衣的郑广同说："卞二愣命令他的亲信、警察局长盛世才，把城西小学的两个老师抓进了监狱，罪名是积极帮助徐茂里县长宣传抗日。有人算了一下，昨天一天就抓了九个人。卞二愣敢如此横行霸道，有人说背后有李树椿和王金祥撑腰，是真是假，反正暂时谁也弄不清。"

刘勇："卞二愣上午在会上，向四街三关摊派几百上千块大洋。保甲长们出了县衙大门就日爹操娘地破口大骂，店铺商家也想关门罢市，他们诅咒卞二愣不得好死，县城内外简直是怨声载道。对于卞二愣这样的坏家伙，我主张必须马上除掉。"

其他人也都点头表示赞同，并把目光一齐投向赵健民。

赵健民知道大家正在等自己拿主意，就沉稳地说："综合大家的发言，卞二愣第一条罪状是，恶意赶走抗日县长徐茂里；第二条罪状是滥杀无辜；第三条罪状是大量搜刮民脂民膏。根据这三条罪状，我决定对卞二愣执行第一套行动方案。"

"好！"大家高兴地一致赞成。

赵健民严肃地说："要顺利地执行第一套方案，关键是要随时掌握卞二愣的行踪。"

郑广同主动地说："请赵参谋长放心，关于卞二愣的行踪，这个任务由我来完成。"

赵健民："好！既然如此，大家都过来，咱们再全面的研究一下行动细节。"

阳谷县城虽不算大，入夜后街面上却也灯火闪烁，人来人往，狮子楼和紫石街附近，还是非常热闹的。商家小贩的叫卖声、饭店酒楼的猜拳行令声、怡春院门口的打情骂俏声、街上醉汉东倒西歪的骂人声、流浪儿的乞讨声，这一切构成了小城夜晚一道独特的风景。

夜色里，赵健民头戴礼帽、身穿大褂很有风度的走在大街上，刘勇、王山虎一左一右紧随其后。街上有警察巡逻，却儿乎没看见一个治安团的军人。看来，卞二愣已在内部加强了戒备。赵健民三人暗暗地察看了一下街上的情况，就越过狮子楼，又来到北街路东的泰丰饭铺。

此时的泰丰饭铺，已很少有人吃饭。

掌柜王良友发现刘勇三人进来，就大声喊道："三位先生要吃饭？快，上房屋里请！"

赵健民和刘勇、王山虎穿过院子，就进了上房。

郑广同和他的几个弟兄已在屋里等候多时，见赵健民三人回来，就立即汇报说："根据眼线侦察，卞二愣今晚没去狮子楼喝酒，也没去西城根他情人那里过夜。"

刘勇："卞二愣今夜能住在县衙里？"

郑广同："卞二愣今儿没住县政府，也没去治安团。"

大家听后不禁一愣。

刘勇说:"这四个地方都没去,这个家伙能去哪呢?"

郑广同亲自给赵健民他们倒上水说:"别着急,先喝碗水等等,我又派了几个人去探听消息去了。"

正在大家为弄不清卞二愣的去向而着急的时候,却突然听到王良友在前堂大声喊:"二位先生吃饭,屋里请!"

赵健民、刘勇、张广同等听到报警信号后,都立即提高了警惕,做好了一切准备。

原来,王良友正在前堂放风,见突然进来两个黑衣警察,就按预先的约定,立即大声喊起来。他觉得声音已传到上房,这才回过头来招呼警察说:"二位辛苦了,想吃点啥?只要本店有的,我马上去做。"

大个子警察冷冷地问:"你这店里有外地来的生人吗?"

王良友谦恭地回答:"天都这么黑了,我这小店没有外地的生人。"

大个子警察又问:"有喝酒滋事的吗?"

王良友稍有自嘲地说:"我这里只卖馍馍、炒饼或面条,根本不炒菜,也没喝酒的。"

大个子黑衣警察发现院里有人,就问道:"上房里那几个是干什么的?"

王良友:"噢!是做小买卖的,都是我的乡邻,刚吃完炒饼,现在正喝水哩。"

警察侧着脑袋往里看了看说:"他们不是共党分子吧?"

王良友:"这几天城里净抓人,共党分子早就吓跑了。"

两个警察觉得这个小店也没大油水,摇摇头、悻悻地走了。

王良友紧张的心情刚平静下来,就见郑广同的勤务兵走进来,轻轻地对他点点头,就直奔上房而去了。

郑广同见勤务兵小方急急忙忙进来,不等小方开口,就赶忙问道:"怎么样?有消息吗?"

小方喘息着说道:"千真万确,卞二愣眼下就在怡春院二月杏的房子里。"

"怡春院!"郑广同惊诧地说:"真是官大,胆也大。没想到在众目睽睽之下,卞二愣竟敢明目张胆地住在妓院里,赵参谋长,你看……"

赵健民气愤地说:"对这种罪大恶极的无耻之徒,没什么好商量的,立即按原计划行动。"

五

怡春院的门头不大,黑院门,红对子,内外粉刷一新。门楣两边各悬挂一盏红色的绣球灯,门楣上方写有"怡春院"三个大字。

怡春院门里,油头粉面的老鸨已是半老徐娘,虽然涂抹着厚厚的脂粉,但松弛的皮肉和眼角深深的鱼尾纹,却无论如何也涂抹不平。那张老脸就像霜雪打过一样,表面虽有些白色,可怎么也掩盖不住岁月的痕迹。此时,她正搅动着如簧之舌,招呼着进进出出的客人。

怡春院的楼上楼下,时有浓妆艳抹的荡妇和拈花惹草的浪子在勾肩搭背,打情骂俏地走动。

二楼西南角一个大间里,家具摆设都显得极为豪华名贵,材质也大都是红木、紫檀、黄花梨。雕花镂空的隔扇后面,就是小城名妓、怡春院老鸨的摇钱树——二月杏的卧室。宽敞的外间则是二月杏陪客人唱曲弹琴、喝酒打牌的地方。

二月杏之所以令一些嫖客垂涎三尺，自然和她出色的美貌有关。她体态匀称、前凸后翘，腰细臀肥、肤白滑嫩如脂。蓬松的秀发下，是一张白里透红、俊美俏丽的脸蛋。小城有个清末落榜的酸秀才形容二月杏是："鼻如悬胆、唇若施朱、眼像宝石、面似桃花。堪比西施、赛过王嫱。"二月杏两只勾魂摄魄的眼睛，时刻透着狐媚迷人的风骚。这让那些迷恋她的男人们如醉如痴、心甘情愿地拜倒在她的石榴裙下。因其模样光鲜靓丽，说话的腔调娇声浪气，都使人感到又酸又甜。为此，人们就送其绰号"二月杏。"

此时，二月杏正陪卞二愣喝酒。桌上虽摆有几碟精致的小菜和时鲜瓜果，卞二愣却专爱啃烧鸡腿，弄得嘴角、腮帮子都油乎乎的。二月杏对卞二愣的吃相，心里虽极为反感，可表面上却能以欣赏的姿态，应对着这位小城新贵，这大概也是青楼女子修炼的一种工夫。

二月杏伸出纤纤小手，捧起黑瓷酒壶，为卞二愣斟了满满的一瓯阳谷自产的"透瓶香"酒说："卞县长，别光吃，咱们也该好好的喝两瓯了。"

卞二愣光顾啃烧鸡腿，根本腾不出嘴来说话。

二月杏撅着小嘴埋怨说："哎，哎！卞司令，你这些日子连门边也不踩。刚才让酒也不喝，我没得罪你吧，卞县长！"

卞二愣把脖子一伸，咽下去一块鸡肉，扔掉手中的鸡骨头，抓过对面二月杏递过来的小手绢，擦了擦手，端起面前的酒瓯说："这些天确实太忙，可我心里一直想着你，来！先喝了这瓯酒，我再好好告诉你。"说罢，二人举起酒瓯一饮而尽。

卞二愣傲气又卖弄地说："这些天城里发生的变化，你不会不知道吧！"

二月杏杏眼一瞥说："我一个女人家，整天不下楼，外边发生什么事，我咋能会知道？"

卞二愣眨巴着淫荡的小眼说："你纯属睁眼说瞎话，把徐茂里那小子赶走，我当上县长，这么大的事，全县男女老少都知道，难道你就一点也没听说？"

二月杏稍一愣，就立即换了副笑脸，使劲往卞二愣脸上亲了一口说："哎呀！我的卞大县长，你要不说我还真不知道。"二月杏眼皮眨巴了两下问："听别人说，当县长的人都会享清福，你咋就恁么忙呢？"

卞二愣表功谝能地说："我咋恁忙呢？赶跑了徐茂里之后，我得先坐稳县长这把交椅，要害部门得先安排好我的人，然后就是敛钱买枪支弹药，你说我忙不忙？"

"原来卞县长这么忙啊！小女子委实不知，罪过罪过。"二月杏举起酒瓯说："来，我陪卞县长再喝一瓯，请卞县长饶恕奴婢。"

卞二愣心里高兴，咧嘴一笑说："你就是只巧嘴八哥，叫人哭笑不得。说实话吧，我办着公、开着会，心里还想着宝贝你哩。县里的事刚有点眉目，这不就到怡春院来了。"卞二愣又举了一下酒瓯说："来吧宝贝，本县长陪你喝一杯。"两个人一饮而尽。

二月杏放下酒瓯，眼珠子瞬间转了两圈，二话没说，小嘴唇照准卞二愣的腮帮子，吧"唧，"就又亲了一口说："谢谢卞县长的关照。"

卞二愣早已是欲火攻心，有些急不可耐地说："别谢了，酒也喝的差不多了，咱还是上床进行最后一个节目吧。"

二月杏立即抓起了酒壶，趴在卞二愣的肩膀上，娇滴滴地说："先别急吗，卞县长，我还有个事请你帮忙哩。"边说边给卞二愣斟满了酒。

卞二愣大咧咧地说："说吧宝贝，只要本县长能办到的。"

二月杏："我有个表哥，原在济南府做事，如今回来了，想在咱县里干点差使。"

卞二愣把脸一仰说："小事一桩，说吧，你表哥想干啥？"

二月杏："他在济南当过警察，也当过兵。"

卞二愣："那就叫他到警察局当警察吧。"

二月杏躺在卞二愣怀里说："叫我表哥到警察局干啥？"

卞二愣："干啥？当警察呀！"

二月杏："光当警察不行，你得叫他弄个局长干干。"

卞二愣眼珠子一瞪说："不行！上来就想当局长，胃口也太大了。再说了，现任局长盛世才是我的铁哥们，是他帮我赶跑了徐茂里，要不，我还当不上县长哩。"

二月杏把脸一沉娇声说："总不能叫我表哥光当个大头警察吧！"

卞二愣见二月杏真想生气，就说："这样吧，叫你表哥先到治安团当个中队长，过一段时间我再把他提拔成副司令。"

二月杏高兴又疑问地问："你不是还兼着司令吗？"

卞二愣警惕地向门口扫了一眼说："我为什么兼着司令？现任副司令郑广同不是我的人，我是想叫你表哥……"

二月杏一笑道："噢！我明白了，谢谢卞县长的良苦用心。"

卞二愣脱掉外衣，把手枪放到二月杏床头枕头底下说："这回没事了吧？"

二月杏："我还有个小事哩。"

卞二愣忍住往上冲的邪念欲火说："还有啥事？快说！"

二月杏说："狮子楼南，陶记绸缎店，是我姨老娘的孙子开的，卞县长你得想法把他的税款免了。"

卞二愣："行，这事好办，快半夜了，咱们快上床吧。"

夜色渐浓，街面灯火稀疏，行人无几。怡春院门楣上的两只绣球灯，还在夜风中摇荡着。忽明忽暗的光束，来来回回扫描着怡春院门口的两个便衣。

怡春院两边的墙角里、左右胡同口里，都有走走停停的人影，在快速地向怡春院靠近。

紫石街东口，赵健民和刘勇正大摇大摆地向怡春院走来。

怡春院门口，两个磕头打盹的便衣，听到动静，猛一抬头，见有人要进怡春院，高个便衣就急忙伸开双手阻挡说："干么的？"

刘勇："干么的，管得着吗，你们是干什么的？"说着就要往里闯。

高个便衣急了，立即掏出枪喝道："我是干什么的，我是干这个的！"同时高个便衣摇了摇手枪说："他妈的，今儿老子就是不叫你进去。"

"这儿是怡春院。"刘勇说："老子有钱就可以进。"

"少啰嗦，再不走，老子就毙了你。"高个便衣蛮横地说。

"你敢！"刘勇正与便衣争论的时候，穿着军装的郑广同突然出现在面前。郑广同问便衣："怎么回事？半夜三更的吵吵个么？"

便衣见是他们的副司令来了，就凑到郑广同跟前，想说明情况。

两个便衣的精力已经分散，还没等刘勇、赵健民下手，早有人从胡同口窜出来，两个便衣来不及任何反应,脖子就被死死地掐住了。然后像被拉死狗一样,把他们拉到了胡同的阴暗处。

怡春院里,郑广同轻轻地登上了楼梯,赵健民、刘勇则紧随其后,他们直奔西南角二月杏的卧房。

二月杏的房间里,卞二愣和二月杏都脱得精光,身上一丝不挂,正在床上疯狂的翻滚着,如痴如醉、丑态百出。在这种状况下,什么仁义廉耻、党国大事,早已抛到爪哇国去了。

郑广同、赵健民、刘勇等已先后悄悄地进入二月杏的房间。看着卞二愣还沉湎于醉生梦死之中,为了使大家的眼球不受到污染,郑广同大声地喊了一声:"卞县长!"

这种时候,竟敢有人大声喊他,卞二愣还是立刻从眠花宿柳的温柔之乡惊醒过来了。睁眼一看,见是郑广同冲撞了他的好事,就无比愤怒地说:"郑副司令,你也太不讲究了,怎么能到这地方来找我呢?"

郑广同不急不躁地说:"别处找不到你,再三打听,才找到这儿来。"

卞二愣躺在床上没动,只拉了条被子给二月杏捂住了身子,他自己却不想穿衣服,十分不耐烦地说:"说吧,有啥当紧的事?"

"有敌情!"郑广同说。

"什么敌情?"卞二愣一惊。

郑广同不慌不忙,近乎幽默地说:"范筑先派六支队参谋长赵健民来抓你哩。"

卞二愣哈哈一笑说:"六支队不是在运河东驻防吗,赵健民怎么敢到阳谷来呢?"

"敢!"郑广同仍然不动声色地说。

卞二愣一愣说:"赵健民现在什么地方?"

赵健民挑开隔扇纱帘闯进二月杏的卧室说:"我就是赵健民,听说过吗?"

卞二愣虽有些心惊胆战,却硬着头皮说:"哦,原来是六支队的赵参谋长。你们六支队不就是冠县的南杆吗?那是有名的土匪组织,摇身一变就成了范筑先的六支队,这事,我知道!"

赵健民威严地说:"闲话少说,我问你,谁叫你赶跑了徐茂里县长的?"

卞二愣气势很足地说:"谁叫我赶跑了徐茂里?是你的上司王金祥,怎么着吧!"

赵健民:"是谁叫你当的县长?"

卞二愣依然蛮横地说:"谁叫我当的县长,告诉你吧,是山东省政府聊城行辕李树椿主任亲自派人来任命的。"

赵健民严肃地点点头问:"昨天被抓的那两个学校老师,可是你下的命令?"

卞二愣:"是我下的命令,怎么了?"

赵健民:"为什么要抓他们?"

卞二愣:"那两人是共党分子,煽动民众想把我赶下台,我岂能饶了他们?"

赵健民:"好,你还算坦白,三条罪状供认不讳。来人!"

刘勇、王山虎在外边早已等得不耐烦了,听到赵健民喊声,立即持枪进了卧室。

卞二愣此时,才真有点害怕了。他总认为有郑广同在场,而赵健民也只不过是个青年学生,顶多虚张声势罢了,没想到后面还有拿枪的。卞二愣越想越觉得危险,于是就把手伸到枕头底下去抓枪。

卞二愣的心思早已被刘勇看透了，立即扑上去按住卞二愣的同时，伸手把枕头底下的手枪掏了出来。

在赵健民、郑广同的协助下，刘勇、王山虎很快就把卞二愣五花大绑地捆起来了。

拂晓的第一缕曦光，将狮子楼从夜色的朦胧中逐渐清晰起来。今儿，小城的黎明似乎来的特别早。大街上的人比往常也多，人们的脸上都露出惊喜开心的笑容，仨一团、俩一伙，互相诉说着自己所知道的新闻故事。

有人说："听说半夜三更的，卞二愣正在怡春院和二月杏睡觉哩，叫范专员派来的人从床上给抓走了。"

也有人说："咱阳谷城墙高、城门厚，还有站岗放哨的兵，范专员的人是咋着进来的呢？"

有人神乎其神地说："嗨！听说范专员手下有一班人，个个都会飞檐走壁、穿墙入院，他们有的是办法。"

还有人绘声绘色地说："卞二愣为了和二月杏睡个安稳觉，怡春院内外都设了两道岗。岗哨们瞪着两只大眼，还没看见人哩，小刀就被捅进了胸口，一声没吭，就都躺在地上了。"

街上的人越聚越多，有些店铺启板开门后，听说卞二愣被抓了，心里高兴，就"噼里啪啦"的放起了鞭炮。

四个城门大开，民众们喜洋洋地站在大街两边，欢迎六支队的官兵进城。

六支队官兵列队整齐，在民众的欢呼声中，庄严地开进了阳谷城里，与先前潜入城里，已完成任务的赵健民等胜利会师。

在老县衙的大门口，蓝春河、黄龙飞和赵健民、刘勇、王山虎、郑广同会面了。几个大男人竟兴奋地相互拥抱和捶打着，以此来庆祝这次行动的胜利。

第二十章 | 张维翰牵红线范何联姻
反动派搞暴动阴谋落空

一

蔚蓝的天宇下，几片白云在光岳楼上空慢慢地飘动。

鼓楼小学门口老槐树杈上的校钟，静静地悬在空中，从铃铎上垂下来的绳子，就拴在树身上。校工老李头坐在房门口的一把破椅子上，这个地方，既能守住校门，又能看到校院里正在排练节目的师生们。

校院里很热闹：唱歌的、跳舞的、拉弦子的、吹笛子的，还有演戏的，气氛热烈而欢快。范树琨是整个排练场的总指挥，她和老校长、田苑、李士超不停地跑动着，给各个排演组布置任务，也提出严格要求。

几个人来到教室后，范树琨说："李老师、田老师，《放下你的鞭子》的词，背得怎么样了？"

李士超："词早就背的差不多了，就等着何参谋长给拉场导演了。"

田苑："何参谋长咋还不来呀？"

范树琨："说好的十点来，你俩先背着词等等吧。"

此时，门外有人喊："范老师，合唱队已集合好了，大家都等着你啦！"

范树琨对李士超、田苑说："好，我到合唱队看看去，回头再过来。"说着就走出了教室。

校工李老头坐在椅子上闭目假寐，他觉得面前的光线有点晃动，荼不唧的老眼就睁开了一条细缝，见是耿大山穿着一身军装站在面前，他权当没看见，竟闭上老眼呼呼地打起鼾来。

耿大山见此情况并没有往里闯，而是很礼貌地立正站好，喊了声"李大爷"，并举手行了个军礼。

老李头此时睁开眼，高兴地说："小伙子，当了几个月的兵，出息多了，怎么，又来找范老师？"

耿大山稳重地说："是，何参谋长叫我给范老师捎个话。"

老李头往里一指道："去吧，范老师他们正在教室里排戏哩。"

李士超和田苑手里都拿着一份戏词，一边分析着每句话的意思，一边小声的念叨着，力求从心理和感情上都进入角色。

李士超把戏词翻到最后一页，长长的出了口气，然后凑到还在背词的田苑身边说："何参谋长咋还不来呀！"

田苑继续看着戏词说："何参谋长为啥不来，我怎么能知道呢！"

李士超无奈地点点头，像突然想起了什么说："哎，我们报社总编齐燕铭说，报社想招聘一名女记者，田老师，你文笔不错，不知……"

"谢谢李老师的关心。"田苑笑着说："我喜欢孩子、喜欢学校，当记者东跑西颠的，我可不是那块料。"

李士超认真地说："田老师，别谦虚嘛，你的诗歌和文章都写的很好。"

田苑摇摇头道："李老师，我知道你是在抬举我。"

"不是抬举，全校都知道你的文笔好。"李士超真诚地说："还有，你要是从学校调到《抗战日报》去，你就算正式的参加抗日队伍了。"

田苑不解地问："咱又演戏、又唱歌、又贴标语、又喊口号，难道这些还不是抗日工作吗？"

李士超进一步凑近田苑说："当然是抗日工作，可你的编制还在学校，如进了报社，你就算抗日队伍中的人员了。"

田苑仍有些迷惘地自语道："原来是这样。"

正在李士超和田苑说话的时候，耿大山按照老李头的指点，推开门就进了教室里。见李士超和田苑正在热烈地谈论着什么，他立即感到自己不打招呼就进屋是不礼貌的，杵在门坎的他，进也不是、退也不是，为了引起注意，就很不自然的"干咳"了一声。

李士超和田苑对是否去报社还没谈出结果的时候，听到门口有动静，两个人急忙回头一看，见是耿大山尴尬地站在门口。田苑又惊又喜，脸颊羞赧地飞过一片红晕说："大山你咋来了，有事吗？"

"何参谋长叫我来告诉一声。"耿大山有些笨拙地说，"他有当紧的事，今儿不能来了。"

李士超："今儿是星期天，何参谋长能有啥事啊！"

"那我就不知道了。"耿大山说完转身就要走。

田苑心里乱糟糟地说："大山，坐下歇会再走吧！"

"不坐了，回去还有事哩。"耿大山说完，就走出了教室。

田苑来到教室门口，眼看头也不回的耿大山径直地向校门外走去，心里泛起了一种莫名的惆怅。

二

武治国正在往绳子上晾晒被褥，只听院门一响，见是范筑先回来了。

范筑先进屋刚一落座，武治国就习惯地把茶沏上了。看着老头子有些疲惫和沉默，就试探地问："哟！刚从外边回来，咋有点不高兴啊？"

范筑先答非所问地说："光顾忙外边的事了，家里的事，可就多亏你了。"

武治国觉得莫名其妙，诧异地说："女人嘛，不忙家务忙什么。多年来，不一直是这样吗？你今儿说话咋颠三倒四的，是不是抗日抗昏头了？"

范筑先摇摇头微笑着说："你说的啥话呀！再忙，我也不至于昏头啊。我是说……"

"说啥？"武治国问。

范筑先："你没听说咱树琨有啥事吧？"

"树琨能有啥？"武治国说："她推下饭碗就往学校里跑,不是唱歌、就是演戏,她还能有啥事啊？"

"好,没事就好。"范筑先点点头说。

此时,武治国忽然想起了什么说："哎,还真有点事,本来早就想告诉你,看着你在外边没白天、没黑夜的忙公事,回到家里累得像个傻子一样,就没忍心打搅你。所以,就一直没告诉你。"

范筑先预感到了什么似的问："什么事？说吧！"

武治国解掉腰间的围裙,坐在范筑先对面；"咱树民有几次请挺进大队的何参谋长来家吃饭,从言谈举止上,看着咱树琨对何参谋长挺有好感。"

范筑先沉稳地点点头,没说什么。

武治国继续说："我最近无论到街上买菜或是打酱油,总觉得熟人们在背后窃窃私语的议论着什么。"

范筑先："你的意思是,人们在议论咱树琨跟何方的事？"

"对！就是这种感觉。"武治国说。

范筑先此时既感到突然和诧异,又有些惊喜和期待。他眼睛盯着武治国说："哎！内当家的,你感觉何方这个人怎么样？"

武治国略一思索说："以我看哪,何方这个人还是挺好的。长的精神、帅气,脾气性格也挺随和,还会唱歌、演戏,听说树琨那学校里,就经常请他去教歌。"

范筑先认可地点着头。

武治国又想起了什么说："何方这个人挺不错,就是有一样不好。"

"哪一样不好？"范筑先问。

武治国："他总是从舌尖和牙缝里往外说话,我还真有点听不大清楚。"

范筑先舒心地笑着说"十里不同俗,百里改规矩,北方人听不懂南方人的话,就叫人家南蛮子。外地人听不懂咱的话,就叫咱山东侉子。其实,人在一块待的时间长了,就会习惯的。"

范筑先："关于树琨和何方的事啊,我也听政训处和参谋处的人影影绰绰地说起过,我的意思是,男大当婚女大当嫁,只要树琨和何方都同意,就干脆正大光明的把婚事定下来。"

"是啊！"武治国心情很好,也附和着说："尽快把婚事定下来,省的那些吃饱饭闲着没事干的人到处嚼舌头根子。"

范筑先高兴地说："女孩子的事,你这当娘的就做主吧！"

武治国想了想说："我怎么能作主,啥事还不是你说了算。再说了,这男女婚姻大事,中间总得有个人搭桥啊！"

范筑先笑了笑说："这事我也想到了。"

三

张维翰正在自己的小屋里忙活着,他将一些书刊、报纸捆绑好,衣服杂物也包裹起来。此时,门外有人喊"报告",张维翰抬头回了声："进来吧！"

随着房门"吱扭"一响，着装整齐、朝气蓬勃的何方就进了屋。立正站好，打了个敬礼说："张处长，你找我？"

张维翰请何方坐在床沿上说："唉，大家都在忙着抗日工作，平时连个见面说话的机会也不多。今儿是星期天，我也要到堂邑十支队住一段，离开聊城前，我想和你见个面。"

何方有些惊诧地问："张处长，您要调？"

张维翰："我任十支队司令已经半年多了，因为政训处和专署的事没人接手，所以就一直拖到现在。为了加强对部队的领导，范司令决定我马上到十支队去。"

何方虽然点点头表示理解，但心里总觉得有些疑惑和蹊跷。平时两个人虽互相认识，却没到无话不谈的地步。再说了，张维翰调十支队任司令，为什么非要跟我见个面呢？这里面有什么事呢？何方始终是一头雾水。

张维翰见何方猜疑的样子，就问道："何参谋长，大家都知道你是从武汉八路军办事处来的青年干部，有文化知识、工作又很努力，在青年抗日挺进大队干的也很出色，范司令和张郁光参议都很满意。"

何方谦虚地说："谢谢张处长夸奖，我们还要努力，挺进大队有什么不足之处，还请张处长多多指导。"

张维翰说："今儿是星期天，不谈工作，咱就聊聊个人的生活私事吧。"

何方一听聊个人生活私事，心里就打了个愣怔。

张维翰："何参谋长，咱都是男同志，有啥说啥，不掖不藏。我问你，你和范司令的二小姐范树琨的事怎么样了？"

何方惊呆了，他没想到温文尔雅的张维翰，竟说出这么直白的话来，实在是始料不及。

张维翰笑着说："何参谋长，别紧张吗，男婚女嫁，是人之常情。你跟范树琨要好，社会上早有所闻，关键是一些别有用心的人，想拿这事诋毁咱抗日队伍，甚至想往范司令脸上抹黑。"

"啊！"何方甚感惊愕地问："有这么严重吗？"

"参谋处有些人到处散布一些蜚短流长的闲言碎语。"张维翰见何方有些表情异常，就说："何参谋长，我问你一句话，请你照实回答我。"

何方点点头。

"你心里喜欢范树琨吗？"张维翰问。

何方有些腼腆地说："范树琨老师开朗活泼、心直口快、待人体贴、热情善良，是个很好的同志，我从心里喜欢她的性格。"

"就这些？"张维翰问："难道对范树琨没有别的什么想法？"

何方摇摇头道："没有什么想法。"

"你说的不是真话。"张维翰摇摇头说。

何方微笑着，很不好意思地说："要说想法，也不是一点没有。但是，范树琨老师是专员的女儿，我则是普通农家的孩子，门不当、户不对，所以，我也就没什么想法了。"

张维翰一听，爽朗地笑着说："何参谋长，亏你还是南开大学毕业，武汉派来的青年干部，脑子里咋还残存着如此固陋的封建想法啊！"

何方低着头，没有辩解。

张维翰有意沉下脸严肃地问："何方,你说真话,你爱范树琨吗?"

何方无奈地问道："张处长,非要我把话说的那么直白吗?"

张维翰："何方,你干工作雷厉风行,说到恋爱就粘粘糊糊难以出口。你跟范树琨的事,只要你俩同意,上级领导和党组织,就坚决支持你们。"

何方高兴地说："我和树琨早就同意了,就是不知他爹娘同意不同意?"

张维翰拍着何方的肩膀说："这个,你就放心吧,今天我跟你谈话,就是范司令的意思,也是党组织的安排。"

"啊!"两个人都会心地笑了。

四

大片大片若断还连的乌云,如一些撕不断、扯不开的破棉絮,在强风的推动下,像执行什么紧急任务似的,慌慌张张地向南天边飘去。

城中心的大雁塔,挺着高大威严的身躯,傲视着飞度的乱云,见证着岁月的沧桑。

县政府大门内通信班的值班室里,王梦秋手持火筷子正在捣鼓烧水炉子。其实,他在特别用心观察出入县政府的都是一些什么人,还时不时地扭头看一眼县长吕世隆的办公室。

吕世隆听完张炳元和白朴的汇报后说："半个多月来,恁二位一直往乡下跑,工作很辛苦,成绩很突出。"吕世隆用铅笔点着笔记本说:"城北河店、姬家、小杨家、贾庄一带的农会、民兵、妇女、学校的组织发动工作成果显著,是全县学习的好榜样。"

张炳元:"莘县北部的村庄,和堂邑接壤,受十支队的影响较大,抗日工作就好发动,百姓的抗日情绪也比较高涨。"

吕世隆:"哎!听说张维翰同志到十支队当司令去了。"

张炳元点点头,看了看吕世隆平静地转了话题:"哎,春天的贩毒案,那个叫'小旋风'的女毒犯,最后是怎么判的?"

吕世隆看着老诚腼腆的张炳元说:"当时,我曾追问过警察局长张际涛,他说'女毒贩子夜晚在监房里服毒自杀了,然后就命人拉出去埋了。时间一长,这事就不了了之了。"

张炳元疑惑地说:"这事恐怕没那么简单!"

吕世隆:"怎么,这里面还有什么问题吗?"

张炳远点点头道:"东街王家客栈的王掌柜就在聊城见过'小旋风'两次,也就是说,女毒贩子并没有死。"

吕世隆听后神情肃穆地说:"此事一定要查个水落石出。"……

聊城王老七茶馆,穆九如背着行囊进门刚落座。王老七手揸铁壶就急忙倒了一碗水问:"穆先生,好些天没傍我这小茶馆的面了,到哪儿扎场去了?"

穆九如爽朗地笑着说:"七哥,我是个信马由缰、哪里天黑哪里住的人,只要能混口饭吃就行了。"

王老七笑笑说:"穆先生,干你这一行倒也逍遥自在。"

穆九如苦笑着说:"混口饭吃罢了,有点本事的人,谁也不干这四处漂泊的事。"

坐在旁边的耿老三磕打着烟袋锅说:"唉,这年头,干啥都不容易!"三个人边聊边感叹着世间的艰辛和无奈。

莘县东鲁招商客栈掌柜王兴财背着褡裢来到茶馆,进门就亲切的喊七叔。

王老七定睛一看说:"哟! 这不是兴财吗,你咋到聊城来了?"

"帮你大孙子来卖莘莘。"王兴财说:"顺便来看看七叔。"

王老七见莘县老家的侄子来看望他,心里由衷地高兴,说:"兴财,快坐下,先喝碗水。"

王兴财一转身正要坐下,却正好看见穆九如,两个人亲热的打过招呼后,穆九如惊奇地说:"我去莘县住王掌柜的店,来聊城喝老七哥的水,却不知道你们是本家一族。"

王老七手里提着铁壶说:"我年轻时离开莘县来聊城开茶馆,转眼间就变成古稀之人了。唉! 岁月快得太无情了。"

孙金利着黑色便衣,鼻梁架一副墨镜,脚步匆匆正从街口向胡同里走来,两眼的余光,机灵的扫视着前后左右。来到王老七茶馆门前,他还有意识地向茶馆里瞅了一眼。

尽管孙金利戴着墨镜,茶馆里几个人还是认出了他。

王老七惊讶地说:"哎! 刚才那人,不是跟'小旋风'相好的孙什么吗?"

耿老三:"就是他,三天来两趟,扒了皮也认得他。"

王兴财也好奇地问道:"刚才那人,像是莘县保安大队的副大队长孙金利?"

穆九如点点头没说什么。

不久,一个迈着细碎小步、走路轻佻、头上包一条兰花毛巾的女人,手里提着一把竹皮暖壶走进茶馆。往桌上放了一个竹子水牌说:"要一壶开水。"

王兴财看到女人进屋后,就像见到瘟神一样立即低下了头。

王老七也不说话,收起桌子上的水牌,就给女人倒了一壶开水。

女人提起暖壶,扭头走出了茶馆。

耿老三见女人走远了,就轻蔑地说:"这骚货,准是给姓孙的那小子沏茶去了。"

王兴财疑惑、而又害怕地说:"大白天不是见鬼了吧!"

听王兴财这么一说,王老七、穆九如、耿老三都瞪大了眼睛。

王兴财:"这女人是贩烟土的,到莘县就住在我的店里。半年前,被莘县警察局抓住,当晚就在监狱服毒自杀了,怎么现在又活了呢?"

王老七和耿老三说:"是,听说这女人经常倒腾烟土。"

吕世隆听完张炳元的汇报后,看着张炳元和白朴说:"既然女毒犯真的没有死,这就说明警察局和监狱内部都有问题。"

张炳元:"女毒贩子的事,我们一时也抽不出人手来处理,心里有数就行了,可以暂且放一下。而抗日的宣传、组织发动备战工作,却是一点也不能放松的,同时要注意防备身边一些人的动向。"

白朴也点着头说:"是啊,对于阳谷事变的教训,我们万不可掉以轻心。"

说话间,冯子华和刘泮溪匆匆进了屋。冯子华气愤地说:"据可靠消息,有人要仿效阳谷卞二楞,在咱这儿搞政变!"

"啊!"一屋人一时无语。

五

夜已很深,魏玉德、孙金利等人正为一场更为险恶的阴谋而紧张地行动着。

临街的院门半掩着，门洞里有两个持枪的人把守，他们时刻注意着门外的情况。

堂屋和东西厢房都亮着灯，不断地有人从东屋走到西屋，都在小声"喊喊喳喳"地叽咕着什么，鬼鬼祟祟、又诡秘奇谲，似有什么重大事情发生。

堂屋里吊着一盏煤油罩子灯，家俱摆设也较为考究。主人刘玉珂和警察局长张际涛，分别坐在八仙桌左右。两个人都皱着双眉、嘴唇紧闭、正在思索或等待着什么。

良久，刘玉珂仰头看着张际涛问："魏玉德主任临走时，到底是怎么说的？"

张际涛稍有烦躁地说："唉呀！老爷子，我已经给你说过两遍了。今儿半夜举事，是李树椿主任和王金祥参谋长同意的。这是板上钉钉、确凿无疑的。"

刘玉珂点点头，表示已听明白。

张际涛接着说："县保安大队一半人不听咱指挥，怕举事不利，魏玉德主任差人找王金祥参谋长派兵支援咱，他正在家里等消息哩。"

刘玉珂甚为不满地说："找援军为啥不早去？现上轿现扎耳朵眼，计划不周，哪是干大事的样子？"

张际涛："姓魏的是县党部书记，咱都得听他的。"

刘玉珂睁开老眼，看着墙上的挂钟说："这都十点多了，他……"

"老爷子。"张际涛说："我们的行动，必须要等魏玉德主任回来。"

刘玉珂无可奈何地摇摇头。

因房子少，保安大队只有一、二两个中队住在大队部，三中队住在外面的民房里。此时，大队部的院门紧闭，两个哨兵持枪在门里把守着。哨兵不断地透过门缝窥视着街上的动静，唯恐有人窃听什么。

小操场后面的大宿舍里，两个中队的人全部集合在这里。从士兵到中队长都是全副武装，像是临战前，随时准备冲锋陷阵的样子。

副大队长孙金利腰里别着手枪，站在屋子中央，激动地看了一眼窗台上的马蹄表，然后兴奋地说："弟兄们，可能大家已经感觉到了，今天晚上，要有重大行动。这次行动，关系到莘县的政局，也关系到保安大队每个弟兄的切身利益。现在，我高兴地告诉大家，凡是今晚参加行动的，下个月的军饷，每个人增加两块大洋。伙食费也有大幅度提高，保证天天有肉吃。"

"执行什么任务啊？"队列里有人小声叽咕。

孙金利诡谲而狡黠地说："执行什么任务，暂时还不能告诉弟兄们。不过有一点先叫大家明白，在这次行动中，会根据每个人的表现论功行赏，表现突出的，还会提拔重用。"

队列里又是一阵躁动。

孙金利回头对中队长马成魁说："还有半个小时，叫弟兄们方便一下，十分钟后集合待命。"说完就向大门口走去。

孙金利离开大队部，与通信员一溜小跑，直奔刘玉珂的四合院。他知道刘玉珂和张际涛都在堂屋里，所以就特意进了东厢房，刘玉珂的儿子，中队长刘建唐正在东厢房给敢死队交代任务。

刘建唐长得虎头虎脑，眉粗眼暴。他上身长、下肢短，走起路来膀子晃、屁股摇。和他爹刘玉珂细高挑、水蛇腰的身材正相反。而父子俩却又都心毒手狠、贪色爱财，都是一路货色。

此时,刘建唐正给选拔出来的十几个手下训话:"——这次重大行动,是省政府李树椿主任批准的,关系到我们每个人的命运。而咱们的具体任务,是到县政府亲自抓捕县长吕世隆。吕世隆那小子,虽长得五大三粗、非常威猛,可他只是一个学生,身上没有劲,不会耍枪弄棍。所以,咱们进屋后,尽管放心打砸。姓吕的那小子,要是规规矩矩、听说听道,就先把他捆起来。若有半点反抗的意思,就可立即开枪击毙,决不能让吕世隆跑掉,大家听清了吗?"

"听清了。"手下们立刻同声回答。

早已在屋里听了多时的孙金利,心里非常高兴。他觉得刘建唐虽其貌不扬,肚子里倒有些花花肠子,关键时候,这愣小子还真能起作用。于是就兴奋地说:"好!中队长讲的好,布置任务细致具体,弟兄们也很有决心和信心,抓住吕世隆一定会有把握,大家说,有没有?"

"有!"刘建唐等立即大声回应。

孙金利很得意,他拍了拍刘建唐的肩膀,表示对刘非常赞赏。然后,扭头向堂屋里走去。

孙金利大大咧咧地走进堂屋,很显然没把刘玉珂和张际涛放到眼里,说:"聊城那边有消息吗?"

张际涛冷冷地说:"有消息也得先到魏玉德那里,姓魏的不来,咱怎么能知道哇?"

刘玉珂知道孙金利是自己儿子刘建唐的顶头上司,就急忙命人搬了把椅子说:"孙大队长,先坐下再说吧。"

孙金利大大方方地坐下后,往左右看了看,有些惊慌地说:"哎!王梦秋怎么还没来啊?"

孙金利这一问,也引起了张际涛和刘玉珂的注意。"是啊,王梦秋这孩子,咋也没来呢?"

六

县长吕世隆的办公室还亮着灯,张炳元、白朴、王锡恩、冯子华、刘泮溪等,正在研究莘县当前的形势和应对措施。他们说话的声音很小,表情也极为严肃、庄重。深夜亮灯开会,是县政府常有的事,人们并不感到异常,可今天的会议却不同寻常。吕世隆、张炳元等在饭前已得到反动派动乱的计划,他们也制定了相应的应急方案。

县政府大门口的通信班里,有个哨兵还在无精打采地值班。不当班的王梦秋,本应睡觉休息,可他却出出进进一个劲的往院子里跑。哨兵问他咋还不睡觉啊,王梦秋撒谎说肚子不好,得上厕所。王梦秋每次去厕所,总是绕弯到吕世隆办公室的门口,且有意放轻脚步,侧耳偷听。即便是回到值班室,也是坐立不安,一副神不守舍的样子。

月黑风高,十一点多会议方散,按照应急方案,白朴、王锡恩等当地人就相继走出县政府,而吕世隆、张炳元、冯子华、刘泮溪等,则趁机从后院走出侧门,很快就消失在黑夜中了。不久,吕世隆办公室的灯光也熄灭了。

王梦秋认定吕世隆和秘书刘泮溪仍旧留宿在县政府,于是就急忙对值班的伙伴说:"我肚子疼得厉害,得到北街药铺弄点药吃去!"

哨兵说："那就快去吧！"

王梦秋离开县政府大门，迈开大步，直奔刘玉珂的四合院跑来。

正在刘玉珂、张际涛、孙金利十分着急的时候，却见王梦秋满头大汗地跑进来。刘玉珂三人几乎同时问道："怎么到现在才来啊？"

王梦秋喘息着："别提了，我比你们还着急哩。今儿晚上，他们几个共产党的领导人在吕世隆屋里开会，我始终都要盯着，等他们刚一散会，我这才跑过来。"

张际涛："知道他们开的什么会吗？"

王梦秋："听不见，好像和咱们的行动没关系。"

刘玉珂捋了把山羊胡子："好，好，这就好，天助我也！"

此时，在东厢房的刘建唐，听到堂屋里有动静，也急忙跑过来看个究竟。唉！此时墙上的挂钟很沉闷地敲了一下。钟声虽然不大，却震动了所有的人，他们的目光都盯着墙上的挂钟，时间是十一点半。每个人的脸上都露出焦躁不安、紧张又慌乱的表情。

孙金利看着刘玉珂和张际涛问："姓魏的还来不来了？"

张际涛："孙大队长，别着急，现在还不到十二点哩。"

刘玉珂抚摸着稀疏的山羊胡子说："孙大队长，无论如何，也要等到规定的时间。"

刘建唐："要是等到十二点，他姓魏的还不来，那咋办呢？"

孙金利："如今是箭在弦上，不管姓魏的来不来，十二点，必须准时行动。"

张际涛："好！我赞成。"

刘玉珂摸着胡子，看了一眼孙金利说："我看是否再……"

刘建唐立即抢过话头："怕啥！到点就行动，夜长梦多。"

刘玉珂见儿子当场顶撞自己，觉得太没面子，就立即一拍桌子，想骂刘建唐。

孙金利没把刘玉珂父子放在眼里，可又怕他父子一闹，会影响大事，就站起来说："你们都闭嘴，父子俩吵架也不看个时候。"

孙金利如此一番话，刘家父子也不敢再言语了，屋子里总算静下来。只有墙上的老式挂钟不急不躁、慢悠悠地滴哒着，时针终于指向了十二点。当十二下破锣一样的钟声过后，人们把目光都集中在孙金利身上。

孙金利立即从腰间拔出手枪，说："我命令，每个人按照预先的分工，立即行动。"

刘建唐听到孙金利的命令后，立即跑到东厢房命令敢死队到院子里集合。孙金利命令通信员马上去东街保安大队部，叫一、二中队到县政府西门口待命。

张际涛命令他的通信员立即回警察局传达行动命令。

刘玉珂也指着王梦秋说："你也赶快回县政府吧，全指望你开门策应哩。"

夜，深邃浩瀚的天穹上，繁星不知疲倦地眨巴着眼睛，冷眼看着人世间的一切。街头突然传来一阵猛烈的狗叫声，这瘆人的犬吠，立即打破了胡同里的宁静。

三个黑影拐进胡同口，向着刘玉珂的四合院飞快地跑过来，和刚冲出大门的孙金利、刘建唐等人迎头相撞。

孙金利"哗啦"一声扳开机头，喊了声："什么人？"

黑影中有人立即回答道："我，魏玉德。"

魏玉德说："孙大队长，有重要情况，咱们到里面再说吧。"然后自顾向刘玉珂的堂屋里走去。

　　孙金利、张际涛、刘建唐、王梦秋知道情况有变，也只好随着魏玉德进了屋。所有的人目光都盯着魏玉德和随他一起进来的两个穿军衣的人。

　　魏玉德先安排两个军人坐下，然后对孙金利、张际涛等人说："你们赶快通知所有参加行动的单位，这次行动立即取消。所有人员马上回原单位休息，任何人不得轻举妄动。"

　　孙金利瞪着眼问："为什么？"

　　魏玉德并不正面回答孙金利，而是指着两个军人说："这是王干事和贾参谋，是李树椿主任和王金祥参谋长派来专门传达命令的。"

　　魏玉德这么一说，孙金利、刘建唐等人的毛躁情绪立即安静了下来。他们只好下令解散队伍，张际涛也通知所有参加行动的警察回家休息。

　　魏玉德看着人们的情绪已经平静下来，就说道："上峰决定取消这次驱赶吕世隆的行动，主要有三条原因：一、认为我们准备不充分，计划欠周密；二、阳谷卞氏二兄弟，已被范筑先的六支队抓捕、收编，赵健民和蓝春河就住在阳谷城里。他们若闻讯后，来支援莘县，只需一个小时就可抵达；三、张维翰已到堂邑十支队任司令，他和吕世隆经常有着密切的联系。"

　　孙金利、刘建唐、张际涛、刘玉珂听了魏玉德的一番话，立即吓傻了眼，为刚才的轻举妄动感到后怕。

　　魏玉德接着说："李树椿主任要大家不要灰心，待时机成熟后，再对吕世隆下手不迟。"

第二十一章 | 金堤河王东良暴打小扁脸 司令部范筑先怒斥姜洪源

一

穆九如身背行囊,从蜿蜒千里的金堤上走下来,顺着一条乡间土路,很快就来到了古云集。古云集村边的所有打麦场上,都有十三支队的官兵在习武操练。小伙子们个个生龙活虎、动作威猛、喊杀声震天。

以前,只要看见队伍操练,穆九如就会津津有味地驻足观赏一阵子。今儿有任务在身,只能恋恋不舍地离开操练场,匆匆地向西走去。

在徐庄东头的一棵白杨树下,穆九如停下了脚步,他能听到路北三间黄土屋里,传来的朗朗读书声。穆九如暗暗点头,确认此处就是小学校。于是,就放下肩上的行囊,坐在路边的树坷垃上,很放松地歇起脚来。

黄泥平顶的土屋里,有几条薄薄的杂木板子,两头担在土坯上,这就是学校的课桌。十几个年龄不一的农家孩子,瞪着好奇的大眼睛,看着老师徐宾在黑板上写什么。很快,黑板上就出现了"团结抗日"四个粉笔大字。

徐宾,徐庄本村人,干练洒脱。在学校读书时,就和同学郭崇豪秘密地加入了共产党。不久,被党组织派他回老家徐庄,以教学为掩护,积极开展基层组织工作,并在徐庄建成了鲁西第一个党支部。

晌午放学了,徐宾看着孩子们都安全地回了家,才转身把门锁好,习惯性地向左右看了看,然后就迈步向村里走去。

徐宾经过路边的白杨树时,似乎没注意到坐在树坷垃上的穆九如,仍继续向西走着。

穆九如虽在歇脚,却始终注意着学校里动静。他断定刚才从自己面前走过去的青年教师,就是自己要找的徐宾。但他还是十分谨慎地、试探性地喊了一声:"徐老师"。

徐宾听到身后有人喊,就急忙回头一看,见是一位游走艺人,就有些惊疑地问:"你是?"

"噢,我叫穆九如,家是观城的,您是徐宾老师吧?"

徐宾礼貌地点点头说:"啊是啊!我是徐宾。"

穆九如放心地一笑说道:"好!这就对了。"

徐宾愣愣地没言语。

穆九如接着主动说："徐老师,您的一个朋友,托我给您捎来一封信。"

徐宾谨慎地问道："朋友?哪里的朋友?"

穆九如并不急于作答,就从怀里掏出来一张折了几折的信纸,交给徐宾说："这是他给您的信,看看就明白了。"

徐宾见左右没人,就急忙展开了信纸,跳过内容,先看到落款,就惊喜地说："原来是赵健民!"

穆九如不动声色地点点头。

徐宾:"穆先生,街上不是说话的地方,快跟我回家吧!"

这是鲁西一处极为平常的农家小院,只有三间黄土平顶秫秸屋以及两间低矮的小厨房。

徐宾将穆九如安顿在板凳上坐下,然后就急忙展开信纸,认真地看起来。由于心情过于激动,拿信的双手竟微微颤抖起来。当他把信全部看完以后,兴奋地问穆九如:"健民同志还有什么指示吗?"

穆九如接过徐宾递过来的一碗白开水小声说:"健民同志说,当前鲁西特委的意见是:要你们发动群众、积极支持十三支队,特别要保证全支队的粮食供给。濮阳专员丁树本和县长姜洪源勾结在一起,想掐断十三支队的粮食补给,这一招很歹毒。"

徐宾:"这种情况,我也有所了解。不过,金堤北边的村庄基本上都支持十三支队,只有金堤南边的少数村庄还被姜洪源蒙蔽着。再加上县治安大队的人经常在堤口巡查,问题有点难办。"

穆九如:"反动派越是猖狂,就越需要我们去做工作。"

徐宾:"是啊!这些天经过认真挑选,帮着十三支队运粮的民工,都是非常可靠的,关键的时候很起作用。"

"好!这就好。"穆九如又喝了口水说:"健民同志很想念徐庄的老朋友,他准备抽空一定来徐庄看望你们。"

徐宾:"太好了!我们也很想念健民和黎玉同志。"

二

濮城大街上行人不多,穿黄军衣的治安兵来来往往的倒不少。特别是县政府大门口,竟然站着双岗,还有穿梭往来的巡逻队,这阵势给城里的百姓们增加了很大压力,他们总觉得生活在不安全的环境中。

县长办公室,姜洪源手里掐着半截烟卷,耷拉着脸,紧紧地皱着眉头,思索着怎样才能把十三支队的指挥权夺到手。他原以为冀镇国年老体衰,又是无党派人士,只要略施小计,就会把十三支队拿过来,到时候濮、范、观、鄄一带就成了他姜洪源的一统天下。可经过半年多对冀镇国的威逼利诱,不但没把十三支队指挥权弄到手,反而还不断地受到冀镇国冷嘲热讽地敲打。姜洪源憋了一肚子气,心里十分恼怒,可又苦无良策。想来想去,决定还是从掐断十三支队的粮食下手。军中无粮,官兵自乱。想到此,他立即扔掉手中的烟屁股,对着门口喊道:"来人!"

通信员小苏应声而至。

姜洪源说:"快,把治安大队的亢大队长喊来。"

小苏说了声:"是!"就迅速地出了门。

治安大队长亢保来,原在聊城保安大队直属二中队任副中队长,因同是夏津老乡,姜洪源就把他要过来,提拔为县治安大队长。亢保来感其知遇之恩,自是唯姜洪源之命是从,无比效忠,成了姜洪源的心腹亲信。

平时,县政府的任何人想进姜洪源的办公室,都必须先喊报告,得到姜洪源准许后,方可进屋。而亢保来则无须喊报告,甚至连门也不敲一下,就可以随便出入。二人关系之铁,可见一斑。

姜洪源见亢保来推门进来,就照着他扔过去一根香烟问:"掐断十三支队的粮食补给,进程怎样了?"

亢保来边点烟边说:"通往十三支队的三条主要道路,始终有人把守,粮食保证运不过去。"

姜洪源冷冷地说:"亢大队长,你也太天真了,你把大路卡住,人家早已通过小路把粮食运走了。"

亢保来一脸惶恐地说:"啊! 有这种事?"

姜洪源阴沉着脸道:"现在形势复杂,共产分子十分狡猾,百姓也不跟我们一势,所以,凡事要多动动脑子。"

亢保来低三下四地点头称是。

姜洪源:"你马上增加兵力,严加防范,只要发现谁给十三支队运粮,不但要把粮食全部没收,而且还要狠狠地教训教训带头送粮的人。"

亢保来双腿一并,立正道:"是!"

三

金堤河畔灌木丛中的沙沟小路上,八辆独轮小拱车,正在由远及近地走过来,车上是送往十三支队的军粮。为保险起见,每辆小拱车都配有两个老乡,前边的人肩背绳子低头使劲拉,后边的人则双手紧握车把,弓腰用力地往前推。车队的前边有十三支队派来的战士小李领头,人高马大的警卫班长王东良押车殿后。

当小拱车运粮队来到金堤脚下时,冷不防,突然从沙丘后边窜出来八九个穿黄军衣的治安兵,手里都端着枪,齐刷刷地横在路中央。

在前边领路旳小李立即惊呆了,小车队的老乡见状,也马上停下了脚步,一时不知如何是好。

王东良一看出事了,就急忙跑到前头,见治安兵们端着枪,凶神恶煞、老子天下第一的样子,心里就想发笑,问道:"弟兄们,你们是哪一部分的?"

一个歪戴帽子的扁脸小队长,一脸傲慢地说:"老子是濮县治安大队的。你们是哪一部分的?"

王东良:"我们是十三支队的。"

扁脸小队长眨巴着眼皮说:"你十三支队的,跑到我们地盘上来干啥?"

王东良强忍心中的气愤,仍微笑着说:"铁打的营盘,流水的兵。抗日队伍全国都可以调动,而濮县也归聊城管辖,我们十三支队当然可以来嘛!"

扁脸小队长眼一瞪、脖子一拧说:"你们是偷运我们的军粮!"王东良从怀里掏出盖有关防的公文正色道:"我这里有鲁西抗日游击总队和你们濮城县政府的批文,又是老乡们自愿帮我们搬运,这怎么是偷运呢?"

扁脸小队长一脸无赖的样子,根本就不看王东良手中的公文说:"老子不管你什么公文、母文的,今天这几车粮食,你必须给我卸下来。"

王东良见扁脸狗仗人势、撒野耍赖,就严正地说:"我们是正大光明的行动,本人是奉命押运,只要我王东良在,就不准任何人拦路抢劫。"

扁脸则有恃无恐,更加狂傲,"啪啪"地敲着枪托说:"识相点吧,你奉命押运粮食,老子是奉命保护粮食。眼前这些粮食,任何人不准再动一粒,否则……"

王东良义愤填膺,他鄙夷地看着扁脸说:"否则!否则你敢怎么样?"

扁脸知道对方只有两个军人,而自己这边则有九个扛枪的,力量上已压倒了对方。所以,就更加乖张而欺人地说:"既然给脸,你不要脸,老子就不客气了。"扁脸回过头来,对手下说:"弟兄们,上,叫他们把车子掉过头去。"

那几个治安兵闻声后,立即扑向小拱车,硬逼着老乡们把粮食往后推。

王东良对扁脸的土匪行径早已忍无可忍,圆睁双眼,怒冲冲地对他说:"住手!别以为你们人多势众,就可以横行霸道。"

扁脸极为不屑地说:"滚他娘一边去,你算老几?"在扁脸的叫骂中,兵痞们已把装粮的布袋从车上卸下来,另有三个兵痞竟下了战士小李的枪。

王东良实在咽不下这口气,事态的发展逼着他不能再犹豫了。趁着扁脸得意忘形的时候,突然快步上前,迅速的伸出胳臂,狠狠地掐住了扁脸的脖子。

扁脸小队长立刻憋得喘不上气来,转脖子拼命挣扎,王东良就越使劲往深处掐。

扁脸觉得这样挣扎下去,定会被王东良掐死。他用求饶的语气,上气不接下气地说:"兄弟有话好说。"

王东良稍微松了松劲对扁脸说:"快下命令,叫你的人停下手来。"

扁脸说:"你放开我,我就叫他们停下来。"

王东良冷冷地说:"好,我先松开你,你要敢糊弄我,我立马叫你见阎王。"

扁脸已经说不出话来,只是鸡叨米似地点着头,但小眼珠子却还在狡黠地转动着。他大口地喘着粗气对呆愣在一边的治安兵说:"弟兄们,粮食不要了,快放他们走吧。"

治安兵目睹扁脸小队长险些被大个子王东良掐死,无奈之下,只得把运粮的民工和押车的小李给放了。

扁脸向王东良请求说:"哥们儿,我已经按你的要求办了,也该放我了吧?"

王东良不置可否地对扁脸说:"叫你的弟兄们把卸下来的粮食袋子,重新装到车子上去。"

扁脸怕王东良再使劲掐自己,只得服服帖帖地照办了。看着粮车又重新装好,扁脸对王东良说:"哥们儿,这一回总该放我了吧?"

王东良似乎没在意扁脸唠叨什么,就继续威严地命令道:"快,叫你的人全部把武器就地放下!"声如利剑,不容对方有丝毫的置疑。

扁脸心里窝着火，嘟囔道："你这也太过分了吧！"

王东良懒得回话，只是手上又加了一把劲，犹如螺丝又上了一扣。

扁脸立即喉咙发痒，憋得脸红脖子粗地干咳起来。他心里明白，如果大个子略微再使一点劲，他这条小命就魂归西天了。气短心憋，容不得再多想，只好示意手下放下了武器。

押车的小李在王东良的示意下，立即指挥运粮老乡，迅速地将九只步枪收敛在一起。小李则趁机将枪栓全部卸下来，捆在一起扔到粮车上，然后将几个治安兵集合在一起，叫他们老老实实地蹲在黄土地上。

王东良见小李在老乡的配合下处理事情干净利索，他觉得此地不宜久留，就对扁脸说："好，今儿算你小子走运，老子放你一条狗命。如继续为非作歹，和十三支队过不去，老子决不轻饶，听见了没有？"

扁脸小队长点头如捣蒜般说："下次绝对不敢了。"可眼神里却闪着一丝不易觉察的凶光。

王东良终于松开了手，令扁脸和他的治安兵围坐在一块。然后向小李挥了挥手，小李心领神会，立即指挥老乡们重新推起车子向金堤走去，而且还带走了九只枪栓。扁脸小队长眼看着运粮车队越走越远，心里越想越窝囊，实在咽不下这口气。他恶狠狠地对手下说："弟兄们枪栓没有了，我们回去也没好果子吃。咱们是九个人，他们只有两个兵，干脆跟他们拼了吧！"

"对！跟他们拼了。"兵痞们一声吆喝，立即从地上爬起来，一人拿着一支没有枪栓的汉阳造，向着快要登上大堤的运粮队，疯狂地追过来。

王东良一看扁脸这伙不知好歹的亡命之徒扑上来，就沉着镇定的对小李说："小李，你重点保护老乡和粮食，我来对付这伙不要命的王八蛋。"

说话间，扁脸带着几个匪兵已来到眼前。扁脸冲着王东良骂道："妈拉个疤子的，你们快把粮食留下，把枪栓擦干净还给老子，否则你们就别想活着回去。"说着，向后一招手，喊道："弟兄们，给我上！"

治安兵们听到扁脸的呼喊后，立即端着烧火棍似的汉阳造，对着王东良冲过来。

王东良虽然只有二十二岁，身板却长得五大三粗。从十岁起，就在有武术传统的老家野猪林，跟着大人们学拉架子（当地人称练武术为"拉架子"），练就了一身硬功夫。所以，参军来到十三支队后，就被司令冀镇国一眼看中，留在警卫班当了班长。

王东良眼看一伙治安兵饿狼般嗷嗷地冲上来，竟气定神闲、镇静自若。当一个高个子兵抢起枪托照准王东良的脑门，狠狠地砸来时，只见王东良抬手轻轻一拨，那汉阳造就扑扑愣愣地从匪徒手中飞出去了。王东良趁机飞起一脚，那实纳帮的布鞋底，就像飞来的一块石头，不偏不倚，正好踢在那匪兵裤裆里的要害处。只听那小子撕心裂肺地"哎呀"一声，立即象半截木桩一样，"噗腾"一声摔在了地上。疼得他只管喊爹叫娘，却再也爬不起来了。

扁脸见高个子手下被打趴在地上，就又指挥三个治安兵挺着枪刺一起冲上来。

王东良迅速伸出双臂，轻轻的左推右挡，那三只汉阳造也散落在了地上。王东良紧接着身子一拧，腾空而起，连着两个扫荡腿，三个治安兵就像被点了穴，如木头桩子一样立即倒在了地上。

已经登上了堤坡的小李和老乡们，怕王东良挨打吃亏，就放下车子，手提垫棍向坡下跑来。

扁脸看到手下纷纷倒下，心里塞满了仇恨。带上最后的几个手下，瞪着血红的眼睛，嗷嗷地嚎叫着向王东良冲来。治安兵们还没靠近王东良，就被赶来的小李和老乡们打垮了。有的伤了胳臂，有的伤了腿。

扁脸见大势已去，就像输光了的赌徒，双手端着上了刺刀的步枪，凶狠地向王东良刺过来。

王东良的身子迅疾往旁边一闪，扁脸扑了个空，跟跟跄跄地差点没摔倒。就在扁脸身体失去控制的一刹那，正是王东良下手的好机会。可王东良并没想伤害小扁脸，他只要把粮食安全运走就行了。可扁脸却不知好歹，他又重鼓气力，端枪向王东良刺来。

王东良轻轻地一闪身子，把扁脸晃了个嘴啃泥、狗吃屎，一头扎在黄土里，摔了个鼻脸出血。

王东良看着挣扎起来的扁脸说："别惹恼我，赶快带着人回去吧。"

听王东良这么一说，扁脸就更加气急败坏、羞恼成怒，决定和面前这个大个子拼个你死我活。趁王东良没注意，端起枪来就刺。这一次王东良并没有左右躲闪，而是顺手就抓住了扁脸捅过来的枪管，用力一拧，死拽住枪身不放的扁脸就随着枪管在地上旋转起来。王东良照准扁脸攥枪托的手踢了一脚，扁脸疼痛难忍，"哎呀"一声撒了手。王东良把枪夺过来，对准扁脸的胸口举起了枪。瞬间扁脸意识到完了，自己的这条小命竟丧在了这个傻大个之手，他无奈地闭上了眼睛，等死。

扁脸等了好久，也没见死神到来，就试着睁开了眼睛。王东良说："快滚起来走吧，我要想打死你，你早就死了三回了。"说完就把枪扔给了扁脸。

扁脸接过王东良扔过来的枪，心里也真的惭愧起来。事实证明，王东良确实没有伤害他的意思，就不禁感动地说："哥们儿，你真是条汉子，我算服了你。"

王东良："别啰嗦了，快带上你的人走吧。"

扁脸对王东良又鞠躬、又作揖、又打敬礼。然后集合起残兵败卒扭头就走。刚走了几步，他转过身来对王东良说："哥们儿，枪栓还给俺们吧。"

王东良稍一思索，就对小李说："把枪栓扔给他们。"

小李对王东良的决定有些不解，嘴里"嘟嘟囔囔"，心里很不情愿，但还是将枪栓扔给了扁脸。

四

蓝天下，一群带哨的鸽子嗡嗡响着，从光岳楼顶上掠过。之后，天空又恢复了平静。

聊城专署门口两边，一边一个哨兵，一动不动地站着，宛如两尊端庄、威严的雕像。大院里，时而有着军装或穿便衣的人，匆匆地走过。

凌作善提着一把大铁壶进了范筑先的办公室，将两只竹皮暖壶注满开水，又悄悄地离开了办公室。

范筑先脸色阴沉，露出难以遏制的恼怒，两只眼睛紧盯着对面低头不语的姜洪源。

姜洪源呆呆地站在范筑先的斜对面，一脸的冤屈和不服气。

范筑先终于打破长时间的沉默,冷冷地问:"说说,你为什么抢劫十三支队的军粮?"

"我没派人抢劫十三支队的军粮!"姜洪源一脸毫不知情的样子。

范筑先厌恶地说:"狡辩,你还派人打了十三支队押运粮食的两个战士。"

姜洪源:"我没派人打他们,是十三支队的人先下了我们治安大队的枪,然后又打了我们的人。"

范筑先:"这事,你是怎么知道的?"

姜洪源:"是治安大队长向我汇报的。"

范筑先冷冷地瞥了姜洪源一眼说:"你们去了多少人?"

姜洪源:"一个小队。"

范筑先:"十三支队去了几个押车的战士?"

姜洪源:"两个。"

范筑先:"好哇!你们去了九个人,而十三支队只有两个押车的战士。九个人对两个人究竟谁打了谁?"

姜洪源眼珠子一转,发现自己说漏了嘴,"吱吱唔唔"的无言以对。

范筑先强压住气愤说:"看在我和你父亲多年交情的份上,你说要离开参谋处,到下面历练历练,我答应了你。"

姜洪源:"谢谢伯父。"

范筑先:"可你到了观城后,就嫌观城地盘小,说又穷又苦,非要去濮城。我又答应了你,硬叫濮城的张书礼县长和你来了个对调。"

姜洪源点点头表示认可。

范筑先:"你到濮城先是大吃二喝,然后又拼命的扩充县大队,我也没限制你。可如今,你竟敢断我十三支队的军粮。真是养虎为患,自伤其身,你竟算计到我头上来了。"

姜洪源:"伯父。"

范筑先愤怒地说:"别喊我伯父!"

姜洪源:"范专员,范司令,我怎么敢……"

范筑先:"别说了。以前也曾有过风言风语,说你想夺十三支队的指挥权,当时我并不相信你有如此的野心。今天看来,你是真要下手了,没想到你是个六亲不认的白眼狼,当初我真瞎了眼。"

姜洪源欲辩解道:"范司令,您听我说。"

范筑先气恼至极,说道:"你言而无信,我还听你说什么!"

姜洪源低着头,不敢再言语了。

范筑先强压怒火,极力平静地说:"十三支队司令冀镇国,是我亲自委任的,他是个很有经验的老军人,又是省政府议员,原希望你们俩合作起来,把濮、范、观、鄄的工作办好。可我万万没有想到,你竟千方百计拆我的台,你说,你到底是何居心?"

姜洪源知道范筑先在气头上,不再敢多言。他却"扑通"一声跪在了地上说:"范司令,我对不住你,我错了。"

范筑先:"你没必要给我下跪,你若嫌聊城小,可以马上走人,希望你另谋高就。"

姜洪源此时真的害怕了,他眼珠子一转悠,竟伸手"啪啪"地打了自己几个耳光说:

"伯父、范司令，您饶我这一回吧，我保证和十三支队搞好关系，绝对给您老人家争回脸面来。"……

大街上人来人往，街两边的酒馆饭庄、商号店铺，都大声吆喝着招徕生意。聊城仍然是一片繁华热闹的景象。

胭脂楼的门楣上，红灯高挂、店门敞开，却少有客人进出。只有酒楼的庞老板，时不时地出现在门口，好像随时都在准备迎接客人。

胭脂楼的后院山墙边，有一个小角门，平时总是虚掩着。别看角门小，很多重要客人却都是从这个小门里进来的。

后院里有几间不起眼的小瓦房，可屋里的家具陈设，却十分地讲究。

李树椿和王金祥相对坐在红木八仙桌两旁，谁也不说话，都阴沉着脸，正为姜洪源惹的事所困扰着。之前，十三支队和濮城县大队，因为粮食也闹过争执，范筑先也没过分在意。没想到这一次竟发这么大的火，动这么大的怒，硬把姜洪源紧急调来，当面严加训斥。

王金祥打破沉默道："嗨！我看那，范筑先这次发火，一是做戏给大家看，二是有意敲打一下姜洪源。我觉得，他不可能下狠手。因为姜洪源的父亲和范筑先是老交情，私底下，姜洪源喊范筑先伯父，所以范筑先决不会把姜怎么样。李主任，你就放心好了。"

李树椿："但愿如此吧，不过，共产党分子一定会趁机添油加醋，给范筑先施加压力。"

王金祥阴冷地说："政训处这伙人，真他娘的够厉害的。"

李树椿无奈又不满地说："洪源这个人，热情很高、大胆能干。可他性格浮躁，办事急于求成，不讲策略，终于叫人家抓住了把柄。"

此时屋门"吱扭"一响，柯劲跟进了屋，见李树椿和王金祥都奔拉着脸，也就没敢说什么。

王金祥："饭菜都安排好了吗？"

柯劲根："安排好了，庞老板知道咱几个爱吃东昌湖里的鼋鱼，他已经准备好了。"

王金祥："嗯！"

柯劲根见王金祥高兴，于是，就喜形于色又诡秘地说："庞老板真会做生意，他把济南来的两个唱曲的小妮也找来了。"

王金祥还没来得及反应，李树椿立即呵斥道："没脑子，都什么时候了，还要唱曲的小妮！快叫她们滚，净往人家手里递把柄。"李树椿接着说："谁接姜县长去了？"

王金祥："胡副参谋长正在大门口等着哩。"

六

鲁西青年抗日挺进大队的操场上，战士们以班排为单位，正在苦练杀敌本领。有的练投弹、有的练瞄准、有的练刺杀、有的练徒手格斗。

大队长范树民和参谋长何方着装整齐，巡视着每个训练场地。

《抗战日报》的记者李士超，挎着一架老式德国禄莱照相机来到操场，对范树民和何方说："范大队长、何参谋长，咱《抗战日报》最近要发一期部队训练的照片，齐燕铭总编点名要挺进大队上两幅。"

"好事嘛！"范树民对李士超说："李老师，你需要怎么拍就怎么拍吧！"

何方："是啊，咱们军训又不保密，拍吧！"

李士超："谢谢领导的支持。"于是就捧着相机先到刺杀格斗的班排，从不同角度、不同方位拍了几张，然后又到了瞄准、投弹的场地拍了几张。

范树琨和田苑不知何时也来到了操场，看到李士超正在拍照，就好奇地跑了过来。

范树民和何方迎过去说："二位老师怎么来了？有事吗？"

范树琨说道："俺俩到二中印歌谱去了，正路过这儿，见李老师拍照，就来看个稀罕。"

李士超拿着相机凑过来说："可惜二位老师来晚了，战士们训练的照片刚拍完。"

范树琨故作惊讶地道："训练的照片刚拍完？"

"是啊！刚拍完。"李士超说。

"这就更好了！"范树琨的表情有些诡异和调皮。

范树琨的话，令所有人都是一头雾水，弄不清她说的什么意思。

范树琨见大家迷惑不解的样子，就得意地笑着说："李老师您的工作完成了，正好趁机会给咱们大家拍个合影照吧。"

听范树琨这么一说，大家的精神也都振奋起来。

李士超佩服地摇摇头说："范老师，你真是太机灵了，很会见缝插针哪！"

范树琨也玩笑地说："李老师，这也是你展示摄影技术的好机会。"

李士超无可奈何地点点头说："好！好！就请首长和老师们站好队形，摆个姿势吧。"

几个人相互谦让拉扯了一阵子，终于横着排成了一队，依次是范树民、何方、范树琨、田苑。就在李士超摆弄相机，准备拍摄的时候，耿大山扛着一杆木制教练枪路过，见范树琨和田苑在这里，本想上前搭讪两句，可又觉得不是时候，于是就低头准备走开。

正在耿大山抬腿要走的时候，被机灵的范树琨看见了，他上前抓住耿大山的手说："哎！大山，别走嘛，来一块照个相。"说着就把耿大山拉在了田苑的身边，她自己则回到原位，对面的李士超，"咔嚓"一声，揿动了快门。

合影拍完了，大家都很高兴。田苑是又惊又喜，心里怦怦乱跳。两只水灵的大眼睛，深情地注视着耿大山。只见耿大山和范树民说了一句什么话之后，就红着脸跑走了。

范树琨："这个耿大山，简直比大姑娘还嫌害羞。"然后又对何方和范树民说："来，咱几个再照两张。"

何方说："散了吧，李记者还有别的任务，今儿就到此为止吧。"

七

范筑先放下手中的《抗战日报》，抬头一看，见姜洪源仍然还在地上跪着，并且已是满头大汗。一向严厉的范筑先，竟也动了恻隐之心。就生气地对姜洪源说："起来吧，别再跪着了。"

姜洪源擦了把脸上的汗水，慢慢地从地上爬起来，立正站好后说："谢谢范司令。"

范筑先指着一把椅子说："坐下吧！"

"谢谢范司令。"姜洪源规规矩矩地坐在椅子上。

范筑先语重心长地说："如今,内忧外患,世面很乱。无论如何,自己心里要有是非感。不要人云亦云,更不能跟着一些不三不四的人瞎胡来。你断十三支队的军粮,也等于拆了我的台,这一点你想到了没有?"

　　姜洪源表面上顺从地点点头。

　　范筑先:"听着,这次因抢夺军粮、双方打架的事,你要查明原因,深刻地写一份检查。要认识到错误的严重性,我也好向大家交代,免得有人说我袒护你。"

　　姜洪源:"我一定深刻检讨。"

　　范筑先:"越快越好,写完后马上回濮县。"

　　姜洪源:"是!"

　　范筑先看了看桌子上的马蹄表,已经十二点一刻了,就对姜洪源说:"晌午歪了,走!到我家吃个便饭吧。"

　　姜洪源稍一愣神:"噢!不,今儿就不打扰范司令了。"

　　李士超给几个直属中队拍完训练照片后,就背着照相机回报社,当快到专署大门口时,门口的哨兵正在换岗。此时,却看到姜洪源无精打采地从大门里走出来,立即引起了他的注意。作为政治部下属报社的记者,李士超知道姜洪源的思想倾向,也知道他的手下在濮城古云和十三支队闹冲突的情况。心想,现在晌午歪了,姜洪源要到哪里去呢? 想到这里,李士超情不自禁地放慢了脚步。

　　姜洪源怀着复杂的心情,形只影单地走出了专署,一时竟不知该往何处去。稍一踌躇,就听到有人喊,回头一看,见是老友胡作良正向他招手,他见左右没什么人,就快步向胡作良走去。

　　两个人拐过胡同里的丁字弯,胡作良关心地问:"饿了吧?"

　　姜洪源摇摇头。

　　胡作良:"走吧,老地方——胭脂楼,一切都准备好了。李树椿主任、王金祥参谋长都在等着你哩。"

　　姜洪源停下脚步,有些疑虑地问:"还去胭脂楼吗?"

　　"是啊! 怕啥。警察局的柯局长弄了些鼋鱼,就是给你压惊哩。快走吧,没什么大不了的。"

　　姜洪源此时,似乎已忘记了刚才范筑先对他的训斥,习惯性地跟胡作良向胡同深处走去了。

　　尾随其后的李士超,拐过几个弯后,眼看着姜洪源和胡作良从后院的一个小角门,悄悄地进了胭脂楼……

第二十二章 | 冀镇国大格局果断转移
李树椿小伎俩自讨无趣

一

外观上，中共鲁西特委驻地是单门独院，而实际上和政训处只有一墙之隔，内有一道小门相通。小门平时是敞开的，今天却上了锁。

小会议室里，中共鲁西特委扩大会议正在这里召开。参会人员有张霖芝、张郁光、赵伊坪、姚弟鸿、牛连文、徐运北、申云浦、袁仲贤，还有从六支队赶过来的赵健民、十支队的张维翰、十三支队的王青云。

会场里肃穆沉静，气氛非常凝重。从与会人员的表情上看，会议显然已进行了很长时间。

张霖芝把记事本放在桌子上，气愤地说："十三支队和濮县姜洪源的矛盾，其发展状况和来龙去脉，大家都很清楚了。我们虽委曲求全地一再忍让，而姜洪源却得寸进尺，步步紧逼。现在最严重的是，沈鸿烈竟公开说，在聊城决不允许共产党领导的十支队、十三支队存在。他已秘密给李树椿和王金祥下了命令，近期内先解决羽翼未丰、又离聊城比较远的十三支队，之后再择机搞垮十支队。反动派已撕掉了遮羞布，露出了狰狞的真面目。"

与会人员表情愤怒、心情沉重，都在十分认真地听着张霖芝的讲话。

张霖芝继续说："现在时间紧迫，事态严峻。会前，我和特委部分同志通过气，十三支队，是我党千辛万苦拉起来的一支抗日队伍，为保证这支年轻的队伍健康成长，我们应曹县地方党组织的请求，决定将十三支队立即向曹县转移，摆脱姜鸿源的纠缠。会后，王青云同志马上回古云，做好队伍出发前的一切准备。"

王青云站起来深沉地点点头，表示说："坚决完成任务。"

张霖芝摆摆手，示意他坐下。接着说："我们必须将事情的真相，原原本本地告诉范筑先专员，力争让他理解和支持十三支队南下。这个工作，就请张维翰、张郁光、赵伊坪、姚弟鸿同志分头，或者一块去做。"

张维翰等都表示坚决完成任务。

张霖芝看着赵健民说："近一个时期，健民同志抓武装很有成效，不但很好地改造了六支队，而且在破坏鬼子工兵修路，处理阳谷忠孝团问题上都非常成功，连范专员都表示非常满意。"

赵健民不好意思地摇摇头。

张霖芝："健民同志,你多年来就跟古云徐庄党组织有联系,请你转告徐庄的同志,要他们也全力支持十三支队向河南转移。"

赵健民深深地点着头。

政训处的老王头,是多年的老门卫了。别看级别不高、地位不显,而在这里,他能真切地感受到来往的人们不同的精神面貌,也能识别出揣着不同心态的各色人等。

今天,他感觉到政训处有重要会议,思想上就提高了警惕。他透过门房的小玻璃窗,不断地向外张望着。可能是第六感觉的作用吧,他总认为在某个角落里,有几双不怀好意的眼睛,正偷偷地窥视着政训处。

门卫老王头没有猜错,在政训处门外,警察局长柯劲根指派的三四个便衣,正在政训处周围巡视着。

李士超背着相机,无忧无虑地向政训处走来。

李士超的出现,立即引起了藏在暗处便衣们的关注。

门外的动静,老王头隔着玻璃窗看得一清二楚。

李士超来到大门口,隔着玻璃给老王头点点头,以示敬意,然后就走进了大院。

此时,那些远近盯梢的便衣,也垂头丧气地撤走了。

二

夜,天地一片漆黑,伸手不见五指。

李树椿的办公室很大,显得空旷而阴森,一盏煤油灯,冒着刺鼻的浓烟。玻璃灯罩也早已被熏黑,光线十分暗淡。

李树椿毫无表情地坐在椅子上,王金祥、胡作良、姜洪源、柯劲根坐在对面的长条凳上,有的低着头,有的呆呆地看着李树椿,谁也不说话。气氛死寂而沉闷,屋子里还散发着一种酸臭熏人的酒气,很显然,这几个人都喝多了酒。

过了好长时间,李树椿看着煤油灯的火苗,忽明忽暗地摇晃着,就强打精神说:"嗨!嗨!你们醒醒神,都振作起来,别老是挂着一副哭丧的脸。"

王金祥、姜洪源、胡作良、柯劲根听到李树椿的吆喝,身子动了动,勉强睁大了惺忪的眼睛。

李树椿看着眼前这几位亲信,首先自我检讨说:"最近阳谷政权重新落入共产党之手;莘县魏玉德、孙金利举事未成;濮县限制十三支队活动,也不大顺手。之所以造成这种局面,其原因是多方面的,中午喝酒时我已经讲过了,今天晚上,咱重点议一议,近期如何行动。"

王金祥傲气十足地说:"就共产党那几个人,无论是来文的,还是来武的,咱根本也不怵他。问题的关键是,中间有个老糊涂的范筑先在支持他们"

王金祥看着李树椿说:"李主任,我建议你跟范筑先摊牌,不能一个劲的让着他。"

柯劲根也附和着说:"王参谋长说的对,要没有范筑先在中间挡道,咱早就把共产党那几个小子给收拾了。"

李树椿摇着头苦笑道:"你俩说的都没错,现在的实际情况是,共产党人虽然少,可他们很好地利用了范筑先这块挡箭牌,迅速地发展、壮大了他们的势力。而我们人虽多,却没能发挥出应有的作用。"

一阵沉默之后,李树椿看着姜洪源一直心事重重低头不语,就有意引导说:"姜洪源县长自从到濮县后,把地方武装扩充到五千人,有力地挤压了十三支队的发展,其成就是显著的。省里沈鸿烈主席,在各种会议上一直是大加赞扬。至于范筑先对你的批评,姜县长你根本无需在意,这只能说明你在濮县的政绩深深地刺疼了他们。再说了,在聊城,只要我和王参谋长在,就保证你在仕途上一帆风顺,不会出任何问题。回濮县后,尽管放开手脚大胆干,谁也不能把你怎么样。"

姜洪源听了李树椿的一番话,甚是感激涕零。他如同赌徒下赌注一样,恶狠狠地表态说:"请李主任和王参谋长放心,我回去后,一定要让你们听到濮县的好消息。"

李树椿十分高兴地说:"好,好哇!今天在座的各位都是聊城的中坚干城,我等重任在肩。沈鸿烈主席最近对我们有两个要求:一是尽快搞垮十三支队,对此,咱们中午喝酒时已做了周密布置;二是要我再找范筑先亲自恳谈一次,力争他加入国民党,这样我们就多了一层钳制他的手段。"

经李树椿这么一鼓劲,王金祥、姜洪源、胡作良、柯劲根都精神多了,屋里气氛也活跃了许多。

在酒精的作用下,李树椿显得很兴奋,对柯劲根说:"柯局长,你不但要掌握聊城各种势力的活动情况,也要了解各支队和各县的大体动态。"

柯劲根点点头。

李树椿看着逐渐暗淡的煤油灯说:"天不早了,今天到此为止。明天按照分工,马上分头行动。"

三

金堤河北岸的古云集,虽然不是县城,但在方圆二十里之内,却是最为繁华的乡村大集镇。这里百姓纯朴、古风犹存。

横贯全镇的东西大街,是古云集的繁华所在。大部分店铺、摊贩,都集中在这条大街上。

古云集的西头,是个十字路口:东通马陵道十字坡,西连陆塔开州,南望金堤黄河,北指观城野猪林。

细心的人会发现,古云集近日的景况,和往常有很大差别。原来无论逢集与否,街上总有十三支队的官兵来往走动,打麦场上操练的队伍,口号声、喊杀声更是震天动地。而现在却很少能看到穿着灰色制服的军人影子,整个集镇都处于一种少有的平静中。

十字路口西北角,有一个小小的乡村茶馆。说是茶馆,却没有茶叶,只有大碗白开水,仅是乡村行商小贩歇脚打尖的地方。

穆九如是这家茶馆的常客,和开茶馆的黄老全混得很熟,彼此以老哥、小弟相称。此时,穆九如坐在房檐下小凳子上,一边看着路边的风景,一边和黄老全家长里短的聊些乡间的异闻趣事。

当下,扁脸小队长和另一个士兵,脱下军装换上便衣,着黑裤白褂,头戴当地特有的草辫遮阳帽,扁脸鼻梁上还架着一副墨镜。二人骑着自行车进了古云集,来到茶馆后,把自行车往墙根一扎,就对黄老全喊道:"掌柜的,给沏一壶好茶。"

黄老全一边打量着来人,一边苦笑着自嘲地说:"二位,实在对不起,我这儿只卖白开水,根本就没有茶叶。"

扁脸小队长把眼一斜楞说:"既没茶,就来两碗白开水吧。"然后掏出一盒烟卷,先扔给旁边的伙伴一支,自己也往嘴里叼了一支吸起来。

黄老全给他们每人倒了一碗白开水,就顺便问道:"二位,您这是到哪儿去发财啊?"

扁脸吸着烟说:"这年头还能发什么财?只是想随便打听一下行情。"

此时,十三支队副司令王青云和警卫班长王东良,二人骑辆自行车,正路过茶馆,快速的向村北大庙方向驶去了。

王青云和王东良的出现,引起了扁脸的注意。他一直盯着王青云他们走进庙门,才把目光收回来。一个月之前,扁脸在金堤河,曾领教过王东良铁拳的厉害。所以,今儿一见王东良,扁脸心里就打哆嗦。

黄老全和穆九如对扁脸产生了疑虑,猜定他们不像是好人。两个人就会心的交换了一下眼神。

扁脸喝完水后,假装无意的问黄老全:"这两天咋没看见部队训练哪?"

黄老全笑着说:"这部队上的事,咱一个老百姓咋会知道哇。"

扁脸摇摇头,推起自行车,和同伴向村北大庙方向走去了。

黄老全和穆九如的目光,也一直盯着他们。

黄老全对穆九如说:"刚才那两个骑自行车的人,是从濮县过来的。咱古云有人认识他。"

穆九如惊讶地说:"噢!他们是?"

黄老全看着左右没人,就小声地说:"是濮县县大队的便衣探子。"

穆九如醒悟地点点头。

四

清晨,范筑先吃过了早饭,早早地来到办公室,从抽屉里摸出个记事本装进口袋里。

正在擦桌子的凌作善,急忙拿出杯子,要给范筑先沏茶。

范筑先制止说:"作善,今儿上午别沏茶了,我马上就到政训处去,有个会要参加。"

凌作善听范筑先这么一说,就把茶叶重新放进茶叶盒里,只往杯子里倒了一杯白开水。

墙上挂钟的时针刚指向八点,范筑先就招呼凌作善说:"走吧,咱到政训处去。"

范筑先的脚步刚迈出门槛,迎头碰上正要进来的李树椿。

李树椿惊问道:"怎么,范专员要出门?"

范筑先礼貌地回应:"政训处有个会,既然李主任来了,就请屋里坐吧。"

李树椿并不客气,就主动进了范筑先的办公室。

凌作善动作利索地为范筑先和李树椿,每人沏了一杯茶,然后知趣地离去了。

范筑先:"李主任一大早就过来,有什么指示吗?"

李树椿油滑而世故地说:"哎呀!竹仙兄,小弟树椿,怎敢有什么指示啊?哈哈!"

范筑先笑着说:"既然如此,就请李主任喝杯茶吧。"

李树椿端起杯子,娴熟老道地吹了吹浮在水面上的茶叶沫,然后,轻轻的啜了一小口说:"竹仙兄,树椿本人没什么要说的,只是沈鸿烈主席很关心您,叫我给您代好。"

范筑先沉稳地说:"谢谢沈主席的关心,他怎么就突然想起我来了?"

李树椿:"沈主席对竹仙兄不顾年事已高、一直忘我工作,大加赞许。"

范筑先摆摆手道:"噢!是吗?"

李树椿:"当然,确实如此。"

范筑先:"那……"

李树椿:"沈主席还叫我告诉你。"

范筑先:"什么?"

李树椿:"因你在敌后抗日有功,他劝你赶快加入国民党,说你早已达到党员标准了,加入本党后就可以进一步升迁。"

范筑先点点头:"噢!是这样。"范筑先立即意识到,这种时候动员他加入国民党,其分化瓦解鲁西抗日队伍的险恶用心,已是昭然若揭。好!既如此,我倒要看看你将如何动作。

李树椿故作亲切地说:"竹仙兄,你想想,从大的方面说,蒋总统既是中华民国总统,又是中国国民党主席,还是中国抗日军队的最高统帅。整个国家的党、政、军大权都在他手里,这一点,你总得明白吧。"

范筑先:"是啊,这个我明白。"

李树椿立即趁机说:"既然明白了,那就赶快加入国民党吧,我和沈主席说好了,我俩自愿当你的入党介绍人。竹仙兄,只要你点一下头,从现在起,你就是国民党的党员了。而咱们呢,也就是同党的同志了。"

范筑先不置可否,然后轻轻地摇了摇头,似乎自说自话:"筑先来自农村,生于寒门,只知道祖宗的祖训是:国家为上,民众是天。忠孝德善,诚实勤俭。至于什么党啊、派啊的,我不甚明白,也从不掺和。"

李树椿:"竹仙兄,就凭你的为人和苦干精神,只要加入了国民党,保证会飞黄腾达、平步青云。"

范筑先很真诚地说:"谢谢沈主席和李主任的错爱,筑先从小就胸无大志、目光短浅,现已是花甲之人,更没有攀爬高升的奢想。"

李树椿的眼神有点呆滞。

范筑先抚摸着花白胡子说:"李主任,你看我已是这把年纪的人了,等把鬼子赶出中国后,我也该解甲归田了。"

李树椿仍作着最后努力说:"范专员,只要你加入了国民党,你就不会有这种想法了。"

范筑先谦和而又绵里藏针地说:"李主任,筑先我识字不多、读书也少,我只听说结党营私、党同伐异之警训。对于何党、何派,我向来都不热心。"

李树椿一脸尴尬,心里却恶狠狠地骂道:"这个不识时务的糟老头子。"他脸上勉强挤出一丝微笑道:"竹仙兄,你可真幽默呀!我知道你不图什么高官厚禄,也不为光宗耀祖。而沈主席劝你加入国民党,主要是为了更好地团结抗日,并没有别的什么想法。"

范筑先冷冷地说:"君子群而不党,小人党而不群。筑先虽不敢比君子,可我却有一颗中国人的良心。凭良心为人,凭良心做事,凭良心抗战!"

李树椿心里烦躁,摇摇头苦笑着问:"竹仙兄,那沈主席请你加入国民党的事……?"

范筑先:"请李主任代我转告沈主席,筑先感谢沈主席的美意。可战乱时期,诸事纷繁,等抗日胜利以后再议吧。"

两人谈话不欢而散。可自此以后,在聊城的标语口号中,"良心抗战"就成了最醒目的头条。四个城门、光岳楼下、专署大门内外照壁上,都写上了巨大的"良心"二字,借以警告人们,做人处世要凭良心,不要妄生邪念。

五

阳光明媚,风清气爽。古云集大街上和往常一样,生机勃勃、平和安静。老头们聚在庙台上,吸烟啦呱、看风景。老太太们则坐在门前石碾上,掐着草辫话家常。孩童们在人群中跑来跑去,嘻嘻哈哈地追逐着。

十三支队的战士们,有的打扫街头的卫生,有的担着笆桶给老乡们挑水。这景象,就是一幅拥军爱民、鱼水情深的祥和画面。

司令部门口,两个威武雄壮的哨兵在站岗。院内大殿里正在开会,参会人员都是营以上的军官。

副司令王青云站在神龛前查点完人数说:"人到齐了,现在开会,请冀镇国司令讲话。"

冀镇国身材魁梧、沉稳端庄。既有军人之威仪、又有儒将之风度。他从条凳上站起来,礼貌地向大家伸出双手,向下压了两下,示意大家坐下,然后不慌不忙地说:"今天这个干部会,和往常不一样。"

会场里立即静下来,从气氛上人们觉得事情重大,目光都注视着冀镇国,支愣着耳朵,等着听下文。

冀镇国:"依据情况的变化、事态的发展,也为了我们十三支队的成长壮大,鲁西抗日游击总队范筑先司令,命令我们穿过黄河,到陇海铁路以北的曹县驻防训练,并帮助地方党组织发展三十五支队。"

会场鸦雀无声,只有默然和惊异。

冀镇国亲切地看着身边的一个陌生人说:"向大家介绍一下,这位就是曹县来的徐茂里先生。徐先生原在阳谷县任县长,也是咱们的老熟人了。"

徐茂里站起来,友善地向大家招招手。

冀镇国:"徐先生为我们支队的调动,付出了艰苦的劳动。不但在曹县给我们找好了驻地,还为我们五天行程的宿营点,也进行了周密安排。徐先生也随我们一块行动,对此,我们表示诚挚的感谢。"

在冀镇国的带动下,全场响起了热烈地掌声。

掌声过后,冀镇国继续说:"我们十三支队组建以来,明天是第一次长途行军。大多数人也是第一次离开家乡,要做好部队的思想工作。"

冀镇国说:"我们这次行军,计划用五天的时间,第一天必须跨过黄河,在旧城宿营。散会后,团、营、连、排各单位,要立即做好出发前的准备工作。半年多来,古云集的乡亲们,给予了我们大力支持。部队所有借用村民的东西,要马上归还。损坏了的一律按市价予以赔赏,不准有任何遗留问题。还有,部队出发前,一定要保密,更不准扰民。

冀镇国最后说:"注意,明天早上五点整,部队准时出发。大家听清楚了吗?"

"听清楚了。"众人异口同声道。

冀镇国："复诵一遍。"

"明天早晨五点整,部队准时出发。"大家重又说了一遍。

冀镇国："好! 散会。"

天刚亮,濮县县城就从沉睡中醒来了。走街串巷卖豆腐的梆子声、各种小贩的吆喝声,此起彼伏地响起来。豆沫胡辣汤的小摊旁,有不少人在吃饭。小学生们睡眼惺忪地向学校走去。

县保安大队长亢保来,穿过行人,急急忙忙地向县政府走去。他和姜洪源是老乡,平时熟不拘礼,可今天,却站在门外,"咚咚"地敲起门来。

正在洗脸的姜洪源,忙着往脸上擦肥皂。听到敲门声,头也没抬,就说了声"进来吧。"

姜洪源知道亢保来已进屋,就边拿毛巾边问道:"一大早就跑过来,有事?"

亢保来:"十三支队要离开古云集。"

"啊!"姜洪源大吃一惊。

亢保来:"几个侦察组都报告说,昨天冀镇国向营以上军官传达了范筑先的命令。今天一早,十三支队就离开古云集开拔了。"

十三支队不辞而别的消息,让姜洪源惊呆了。他暴躁万分,而又一时手足无措。此时,里间房的电话铃声响了,姜洪源急忙跑进去拿起了话筒。电话是王金祥打来的,跟他通报了十三支队的动态,并告知冀镇国及部队要经过濮城,要姜洪源弄清十三支队南下的意图,并相机行事。放下电话,姜洪源即和亢保来密谋起来。

古云集镇口,黄老全的小茶馆前,冀镇国、王青云、汪毅、巩培武、王东良、以及从曹县来带部队的徐茂里,正在和各村前来送行的干部们,一一握手告别。

徐宾紧紧地握着冀镇国的手说:"咱这一带都很穷,乡亲们对十三支队的支持不够,请冀司令和各位首长多多担待。"

冀镇国摇着徐宾的手说:"徐老师,别客气了,咱军民一家人吗。大家都是乡里乡亲的,十三支队要没有乡亲们的大力支持,也发展不起来啊!"

王青云也跟着说:"是啊! 请给乡亲们捎好,十三支队感谢大家。"

汪毅、巩培武等,也分别和村干部们握手告别。

此时,冀镇国忽然看见倚在茶馆门框上的黄老全,眼睛红红的,也在频频招手。一阵暖流立即涌上心头,就大步走过去,激动地握着黄老全的手说:"老人家,半年来,我没少喝您老人家烧的水,也给您老添了不少麻烦。我代表十三支队全体官兵,谢谢您老人家了。"

黄老全含着热泪说:"冀司令,看您说的啥话啊!"

送行的场面,让所有人感动,大家都有些恋恋不舍。

见此场景冀镇国果断地说:"千里送行,终有一别,请乡亲们止步吧,我们也该上路了。"

徐宾:"好! 就请冀司令赶快上车子吧。"

冀镇国招招手说:"乡亲们,再见了。"然后,转身跨上了自行车。

徐宾等人频频招手,目送冀镇国、带着队伍渐渐远去。

第二十三章 | 乌云翻滚山雨欲来 生死关头剑拔弩张

一

虽然部队已全部离开了古云集,可三千多人的调防,无论如何保密,即便再消声匿迹,也难以躲过姜洪源的耳目。与其不告而别,倒显得我们偷偷摸摸的不光明正大,正好被姜洪源抓住把柄。冀镇国考虑再三,决定带上副司令王青云等人,直奔濮城和姜洪源见个面,借以观察一下那小子的思想动向。

姜洪源早已得知十三支队悄悄转移的消息,并在其必经之路的鄄城布下了伏兵。后听说冀镇国要来濮城,这让姜洪源乱了方寸,只好慌忙假意欢迎。

金堤河以南,大都是粘淤地,道路坑坑洼洼。冀镇国、王青云一行虽骑着自行车,行进的速度却非常缓慢。

扁脸小队长和他的一个斜眼队员,身着便衣,一大早就来到王楼村北,侦察十三队的行军动向。他们把自行车靠在土墙上,躲在树丛中,观察北边大路上的动静。

当扁脸发现远处几个穿灰色军装的人,正骑车往南驶来时,断定是冀镇国和十三支队的要员。于是,就和斜眼一块跨上自行车,抄小路飞快地向濮城驶去。

濮城北城墙外的大道上,扁脸气喘吁吁地向等候在路边的姜洪源和亢保来汇报所发现的情况。

姜洪源意识到冀镇国、王青云快到了,于是,就示意亢保来等人赶快行动。

亢保来急忙令几个保安兵,把事先准备好的八仙桌抬到路边,桌上摆放着茶壶、茶碗和几盒烟卷。

扁脸不停地顺着大道向北张望,突然间惊诧地喊道:“他们来了。”

随着扁脸的喊声,姜洪源、亢保来等,也一起向北张望起来。

远处,冀镇国、王青云、汪毅等骑着自行车,正风尘仆仆地向南赶来。

姜洪源、亢保来和几个乡绅,都摆出一副热诚的样子,站在路边恭候着。

姜洪源见冀镇国已来到面前,就急忙迎上去,握着冀镇国的手说:“冀司令,一路辛苦了。”

冀镇国微笑着说:“没什么辛苦,军人吗,行军走路是基本功。再说了古云集距濮城仅二三十里地。”

姜洪源："冀司令雄风不减当年啊。"

冀镇国摇摇头,没再理会姜洪源,转而主动和家乡熟知的乡党握手寒暄起来。

姜洪源心里有事,眼皮一眨巴,他悄悄对冀镇国说:"冀司令,请借一步说话。"

冀镇国只好跟着姜洪源,往路边上跨了几步。

姜洪源小声说:"大哥,听说你家里已准备了午饭,那就叫王副司令他们去吃吧。咱弟兄俩,无论如何也得到城里吃顿饭,好好地话别话别。"

冀镇国疑迟着:"这样好吗?"我多年不回故里,今儿路过家门口,族人都在等候着……"

姜洪源:"大哥,你总得给小弟我请顿饭的面子吧?"

冀镇国心想,濮城是我的老家,你姜洪源再毒辣,料也不敢把我冀某怎么样。若能借机摸摸其真实底细,倒也不是坏事。于是,就爽快地说:"就依姜县长说的办,镇国叨扰了。"

姜洪源宽敞的办公室里,八仙桌上,摆放着小城所有的名吃佳肴,后边条几上还放着两坛景阳冈陈酿。餐桌上除冀镇国、姜洪源、徐茂里、亢保来、夏秘书外,另有三位当地的绅士名流。

姜洪源首先端起酒杯说:"冀司令风尘仆仆地带着十三支队从濮城路过。这是咱濮城人的光荣。为祝冀司令行军途中一路顺风,请诸位端起杯来,咱们和冀司令共同干一杯。"

全体起立,把酒杯端在手中。

冀镇国手端酒杯说:"镇国在行军途中,得到父母官姜洪源县长的款待,又受到家乡父老的厚爱,既受宠若惊,又感到十分温暖和荣幸。好!咱们共同干一杯。"

碰杯后,大家象征性的呷了一口。

三杯酒过后,姜洪源因另有打算,就趁机拉了一下冀镇国的衣襟,示意到里间去。

冀镇国知道姜洪源又在耍花招,但还是跟着姜洪源进了里间。

姜洪源先叫冀镇国坐下,然后从抽屉里掏出来一张朋友结交时用的世系兰谱,恭敬地放在冀镇国面前说:"大哥,对您的德才和谦逊、诚实的为人,小弟洪源仰慕已久。本想早与大哥结为金兰,可世道不宁、无暇顾及。今天大哥途经濮城,真乃天赐良机,神佑玉成此桩美事。"说完就把兰谱递给冀镇国。

冀镇国从椅子上站起来,表情稳重而淡然。并没有接姜洪源递过来的兰谱,而是轻轻地拍着他的肩膀说:"老弟,如今都民国多年了,早已不兴这个了。再说了,行军途中,我手中没有兰谱,咱们也没法交换啊。你既然早有此等美意,咱们今天就口头盟誓吧,你有什么事尽管说。"

姜洪源碰了个软钉子,只好把手中的兰谱,放在桌子上说:"我是为大哥着想,您年纪不小了,带着兵东跑西颠的,还有啥意思啊。还是那句老话,你把十三支队交给我,小弟保证您在濮城老家享清福。今后地面上的事,我也一定听大哥的指挥。"

外边客厅里,还在你让我推,吆吆喝喝地劝酒。

冀镇国是个城府很深的人,他并不为姜洪源的表演所迷惑。为彻底摸清姜洪源的目的和阴谋,冀镇国说道:"部队已离开了古云集,今天晚上就要在黄河南岸的旧城宿营。"

姜洪源点点头。

冀镇国接着说:"老弟,你以前和十三支队的关系搞得很僵,又劫粮食又打架,官兵们对你的印象很差。如今你想要十三支队,接下来的步骤,你准备怎样进行呢?"

姜洪源以为冀镇国已经钻进了圈套,就大胆地说:"今后我一切都听大哥安排。不过,明天上午九点,我一定赶到旧城,当场向十三支队的官兵,诚恳地道歉,安定军心,并杀猪宰羊犒劳部队。另外,我在鄄城安排了十桌上等宴席,专门宴请连以上军官。"

冀镇国稍微一愣神说:"不必再费尽周折了,杀几头猪、宰几只羊就行了。这是非常时期,还是俭省点吧,酒就不要喝了。"

姜洪源摇摇头,诡秘地说:"大哥你想啊,连以上军官,都在鄄城赴宴,部队就无人控制。宴会后,大哥你就宣布一下。"

冀镇国:"宣布啥?"

姜洪源:"十三支队就地解散,接受改编。"

冀镇国越听越生气,心想,图穷匕首见,这小子终于说出了心里话。但冀镇国表面仍很平静,就进一步试探说:"老弟,你这计划很周密,也可行。可我总觉得这么大的事,成了咱俩的私下交易,咱总得给上边打个招呼吧。"

姜洪源眼看交易将成,就急不可耐,且又得意忘形地说:"大哥,你放心,事成之后,李树椿主任、王金祥参谋长,不但不会批评你,反而会褒奖你、更加敬重你。"

冀镇国摇摇头道:"那倒不必要,只要对抗日有好处就行。"

姜洪源:"当然有好处,大哥你就别犹豫了,明天上午九点,咱们旧城见。"

冀镇国:"姜老弟,先别着急,我回去也得跟王副司令他们商量一下啊。"

"大哥,你是司令,何必和下属商量呢?"姜洪源神密地说:"王青云是共党分子,他是秋后的蚂蚱——蹦跶不了几天了。"

冀镇国心里一惊,若再追问下去,怕引起姜洪源的警觉,于是就说:"好,老弟说咋办就咋办吧。"

姜洪源:"好,明天上午九点,我一定赶到旧城和十三支队官兵见面。"

冀镇国:"好,明天上午九点,旧城见。"

姜洪源:"一言为定。"

冀镇国:"一言为定。"

二

范筑先伏在桌上,手里正在记录着什么,表情非常严峻,眉宇间还有些不易察觉的怒气。

李树椿脸上毫无表情,眼神里却暗藏着一股阴毒的凶光。

王金祥紧挨着李树椿坐在一条板凳上,他把脖子扭到一边,却难以掩饰脸上的桀骜和烦躁。

屋子里气氛很沉闷,之前好像发生过激烈的争吵。

范筑先抬起头来说:"李主任,你是省政府派来的大员,我虽不同意你插手十三支队,可是,从团结的大局出发,我并没有限制你跟冀镇国司令说些什么。如今,在聊城辖区内共有三十五个支队,唯独你插手的十三支队和地方的关系最差。已多次闹到断粮、断柴、打架伤人的地步。为避免事态进一步扩大,我同意十三支队离开濮县,到黄河南的曹县驻防。

这样做,难道也有什么错误吗?"

李树椿似有把柄在手,竟阴阳怪气地侃侃而谈:"范专员,你刚才说树椿插手十三支队,这一点,我也不再否认。可在我之前,共产党人就早已进入了十三支队,副司令王青云、政治部主任汪毅等,都在十三支队有实职。这种情况,范专员心里也应该清楚吧。"

范筑先:"李主任,你刚才说的,纯属党派之争,和范某毫无关系。"范筑先稍一停顿说:"李主任,你前几天苦口婆心劝我加入国民党,筑先我不是不给面子,在大敌当前国家面临生死存亡之时,我这村夫野老始终悟不出加入国民党,还有什么必要性。人若卷入党派之争,势必影响抗日大局。"

王金祥把脖子拧过来说:"范司令,金祥是你的下属。你把十三支队调到曹县,这么大的事,我这个当参谋长的也应该知道一下吧?"

范筑先:"王参谋长,你当时正在清平视察齐子修部队的训练。我两次派人通知你,你说抽不开身,派人捎话告我,部队调动的事,按范司令的意思办就行,有这事吧?"

王金祥哑口无语。

范筑先:"还要不要通信班长来作证啊?"

李树椿看着王金祥太难堪,就有意打破尴尬说:"范专员,当务之急,是命令十三支队停止南下。他们一旦到了曹县,就成了脱缰的野马,咱们鞭长莫及,根本没法控制他们。咱辛辛苦苦建立起来的部队可就……"

范筑先此时也不想把事情闹僵,说:"可十三支队,今天早上已离开了古云集。"

李树椿:"这好办,十三支队有电台,你可以马上给他们发报嘛!"

范筑先沉默不语,未予表态。

李树椿:"马上命令十三支队停止前进,到范县一带待命。冀镇国和姜洪源也闹不成矛盾了,这可是一举两得的大好事。"

范筑先陷入了沉思。

三

冀镇国一行推着自行车,吃力地向黄河南岸的临黄大堤上攀登着。但毕竟上了年纪,有些气喘吁吁,额上也渗出了汗水。

登上堤顶之后,冀镇国停下脚步,转身向北张望着。身后是辽阔旷远的黄河滩,无边无沿、横无际涯,没有人影、连飞鸟也不见一只。天穹之下,几片浮云随风飘动着。

冀镇国慢慢地转过身来,先期到达旧城的机要秘书刘怀臣,此时骑着一匹枣红马,正飞快地向大堤奔来。

冀镇国走下大堤,刘怀臣也来到跟前。他向冀镇国敬礼后,迅速从文件夹里拿出一张电报纸说:"冀司令,电报。"

冀镇国有些惊愕道:"噢!谁的电报?"

"没有属名!"刘怀臣回答。

冀镇国展开电文纸,立即看起来。随着不断移动的视线,他脸上的表情也发生着剧烈的变化;从平静到严肃、从低沉到怅然。之后,冀镇国还是掏出笔来,在电报上签了字。

一直在旁边注视着冀镇国的王青云、汪毅、巩培武等人,都注意到了冀镇国表情的变化,但又不便发问。

冀镇国知道大家很关心电报的内容,可他却一字没露。只对刘怀臣说:"刘秘书,你马上回去,通知团以上军官,立即到司令部开会。"

"是!"刘怀臣跨上马,飞奔而去。

送走冀镇国之后,姜洪源喜不自禁、兴奋异常。他觊觎已久、梦寐以求的十三支队即将到手,心中的高兴劲难以言表,于是就又拉起亢保来和夏秘书兴高采烈的喝起酒来。终因兴奋过度,喝酒太多,迷迷糊糊趴在桌子上睡着了,继而,竟呼呼地打起鼾来,嘴角里流着哈喇子。丑态百出、斯文尽失。

就在姜洪源睡得十分香甜的时候,里间的电话铃却突然响起来,而沉睡的姜洪源竟毫无察觉。

住在隔壁的夏秘书,听着姜洪源总不接电话,权衡再三之后,才走过来,把姜洪源叫醒。姜洪源惊慌忙乱地跑进里间屋,抓起听筒就"喂喂"地问。

电话里王金祥非常气愤地说:"别喂了,我是王金祥,怎么这么长时间不接电话?"

姜洪源眨眨眼,酒醒了大半,就邀功讨赏地说:"参谋长,冀镇国来了,为把十三支队弄到手,我刚才多喝了两杯。"

王金祥:"结果如何?"

姜洪源:"结果很好,冀镇国这个老家伙,答应部队到鄄城后就地改编。"

王金祥:"冀镇国虽非共党分子,却是个久混军政界的老狐狸。你千万要提高警觉,对他不可全信,要做好两手准备。"

姜洪源:"是,请参谋长放心吧。"

王金祥小声地问:"你旁边有别的人吗?"

姜洪源左右看了看,压低声音说:"就我一个人。"

王金祥:"范筑先这个老家伙,在我和李主任的逼迫下,终于给冀镇国发了电报。令十三支队立即停止向曹县前进,在范县就地待命。"

姜洪源:"好!"

王金祥:"这是个绝好的机会,你的具体任务是……。"

姜洪源低三下四地说道:"好,好,我一定照办。"

王金祥:"洪源,我已命二支队向范县的白衣阁、杨集、颜村铺一带运动,万一有不测,二支队会支援你,你大胆干就行,我和胡副参谋长马上去二支队。"

姜洪源傲气十足地说:"放心吧参谋长,您就等着静听好消息吧。"

四

旧城,顾名思义,原是鄄城县的老城。因县城距黄河近在咫尺,为防水患,才往南迁了二十多里地。

旧城周围的老宅庄等大小村庄,都住上了队伍,村子里就显得特别有生气。战士们有的帮房东们挑水、有的打扫卫生、还有的在村头遛马。战士们无论干什么,身后都会跟着一群孩子,喊喊喳喳地看热闹。老头、老太太们眯缝着老眼,用好奇又陌生的目光看着这些当兵的。

十三支队司令部，暂驻扎在一个大车店里。院子很大，房子也宽绰。现在，大门口站着双岗，严禁闲散人员出入，三间正房里团以上干部正在开会。

副司令王青云见人已到齐，就站起来说："大家注意，现在开会，请冀司令讲话。"

冀镇国见有人想鼓掌欢迎，就抬手做了个制止动作，然后说："这是咱队伍离开古云集，第一次团以上干部会议。徒步走了七十多里地，本该让大家好好休息休息，但情况紧急，只得把实情告诉大家。"

与会人员把目光集中在冀镇国身上，静听下文。

冀镇国："今天中午，姜洪源把我和王青云副司令请去吃饭，他把我拉进密室，吐露出他恶毒的想法。明天上午九点整，姜洪源就会赶到旧城，向十三支队全体官兵赔礼道歉，消解半年多来的矛盾。"

与会人员听到这里，都有些惊诧，互相交换疑惑的眼神。

冀镇国："大家不要高兴的太早。按姜洪源的计划是，他赔礼道歉之后，要带着十三支队全体营以上干部，到鄄城赴宴。"

"姜洪源这小子的脑袋，怎么今天才开窍哇！"大家议论纷纷。

冀镇国提高声音说："听着，姜洪源的意思是，宴会之后，十三支队就地接受他的改编，并另行命名新番号。"

"啊！姜洪源这小子，这不是要吞并咱十三支队吗？会场里炸开了锅。"

"姜洪源是什么东西，我们为什么听他的？"整个会场都嚷嚷起来，群情激奋，不少人一起责问道："冀司令，你是怎么回答姜洪源的？"

冀镇国向大家招招手，微笑着说："诸位请安静，先不必过于激动。实际情况是，姜洪源要吞并十三支队的阴谋，由来已久，而且得到了李树椿、王金祥的背后支持。今天咱开这个会的主要目的，是针对面临的紧急情况，大家想一想，我们该如何应对。"

经过大家一番思考，有人主张夜晚来个急行军，越过鄄城，直奔曹县。

有人说："明天九点姜洪源来旧城讲话时，把他扣押下来。

还有不少人主张，姜洪源只要敢到旧城来，就立即把他杀掉。

王青云认为时间紧迫，不能无休止的争论下去，于是，就拍拍手说："请大家安静一下，当前的事态非同一般。形势严峻、时间紧迫，我看还是请冀司令讲讲应对措施吧。"

会场静下来，人们把目光投向冀镇国。

冀镇国并不急于讲话，而是向对面的机要秘书刘怀臣招了招手。

刘怀臣立即从文件夹里把电报纸抽出来，交给了冀镇国。

冀镇国拿着电报说："这封电报是一个小时前，以范司令的名义发来的。现在我就把电报全文念给大家听一听：十三支队冀镇国司令、王青云副司令。情况有变，部队立即停止前进，暂不去曹县。你们可在范县龙王庄、白衣阁、颜村铺一带待命。"

"啊！为什么？"与会人员全都一脸的惊愕。

冀镇国："经过反复考虑，我认为范司令没有在电报上签名，很蹊跷，值得深思。再说了，将在外，君命有所不受。我们不必太在意这封电报。大家应该明白的是，我十三支队已被陷在这里，既不能前进、也不能后退。刚才我和王副司令、汪毅主任研究决定：明天九点，趁姜洪源来给十三支队讲话之际，把他扣押在这里，然后，令他把咱一路送到菏泽。之后,把姜洪源吞并十三支队的全过程,写一份报告材料,再派专人绕道把姜洪源送到聊城,交给鲁西抗日游击总队司令部,请范司令亲自处理。"

大家听了冀镇国的行动方案,心情虽然沉重,但都坚决表示赞成。

冀镇国对与会人员说:"第一次行军,战士们都累了,晚饭后叫他们抓紧时间休息。而各级干部必须提高警惕,从思想上进入战备状态:要枪不离身、鞋不离脚、和衣而睡。警卫连、侦察连、通信连等直属单位,明天九点就在这个大院里,等待姜洪源的到来。"

五

小会议室里,姜洪源正在给县大队和十四个区队长下达战斗任务。亢保来坐在前台,夏秘书在一旁做记录。

姜洪源冷若冰霜地说:"诸位知道,十三支队是在濮县这块地盘上发展起来的,而今却被共党分子所控制。为了当地民众安宁,也为了整顿抗日队伍,范筑先专员已命令十三支队离开了古云集,今晚驻扎在旧城一带。王金祥参谋长指示我们到旧城,做好对十三支队的收编工作。"

参会的区队长们都瞪大了眼睛,心里都直犯嘀咕。

姜洪源打气说:"大家不要紧张。你们知道,十三支队虽号称两三千人,可大部分是青年学生,枪炮弹药严重不足,也就根本谈不上什么战斗力。而咱们呢,光是县大队和十四个区队加上民团就有五千多人。而且,咱人员整齐,都有武器弹药,不费吹灰之力,就能干掉十三支队。"

姜洪源说:"半夜十二点开始行动,凌晨四点各区队必须到达指定位置,并立即进入战斗状态。如果谁贻误战机,可别怨我姓姜的不讲情面,必定军法处置,决不姑息。听明白了吗?"

"听明白了。"区队长们同声回答。

散会后,夏秘书手里拿着记录本,像往常一样回到自己的小屋里。他轻轻地踱着步,心想,必须尽快把姜洪源的行动计划送出去,否则,十三支队将可能受到重大损失。经再三考虑后,就急忙伏在桌上写了张纸条,审视再三,紧紧地卷起来,然后向外走去。

六

翌日早饭后,十三支队驻扎在旧城附近各村的队伍,早已集合完毕,正在原地待命。旧城四门也加强了岗哨,街上没有什么行人,宁静中似有一种不祥的预兆。

司令部大院里,准备接受姜洪源讲话的三个方队,也已整队完毕。

为了扣押姜洪源,昨天晚上巩培武就挑选了八个彪形大汉。这几个人都是膀宽腰圆、体魄健壮,论功夫打仨挟俩不成问题,抓捕姜洪源自然不在话下。曾经只身勇斗扁脸小队长的王东良,也在这八个人之中。

东厢房里,巩培武正给抓捕小组布置任务。他见冀镇国来到跟前,就重新整队喊:"立正,向右看齐,向前看。"然后转过身来对着冀镇国说:"报告冀司令,抓捕小组整队完毕,请指示。"

冀镇国:"都准备好了吗?"

"准备好了。"巩培武带头回答。

冀镇国看了看腕上的手表说:"现在是八点半,再过二十分钟,濮县县长姜洪源就要来到。你们今天的具体任务,就是扣押姜洪源。要很好的完成这个任务,就必须大胆、心细、手脚麻利,大家有信心吗?"

"有!"队员们同声回答。

冀镇国刚说出一个"好"字,政治部主任汪毅和机要秘书刘怀臣就进来把他叫走了。

冀镇国刚走出门,副司令王青云把一张褶皱的信纸递给他说:"看看吧,这是濮县的同志连夜送来的情报。"

冀镇国接过信纸急忙展开,快速地看起来。脸上的表情也从疑虑,逐渐变成了惊愕和愤怒。反复地看了两遍,才把信纸递给刘怀臣说:"姜洪源这小子,始终还是在耍我!"

屋子里的气氛很沉闷,人们已意识到处境很险恶,大家都把目光投向了冀镇国。

冀镇国冷峻地说:"大家都知道,以前李树椿、王金祥、姜洪源早就想搞掉十三支队,可他们毕竟还是遮遮掩掩。如今,却是明目张胆的调兵遣将了。"冀镇国接着说:"情况有了变化,咱们也马上研究一下应变的对策。"

冀镇国的话音刚落,巩培武就进屋请示说:"现在已九点了,准备受阅的方队和抓捕小组,是否解散?"

王青云看了一眼冀镇国。

冀镇国稍一思索说道:"先叫同志们就地休息吧。"

"是!"巩培武刚要出门,正好和进门的侦察连长碰了个满怀。

侦察连长稳了稳神,向冀镇国行了个举手礼:"报告冀司令,姜洪源派人来了,说要见您。"

冀镇国很平静地问:"来了几个人?"

"三个。"

冀镇国:"叫他们进来吧。"

"是!"侦察连长转身就要出门。

汪毅马上说:"慢,把他们随身带的枪支,一律放在大门口岗楼里。"

冀镇国摇摇头说:"没必要,叫他们进来吧。"

"是!"巩培武和侦察连长同时向外走去。来到大门口,见有两个穿黄军装的保安兵和一个头戴礼帽、身着长衫的人。

巩培武问:"哪位是姜县长的信使?"

戴礼帽、穿长衫的人点头客气地说:"在下王炳轩就是。"

巩培武对两个保安兵说:"你二位稍侯,请王先生跟我进去吧。"二人随后就进了司令部。巩培武看着冀镇国对王炳轩说:"这位就是冀司令。"

王炳轩对着冀镇国深深地鞠了一躬,说:"在下王炳轩,就任濮县县政府总务处长。受姜洪源县长委托,前来给冀司令呈送书信一封。"边说边将印有"濮县国民政府"字样的信封呈上。

冀镇国已料到,这又是姜洪源出的一招,于是就强压怒气,很礼貌地离座接过信封,却并不急于打开。他叫人拿了把椅子,请王炳轩坐下说话。

冀镇国问王炳轩:"这封信写的是什么意思啊?"

王炳轩随口道:"是姜县长向您和十三支队全体官兵的道歉信。"

冀镇国故作惊诧:"道歉!姜县长向我道什么歉?"

王炳轩解释说:"姜县长原定今天来旧城犒劳十三支队官兵,因有十分紧急的重要任务,姜县长实在无法脱身。他怕您着急,所以才派炳轩作为信使,来旧城向冀司令道歉。"

冀镇国哈哈一笑说:"道什么歉呐,姜县长系政务、军务于一身,镇国焉能不理解。即便要告知一声,派个勤务人员来就行了,何劳王处长亲自跑一趟啊。"

"冀司令平易近人,太客气了。"王炳轩说:"姜县长叫我告知冀司令,除今天他不能来旧城外,宴请十三支队营以上军官的宴会,也改为明天中午,地点仍在鄄城。届时恳请各位光临,姜县长殷切恭候。"

冀镇国:"姜县长太关心十三支队了,镇国甚为感激。"

王炳轩站起来说:"姜县长的意思,我已转达给冀司令。因鄄城还有些事情需要准备,炳轩告辞了。"然后,向冀镇国和在场人员抱了抱拳。

冀镇国礼节性地起身道:"既然王处长还有要务,镇国也不便挽留了。"

鄄城,鲁西平原上一个极为普通的小县城,城墙、城门楼也都大致相同。酒肆、饭馆、杂货铺却也鳞次栉比。

此时的鄄城归濮县管辖,这里的老县衙,也就成了姜洪源来此办公和下榻的所在。

两天来,为吞并十三支队,姜洪源可谓是机关算尽、绞尽脑汁,仅鄄城这么个小城,他就暗藏了近两千人的地方武装。现在他正和亢保来和相关人员研究着每一个细节,夏现秋秘书在一旁做着记录。

王炳轩和两个保安兵,骑着自行车穿过北城门,正向老县衙奔来。满头大汗的王炳轩,走进县衙大门后,把自行车向墙角一扎,就直接进了姜洪源正在办公的三间正堂。

屋里所有的人都把目光投向气喘吁吁的王炳轩。

姜洪源立即问道:"刚从旧城回来?"

王炳轩擦着脸上的汗水说:"刚回来。"

"情况怎么样?"姜洪源问。

"情况很好。"王炳轩面有喜色地回答说:"看来,冀镇国那人很通情达理。我说姜县长公务太忙,今天上午实在抽不出时间来旧城,冀镇国什么也没说,点点头表示理解。"

姜洪源不无疑虑地问道:"冀镇国什么也没说?"

王炳轩:"是,什么也没说。"

姜洪源:"明天,十三支队连以上军官来鄄城聚会,告诉他了吗?"

王炳轩:"告诉了。"

姜洪源:"冀镇国怎么说?"

王炳轩:"冀镇国说,一切听从姜县长的安排。"

姜洪源虽微露喜色,但脸上的疑云并未完全散去,他追问道:"你看,旧城的气氛如何?"

王炳轩:"从进去,到出来,一切都很平静,没看出任何问题。"

姜洪源思忖片刻对屋里所有人说:"那好吧,一切按原计划进行。"然后转向夏现秋说:"夏秘书,为表敬重之意,你再写一道请柬,明天一早,派人送到旧城。"

"是。"夏现秋回答道。

七

王金祥着一身黄色军装,领头佩戴着上校军衔,边吸烟、边来回的走动着,眼神里流露着一种骄横的霸气。

副参谋长胡作良,坐在一边的椅子上,呆呆的看着他的顶头上司,一副随时听命的架式。

吞并十三支队的行动,这几天已经到了收官的紧要时刻。之前,虽做了周密布置,可王金祥心里总觉得不踏实。他突然停止度步,把手里的半截烟卷扔掉,走到办公桌前,左手摁着电话,右手"吱吱"地拧起了摇把子,然后,"喂喂"了两声说:"总机,你给我接濮县转鄄城分机,对。"

王金祥刚坐下,胡作良就恰到好处地递过来一支香烟,并顺势划着了火柴。

王金祥喷出两口烟雾之后说:"明天,事情的成败,关键在姜洪源身上。说实话,我还真有点担心。"

胡作良:"洪源已在军界混了十几年,他的能力和阅历,处理这点事,还是绰绰有余的。我认为成功是十分有把握的。"

"明天鄄城这个事,我倒不在乎冀镇国。"王金祥说:"可王青云、汪毅这两个共党分子,鬼点子太多,我真怕洪源斗不过他们……"

此时,桌上的电话铃响了。

王金祥急忙扔掉烟卷,抓起了听筒:"喂!是洪源吗?"

电话里姜洪源说道:"噢!王参谋长。我是姜洪源,有什么指示吗?"

王金祥:"情况怎么样?"

姜洪源:"一切都很顺利。"

王金祥:"好,十三支队有什么动静吗?"

姜洪源:"据各路侦察员报告说,十三支队很安静,都在原地待命。"

王金祥:"嗯!他们听范筑先的,看来范筑先那封电报起作用了。"

姜洪源:"对!我也有同样的感觉。否则,十三支队不可能老老实实的呆在旧城。"

王金祥:"为保证这次行动的胜利,我和作良已来到二支队,准备随时去支援你们。"

姜洪源:"谢谢参谋长的关心。"

王金祥:'我等着听你的好消息。"

姜洪源:"请参谋长放心,洪源一定不辜负您的期望。在改编十三支队的仪式上,还得请参谋长讲话哩。"

王金祥高兴地:"好!到时候我一定讲话。"

八

十三支队司令部召开的紧急会议,已进行了多时。气氛始终很沉闷,人们的情绪,也有些焦躁和激愤。

冀镇国毕竟是饱经忧患、历经沧桑的老军人,尽管处境险恶,却十分沉着冷静。他说:

"所有的情报都显示，我们已经陷入反动势力的层层包围之中，而且，也没有友邻部队支援。眼前的当务之急，就是如何想出解决问题的办法来。"

一阵沉闷后，汪毅说："我们新兵多，没有战斗经验，可我们总不能呆在这里等死吧。"

巩培武急躁地说："狗日的，跟姜洪源这个小子拼了吧！"

"对，拼了吧！如果再不下手，连拼的机会也没了。"有几个人附和着说。

王青云摇摇头说："咱们队伍中大都是学生，手中又没什么武器，如果跟姜洪源的县大队硬拼，无异于以卵击石。"

此时，机要秘书刘怀臣急匆匆地走进来，递给冀镇国一张纸条。

冀镇国展开纸条，皱着眉头看起来，然后陷入深思。

从冀镇国的表情上，人们心里都明白，那纸条传来的不是什么好消息。

冀镇国搓弄着手中的纸条说："姜洪源对我们的包围圈正在收缩，王金祥、胡作良亲临二支队督阵，准备渡河。情况越来越坏，我们必须当机立断，不能再拖延了。"

王青云："冀司令，您就决定吧，我们听您的。"

"对，冀司令，您怎么说，我们就怎么执行。"大家附和着。

冀镇国仍然沉稳地说："作为一个军人，遇到一些险要情况，也是正常的，这也是考验我们的智慧和胆量的机会。如今，我们既不能束手就擒，更不能坐以待毙。怎么办呢？"冀镇国看着巩培武说："你在全支队，给我挑选十几个会武术、能打枪、不怕死的人，组成一个敢死队。明天，我带着这些人去鄄城，在姜洪源摆的鸿门宴上，亲自会会他。然后，逼着他把十三支队送出鄄城去。"

"没问题，挑十几个不怕死的人很容易。"巩培武有些迷惑不解地问："赴鸿门宴！什么是鸿门宴？"

冀镇国轻松地笑着说："明天赴姜洪源的宴会，比当年刘邦赴项羽的鸿门宴，恐怕要凶险的多。刘邦、项羽那时候用的是耍刀舞剑的冷兵器，凭力量和功夫可以躲藏，可以脱险。而明天到鄄城，则要面对长短枪、机枪及手榴弹。"

王青云冷静地沉思后说："现在看来，也只有这条路可走。"

大家点点头，都表示认可。

王青云坚定又略带幽默地说："明天去鄄城赴宴，这种好事不应该叫冀司令去。"

大家一愣，不明白王青云的意思。

王青云："这赴宴的事，应该我去。"

冀镇国瞪着眼道："为什么？"

王青云："为什么？其一、您是司令，十三支队两三千人，不能一时没有总指挥；其二、您年纪比我大，手脚没我灵活，所以，明天鄄城赴宴，理应由我带队。"

冀镇国心里明白，王青云是为了我的安全，才要带队去鄄城的。而这种场合，又不是正副司令争执的时候，于是，就有意扭转话题，对刘怀臣说："刘秘书，我叫你写的那份揭露姜洪源罪行的讨书书，将他半年来勾结丁树本打压我们、抢劫粮车、造谣惑众、密谋吞并十三支队的罪行写出来了吗？

刘怀臣当即从文件夹里拿出一张写满字的稿纸，双手递给了冀镇国说："中午您嘱咐我以后，开会前就写完了，请冀司令审阅。"

冀镇国接过文稿,逐字逐句地读起来。讨伐书上写道:"查姜洪源就任濮县县长以来,目无法纪、专横跋扈、勾结外地匪徒、打压我抗日力量,克扣军粮、挑拨友军关系、贪赃枉法、大搜民脂民膏;骄奢淫逸、挥霍无度;欺男霸女、民愤极大……。为整肃军风政纪,特派十三支队司令冀镇国前往查办。此令。"

冀镇国脸上露出了满意的笑容说:"好,刘秘书这封讨伐姜洪源的檄文,写的不错,有理有据、内容完整,只可惜……"

汪毅、王青云、刘怀臣、徐茂里等都瞪大了眼睛,等待冀镇国的下文。

冀镇国解释说:"没有聊城专署的关防和范专员的公章,我这个支队司令,是没权撤查一个县长的。这真是万事俱备,就只欠公章、关防这个东风了。"

一时谁也想不出办法,大家只能沉默不语。咱又没有诸葛亮,谁能借东风呢!徐茂里眼睛转了转说:"不就是缺公章关防吗?"

冀镇国说:"是啊,若没有关防,明天到了鄄城,不但姜洪源不认账,而且所有在场的人也会产生疑虑呀!"

"放心吧。"徐茂里说:"这个事由我来办。"

"你?"人们把目光集中在徐茂里身上。

徐茂里说:"为了在曹县组建三十五支队,离开聊城前,范专员给了我二十八张盖有聊城专署和鲁西抗日游击总队关防公章的空信笺,用以代替任命书。徐茂里拍了拍腰间皮包说:"二十八张信笺全在这里,一张也不少。"

"好!"大家一起高兴地说。

冀镇国:"今天的会,到此为止。按照原先的计划,大家分头去准备吧。"

与会人员先后走出司令部,屋子里只有冀镇国和王青云还没有离开。

王青云:"冀司令,明天去鄄城的带队人还没定下来,您咋就宣布散会了呢?"

冀镇国微笑着说:"不是已经宣布了吗?"

王青云惊问:"宣布了!谁呀?"

"我呀!"冀镇国说。

王青云:"您?"

冀镇国:"王副司令,刚才会上人太多,咱们不便争论。不过现在你也别再争了,我去鄄城赴宴的有利条件比你多。首先,我是本地人;濮县县大队的十二个中队长,其中有九个是我的同乡和亲戚;另外他们知道我是无党无派的民主人士。所以,我去鄄城赴宴,料他姜洪源也不敢把我怎么样。"

王青云认可的点点头,不再言语。

冀镇国接着说:"王副司令,你是山西洪洞人,只要你一说话,他们就知道你是外地人。再说了,他们更知道你是共产党的人。所以,无论从哪个角度说,明天鄄城的鸿门宴,我去是最合适的。"

王青云默默地点着头。

第二十四章 "鸿门宴"姜洪源自食恶果
谈笑中冀司令将计就计

一

旧城,十三支队司令部的院子里,一拉溜的停放着十几辆自行车,旁边还有一辆套着骡马的两轮双辕轿车,这场面在黄河堤下是难得一见的风景。

司令部的大房子里,集合了十二名敢死队员,都穿着崭新的灰色军装,腰扎咖啡色的皮带,人人精神抖擞、个个英姿勃发。那表情和眼神,威严而庄重,彰显出以身许国、视死如归的英雄气概。出发前,正准备接受长官的最后训示。

冀镇国、王青云、汪毅、徐茂里、刘怀臣等,也整齐地站在敢死队的对面。看着将要出征的勇士,大家心头就涌动着一股热流,这场面大有易水一别,此生再难相见之感。

冀镇国见巩培武已整队完毕,大家正在等待着,于是往前迈了一步。

巩培武和十二个勇士"咔嚓"一声来了个立正注目礼。

冀镇国也立即将右手放在帽沿上行了个军人举手礼。他庄重地说:"弟兄们,你们十二个人,是从全支队三千多人中挑选出来的。是咱十三支队精英中的精英、豪杰中的豪杰。今天去鄄城赴宴的目的、意义和任务,昨天我已讲过了,事关咱十三支队的生死存亡,我们肩头的使命大如天。而今天我们去赴姜洪源设下的鸿门宴,简直是和魔鬼碰杯、与毒蛇共舞。这叫明知山有虎,偏向虎山行,这就是我们军人!军人在关键时刻,就必须勇于赴汤蹈火。今天我能和各位弟兄共同去执行这项任务,是个难得的机会,因此,我本人深感荣幸。我坚信,我们必胜!"

"我们必胜!"屋里所有的人都在复诵着。

冀镇国转向王青云说:"请王副司令讲话。"

王青云面对即将出征的战友,眼睛有些潮湿,他尽量抑制自己的情绪,把手举在帽沿上,却许久没有放下来,他在向出征的战友们致敬。他用宏亮而有些颤抖的声音说:"弟兄们,我们必胜,我等着你们胜利的消息。"

此时,无论是送行的、还是将要出征的人,都显得庄严和亢奋,这其中更有依依惜别、恋恋不舍之情。

冀镇国看了一下腕上的手表,立即坚定地对巩培武命令道:"出发!"

"是!"巩培武立即带队走出了司令部。

大院里，勇士们按早已准备好的顺序，每人都推出了自行车，走出大门后，巩培武下令上车，勇士们立即跨上自行车，队伍像一只只展翅的雄鹰，勇敢地向南飞去了。

十二勇士推车离开司令部大院后，赶马车的车把式，就把马车赶到了大街上。

冀镇国、徐茂里也向大门口走去，快要出大门口了，冀镇国回过头来和送行的王青云、汪毅紧紧地握着手，目光相对、互道珍重。

冀镇国对王青云说："我再重复一遍，我们进城后，若听到枪响，你就带队向城里冲，咱们来个里应外合，杀出一条血路。如中午以后还听不到枪声和信息，你们即可带队北渡黄河，到堂邑去找张维翰的十支队。"

王青云声音已有些哽咽："冀司令，请你放心，我会很好地执行你的命令。"

冀镇国："还有，十点钟之后，一定要割断濮县至鄄城的电话线。"

王青云："现在即可派人去割，为啥还等到十点多钟？"

冀镇国："十点多钟后，我就到了鄄城，王金祥一定会指挥姜洪源具体行动。如果电话线割的太早，会引起姜洪源和王金祥的猜疑，他们会提高警惕，会妨碍咱们的行动计划。"

王青云若有所悟地点点头。

冀镇国也认真地点着头，松开了与王青云紧握的双手说："胜利后再见。"然后，掀开了马车后边的门帘，和徐茂里先后登上了马车。车把式喊了声"驾"，手中的缰绳一抖，两匹骡马就颠颠地向前跑起来。

王青云、汪毅等目送马车慢慢地消失在雾霭中。

二

浓重的晨雾，已开始逐渐消散。鄄城旧县衙的面貌显露出与往日的不同，临街的大门口，有重兵把守；大院里各跨院和通道口，明里暗里也都有士兵站岗放哨。确为岗哨林立、戒备森严。

姜洪源今天特别神气，身着保安大队的黄色军服，戴一顶佩有青天白日徽章的大盖帽，双领佩中校军衔，挺胸昂首，显得骄傲蛮横、飞扬跋扈。他在亢保来和王炳轩等人的陪同下，最后一次察看今天宴会前的每一个环节。

姜洪源等人来到前院西边的一个小跨院里，这儿本是旧县衙官员皂吏的小厨房。如今，小院里又支起几口大锅，有人在剥葱切菜，有人杀鸡宰鹅，有人在"呼嗒呼嗒"的拉风箱，灶膛口就"噗噗"地往外喷着火苗。案板上放着两扇刚杀的猪，很显然，他们正在为中午的宴会做着准备。

来到中院以后，王炳轩指着东西厢房，对姜洪源说："东西厢房共八桌，全都是团、营长。"

姜洪源点头表示满意。三个人又来到后院三间大房子里，此处就是姜洪源在鄄城的办公室。此处共安排两大桌，是今天宴会的核心场所。姜洪源，抑制不住兴奋的心情，竟急不可耐的一腚坐在主人的位子上，趾高气扬、胜券在握地说："今儿中午，也就是三个小时之后，我在这个位子上一坐……"

亢保来连忙插嘴说："姜县长往这儿一坐，十几桌酒席一开席，十三支队就得乖乖地归顺过来。到那时侯，冀镇国就是有上天入地的本事，也别想从这间屋子里飞出去。"

姜洪源十分自信地说："你说的有一定道理，但是，千万不可麻痹大意啊！"

王炳轩一旁恭敬地点着头。

亢保来进一步吹捧道："姜县长，你真乃大将风度也。今儿在鄄城宴请冀镇国，不亚于当年项羽给刘邦摆的鸿门宴，高！"

姜洪源、亢保来、王炳轩会心地哈哈大笑起来。

三

旷野土道上，十几辆自行车，像一条长龙，向南飞驰着，车轮转到之处，立即扬起缕缕黄尘。

勇士们的自行车队之后，就是冀镇国和徐茂里乘坐的马车。虽然吊着布门帘，却时有黄土从缝隙中钻进来。

冀镇国和徐茂里在车厢里相对而坐，由于车子颠簸得厉害，二人的谈话就时断时续。

冀镇国问："徐先生，此去鄄城赴姜洪源的鸿门宴，您有何感想啊？"

徐茂里微笑着说："出发前，冀司令说的对，咱是明知山有虎，偏向虎山行啊！"

冀镇国："当年项羽的鸿门宴，虽杀机四伏，可刘邦却能绝处逢生、化险为夷。"

徐茂里："我一直认为，刘邦之所以能够逃脱……"

冀镇国问："是何原因啊？"

徐茂里："我认为，项羽当时心太软了，没抓住战机。而今天鄄城的姜洪源这个魔鬼，可是个心狠手辣、杀人不眨眼的家伙。他的心比石头还要硬。"

冀镇国："您分析的对，这就更需要我们高度警惕，果断地应对一切变数。"

马车行走在一段坑坑洼洼的土路上，车子左右摇晃着。冀镇国，徐茂里只好紧紧地抓住车帮，之后马车方逐渐地平稳起来了。

冀镇国沉思后说："姜洪源要求我们营以上军官都要来鄄城赴宴，可今儿我们只来了十几个人。姜洪源是个多疑的家伙，他很可能在这事上发难。"

冀镇国伸手轻轻地撩着小窗帘，往外张望着。徐茂里深深地点头说："嗯，这倒也是。"

灰暗的天空下，是一望无际的田野，远村近树，都在眼前晃动着，路边的白杨树，也缓慢的一棵一棵地往后退去。

巩培武带着自行车队正在前进，忽然从斜对面的壕沟里，跑出十几匹马，这是姜洪源派出来的侦察队。他们围着自行车队转悠了一圈，正准备掉头要走。

巩培武令自行车队停下来，然后问骑马的小头目："你们是干什么的，为什么闯冀司令的车队？"

小头目勒住马缰绳说："这一代经常有土匪武装出没，为了冀司令的安全，姜县长特派我们来探视、护卫的。"

巩培武："谢谢你们，冀司令的安全由我们负责，你们回去吧。"

小头目二话没说，吆喝一声，十几匹战马就向南跑走了。

巩培武立即来到马车旁，掀开了后门帘。

冀镇国问道："怎么回事？"

巩培武："是姜洪源派出的侦察分队。"

冀镇国面对徐茂里和巩培武说："这是姜洪源侦察咱们的人数和装备,不要停下来,继续前进。"

巩培武说了声"是",就急忙向前跑去。

四

冀镇国、徐茂里和十二个勇士,来到郓城北门护城河外的时候,早已等在这里的王炳轩等人迎上来。冀镇国、徐茂里也从马车里下来,双方礼节性的握手寒暄后,王炳轩庄重又恭敬地说："为使欢迎仪式更加隆重圆满,请冀司令和各位长官,在此稍作休息后,在我和诸位科长的引导下入城,以接受姜洪源县长和全城各界民众的欢迎。"

冀镇国稳重、平静地点头道："好的,悉听尊便。"

城门洞里面,在亢保来、王恒若等众绅士名流的簇拥下,姜洪源着装整齐,一副踌躇满志、霸气十足的样子,冷眼斜睨着护城河外冀镇国等人。他脸上挂着奸笑,心里却念叨着:"冀镇国啊,冀镇国!你这个老奸巨猾的家伙,费了我大半年的心血,直到今天你这条老泥鳅,才终于钻进我的网袋里。"

正在等待进城的冀镇国,似乎漫不经心地向四周瞥了几眼。只见城门内外岗哨林立,到处有荷枪实弹的重兵把守,城墙上的每一个垛口,都有一支枪向外伸出来。城门楼上还架着两挺轻机枪,枪口正对着城门外的人群。而身后来时的路上,远处也已被当地民团、区队封堵了,气氛紧张、如临大敌。冀镇国心里明白,眼前虽无枪弹,形势却相当凶险,这是事先早就料到了的。

此时,城门口的仪仗队突然奏起了迎宾曲,号兵也"滴滴嗒嗒"地吹起了接官号。

王炳轩知道城里已准备妥当,就对冀镇国说："冀司令,请进城吧!"

冀镇国并不多言,而是轻轻友善地点点头。随即挺胸昂首、从容镇定地迈着军人的步伐,随着王炳轩等向着城门走去。

徐茂里和巩培武以及十二名勇士,也紧随其后,庄严地向城门进发。

当王炳轩陪着冀镇国踏上护城河的木桥时,姜洪源也带着亢保来、王恒若等人,从阴森昏暗的城门洞里向外走出来。

姜洪源和冀镇国握手后,又主动地向冀镇国介绍了亢保来、王恒若等人。

当冀镇国见到白发苍髯的王恒若时,立即迎上去,深深地鞠了一躬说："王老师,您老人家一向可好啊?"

王恒若激动地抓住冀镇国的双手说："好,好。镇国呀,咱可有些年头没见过面了。"

冀镇国:"是啊,多年来,镇国军务缠身,疏于回乡,没能问候拜见您老人家,镇国深感愧疚,请老师多多原谅啊。"

王恒若抖动着花白的胡子说："我的学生能献身于抗倭御辱、忙于国事,老师高兴还来不及呐,哪里还能责怪你呢。"

冀镇国和几位在县上当差的老同学及县政府的科长们一一握手问好后,就在姜洪源的陪同下向城里走去。

郓城北大街东、西两侧,站满了社会各界的民众和学校的师生们。他们手中都摇晃着三角小彩旗,嘴里还高喊着欢迎的口号,整个场景欢快而壮观。

冀镇国身处这么热闹的场面中,心里委实很感动,他不断地向欢迎的人群招手致意。但心中却时刻想着,在这热闹的表象之后,隐藏着难以预料的凶险和惨烈。

姜洪源、冀镇国一行,来到十字大街,这里的人最多,人们的热情最高。口号声、鼓掌声洋鼓洋号声、锣鼓唢呐声此起彼伏,让偏僻沉寂的小城立即沸腾起来。

令人意想不到的是,此时大街中央,竟出现了一个蓬头垢面、衣衫褴褛的乡下穷老头。这老头双手托举着一张褶皱的黄色状纸,"扑腾"一声,双膝跪在冀镇国面前,高声喊道:"请大司令为小民做主。"

眼前突发的情况,使冀镇国深感意外,姜洪源则极为恼怒和尴尬。在场所有的人都被老头的举动惊呆了。

既然有人拦路喊冤告状,冀镇国也不便绕过躲开。他只好停下脚步,俯身对告状的老头说:"老人家,我是个当兵的,不了解情况,你有什么冤屈,可以找县政府解决。"

告状老头仍跪在地上,抬起灰黑苍黄的老脸,凄楚无奈地说:"县大队的人抢我的粮食,牵走我的毛驴。我去阻拦,当兵的把我推倒在地。我儿子气不过,就和他们讲理,后来他们就把我儿子打死了。我含冤告状一个多月,濮县的县长根本不管不问……"

姜洪源的脸色蜡黄,在大众面前又不好发作,眼睛直勾勾地瞪着亢保来。

亢保来觉得老头揭了县大队的疮疤,也让县长姜洪源丢了面子。看到姜洪源的眼神,本想冲上去狠狠地揍老头一顿,可看着冀镇国在身边,就没敢下手。回头对两个警卫一使眼色,两个警卫立即冲上来,强拉硬拽地把老头给拖走了。

由于告状老头的突然出现,姜洪源的喜悦心情,完全被搅和得荡然无存了。他还是装作很大度的样子,陪冀镇国向旧县衙走去。

衙门内外岗哨林立、戒备森严。冀镇国谈笑风生、又别有所指地对姜洪源说:"姜县长,你老弟对镇国的安全也太重视了吧,派出这么多弟兄们来警卫,我这心里实在过意不去呀!"

姜洪源略显尴尬地说:"鄄城是两省三县交界的偏僻之地,常有土匪出没,治安状况一向不好。今儿冀司令光临于小城,洪源理应保卫大哥的安全,万一出点什么意外,小弟我可吃罪不起啊!"

冀镇国边走边轻松地说:"谢谢姜县长老弟的关怀。"

在众人的簇拥下,冀镇国随着姜洪源穿过大院,三拐两绕地向后走去,每个小院门口,都有肩跨手枪的军人把守。

巩培武每经过一处岗哨,都会指挥两个战士把随身带的香烟拿出来分给站岗的哨兵,并留在哨位亲切的和他们嘘寒问暖、啦呱套近乎。

鄄城旧县衙最后边的小院里,有姜洪源的三间客厅兼办公室,西边一间是他的卧室。客厅,就是今天的贵宾室,备有两大桌宴席,双方计划有冀镇国、姜洪源等二十余人参加。

由于姜洪源平时很少来鄄城公干,小院里就很显荒凉。残缺不平的小甬道两边,长着一些无名杂草,墙角里有一棵半死不活的老槐树。虽然还有些青枝绿叶,大部树干则已干枯。主干底部,树洞口还塞着几块破砖头,极显凄怆和颓败。

宾主落座后,早有勤务兵提水沏茶,桌上也散有香烟、瓜子,一切都显得平稳有序。

冀镇国就坐之后,又和他的老师同学们开始了叙旧、聊天,此时姜洪源心里一块石头才算落了地。他心里冷笑着说：冀镇国，你要是老老实实地听我摆布，这算你小子聪明，否则，晚一会就看老子我如何羞辱你。

五

王青云送走冀镇国之后，指挥十三支队所属各单位马上整队出发，隐蔽地开始向南运动。

时近晌午，王青云和通信连的官兵一起，正坐在路边沙土岗子下休息。不远处就是一根濮县至鄄城的电话线，这条电话线，也确实简易到极点了。电线已陈旧，外层的一层胶皮线，已多处被磨光了。电线杆没有一根是标准的，大都是从村民家中搜敛来的干树权子，栽埋的左歪右斜、高低不平、东摇西晃，勉强支撑着那根破电线。

战士们有的在聊天、有的在抽烟、有的拉下帽沿在假寐。

王青云抬头看看天，又时不时地撸开袖子看看表，当表上的时针指向十点半的时候，就立即对通信连的葛连长说："时间到了，开始行动吧。"

葛连长马上集合部队，并命令道："一排割断东西二百米电线，二排负责警戒观察敌情，立即行动。"

听到连长的命令后，战士们立即跃身奔向沙土岗，将仍在风中摇晃的电话线割断，又向东西各收卷了二百米电线。这样，即使濮县和鄄城发现了电线被割断，短时间内，他们也没办法接通。战士们刚把剪断的电话线收拢好，就见作战参谋骑着一匹枣红马，飞快地向沙土岗上跑来。滚鞍下马后，喘息着向王青云报告说："报告王副司令，根据侦察员报告，冀镇国司令，已顺利地进了鄄城，进城后的情况，尚不得而知。"

王青云："好，告诉部队，原地待命，时刻准备行动。"

六

黄河北岸，二支队司令部。这是一座青砖灰瓦粉白墙的小院，虽不豪华，却也显阔绰。在鲁西，只有殷实富足的人家，才会有这样的院落。半年前，主人因避战乱，早已远走他乡。这小院就成了二支队的临时司令部。

小院二道门里边，种有两墩石榴树，靠边还有一蓬葡萄架。葡萄架下放有石桌、石墩，小院就多了一份雅致和闲适。

为保证姜洪源能成功收编十三支队，王金祥、胡作良来到二支队，亲自坐镇指挥。此时，王金祥、胡作良、二支队的正副司令，正围坐在石桌上品茶。时有着黄军服的参谋和小勤务兵们，脚步轻轻地走过。

王金祥端起茶杯，大大咧咧地吹了吹浮在水面上的茶叶沫，接着"咕咚"喝了一口水说："快到晌午了，一切都很平静，鄄城方面也没有传来任何消息。看来姜洪源对冀镇国正在按计划进行着。如果不出什么意外，冀镇国老老实实地把十三支队的指挥权交出来，洪源的功劳可就大了，我们也算取得了一次大胜利。"

胡作良把茶杯放在石桌上说："洪源有充沛的精力和智慧，又占尽了天时、地利、人和，我看，胜利是必然的。"

王金祥得意地点头说："若真是这样，我和李树椿主任，一定在沈鸿烈主席面前，为洪源请功。"

胡作良附和着说:"应该,非常应该。"

王金祥得意忘形地说:"冀镇国真要顺利地把十三支队的指挥权交出来……"

胡作良:"也给他请功?"

王金祥摇摇头道:"不能给这种人请功,顶多把他叫到胭脂楼喝一回花酒。"

胡作良挤眼撇嘴、奸笑着说:"冀镇国这老家伙,可是三斧子也劈不开的死榆木圪垯,古板的很,他不可能去胭脂楼喝花酒!"

王金祥正在畅想胜利后喜悦的时候,临街大门口,却突然传来一阵急促的马蹄声。之后,就见几个参谋和侦察连长急匆匆地走进小院,侦察连长立正举手给王金祥打敬礼。

王金祥一看,就知道有情况,就心急火燎地说:"有啥事快说吧。"

侦察连长说:"十三支队去鄄城赴宴的人,只去了十几个人,团、营、连长一个都没去。"

王金祥惊愕地说:"噢!他娘的,不是说好连、营、团长们去八十个人吗?司令部的人是谁去的?"

侦察连长说:"当官的只有冀镇国一个人去了。"

王金祥更觉诧异地问道:"王青云和汪毅呢?"

侦察连长说:"他们二人都没去。冀镇国离开旧城后,王青云、汪毅也带着部队离开了旧城。"

王金祥:"啊!往哪个方向去了?"

侦察连长:"三排正在跟踪,我们安插在十三支队的人,也没有机会传出消息来。"

刚才还侃侃而谈、料事如神的王金祥,此时就像霜打的茄子——彻底蔫了。小院里的气氛,也随之压抑、沉闷起来。

王金祥早已没有怡然品茶的兴趣了,他从石墩上站起来,低头向屋里走去。

胡作良知道王金祥正在烦躁、郁闷之中,不敢再多说什么,就悄悄地随着王金祥进了屋。

王金祥在屋里慢慢地转悠着,脑子里正在分析眼前发生的事情。稍顷,他抬头看了一眼愣在一边的胡作良说:"作良,来坐下。"

王金祥看着已坐在八仙桌对面的胡作良说:"作良,眼前的事态,我觉得很困惑,没能按照我们预先划好的路线走。我感到姜洪源、冀镇国包括我们自己在内,都被王青云、汪毅这两个共党分子给耍弄了。"

胡作良听了王金祥的话,并没完全理解,呆呆地瞪着两只迷茫的眼睛看着王金祥。

王金祥很自信地分析道:"你想啊,十三支队连以上的军官大都没去鄄城,只有冀镇国自己带着十来个卫士去赴宴。而冀镇国刚离开旧城,王青云、汪毅就带着十三支队开拔了。你想想,这两个家伙的手腕高不高,是不是把咱们都耍了。"

此时,胡作良才明白了王金祥的意思,然而却不以为然地说:"参谋长,依我看哪,王青云只不过耍了些小伎俩,手腕也并不高明。"

王金祥:"说说你的看法。"

胡作良:"王青云虽把冀镇国推到鄄城去赴鸿门宴,他也暂时掌控了十三支队。可他能往哪里跑呢?东西南三面有姜洪源的五千兵力,黄河北岸有咱二支队和两个县大队。王青云那帮子学生兵,就是插上翅膀,也飞不出去呀。"

王金祥点点头,微带笑意说:"嗯! 这一点我倒同意你的分析。我认为,王青云虽离开了旧城,但,他们绝不敢贸然北上。趁他们左右徘徊、犹豫不决之时,立即命令二支队冲过河去,打他个措手不及。我们的便衣特工队,也必须同时配合行动,争取把王青云、汪毅这两个共党分子抓到手。"

胡作良非常兴奋地说:"好,这个决定很好! "

此时,侦察连长又出现在门口,王金祥就向其招手说:"进来吧,有什么消息吗? "

侦察连长进屋后说:"据一线侦察报告,现在鄄城四门紧闭,没有任何消息。原定十一点鄄城和濮县的电话联系,怎么也联系不上,看来是线路出了问题。"

"关键时刻,电话怎么不通了? "王金祥已有不祥之感,就立即命令道:"要立即查明原因,还有,要时刻注意鄄城的动静,有情况随时向我报告。"

"是。"侦察连长转身向外走去。

七

鄄城县衙后院客厅里,冀镇国和他的老师王恒若及五六个同学、老友,叙旧聊天非常投入,其他人也被他们浓厚的师生情、诚挚的乡梓谊所感染。客厅里已无任何的生分和拘束,如同普通的走亲访友和聚会,气氛非常亲切融洽。

亢保来对这种无谓的闲聊,很不感兴趣,内心非常厌恶,但他也只能时不时地应付着点点头、陪陪笑脸。

姜洪源显得有些心烦意乱,他曾两次悄悄地走进卧室,却又无所适从,大家也没有在意他。只有谈笑风生的冀镇国,早已把姜洪源的一切举动,全部清楚的记在心里。从整体情况看,姜鸿源把主要兵力都放了外围和城防,特别是县衙内外岗哨之多,可谓是天罗地网。可在其办公室,也就是眼前的宴会厅,却似乎并没设防,屋里两个餐桌,每桌分别十二个人:地方绅士、名流六人,我方六人。冀镇国权衡再三,底气更足了,必胜的信心更强了。

姜洪源第三次踏进卧室后,悄悄地来到床头,抓起了电话听筒,紧紧地扣在耳朵上。听筒里很静,没有任何声音。他又轻轻地试着拧了几下摇把子,电话里还是没有任何动静。他有点失望,甚至怀疑有人割断了电话线。这就意味着,他暂时已没法和外界,特别是王金祥取得联系了。天近晌午,不能再往后拖了。他振作了一下精神,才又向客厅走去。见冀镇国、王恒若他们还在闲聊,客厅也没有任何异常,就稳了稳神说:"各位来宾! "

大家知道姜洪源要讲话,就主动自觉地停止了闲聊。冀镇国、徐茂里、巩培武、王东良等从思想上已进入了高度戒备状态。

姜洪源看着客厅里已安静下来,就干咳了一声作为开场白说:"各位来宾,今天是个大喜的日子。我的好朋友王恒若先生门下的高足、十三支队司令冀镇国先生,在军务繁忙的情况下光临鄄城,是对咱们濮县军民的莫大支持。我个人并代表濮县全体军民,向冀司令的到来,表示热烈的欢迎和诚挚的敬意。"

客厅里立即响起了一片热烈的掌声。

掌声过后,冀镇国见姜洪源仍有继续讲下去的意思,就趁机站起来说:"姜县长、王老师、亢大队长,诸位高朋好友:十三支队能在濮县这块地盘上发展壮大,成为一支年轻的抗日队伍,这和县政府和乡亲们的大力支持是分不开的。十三支队的这些热血青年,热情高、进步快,苦练杀敌本领,随时准备上战场,以报效国家和乡亲父老……"

姜洪源有些不耐烦,很不礼貌地打断冀镇国的话说:"冀司令说的很对,十三支队是在咱濮县政府和民众的支持、帮助下成长起来的。而十三支队的三千多人中,咱濮城人就占了一大半,司令也是咱濮城人。从各方面讲,这支部队,就是咱濮城人自己的部队,大家说对不对呀?"

"对!"在姜洪源的诱导鼓动下,很多人不明就里、稀里糊涂地应和着。

姜洪源见大家同声应和,心中非常得意,说:"这也就是说,十三支队归咱濮城县,是得民心、顺民意的大好事。两天前,我和冀司令已经商量好了,从今天起,十三支队就是咱濮城县的了。"

在场的人越听越不对劲,甚至惊呆了。冀镇国知道一场生死之战已经开始了,却没想到姜洪源这小子,这么操之过急而又不择手段。可转念一想,也好,这就更能暴露他篡夺军权的真实面目。于是,就果断地说:"姜县长,十三支队是范筑先专员加委的,是正规的抗日军队,不能说是哪个县里的吧?"

姜洪源骄矜、傲慢地说:"十三支队受范专员加委,这事不假。为消除队伍和地方的矛盾,你不是答应把十三支队交给我统一指挥吗?"

冀镇国听罢,哈哈大笑说:"姜县长,军队是国家的,你我怎么可以私人交易呢?别说我冀镇国不敢把抗日队伍交给你,即便我敢交出去,你姜县长也不敢要哇!军国大事,岂能儿戏?这可不是小孩子过家家。"

姜洪源焦躁烦乱更想急于求成地说道:"冀司令,两天前,在濮县,咱俩不是都说好了吗?"

冀镇国愣怔着问:"我说什么了?"

"哎!你!"姜洪源急火攻心,一时间竟张口结舌、面红耳赤地说不出话来。

谈话显然出现了分歧,刚才还很欢快友好的氛围消失了,随之而来的是紧张、难堪的气氛。

此时,王恒若诸绅士名流也很尴尬,赴宴前,姜洪源口口声称让他们陪客会友,畅叙乡谊友情。可眼前四处岗哨密布,杀气腾腾,竟谈起了兵权交易。此时,他们才知道上了姜洪源的当,进退已身不由己。亢保来也觉得姜洪源操之过急,说话明显地出现了漏洞。

巩培武、徐茂里、王东良等,则从心里做好了应付一切意外的准备。

县衙大门外,气氛依然十分紧张,众多荷枪实弹的保安兵,随时都在等待命令行动。

县衙大院里,东西两个通道口和后门外的几个哨兵,仍在和十三支队的战士不断地互相让烟,有一搭无一搭地拉着闲呱。穿黄军服的保安兵问:"你们十三支队,能不能按月关饷?"

穿灰军装的十三支队战士毫不含糊地回答:"当然按月关响了,你们县大队怎么样?"

"嗨!别提了,仨月也不一定关一次饷,听说都被当官的独吞了。"保安兵不满地说。

灰军装战士同情地边摇头,边从兜里摸出一块大洋,快速地塞过去说:"哥们,算咱弟兄们有缘,先拿着花去。"

血染光岳楼

保安兵很感动,怕被别人看见,也不再推辞,立即将大洋塞进怀里。

客厅里静极了,气氛十分压抑,空气好象凝滞了一样,似乎一遇火花就能爆炸。

姜洪源虽对冀镇国的表现非常气愤,却又不便立即发作。心想,你这个不知道马王爷有三只眼的老家伙,这里不是古云集,也不是旧城。现在你已来到鄄城县衙,在我的会客厅里,也就等于被我攥在了手心里。死到临头了,还说出话来奚落我,在这么多人面前让我难堪,老东西,我岂能轻易的饶了你。于是,就底气十足地质问道:"冀司令,今儿为何请您来鄄城,您心里应该明白吧?"

冀镇国沉着镇定、面带微笑地说:"姜县长杀猪宰羊,又邀请濮县诸多名人作陪,其主要目的,就是犒劳我十三支队连以上的军官。这事,我知道。"

姜洪源紧追不舍地问:"冀司令,您既然知道,那么团以下军官,怎么一个也没来呢?"

冀镇国安静沉稳、不急不躁地说:"姜县长,你也是军人出身。现在是全国抗日的非常时期,军官们都离开部队去喝酒,这对国家、对百姓、对广大官兵,可实在是说不过去啊!"

姜洪源有些忍耐不住了,面露凶狠地质问道:"冀司令,您说过的话不兑现,可是言而无信啊!"

冀镇国仍然沉稳地说:"姜县长,如果说言而无信,那镇国可是步你的后尘了。"

姜洪源气得涨红了脸道:"我姜洪源什么时候言而无信了?"

冀镇国:"两天前,在濮县你的办公室里,你言之凿凿地说:'明天九点整一定到旧城,向十三支队全体官兵道歉,承认你过去对十三支队的种种劣行,我全体官兵伸着脖子等了你一上午,你为何不去呢?这不是言而无信吗?"

姜洪源辩解说:"哦!我本是要去的,可王金祥参谋长临时通知我立即到范县参加一个紧急会议,所以才没能去旧城。"

冀镇国不屑揭穿姜洪源的谎言,平静地说:"姜县长,你和王金祥参谋长开什么重要会议,这和我无关。而你没能如约去旧城道歉,这一点已失信于十三支队,这个铁的事实,你不会不承认吧?"

姜洪源在大庭广众面前被问的哑口无言,他擦了把眉头上的汗珠说:"冀司令,从前的事,不管谁对谁错,今儿就一笔抹了吧,咱就说今天这事咋着办吧。"

冀镇国愣了愣说:"今天啥事?今天不就是喝酒吗?"

姜洪源:"是喝酒。冀司令,我希望咱俩把今天这场酒喝好它。"

冀镇国:"是啊。我也是想把这场酒喝好它。"

姜洪源已是鬼迷心窍,急火攻心地说:"冀司令,老大哥,你就别拿小弟逗着玩了。在濮县父老乡亲面前,您就说句痛快话吧。"

冀镇国:"我说话够痛快的了。"

姜洪源:"冀司令,那你十三支队两三千人的归属问题……"

冀镇国:"噢!我真是老朽了。姜县长若不提及我还真的忘了。"

姜洪源见冀镇国渐入正题,就高兴地说:"冀司令,别着急、慢慢说。"

冀镇国想,天已中午,不能再和姜洪源斗嘴皮子了,否则就会失去主动权,必须当众彻底揭露其罪行。

冀镇国站起身来，先咳嗽了一声，这是向巩培武、徐茂里、王东良等勇士发出的暗号，预示着行动立即开始。

巩培武虽坐在第二桌，可座位正和第一桌的姜洪源挨着，其他人也都一对一对的撇着对方。

冀镇国见手下都已心领神会，就平静地说："姜县长一定要我说明白话，今儿当着濮县的父老乡亲，我就把真相彻底说出来。姜县长想要十三支队，这件事乡亲们也都明白。可十三支队的官兵一致认为姜县长是个不讲信用的人，所以，他们坚决反对归属姜县长领导。"

会场上的气氛立刻紧张起来，人们瞪着眼睛、屏住呼吸，不安地关注事态的发展。

姜洪源则气得青筋暴涨、满脸通红，立即拍案而起，语气冷厉地说："冀镇国，看在你是党国老军人的份上，我一直很尊重你，可你半年多来，一再冷言冷语地讽刺我。你要知道，今天你是在什么地方。"

冀镇国沉着冷静地说："非常清楚，这里是鄄城，是你姜县长的客厅。"

姜洪源："好，知道就好。这个地方可是好进不好出的啊！"

冀镇国："噢！这个我明白。冀某今天来赴姜县长的宴会，就是要一醉方休，根本没想着回去。"

冀镇国不激不怒的冷处理，使姜洪源有火也难以发作。即便是濮县第一名士王恒若，以及王炳轩、亢保来等也不便插嘴。场面又一次陷入沉寂的僵局。良久，姜洪源只好恬着脸对冀镇国说："冀司令，你这么大年纪了，犯不着为共党的十三支队卖命。如果你对我有什么意见，就尽管说吧。"

冀镇国："好吧，姜县长叫我尽管说，其实，我本人没什么好说的。几天前，范筑先专员把我叫到聊城，交给我一个重要任务。"冀镇国边说边从兜里掏出一个印有山东省第六区专署的牛皮纸大信封，并从信封里抽出一张盖有关防大印的文件。

冀镇国的这个举动，立即引起了姜洪源和所有在场人的高度关注。徐茂里、巩培武、王东良等，也进入高度戒备。特别是坐在第二桌上的巩培武，转过身来正好和第一桌上的姜洪源身子挨身子。

冀镇国已知道巩培武、他们做好了准备。姜洪源、王恒若、亢保来等也把注意力集中过来，就有意识地"干咳"了一声，然后，展开公文念道："查濮县县长姜洪源，自上任以来，作风霸道、目无法纪、拉帮结派、扩张势力、强征暴敛、欺男霸女、欲壑难填、深刮地皮、怨声载道、民愤极大。更为严重的是，姜洪源不但不支持我十三支队，反而千方百计制造事端、克扣军粮、挑拨离间。竟敢指使县大队，公然抢劫十三支队的军粮，至使双方士兵大打出手，影响极为恶劣。更有甚者，姜洪源竟邀请河南的丁树本部，联合挤压我十三支队。虽经多次批评教育，姜洪源阳奉阴违，始终不予悔改。为整肃法纪，今特派十三支队司令冀镇国赴濮县缉拿姜犯洪源。此令，鲁西抗日游击总队司令范筑先。"

冀镇国的讨伐令还没念完，全场人员早已大惊失色。

亢保来已明白了事情的不妙，就一直注视着县长姜洪源。只见姜洪源的脸色由红变白，再变黄，嘴唇也哆哆嗦嗦地抖起来了。亢保来本想制止冀镇国再念下去，可刚想使劲站起来，就觉得有个东西硬梆梆紧紧地顶在腰上，原来身边的王东良早已注意到亢保来的异动,将手枪掏了出来,亢保来意识到事态的严重性,也就没再敢轻举妄动。

王恒若等绅士名流,此时已目瞪口呆、惊骇万分,觉得自己竟无端地被卷进了这场鸿门宴,此时即便想走,也走不出去了。他们把目光集中在姜洪源脸上,只能听天由命了。

姜洪源的脸色蜡黄,早已怒不可遏,已无法控制自己的情绪。他面目狰狞地指着冀镇国骂道:"你这个老奸巨猾、卑鄙无耻的小人,看在你是军界前辈的份上,我一直把你奉为尊贵的客人。而你却不知好歹,对我一直是冷嘲热讽、百般要弄。特别是今天,在我的客厅里,在全县各界名人面前,无中生有、捏造事实、栽赃陷害,陷我于不仁不义之境。像你这吃里扒外、拨弄是非、阴险恶毒之人,留你何用。"姜洪源越说越咬牙切齿,竟伸手掏向腰间的手枪。

姜洪源的一切举动,都在身后的巩培武掌控之中。见姜洪源要掏手枪,巩培武迅速抓住了姜洪源的手脖子,使劲往下一摁,瞬间就缴了姜洪源的枪。

姜洪源个高块大,巩培武一个人难以将其制服,两个人正在桌子底下翻来滚去。由于姜洪源首先拔枪,早已引起人们的激奋,有人就喊道:打死他。冀镇国立即制止道:"只要姜洪源肯认罪伏法,就不要打死他。"

战士刘兴鲁实在忍不下去,就扑上去帮巩培武。不料竟被姜洪源蹬了一脚,这一脚正好蹬到裤裆的要害处。刘兴鲁疼痛难忍,掏出枪来对准姜洪源"啪啪啪"连开了三枪。姜洪源这个利欲熏心、篡权夺位、恶贯满盈的家伙,终于把腿一伸,不再动弹了。

姜洪源被打死了,场面立刻想乱,有人想摸枪,有人想趁机逃跑。

王东良早已把亢保来的抢夺过来,顺手从腰里掏出一枚手榴弹,高高地举着,大声呼喊道:"谁也不能动,谁敢动一动,咱们一块死在这屋里。"

王东良的壮举,立刻使混乱的场面静下来。王恒若见姜洪源已死,场面也暂且静下来,就趁机站起来说:"各位长官,各位乡邻,姜洪源犯法顽抗,其下场咎由自取。现在我希望诸位保持平静,特别是咱濮县人,决不要打濮县人。"

巩培武马上说道:"王先生讲的很好,为安全起见,请各位把身上的武器立即交出来。"

姜洪源手下见大势已去,都纷纷把所带枪支放在面前的桌子上。冀镇国吩咐手下战士将姜洪源的尸体搬进了里屋。

冀镇国见巩培武等已把桌上的枪支收拢起来,就立即说道:"尊敬的王老师、各位乡亲、老同学、弟兄们,今天事件的全过程,你们都亲眼见了,镇国也不再啰嗦。刚才王老师说的很对,姜洪源之所以有这个下场,的确是咎由自取,讨伐书上也都写了。请大家放心的是,一人犯罪一人当,姜洪源所犯的罪行和在座的任何人都没一点关系,我保证不予追究。县政府各部门领导、县大队大队长、中队长、区队长等都一律留用,并维持原有职务不变,军饷待遇不变。最后我奉劝一句,希望今后各位多做有利于团结抗日的事,不做破坏团结抗日的事。"

冀镇国讲话刚一落音,王恒若就带头鼓起掌来。

掌声之后,冀镇国又专门对亢保来说:"亢大队长,你我都是行武出身,对军人最了解。那就是当兵吃粮、按月关饷。如今是抗日时期,大家都很困难,作为咱俩在鄄城的见面礼,我带来了五十块大洋,请你给县大队的弟兄们改善改善生活吧。"

两位穿灰色军装的勇士,立即把五个红纸卷放在亢保来面前。

亢保来有些受宠若惊,他稍一愣神,竟"扑通"一声,双膝跪在冀镇国脚下。这个突然举动,令冀镇国和所有人都感到和意外。

　　冀镇国马上把亢保来扶起来说:"亢大队长,千万别这样,有啥话尽管说,你行这样的叩头大礼,镇国可消受不起呀!"

　　亢保来站起来,抹着眼泪说:"冀司令,保来对不住你,也对不住十三支队。半年多来,姜洪源在濮县所做的一切坏事也都有我的一份。冀司令不但不杀我,反而还叫我当县大队长,并给五十块大洋改善生活,这种大恩大德,我亢保来知恩图报、永世不忘。"

　　冀镇国:"亢大队长你县大队的弟兄们,为了跟姜洪源围堵十三支队,已经劳累了两天两夜了,事已至此,你就下令叫弟兄们吃点饭,都回去休息休息吧。"

　　亢保来明白,冀镇国是要他解除鄄城的戒严。于是就爽快地说:"好,我这就去通知他们。"亢保来边说边往外走。

　　冀镇国微笑着说:"亢大队长,何须事必躬亲,这点小事,叫副官跑一趟就行了。稍后,你还得陪我喝酒呐。"

　　亢保来有所顿悟道:"好,好,我叫副官去通知。"

　　在处理今天的突变事件中,王恒若亲自目睹他的学生冀镇国,镇定自若、指挥果断,条理清晰、处变不惊,时机把握得准,甚有大将之风。作为老师,自己也深感光荣和自豪。

　　此时,县政府司务长进来对王炳轩耳语了几句,王炳轩立即说:"各位,前边厨房里菜肴已做好了,问是否上菜。"

　　王恒若看了一下冀镇国,师生二人相视一笑,高兴地说:"上菜,开宴!"

八

　　为堵截王青云投奔八路军,王金祥动用二支队三个团的兵力,东起颜村铺、经白衣阁,西至王楼刘屯一线,不但有重兵把守,而且还有当地民团协查。凡十三支队的官兵,只要反抗,一律格杀勿论。

　　空中堆积着厚厚的云层,天上下着淅淅沥沥的小雨。隐藏在树丛中的战士们,衣服早已湿透了,潮湿阴冷饥饿,折磨着每一个人。

　　王青云和通信连葛连长,委身在一个破旧的瓜棚里。看着瓜棚外不紧不慢的小雨,王青云说:"不管雨水停不停,我们必须趁天黑之际,冲过金堤去,否则,后果难以设想。"

　　"跟王金祥拼了吧。"葛连长急躁地说。

　　"处境越险恶,我们领导干部就越要冷静。"王青云沉稳地说:"我们的实力太弱,根本无力硬拼,只能待机而行,千万不可莽撞。组织一下部队,天黑之后,就从马陵道口一带冲出去。"

　　"是!"葛连长冒雨向瓜棚外走去。

　　茫茫夜色,小雨不知何时已经停了。王青云、葛连长,和战士们一起,轻轻地向金堤摸去。战士们猫着腰,脚下发出"扑叽扑叽"的踏泥声,紧张警惕地向前摸索着。快要爬到堤顶了,大堤上突然站起来黑鸦鸦地一群人,并大声吼道:"举起手来,缴枪不杀,老子在雨中等你们一天了。"

　　仇人相见,分外眼红,枪声立即响起来。枪声中有人高喊:"捉活的,逮住王青云有奖。"

双方厮杀了一阵,枪声由强到弱,终于停止了,半个残月,也偷偷地从云层中钻出来了。

经过一天的风雨,小院里落了一层湿漉漉的树叶子,葡萄架上,还不时地向下滴嗒水,此时的小院里更显阴冷和压抑。

堂屋里王青云蓬头垢面,军帽也不知哪里去了,脸上还残留着血迹,衣服已被撕烂,鞋上沾满了黄泥,被反剪着双手五花大绑。

王金祥手捏烟卷,围着王青云转了两圈,冷冷地问:"王青云,你知道自己犯了什么罪吗?"

王青云鄙夷地地:"无耻,真正犯罪的是你王金祥,我王青云何罪之有?"

王金祥佯装大度地微笑着:"你说说看,我这个参谋长有什么罪?"

王青云:"你什么参谋长?你为了反动派的一己之利,挖空心思,打压我们坚持抗日的十三支队。我作为范专员委任的副司令,你有什么权利把我抓起来。你胆大妄为、无法无天,对你这些罪行,我要到范专员那里去告你。"

"告我?"王金祥把脸一沉道:"你他娘的吃了熊心豹子胆了?你伙同汪毅架空冀镇国,妄图篡夺十三支队的指挥权,这是尽人皆知的事情。我抓你是理所当然,事到如今你还在狡辩,还敢到范筑先那里告我……"

王金祥还没发泄完,胡作良和侦察连长就惊恐万状、急匆匆地走进屋里,见王金祥正在训斥王青云,就向王金祥了摆了摆手是叫他出来一趟,有要事相告。

王金祥一看他们惶恐的样子,就知道有重要事情发生,有王青云在场,不便进来,他就向院子里走去。

二支队司令把王金祥和胡作良让到东厢房,侦察连长害怕地说:"王参谋长,出大事了。"

王金祥:"出什么大事了?"

侦察连长:"姜洪源县长他……"

王金祥:"姜洪源县长怎么样了?"

侦察连长:"姜洪源县长在鄄城宴会上,被冀镇国带去的几个共党分子杀害了。"

"啊!"王金祥大吃一惊道:"情报可准确?"

"千真万确。"侦察连长说:"鄄城百姓也都知道姜洪源死了。为证实此事,当时身处现场的县大队的一个中队长,也跟着我来了,详细情况可以叫他说一说。"

王金祥:"这个中队长现在何处?"

胡作良:"就在西厢房等候。"

王金祥:"走,听他说说去。"

从西厢房出来后,王金祥嘴唇紧闭,眼里露着凶光,脸也阴冷蜡黄,身上似有一股杀气。

王金祥回到堂屋里,看着王青云仍然正气凛然、鄙视一切的样子,心中更加愤恨。他像一条即要扑食的毒蛇,慢慢地靠近王青云,瞪着血红的眼睛,突然伸出右手,对准王青云,"啪啪"就是两个嘴巴子。

王青云的脸颊受到猛击,鼻子、嘴角立刻流出了鲜血。

王金祥恶狠狠地说:"王青云,你们把姜洪源县长杀害了,我今天就要把你带到姜县长的坟前,挖出你的心肝,亲自祭奠姜县长的在天之灵。"

王青云冷笑道:"老子投身抗日,早已把生死抛在脑后。只是死在你们这些民族败类手里,特别是死在姜洪源坟前,真是玷污了乾坤正气,也辱没了我的清白,老子实在心有不甘。"

王金祥怒吼着:"快把王青云拉出去!"

卫兵们立即架起王青云向外走去。

胡作良来到余怒未消的王金祥面前说:"参谋长有一个好消息。"

王金祥:"什么好消息?"

胡作良:"另一个共党要犯汪毅也落网了,是否把汪犯也押过来,叫他和王青云一块给姜洪源县长祭灵?"

王金祥:"汪毅现在什么地方?"

胡作良:"现送押在濮县监狱。"

王金祥稍一思考说道:"传我的命令,对汪犯不必审问,立即就地枪决。"

胡作良立正答道:"是!"

第二十五章 | 恶贯满盈王金祥突然被捕
惨绝人寰日本兵疯狂屠城

一

千里金堤,岸柳含烟吐翠。河水清澈碧绿,舒缓平静,甚至不见波纹涟漪。岸边的绿柳草木、空中的蓝天白云,不知何时都跑到水面上来了。几只白鹭,毫无顾忌地把两条长腿插进水里,呆呆地伸着脖子,看似悠闲、实则是在等待猎物的到来。当地人管这种鸟,叫做长脖子老等。

歪脖子老柳树下,老渔翁光着黝黑的脊梁,高挽裤腿、赤着双脚,手里掂着理顺好的渔网,沿着岸边,精心地选择最佳位置。此时,老渔翁已将双脚站稳、扬起双臂,使劲往空中一抖,那渔网就像一朵巨大的透明莲叶,稳稳地倒扣在水面上。平静的水面立刻被打碎,那水中的蓝天白云也不知怎么就逃走了。

金堤岸边绿草丛生,几头鲁西黄牛、成群的各色山羊,闲适自在、又十分挑剔地啃食着鲜嫩的野草。远处的牧童吹着短笛,近处的小妞掐着小野花,嘴里还哼唱着当地一首"锯大缸"的民谣。

田野里,头戴破草帽的老农民在锄地。果园里,手拿干树枝的老奶奶,嘴里嘘嘘地轰赶着啄食沙果林檎的小鸟。

田间、果园、长堤、河水,此情此景不由得让人记起了一首当地民歌:说金堤,道金堤,金堤百姓有福气呀,咿儿哟,哎咳哟,哎咳哟。河里有鱼虾鹅鸭和莲藕,田里盛产高粱谷子和玉米。村东的红杏个头大,村西的鲜桃甜如蜜。七月枣、八月梨、九月的柿子红了皮,那个红了皮。咿儿哟,哎咳哟,哎咳哟。

远处,金堤岸边的小丛林里,突然出现了一面小小的膏药旗,摇摇晃晃地向前挪动着。小膏药旗后面,紧跟着一长串全副武装的鬼子兵。钢盔和刺刀上的烤蓝,在阳光的作用下,折射出缕缕刺眼的光线。这股敌人,就是从临清窜至濮城的高桥大队,为打通邯郸到徐州的黄河通道,正在按计划向范县迂回进发。

这里的地形很特殊,金堤河北不到三里地,有一道规模宏大的防洪堤,当地人称之为"秦皇堤",据说是当年秦始皇下令修筑的。此时,六支队侦察连长王山虎,正带着战士们隐蔽在秦皇堤下的草丛里,密切注视着鬼子的行踪。从行动方向上看,这股鬼子很有可能进攻范县。王山虎感到敌情重大,必须马上向上级报告。于是,就安排副连长继续监视鬼子的行踪,自己带上两个战士,立即向支队司令部奔去。

二

光岳楼西北角专署大院内外,和往常一样,不断地有着灰色、黄色军装的军人和穿中山装的工作人员进进出出。细心的人会敏锐地感到,今天大门口的警卫人员较前有了增加。

张郁光、姚弟鸿、赵伊坪等,表情凝重、冷峻地相继走进专署大院。之后,袁仲贤、何方、赵健民、张维翰等也向大院走来。

李士超左臂挟着一卷当天刚出版的《抗战日报》,右臂跨着一架德国禄莱相机,和主编齐燕铭等,一路不断地和熟人打着招呼,也急匆匆地向专署大院里走去。

王金祥表情沮丧地走近专署大院,少了往日盛气凌人的傲慢,情绪极为低沉。他平时对督察署内外照壁上的"良心"二字就十分厌恶,觉得那两个大字就像一束强烈的太阳光,照的他睁不开眼睛,刺的他两眼发黑、心里冰凉。所以,每次出入专署大院,他就有意避开"良心"二字,今天则更是如此。

警卫连长刘洪涛见王金祥进了专署大门,正准备向小会议室走去时,就热情地迎上去打招呼:"王参谋长,你也来开会呀?"

王金祥知道刘洪涛平时很少跟他打招呼,今儿怎么突然热情起来了。于是,就不屑地应付道:"不是范司令通知开会吗?"

刘洪涛笑着道:"是啊,今儿开会。"

王金祥欲绕开刘洪涛仍向小会议室走去,发现孟秘书突然出现在前面。孟秘书说:"王参谋长,里面有份要件,需要您本人签字。"

王金祥愣了一下说:"什么要件?"

"我也不清楚。"孟秘书给王金祥让出道来,右手向屋里一指。

王金祥不再言语,随着孟秘书疑疑惑惑地走进秘书室。

刘洪涛也跟在王金祥身后进了秘书室,并迅速地转身,"咣当"一声关上了屋门。

进屋后,王金祥立即有一种不祥的感觉,抬头一看,眼前站着四个全副武装的警卫战士。此时他才意识到事态的严重性,脸色也变得蜡黄了。但王金祥毕竟是见多识广的军界老油条,他强压着内心的慌乱,故作镇静地说:"孟秘书,什么要件需要我签字啊?"

刘洪涛立即拿起桌子上范筑先签发的逮捕证,举到王金祥面前。

王金祥一见逮捕证,立即傻了眼,四肢也颤抖起来。

正在王金祥害怕又发呆的瞬间,早有两个高大的警卫战士,拿出铮亮、冰凉的手铐,"咔嚓"一声,锁住了王金祥的双手。

王金祥晃着膀子,挣扎着、反抗着喊道:"你们要造反啊!"

刘洪涛冷冷地说:"王参谋长,我们是奉命行事,请你配合一下。"

王金祥哭丧着脸,不再吭声了。他心里明白,此时,再说什么也没有用了,只好无奈地低下了头。

聊城专署小会议室,范筑先端坐在主席台上,低头在小本子上写着什么。左边是张郁光、袁仲贤、赵伊坪,右边是张维翰、齐燕铭、姚弟鸿,都正襟危坐、表情严肃深沉。

会议室里早已坐满了人,会前气氛,却与往常大不相同。没人相互打招呼,也没人交头接耳。会场里寂静沉闷,人们心里都有一种莫名的压抑感。

《抗战日报》的记者李士超,悄悄地把报纸分发给会场内的人,这也多少缓和了一下会议室似乎凝冻了的气氛。

戴着近视镜的孟秘书,腋下挟着一个文件夹,文质彬彬又沉稳淡然地来到会议室。

范筑先抬头看了一眼孟秘书,两人的目光刚一碰撞,范筑先就知道刘洪涛的警卫连,已把王金祥禁闭了。脸上沉重的表情,也慢慢地有了舒展,悬着的心,也总算放下了。他神态安然地看了看会场,又向左右看了看张郁光、袁仲贤、赵伊坪、张维翰他们,然后,才郑重地宣布:"现在开会!"

王金祥杀害十三支队政治部主任和副司令王青云后,还惨绝人寰地扒开他们的肚子,取出心肝,在姜洪源坟前为其慰魂祭灵。王金祥这种凶残的暴行,早已传遍了各支队,大家群情激奋,怒不可遏,盼望范筑先早作处理。而范筑先迫于各方压力,迟迟未作出决断,为此人们都很有情绪。特别是十三支队、十支队、六支队的广大官兵,心里都憋着一肚子气。刚才范筑先一宣布开会,人们就把目光集中在主席台上,盼望着能有些振奋人心的好消息。

范筑先合起小本子说:"大家有的可能已经知道了,为提高总队的战斗力,十几天前,我们组建了一支抗日突击队。"范筑先看着坐在会场里的赵健民、刘勇、黄龙飞说:"这支抗日突击队,是以六支队为基础组建的。由于狠抓了与实战相结合的艰苦训练,官兵的身体素质、军事素质、杀敌本领,都有明显的提高。为此,司令部决定,各支队也要组建自己的抗日突击队,以确保战场上取得胜利。"

范筑先讲完后,与会人员都以钦佩羡慕的目光,注视着赵健民、黄龙飞和刘勇。由于刘堤口全歼鬼子工兵小分队,阳谷县收拾卞氏两兄弟的骄人壮举,他们也早已成为大家心目中的英雄了。

范筑先又掀开小本子说:"据六支队侦察连,十支队和馆陶等地传来的报告,发现鬼子高桥大队已离开临清,顺着漳卫河东岸向南运动。这证明鬼子另有新的图谋,希望引起大家注意。部队要随时准备打仗,要保证拉得出去,打得响,打得赢……"

刘洪涛伴着六支队侦察连长王山虎突然出现在小会议室门口,见范筑先司令正在讲话,二人稍一踌躇,觉得不便冒然进去。

坐在会议室门口的孟秘书见状,知有要事禀报,就立即迎出去,三人紧张的耳语后,孟秘书就带着刘洪涛和王山虎马上走进了会议室。

范筑先见状立即停止讲话问:"有事吗?"

王山虎向会场看了看,没有马上回话。

范筑先很理解王山虎的心理,就说:'今天是总队军官会,正在分析敌情,有什么事,你放心说便是。'

王山虎说:"我们六支队侦察连发现,鬼子联队长高桥,率三百余名鬼子从濮县出发,经马陵道和十字坡沿金堤南岸正偷偷地向范县进发。我们认为,鬼子很可能对范县有什么图谋,为不至贻误战机,我特来聊城,向长官报告敌情。"

听完王山虎的敌情通报,人们都很震惊。大家不约而同地把目光集中在范筑先身上。

范筑先听到敌情,虽感到意外,但并未惊慌。他略一沉思,就对身边的袁仲贤、张郁光小声说:"鬼子高桥带三百多人窜犯范县,光凭县长周子明手下几十个人的县大队,根本没法对付鬼子的机枪、大炮。我们必须马上增援周子明,范县百姓才能免遭涂炭。具体行动方案,咱们稍后再行商量。"

袁仲贤、张郁光听后,都点头表示同意。

范筑先面对会场,委婉地说:"当前的敌情,刚才大家都听到了,各支队回去后,马上做好战斗准备,待命开拔。散会。"

从前,范筑先只要一宣布散会,人们会马上站起来,说说笑笑地离开会场。而今,大家想知道的事情,范筑先却一句也没讲,心里就难免有些失望。赵健民、黄龙飞、姚弟鸿、张维翰等人,仍坐在板凳上没动弹。大部分人仍端坐在原处,不肯马上离去。

范筑先看到这种情况,心里有些惊异和迷茫,一时弄不清怎么回事。

张郁光早已料到了出现这种尴尬局面的原因,就急忙凑到范筑先面前小声的"叽咕"了几句。

范筑先醒悟地一点头,站起来说:"噢!对不起大家,因突然发生了紧急敌情,该讲的事情竟忘得一干二净,看来我是真的老了!"范筑先继续说:"我知道,大家对王金祥凶残地杀害王青云、汪毅这两位十三支队的领导人,心里非常愤恨,强烈要求总队司令部对凶手王金祥予以严惩。应该说,大家的呼声和要求是对的,我本人表示大力支持。现在我明确告诉大家的是,开会前几分钟,王金祥已按军法逮捕,现在关押在禁闭室,听候审讯。"

"杀人偿命、欠债还钱,枪毙王金祥!"会场里不知谁喊了一声,不少人也跟着呼喊起来,范筑先拍了拍手中的小本子严肃地说:'王金祥无法无天,疯狂的滥杀无辜,手段之残忍,令人发指,理应受到军法严惩。但,我们一定要按程序办事,对前因后果,审清查明,该如何处置,就如何处置,绝不姑息养奸。可如今大敌当前,我们先把王金祥关押起来,等把窜犯范县的鬼子消灭后,再回来好好的审判王金祥。"

三

聊城专署大院里,全副武装的军人,一队一队地进进出出,通信兵也前前后后地跑来跑去。大院西侧,有几匹战马"咴咴"地嘶叫着,战士们正往马背上放鞍鞯,整个大院里都呈现出重大行动前的紧张气氛。

范筑先办公室的正面墙上"还我河山"的横幅,此时更给人一种神圣庄严、气壮山河的震撼。

范筑先着装整齐,军帽上佩有一枚青天白日帽徽,脖颈衣领上佩有少将军衔,帽沿下两只炯炯有神的大眼睛,宛如电光雷火,更显得威武雄壮。举手投足,都彰显着老将军身经百战、沉稳坚毅的大气和风骨。

范筑先看着面前的警卫连长刘洪涛说:"洪涛啊,我已经说过了,这次打范县,你就不要参加了,你留在聊城的任务也很重。注意,王金祥在关押期间,任何人都不能会见,这一点你一定要注意。"

刘洪涛:"这个我明白,前线的情况千变万化,我主要是担心范司令您的安全。"

范筑先感激地一笑说:"这个你就别担心了。鬼子三百来人,而我军有两千多人,再说,我身边还有凌作善、肖守俭、袁仲贤他们,你呀,就放心地留守聊城吧。"

"好吧。"刘洪涛打了个敬礼,然后,离开了范筑先办公室。

范筑先以赞许的眼光,目送着刘洪涛,心里对这位年轻人,充满了无限爱意。然后,转身抓起墙上的皮带,边束腰边喊了声:"作善!"

凌作善听到喊声,立即出现在门口。

范筑先:"都准备好了吗?"

"都准备好了"凌作善回答。

"好,立即出发!"

"是!"凌作善急忙转身,到马厩牵马去了。

范筑先把手枪别在腰间,回头看了一眼自己书写的"还我河山"四个大字,转身正要迈出门槛,抬头一看,李树椿这个不速之客,竟像幽灵一样出现在面前,这使范筑先既惊讶又厌恶。

自从李树椿出任聊城行辕主任后,在一系列问题的处理上,总让范筑先感到很别扭,心里不舒服,也不想见到他,可李树椿却经常不请而到。范筑先出于礼貌,却又不能不理睬他。此时,范筑先忍着内心的焦躁和厌恶,应付道:"哎!李主任,这时候来了,有事吗?"

一向圆滑刁钻又十分谙熟官场应付的李树椿,对范筑先的心理状态是很清楚的。只好放下行辕主任大员的架子,尴尬地微笑着说:"听说范专员亲率部队赶赴范县战场,树椿能不前来送行,预祝竹仙兄战场取得胜利吗?"

范筑先听到这种即虚伪寡淡又一文不值的官场套话,心中虽厌恶至极,但表面上只能强忍怒火说:"筑先东跑西颠惯了,就不劳李主任送行了吧。部队已经出发,李主任若无重要指示,筑先就先走一步了!"

李树椿很了解范筑先的性格,知道这老头说得出,就能做得到。怕范筑先甩下自己真的要走,就索性一腚坐在椅子上说:"竹仙兄,别急吗?"

范筑先见李树椿要起了无赖,就冷漠无奈地说:"李主任,有什么事,你快说吧,鬼子正在范县烧杀抢掠,我先头部队即将到达,筑先实在没工夫陪你闲聊啊!"

李树椿自己也觉得此时不应再缠磨范筑先了,于是就明知故问地说:"哎,竹仙兄,此次去范县打鬼子,王金祥参谋长咋没去啊?"

范筑先一愣,这才意识到,李树椿这小子是为王金祥而来。他气愤而不屑地瞥了一眼李树椿说:"噢!王参谋长啊,他去了应该去的地方。"

李树椿紧追不舍地问:"那,那,那王金祥参谋长究竟到哪儿去了?"

范筑先一脸正气,冷峻地说:"李主任,你是明知故问啊,还是另有别的什么意思啊?"

李树椿一脸无辜地说:"噢!竹仙兄,王金祥去了何处,树椿委实不知啊!"

范筑先:"如果李主任真的不知,筑先现在就明确地向你报告,王金祥犯行凶杀人罪,已被禁闭起来了!"

李树椿:"啊!这怎么可以!"

范筑先:"怎么不可以,对一个无法无天的杀人犯来说,这已经够客气的了。"

李树椿再也掩饰不住了,他气急败坏地说:"不行,你必须马上把王参谋长放出来!"

范筑先并不回应李树椿的嚷叫,此时,凌作善急忙来到门口说:"范司令,出发的时间已到,请您立即上马。"

范筑先心想,凌作善这个沂蒙山的孩子,还真有些心机,很会看火候。然后对李树椿说："李主任,你也听到了。筑先军务在身,前方十万火急,今天就不奉陪了。"之后,快速离开了办公室,跨上战马,出了专署大门。

李树椿瞪着愤怒的小眼,目瞪口呆地看着范筑先和凌作善骑上战马飞驰而去……

四

聊城西堤口外,有一条经五里屯去莘县范县的黄土官道。官路北有一片开阔地,青年抗日挺进大队正在这里进行投弹训练。大队长范树民、参谋长何方亲临现场,指导队员们训练。

范树民的眼睛直直的,有点走神,心里好像在琢磨什么事。他突然扭过头对何方说:"何参谋长,咱挺进大队不能光干巴巴的训练了。"

何方很感兴趣:"噢!大队长,你觉得怎样才不干巴巴的训练呢?"

范树民:"总队近期准备攻打侵入范县的鬼子,我看,咱应该拉到前线去锻炼锻炼。"

何方稍一迟疑道:"这恐怕不妥吧!"

范树民:"有啥不妥?"

何方:"范司令一再叫咱专心训练,他能批准吗?"

范树民:"经过半年多的艰苦训练,队员们的射击、投弹、刺杀格斗等技能都有大幅度提高,他还能不叫咱参战啊!"

何方:"不一定!"

范树民:"没问题。咱先把队伍集合起来等着,范司令反正得从这里经过,请示一下再说。"

何方不置可否地摇头,没再说什么。

范树民立即命令耿大山把队伍整理好,整齐地站在官路北边等待着。

范树民此时特别兴奋,站在队列前高兴地说:"弟兄们,我们天天苦练射击、投弹等军事技能,其目的是什么?"

"为了上前线杀敌人,把鬼子赶出中国去!"战士们情绪饱满地回答。

"好,回答的很好。"范树民说:"等一会范司令从这儿路过的时候,我们就要求他批准我们上前线,大家说好不好哇?"

"好!"队员们异口同声地大声回答。

"来了,范司令来了!"一班长耿大山惊喜地喊。

大家扭头往东一看,西堤路上出现了七八个骑马的军人。

西堤路上,范筑先、孟秘书、李士超、肖守俭、凌作善等都骑着战马,颠颠地向西南驶来。当他们来到挺进大队的时候,范树民立即向前两步来到路中央。

凌作善、李士超、孟秘书见此阵势,立即滚鞍下马,范筑先则一脸严肃地稳坐在马背上。

范树民对着范筑先"咔嚓"一个立正。

范筑先冷冷地道:"为什么挡在大路中央?"

范树民打了个敬礼说:"报告范司令,我们青年抗日挺进大队的弟兄们一致表示,坚决愿意跟着范司令一起去范县,参加打鬼子的战斗。"

范筑先看着这些青涩、稚嫩的热血青年,心里是又好气,又好笑。他摇摇头,只好从马上下来说："好啊！你们这些青年人，积极参战，打鬼子的决心和精神，是很好的。我很高兴，也表示坚决支持。但是，你们必须先回答我几个问题：你们现在是普通老百姓啊，还是抗日军人哪？"

"我们是抗日军人。"

"好，回答的很好。"范筑先继续说："我再问问你们，你们既然是军人，那么，军人的天职是什么？"

"服从命令听指挥。"

"回答的很好。"范筑先面露满意地说："之前，我曾说过，你们很年轻，要想打鬼子，报效国家，今后有的是机会。到时候一定会把你们拉到前线去，可现在不行。"

听范筑先这么一说，范树民和队员们，立即象霜打的树叶——蔫了。

范筑先重新骑上战马，回头对范树民和何方说："我命令你们，立即把队伍拉到训练场去，按原定科目，马上进行训练。"

范树民明显有些情绪，何方立即给他递了个眼色，并对耿大山说："一班长，立即把队伍拉回训练场去。"

"是！"耿大山立即把队伍带走了。

范筑先一抖缰绳说了声："出发！"

凌作善、李士超等也立即上马，向范县方向快速奔去。

五

浓云蔽日，天色如铅。李树椿办公室的光线本来很差，现在就更加阴沉、晦暗了。

李树椿凭着自己是省政府驻聊城行辕主任的身份，本想很轻松地把王金祥杀害王青云、汪毅的事了结了。可结果不但没达到目的，反而在范筑先面前碰了一鼻子灰。心中很恼怒，可又没地方发泄，只好耷拉着脸坐在太师椅上，一根接一根的抽起了闷烟。其心情之灰暗，如同窗外的天空。

房门突然一响，身着便衣的柯劲根迅速地钻进屋来，气喘吁吁地一腚坐在了李树椿的对面。

李树椿习惯的把烟盒扔过去问："怎么样，打听到一些情况吗？"

柯劲根点着烟，狠劲吸了一口说："范筑先敢下决心逮捕王参谋长，完全是张郁光、袁仲贤，姚弟鸿、齐燕铭、赵健民那伙共党分子撺掇挑唆的，还嚷嚷着杀人偿命、欠债还钱。

李树椿紧绷着嘴唇，阴毒的小眼睛放射着凶光。手里掐着半截烟卷，在阴暗的屋子里慢慢地走动着。

柯劲根只顾吸烟，不再言语。他知道，此时的李树椿正在想点子找办法，希望能化险为夷、转危为安。

良久，李树椿把半截烟卷使劲一扔说："范筑先这个老糊涂虫，性情太软、没有主心骨。他总是把张郁光、袁仲贤这些人，当作膀背、示为肱股。他甚至公开说，军事上有袁仲贤、政治上有张郁光、文宣上有齐燕铭。这三人是聊城的台柱子，他还把赵健民这样的学生兵，看做是最有发展前途的青年军官，称其为'五虎上将'，还说是眼前的'活赵云'。"

柯劲根呆呆地听着，稀里糊涂瞎点头。

李树椿："如果这几个人硬逼着范筑先枪毙王参谋长,那么,王金祥的小命,可就危在旦夕了。"

柯劲根惊恐地说:"啊!有这么严重吗?"

李树椿："事态很严重,情况很危急。范筑先已喝了共党分子灌的迷魂汤,连起码的礼仪都扔掉了。今天,他竟把我一个人扔在办公室,自己气哼哼地跨上马就走了。"

柯劲根一愣:"范筑先以前可不是这样的。"

李树椿："我本人受点羞辱事小,这说明范筑先对我们这些人,已经失去了信心,并且是非常愤恨。"

李树椿从桌子上又一把抓起了香烟盒,抽出了一支。

柯劲根不失时机地划着了火柴,给李树椿把烟点着。

李树椿一反常态,从烟盒里拿起一支烟,亲自递到柯劲根手里说:"柯局长,你也吸一只嘛。"

柯劲根受宠若惊,急忙双手接过烟。

李树椿边吸烟,边意味深长地说:"柯局长,自打我来聊城后,你对我的工作始终是大力支持,这一点我心里是非常清楚的。"

柯劲根心里也很清楚,只要李树椿一说夸奖人的话,准会派给你新的工作任务。于是就爽快地说:"李主任,咱们谁跟谁呀,都是自己人嘛,有什么需要我的地方,您尽管说就是。"

李树椿："范筑先这个人既刚愎自用,又老气横秋,他心里只有共产党分子,根本没把我们这些人放在眼里。这就是说,在关键时刻连我这个行辕主任也钳制不住他。"

柯劲根点头说:"李主任,您要是制伏不住范老头子,聊城就更没有第二个人能压制他了。"

李树椿："是啊,要想把王金祥参谋长救出来,现在只能找省政府主席沈鸿烈了。"

柯劲根:"沈主席可是远在曹县哪!"

李树椿："为了救出王参谋长,即便再远,也必须得去。我现在就给他写一封信,你派个可靠的自己人,马上跑一趟。"

柯劲根:"行,这个事好办,请李主任放心吧。"

李树椿："你办事,我倒是放心,但,行动要快、要迅速。必须赶到范筑先回聊城之前,把沈鸿烈主席的亲笔信,拿到手。"

柯劲根稍一沉思说道:"行,没问题!"

李树椿："事不宜迟,柯局长,你马上派人去吧。"

"是!柯劲根一脸的郑重其事,起身要走。

"等一下。"李树椿叫住柯劲根说:"柯局长,范筑先的警卫连里有咱们的人吗?"柯劲根只轻轻地点点头,没有直接回答。

李树椿凑近柯劲根,二人神秘地"叽咕"了几句后说:"好!柯局长,你就抓紧行动吧,其他事情由我来办就行了。"

此时,柯劲根倒没有马上要离开的意思了。

李树椿有些不解地问道:"柯局长,还有什么事吗?"

"倒没什么大事。"柯劲根不慌不忙地说："范筑先对警察局一向不大重视,给我们的任务却很重。我枪支弹药、薪饷十分短缺,对完成任务也就非常的困难。"

李树椿立刻明白了柯劲根的意思,心里骂道:他娘的,都是些白眼狼,平时看着你还算温顺,可关键时刻却不拉套,也想趁机敲老子的竹杠,真他妈的不是东西。可转念一想,如今王金祥在押,胡作良调到下边支队,姜洪源已死,身边也只有柯劲根可用,这种时候,无论如何,再也不能失去柯劲根了。想到此,他痛快地说:"柯局长,这事你为啥不早说啊。沈鸿烈主席头几天告诉我说,最近武汉中央政府拨给山东一批武器弹药,还有为数不少的活动经费。沈主席不想给范筑先,你马上写个申请,我签个字,叫沈主席最近拨给你就行了。"

柯劲根立刻眉开眼笑道:"谢谢李主任,我这就差人去办。"

六

张郁光和袁仲贤一样,两个人都是少将军衔的参议,可张郁光却始终在政干校办公。

此时,办公桌上放着几封来信,张郁光严肃认真地阅读着每封来信。

齐燕铭手里拿着一沓子稿纸,一边敲着门,一边就进了屋。看到张郁光聚精会神的样子,就问道:"看什么哪? 客人来了也听不见。"

张郁光手中仍拿着信纸,示意齐燕铭坐下,然后说:"燕铭同志你看看,几天来,这样的群众来信已收到了二十多封。"

"什么来信啊,让你这样气愤? "齐燕铭问。

张郁光:"都是控告王金祥的,大家一致要求枪毙他。"

齐燕铭:"民心不可欺,民意不可违啊! 当杀不杀,逆贼乃发。"

张郁光放下手中的信件问:"齐大主编有事吗? "

齐燕铭:"是啊,别看在一个院里住着,我可是无事不登三宝殿。"他把手中的稿子放到张郁光面前说:"这是下边县里和各支队官兵寄来的稿子,内容一样,也都是声讨王金祥的,强烈要求严惩杀人凶手。这些稿子有些编辑坚持要求见报,我有点拿不准,弄不好,会给领导添乱的。这不,我来就是想听听您的意见的。"

张郁光:"大家的心里都很气愤,可作为报纸,我看,还是稳一点好。现在范专员转战在范县前线,这个事啊,我看还是等他回来再说吧。"

"也好。"齐燕铭应和着。

张郁光:"燕铭,还有一件事,我觉得也很蹊跷。"

齐燕铭:"什么蹊跷事啊? "

张郁光:"从前,范专员只要到外地去,无论打仗还是另有什么公干,除凌作善和孟秘书外,警卫连长刘洪涛也都一块去。可这次去范县打鬼子,范专员却把刘连长留在家里,专门负责看管王金祥。"

齐燕铭:"这只能说明范专员对王金祥一案的重视,也没什么蹊跷的啊! "

"你听啊。"张郁光说:"昨晚半夜一点,到今儿凌晨四点,竟有两拨不明身份的黑衣人,企图翻越专署大院的高墙,去解救王金祥。在刘洪涛的高度警觉下,识破了这些人的阴谋,及时赶跑了坏人,这事有些蹊跷吧? "

"嗯,是有些蹊跷。"齐燕铭说:"我认为范专员特意把刘洪涛留下,这说明,他已预料到了,有人趁他不在家,会在王金祥身上做文章。"

"好,分析的很对。"张郁光有些忧虑地说:"礁石遍布、暗流汹涌。范专员在前线打鬼子,还要防着内鬼在家里作乱哪!"

张郁光:"刘洪涛怕有人劫持王金祥,他建议将王金祥转到监狱里去。我们几个人早晨研究了一下,决定原地关押,否则,很有可能会中人家的阴谋诡计。"

齐燕铭赞同的点点头说:"好,分析的对啊!"

七

范县城南金堤河上,有座年深日久的小木桥。堤北岸桥头旁,有一间用黄泥垒起来的小草房,屋前用秫秸杆和木棍搭起一个小棚子,一对古稀老夫妇在这里经营着一个小摊子。荆条编制的一个小挎蓝里,只有少许几块黑色梨膏和几盒劣质烟卷。

满头白发的老奶奶,坐在一个用麦秸莛拧成的墩子上,两只手缓慢地掐编着草辫。老爷爷手里拿一杆旱烟袋,偎坐在土墙根,闭着眼睛,昏沉沉的打着盹,棚子边上还卧着一只无精打采的老黄狗。

金堤桥头,虽时有推车挑担的汉子从此路过,可大都脚步匆匆,没人在这里停留。

人们几乎天天都见二位老人在这里出摊,却没见有人来买东西。出摊收摊,似乎成了老人生活中不可缺少的一部分,能否赚钱,老人好像并不去考虑。这里没有激情和热闹,却有一种难得的宁静、淡然,舒心和闲适。

金堤岸边,摇动的芦苇丛中,慢慢露出一个王八盖似的绿色钢盔,紧跟着后面是刺刀挑着的一面小膏药旗。再后面是大批的鬼子,就像刚出生的蛤蟆蝌蚪,嘟嘟噜噜地从芦苇丛里钻出来了。

闭眼假寐的老黄狗,虽已垂暮之年,却始终没忘自己的职责所在。凭其灵敏的嗅觉,他意识到有一种危险,正在逐步地靠近。于是就睁开老眼,从未见过的膏药旗和闪亮的钢盔,映进了它的眼帘。他没有犹豫、没有迟疑,立即大声嘶叫着向鬼子扑过去。

领头的鬼子还没反应过来,挂在刺刀上的膏药旗,就被老黄狗撕扯下来了。

老黄狗撕心裂肺的嚎叫声,立即惊动了棚子下边的老夫妇。老头恐怕伤了路人,抄起粪叉子就去追打老黄狗。老太婆也摇摇晃晃地从草墩子上站起来,想看看发生了啥事,而手中扔掐着草辫。

鬼子原本想偷偷摸摸地进城,却不料被老黄狗发现,并扑上来撕掉了膏药旗。之后又见老头掂着粪叉子跑过来,惊慌失措的鬼子竟惨无人道地向老头开了枪,枪声起时,老头就趔趔趄趄地栽倒在堤坡上了。

老奶奶见老头摔倒了,就挪动着小脚急忙去拉老头,她刚来到老头身边,就又被迎面射来的子弹打倒了。

老黄狗的腿已经受了伤,见两位老主人都倒在堤坡上,就忍着剧疼,一颠一拐的来到主人面前守望。

一个气急败坏的鬼子见状,狞笑着对老黄狗说:"八嘎!你他妈对主人倒是挺有忠心的,好!老子就成全了你。"说着,就连开三枪,老黄狗当场被打死了。刚才还鲜活着的三条生命,转眼间就成了侵略者枪下幽幽西去的冤魂了。

接连不断的枪声,使小城的民众万分惊恐。孩子的哭闹声、大人的喊叫声、男女老少逃命的呼喊声以及鸡飞狗叫声、店铺的关门声、盆碗的摔碎声、东街学校"当当当"的敲铃声混成了一片,一时间小城陷入到了惊慌失措、混乱不堪的境地之中,犹如世界末日来临。

此时,范县县大队正在北城墙里边的一块空地上,进行战术训练。听到城外响起了密集的枪声,就知道发生了重要情况。大队长段守忠,立即命令停止训练,带着队伍就向城门外跑去。只见大批鬼子正从城门向东涌来,段守忠率先向鬼子开了枪。队员们也占据有利位置向敌人扣动了扳机。但终因敌众我寡,弹药奇缺,再加上县大队从未打过仗,根本无法和装备精良的鬼子抗衡,只好边打边退,最终撤出了小北门。

县大队在东门外和县长周子平带出来的政府机关人员会合了。

小北门外一条干涸的水沟里,周子平对县大队长段守忠说:"段大队长,你现在立即派人,将我们的情况和处境向上级进行汇报。另外要组成一个加强班,一律着便衣,从小北门潜回县城,及时把鬼子的兵力部署和活动情况送出来。"

"是!"段守忠果断地说。

鬼子兵见县城里已没人再敢抵抗,就灭绝人性的到处乱闯,疯狂地烧杀抢掠起来。

南小街的一处破磨房里,十六岁的姐姐秋芬和十二岁的弟弟谷雨正在推磨。"呼呼噜噜"的磨面声,使他们很难听到外边的动静,也无从知道发生了什么。当他们推磨转到门口时,看到人们惊惶害怕,拼命喊叫着乱跑时,才本能地感觉到出事了。姐弟俩立即放下手中的磨棍,胆战心惊地来到磨房门口看动静。见大批的鬼子正端着明晃晃的刺刀快速的冲过来,姐弟俩见此情景,自知已无路可逃,只好又缩回到磨房里。

非常不幸,姐弟二人还是被鬼子发现了,鬼子饿狼似地嚎叫着,魔鬼般地浪笑着奔向磨房道:"花姑娘,花姑娘的干活。"

躲藏在磨盘后边的姐弟俩,吓得筛糠似地哆嗦着,相拥着、紧紧地蜷缩在一起。

磨房门口传来了鬼子们"嘎吱嘎吱"的皮靴声,紧接着几只大皮靴就走进了磨房。鬼子们,淫声浪气地喊:"花姑娘,你在哪里? 赶快出来,慰劳慰劳皇军的干活。"

磨房里光线很暗,刚闯进来的鬼子除了石磨和磨盘之外,几乎什么也看不见。鬼子就顺磨道瞎摸索,大皮靴踩住了谷雨的脚,谷雨疼得一哆嗦。鬼子定睛一看,见姐弟俩偎缩成一团,就惊奇的喘着粗气,馋涎欲滴地说:"花姑娘,花姑娘找到了。"

一听说花姑娘找到了,门外的鬼子也一起惊呼着往磨道里挤,争相摸弄秋芬的脸蛋和衣服。

面对鬼子的野兽行径,姐弟俩拼命地反抗、躲避挣扎着。

此时,一个满脸胡碴的鬼子小头目挤进磨房大骂道:"八嘎! 通通地滚出去,到外边排队慢慢的来。"

小头目见鬼子兵都去磨房外排队去了,就急不可耐地扒下黄皮军装,随便往磨盘上一扔,恬不知耻地解开皮带,闪着淫荡的凶光,恶狠狠地向秋芬姑娘扑来。

秋芬和谷雨姐弟知道灾难已降临,两个人边哭、边死死地抱作一团。

胡碴小头目见谷雨挡了他的路,误了眼前的好事,就双手掐着谷雨的双肩,一只脚踩着秋芬的大腿,猛一使劲,"扑啦"一声就把姐弟俩给分开了。然后使劲一扔,把谷雨摔倒了墙角里。

谷雨头上摔出了血,疼痛难忍,他听到姐姐秋芬拼命地叫骂声。急忙抬头一看,见肥猪似的鬼子小头目,已把姐姐的衣服撕掉,然后凶狠的压在姐姐身上,秋芬则拼命的用手抓挖鬼子的脸。

谷雨挣扎着站起来想去救姐姐,可刚一动身,就被等候在门口的鬼子拽回来了。紧接着几只大皮靴照准谷雨的肚子狠狠地踹,另有两个鬼子举起刺刀,对准谷雨的胸膛一阵猛扎,谷雨就再也不动弹了。

磨房里传出秋芬的叫骂声,"扑扑腾腾"的撕打声,门口排队等着的鬼子兵,竟会意地浪笑着。

秋芬的爹名叫牛二,是一个推车卖枣糕的(当地叫枣莓),看到街上一乱,知道鬼子进了城,就急忙收摊回家了。到家一看,知道两个孩子推磨还没回来,心里就有些着急、害怕,放下车子就慌忙往磨房里跑。他气喘吁吁地刚拐进小南街,就看见儿子谷雨已倒在磨房门口的血泊里,旁边还站着几个鬼子,磨房里传出女儿秋芬的尖叫声。此情景,立即使牛二火冒三丈、怒气冲天。他心里明白,两个孩子已遭劫难,此等弥天大仇,作为人父,他知道自己此时应该做什么。他看见身边的矮墙上有几块半头砖,就急忙偷偷地抓在手里。

磨房门口排队的鬼子,只顾伸着耳朵贪婪地听磨房里的动静,光等着寻欢作乐了,根本没想到此时会有人敢到这个地方来。

浑身燃烧着复仇怒火的牛二,迅速地蹑摸到磨房门口,举起手中的砖头,照准鬼子的脑袋,用尽平生之力"砰砰"的砸下去,两个作恶多端的家伙,一声没吭就瘫倒到地上了。

另几个鬼子发现情况不妙,立即转身向牛二开了枪。

牛二倒在了血泊之中,他瞪着仇恨的眼睛,挣扎着想爬起来,鬼子见状,又连续向牛二开了几枪。牛二含恨倒地,终于没能再爬起来。

范县东西两条大街上,鬼子们仍在疯狂地烧杀抢掠着。有几家店铺的门板已被砸开,有的燃起了熊熊大火。人们还在拼命地奔跑,狗在惊恐地嚎叫。在这场空前的屠城劫难面前,只有一个人表现的与众不同,这就是痴呆人傻保。傻保一脸灰黑,浑身油污,蓬乱的头发向上扽挲着,沾满了油污和草屑。一年三百六十五天,傻保的身影几乎都会出现在小城的某一个地方。

鬼子进城时,所有人都在拼命地逃跑,只有傻保一如既往地无忧无虑,还乐呵呵地跟在鬼子后面看热闹。当看到鬼子凶狠地放火杀人时,傻保沉睡多年的某种脑细胞似乎突然被激活了,人类本能的正义也苏醒了。傻保一反常态,竟勇敢地和鬼子撕打起来,他横在准备杀人的鬼子刺刀面前,用身体挡住了鬼子的枪口以掩护众乡亲逃跑。嘴里还愤怒地"哇啦哇啦"地喊着什么,并伸手去夺鬼子的刺刀。

傻保的惊人壮举,让正在杀人的鬼子们为之一惊。一个鬼子小头目鄙夷地狞笑着:"八嘎!你们有头脑的中国人,都吓得屁滚尿流,你这个痴呆的傻小子竟敢效螳臂挡车,拦住皇军的刺刀。好的,那就送你去天堂吧。"小头目一摆手,旁边的鬼子用几把刺刀凶狠地刺进了傻保的胸膛,傻保倒下了,胸口和油腻的裤腿里还往外流淌着鲜血。

大街上一片狼藉,被烧毁的房屋、余火残存,仍呼呼地冒着烟。街口抱厦下,横七竖八的躺着十几具尸体,其姿态形状,令人惨不忍睹。

小巷里，三个鬼子正在追赶一个乡下进城卖水果的女人，香甜的大黄杏撒了一地，盛杏的柳条筐子，被鬼子踢得到处乱滚。三个鬼子最后将这个卖杏女子逼到老监狱西边的一间房子里，女子脸色蜡黄，喘息着，上气不接下气瘫倒在地上，已经没有了任何反抗能力。三个鬼子疯狂地将其多次轮奸，兽性发泄完之后，见女子仍在昏迷中，就挥起屠刀，惨无人道的将女子的双乳割下来，血乎乎的摔在女子的脸上。鬼子惨绝人寰的暴行，实在令人切齿、使人发指。

第二十六章 身先士卒老英雄冲锋陷阵
丢盔弃甲小鬼子狼狈逃窜

一

阳谷通往范县的黄土官道上,袁仲贤亲率一团的兵力,快速地向前行进着。

从朝城去范县的大车路上,赵健民带着突击三团,分两路纵队,迅速地向前奔跑着。

范筑先、凌作善、李士超等,骑马向前飞驰。

黄昏已悄悄降临,晚霞绚丽的色彩,也逐渐暗淡下来。秦皇堤外大部分村庄,都住上了从各地赶来的抗日队伍。鲁西抗日游击总队司令部,就临时设在村西的一处大场院里,门口有哨兵站岗。

夕阳西下,准备参战的各部队长官,有的骑着战马、有的骑着自行车、有的徒步,都先后进了司令部大院。院里的几棵树上,拴着各色战马,靠墙停放着多辆自行车。暮色浓重,司令部的三间土房里,已掌上了油灯。赵健民、黄龙飞、蓝春河、刘佩之、林金堂、郑左恒等各部队的长官,都已准时来到。

油灯下一个破旧的方桌旁,范筑先和袁仲贤正在轻声说着什么。

凌作善、孟秘书、随军记者李士超,也挤在靠门口的另一条凳子上。

范筑先见与会人员已经到齐,就指着面前一个文质彬彬的年轻人说:"向大家介绍一下,这位就是范县县长周子平。"

与会人员都把目光投向这位眉清目秀、留着偏分头、身材修长、举止大方的年轻人。

范筑先表情肃穆地说:"大家早已知道,如今范县已落入鬼子之手,不少同胞惨遭杀害,具体情况,请周子平县长跟大家说一下吧。"

周子平立即从凳子上站起来,先向范筑先、袁仲贤鞠了一躬,又转身向会场鞠了一躬,心情沉重地说:"鬼子轻而易举地侵占了范县,我做为一县之长,自是难辞其咎、罪不可赦。我周子平诚恳地接受大家的一切批评和范司令给予的任何处分。"

范筑先说道:"如何处分,以后再说吧。"

周子平就接着说:"鬼子来的非常突然,当时县大队正在操场进行战术训练,听到枪响后,大批鬼子已经进了城,县大队虽进行了抵抗,但因力量悬殊,我们还是从小北门撤出来了。"

会场里很静,人们认真地听周子平讲述鬼子侵占范县的经过。

周子平说："为重新夺回范县,我们趁鬼子立足未稳,即派十多个便衣潜回城里,利用人熟、地熟的有利条件,摸到了鬼子的一些情况。已探知这批鬼子就是驻临清的高桥大队,共三百余人。他们已先到濮城休整三天后,突袭了范县,从行动迹象看,鬼子有长住范县的可能。"

范筑先点点头说道："嗯,你讲的情况很重要,也印证了我们得到的敌情通报。当前鬼子在徐州有一场大的战役,由于我们对黄河两岸和津浦铁路的封锁,敌人的后勤补给受到严重的阻碍。于是,鬼子就计划从河北邯郸,经大名、濮县、范县、济宁到徐州,开辟一条新的运输线。我区的濮县、寿张、范县就成了鬼子通过黄河的咽喉要道,敌人妄想占而守之,也就在意料之中了。而我们要想尽一切办法,决不能叫鬼子的阴谋得逞。趁高桥的脚根还未站稳,我们明晨就向鬼子发起攻击,把高桥赶出范县城。"

赵健民、黄龙飞、郑左恒高兴地互相交换着眼神,整个会场都呈现出高昂的战斗士气。

范筑先向会场招了招手,示意大家安静,然后说："下面请袁仲贤参议,给大家讲一讲此次攻打范县的计划。"

会场里响起热烈的掌声。

袁仲贤虽只有二十九岁,却是一位老红军。从江西一直打到陕西,身经百战、经验丰富。言行举止极为干练爽快,显示着良好的军人素质。他先站起来向大家和蔼的招招手说："刚才范司令谈了一些情况,我现在做点补充吧。龟缩在范县城里的鬼子共三百多人,而我军在城外集合了两千多人。从兵员人数上看,我们处于绝对优势;而武器装备上,我们就差远了。鬼子不但有步枪、手枪、轻重机枪,还有迫击炮。鬼子凭着坚固的城墙死守,会给我军攻城造成很大的困难。但是,只要我们牢牢地依靠广大人民群众,动脑筋、想办法,就会取得战争最后的胜利……"

袁仲贤对敌我双方势态,详细、透彻的分析,受到了与会人员的一致赞许。大家对袁仲贤这位老红军的军事素养,有了进一步的了解和认识。

范筑先："袁参议对敌我双方的兵力态势分析的很清楚,这对在坐的各位指挥员有很大的帮助。心中有数,指挥起来才会进退自如。现在我就说一下部队的具体位置和任务:郑左恒带一个团围堵西门,防止溃败的鬼子从西门外逃。"

"是!"郑左恒起立立即回答道。

范筑先示意郑左恒坐下,接着说:"黄龙飞。"

"到!"黄龙飞立即站起来接受任务。

范筑先:"你带卫队营和一个加强连,重点进攻北门。"

"是!"黄龙飞表示坚决完成任务。

范筑先接着点名道:"林金堂。"

"到!"林金堂站起来回答。

"你带所部,佯攻东门。"范筑先说:"重点是防备鬼子外逃。"

"是!"林金堂回答干脆。

范筑先又对周子平说:"你们县大队都是本地人,人熟、地熟,这是非常有利的条件。你们抽出十几个人,给各兄弟部队当向导,其余人员组成一个小分队由你带领,一律潜回城里去,在鬼子的心脏里插上一把尖刀。明晨攻城战斗打响时,一定要把鬼子把守城门的哨兵干掉,打开城门,使攻城部队顺利进入。怎么样,有困难吗?"

"困难是有,但我保证完成任务。"周子平说。

"好!"范筑先面对大家说:"按照刚才布置的任务,明晨天亮前进入阵地,选择有利地形,构筑简单的工事,待命发起总攻。大家都听明白了吗?"

"听明白了。"众人一齐回答。

"好,散会!"范筑先宣布道。

与会人员都急忙回部队,做战前准备去了。会场里只剩下赵健民还坐在凳子上,不肯离去。

赵健民见屋子里只有范筑先和袁仲贤,就急忙站起来问道:"范司令,这次打范县,怎么没有我们三团的任务哇?"

范筑先和袁仲贤相视一笑说:"别急嘛,你们三团这块钢,还有更重要的任务。"

"什么重要任务?"赵健民急切地问。

"你看,明天攻城战斗打响后,鬼子撑不住的时候,必定弃城逃跑。"范筑先说:"往哪里跑呢?鬼子不会向东去,东边距济南太远;他们也不会向北去,北边是咱聊城;他们只能向离此比较近的濮县跑。而濮城的鬼子兵若想来增援范县的高桥,他们也必须向东北来,敌人无论逃跑还是增援,他们的必经之地都是十字坡和马陵道。"

听到这里,赵健民点点头,心里已经明白了。

范筑先问道:"明白了吗?"

赵健民回答:"明白了。"

范筑先:"好,立即带领部队去马陵道布防吧。"

"是!"赵健民敬礼后,转身离开了司令部。

夜深了,半轮残月,在乱云中穿行。大地没有了白天的喧嚣,金堤北岸的月夜,出奇的宁静。

司令部门口,哨兵的身影轻微地挪动着。屋子里袁仲贤平心静气地说:"范司令,天不早了,咱俩就别再争了,明天打范县,咱各自尽各自的职责就行了。您是司令,当然要守在司令部指挥全盘,我是参议,理应和部队一同前行。"

范筑先郑重地说:"袁参议,你我都是少将军衔,级别相同。明天打范县,是抗战以来,第一次攻打县城中的鬼子。咱们虽有两千余人的部队,可军事素质、战斗经验、武器装备,都不如鬼子。为此,我作为一个老兵,必须带头冲锋陷阵,也好给指战员们壮个胆,以求首战告捷。"

袁仲贤:"范司令,您也知道,我虽小您十几岁,您别忘了我是从红军来的,这些年,我可是一直都在打仗。"

范筑先不想在争执下出,说道:"袁参议,夜深了,咱们赶紧睡觉吧。"边说边吹灭了窗台上的油灯。

二

范县这座鲁西小城,往日暮色降临,十字大街的繁华处,酒馆、饭店灯火通明、生意兴旺。饭店灶膛里窜出高高的蓝色火苗,随着厨师手中的菜铲碰击炒勺的金属声,街上就散发出浓烈的酒气和菜肴的鲜香。

小贩们扯开高低不同的嗓门，吆喝着"糟鱼、烧鸡、鸳鸯饼"，调门最高、尾音最长、首屈一指的，就是南街孙三了。他的嗓音不沙不哑、字正腔圆、底气很足。深夜喊一声"五香花生仁⋯⋯"四街三关都能听得到，叫卖声成了小城夜生活的一部分。

可如今，这座小城却是一片死寂和黑暗，被恐怖、悲怆、凄苦笼罩着。时而，也传来几声犬吠和失去亲人的哭泣声。

旧县衙，如今是鬼子高桥的指挥部。院子里，鬼子兵端着枪，逼着几个村民为其杀猪宰羊、支锅烧火做饭，还叫酒馆的掌柜送来几坛小北门的高粱烧酒。意在大吃大喝一顿，以庆祝侵占范县城的胜利。

三间正堂里，房梁上悬着一盏煤油罩子灯。正面北墙上挂着两面皱巴巴的破旗：一面是酷似膏药的国旗，一面是中间有一红色菌核、向四周张牙舞爪地放射条条毒线的军旗。

五短身材的高桥，腆着个大肚子，盛气凌人、趾高气扬地站在条桌前，面对七八个大队长、中队长说："此次，我大日本皇军自临清南进以来，继濮县之后，范县是拿下的第二座县城。只要把这两座县城牢牢地控制住，我们从河北邯郸到商丘、徐州运输线的黄河段，就可以畅通无阻，徐州战役取得胜利指日可待。从这种意义上说，我们这个联队是立下了功劳的。届时，我会为诸君向上峰请功领赏。"

几个小头目兴高采烈地鼓起掌来。

高桥十分得意，露有恩赐意味地说："从明日起，放假两天。首先要搞好生活，在精神上也要放松、放松。"

小头目们又高兴地呲牙咧嘴鼓起掌来。

高桥立即沉下脸摇摇头说："虽然放假，但不能麻痹大意，更不能放松警惕。范县县大队不足为虑，但要防备聊城范筑先这个老家伙突然来袭。"

"哈咿！"鬼子小头目们纷纷起立回答道。

三

晨曦初绽，东方始放一抹微微的天青色。而遥远无际、深邃幽静的浩然星河，还是那么的神秘莫测。

范县城四周的壕沟、坑坎里，攻城的中国战士们，早已悄悄地进入了阵地，正在轻轻地构筑着简易工事。

由于范县轻易得手，骄横狂傲的高桥，竟令其部下放假狂欢两天。鬼子兵如同疯狗，到处胡作非为，沉醉于酒肉之中，十之八九都已烂醉如泥。即使城门楼上的哨兵，也都喝得酩酊大醉，有人怀里抱着枪，斜歪着身子依偎在城墙根下，鼾声如雷地睡着了，身边还有几个空酒瓶子和包糟鱼的荷叶。

天色由朦胧，渐渐地从银灰色变成了乳白。树木、城墙村落的轮廓，也慢慢地清晰起来。

范县北关外有个村子虽不大，可村头却有座关帝庙。因年久失修，庙门垣廊已有多处坍塌、倾颓。三间庙堂内敬奉着关羽的彩色塑像，绿袍纶巾、面如重枣、眉如涂墨。若睁似闭的丹凤眼，特别是胸前的三绺长髯，更显示着肃穆、威严、忠勇和正气。再配上站立在左右两侧的周仓和关平,愈显其英雄大气、威风凛凛。

为了不使百姓受累,范筑先就把前线指挥部暂设在这座关帝庙里。

天还没大亮,就有不少部队的通讯联络员,陆陆续续地来到关帝庙,向范筑先汇报或请示着各种临时出现的问题。

凌作善、李士超和几个作战参谋,也都忙碌着各自的事情。

主攻北门的指挥员黄龙飞,急匆匆地来到关帝庙,向范筑先行举手礼后说道:"范司令,您找我?"

"都准备好了吗?"范筑先问。

"都准备好了,就等范司令一声令下了。"黄龙飞斗志昂扬,庄重洒脱地说。

范筑先:"根据战前方案,十分钟后,林金堂会在东门外打响第一枪。佯攻开始后,潜入城里的周子平和他的县大队,听到枪响后会立即把北城门打开。"

黄龙飞点头,表示已经知道了。

范筑先:"今儿打范县,北门是主战场。战斗打响后,万一周子平因故不能准时把城门打开,你们主攻部队,可就非常被动了。"

黄龙飞剑眉紧蹙道:"是啊,我也非常担心。不过我已做好另一手准备。"

范筑先惊喜地问:"快说说你的想法。"

黄龙飞:"我已找了四个有战斗经验的老战士,每人携两捆集束手榴弹,届时一齐起爆,估计准能把木头城门炸开。"

"好!龙飞呀,这个点子想得好,这我就放心了。"范筑先对黄龙飞增添了无比的信任和爱意。

战斗开始前,每个指挥员的心情,都是高度紧张、沉重又纠结的。范筑先为使自己的心情平静下来,他看着黄龙飞走出庙门后,就回过头来把目光集中在关羽的塑像上,对这位集忠义、仁勇于一身的武圣,从心里充满仰慕和崇敬。

此时,范县城内外竟毫无声息,大战前的这种平静,更增加了所有指战员心理上的紧张和期待。

凌作善意在提醒范筑先注意时间,就忽然喊了声:"范司令。"

范筑先从关羽塑像上把目光收回来,眼睛盯着腕上的手表。秒针不紧不慢地移动着,当时针指向五的时候,东门外传来了枪声。

范筑先激动的一拍手说:"好,二十一支队林金堂在东门开始佯攻了。"并对作战参谋说:"通知所有部队,立即投入战斗。"

"是!"两个作战参谋迅速向外跑去。

东门护城河外的丛林里,林金堂正指挥着部队向东门城楼上射击,但不激烈,也没有准备进攻的态势。按照总体方案,林金堂的任务是佯攻,以吸引鬼子的兵力为主。

东城门楼上,还沉浸在睡梦中的鬼子兵,被突然的枪声惊醒后,惊慌失措、稀里糊涂地乱作一团。有的袒胸露臂、有的光着脚丫子,有的抓起枪来就向城外开火。

袁仲贤的指挥部位置在西北城角,他要兼顾西门和北门的战斗,但主要火力仍在北门,他必须全力支持范筑先的主攻突击队。

四

城里旧县衙内,鬼子联队长高桥,听到枪声和副官的报告后,一脸的惊愕和慌乱。他意识到城外枪声决不是来自县大队,肯定是聊城的范筑先。范筑先来的这么快,是他始料未及的。

高桥问道:"枪声来自何方?"

副官回答:"四个城门外都有枪声,但东关最为激烈。"

高桥满含杀气,眼珠子急速地转动着,紧闭嘴唇冷冷地说:"范筑先果然来了,我好麻痹呀。"然后对副官说:"快把一、三中队集合起来,在县衙大院待命,我们立即到北门去看看。"

副官立即令一鬼子头目去集合部队,然后疑惑地问:"怎么我们去北门?"

高桥面露冷笑、自命不凡地说:"中国军队善用声东击西的战法。东门虽枪声猛烈,但我断定,范筑先的主力就在北门。"

副官不再多疑,只好随高桥向北门跑去。

高桥和副官登上北城门楼,见士兵们已做好战斗准备,而城下却尚无任何动静。高桥向后一伸手,勤务兵立即把望远镜递到高桥手里。

高桥把望远镜举到眼前,从左到右顺势扫描,通过镜头,高桥发现了隐蔽而尚未发起进攻的中国军队。

当高桥的望远镜扫视到北寨村西的关帝庙时,发现这座破庙的树荫下,却有中国军人进进出出,望远镜立即在这里定了格。高桥深深地点着头,经验告诉他,这座破关帝庙,就是中国军队范筑先的指挥部。想到这里,高桥掩饰不住激动的心情,欣喜若狂地和副官"叽里呱啦"地说了些什么,副官就狂奔着下了城门楼。紧接着,两门迫击炮就抬了上来,鬼子炮长立即把炮架好,正在测试方位。

城门楼上,高桥问炮长:"距离测好了吗?"

正在用手测距的鬼子炮长回头说:"已经测好了。"

高桥:"对准关帝庙立即开炮。"

"是!"随着炮长的回答,装弹手迅速将炮弹填进炮筒,瞬间,"咣"的一声,一枚迫击炮弹呼啸着向关帝庙飞去。

关帝庙里,范筑先解开胸前的衣扣,手里握着一把二十响,正要迈出庙门,"咣!"一声巨响,炮弹在庙院里炸开了。顷刻间,门窗乱颤,黄尘瓦砾腾起、树叶杂草翻飞。

凌作善立即拉住范筑先说:"范司令,先在庙里躲一躲,此时万万不可出去。"

范筑先毫不在乎,仍谈笑风生地说:"不碍事,炮弹没什么可怕的,它的杀伤力比机枪差远了。真是新兵怕炮,老兵怕号哇。"范筑先边说边向外走去。范筑先刚来到庙院中间,又一发迫击炮弹,像一只沉重的死鸭子,"噗喇"一声,落在了范筑先脚下附近,斜歪着半截身子,钻进了泥土里,但这是一枚哑弹,没响。

凌作善见此情景,惊吓地瞪大了眼睛,他再一次求范筑先先回庙堂里去躲避凶险。

范筑先十分生气地甩开凌作善,严肃到近乎骂人地说:"一边去,战争已经打响,任何人只能向前,不准后退半步。走,马上追赶攻城部队。"说罢,立即从颓垣豁口处跃出了庙院。与此同时,一声震耳欲聋的巨响,又一发炮弹,不偏不倚地击中了关帝庙,庙堂即刻炸翻了大半。李士超、凌作善回头一看，见状吓得一伸舌头，然后转身紧跟范筑先，向枪声密集的北城门冲去。

城西北阵地上的袁仲贤发现城楼上的鬼子向关帝庙倾泄炮弹、火力密集。就敏锐地意识到鬼子已发现了我军指挥部的所在地，为转移鬼子的注意力，保护范筑先司令的安全。就立即命令机枪连，抽出四挺轻重机枪，轮流向北城门上的鬼子射击。

高桥在望远镜里看到关帝庙已是熊熊烈火、硝烟滚滚，认为范筑先的前沿指挥部已被摧毁。就立即命令鬼子炮兵把主要火力转向城西北袁仲贤的机枪阵地。

范筑先抓住鬼子炮火转移的瞬间，飞身跃起、连滚带爬，一鼓作气前进了几十米后，迅速卧倒在长有稀疏芦苇的坑边上，这里正是黄龙飞的临时指挥所。

正在紧盯着城下战况的黄龙飞，听到身边有响声，回头一看，见是范筑先，竟慌不择言地说："范司令！谁叫您到这儿来的？"

范筑先觉得这个小青年的问话很可笑，就平静地说："怎么，我不可以来吗？"

黄龙飞已感到自己说话的言词不妥，就尴尬地说："这儿太危险了。"

范筑先："打仗，本来就是个危险的活嘛。"

范筑先发现枪声弱了，说："走，趁机冲上去。"说话间，范筑先一纵身，立即冲出了苇坑。

黄龙飞见此情景，根本来不及思考，手一挥，带着四个爆破手，也随着范司令向前跑过去了。

城门楼上的鬼子发现中国军队向城墙靠近，就立即掉转枪口，对着范筑先、黄龙飞疯狂地扫射起来。子弹"啾啾"地尖叫着，如炸了窝的黄蜂似的，在范筑先和黄龙飞前后左右缠绕着翻飞，股股黄尘灰土，随着枪声腾空而起。

范筑先的半截袖子，不知何时被子弹撕开一个大口子，崭新的灰色军帽也沾满了黄泥巴。

鬼子的子弹犹如一张巨大的火力网，压得范筑先和黄龙飞根本抬不起头来。

高桥在城楼上通过望远镜观察战况，发现城外的沟沟坎坎，堑壕坑边都潜伏着中国军队，其人数之多难以估计。而日军炮火虽猛，却少见杀伤力，空耗着大量的弹药。这种现象，令高桥深感不安。这样下去，用不了三天，弹药将会消耗殆尽，届时中国军队从四面发起进攻，后果不堪设想。想到这里高桥不寒而栗，脸上渗出冷汗。

副官从上城门楼的台阶口跑过来，站在高桥身后悄声说："高桥君。"

高桥急忙回过头来问："什么事？"

"刚刚得到确切消息，聊城专员范筑先亲率三千精锐来围剿我们。"副官惊恐地说。

高桥在望远镜里发现大量的中国军队后，守城的信心已经动摇。刚才听副官汇报后，知道处境危险，心中非常害怕，已经做好了弃城而逃的准备，但表面却故作镇静地说："范筑先已属老朽，其军队人数虽多，却大都是土匪民团，根本没什么战斗力，告诉部队加强火力，不准中国军队再向前进。"

"哈咿！"副官回答。

高桥见副官已和守北门的中队长交代完毕，两个人就急匆匆地从城楼上下来，然后直奔县衙而去。

黄龙飞被鬼子猛烈炮火压制得焦躁不安，却又不能贸然出击。现在突然发现敌人的火力弱下来了,心里暗自惊喜,就问身边的范筑先道:"范司令,几点了?"

范筑先捋了一下袖子看了一眼说:"离总攻时间还差五分钟,到时候,如果周子平的县大队不能按时从里面打开城门,你们爆破手就要马上冲上去。"

"放心吧。"黄龙飞说:"保证没问题。"

黄龙飞身后,四个每人抱一捆集束手榴弹的老战士,深深地点着头,示意坚决完成任务。

五

范县城北门里路西,有一个小铁工厂,主要是搞些翻砂和农具修理。

战斗打响后,鬼子兵由于昨晚喝酒过多,口干难耐,就轮流到铁工厂找水喝。

此时早已换着便衣的县大队的几个骨干人员,手里有提着茶壶的、有拿着茶碗的、有端果盘的、有拿香烟的,离开铁工厂大大方方的向北城门洞走来。

守城门的鬼子兵共有六个,其中四个人守在城门洞口,两个人紧贴城门,透过门缝观察城外的动静。

县大队的几个人,端着东西离城门洞还有几米远的时候,门洞口的四个鬼子兵立即摆出开枪的架势,其中一个小头目凶狠地问:"站住,什么的干活! 滚出去,死啦死啦的。"

县大队的便衣们立即就地站住,其中一个人点头哈腰笑着说:"太君打仗,大大的辛苦。"并指着礼品盘说:"我们是来慰劳太君的。"

"八嘎! 统统地滚回去。"鬼子小头目严厉地驱赶着。

几个便衣在鬼子的威慑下,只好脸朝北,慢慢地向后倒退。突然"哗啦"一声,一个队员有意摔倒了,手中托盘上的香烟、红绿彩纸包着的小糖块就撒了一地,其余便衣趁机放下手中茶壶、茶碗,蹲在地上捡拾糖果、香烟。

门洞口四个鬼子兵的注意力,完全被吸引过来了。

鬼子小头目贪婪地看着遍地香烟、糖果,然后说:"八嘎! 把手里所有的东西全部放下,你们统统开路地干活。"

"哎! 哎!"便衣们顺从地放下手里的东西,慢慢地转过身去。正好看见县长周子平,正隐在铁工厂门房里注视着他们。

便衣们转过脸去还没来得及迈步,四个鬼子就跑过来,捡拾落在地上的糖果和香烟。

便衣们既听到了鬼子兵抢糖果、香烟的动静,也看到了县长周子平向他们使眼色,于是,就立即拔出匕首转过身来,以迅雷不及掩耳之势,向还在弯腰撅腚的鬼子兵扑过去。鬼子兵尚未弄清咋回事,三翻两滚之后,锋利的匕首就攮进了胸膛,四个小鬼子一命呜呼了。

守护城门的两个鬼子兵光顾扒着门缝往外看了,再加上炮火的轰鸣声,根本就听不到城门洞里发生的事情。

城门楼上的鬼子更不知道城门洞口的情况,他们还在时紧、时松地,对城外中国军队潜伏的沟壑里射击。

城外壕沟里,范筑先心情沉重,表情严肃,他在分析判断着,战况将会如何发展。

卧在范筑先身边的黄龙飞面部和眼神都显示着焦躁和着急,他转过脸来问:"范司令,时间到了吗?"

范筑先："别着急,再等两分钟。如果周子平在里边还打不开城门,就立即令爆破手出击。"

黄龙飞高兴地点点头,而身边的四个爆破手早已把捆好的集束手榴弹,置于胁下,随时准备着出击。

周子平和县大队的几个便衣,杀死抢香烟、糖果的鬼子后,就迅速的钻进城门洞,准备把城门打开。因城门洞里光线太暗,看不清里面的情况,他们急不可耐地往里跑。

把守城门的两个鬼子感到身后有动静,猛回身,突然看见几个中国人闯过来了,意识到情况危险。于是,就立即开了枪,两个县大队的便衣应声倒下。

此时,周子平等已适应了城门洞里的光线,看清了里面只有两个鬼子兵,周子平立即开枪还击,鬼子一死一伤立即倒下。

我两个便衣趁机去开城门,已受伤的鬼子兵挣扎着摸过枪来,照准开城门的便衣开了枪,还好没有打中。

周子平见此情景,早已愤怒已及,对准开枪的鬼子兵,狠狠地扣动了扳机,鬼子兵像条死狗倒在地上再也不动了。

扫清了城门洞的守敌后,周子平和县大队的便衣们,先把粗大的顶门杠抽下来,再把檩条粗的横闩抬下,几个人分东西两边,一声吆喝,范县北城门就被打开了,门洞里立刻有了光明。

阵地上的黄龙飞耐着性子、屏着呼吸,等待着最后的两分钟,心中急躁,头上沁出了汗珠。

范筑先腕上的手表秒针,还在按部就班地走着。就在这沉默难耐的时刻,突然有人大声喊道:"城门打开了!"喊声如同春雷,立刻在阵地上炸开了。

黄龙飞冒着敌人的炮火,猛然站起身来,大声喊道:"弟兄们,城门已被打开,冲啊!"黄龙飞喊完之后,扭头一看,见范筑先、凌作善等早已跃出堑壕,向北城门方向猛冲过去。

中国军队的突然进攻,令城墙上的鬼子大为吃惊,他们不知道联队长高桥已准备逃跑,更不知道下面的城门已被打开。鬼子们乱作一团,胡乱地向下盲目地开着枪。此时不知是谁喊了一声:"快逃命吧,底下的城门被打开了,中国的军队进城了。

城墙上的鬼子听到喊声后,心里更感惊慌,知道形势有了突变,而身边又不见指挥官。于是,就如同一群无头苍蝇,一窝蜂地涌向狭窄的城门楼道口。先头的几个鬼子还能顺当地跑下来,而后,鬼子兵越积越多、结结实实地把楼道口堵死了,鬼子兵们滚挤在一起,谁也下不来了。

先头从城门楼上跑下来的几个鬼子,晕头转向、胆战心惊,不知该往何处跑。正在犹疑慌乱之际,见中国军队已从城外冲进来,他们心惊肉跳、慌慌张张举枪就打。鬼子的举动早以被范筑先、凌作善看在眼里,"叭,叭,叭"三个点射,枪响的同时,三个鬼子胸前喷着鲜血,摇摇晃晃地倒下了。剩余的几个鬼子见情况不妙,就转身向街里抱头鼠窜。

范筑先、凌作善和身边的几个战士见状,立即跟在鬼子身后紧追不舍。

旧县衙的大院里挤满了鬼子兵,高桥强装镇定又冰冷地对副官说:"苍良君,你立即带一个中队到北门去,把还在北城门打击中国军队的二中队,全部接应回来。"

"哈咿!"副官苍良立刻准备出发。

此时,突然从外边跑进来两个满脸是血的鬼子兵,大叫着:"中国军队打开城门,已经进城了。"

高桥、苍良和在场日本人都吓傻了,少顷,高桥明白,情况危急,不容稍有迟疑,他立即大声喊道:"苍良君带三中队殿后,其余所有人员立即从南门出去,不要惊慌,顺金堤向濮城方向撤退。"话音刚落,高桥就带着一群如丧家犬似的鬼子兵,失魂落魄地从南门溜出去了。

黄龙飞带着一个排和四个爆破手,快速的冲进北城门。

北城门上的鬼子兵,还在相互拥推、挤压着,拼命的争相往楼下跑。接着又有几个鬼子从城门楼道里滚下来,立足未稳,见中国军队冲进城门,慌里慌张就开了枪,两个中国军人立即受伤倒下。

黄龙飞一看,城门楼上还窝有鬼子兵,并打伤了两个战士,他早已愤怒至极,在对楼道举枪射击的同时,大声喊道:"立即消灭这群小鬼子!"

很多战士举枪对准楼道就打,只见一个爆破手,立即从弹兜里摸出两枚手榴弹,咬开保险盖,拽出弹弦,迅速将冒着烟的手榴弹,扔到楼道的鬼子群里。两声巨响后,鬼子死伤大半,其余鬼子自知在劫难逃,只好交枪,举手投降了。至此,范县北城门的战斗胜利结束,黄龙飞又立即带队向大街里冲去。

范筑先、凌作善等正要进胡同追打零散的鬼子时,一大群从东门溃败下来的鬼子兵,惊恐万状地跑过来。范筑先立即令大家隐蔽于墙根,占领有利地形后,十几支长短枪向鬼子开了火。鬼子被突如其来的袭击吓破了胆,只好丢下十几具尸体,扭头又向回跑起来。

范筑先见状,立即大声一喊:"冲啊!"然后,跃身而起,手里握着一把二十响,对准不知所措的鬼子兵,迅速扣动了扳机,枪响的同时又有四五个鬼子,摇摇晃晃地倒在了大街上。

范筑先苍冉飘飘,敞怀露臂越战越勇,始终冲杀在最前边,肖守俭、凌作善、李士超等,都被他甩在了后面。

就在范筑先奋不顾身,穷追猛打鬼子的时候,凌作善敏锐的发现,躲在胡同口一个临时灶台后的鬼子,正在举枪向范筑先瞄准。在这千钧一发的危机时刻,只见凌作善右手一点,"叭叭"两声枪响,灶台后冒出两股黑烟,鬼子戴钢盔的脑袋往后一仰,"咣唥"一声,栽倒在砖墙上,三八大盖,也从手中滑落在地。

此时,范筑先回头一看,《抗战日报》的记者李士超倚在店铺抱厦前的廊柱上,举着相机,正在拍摄战地照片。而李士超身后五米远,不知从哪里钻出一个鬼子兵,猫着腰、挺着刺刀,正准备偷偷地袭击李士超。

危险就在瞬间,范筑先立即大喊:"李士超快躲开!"与此同时,对准猫腰的鬼子连开三枪。

李士超听到喊声急忙回头一看,身后的鬼子"扑腾"一声,喷着鲜血,摔倒在廊柱旁。

街上的喊杀声越来越高,一个歪脖鬼子吓得慌不择路,拼命狂窜乱跑,稀里糊涂地钻进了一条胡同里,急需藏身避难之所。可百姓们大都紧闭院门,胡同里也不见一个人影。歪脖正在苦苦寻觅之时,突然发现身旁有处残垣断壁的破宅院,宅院里十分荒凉,却还有半截破屋岔子。歪脖暗自惊喜,此处正宜藏身,就放心大胆的走进了破屋岔子,找了个墙角,蹲下了。

其实，歪脖鬼子刚才的一切举动，早已被侧对面门缝后的牛氏父子看到了。父亲牛大宝、儿子牛来福，平时以在街头卖鸳鸯饼为生。牛大宝和卖枣莓的牛二贵是一娘同胞，昨天晚上他听说二弟和侄女秋芬、侄子谷雨都被日本鬼子杀害了，胸中早已怒不可遏。正悲伤愤懑之时，只见鬼子藏在对面破屋岔子里，真是苍天有眼，报仇的机会终于来了。父子二人稍一耳语，父亲大宝手拿一把铁锹，儿子来福抓起一把三齿镢，二人悄悄打开院门，父子分两边，轻轻地向破屋岔子合围。牛来福由于紧张过度，一不小心，右脚"哗啦"一声踢到了一块半头砖。

鬼子听到动静，急忙抬头一看，说时迟、那时快，歪脖鬼子还没来得及反应，牛氏父子已扑到面前。牛大保举起铁锹，使劲往下一拍，歪脖鬼子本能的把脖子一歪，刚好躲过了铁锹的袭击。于是，他立即举枪还击，牛来福抓住枪管往上一举，子弹"啪的"一声飞上了天。牛大宝则趁机挥起手中的铁锹，直捣歪脖子的脖颈，歪脖还没来得及挣扎，牛来福也举起了手中的三齿镢，很快就把歪脖这个越洋渡海的强盗，送上了幽冥的回乡之路。

牛氏父子怒杀鬼子的英雄壮举，邻居们很快就知道了，年轻人更是非常羡慕，希望自己也想碰到一个杀鬼子的机会。

在县长周子平的动员下，全城民众都投入到了清剿残余鬼子的行动中。

这时，有两个丧魂落魄的鬼子兵，一直在胡同里乱跑，却始终找不到出路。他们胆战心惊地来到相对背静的南小街，就听到有人呼喊着"抓鬼子，"两个家伙已知道无路可逃，稍一犹豫，就钻进了身边的一间磨房。

这间磨房，就是昨儿杀害牛二贵、秋芬和谷雨的地方。人们眼见鬼子钻进去了，心中的仇恨和怒火陡增，手中掂着棍棒、铁锹，很快把磨房围了个水泄不通。有人找来砖头、石块，使劲地往里投。

磨房里鬼子没有任何反应，于是，就有人手拿铁铣，大着胆子往里闯。

"啪！啪！"鬼子立即向磨房门口开了两枪。此时，黄龙飞带着几个战士闻信赶来，问清就里之后，即请乡亲们暂且离开磨房。黄龙飞就用半生不熟的日本话，对着磨房喊道："里面的小鬼子听着，你们的长官高桥已经滚蛋了，你们干脆缴枪吧，否则立即送你们上西天。"

黄龙飞刚说完，"啪，啪！"鬼子又向外打了两枪。

黄龙飞气恼地说："他娘的，不知好歹的东西，看来你们是真想回老家了。"说完，对身边的战士一使眼色，两个战士立即从弹兜里一人拿出一颗手榴弹。拧开保险盖，拉出弹弦，扔进了磨房里，随着"轰轰"两声巨响后，磨房里再也没有动静了。

第二十七章 | 贼高桥败走马陵道
　　　　　　　颂英雄关帝爷显灵

一

范筑先带领队伍,把鬼子赶出范县城的消息,早已不胫而走。而关老爷显灵,佑护范筑先的神奇故事,更成了街头巷尾的主要话题。

大街上的人越来越多,小孩们则争相捡拾炮皮和弹壳。大人们则唏嘘着议论战争的惊险和范筑先的神勇。

白发苍鬓的范筑先,此时正坐在墙根一个石墩上小憩。已届花甲之年的人了,冲锋陷阵、左杀右砍的两个多钟头,把鬼子赶跑了,他自己也感到腿脚酸软、疲惫不堪,口干舌燥、两眼发茶。而街对面的一个盐铺,却强烈地吸引着他干涩昏花地眼睛。

盐店铺面共两间,青砖灰瓦,白灰勾缝,门楣悬一块黑底金字镌刻的店堂招牌:"宝泰盐铺"四个颜体正楷大字,笔法苍劲沉稳、朴拙厚重,古香古色,深蕴着老字号的气派。

对于范筑先的表情,宝泰盐铺的老掌柜徐成祥早已注意到了。他虽不能断定坐在石墩上的老军人就是范筑先,可这把年纪的老人,本该呆在家里含饴弄孙的时候,却仍出生入死的带兵打仗,这使徐老掌柜由衷地产生出一种敬佩之情。于是,就快步来到范筑先面前,深深一鞠躬,诚恳地说:"老总,我看您又累又乏,若不嫌弃,就请屈尊到我的小盐铺一坐,喝杯水、歇歇脚吧。"

范筑先谦逊地说:"谢谢老掌柜的,战争刚结束,尚有很多事情要作,实在不敢到贵号叨扰了。"

徐成祥老先生二番回到盐铺,将茶壶、茶碗拿出来,对凌作善道:"就请老英雄在街头喝杯水吧。"

凌作善立即接过茶壶正要斟水,县长周子平带着县政府的几个人,气喘吁吁地走过来说:"范专员,走吧,到县政府歇歇脚,喝杯水去吧。"

"也好。"范筑先对凌作善说:"快把茶壶、茶碗给老掌柜的送过去吧,谢谢老掌柜了。"

"是!"凌作善刚转过身,徐成祥说:"你们为百姓舍命打鬼子,我们理当做些力所能及的事啊。"

关二爷显灵了!这消息象一阵清风,立即传遍了范县城内外。很多人冒着战后尚存的硝烟,好奇地向城北关帝庙拥去。

关帝庙多年失修,现又被鬼子的炮火多次轰炸,如今更是残垣断壁、弹痕累累、瓦砾遍地、破败不堪。大殿房顶已被炮弹掀开,西山墙和前厦檐也已倒塌,只有北墙尚存。令人惊叹不已的是,关羽、关平、周仓三人的塑像却毫发未损,依然神采奕奕、威风凛凛地端坐在蓝天白云下。虽然身上、脸上也沾了些灰尘、草屑,却更显出关帝爷血染沙场后,悲壮苍凉的英雄气概。这形象更容易使人产生一种由衷地尊崇和仰慕。

闻讯赶来看热闹的人越来越多,人们惊奇地询问着、传播着关老爷显灵的神奇故事。

关老爷塑像前的神龛,虽被鬼子的炮弹炸裂了,但,香炉里却依然香烟缭绕,旁边还摆放着人们刚带来的时鲜瓜果和封包好的蜜饯、点心,气氛庄重而神秘。

此时,北寨村的一老者,站在断壁高处,拍拍手又喊了两声"乡亲们",然后说:"各位老少爷们,大家伙来到咱关帝庙,是想听听关老爷显灵的事。现在就让俺村亲眼见到关老爷显灵的李大发,给大家伙说说当时的实际情况。"

李大发是一个六十多岁的庄稼人,头上包一块旧毛巾,灰头土脸,胡子拉碴,他站在神龛旁边好大一阵子,才慢慢吞吞地说:"一大早,我想早起浇浇菜园,来到村西关帝庙,听到庙里有许多人说话,我心里又紧张又害怕,就趴在破墙外边没敢动弹。庙院里不断有人走动,也看不清是什么人。之后,就听到城门口"梆梆"地枪响,子弹"啾啾"地飞。我正想撒腿往家跑,大炮弹就一发接一发的照着庙里飞过来。在炮火的烟雾中,我亲眼看见从大殿里跑出几个人来,其中还有一个留着长白胡子的老头。炮弹追着那几个人打,可无论如何,炮弹就是打不着他们。我一想,这仨人准是关公、周仓和关平转世,他们是神,炮弹当然打不着。要搁在咱凡人身上,这么多炮弹,早把咱炸成肉酱了。哎!还有,这仨人离开庙院,一缕烟似的飞快地向北城门飞去了。我就跑回家来把这事给俺小孩家娘学说了一遍,俺小孩家娘说:'傻子,这准是关老爷显灵帮咱打日本哩,赶快到庙里给关老爷烧香去吧。'这不,俺就来了。"

听了李姓老汉的一番讲述以后,大伙都深信不疑、啧啧称奇。

神龛前的老者说:"关老爷显灵帮咱打跑了鬼子,是咱这一方百姓的福分,等世道太平之后,咱一定为关老爷重修庙宇、再塑金身。"说罢,老者立即跪下,向刚刚经过炮火洗礼的关二爷塑像跪拜叩头。

围观的民众见状,也都跟着匍匐在地,虔诚地向关老爷叩首敬拜。

此时,一位年轻人气喘吁吁地来到神龛前说:"关老爷显灵的事,城里的人也都听说了,关老爷的魂魄胆识,完全在范专员身上附体了。还说,关老爷是美髯公,范专员也是个长须飘胸的大胡子,不但鬼子的大炮打不着他,就连鬼子把守严紧的北城门,范专员到护城河边一站,那宽厚的大木门,就乖乖地、鬼使神差地从里面慢慢地打开了。"

人们又是一阵惊叹不已。

"眼下,县政府里已经挤满了好多人,大家争着要看一看现世的关老爷——范筑先哩。"年轻人兴奋地说。

"走!咱也进城看看去。"人们高兴地离开关帝庙,相伴着向范县城里走去。

二

高桥带着残余鬼子落荒而逃。他万万没想到远在聊城的范筑先,竟在一天之内集中两三千兵力,不但打破了日军长期盘踞在范县的企图,而且还使四十多个鬼子丢了性命。这让他没有了往日傲慢、暴戾的神气,此时垂头丧气、慌不择路,拼命地逃跑着。一路上战战惊惊,惟恐范筑先在什么地方有埋伏,还好,三十多里地下来,并没有遇到袭击。

高桥正在心存侥幸地往前走着,眼前却越来越呈现出树高林密、灌木丛生的景象。而且雾气腾腾、令人不寒而栗,高桥毛骨悚然,不敢贸然前行了。他立即命令部队停止前进,原地待命,然后,令副官去察看地形。

前方不远,有条土路横跨金堤河,从北向南延伸下去,高桥看到路边有一块一米来高的青石碑,近前一看,上书"十字坡"三个大字,他微微一怔,自言自语道:"十字坡,孙二娘,母夜叉。"这高桥是个中国通,对于中国历史有过研究,他心里觉得不是好兆头,于是,就对副官说:"中国兵法上说,兵不厌诈。我们不能一直往西走,就从这里向南穿过全堤河去,从南大堤向濮城进发。"

就在高桥察看地形的时候,金堤南岸树丛里,三个女扮男装的黑衣人,也正在紧紧地盯着高桥的一举一动。三人中为首的名叫黑瑞侠,人称"黑牡丹"曾在日本读书,"卢沟桥事变"后父母、哥嫂均死于仇人和鬼子之手,为报国仇家恨,她立即弃学回国。变卖了八十亩肥田好地,在家乡金堤边上招兵买马,现手下已有女兵十多个,立志诛杀鬼子,铲除地方恶霸,决心为父母、兄嫂报仇。她一直想加入范筑先的正规部队,可总也找不到机会。今闻范筑先专员攻打范县的鬼子高桥,就带着手下黄春燕、郑红二人,轻装简从,从海泉镇来到范县金堤河南观察战况。战斗正在激烈地进行中,却见大批鬼子从西南城角逃出,惊慌失措地跑出来。"黑牡丹"见此情景,就断定鬼子必败无疑,为给范专员提供鬼子的动向,就决定在金堤南岸,随行观察鬼子的行踪。

今天黑瑞侠仍着黑色学生装,黑色带沿学生帽。墨镜后边,是两只水灵灵的大眼睛。双肩斜挎两把"德国二十响",手里牵一匹枣红马,显得英俊洒脱,有一种令人敬畏的女侠气概。

黑瑞侠眼睛盯着鬼子,对伙伴说:"奇怪,鬼子去濮城,应该往西去,从古云到濮城是大道,怎么从这儿往南来了呢? 想必是觉得往西去不安全。"

"嗯,可能是这样。"黄春燕和郑红附和说。

"如果真是这样。"黑瑞侠说:"我们坚决把鬼子打回去,逼他们钻进中国军队的包围圈里去。"

"对! "黄春燕说:"把鬼子打回去。"

"好! "黑瑞侠:"咱们马上拉开散兵线,到时候我先开枪,恁俩再从不同位置、不同时间向鬼子射击,如果实在顶不住,我们就拨马向龙王庄方向撤退。能够骚扰鬼子,延滞其退却时间,就算达到了目的。"

鬼子的先头小分队,左弯右拐,绕过河床里片片积水,眼睛直直地看着南岸金堤,心怯胆怵,缓慢地向前移动着。

鬼子越来越近,已经进入子弹的有效射程。

黑瑞侠对伙伴说:"准备射击。"就立即扣动扳机"叭、叭、叭"一连两个点射,紧跟着黄春燕、郑红也各自打了两个点射。

枪声响起的同时,前边的两个鬼子已中弹倒地,后边的鬼子则趴在河滩里,再也不敢动弹。

高桥没料到南堤也会有埋伏,对方是什么人、有多少兵力?一点都不了解,他想通过枪声,判断南堤的火力配置。可南大堤上的枪声却没有再响,这使高桥如坠五里雾中。他想如南堤真有中国军队埋伏,自己这二百多人定会全军覆没。高桥害怕了,他立即令副官带队原路返回北堤。

趴在河滩里的鬼子兵,听到撤退命令后,立即爬起来,拼着命的向北跑。

黑瑞侠认定鬼子不会再往南来,就风趣地对伙伴们说:"鬼子要跑,我们给他送送行。"说罢,三个人又举枪照准北逃的鬼子,连着打了几个点射。

高桥逃到北堤,回头往南一看,未见有追兵。再往西一看,仍然是莽莽苍苍、遮天蔽日的丛林,地形极为复杂,沟壑纵横,人还未进入其中,就感到眼花缭乱,晕头转向,茫然难辨东西南北。面对这种地形状况,高桥不敢再贸然行动了。

三

范县政府大院里,被鬼子糟蹋得一片狼藉,职员们正在清扫垃圾。

范筑先疲惫地坐在院里一条石凳上。凌作善手里捏着点什么,急忙跑到范筑先面前说:"范专员,你的袖子耷耷拉拉的太难看,我给您简单的缝两针吧。"

范筑先抬起左胳臂,看着被鬼子枪弹撕烂的袖筒,无奈地笑着说:"好啊!那就缝吧。"

凌作善穿针引线,半蹲半跪地缝起来。

范筑先低头一看,发现凌作善的帽角上,不知何时也被鬼子的子弹穿了个洞。刚从枪林弹雨里钻出来,脸上还沾着灰土,就又给首长缝衣裳。看着这个从临沂跟来的年轻人,范筑先心里涌动着一股热流,眼角里也酸酸的。就问道:"作善,刚打完仗,你从哪里弄来的针线啊?"

"我从伙房大师傅那里借来的。"凌作善也不抬头,仍在笨拙地缝着袖筒。

"给你奶奶和爹娘写信了吗?"

"经常写,这次离开聊城前还写了一封哩!"

"很好!要经常给家里写信,不然,老人们会惦记的。"

"是!"凌作善回答。

李士超背着相机风尘仆仆来到县政府,见凌作善给范专员缝衣裳,立即来了灵感,画面太美了,二话没说,打开相机,"咔、咔、咔",从不同角度,一连拍了三张。

周子平提着壶拿着碗正好来到跟前说:"缝衣裳的照片有啥看头啊,应该多拍打仗的。"

李士超:"打仗的拍的不少了,这战斗间隙缝衣裳的照片,更有生活情趣。"

周子平把水递到范筑先手里:"范专员,来不及沏茶,就凑合着喝碗白水吧。"

范筑先端着水碗说:"沏什么茶呀,打仗嘛,能喝碗白水就很不错了。"

周子平看着范筑先、凌作善、李士超脸上还有灰土,就招呼炊事员送来一铜盆凉水。

范筑先挽起袖子说:"来,作善、李记者,咱们一块洗吧。"

"范司令还是你先洗吧。"作善和李士超说。

范筑先刚洗完脸,袁仲贤、黄龙飞、郑子恒、林金堂等各路指挥员就陆续来到县政府,自动地围在范筑先身边。

范筑先："现在把大家找来,简单地碰一下头。我们今天把高桥赶跑,是大家协同作战的结果。官兵们又口渴又累,先想法叫战士们吃饱喝足。"范筑先对周子平说："你安排一下,四街三关的群众,叫他们帮部队搞一下午饭。"

周子平："早已安排好了,打跑了鬼子,百姓们十分高兴,都在主动地杀猪、宰羊慰劳部队哩,吃饭绝对没有问题。"

范筑先又说："饭后,林金堂、郑子恒部留在范县,帮周县长安抚受战争创伤的群众,防止鬼子二次来袭。袁参议、黄龙飞随我一起西进,尽快赶往马陵道,与赵健民部一块夹击高桥。"

"是!"

大街上锣鼓喧天,鞭炮声此起彼伏,很多人一起向县政府走来。人群前四个人抬着一个香火桌子,上边燃烧着几柱高香,旁边还摆放着点心、蜜饯和时鲜瓜果。紧接着又是一张四人抬的神案,上边端坐着一尊缩小的关羽塑像。人群中有人高喊着："庆贺范专员抗击日寇取得伟大胜利。""庆贺关二爷附体显灵。"口号喊的虽然有些不伦不类,却反映了民众们的真实情绪。

人们已进入县政府大门,人也越聚越多,口号声也越来越响。

范筑先等人看着眼前的阵势,知道老百姓为赶走日本鬼子而高兴,可又不明白为什么还抬着香火和关羽塑像。

周子平立即赶到大门口,简单询问之后,回来高兴地说："百姓们一是来庆贺胜利,二是为关帝庙里的关老爷显灵,说关羽关二爷的英灵在范专员身上附了体。"

范筑先高兴地说："庆贺战斗胜利可以理解,这关老爷显灵,又在我身上附了体,就有点不靠谱了。"

周子平说："群众们说,日本鬼子向关帝庙打了十几发炮弹,不但范专员安然无恙,就连关羽塑像也傲然屹立、毫发无损。又说,关羽是美髯公,范专员也是大胡子,两个人都是武将,这事就这样传开了。"

范筑先微笑着摇摇头："这都是哪儿跟哪啊!"

"范专员,范司令!"人群中有人高喊着。

"群众的意思是想见你一面。"周子平对范筑先说。

范筑先稍一迟疑说："好吧,我就和乡亲们见见面。"

周子平站在一条板凳上,高兴地喊："乡亲们,安静一下。现在,就请范专员给大家讲话。"

一阵热烈掌声过后,范筑先在周子平、凌作善的搀扶下站到一张条桌上,民众们踮脚仰脖,一睹老将军的风采。

范筑先见场面略有平静,就大声说："乡亲们,我就是你们要见的范筑先。我不是什么关羽附体、显灵,更不是关二爷转世。我和大家一样,是从农村走出来的小老头。四十年前,我才十几岁,就给粮食贩子当推车夫,经常从咱范县到馆陶卫河马头推黄豆。所以我对范县父老乡亲的和蔼、诚实,有深刻的感受。二百多年前,范县知县郑板桥离开范县后,还作诗赞扬说:'范县民情古有风,一团和气又包容。老夫去后相思切,但愿人安又年丰。'

由此可见咱范县父老乡亲们厚道宽容，是有历史传统的。而如今，狼心狗肺的日本鬼子，到处烧杀抢掠，咱们全国军民，一定要团结起来，坚决把万恶的鬼子赶出中国去！"

范筑先稍稍停顿了下说："这次打鬼子之所以能取得胜利，多亏了范县乡亲们的大力支持。因此，我代表全体参战官兵，向乡亲们表示诚挚的感谢。"

掌声热烈，民众情绪高涨。

民众们散去之后，袁仲贤、黄龙飞、郑子恒、林金堂等相继离开县政府。周子平看着双鬓飞雪、面色疲惫的范筑先说："范专员，这场战斗刚打完，我建议您在范县住一宿，歇息歇息，明天再走不迟。"

"不行啊！"范筑先说："你的心意我明白，可这是战争时期，我作为一个指挥员，怎么能躺下休息呢？"

周子平略一思忖道："哎，范专员，您不是喜欢郑板桥吗？"

"是啊！"范筑先说："我喜欢郑板桥的一身正气，喜欢他爱民如子的高贵品质，不过我也喜欢他的书画。"

周子平说："书画暂没发现，不过文庙前还立着一块郑板桥亲手书写的揭古碑。"

"揭古碑！什么叫揭古碑？我真没见过。"范筑先兴奋地问道。

周子平高兴地说："正好，您留下来看看，研究研究嘛。"

"还研究研究。"范筑先说："等把日本鬼子赶出中国后，我一定来范县住他个半月、二十天的，静下心来好好看一看。"

周子平无奈地点点头。

四

昨天，赵健民开完战前动员会之后，就连夜赶到了马陵道。

还在古云集的穆九如，听说赵健民带着队伍来到马陵道，就想见一见又是老熟人，又是老领导的赵健民。在村头的一个碾房里，穆九如见到了赵健民。

此时，赵健民和刘勇几个领导，正在忙于排兵布阵。穆九如就蹲在一边吸烟，听赵健民对刘勇说："能找个熟悉地形的村民就更好。"

刘勇："此时找村民恐怕……。"

穆九如说："不用找别人，我就熟悉这里的地形。"

刘勇："穆大叔熟悉这里的地形？"

穆九如："是啊！我家就在附近。这儿的地形地物，我闭着眼睛就能摸的一清二楚。"

赵健民高兴地说："既然如此，穆大叔，今儿就辛苦您跟侦察员跑一趟吧。"

"自己人，别说客气话。"穆九如说："为了打鬼子，跑十趟、百趟都中啊！"

赵健民满意地笑道："好，来，咱们再具体研究一下。"

高桥不敢再犹疑了，他决定顺金堤北岸继续西行。往前刚一拐弯，就看见金堤柳树下，一个老头赶着几只山羊啃着青草，而另一个老头却依着柳树吸烟，吸烟的老头就是穆九如。见鬼子来到面前，穆九如故作惊慌害怕，站起来就想走。

高桥命鬼子兵拦住穆九如，问道："你，什么的干活？"

穆九如似懂非懂，就把背囊里的坠琴拿出来，拨弄了一下琴弦，比划着说："我唱曲讨饭的干活。"

高桥指着鼓鼓囊囊的袋子问："里面还有什么东西？"

穆九如："太君，这背囊就是我的全部家当。"

穆九如还没说完，几个鬼子就把背囊提起来，口朝下再往上一掂，来了个底朝天。破洋瓷碗、破衣服、半块黑黄窝头等物件，就"叽里咕噜"地滚出来了。

高桥看见有两块黄铜月牙板，就好奇地问穆九如："这是什么东西的干活？"

穆九如就把月牙板夹在手指缝里上下左右的一晃，说："这是我讨饭吃，说山东快书的乐器。"

高桥很不感兴趣，烦躁地说："快收拾起来，带路的走。"

穆九如点头哈腰地拾掇好行囊，转身就走。

"你的哪里去？"高桥厉声制止。

穆九如呆愣着说："太君，不是叫我开路吗？"

"我的，叫你带路的干活。"高桥凶狠地说。

"带路，太君要到哪里去？"

"濮城。"高桥说："知道濮城吗？"

"知道濮城。"

"好。"高桥手一挥说："马上开路。"

穆九如被鬼子控制着，往西走了一里多路，金堤在这里拐了个牛梭子弯。远远地望去，前边的路被很多刚砍断的树木挡住了，上边还覆盖着密密实实的树枝和树叶，就是一道绿色的屏障，很显然，这是要拦挡鬼子的去路。

高桥看到这种极不寻常的景象，心中有些惊怕。还未下命令，前边的鬼子们就本能地停止了前进。

绿色屏障后面，赵健民和刘勇可清楚地看到前边大堤上的情况。

赵健民对身边的狙击手说："趁鬼子惊魂未定，马上开两枪。注意，千万保证穆大叔的安全。"

"是！"狙击手把准星瞄向鬼子，一扣扳机，对面的一个鬼子应声倒地。听到枪声，穆九如知道赵健民正在按预先的计划行动，于是，也就趁势卧倒在堤边草丛里。

高桥趴在地上，并没有盲目还击。此时，他早已是惊弓之鸟，以往那种专横跋扈，傲慢雄强的霸气，早已荡然无存了，现在是一心想逃出中国军队的包围圈。于是，就近似哀求的问穆九如："去濮城，还有别的路可走吗？"

穆九如不急不躁地说："大堤下面，倒是有一条小路，可沟深草多，不大好走。"

高桥又问："你就在前边走，皇军如果遭到什么损失，你也得死了死了的。"

"我……"穆九如装作很害怕的样子，带着鬼子向右边的深沟走去。

赵健民在树障后，看着穆九如把鬼子领进了大沟，就命令狙击手又向鬼子打了两枪。然后对刘勇说："高桥已钻进口袋，咱们也赶快各就各位吧。"

这条沟，是马陵道现存最深、最长的一条沟。沟深坡陡，两边如刀劈斧砍，险峻异常，崖壁坡顶荆棘丛生，即使山羊、狡兔也难攀爬。而且此沟忽宽忽窄、忽左忽右、上盘下旋、岔口极多。人若进入其中，大都晕头转向，不辨东西南北。

走这样的深沟，高桥十分害怕，他不断地追问穆九如，什么时候才能走出去。

"大概快了吧。"穆九如说："太君，我走不动了，咱们歇一歇再走吧。"

高桥看着两边陡峭的崖壁，空中盘旋着苍鹰，心中更加烦躁："这里不能休息，必须马上赶路，否则统统死了死了的。"穆九如只好背起行囊一摇一晃慢慢地走动着。

其实，鬼子们早已累得狼狈不堪了，他们又渴又饿，只能勉强跟在穆九如身后挪动着脚步。走着走着，眼前的地形有了变化：一条沟向左延伸下去，另一条沟向右蜿蜒开来，此处就成了名副其实的三岔口了。

穆九如心里明白，出了沟口就是平畴沃野，绝不能再往前走了。他膀子尖往下一沉，行囊就从肩上滑下来了，他也顺势躺在了草丛里，嘴里喘着粗气，一副疲惫已极的样子。

后边的鬼子见状，也相继坐在草地上。本来就一身肥肉的高桥，也无力地斜躺下来，大口大口地喘息着。

少顷，穆九如的眼神望左右一扫，就慢慢地爬起来，然后抬腿要走。

高桥厉声呵斥道："干什么去？"

穆九如弯着腰，双手捂着肚子："太君，肚子疼，我要拉稀。"

高桥："不准远去，就在附近。"

穆九如："是，太君。"边说就近解开裤腰带，扒开裤子就往下蹲。

高桥恶心地一捂鼻子道："快快的、远处去的干活。"

"是，太君。"穆九如提起裤子就走。

高桥很警惕，对穆九如说："把背袋放下。"

"是，太君。"穆九如放下背囊，弯着腰向外走去，慢慢地蹲进了草丛里。左侧是一条小沟，穆九如打了个滚，就滚到了沟里。猫着腰三拐两拐，就脱离了鬼子的视线，然后迅速地向崖顶爬去。

约摸过了五分钟，高桥还不见穆九如返回，就急忙派两个鬼子去找，前后左右搜索一遍，连个人影也没见着。随后，高桥也跟着搜找，在穆九如蹲过的地方，发现有条被蒿草掩盖住的浅沟，穆九如就是顺着这条沟溜走的。高桥气急败坏地骂道："中国人的良心大大的坏了。"

穆九如的逃跑，使高桥意识到了此地此时的危险性。他想立即撤退，却又不知道该往何处去。他刚一转身，却发现三岔口的草丛里，有一块二尺来高的破石碑，虽已严重地被岁月驳蚀了，可"马陵古道"四个大字，却依稀可见。这让高桥大惊失色，有身临绝境的不祥之感，他咬牙切齿地说道："马陵道，孙膑、庞涓。"

沟底，马陵道旁所发生的一切，站在沟顶崖头上的赵健民，早已看的一清二楚。在确认穆九如已安全脱离鬼子的控制之后，就立即命令埋伏在崖顶上的部队向鬼子开火。

战士们早已攒足了劲、憋足了气，听到命令后，瞄准沟底的鬼子兵，轻重武器一齐开火。一时间，聚在沟底的鬼子们，就像炸了窝的蚂蜂乱作一团，喊爹叫娘、鬼哭狼嚎，到处乱跑。当这伙鬼子拼着命往西北跑到头的时候，才发现这是一条死沟、绝路。此时高桥的右胳膊已经中弹，他就甩打着左手，领着鬼子原路往回跑。来到三岔口"马陵古道"石碑旁时，他稍一犹豫，然后，就领着些残余鬼子再往东北跑。趁着暮色，他们终于逃出了中国军队的包围圈，丢下几十具死伤的士兵，丧魂落魄的向濮城逃去。

赵健民和刘勇命令战士们打扫战场的时候，黄龙飞已相继率队来到马陵道。

不久，范筑先、凌作善、李士超和警卫连也赶来了。

赵健民向范筑先敬礼后报告说："报告范司令，此次马陵道伏击战，共历时三十八分钟，击毙鬼子二十一人、击伤十四人。缴获三八式步枪三十余支，轻机枪两挺，子弹三百四十发，报告完毕，请指示。"

范筑先亲热地握着赵健民的手说："好，这一仗打的很好。你们出色地完成了伏击任务，战果惊人。我代表鲁西抗日游击总队，向所有参战的指战员，表示热烈祝贺。"边说边带头鼓起掌来。马陵古道的崖顶上，呈现出胜利后的欢快气氛。

范筑先："通过范县和马陵道这两场战斗来看，弟兄们都很坚强、很勇敢，大家出生入死，确实很辛苦。晚上，要给弟兄们改善改善生活，大家好好地睡一觉。"

"是！"赵健民铿锵有力地回答。

范筑先叮嘱道："别忘了加强岗哨，要提高警惕。"

"是！"赵健民等打了个敬礼后，带着队伍走了。

第二十七章

贼高桥败走马陵道

颂英雄关帝爷显灵

第二十八章 | 一字之误于占鳌怒砸报社
致伪勾结吕顺臣潜入古城

一

今儿天气好,又逢聊城东关大集。一大早,推车挑担的,肩披褡裢扌篮的赶集人,就从四面八方汇集而来。看着人们欢快、高兴的样子,火红的太阳也来凑热闹,把千束万缕的光芒,毫不吝啬地倾洒在碧波荡漾的东昌湖上。波光粼粼的水面烁金闪银,似有千万条欢快的红鲤、白鲢在跳跃。这情景令人亢奋又目不暇接。

聊城大街上,特别是光岳楼的四周,都张贴着巨幅的大标语:"庆祝我军收复范县""庆祝范县战斗的伟大胜利""向抗日将士致敬""团结起来,坚决彻底的消灭日本侵略者!"

古楼小学的全体师生,在老校长和范树琨、田苑老师的带领下,敲锣打鼓的离开校园,走出胡同口,很快就融入到浩浩荡荡的游行队伍中了。

游行队伍中有专署和县直各机关单位的职员,更多的则是政干校和省立师范、一、二中学的广大师生。军乐队吹着洋号、打着洋鼓,游行队伍举着彩旗、扭着秧歌、喊着口号,"庆祝我军收复范县""把日本侵略者赶出中国去""中国必胜,日本必败"的口号声震天动地、此起彼伏。人们情绪高涨、精神亢奋、场面宏大、气氛热烈,整个聊城真可谓万人空巷。大街上,成了庆祝胜利,声讨日本侵略者的海洋。

光岳楼西,专署大门内外的照壁上,"良心"两个隶书大字的旁边,有几个老头边吸烟,边赞叹地说:"了不得,真太了不得,范专员拼着老命亲自披挂上阵,当兵的见状个个奋勇冲杀,范县战斗取胜,也就势在必然了。"听者频频点头。此时,耿老三掂着鱼篓、背着渔网,来到"良心"照壁跟前,放下渔网说:"哎!刚才我在王老七茶馆听说,范专员这次在范县打胜仗,是关二爷附体显灵,鬼子的机枪大炮都打不着他,说是刀枪不入,您们听这事神不神!"

一个"啧啧"吸着烟的老头感叹地说:"日本人作恶多端,看来灭掉鬼子是天意啊!"

耿老三来了劲头,索性把渔网往地下一墩,也加入了闲聊啦呱的行列里。

李士超参加完万寿观军民庆胜利的大会之后,正从此路过,见几个老汉靠在"良心"照壁前议论时局,强烈的职业敏感性,使他觉得这是绝佳的新闻艺术题材,是一副生动感人的画面。于是,就立即取出相机,"咔嚓"一声留下了一个历史瞬间。

范筑先和姚弟鸿、张维翰、孟秘书、凌作善等,在万寿观参加完欢庆大会之后,就相伴着

302

向专署大院走来,沿途居民们都由衷地报以热烈的掌声。

正要离开"良心"照壁的耿老三,见范专员等已来到眼前,就立即放下渔网,带着一伙老头,憨厚地笑着、热烈地鼓起掌来。

范筑先见此情景十分感动,走上前去和每位老者一一的握手,表示真诚地谢意。

敏锐机灵的李士超,是不会放过这个难得的机会的,他恰到好处的按动了快门。

二

聊城大街上和往常一样,各色人等熙来攘往、平静安详。除了墙上贴着抗日的标语口号外,似乎没有任何的战争气氛。

一辆东洋车,从东向西,对着光岳楼方向跑过来,车夫已是满头大汗,嘴里还不断地喊着:"借光,借光",却行动自如地在人群里穿行着。

乘车的客人,是个中年男子。他上身着淡米色的杭纺衬衣,下穿府绸西裤,戴一顶洁白的黑箍草编礼帽,鼻梁上架一副金丝黑色墨镜。这种怪里怪气的打扮,在鲁西聊城,还是极为鲜见的。人们好奇地追望着东洋车向西跑去,直到消失在人群里。

东洋车从光岳楼北绕过去,很快就到了专署大院门口。车夫把车子停稳,就从腰里掏出条毛巾,痛痛快快地擦着脸上的汗珠子。

客人下车后,派头十足,又好像旧地重游的样子,左右看了看,专署大门内外照壁上,巨大的"良心"二字,让其猛然震惊。然后,掂起小手提箱,就向专署大门口走过去。

车夫见状,立即大声喊道:"哎!先生,您还没给钱呐。"

客人停下脚步,自嘲地摇摇头,然后掏出一张大额纸币递给车夫说:"拿去吧,不用找零了。"

车夫和黑墨镜客人刚才的一举一动,被坐在门房值班室里的刘洪涛看得清清楚楚。心想,这位客人表现得不一般,想必有些来头。他是什么人? 到专署来找谁呢?

黑墨镜客人拎着小皮箱,自己不把自己当外人,来到大门口对哨兵一点头,毫无顾忌,大大方方地就往里走。

哨兵并不领情,上前拦住去路说:"先生,请出示证件。"

"以前进出专署,也没见要证件啊!"黑墨镜有些不高兴。

哨兵:"从前是从前,现在是抗日非常时期。"

黑墨镜说:"我没带证件,我是来找人的。"

哨兵:"请问你找谁?"

黑墨镜有些盛气凌人地说:"我找你们的王金祥参谋长。"

哨兵:"你是?"

黑墨镜:"我是你们参谋长的老同学。"

哨兵眼珠一转悠说:"不巧的很,今儿王参谋长没在家!"

"他去哪儿了?"

"不清楚。"

"啊!"黑墨镜很惊诧地说:"那……我到他办公室去等他吧。"

"对不起。"哨兵说:"上边有规定,长官不在家,不准许任何人到他的办公室去。"

刘洪涛看着黑墨镜要对哨兵发火,就走出值班室,对黑墨镜说:"先生,我们这些当兵的,若不按规定行事,长官会惩罚我们的。这一点,还请先生见谅。"

刘洪涛见黑墨镜还没有离开的意思,就接着说:"如果这位先生愿意的话,请把您的尊姓大名写下来,等王参谋长回来后,叫他去找您,您看怎么样?"

"那就不必了。"黑墨镜知道碰上了别楞头,进不了专署,也见不着王金祥。于是,就提着箱子,嘴里"嘟嘟囔囔"悻悻地离开了专署大门。

刘洪涛回到值班室后,警惕起来,这是什么人呢? 怎么敢在这种时候,明目张胆地来找王金祥呢? 越想就越觉得不对劲,于是,他问哨兵:"张班长,刚才找王参谋长的人,往哪儿去了?"

哨兵:"那人离开专署后,很快就又坐上了一辆东洋车往东去了。"

刘洪涛不无追悔地摇了摇头,然后把上衣和帽子一脱,从门房里推出一辆自行车,立即奔光岳楼方向蹬去。

刘洪涛骑着自行车刚拐过光岳楼,就看见黑墨镜租的东洋车,正在不紧不慢地向东走去。刘洪涛不急于追赶,只在视线范围内,紧紧地跟着东洋车。

东洋车拉着黑墨镜一路上寻寻觅觅,左转右拐、东窜西跑了好一阵子,最后,终于在道署东街路南的三叉胡同口停下来。黑墨镜拎着小皮箱,顺着墙高幽深的小巷,边走边看着两边的门牌号码。很显然,黑墨镜对这里的地理环境并不很熟悉,在接近大街的一个青砖灰瓦黑漆大门前,他伫立踟蹰了一会儿,在确认无误之后,才"咚咚"地敲响了大门。

黑漆大门严丝合缝,没有任何动静。黑墨镜就耐着性子,又"咚咚"地敲了两下。

就在黑墨镜脸上有些失望的时候,黑漆大门缓慢地开了一条缝,门缝里露出两只眼睛,冷冷地问:"干什么的?"

黑墨镜:"这儿是六区的行辕驻地吗?"

门缝里的人问:"你找谁?"

"我找李树椿主任。"黑墨镜说。

"你是谁?"

"我是李主任一个老同学的朋友。"

"我们这儿有规定,客人必须报真名实姓,否则不予通报。"看门人显然是照章办事。

黑墨镜不言不语,从兜里掏出一张名片,恭敬地递到门缝里。

门缝里的人接过名片后,又重新关上了厚重的黑漆大门。

李树椿翘着二郎腿,嘴里哼哼着小曲,正在悠闲地抽烟、品茶。

门卫喊了声"报告",就推门进屋说:"李主任,门外有人找。"

李树椿一楞道:"什么人找我?"

便衣门卫:"此人穿衣打扮的很洋气,架一副墨镜,拎只小皮箱,好像不是本地人。呐,这是他的名片。"

李树椿接过名片看了一阵,眉头紧锁,心里说,这个时候,他怎么来了? 李树椿思忖揣度再三,对门卫说:"好,就请他进来吧。"

"是!"门卫走出房门。

黑墨镜在门卫的引领下,来到了李树椿的办公室。

李树椿见来人装扮不凡，立即从椅子上站起来，疑惑地问："你是——？"

黑墨镜立即放下皮箱，摘下鼻梁上的墨镜，拿掉礼帽，谦恭地点头说："李主任，您还认得我吗？"

李树椿已认出来人是邱一堂的副官吕顺臣，却故意愣了一阵子，然后惊喜地说："噢，是吕副官！两年了，猛一见面，还真有点认不出来哩。"

吕顺臣如释重负地说："李主任，您老还和从前一样，神清气正、红光满面，一脸的亨通富贵之相啊！"

吕顺臣这几句恭维奉承的阿谀之词，竟如一缕春风，把凝结在李树椿脸上半个多月的阴云愁雾，一下子就吹光了。

李树椿笑容满面，一边招呼吕副官落座，一边令勤务兵倒水沏茶。然后，亲切地问："眼下，队伍在何处驻防啊？"

吕副官毫不掩饰地说："李主任消息灵通，应该知道吧！"

李树椿故作不知的说："聊城偏僻、闭塞，你们部队经常调防，我怎么会知道啊？"

"噢！是这样。"吕顺臣环顾左右欲说又止。

李树椿示意勤务兵回避，然后说："吕副官有什么话，尽管说吧，我这行辕，可是清静得很呐。"

吕顺臣凑近李树椿，低声地说："我们的队伍，现就驻扎在济南城。"

李树椿惊愕地问："啊！济南？不是早就被鬼子占领了吗？"

吕顺臣："对，情况是这样的。我们离开聊城后，队伍先后在鲁南、苏北和萧沛砀一带活动。韩复榘主席被蒋介石枪毙后，部队人心涣散、供给困难。日本人看准了机会，主动给我们补充武器弹药，军饷粮食也随之有了保障……"

李树椿故作惊骇道："这么说来，你们已经归顺了日本人？"

吕顺臣轻轻地点着头，从怀里掏出一张信纸说："这是邱旅长给您的亲笔信，所有情况都写在纸上了。"

李树椿展开信纸，飞快地看完后，很老练、沉稳地停顿了一阵。然后，若有所思地说："如今时局动荡，乱世之秋，利弊成败，实难预料。你们果断地这样作，也不失为一种选择。"

吕顺臣："邱旅长说，我们也是无奈之举。人嘛，总不能一条路走到黑。"

李树椿打着哈哈："啊！啊！人各有志嘛。"

吕顺臣见李树椿如此说，知道对其投敌没有反感，就大胆地对李树椿说："李主任，我临来时，邱旅长还让我告诉您。"

李树椿："什么？"

吕顺臣："只要李主任提出来，无论任何事情，他都愿意帮忙。"

李树椿不置可否地轻轻摇头说："邱旅长的美意，我心领了，待今后有了什么困难，树椿一定会恳请老同学帮忙的。"然后就亲自执壶为吕顺臣茶杯里续水。

吕顺臣知道李树椿向来自视清高，而今，却谦恭地为我这个小副官执壶，想来，这个老狐狸是有些心动了。于是，就压低声音，谨慎地说："邱旅长要我特别知会李主任，除范筑先和共党掌管的队伍外，他可以帮忙提供一切枪支和弹药以及车辆。"

李树椿感激莫名地说："真是日久见人心啊，在这自顾不暇的时刻，老同学还想着我。

特别是吕副官,冒着途中的各种危险,亲临聊城,树椿委实感激不尽啊!"

吕顺臣听李树椿如此说,明知是客套话,但心里还是有些不好意思,就急忙说:"李主任,你和邱旅长是多年的老同学,情深义厚。我作为邱旅长的副官,能为您二位跑腿办事,是我的福分和光荣,您说的感激二字,顺臣实在承受不起。"

"好!既然都是自己人,客气话就不多说了。"李树椿又亲自递给吕顺臣一颗烟说:"当时你们的队伍离开聊城时,我还没有调过来。这个小胡同你是怎么找过来的呀?"

吕顺臣吸了一口烟说:"王金祥参谋长一定知道你住在什么地方,下车后我就直奔专署保安大队。"

"你见到王金祥了?"李树椿迫不及待地问。

吕顺臣:"咳!别提了,警卫的哨兵说他不在家。我说到他办公室去等他,可哨兵仍然不买账。我觉得气氛不对劲,所以,就雇了辆黄包车拉着到处找,总算在这儿找到了您。否则,我可就竹篮打水、空跑一趟了。"

此时李树椿的脸色又阴沉起来说:"你们可能不知道,王参谋长遭大难了。"

"啊!王参谋长怎么了?""吕顺臣惊疑地问。

李树椿:"具体情况说来话长,如今他已被范筑先禁闭十多天了。"

吕顺臣:"怪不得,门口的哨兵都冷冰冰的,原来王参谋长出事了。"

李树椿和吕顺臣提及王金祥的事,都撇嘴哀叹、唏嘘着。此时,办公室主任轻敲房门,进屋后向李树椿请示道:"李主任,今儿中午饭?"

李树椿抬头看了看条几上的老式座钟,知道已是十二点多了,说:"今儿有客人,你马上去胭脂楼安排一下,就不要在行辕吃了!"办公室主任领命而去。

吕顺臣对胭脂楼是很熟悉的,此次来聊城,一是给李树椿通报邱一堂投敌的情况,另外就是很想再到胭脂楼玩一玩。见李树椿安排的很对自己的心思,高兴之余却假惺惺地说:"李主任,咱们在行辕随便吃点什么就行了,别出去了吧?"

李树椿一脸真诚地说:"老朋友一年多没见面了,无论如何也要喝二两,也让我尽尽地主之谊。范筑先他们专署的人,来客就去三德元饭庄。咱们还按老习惯,今儿还是去胭脂楼。"

三

聊城政干校院内,赵伊坪、姚弟鸿,围在张郁光办公桌旁边,面对《抗日战报》头版头条"我军胜利收复范县"的消息,正在热烈地议论着。

张郁光十分感慨地说:"范专员这么大年纪了,亲赴前线,身先士卒,带头冲锋陷阵,与鬼子进行殊死的拼杀。这种大无畏的英雄壮举,除了报纸要大力宣传外,咱们政治部,也要就此尽快形成文件,下发到各支队、县大队,在群众中掀起学习老专员、争当杀敌英雄的活动。"

姚弟鸿:"是啊!我也是这么想。抗战以来,这次收复范县,是我们聊城地区最大的一次胜利,确实应该重点学习宣传。"

齐燕铭此时拿着一沓稿件进了屋:"哟!这么热闹,说什么呢?"

姚弟鸿回头一看:"嚯!齐大主编来了,我们正在说你的《抗战日报》呢。紧跟形势、编印及时、读者喜欢、鼓舞斗志,好!"

齐燕铭谦逊又略带玩笑地说:《抗战日报》受到读者的欢迎,是你们各位领导关心、支持的结果,为进一步提高报纸质量,希望多提宝贵意见。"

"哎!哎!都别客气嘛。"赵伊坪说:"你们看,收复范县这篇报道,文章写的好,版面编排的好。特别是范专员在范县大街和鬼子拼杀的照片,更给报纸增添了光彩,真是达到了珠联璧合、图文并茂的效果。"

姚弟鸿:"你们那个青年记者李士超干得不错呀!"

齐燕铭:"他可是我们报社的骨干,小伙子热情高、干劲大,而且,拍照片、写文章都有两下子。"

张郁光:"像这样有文化知识、又有抗日热情的年轻人,就要注意重点培养。"

齐燕铭见大家对报纸议论的差不多了,就把手中的一沓稿件放在桌上说:"报纸的重点是宣传抗日,可对破坏抗日、声讨王金祥的文章稿件,积压了很多,群众的呼声很强烈,咱报纸是不是也该发点声了!"

赵伊坪深有同感,激动地说:"各支队、各县对王金祥惨无人道地杀害王青云、汪毅的罪行,都很气愤,要求严惩凶手,可咱报纸上却没有一点反应。现在范专员从前线回来了,王金祥这事,是不是该有个结果了。"

张郁光很清楚大家对王金祥的愤恨,而自己作为宣传舆论部门的领导,遇事不可太冲动,要冷静考虑大局,要三思而后行。张郁光考虑再三之后说:"对王金祥的杀人罪行我和大家一样,心里非常气愤。可范专员刚从前线回来,总得让老专员歇息歇息。另外如何处理王金祥,我想范专员一定会有所思考。所以,咱们的《抗战日报》,不必过早的把倾向表现出来。"

齐燕铭:"那么,这类稿件?"

张郁光:"还是先停停再说吧,对这类稿件,一定要慎之又慎。三个月前,我们的报纸排错了一个字所闹的乱子,想必大家还记得吧。"

姚弟鸿、赵伊坪、齐燕铭深深地点着头。

支队司令于占鳌,上尖下粗的葫芦脸,下巴连鬓还有一圈灰不邋遢的络腮胡子。虽然一身戎装,也佩中校军衔,可举手投足仍透着一身匪气。现在,于占鳌一副志得意满的样子,坐在躺椅里,一边摇头晃脑地哼着小曲,一边还撇嘴咂舌地抽烟、品茶,似乎正在等待着什么。

勤务兵手拿两张《抗战日报》兴冲冲地来到屋里说:"报告于司令,报纸上把您在徒骇河跟鬼子打仗的消息登出来了。"

于占鳌满脸不在乎,冷冷地说:"老子上报纸了,上边都写了些啥?"

勤务兵:"说您勇敢杀敌不怕死,指挥有方……"

于占鳌伸手说:"把报纸拿过来,我看看。"

勤务兵立即把报纸递过去说:"于司令,平时您净说自己是大老粗,斗大的字识不了一布袋,如今咋又能看报纸了?"

于占鳌讪讪地道:"平时不识字,报上登我的事哩,我还能不识字?"说完就笨拙地把报纸举到面前,伸脖瞪眼地点着头默念起来。脸上的表情由欣喜变成了惊疑,再由阴沉变成气愤和恼怒，最后竟"啪"地一声把报纸摔在了地上，骂道："他妈的，这哪里是夸奖老子。报社那几个共党分子，分明是把老子当猴耍！"

勤务兵一头雾水，还以为自己在什么地方犯了错，就嗫嚅着说："于司令，您这是……，我做错了什么吗？"

于占鳌气急败坏地说："你倒没做错什么，快把报纸拾起来看看吧！"

勤务兵就急忙把报纸从地上拾起，然后粗粗地扫了两遍说：'报告司令，我没看出来有什么事。"

"再仔细看看！"于占鳌余怒未消。

勤务兵又看了一遍说："于司令，我文化浅、识字少，实在看不出报纸上有什么毛病？"

于占鳌："再浅，还能比我的文化浅，我都看出来了，你咋能没看出来呢？"

勤务兵："报告司令，我实在没看出来。"

于占鳌："报纸上有我的名字吗？"

"有！"勤务兵说。

"我的名字叫什么？"于占鳌问。

"叫于司令！"勤务兵大声说。

"混蛋！不是司令，我的名字叫什么？"

"您的名字？"勤务兵醒悟道："司令的名字叫于占鳌！"

"你看看。"于占鳌指着报纸说："这是于占鳌吗？"

"是于占鳌！"勤务兵看了一眼报纸，胆怵地说。

于占鳌气疯了："他妈的，那不是于占鳌，是于占鳖。"

"啊！什么于占鳖？"勤务兵懵懵懂懂地说。

"鳖就是乌龟王八蛋的老鳖，这个字我记得最清楚！"于占鳌说。

勤务兵非常害怕，再也不敢多说话了。

于占鳌对勤务兵说："去，让警卫连派几个人去，叫报社的人给老子说清楚，不然，就把报社给我砸了！"

"是！"勤务兵立即跑了出去。

办公室里范筑先正在小本子上记些什么，孟秘书匆匆地走进来说："报告范专员，十九支队司令于占鳌，说报社把他的"鳌"字印成"鳖"了，就派了十几个兵，在报社闹事哩。"

范筑先有些吃惊的问道："现在还闹着吗？"

"警卫连的人正在向外轰他们。"孟秘书说。

范筑先收起小记事本，生气地抓起电话"吱吱"地摇了几下说："喂！我是范筑先，胡副参谋长吗？于占鳌这个人胆子也忒大了，竟敢派人去砸报社，无法无天。这哪里还有一点军队的组织纪律性？你去见见于占鳌，必须叫他改掉土匪流寇的坏习气，令他写出深刻检查，否则，严肃处理。嗯！你现在就去！"

"是！"胡作良放下电话，不屑而又无奈地摇摇头，向门外走去。

于占鳌派去砸报社的十几个人，很快就被专署警卫连给赶了回来。他们风纪不整，敞胸露怀、歪戴着帽子，垂头丧气地回到驻地。带队的小队长向于占鳌汇报了被警卫连轰回来的全过程。

于占鳌气愤恼怒又心烦意乱，不知该如何发泄。就叼着烟卷，独自一人在屋里瞎转悠。

勤务兵见于占鳌很生气，自己心里也很害怕，就站在屋外等候着。此时，只见大门口突然进来几个当官的，其中就有总队代参谋长胡作良。勤务兵急忙回到屋里，向于占鳌报告说："报告于司令，总队胡参谋长来了。"

于占鳌眼珠子一斜愣，生气地说："他来就来呗，咋呼屌啥！"话音未落，胡作良就进了屋。于占鳌见胡作良进来也并未打招呼，仍然耷拉着脸、拧脖子咧嘴，那架势一百个不服气，一万个不在乎的样子。

胡作良进屋后，看到于占鳌满不在乎的样子，嘴角露出了一丝轻蔑地微笑，自己就拉了把椅子坐下，然后，掏出一支烟来猛吸。一阵僵持尴尬后，胡作良冷冷地说："于司令，我胡作良好歹也是总队的代参谋长，来到你司令部，没烟、没水、不理不睬，你目中无人，连起码的礼节也没有。难怪你脑袋一热就敢砸报社。"

于占鳌仍喊冤叫屈地说："他报社把我于占鳌的'鳌'字印成了乌龟王八的'鳖'字，这种欺人太甚的事要搁到你身上，你能受得了吗？"

胡作良心想，必须把这个桀骜不驯的家伙制服住，以后方能为我所用，于是，就气愤地一拍桌子怒吼道："你受不了也得受！你现在是抗日队伍的支队司令，不是土匪头子！"

于占鳌一看胡作良真发火了，心里也惊吓得一愣怔，瞪着两只疑惑的眼睛，弄不清胡作良的葫芦里要卖什么药，也就不敢再放肆了。

胡作良知道已把于占鳌镇唬住了，对这个匪性十足的家伙不能光来硬的。于是，就转换口气说："于老兄，说实话，你那个'鳌'字和'鳖'字很相似，粗心大意的小编辑们很容易将两个字弄错。这本是哈哈一笑的小事，可你兴师动众地去砸报社，显得咱小肚鸡肠、太没肚量。"

于占鳌听着胡作良数落了一阵，情绪已有所稳定。

胡作良看着于占鳌的表情已平静下来，就又接着说："于司令你也可能知道，政干校和报社那伙青年人，可都是范专员的爱臣，报纸是他们的喉舌。你去砸报社，这不是太岁头上动土嘛？你这事，我本不想插手，可又一想如果范筑先亲自来处理，对你批评训斥是小事，弄不好就敢免掉你的司令职务，甚至于开除军籍。"

于占鳌瞪着眼，头上直冒汗，感到后果严重，心里有些害怕。

胡作良看出于占鳌的傲气已无，心里也服了软，于是，就进一步转换语气说："于司令，快叫你的勤务兵上茶，今儿中午，我和刘参谋就在你这儿吃顿饭。"

于占鳌很惊喜，心想胡作良这样的人物，平时下帖都请不来，今天主动留下吃饭，算是给足了面子。于是，就立即喜形于色地差人去安排酒饭，并亲自执壶为胡作良斟上茶。

现在胡作良很得意，心想，今儿真是坏事变好事，不用费劲就把占鳌降服了。于是就以特别知己亲近地口气说："于司令，你我都是行武出身，性格、脾气相似，咱近人不说远话。如今，虽说是国共合作、共同抗日，可每个人心里都有自己的小九九。就说咱聊城吧，范筑先虽说无党无派，可在说话办事等一切方面，明显地倾向共党分子。所以咱们今后必须好自为之，不要在一句话、一个字上计较，别在一些鸡毛蒜皮上惹是生非。古人说，小不忍则乱大谋，大丈夫就得想大事、干大事。往后，于老兄有啥想法有啥要求，只要看得起我胡作良，尽管来找我，我保证尽力帮助，为你做主。"

于占鳌毕竟是土匪粗人出身，对胡作良这些拉拢离间、挑拨的言词还真感激涕零，认为是真诚的肺腑之言。他声音颤抖地说："胡参谋长，我于占鳌虽然比你年长，多吃了几碗干饭，可在文化知识、处事谋略、识人眼力上实在和胡参谋长没法比。"为表诚心，于占鳌接着说："胡参谋长在军务繁忙中，还留在我这里吃顿便饭，是对占鳌最大的信任和支持。往后，我于占鳌就听胡参谋长的，惟您的马首是瞻，您说咋办就咋办。"

　　胡作良觉得目的已达到，微笑着说："于司令，现在时局太乱、变幻莫测，处事艰难。今后在大事上，你我要同舟共济、相互帮扶，以求立于不败之地，这是作良所期盼的。"

　　"胡参谋长，请您放心吧。"于占鳌往门外喊了一声："酒席准备好了吗？"

　　"准备好了！"门外的勤务兵大声回应着。

　　于占鳌对胡作良一弯腰说："胡参谋长，请，咱餐桌上边喝边谈吧！"

血染光岳楼

第二十九章 | 铁证如山王金祥认罪画押
以上凌下沈鸿烈狱中捞人

一

聊城专署大院里,肖守俭带着两个全副武装的战士,神情严肃地走来。穿过走廊、跨过圈门,拐弯抹角地向禁闭王金祥的小院走去。

王金祥躺在一张单人床上,仰面看着屋顶。自从进了禁闭室,从表面上看,情绪还算稳定,可内心却十分紧张,甚至恐惧。他心里明白,平时给范筑先找点麻烦,和张郁光等几个共党分子打点口水战,这些不会影响到自己的官位和升迁。而今,是自己亲自下令杀死了共党分子王青云和汪毅,这是人命关天的问题。即使范筑先手下留情,而共党分子也不会善罢甘休。从重可枪毙,从轻也得把我赶出聊城去。每想到此,心里就不寒而栗,有命悬一线、生死未卜之感。关禁闭十多天了,外边的信息一点都不知道。他想,作为行辕主任,又是同学老友的李树椿,不但没来看望过,甚至连个信也不传,这也太不仁义了吧。想到这里,自然对李树椿产生了怨恨,自己也更感到孤独无助了。

这些天王金祥吃不好、睡不着,面容憔悴、精神低靡,眼窝也塌陷了,一副颓废的样子,与往常耀武扬威的架势判若两人。

肖守俭和两个全副武装的战士来到小院,令看守的哨兵打开了禁闭室的木门。一束强烈的阳光,刺的王金祥几乎睁不开眼睛,更辨不出眼前是什么人。

肖守俭公事公办,冷冷地说:"王参谋长,赶快起来把鞋穿上,跟我们到军法处走一趟。"

王金祥点头说"好好",就顺从的下床穿上鞋。

范筑先坐在军法处审讯室的小条桌旁,翻看着他的小记事本,抬头问刘洪涛:"刘连长,这些天,王金祥有什么动静吗?"

刘洪涛立即回答道:"以于占鳌为首的三个支队司令,声称要看望王金祥,都被门口的哨兵挡住了,没能见成。"

范筑先"嗯"了一声,把小记事本合上又问:"李树椿主任来过吗?"

"没来过!"刘洪涛说。

范筑先点点头。

"哎!"刘洪涛忽然想到:"昨儿上午,一个穿戴洋里洋气的中年人,来到专署大门口,声言要见王金祥。"

范筑先思忖道："一个洋里洋气的人？"

刘洪涛："听口音像是外地人，又好像和王金祥非常熟悉。"

范筑先："让他见到王金祥了？"

"没有！"刘洪涛说。

范筑先："后来这个人往哪儿去了？"

刘洪涛："这人没见到王金祥很失望，便气急败坏地扭头就走了。我觉得有些不对劲，就弄了辆自行车在后边跟着他。那人转弯抹角，最后竟进了李树椿主任的行辕。"

范筑先疑惑地说："噢！是吗？"

王金祥搐脖缩肩地走出禁闭室，肖守俭在前，两个战士在后，慢慢地向审讯室走来。到了门口，肖守俭喊了声"报告"，战士们就把王金祥带进了审讯室。

王金祥在刘洪涛的指点下，猥猥琐琐地坐在墙旮儿的一条板凳上。虽然低头耷拉脸，眉宇间却仍露有一种冤屈和不服气的神色。他抬头看了一眼审讯室，和范筑先的目光短暂一碰后，很快又低下了头。

范筑先看着押解人员已离开审讯室，孟秘书、刘洪涛等也做好了一切准备，两眼紧盯着王金祥冷冷地问道："王金祥！"

"到！"王金祥答道。

"知道为什么禁闭你吗？"范筑先问道。

王金祥瞬间一愣怔说："不知道。"

"你是真不知道啊，还是假不知道？"范筑先气愤地问。

王金祥眼皮眨巴了两下说："真不知道。"

范筑先："把你关进禁闭室，目的是要你反省所犯的罪行。如今已十多天了，看来，你没做任何反省，仍然执迷不悟。也好，既然你没有悔过之意，我也不想强逼你。"

审讯室一片沉寂，在场的人的表情很气愤.只有王金祥那狡黠的目光，还呈现着茫然的期待。

范筑先把手中的小记事本收起来，对刘洪涛说："刘连长，你把王金祥再送回禁闭室，明儿一早把他押送到古云集去，交给十三支队的官兵和当地民众，由他们进行审问。该什么罪就定什么罪，不必再向专署打报告。"

"是！"刘洪涛盯着对王金祥说："王参谋长，走吧，回禁闭室去。"

王金祥心里很清楚，十三支队的官兵和古云集的民众对自己恨之入骨。一旦真的被押送到古云集，根本来不及审问，就会被当地民众乱棍打死，其后果是不可设想的。想到这里，王金祥再也不敢要赖，立即一百八十度的大转弯，求饶似地对范筑先说："范司令，我错了，你只要不把我送到古云集去，我保证说实话。"

刘洪涛、孟秘书、肖守俭等把目光一起投向范筑先。

范筑先鄙夷地说："好吧，我再相信你一次，如再要花招，可别怪我姓范的不客气。"然后冷冷地问道："王金祥。"

王金祥："在。"

范筑先："知道为什么禁闭你吗？"

王金祥："知道。"

范筑先："为什么？"

王金祥转了转眼珠子回答："因为我下令杀了共党分子王青云和汪毅。"

范筑先："你为什么要下令杀他们？"

王金祥："因为他先杀死了濮县县长姜洪源。"

范筑先："你说王青云、汪毅下令杀死了姜洪源，你有证人、证据吗？"

王金祥一愣怔，思谋了一会说："证人、证据没有，这事，反正是他们十三支队干的。"

范筑先："十三支队有两千多人，难道都是凶手吗？"

王金祥眨巴着眼，无言以对。

范筑先看了一下小记事本，抬头问："王金祥。"

"在！"王金祥回答。

"把王青云拉到姜洪源坟前，杀死后又把心肝挖出来，是不是你下的命令？"

王金祥吱吱唔唔，自知无法掩盖，就低声说："是我下的命令。"

范筑先一听此言，怒火冲天、实难控制自己的情绪，他"啪"的一声拍桌子，骂道："你这个禽兽，比豺狼虎豹还凶狠的禽兽。"

审讯室所有的人，对王金祥怒目相视，无比愤恨。

王金祥和范筑先共事以来，还从未见过他发这么大的火。心中也委实害怕，吓得浑身打哆嗦。

范筑先强力稳了稳情绪说："王青云是十三支队的副司令，汪毅是政治部主任，都是我任命的。而你王金祥是总队参谋长，是他们的上级领导，怎么敢下如此惨无人道的毒手。你还算个人吗？究竟为什么，你给我说清楚！"

王金祥心里虽然害怕，却仍小声"嘟囔"着辩解说："他们两人都是共产党，是杀害姜洪源县长的主谋，我实在气不过，才下令杀了他们。"

范筑先："王金祥，事到如今，你还在掩盖事实、栽赃他人、混淆视听，妄图逃脱罪责。"

王金祥直直地瞪着眼，仍吞吞吐吐地狡辩道："我没有掩盖事实。"

范筑先："看来，你是不想说了。"

王金祥无语。

范筑先："王金祥，刚才你已承认亲自下令杀了王青云和汪毅，对不对？"

"对。"王金祥小声说。

范筑先："好！其他的罪行你尽可以抵赖，但仅此一项，就可立即判你死刑。"

王金祥两眼发直，不敢再狡辩。

范筑先对孟秘书说："把笔录拿过来，叫他签字、画押。"

"是！"孟秘书把笔录和印泥拿到王金祥面前说："王参谋长，请在这里签名、摁个手印吧。"

王金祥此时真吓憨了，他知道签字、画押后，就是万口莫辩的铁证。他眼珠子转了两转，突然大声说："范司令我还有话说。"

范筑先严如冰霜地看着王金祥道："有话可以说，但我要听真话。"

王金祥："范司令，我保证说真话。"

范筑先："老实交代,不准兜圈子。"

"是!"王金祥一副无可奈何的样子。

范筑先和屋里所有的人,都把目光紧紧地盯着王金祥。

王金祥短暂地思考后说:"姜洪源这个人年轻气盛,权利欲很强,自从当上濮县县长后,就一直在招兵买马。他手下已有县大队、区小队三千多人,而且还想把冀镇国驻在古云集的十三支队的兵权夺过来。可十三支队有王青云、汪毅这两个共党分子挡着,姜洪源的目的就一直未能得逞。后来,他听说十三支队要南下曹县,就决定趁给队伍送行之际,在郓城的宴会上先收缴十三支队连以上军官的武器,然后,改变部队番号,彻底把十三支队的兵权夺过来……"

范筑先："王金祥。"

"在。"王金祥回应。

范筑先："你说郓城宴会上解除连以上军官的武装,趁机夺取十三支队的兵权,这是姜洪源自己的主张吗?"

王金祥:"这……"

范筑先："老实交代。"

王金祥眼珠子一转,知道难以隐瞒,就很不情愿地说:"姜洪源在策划这个事的时候,曾给我打过招呼。"

范筑先："姜洪源是向你打招呼啊,还是向你请示的?"

王金祥:"是向我请示的。"

范筑先："你参加策划了吗?"

王金祥:"参加策划了。"

范筑先自己不断地在小记事本上写着什么,然后又问:"姜洪源在郓城宴会上,实施兵变夺权,当时你带着部队在什么地方?"

王金祥脸色蜡黄、手脚颤抖,嗫嚅着说:"我就在郓城黄河北岸策应着,以防不测。"

范筑先："防什么不测?"

王金祥:"姜洪源在郓城宴会上兵变不成、夺权失败后,就准备用武力消灭十三支队。"

范筑先："是谁下令向十三支队开枪的?"

王金祥低着头:"是我。"

范筑先："枪杀王青云、汪毅的命令是谁下的?"

王金祥:"也是我。"

范筑先："挖出王青云的心肝,为姜洪源祭灵,是谁的主意?"

王金祥:"是我的主意。"

审讯室的人都为之震惊。

孟秘书快速地记录着。

范筑先把愤怒、仇恨藏在心里问:"王金祥。"

"在。"王金祥胆怯害怕地注视着范筑先。

范筑先："你所犯下的一系列的罪行,你自己说一下该当何罪?"

王金祥偷偷地瞟着范筑先,沉默不语。

范筑先向孟秘书一摆头，孟秘书就重新拿起笔录和印泥，来到王金祥面前说："王参谋长，请吧！"

事已至此，王金祥已无狡辩和反悔的余地，只好在孟秘书的指点下，无可奈何地先签了字，然后又伸出手指头，在笔录上按了手印。

范筑先说道："审讯结束，把王金祥带回原地关押，听候处理。"

刘洪涛向门外一伸手，两个战士气冲冲地进了屋。

王金祥见此场面，才真正感到了孤独和无助。他就像一条落水狗，千方百计扑腾着想抓一根救命稻草。他心里大骂李树椿是个老狐狸，看着我落难，为什么不出来相救。此时两个武装战士已将他架扶起来。

王金祥恐惧至极，如进刑场、似临深渊。求生的欲望，使他本能的哀求道："范司令，我还有话要说。"声音却变了调。

范筑先收起小记事本冷冷地看着王金祥说："你还有什么话说？"

"我……"王金祥见屋里还有四五个人，就吭吭叽叽地说："我想和您单独谈谈。"

范筑先稍一思忖道："办事要光明正大，不可偷偷摸摸，有什么话现在就说吧。"

王金祥无奈，又怕机会失掉，就讨好地说："范司令，在杀害王青云、汪毅的事上，我做得过分，犯了错误。可姜洪源不光是我王金祥的铁哥们，他也是您的干儿子，他被共党分子杀害了，我能袖手旁观吗？"

审讯室里异常沉静，所有人都屏气敛容。想不到王金祥胡沾芝麻糕，竟把范筑先也扯进来。

范筑先肃穆威严，眼神里凝射着一股怒气。心想，王金祥，你这个心如蛇蝎的小人，事到如今，还想往我身上泼脏水，企图将水搅混，蒙混过关，我岂能被你愚弄。就冷静地说："王金祥，今天是审你杀人的案子，不准胡拉八扯地瞎搅和。"

王金祥瞪着狡黠的小眼说："范司令，看在我和你干儿子姜洪源八拜为交的份上，请你高抬贵手饶了我吧！"

"住嘴！"范筑先怒不可遏地说："王金祥，别以为你信口雌黄就能蒙混过关。实话告诉你，别说姜洪源不是我的干儿子，即便是亲儿子，只要犯了法，也要严惩不贷。你休想弄些子虚乌有的传闻来要挟我，告诉你，杀人偿命，欠债还钱，这是亘古不变的天理！"

审讯室里一时异常安静，王金祥面如死灰，也不敢再狡辩了，孟秘书认真地一旁记录着。

范筑先把小记事本一合说："把他带走！"

刘洪涛指挥两个战士，架起王金祥就往外走。

王金祥的一切招数都没起作用，此时，才真正感到绝望了。

当战士们架着他就要出门的时候，王金祥竟"扑通"一声跪倒在门槛里，泪流满面的哀求道："范司令，我再也不敢胡说八道了，看在我跟您多年的份上，请您饶了我吧，来生结草衔环，定当报答。"

范筑先厌恶地一摆手，刘洪涛就和战士们把王金祥架出了审讯室。

二

聊城大街上，柯劲根没着警服，上身穿一件衬衣，头戴一顶鲁西特有的麦莛草帽，帽沿耷拉着,似有意遮挡人们的视线。他心神慌乱,脚步匆匆地从专署大门口的"良心"照壁前向东走去。绕过光岳楼后,左拐右转、东瞧西看,显得很悠闲。之后,就快速地钻进了李树椿行辕所在的胡同。

李树椿行辕的勤务兵往壶里沏上水,刚刚走出房门,李树椿就又和吕顺臣小声叽咕起来。"咚!咚!咚!"有人敲门,李树椿一惊,立即指点吕顺臣躲进了隔壁房间。

柯劲根头上涔着汗珠,兴冲冲地进了屋。

李树椿惊喜地说:"哎呀!八天了,有消息了吗?"边说边给柯劲根倒了一杯水。

柯劲根边喝水边说:"有消息,这不,连家门还没进哩。"

李树椿:"好!好!情况怎样?"

"非常理想,比预想的还要好。"说着,就从兜里掏出一个牛皮纸的信封,快速地递到李树椿手里。

李树椿接过信封,迫不及待地撕开缄封,抽出信瓤抖了抖,眯着老眼看起来。李树椿脸上的表情,由肃穆茫然,转为平静、继而惊喜。及至看完全信,却俨然如胜利者凯旋归来,一副志得意满且又骄矜的样子。他把信瓤塞进信封里,使劲往桌子上一拍。然后舒心快意地一腔歪在圈椅里,狠狠地说:"好!有了沈主席这封亲笔信,我看范筑先这个老家伙如何收场!"

柯劲根看着李树椿高兴自负的样子,自己心里也美滋滋的,就赶紧给李树椿递过去一颗香烟。

李树椿接过烟卷高兴地说:"柯局长,今儿这个事,你办的很好,确实尽了力,我心里是有数的。"

柯劲根:"李主任,您吩咐的事,就是国家的事。再苦再难,就是头拱地,我也一定去完成。"

李树椿:"是啊!为国家、为民众办事,咱们都应该尽心、尽力啊!"

柯劲根点点头,表示钦佩之至。

李树椿心里高兴,把头一扭,对着隔扇门喊道:"吕副官,别在屋里憋着了,快出来见见老朋友吧!"

吕顺臣在隔壁,始终都在倾听客厅里的动静。当听到李树椿的喊声后,稍一迟顿,即开门来到客厅。因和柯劲根也是老相识,故人相见,少不了握手寒暄一阵子。三人正在亲热交谈的时候,只听屋门一响,胡作良耷拉着愁云惨雾的脸,闷不叽的进了屋。

李树椿见胡作良哭丧着脸,就急忙让他坐下,然后问道:"那边的情况怎么样?"

胡作良接过柯劲根递过来的杯子,喝了口水说:"情况是这样的,王金祥在范筑先的审讯笔录上签了字、摁了手印,承认是他下令枪杀了王青云和汪毅,也承认了用王青云的心肝,祭奠姜洪源的事实。"

"啊!"李树椿、柯劲根都倒吸了一口凉气。

胡作良接着说:"听说范筑先很气愤,他一再重复说,杀人者偿命,欠债者还钱!李主任您得想想办法,不然,王参谋长恐怕……"

李树椿叼着烟卷,两眼盯着灰蒙蒙的窗外,慢慢地转过头来,声音阴冷而肯定地说:"作良,你们沉住气,王参谋长不会有事的!"

胡作良点点头,可眼神却是茫然、疑惑的。转身见吕顺臣也在,二人就亲切地交谈起来。

李树椿转过身对柯劲根说:"今天是个好日子,趁吕副官也在,柯局长你到胭脂楼安排一下,明天准备在胭脂楼为王参谋长压惊洗尘。"

柯劲根、胡作良、吕顺臣等惊诧地问道:"明儿晚上为王参谋长压惊洗尘?"

李树椿信心十足地说:"对! 为王参谋长压惊洗尘。"

三

清晨,范家小院里,一丛翠竹前,须发苍白的范筑先,身着便装,脚穿白布袜黑布鞋,神情专注地习练着太极剑,动作敏捷又舒展大气。左斩右抹、前刺后劈,腾挪躲闪、进退跳跃,一招一式都连接的如行云流水,天衣无缝。迅猛时,似霹雳闪电;轻柔时,如春风拂柳。他一套剑法练完,更加精神抖擞,愈显神采奕奕。收式放松之后,看上去身上似有仙风道骨,又有儒将的风采气质。

武治国做好早饭,从小厨房里探出头来,对着范筑先喊:"哎! 吃饭吧,碗都焖好了!"

"知道了!"范筑先收好剑套,净手之后走进小厨房。

范筑先坐在小凳子上问:"树琨呢,咋还不来吃饭呐?"

武治国把筷子递给范筑先说:"这几天学校里忙着搞宣传,夜个后上,他们东昌诗社集合,请何方分析诗稿,大半夜才回来,就让她多睡会吧。"

小饭桌的柳条筐里,放着三个棒子面窝头,还有专门为范筑先做的两个小白面卷子。小桌中间放着两个小碟子,一碟是腌制的萝卜条,一碟是两小块酱红色的豆腐乳。

范筑先吃了一口窝头说:"何方也参加东昌诗社了?"

武治国:"树琨说何方是他们诗社请的顾问。"

"嗯! 何方这个小青年不错。"范筑先挟了点萝卜条说:"这个人不光思想好、热情高,听说还是个小有名气的青年诗人哩。"

武治国把一个白面卷子递给范筑先,自己则拿了个黄窝窝,说:"别光说些思想啊、诗歌的,既然何方、树琨都同意,咱俩又没意见,就抓紧找个好日子,大家在一块吃个饭,把婚事正式定下来。省的那些吃饱饭没事干的人,嚼舌头根子,弄出些闲言碎语来。"

范筑先:"是啊,我也是这么想,可总也挤不出时间来。"

武治国:"孩子都大了,这事宜早不宜迟。这两天你就别出门了,考虑一下咋办吧。"

"也好!"范筑先刚把碗端起来,就听院子门一响,孟秘书已进了小院。

范筑先急忙放下饭碗问:"这么早,有事吗?"

孟秘书:"没什么大事,范专员您先吃完饭再说吧,李主任来了。"

范筑先推下饭碗,就和孟秘书离开小院,匆匆地向办公室走来。见李树椿独自一人在办公室门口溜达,立即预料到他是为王金祥而来,心里就有一种厌恶和警觉,但仍很礼貌地招呼道:"李主任这么早,快请屋里坐吧。"

凌作善和勤务兵,早已把办公室打扫的干干净净,并为范筑先和李树椿分别沏了两杯茶。

李树椿端起茶杯,习惯性地吹了吹浮在水面上的茶叶沫,轻轻地呷了一小口说:"竹仙兄,真是老将不减当年勇啊! 范县这一仗,展现了中国军队的威风,也打击了鬼子的嚣张气焰,太不简单了,树椿是由衷地高兴啊,敬佩、敬佩!"

范筑先知道李树椿这些都是言不由衷的套话,却还是平静地说:"李主任过誉了。国家危亡之际,每个有良知的中国人都会挺身而出。我范筑先作为一个老战士,上战场是责无旁贷、理所当然啊。李主任,你若是军人,也会如此的。"

李树椿也附和着说:"是啊!是啊!"

范筑先:"李主任,这么早就过来,想必是有什么指示吧?"

李树椿:"直说了吧,哪有什么指示,我今天是特意为王金祥参谋长的事儿而来。如今,鬼子奸淫烧杀,势如豺狼虎豹,而我们七八万军队的参谋长,却还在禁闭室关押着,这事实在有些那个。我希望你尽快把他调到前线、带兵打仗、冲锋陷阵去。"

李树椿见范筑先面无表情不置可否,就进一步说:"竹仙兄,鬼子就在眼前,大战在即,这种时刻,万不能有斩将之念啊!"

范筑先一脸正气,伸手从抽屉里拿出一本卷宗说:"李主任,你既然这么关心王金祥的事,那就请你先把这些笔录看一遍吧。这都是王金祥亲自供认,并在上面签了字、画了押。"

李树椿勉强接过笔录,却并不翻看,说:"王金祥所犯错误,大家早就知道了,我就不再看了。"

范筑先严肃地说:"李主任,这可不是一般的错误。王金祥是犯罪,是杀人的凶手!"

李树椿尴尬地讪笑着,有意转换话题:"犯罪也好,犯错也罢,反正都不是什么好事,你狠狠地批评教育一番就得了。"

范筑先知道李树椿避重就轻的用意,本身心里就有气,于是不屑地"哼"了一声,没再搭理他。

李树椿一见范筑先的表情,心中就暗笑:这老头真是一根死犟筋,处事不留余地,一条路走到黑,何必呢?到最后看谁拧过谁?于是小眼一眨巴,试探性地问:"范专员,若依你的想法,王金祥这事,该如何处理呢?"

范筑先:"如何处理?我说了不算,应该以法律为准,人人心中有杆秤。应听听部队官兵和各界人士的呼声,大家一致要求杀人偿命,欠债还钱。王金祥这事若处理不当,必然会引起广大军民的共愤。"

李树椿立即收起虚伪的谦卑,软中带硬地说:"我们是政府、是军队,怎么能听民众的瞎嚷嚷呢?"

范筑先一听此言,意识到李树椿此来不善。也就试探性地问:"李主任,王金祥案子自始至终你都非常关注,你想怎样处理才合适呢?"

李树椿一副城府很深而又息事宁人的姿态说:"王金祥下令杀王、汪二人,也是事出有因。既然事已至此,死者不能复生,而生者还要领兵打仗。王金祥讲武堂毕业,是不可多得的带兵人才。他是莽撞了一点,犯了些错误,可你已关了他十多天的禁闭。对一个上校参谋长来说,这惩罚已经够厉害的了。"李树椿有意套近乎说:"竹仙兄,你我同是服务于国民政府的人,凡事都要留点后路,得饶人处,且饶人嘛。对于王金祥,你给他个警告处分,然后把他撵到前线打仗去,这事就算完了。"

范筑先严肃地看着李树椿说:"李主任,这就是你的意见?"

李树椿打着哈哈说:"哎,也算是吧。"

范筑先："李主任,对不起,你这种做法,筑先实难从命。古人云,国无法则不治,军无令则不行。王金祥肆意草菅人命,如不依法惩治,今后,聊城的政务如何治理? 军队如何带领? "

李树椿立即沉下脸来,冷冷地说:"范专员,我李树椿好歹也是省政府派来的行辕主任,难道我的话,就一点分量也没有吗? "

范筑先意识到李树椿要摊牌,就正色道:"李主任,我范某一向对你很尊敬,你代表省政府有指导、监督聊城工作的权利。若筑先在工作生活中,有错误或渎职、滥权、贪赃枉法的行为,我情愿接受上峰对我的一切惩罚! "

李树椿:"竹仙兄,不要太激动嘛。对于你本人,树椿除了敬佩,就是尊重。不过你我作为国民政府下的僚属,凡事不可做得太绝。对王金祥的问题,请您睁一只眼闭一只眼,过去就算了,何必一个劲的抓住不放呢? 树椿为王金祥的事,向范专员求情了。"说完,向范筑先深深地鞠了一躬。

范筑先见李树椿为救王金祥,竟做出如此卑躬屈膝的样子,实在令人作呕。不屑地说:"李主任,你这是何必呢? "

李树椿:"抗战时期,国家用人,为保护一位指挥官,树椿这样做,并没有感到有什么不妥。"

范筑先心里厌恶,沉默不语。

李树椿:"范专员,快下令放人吧。"

范筑先:"说得轻松,我怎么向死者家属交代? 如何向十三支队的官兵交代? "

李树椿:"竹仙兄,你只管放人就行了,不会有什么事的。"

范筑先很生气:"我要不放人呢? "

李树椿一楞神,没想到范筑先会这么倔,真是一点面子也不给,心里也来了气说:"好,你不放可以,可有人会叫你放的。"说完,从怀里掏出一个很大的牛皮纸信封放在范筑先面前说:"这是山东省政府沈鸿烈主席给你的亲笔信,请范专员过目吧。"

范筑先办公室外,孟秘书、凌作善、肖守俭、刘洪涛等,时刻关注着屋里的动静,眼里充满了愤怒和警觉。

范筑先并没十分在意李树椿举动,好长时间,才把目光转到牛皮纸信封上。收信人是六区专署范筑先专员启,下首印有山东省国民政府缄。范筑先稍有惊觉,就立即拿起信封抽出信纸,展开仔细地看起来。前后看了两遍,才慢慢地把信纸重新塞进信封里,身子往椅背上一仰,紧皱眉头陷入了沉思。

李树椿意识到,沈鸿烈的亲笔信,已经击垮了范筑先的执拗和顽固。于是,就趁机掂起茶壶,殷勤地给范筑先的杯子里斟上水,说:"竹仙兄,实在对不起,我本不想拿沈鸿烈这个尚方宝剑来压你。可沈主席捎信来催促尽快了结此案,叫王金祥到前线去戴罪立功。因我没办法说服老兄,树椿不得已,才出此下策,望范专员能够见谅。"

范筑先没理会李树椿巧言令色地瞎叨叨,却痛苦地权衡思索着。之后,他对李树椿说:"既然有沈鸿烈主席的手谕,为什么不早点告诉我。你这不是捉弄我老头子吗? "

李树椿:"范专员,我怎么敢捉弄你老兄啊,咱们都是在官场混了几十年的人了,对于上峰的事,心里会意就行了,没必要非弄个明白不行。"

范筑先："既然有沈主席的手谕,李主任,你就看着办吧。明天我就走,还是去濮城打鬼子去。"

李树椿小眼一眨巴说："竹仙兄,您这么大年纪了,切莫任性啊!你我都是国民政府委任的官员,上边有权利任命,也有权利免掉,竹仙兄,三思啊!"

范筑先沉默良久道："他们想免就免吧,不当专员我也能照样打鬼子。你们放王金祥是你们的事,但,必须叫他离开聊城。否则,我没法向全区的广大军民交代。"

李树椿有些嘲弄地说："竹仙兄,既然执行沈主席的手谕,为什么还留个尾巴呢,送人情,哪有送一半的呀。再说了,聊城三十五个支队、二十二个县大队,几乎都是王金祥的人。王金祥若离开聊城,一夜之间,他就可以把队伍全部拉走。到那时候,竹仙兄,你可就回天乏力了。"

范筑先不语,心里非常矛盾。

李树椿知道范筑先已无主张,就趁机说："竹仙兄,别犹豫了,快叫军法处放人吧,出了事我兜着。"

第三十章 | 诗词为号黎赵相见恨晚
星夜奔袭巧夺鬼子军车

一

高桥被范筑先率部赶出范县，又在马陵道被赵健民所部痛打一顿之后，已成惊弓之鸟。半个多月了，一直龟缩在濮县城里，再也不敢轻易妄动了。为防鬼子东侵，我军陈兵于金堤河北马陵道一线，边练兵、边休整。今儿是星期天，赵健民决定到只有几里远的徐庄看看老朋友。

赵建民一行首先来到徐宾家，进屋后就亲切地和徐宾、徐宏跃、徐洪俊、徐开先、徐洪袍、徐光泗几位党员老朋友握手问候。然后把手往两边一伸，招呼大伙一块围着小桌坐下。

徐宾很激动，高兴地说："老赵同志，咱的队伍在马陵道痛击日本鬼子，打了大胜仗，乡亲们是又高兴又解气呀！"

赵健民也高兴地说："队伍打胜仗，和古云民众的大力支持分不开，我谢谢乡亲们。"

徐宏跃颇有自信地说："仗打完了，队伍驻在马陵道，离咱徐庄这么近，我估摸着老赵会抽空到咱徐庄来看看。果不其然，今儿，咱老赵还真就来了，真是山东地斜——说谁谁来啊！"

一阵欢快的笑声过后，赵健民忽然对同来的穆九如说："哎！穆大叔，快把战利品拿出来，让大伙尝个稀罕。"

穆九如摇摇头，自责地笑着说："光顾高兴了，咋把这事给忘了呢？"说着就从行囊里掏出两听日本罐头和几盒老刀牌香烟。

赵健民和刘勇一人接过一盒，撕开封口，挨个向人们散发香烟。

徐宏跃从腰里掏出火镰子，左手捏着火石纸媒，右手就"嚓嚓"地打起来。火星子象小礼花似的往外迸溅着。只打了五六下，左手的纸媒子，"噗"的一声就燃着了。徐宏跃把纸媒子吹旺，人们就相互传递着把烟卷点着，咂舌撇嘴地品尝着洋烟卷的滋味。屋子里顿时烟雾缭绕，大家高兴地交谈着。

大家都在吸洋烟、剥花生，痛痛快快地闲聊时，徐宏跃却呆呆地看着赵健民，看着看着竟怪怪地大声笑起来。

徐宏跃这种莫名其妙的笑声，把大伙儿弄愣了，都禁不住用疑惑地眼神盯着他。

徐宾惊问道："宏跃，咋啦，你笑的啥，是不是高兴得发疯了？"

徐宏跃正儿八经地说："是挺高兴,可我没发疯!"

"那你傻笑的啥?"徐宾调侃地说："我还以为你得神经病了呢!"

徐宏跃发现赵健民、刘勇、穆九如等,也在愣愣地看着自己,才感到有些不好意思。于是,就解释说："啊!是这么回事,老赵同志这次来徐庄,气氛这么亲切热烈,特别开心痛快。看着这激动人心的场面,我就想起了老赵第一次来咱徐庄的情景了。"

徐宾笑着说："好,真没想到宏跃还有这么丰富的联想力哩!"

"我能有啥联想力,不过当时的场面,也的确十分有趣,令人激动万分,又让人胆战心惊。"徐宏跃面对赵健民说："老赵同志,那一年你来徐庄和黎玉同志接头的情况还记得吧?"

一提这事,赵健民深有感触地说："记得,记得。徐庄是咱山东党组织再生的转折地,这么大的事,我一辈子也不会忘记啊!"

话题一转,屋子里热闹的气氛骤然肃静下来,人们不再大声咋呼,也没人剥花生啃红枣了,就连吸烟的人,也不再大口的喷云吐雾了。

为打破沉闷和尴尬,徐宏跃说："反正今儿也没啥大事,就叫老赵同志再拉拉当时来咱徐庄找党的事吧。"

"好!这个提议好。欢迎老赵同志!"大家把期待的目光投向赵健民,并热情地鼓起掌来。

赵健民心想,既然大家都有这个要求,自己也不便拒绝,于是微笑着点点头,轻咳了一声说："好!我就再说说。当时,由于叛徒的出卖,山东省委遭到毁灭性的破坏。济南处于残酷的白色恐怖之中,韩复榘的军警不断地抓人,鸣着警笛的警车不时呼啸而过。环境极为恶劣、形势凶险骇人。当时我是省委代理书记兼济南市委书记。我既不能冒然和下面基层组织接头,又没办法和上级党取得联系。觉得自己就像黑夜中漂流在风浪中的一叶扁舟,失去了方向。我想必须尽快找到党,否则,后果不堪设想。为此,我先后到过泰安、青岛等地,结果都是无功而返。后来,听说咱徐庄有党的活动,我就冒然来了一趟,呆了两三天,连一点信息也没捞着。回济南后,通过濮城的同学郭崇豪和王士希多次细密联系,才知道咱徐庄是鲁西第一个党支部,经常有上级党的负责人来此活动。于是,我就有了第二次来徐庄找党的经历……"

二

黎明,济南洛口黄河渡口,暗蓝色的天幕上,最后两颗还在眨巴眼的星星,也黯然消失了。长堤、岸柳、码头、渡轮也从朦胧中逐渐清晰起来。

渡口上,准备过河的人越来越多,推车的、挑担的、身背包袱、肩披褡裢的,各色人等都有。

赵健民一身店员装扮,推着一辆自行车,也夹杂在人群中,慢慢地向前挪动。

渡轮旁跳板左右,各有一个持枪的警察,头戴黑色白箍大沿帽,凶神恶煞般地监视着每一个上船的人,码头上弥漫着阴森恐怖的气氛。

赵健民推着自行车正要跨上跳板时,歪戴大沿帽的警察,贼眼溜溜地上下打量了一阵子问："过河干什么去?"

"到齐河给老板抓药去。"赵建民沉着冷静的回应。

"什么老板,你在济南干什么?"

"在普利门大街天祥布店当店员。"

"店员?不准,我看你倒像个学生!"

赵健民谦恭地笑着说:"老总,你抬举我了,我这跑堂打杂的穷苦人,咋能上的起学呢!"

那警察还想纠缠,此时,渡轮加大了油门,强烈的机器轰鸣声,震耳欲聋,再也听不到相互的对话了,赵健民也被后边的人推挤着涌上了渡船。

呜——呜——,汽笛两声长鸣,轮渡离开码头,慢慢地向北岸驰去。

雾气散尽,天已大亮,赵健民骑着自行车,沿着黄河大堤,快速地向前飞驰着。防洪用的石料堆、土牛子,以及两边的岸柳杂草,都旋转着向后退去。

时近中午,赵健民已从平阴进入东阿地段,虽已满脸是汗,却仍在奋力蹬着车子。在堤口一个简易的林秸棚子外,赵健民下了车子,买了一碗白开水,从车裶里掏出两个黄窝头,狼吞虎咽地吃起来。

红日西坠,暮鸦归林。赵健民迎着晚霞骑行着,速度明显的慢了许多,精力有些疲惫。随着天色逐渐暗淡,赵健民的身影也慢慢消失在越来越浓的夜色中了。

夜,徐庄和往常一样,村街上仍是漆黑一片,静谧而沉闷,偶尔一两声犬吠,更增添了夜色的神秘和深沉。

老徐家来了位客人,高高的个头、四方脸膛、目光敏锐、举止端庄,身上穿一件灰色长衫,很像一位乡村教书先生。其实,此人名叫黎玉,原名李兴唐,山西崞县人。时任华北局冀南特委书记,徐庄就是他开展工作的基点,鲁西第一个党支部,就是他一手建立起来的。

按照约定,济南方面会派人来接关系,今儿已是大家等待的第二天了。此时,徐光彩的三间黄泥土屋里,在一盏老式棉油灯下,黎玉和徐宾、徐洪俊、徐洪袍、徐广剑等神色庄重、肃穆地表情,好像正在耐着性子等待着什么。屋里很静,没人说话,也没人吸烟,气氛凝重而沉闷,甚至还有几分神秘和紧张。此时,院子里似乎有人走动,屋里的人就警惕地瞪大了眼睛。只听屋门一响,徐宏跃表情急躁地闯进屋来,说:"都快半夜了,已经派出去三拨人,可至今,一点音信也没有。济南那边来的人,别是出了什么事吧?"

徐宾:"济南离咱这儿三百多里地,路上又不太平……"

黎玉紧皱眉头,稍一思忖说:"不是说三天内吗,别着急,再耐心等一下。按原计划行动,不可放松警惕。"

"是!"徐宏跃正要再出门探听消息,就听到外边有人轻轻地敲门,屋里的人便立即警惕起来,大家的目光都看着黎玉。

黎玉很冷静,略微思考后说:"可能是朋友来了,咱们别惊慌,都按预定的步骤走。"然后目光看着徐宏跃,示意他去开大门。

黎玉用目光和大家打了个招呼,然后,一转身就走进林秸箔编扎的隔扇后面,暂且隐藏在黑影里。

徐宾和其他人就摩拳擦掌,做着应变的准备。

屋门一响,徐宏跃首先进了屋,他身后是徐洪袍和两个青年农民,把赵健民夹在中间,跟跟跄跄地进来了。

赵健民显得很疲惫,头发有些凌乱,样子虽有些狼狈,可两只明亮的大眼睛,却依然神采奕奕。

徐宾等人好奇地审视着赵健民。

赵健民也快速地环顾着屋里的人,觉得这里的人朴实、本分且厚道。

短时间的冷场后,徐宾按预先的计划,严肃地问打更巡逻的徐洪袍:"哎!这是怎么回事?"

徐洪袍:"今儿该俺俩打更巡逻,在村头碰上了这个人,他也没说清是干啥的,俺就把他带到这儿来了。"

徐宾:"好!你们很好地完成了任务,去休息休息吧。"

徐宾见两个打更的人出去之后,问赵健民:"这位兄弟,请问你是?"

赵健民抬头看了看徐宾,觉得此人不像普通庄稼人,很可能是自己要寻找的人物,于是,就温和地说:"我是从济南来的。"

从来人简短的言谈举止看,徐宾认为,眼前这个人,很可能就是来接关系的。

于是,徐宾问道:"哎哟!大老远的,咋跑到俺这个偏远的穷村子来了?"

赵健民:"我来古云徐庄,是替我一个朋友捎一个口信的。"

徐宾心里一震,惊喜地说:"哦!黑更半夜的,你找的很准,咱这儿就是古云徐庄!"

赵健民惊讶地说道:"啊!这儿就是古云徐庄?"

"是啊!这就是古云徐庄!不知道你要找谁?"

"我找一个乡村老师。"赵健民说。

徐宾激动地说:"太巧了!我就是乡村学校的老师。"

赵健民惊诧又兴奋地说:"太好了,老师,你贵姓啊?"

徐宾:"我姓徐,叫徐宾。"

"啊!姓徐,叫徐宾?"赵健民一愣怔,明显有些失落感。

"是啊,我就是徐宾!"徐宾也感觉到赵健民有些失望的样子。

赵健民敏锐地意识到对方说的姓氏有误,来时,济南方面告知接头人嘴上留有稀疏的黄胡须的特征,而眼前这人明显没有,就微笑着、婉转地说:"哎呀?徐老师,我同学的表哥姓李。对不起,给你添麻烦了。"说完转身就要往外走。徐宾急忙起身劝阻说:"哎!这位兄弟,即便不是找我,这黑更半夜、人生地不熟的,你也不能马上走啊!"

赵健民:"谢谢徐老师。我受人之托,理应忠人之事。今儿无论天色早晚,一定要把事情办妥,否则,我于心不安哪!"说完抬腿就走。

"慢!别着急嘛。"徐宾说:"我们这儿还有一位李老师哩。""啊!"赵健民:"李老师在哪里?"

"在这儿!"

黎玉从秫秸箔后边一挑布帘,出现在棉油灯下说:"这位兄弟,你是为你同学的表哥捎口信的?"

赵健民点点头,警惕地审视着黎玉。他觉得此人虽是商人打扮,却有很强的文人气质,说话的口音也不像本地人,但尤为明显的是,此人下巴颏上留有稀疏的黄胡须,心里就泛起一种惊喜和希望。

黎玉："你要找的人姓李,是位教师?"

赵健民露出期盼的眼神,点头说"是的。"

黎玉轻松地一笑:"太巧了,我姓黎,也是乡村教师。"

赵健民抑制住内心的惊喜道:"哦!那么……"

黎玉:"这位兄弟,大老远的从济南到徐庄来,不知有什么重要的话要说。"

赵健民不好意思地赧然一笑说:"是这样,有一首诗,我的同学只记得奇句,却忘记了偶句。急得他像个疯子,非要趁便请你把偶句对出来,叫我捎给他。"

黎玉会意地笑笑说:"哦!原来如此,那就请你把首句说出来吧。"屋子里静极了,人们把注意力都集中在黎玉和赵健民身上,支楞起耳朵、屏住气息,等着听黎赵二人接头对诗。

赵健民稍一稳神,然后一字一句的说道:"泰山顶上迎日出。"

黎玉沉着响亮地答道:"大明湖里莲花开。"

赵健民:"黄河奔腾九万里,"

黎玉:"穿越激流鲤(黎)鱼(玉)来。"

话音刚一落,屋里就响起了热烈的掌声。

黎玉和赵健民也在掌声响起的同时,无比激动地双手紧紧握在了一起。

三

人们听完赵健民回忆来徐庄找党组织的过程后,都点头"啧啧"赞叹,感到如释重负,大伙儿轻松地舒了口气。

徐宾却立即问道:"那后来呢?"

赵健民微笑着说:"在咱徐庄接上党的关系后,中共华北局书记刘少奇同志就任命黎玉同志任山东省委书记,我任组织部长兼济南市委书记。

徐宏跃点点头,又接着问:"再后来呢?"

赵健民:"由于叛徒的出卖,我被关押在山东省监狱。七七事变后,迫于全民抗战的压力,韩复榘才把我这个政治犯放出来。这不我就在咱鲁西拉起了抗日队伍,眼下就刚在马陵道和日本鬼子干了一仗。"

大家听后,都禁不住哈哈大笑起来。

徐宾郑重地地:"老赵同志,你在马陵道打了胜仗,乡亲们都很高兴,青年们都积极报名,要跟着你去打鬼子哩!"

"好哇!"赵健民说:"咱抗日队伍正需要优秀青年哩,有多少,我就要多少!"

又是一阵热烈的鼓掌和笑声。

此时,三团的通信员满头大汗,气喘吁吁地突然出现在老徐的小院里。

刘勇见状马上走出屋门,和通信员在院子里叽咕了几句什么,然后回到屋里,和赵建民耳语了一阵。

赵健民站起身来说:"同志们,队伍上有些事情,今儿咱们就聊到这儿。待以后有机会了,我还会来徐庄看望大家的。"说罢就和穆九如、刘勇准备马上就走。

徐宾和党小组的同志们知道赵健民军务在身,不便挽留,只好恋恋不舍地目送着招手惜别。

四

濮城大街上冷冷清清,商号店铺大都关门闭户,时而有鬼子黄协军,荷枪实弹地匆匆而过,呈现出凄凉、恐怖的气氛。

原濮县国民政府大门上的青天白日满地红的国旗,如今已换上了日本鬼子的膏药旗,院子里来来回回走动着的鬼子兵。

高桥骄横傲慢地正在姜洪源的办公室里,给他的下属和新招募的黄协军大队长石歪脖子们训话。他手里拿着一张电报纸说:"从邯郸到徐州的千里运输线上,由于我部很好的保障了濮县境内和黄河渡口的安全,大日本皇军华北派遣军司令部特来电对我们进行嘉奖。这是我们联队的光荣,也是在坐诸君的功劳,我本人也向诸君表示由衷地祝贺。

鬼子诸头目和汉奸大队长石歪脖子"稀里哗啦"地鼓起掌来。"

高桥志得意满,自视不凡地转过脸来,对石歪脖子说:"石桑,你派往金堤马陵道和七里塘的便衣侦察,有什么新发现吗?"

石歪脖子急忙点头哈腰地答道:"报告太君,经过对古云、马陵道、七里塘、王堤口的长期侦察,范筑先的队伍每天坚持操练,没有发现有什么特殊的活动企图。"

高桥一听范筑先这三个字,就气急败坏、咬牙切齿地说:"范筑先是皇军的死对头,你们要密切注意他的动向,总有一天,我要亲自干掉他。"

石歪脖子"啪"的一个立正,胁肩谄媚地说了声"是。"

高桥点头表示满意,说:"石桑,你对大日本皇军的忠诚,我的明白,如再有新的立功表现,皇军将任命你为濮县的县长。"

石歪脖子点头如捣蒜般的给高桥施礼,其奴颜婢膝的下贱样子,着实让人不耻。

五

马陵道西的黄土深沟,自古就是一条天然大道。黄龙飞和赵健民各骑一匹战马,正顺着大道扬鞭摧马,快速地向前奔驰着。

七里塘,是我军前沿指挥部的驻地。范筑先、袁仲贤、姚弟鸿三人经过周密的分析,认为明天的作战方案是切实可行的,脸上都呈现着称心满意的笑容。

袁仲贤却别有感触地对范筑先说:"这个作战方案几乎完美无缺,但有一点,我认为是不可取的。"

范筑先一惊:"哦!赶快说说,那一点不可取。"

袁仲贤:"范司令,你已是年届花甲之人,夜行军几十里地,亲自随队督战,这个决定是不可取的。"

范筑先:"这么个大行动,我们司令部总得去个人吧!"

姚弟鸿:"即便去督战,也应该由我们年轻人去啊。"

袁仲贤:"我的意见是,范司令不能去。"

姚弟鸿:"我同意,范司令不能去。"

范筑先微笑着,语气却不容置疑地说:"你们的心意我明白,但此事就不要再争论了。"

赵健民、黄龙飞来到七里塘迅速滚鞍下马,精神抖擞、动作快捷地直奔司令部,立正站在门口喊了声："报告！"

"进来！"范筑先说。

赵健民、黄龙飞进屋后，首先对范筑先立正敬礼后，问："范司令要我们来，有任务？"

范筑先亲切地招呼说："对，有任务，你们先坐下再说。"

赵健民、黄龙飞立即正襟危坐在范筑先对面。

范筑先对赵健民、黄龙飞这两个年轻人，一年多来的表现非常满意，习惯性地从兜里掏出小记事本说："有个特殊任务，经和袁参议、姚主任商量后，决定由你们二人率队去完成，有勇气有信心吗？"

"有勇气、有信心！"赵建民、黄龙飞立即从凳子上站起来，挺胸昂首地表示道："坚决完成任务！"

"好！"范筑先高兴地示意赵黄二人重新坐下，然后说："鬼子为保障邯郸到徐州的运输线畅通，他们在濮县境内、黄河渡口等地增派重兵把守，致使我军很难接近。现据侦察员和多方情报显示，鬼子在濮县、开州、清丰三县交界处几乎无兵可派，是个薄弱环节。所以，司令部决定，明天上午，在濮开清交界处的黄泥岭，对鬼子的军车进行截击。从驻地至黄泥岭四十多里地，为避开敌人耳目，队伍白天照常训练，晚上急行军，明天黎明前进入阵地，构筑简单工事，埋设地雷，静待鬼子军车到来。侦察排对黄泥岭地形熟悉，因此，我和侦察排跟你们一快行动。"

赵健民一听范筑先要和队伍一块行动，就十分惊讶说："天黑路远，范司令，您怎么能随队一块行动呢？"

范筑先笑着说："我是司令，理应和队伍一块行动。对此，你们不必担心，马上回去做战前准备吧。"

"是！"赵健民和黄龙飞向范筑先等行过军礼后，转身向外走去。

范筑先、袁仲贤、姚弟鸿目送这两位年轻有为的军事干部走出了司令部。

豫鲁两省交界处的西侧，是古老的黄河故道。这里的地面全是些小沙丘，形成了一眼望不到边的瀚海波涛，黄泥岭就是这瀚海中的浪尖。而黄泥岭的南侧，就是连接山东、河南两省的黄土官道。

夜，幽暗深邃的天宇下，漆黑神秘的大地上，赵健民率领特务三团，在总队侦察排的带领下，正急速地向西行进着。官兵们口里虽未衔枚，除轻微的喘息和沙沙的脚步声外，几乎听不到任何动静。

黎明前，部队准时到达了黄泥岭，战士们稍事喘息后，黄龙飞就指挥队伍立即构筑简易工事。

刘勇和王山虎带着一个班，迅速地来到黄泥岭前坡的官道上，在官道的最狭窄处埋设了五颗拉弦地雷，并用浮土碎草落叶，进行了精细地伪装，和周边地貌一样，看不出任何破绽。然后，又把拉弦从黄土下边引向半坡的杂草丛中。一切就绪后，刘勇、王山虎等，才回到半坡的工事里隐蔽起来，眼睛紧盯着官道上的一切动静。

黄泥岭的半坡处，有一条浅浅的壕沟。赵健民正陪着范筑先从东到西，察看战前的准备情况，凌作善、肖守俭、李士超等也紧随其后。范筑先看完前坡之后，又来到黄泥岭左侧的小丘后面，这里隐藏着一个骑兵排，随时都可迅速出击。

范筑先检查完整个战前部署后,不住地点头,脸上也露着浅浅地笑容。他抬头看了看天,转身对赵健民说:"时间虽紧迫,可备战很周到。现趁天色尚早,鬼子军车到来之前,赶快命令战士们就地歇息,养精蓄锐。"

　　"是!"赵健民立即答道。

　　金黄的日头,终于冲破清冷的晨曦和云雾的缠绕,晃晃悠悠地离开了地平面,向着广阔浩渺的太空冉冉升起。大地上的沙丘、树木、草丛等都镀上了一层金黄色,黄泥岭脚下的官道上冷冷清清,连个人影也没有,远处树林上空时而会有不知名的野鸟掠过。时间显得漫长又沉寂,潜伏在草丛中的战士,瞪着鹰隼般的眼睛,紧紧地盯着官道,唯恐漏掉任何敌情。

　　黄泥岭上,范筑先和凌作善、肖守俭也在注视着岭下的官道,官道上仍然死一般的寂静,没有任何些许的变化。时间长了,人的注意力开始下降,眼睛也有些疲劳。

　　范筑先把左手伸在面前,抹开袖管,看时间,时针在沙沙地走动着。范筑先自言自语,又像是对身边的人说:"九点多了,按侦察员几天来的观察,鬼子的军车也应该到了。"

　　赵健民立即说:"范司令,您先在这儿歇会,我们到前沿看看去。"范筑先点头应允后,赵建民和黄龙飞猫着腰,穿过灌木丛向前沿走去。

　　刘勇所处两侧的堑壕里,战士们眼巴巴盯着黄泥岭下的官道。

　　王山虎周边的突击手,目不转睛地注视黄泥岭的西侧伸进灌木丛中的官道口。

　　寂静和沉闷笼罩着黄泥岭。趴在阵地上的战士开始有些焦躁,却仍然耐心地等待着。

　　此时,远处天边,似有沉闷的雷声,正从西边的灌木丛中,慢慢地向东滚来。而且,声音越来越大,立即引起了官兵们的注意。突然,不知谁小声地惊呼道:"汽车!鬼子的汽车来了。"喊声如同一针兴奋剂,阵地上立即轻微的骚动起来。

　　赵建民看到鬼子的车队已从岭西的灌木丛中,鬼魅般地钻出来,就果断的命令道:"注意,立即准备战斗!"

　　此刻在不同的堑壕里,黄龙飞、刘勇、王山虎也分别下达了:"准备战斗!"的命令。

　　阵地上,战士们也逐个往下传喊着:"准备战斗!"

　　黄泥岭前坡的小树林里,范筑先正举着望远镜,注视着鬼子的车队。

　　覆盖着绿色帆布的鬼子军车,大概是怕遭到突然袭击,或因为官道上的沙土凹凸不平,行驶起来摇摇晃晃,非常缓慢。

　　鬼子的运输队共有十三辆汽车,每辆车头都有两个头戴钢盔、手端三八大盖的鬼子兵押车。汽车上的挡风玻璃和鬼子的钢盔向外反射出耀眼的光线,很好地显示着车队行驶的速度和所处的位置。

　　半坡草丛中,赵健民、黄龙飞、刘勇、王山虎及所有战士的眼神,都随着鬼子的军车移动着。

　　布雷区左边小沙丘旁,有一截不起眼的干树枝子,它就是雷区的标志记号。

　　鬼子的车队正在渐渐地向雷区靠近,引擎的轰鸣声越来越响。驾驶室里的鬼子驾驶员,不断地转动着手里的方向盘,脚下"突突"地踩着油门。上边押车的鬼子兵,瞪着眼睛,警惕地注视着周边的道路。

　　赵健民目不转睛,当看到鬼子的第一辆汽车缓慢地已驶进雷区后,就迅速地把高举的右手猛然劈下来,随之喊了一声:"引爆!"

刘勇和四个拉线操作手听到命令后,立即使劲往后拽动了引爆绳。埋在沙土里的五颗地雷,立即相继"轰轰隆隆"地炸开了,硝烟伴着黄沙腾空而起,鬼子的尸体以及被炸烂的篷布和各种物资的碎片也在烟雾中翻飞。

鬼子的第一辆汽车,已被彻底炸毁。而整个车队,也像一条受了重伤的毒蛇,躺在黄土官道上难以动弹了。

押车的鬼子兵,已被突如其来的强烈爆炸声吓傻了,惊慌万状、乱作一团。

赵健民趁鬼子们惊慌失措、晕头转向之际,立即撕开胸前纽扣,把手中的枪一挥,大声喊道:"弟兄们,杀敌立功的时候到了,跟我冲啊!"与此同时,将身一纵,飞也似地冲出了战壕,边射击边向鬼子冲去。

黄龙飞、刘勇、王山虎也各自率领着自己的小分队,如下山猛虎一般,勇敢地冲下坡去。

鬼子押车的小头目知道已被中国军队包围,惊魂稍定,意识到载重车在沙土窝里掉头逃跑已不可能,于是就立即命令所有鬼子都从车上下来,以汽车为掩体,用来抵抗中国军队的进攻,以保护车辆和军用物资的安全。

在赵健民所部的猛攻猛打之下,一辆鬼子汽车的挡风玻璃被击碎,司机头部中弹,血流如注,身子趴在方向盘上。

第二辆车上的鬼子驾驶员,眼见前头的汽车被炸毁,又看到中国军人大声呼喊着冲过来。求生的本能使他抓起座椅旁的防身枪,拉开车门就往外跳。鬼子驾驶员的举动,早以被手疾眼快的王山虎察觉,手举枪响的同时,鬼子驾驶员"扑通"一声来了个狗吃屎,一头栽进黄沙里。

正想往外跑的鬼子副驾驶见状,吓得立即将身子缩回去。此时,王山虎的又一颗子弹射来,鬼子的后背立即钻了个血窟窿,污秽的血液,把黄军衣洇红了一片,驾驶室里也溅满了斑斑血迹。

一时间,我军官兵如一股巨大的洪流,以排山倒海之势,迅速地向鬼子车队冲来。吓的鬼子兵躲的躲、藏的藏,狼奔豕突,乱成一团。

一惊恐万状的鬼子见无处可藏,腰一弯,低头钻进了汽车底下,以轮胎为掩体,向冲过来的我军官兵打起枪来,当即两个战士被打倒在地。

刘勇见身边的两个战士被打伤,怒火填胸、愤恨已极。此时他敏锐地看到这个十恶不赦的鬼子兵,正在往弹舱里压弹夹。这是绝好的时机,他瞄准鬼子把枪一甩,"啪啪"两颗仇恨的子弹就穿进了鬼子的胸膛,那家伙一声没吭,就瘫倒在汽车轱辘旁边了,手中的三八大盖和弹夹,也随之滑落在黄土里。

另一辆汽车上的三个鬼子,已没有机会下车逃命,就凭借车厢挡板和篷布为掩护,疯狂的向冲过来的中国军人射击,这给我方的进攻造成了很大困难。

王山虎见此情形,立即命两个战士向汽车上射击掩护,他自己则猫腰从侧翼迅速溜过去,顺势卧倒一打滚,就到了汽车底下,立即从弹袋里掏出一枚手榴弹,拧开保险盖,用牙咬出弹弦,挺身一举手,把"嘶嘶"作响、冒着白烟的手榴弹扔进了汽车里,随着一声震耳欲聋的巨响后,汽车燃起了熊熊大火,车上的鬼子兵再也不动弹了。

鬼子的车队已被彻底击垮,鬼子的小头目就招呼剩余的三十多个残兵败卒,弃车往西边丛林里逃跑。

赵健民早已把战场的态势看得一清二楚,心想,绝不能让这些杀害中国人的刽子手轻易逃走。于是,就令早已在小沙丘后待命的骑兵排迅速出击。赵健民自己也从通信员手中接过缰绳,飞身跨上了枣红马,手举二十响,风驰电掣般地向鬼子逃跑的方向追去。

随着战场形势的变化,范筑先的临时指挥所,也在逐步地向前推进。当他觉察到鬼子有弃车逃窜的迹象后,就对身边的李士超说:"李记者,你别老跟着我转悠了,赶快到前边去,那儿才有精彩的瞬间和感人的画面哩!"

"是!"李士超虽答应得很爽快,行动上却有些迟疑,想说点什么,却又没说出来。他向凌作善和肖守俭轻轻地点头告别后,左肩背着相机,右手握着枪飞快地向熊熊燃烧的战场上跑去。

赵健民的上衣,不知何时已被树枝葛针撕破,被风一吹,身上像披着几缕碎布片,雪白的内衣就醒目的裸露出来。

范筑先又一次举起望远镜,赵健民和他的骑兵排就出现在他的镜头里。战马上手握马刀的战士们在溃败的鬼子群里左冲右闯,穿插切割,使原本溃不成军的小鬼子,像受惊的兔子,东跑西藏、七零八落。

赵健民见鬼子正拼命地向西边的丛林中逃窜,就立即策马奋力追赶,很快就超过了领头逃跑的鬼子。然后,把二十响"啪啪"一甩,几个狼狈不堪的鬼子兵,就应声倒在了地上。

赵健民把缰一抖,骑兵排的战马就把残余的鬼子团团围住了。

范筑先在望远镜里看到了骑兵排追杀鬼子的壮观场面,为有这样的部下而自豪,心底里油然生发出钦佩和爱慕。嘴里不断地喊出好:"好!好!"并问道:"那个骑枣红马,穿白褂子的人是谁呀?"

凌作善立即回答道:"那是六支队参谋长兼特务三团团长赵健民。"

范筑先不无感慨地说:"这个赵健民,真像是昔日常山赵子龙再世啊!"

肖守俭高兴地说:"好!常山赵子龙,这个比喻太贴切了。"

范筑先看到鬼子已被歼灭,就收起望远镜对身边的人说:"命令部队,赶快打扫战场,尽快返回古云住地。"

"是!"肖守俭应声向前跑去。

范筑先和凌作善正欲参加打扫战场,侦察连长气喘吁吁地跑来报告说:"报告范司令,据一线侦察员报告,盘踞在濮阳的鬼子,已经向黄泥岭派出了增援部队。"

范筑先轻轻地一笑说:"等增援的鬼子赶到黄泥岭的时候,我们或许已回到古云开庆功会啦!"

第三十一章 | 李树椿耍阴谋偷藏军火
卡尔逊率团来考察聊城

一

星期天，艳阳高照，晴空一碧如洗。光岳楼、万寿观、海源阁等古建筑上的各色琉璃瓦，把五颜六色的光线折射下来，强烈的刺激着人们的眼睛。

海源阁的大门敞开着，一些读书人来来往往地进出于此。

范树琨和田苑，手里拿着各自喜爱的书籍，说说笑笑地从海源阁大门里走出来。

范树琨黑裙白褂、面目清秀、黑发蓬松，言谈举止都展现出活泼开朗、率直达观的性格。

田苑来自农村，着一身素花中式裤褂，脚穿一双家做的黑帮白底粗布鞋。穿戴朴素，却洁净合体。她胸丰体美、秀发光洁、沉稳娴静，和范树琨的活泼坦荡，形成了鲜明的不同。

这两个年轻貌美、全身透着青春气息的女青年走在大街、立即引起了行人的注目。

范树琨、田苑二人来到路边一棵老槐树下，正要拐进胡同的时候，一抬头，却见一身戎装的李士超，背着摄影包，正低着头匆匆走着，似乎并没有发现范树琨和田苑。

范树琨眼看李士超就要擦肩而过，心中一急，就大声喊道："嗨！李大记者，小心碰破你的鼻子。"边说边向前跨出一步，正好横在李士超的面前。

李士超急忙抬头一看，见是两个老同事，惊喜地说："哎呀！范老师，田老师！"

范树琨玩笑的说："怎么，当上了大记者，眼里就看不见我们这些平头百姓了？"

李士超爽朗地笑道："怎么会呢？咱们这些老姐妹啥时候也错不了啊。范老师，别西北风带蒺藜——连讽加刺的，对士超有什么意见尽管提！"

"不说不笑不热闹，开个玩笑嘛！"范树琨一板正经地问道："李老师，好些日子不见你了，都忙什么去了？"

李士超："这半年多来，大部分时间都随部队行动，东奔西跑，经常忙得不可开交！"

范树琨："忙好啊！生活阅历丰富对写东西大有裨益，最近又写诗了吗？"

李士超："战斗中，亲眼看到官兵们很多英雄行为，心里也很冲动。可部队不是行军就是打仗，哪里还有空写东西啊！"

"哎，还保密啊！"范树琨揭秘似地说："'战地文化'上，我就看到了你写的两首诗。"

李士超："'战地文化'上发的是两首歌词，以前写的。"

范树琨："诗和歌词差不多，反正都是你的创作。"

李士超："'战地文化'印数有限,你是从哪儿看到的?"

范树琨："挺进大队就有,是何方拿给我看的。"

田苑一直微笑着站在一边,静静地听李、范二人热烈交谈,自己也不想插话。

李士超怕冷落了田苑,就主动搭讪道:"田老师最近又有新作吗?"

田苑微笑着说:"闲暇时也偶尔写一点,都是些青涩、稚嫩的顺口溜,声韵格律都不合规矩,根本不敢往外拿。"

李士超："别自谦,只要能坚持定会有提高。"

"谢李老师鼓励。"田苑点头说。

"范老师、田老师,咱们以后再聊,我还有些事,得先走一步了。"

范树琨："既然回到聊城了,还有什么大事啊?"

李士超警惕地左右看了看,欲言又止地说:"啊!是这样,最近美国友人卡尔逊要来聊城视察敌后抗日情况,政治部要报社研究一下采访方案。"

"啊!哈哈哈!"范树琨差点笑弯了腰说:"我以为什么天大的秘密呢?卡尔逊来聊城,大家早就知道了,我们回去就写欢迎标语哩。"

李士超："卡尔逊来不算秘密,这次跟他来的文化名人倒不少。"

"都有谁呀?"范树琨田苑同时问。

"听说有作家刘白羽、金肇野,戏剧家欧阳山尊,电影界的汪洋、林山……"李士超边说边抬腿要走。

范树琨一愣神,突然想起了什么说:"李老师,你先停一下。"

"还有事?"李士超停住了脚步。

范树琨："欢迎卡尔逊的晚会,领导叫咱们学校出演《放下你的鞭子》。"

李士超："这是好事啊!"

范树琨："好事是好事。不过你得救救场,再帮忙演一次老汉。"

李士超："我调到报社后,不是有刘老师接替演老汉吗?"

范树琨："刘老师的父亲病很重,他请假回老家茌平,伺候他父亲去了。"

李十超："这……到时候再说吧。"

范树琨怕李士超推辞,就直爽地说:"别哼哼唧唧的,你从前演过,驾轻就熟,台上不就是几十分钟嘛!"

李士超："好吧!到时候如果刘老师来不了,我就登台再演一回老头。"

范树琨显得非常高兴道:"痛快,这还差不多。"

田苑也欣然微笑着点了点头。

二

耿老三肩背渔篓,手拿渔叉直奔王老七的茶馆走来。

王老七手里拿着把扫帚,把刮到门前的几片破碎的标语纸,慢慢地划拉到一块。见耿老三来了,用眼神往屋里一扫,说:"刚沏好一壶茉莉花,你还怪有口福哩。"

耿老三把鱼网、鱼叉放在门口,往小矮桌旁一坐,抓起茶壶就往碗里斟水,说:"街上又贴的啥标语呀?"

王老七把扫帚往墙根一放,拍了拍手说:"还是打小日本的事。"

耿老三点了点头,端起了茶碗。

王老七掂着铁壶说:"听说这一回来了个外国人!是美国大鼻子。"

"外国人跑到咱这儿干什么?"耿老三不解地问。

"听说范专员打鬼子打的好。"王老七把铁壶坐在炉子上说。

耿老三一副得意的样子说:"怎么样,我早就看出来范专员是个干正事的人。这不,连外国人都来"朝拜"了。"

王老七点点头表示认可,而眼睛却注视着远处的胡同口。

王老七茶馆前的胡同口上,耿大山带着几个队员正在贴标语。他们有的端着糨糊盆,有的手里拿着笤帚,还有两个人拿着几卷写好的标语纸。按照事前的分工,正在紧张的忙活着。

这伙年轻人,朝气蓬勃、手脚利索、干活快捷,说说笑笑之间,几卷标语就贴完了。耿大山就招呼着弟兄们往回走。

远处,范树琨和田苑也带着几个学生,正在往墙上贴标语。标语的内容和耿大山们所贴的标语几乎一模一样,也是"热烈欢迎美国友人卡尔逊来聊城视察抗日工作"以及"团结起来,坚决消灭日本侵略者"等抗日口号。

田苑把糨糊刷到墙上,两个学生就把标语贴了上去。学生们刚松开手,一阵风就把标语的上头吹开了。眼看着标语就要掉下来,田苑来不及多想,欲扑上去用手摁。此时她抬头一看,早有两只大手,先于她将要掉下来的标语使劲摁住了,然后,又轻轻地把标语捋顺拂实,牢牢地粘在了墙上。

范树琨、田苑定睛一看,保护标语的竟又是耿大山,心里满是惊喜,忙不迭地说着感谢的话。

耿大山见范树琨和田苑惊喜的样子,自己也憨厚的点头笑了笑,然后,转身就要走。

范树琨见状,立即喊道:"耿班长,还没来得及好好感谢你哩,咋说走,就走了?"

"范老师,这点小事,用不着说谢。"耿大山又想抬腿就走。

田苑深情地看着耿大山,始终微笑着没有言语。

范树琨却有些着急,大声喊:"耿大山班长!"

耿大山听到喊声,就立即停住脚步转过身来。

范树琨直来直去地说:"耿班长,你好事要做圆满,帮人也要帮到底呀!"

耿大山没听明白是什么意思,就瞪着疑惑的眼神,直直地盯着范树琨。

范树琨:"耿班长,你看这风怎么大,学生们年龄小,标语还很多,你们反正已完成了任务,就帮我们把标语贴完吧。"

耿大山迟疑了一下,看了看田苑和小学生们,转过身对战友们说:"弟兄们,咱们帮同学们把标语贴完,然后再回营房好不好?"

"好!"战士听到耿大山命令后,就从师生手里接过笤帚、糨糊盆和标语,刷糨糊的刷糨糊,贴标语的贴标语,热火朝天地干起来。一转眼的工夫,所有的标语就贴完了。

耿大山搓弄着双手,又准备想走,一旁的田苑就有些幽怨、深情的眼神看着他。

范树琨见此情景,就调皮的对旁边的战士们使了个眼色。战士们心领神会,悄悄地躲在一边聊天去了。

田苑见耿大山还在低头搓弄手指头，就嗔笑着说："手上的糨糊光搓不行，得回去用水洗洗。"

"噢！"耿大山说："我知道。"

田苑："爷爷的衣裳该洗了吧？"

耿大山："昨儿星期天，我刚给他洗了。"

田苑："不是说好，爷爷的衣裳由我洗吗？"

"你也挺忙的，哪好意思总麻烦你啊。"耿大山说："战友们都等着哩，俺得马上回营房。"说完转身就走。

范树琨和几个战士有点失望，没能看到什么精彩的场景。

三

临清通往聊城的黄土官道上，几辆骡马胶皮大车，正"嗒嗒"地向东南走来。道路两边是遮天蔽日高高的白杨，遍地的高粱玉米，一望无际的青纱帐。胶皮大车，就像绿色海洋里的几只小船，在波浪中颠簸前进。

大鼻子、白皮肤、深眼窝的卡尔逊，是此行的主角。他时任美国驻华使馆助理海军武官，是抗战时期第一个赴延安和敌后根据地考察的西方国家军官。他虽浑身汗湿，却仍习惯性地把有口袋的衬衫收进裤腰带里，保持着军人的气质和绅士的风度。他头戴一顶麦秸莛编制的草帽，坐在车帮上，饶有兴趣地观赏着鲁西的田园风光。有时他还把口琴拿出来，兴致很浓地吹奏着'游击队之歌'。

陪同卡尔逊来鲁西视察的，还有知名作家刘白羽、金肇野，电影工作者汪洋、戏剧艺术家欧阳山尊、电影剧作家林山、英语翻译孙芳时等工作人员和一个班的警卫战士。

刘白羽文质彬彬，又朝气蓬勃，眼神犀利地注视着行军途中的一切细节，这可能就是作家观察生活的特殊眼光。

汪洋戴一顶白色遮阳帽，显得与众不同，神情也闲散而放松。

六月的阳光太毒，欧阳山尊戴着一副墨镜，显得另有一番风采。

几辆胶皮大车载着他们一行，所经之处，村民们都会好奇地驻足观看。有些小孩子更是穷追不舍，离开村庄很远了，他们还跟在胶皮马车后边撵着跑。

汪洋觉得这情景挺有趣，就打开摄像机，把这些可爱的乡村孩子收到了镜头里。

聊城北大街的两边，站满了党政军机关团体的代表，拿着鲜花、打着彩旗，准备欢迎卡尔逊的到来。长长的欢迎人群，一直延伸到北门外的大石桥上，军乐队和民间的响器班也都出动了。

范树琨、田苑和老校长，带着几十个活泼可爱的孩子们，排列在欢迎队伍的最前边。

大约十点半左右，范筑先、李树椿、张郁光、姚弟鸿、张维翰、齐燕铭及参谋干事们，也来到北门外，等候着卡氏的到来。

李士超端着照相机，跑前跑后地寻找着最佳拍摄位置，显得特别活跃。

欢迎的人群正在翘首北望的时候，不知谁喊了一句："来了！"人们定睛一看，远处沿湖大道的柳荫下，突然出现了几辆胶皮马车。

马车距离欢迎人群不远处停下来，卡尔逊和所有随行人员，都立即下了车。在我方接待人员的引领下，兴奋地向欢迎的人群走来。

欢迎的人群立刻沸腾了，锣鼓迅速敲打起来，军乐队也"嘀嘀嗒嗒"吹起了迎宾接官号。

范树琨、田苑和同学们，晃动着手中的鲜花，有节奏地呼喊着"欢迎！欢迎！，孩子们"显得特别活泼可爱。

范筑先、李树椿、张郁光等，已整齐地站在城门外的青石桥上。

此时，李士超已经大汗淋漓，他先抢拍了卡尔逊笑容可掬向前走来的镜头，现在正站在青石桥旁，在卡尔逊和范筑先亲切握手的瞬间。"咔嚓！咔嚓！"的摁下3次快门。然后又将镜头对准了青年学生和一街两厢欢迎的人群。

范筑先握住卡尔逊的手说："卡尔逊先生辛苦了，欢迎你到聊城来视察抗日工作！"

卡尔逊则使劲摇着范筑先的手，一旁的孙芳时同声翻译道："范老英雄，你留在敌后抗日的壮举，已传遍了全中国，就连我们美国大使馆，也知道了你英勇抗日的动人事迹，我衷心的向范老英雄致敬。"说完就抽出手来，向范筑先行了个美国军人的举手礼。

范筑先谦恭地笑笑，然后，就分别和视察团的刘白羽、汪洋、欧阳山尊等人握手后，转身陪着卡尔逊等一齐向城里走来。

卡尔逊欣喜异常，不间断地向欢迎的人们招手致意。

卡尔逊是抗战以来，第一个到聊城来的美国人。惹得很多居民也涌到巷口街头，争相一睹外国人的风采，场面相当热闹、壮观。

当卡尔逊一行来到光岳楼跟前的时候，他不顾主人范筑先前边引路，竟兀自停住了脚步，仰起头来，专注地观看着光岳楼。

范筑先、张郁光等见卡尔逊如此痴迷光岳楼，也只好停下脚步。

卡尔逊看了一阵后，颇为感叹地说："离开武汉后，在江北，我还是第一次见到这么高大壮观的古建筑。你们这座光岳楼，比我见到的黄鹤楼、岳阳楼还要恢宏大气。"

卡尔逊在光岳楼下，很有些依依不舍、不愿离去的样子。而陪同的范筑先等人，见外国客人欣赏自己家乡的古迹，顿觉自豪和欣慰。

此时，卡尔逊抬头注视着北楼门上方的"武定"两个大字。他好奇地问："武定！什么意思？"

听完翻译，范筑先微笑着说："中国古代兴兵作乱的一般都来自北方，故在北门上写上'武定'，意思是如果敌人胆敢来犯，我们就用武力平定之。"

卡尔逊满意、诙谐地点点头说："这次日本人也是从北方进来的啊！"一阵哈哈大笑之后，大家一起向西走去。

来到专署大门前，卡尔逊被对面照壁上巨大的"良心"二字吸引住了。刘白羽、欧阳山尊和卡尔逊议论着"良心"的含义，汪洋就用电影摄像机，把这幅画面收进了镜头。之后人们在范筑先的引领下，一起向大院里走去。

夜幕降临，微风渐起，天气也凉爽了很多。

人们从大街小巷里，兴致勃勃地向万寿观走来。

万寿观庙院里，有一座造型美观、建筑考究的戏台子。近年来，聊城每有大型集会或重要演出活动,都会在万寿观举行。

现在,舞台已布置妥当。台口上方悬挂着"热烈欢迎美国友人卡尔逊联欢晚会"的横幅。左右两个台角上,各有一盏"嘶嘶"作响的大汽灯,照得全场一片通明。

紫绒大幕将舞台遮挡的严严实实,人们会有一种期待和神秘感。特别是小孩子们,在强烈好奇心的驱使下,瞅准机会,就迅速地掀开一条缝,把头钻进去,窥视着大幕后的秘密。专门维持此处秩序的管台老头,会抓住耳朵把孩子们拽出来,或拿根竹竿把小孩子们撵跑。

舞台前的广场里已坐满了人,左边是着装整齐的抗日官兵。耿大山身后的一排人,是鲁西青年抗日挺进大队的代表,他们也在军人的队列之中。

广场右侧,是机关团体和学校的师生,他们虽穿着不同的衣服,但队列却也十分整齐,都规规矩矩地坐在自带的小凳上。广场周围则挤满了自动聚来的附近居民。

联欢晚会的文艺节目,以鲁西抗日移动剧团为主,一中、二中和乡师也有节目参演。鼓楼小学的儿童舞蹈。田苑、李士超的街头活报剧"放下你的鞭子",也是领导指定的献演节目。

此时,范树琨和老校长带着已化妆好的舞蹈队,正向万寿观走来。

田苑化装成村姑模样,头上包条花毛巾,走在队伍的最后边,队伍经过之处,都会引起路人的驻足观看。

万寿观庙院里,在文艺演出前,说笑的、打闹的、东奔西跑的、呼朋唤友的、找孩子喊娘的,各种动静混合在一起,显得热闹又嘈杂。时而还夹杂着小贩们"梨膏水果糖、五香大瓜子"高亢的叫卖声。整体气氛,是十分轻松和欢快的。

范筑先、张郁光、赵伊坪、李树椿、王金祥们陪同着卡尔逊、刘白羽、欧阳山尊、汪洋、等,从侧面走上了舞台。

晚会的组织者,见领导、演员、观众基本就绪后,紫绒大幕缓缓地拉开了。台下的观众一下子都把目光集中到舞台上,杂乱的"嗡嗡"声,也逐渐平息下来。

专署秘书长兼十支队司令张维翰,在人们的注视下,稳重地来到舞台中央,待人们的注意力集中以后,即大声道:"女士们、先生们、朋友们、各支队的官兵弟兄们:热烈欢迎卡尔逊先生光临聊城的联欢晚会,现在开始!让我们以热烈的掌声欢迎卡尔逊先生讲话。"

卡尔逊上前一步,与翻译一同站在台前,注视着台下黑压压的人群说:"尊敬的女士们、先生们、全体抗日将士们大家好!我是卡尔逊,我受命率团来聊城考察敌后抗日的情况,一路走来,所见所闻,很新鲜、很振奋、很受感动。"随着同声翻译会场响起一阵热烈的掌声。

卡尔逊继续说道:"我们这个考察团,有军事方面的、有新闻记者、有作家、有戏剧家、有电影工作者、有翻译家。我们将在聊城看到的、听到的事情,写成文章、拍成电影、编成歌曲和戏剧,让全国,乃至全世界爱好和平的人们,都了解到英雄的聊城军民,在日本法西斯的铁蹄下,在其穷凶极恶、惨无人道的烧杀抢掠下,是怎样和日本鬼子殊死战斗的。"

掌声过后,卡尔逊面对苍髯皓首、慈祥威武的范筑先,十分动情、声音有些颤抖地说:"这几天我听了一些汇报、看了一部分材料,亲身感觉到,我身边这位可亲、可敬的老军人、老专员范筑先先生,已是近六旬的老人了,这个年龄的人,理应是下棋品茶、养花喂鸟享清福的时段。而我们的范专员,却凭着中国人的良心、忧国忧民的责任心,面对日本鬼子的疯狂杀戮,敢于抗拒顶头上司——山东省主席韩复榘的撤退命令,裂眦北视,决不南渡,义无反顾的留在黄河北岸,誓死抵抗日本人的野蛮进攻。在范专员这种感天地、泣鬼神、凛然大义的感召下,广大聊城军民,团结一致、同仇敌忾,拿起刀枪、奋起抗日,在战场上取得了一个又一个的胜利。在血与火的惨烈战斗中,范专员总是身先士卒、冲杀在前,这种舍生忘死的高贵品质,极大地鼓舞了全体将士。使凶恶的鬼子兵闻风丧胆,在聊城这块地面上,没有鬼子的立足之地。聊城军民的伟大壮举,是敌后抗日的一面鲜红的旗帜。所以,聊城就有了"钢铁濮范观,华北小延安"的美誉。据此,我断定,中国人民的抗日战争,必将取得最后的胜利!我再一次向英雄的聊城军民、向年高德劭的范专员致以崇高的敬礼!"卡尔逊说完,会场又是一阵热烈的掌声。

卡尔逊、范筑先一行,在张维翰引领下,从舞台上走下来,到台前早已准备好的条凳上落座,这就意味着晚会即将开始。

在两盏汽灯的照射下,端庄文雅的报幕员,风度翩翩、落落大方的走到大幕前,向观众优雅的点头致意后,声音甜美地说:"大家好!热烈欢迎卡尔逊先生的联欢晚会,现在开始!"一阵掌声过后,报幕员接着说:"第一个节目,大合唱'我的家在东北松花江上!'"

随着紫绒大幕徐徐开启,几十个人的男女合唱队,排列有序的展现在观众面前。乐队指挥健步走到台前,向观众深鞠一躬后,转身扬起双手,手中的指挥棒在空中呈弧形一挥,在音乐的烘托下,那低沉压抑的歌声,就如怨如诉地唱起来:"我的家在东北松花江上,那里有森林煤矿,还有那满山遍野的大豆高粱……"歌声凄怆、愤懑,似有一座将要爆发的火山,正在积攒着无限的能量。

这首歌,大家都较为熟悉。一开始,仅是演员们在台上唱,不知从何时起,台上台下的男女老少都唱起来了。歌声似雷鸣、似海啸、似震天动地的暴风骤雨,响彻在万寿观的上空。

观众刚从大合唱的气氛中走出来,报幕员就来到台前说:"下一个节目,歌舞'欢迎卡尔逊先生到聊城!'李士超作词作曲,范树琨编舞,鼓楼小学舞蹈队演出。"

大幕刚一拉开,一群活泼可爱、花朵般的孩子,蹦蹦跳跳地跑上了舞台。他们双手高举鲜花,边唱边跳地舞起来。随着旋律的流动和节奏的快慢,小演员们变换着花样和队形,使观众目不暇接,沉浸在欢乐的氛围中。最后,小演员们队形排列在台口,向着卡尔逊和广大观众,大声喊着:"欢迎!欢迎!欢迎卡尔逊先生……"

台下的卡尔逊激动万分,想不到敌后还会有这样的场面。于是,就站起来举起双手,高兴地向孩子们致意。

李士超从侧面摁动了快门,镁光灯一闪的同时,冒出一股白烟,观众们惊奇地观望着。

李士超刚一扭头,见范树琨已来到面前,于是,二人会意的一点头,向后台走去。

二人来到后台,见田苑早已化好妆,正在静静地候场。

李士超把照相机交给范树琨拿着,自己腾出手来,准备化妆,田苑将手中的军用挎包及时地递给李士超。

李士超边点头表示感谢,边从挎包里掏出一个曾用过多次的老头头套,然后,就熟练地戴到自己头上。又从挎包里拿出一件土布汗褂子,用一块灰色布片捋成绺,当做腰带,牢牢地扎在腰里。最后,将一只马尾和铁丝控制的胡卡,轻轻地塞进鼻孔里。这样前后不到五分钟,李士超这个潇洒干练的青年记者,就变成了一位白发苍髯、弯腰驼背的江湖老汉了。

李士超转过身来说:"范老师、田老师,你们看看,我扮的还行吧?"

范树琨对李士超上下审视了一遍,满意地说:"行! 没问题,你都七八个月不演戏了,化起妆来还挺快的!"

李士超听到老同事的夸奖,竟不好意思的摇起头来。

一阵紧张的忙碌之后,做好了演出前的一切准备。

三个人的紧张心情刚一放松,就看到后台的西侧,鲁西抗日移动剧团的演员们也正在化妆,他们团的京剧"打渔杀家"是今天晚会的压轴戏。此时,饰演老生的萧恩和萧桂英等演员,已经装扮停当,正坐在一边候场。

李士超很喜欢古装戏,正十分投入地欣赏着对面演员的扮相,却突然发现饰演萧恩的演员,正笑眯眯地向自己走来。心里一愣怔,正在疑惑间就听对方说:"老同学李士超!"

李士超急忙站起来:"你是?"

老人把髯口一摘,李士超惊喜地说:"啊! 刘大个子,你不是在临清京剧团吗?"

叫刘大个子的人说:"那是个私人草台班,听说鲁西抗日京剧团招人,我就过来了。"

李士超高兴地说:"参加抗日剧团好,咱们今后见面的机会也多了。"

刘大个子:"来聊城后我找过你,听说你从古楼小学出来,到报社当随军记者了。怎么今儿又参加学校演出了?"

李士超:"是当了记者,不过今儿演老汉的宋老师,因父亲病重回家了,我是被拉来临时救场的。"

刘大个子:"好! 应该,救场如救火吗!"

此时,舞台监督对着后台大声喊道:"注意了! 第六个节目'放下你的鞭子'马上准备上场!"

田苑扮演的香姑站在台上,有些怯场,也不大敢抬头面对观众。

李士超扮演的江湖老汉在台上就特别放松,一招一式都极为老道娴熟。他动静自如、伸缩有度,很像一个跑江湖的老手。老汉见台下的观众稍一安静,即摇着手中的一个小转铃念道:"小小铃儿转悠悠,五湖四海皆朋友,南边收了南边去,北边收了北边游,南边北边都不收,黄河两岸度春秋。不是咱家夸海口,赛过乡间两头牛。"

光说不练,那叫嘴把戏

光练不说,那是傻把戏

又练又说,才是真把戏

老汉指着香姑说:"现在就叫姑娘给先生们唱支小曲。这姑娘,是我从苏州买来的,他长的标致、穿的漂亮。手能耍十八般武艺,嘴能唱南北小调。什么《毛毛雨》《妹妹我爱你》等,都能唱的顶呱呱。"

李士超毕业于艺专,醉心于表演艺术,即便是业余演出,也极为认真投入。只要一登台,就会全神贯注、绝不左顾右盼。他演啥象啥,惟妙惟肖、声情并茂,深受观众的欢迎。

"放下你的鞭子"将要进入高潮时,李士超却意外的发现,陪同卡尔逊看晚会的范筑先和张郁光不见了,座位空了好久。一年来的记者生活使他敏锐的意识到,可能有情况。

四

煤油灯的火苗,随着气流左右忽闪着。于占鳌的葫芦脸、胡作良歪戴帽的大脑袋,就在灯影里长长短短地变化着。

自从于占鳌匪气十足地欲砸了报社,范筑先给了他警告处分后,他竟和胡作良混成了铁哥们。今儿虽说是胡作良受命来办军务,于占鳌却对其敬重有加、言谈举止、点烟斟茶,甚是亲切殷勤。

在于、胡二人喝茶的桌子后面,还有一张大方桌,桌上摆放着丰盛的菜肴,几瓶景阳冈和两条哈德门香烟。

于占鳌:"胡副参谋长,菜都快凉了,咱们开始喝吧!"

胡作良摆手摇头地说:"还是等等吧,马车不来,军火入不了库,咱喝着也不踏实啊!"

"也好!"于占鳌点点头。

此时,通信员跑进来说:"于司令,拉军火的马车回来了!"

"现在什么地方?"于占鳌惊喜道。

"马副官直接把马车领到大院里,现在正卸车哩!"

"好!"胡作良兴奋地对胡作良说:"走!咱们过去看看。

"也好!"于占鳌、胡作良就跟着通信员向外走去。拐出胡同,走进一处大院里,不知何时,夜色中已下起濛濛小雨。

在闪烁的马蹄灯影里,士兵们有的在卸车、有的扛弹药箱子,马副官则指挥着大家向仓库里搬东西,现场正忙而有序地进行着。

马副官见于占鳌和胡作良亲自冒雨来到库房,就立即跑过去打了个敬礼。

于占鳌问:"情况怎么样?"

马副官:"一切顺利,我对照了一下发货清单,枪支弹药一件都不少。"

"嗯,很好嘛!"于占鳌这么说,既是表扬马副官,也有自鸣得意的意思。

胡作良:"你们冒雨把这批军火,从黄河南边安全运过来,这是一项艰巨的任务,任务完成的很好!"然后对于占鳌说:"于司令,你要给马副官和参与本次任务的弟兄们一定的奖励;我也会把整个情况,向李树椿主任和王金祥参谋长进行详细汇报。"

于占鳌看着三辆马车的军火已完全入库,就说:"胡副参谋长,走!咱们回司令部吧。"

"行啊!"胡作良又回头叮嘱马副官:"仓库要加强警戒!"

"是!"马副官"啪"的一个立正,随后甩了一下头上的雨水。

五

三天了,淅淅沥沥的小雨,悠闲自得地下着,毫无停歇喘息的意思。人们的心情就和天气一样,阴沉郁闷、无精打采。

条条雨线,织成了一张透明的帘子,严密地挂在窗外。从房檐上滚落的水珠,"嘀嘀嗒嗒"地砸在门外面石头台阶上,接连不断地溅起一圈圈的水花。

李树椿耷拉着阴沉、疲惫的脸,撇嘴皱眉,好像有什么心腹事,不停地在屋里走动着。之后,伫立门口,作若有所思状。大门洞里传来一阵杂沓的脚步声,李树椿抬头一看,从门洞里走出来一个身穿雨衣的人，低沉的帽沿盖住了来人的双眼，他一直向屋里走来。

李树椿阴冷的脸上，略微绽出一丝冷笑，他已经认出了来人是谁。于是，就把身子往门边一趔，给来人让出了进门的路。

王金祥进屋后，迅速脱掉雨衣，摇甩着脸上的水珠子："真烦死人了，这讨厌的雨，下起来就没完没了。"

勤务兵认得是王金祥来了，早已沏了一杯龙井，恭恭敬敬地放在桌子上，然后，知趣地向外走去。

王金祥和李树椿隔桌相对而坐，两个人都把脑袋往前伸，脸几乎碰到了一起。

李树椿小声而神秘的问："事情办得怎么样？"

王金祥得意又自负地说："顺利，非常顺利，李主任您就请放心吧！"

李树椿："三车军火都放在于占鳌那儿了？"

"对！"王金祥说："我叫胡作良亲自坐镇于占鳌的司令部，这批军火，全部在那里封存着哩。"

李树椿："很好，事情办的干净利索。"

王金祥："这批军火什么时候发下去？"

李树椿："不着急，先封存在那里吧。"

王金祥："战争时期，部队严重缺少枪支弹药，咱们应抓紧发下去才是啊！"

李树椿口气不容置疑道："现在这批军火坚决不能动！否则，若被范筑先或共党分子察觉到了蛛丝马迹，我们就被动了。"

王金祥："李主任，咱们也不能太胆小了。"

李树椿摇摇头说："我倒不是胆小，这件事还是谨慎些好。你知道，这次武汉国民政府下拨给山东十二车军火，范筑先听说后，硬要沈主席给他三马车。沈主席碍于面子，口头上虽答应了他，可暗中又通知我们，连夜冒雨把这三马车军火弄过来了。这样做本身就理亏，你若急着把武器弹药发出去，万一叫范筑先知道，他准会大发雷霆，找咱们的麻烦。"

王金祥："范筑先这几天净玩些花架子，整天迎来送往。刚送走外国大鼻子卡尔逊，又迎来一个共党头子黎玉，他哪里还顾得卜咱这些小事啊！"

李树椿站起身来说："还是谨慎点好！"

王金祥只顾低头吸烟，再也没说什么。

李树椿向门外一招手，勤务兵端上来四盘精致的小菜和一瓶"宴宾老窖"。

李树椿对王金祥说："为庆贺这批军火顺利到手，下边的人特备了几个小菜，咱们趁着雨天安静，痛痛快快的喝两杯吧。"

六

这几天李树椿郁闷焦躁，心里惶惶不安。虽说三个月前成功地保护了王金祥，并使其官复原职，前几天还巧妙地截取了本该发给六支队的一批武器弹药。让他恼火的是，在欢迎八路军山东纵队和共产党山东省委书记黎玉的大会上，在没有任何征兆的情况下，范筑先这老头竟在大庭广众面前，公然极力为共产党、毛泽东唱赞歌，甚至发誓言、表决心。一向以无党无派自况的范筑先的两句口号，犹如两颗重磅炸弹，在聊城党政军各界将会产生极大影响。省主席沈鸿烈知晓了也会震怒，这对自己的前程会十分不利。李树椿正在纠结愤懑、坐卧不安之时，一抬头，王金祥适时地出现在他面前。王金祥递给李树椿一根烟卷，两个人对坐着吸起来，好久也没说话。

王金祥深知李树椿对范筑先原来只是心存不满，如今却已转为仇恨。于是，看似劝解，实则火上浇油地说："李主任，范筑先就是个疯子。您一向沉稳大度，没必要和这个疯子较劲、生气。"

李树椿："老家伙小来小去的疯一点，也倒无所谓。他突然向共产党表决心，这不是公然依附共党了吗？这事早晚会被沈主席知道，显得我这个行辕主任也太愚笨无能了。"

王金祥说："范筑先这个人，说他疯，说他呆都行，其实，他就是功利思想太重。这不，昨天下午天都快黑了，他又跟着赵健民去金堤七里塘了。"

李树椿阴冷地一撇嘴道："那里有他的嫡系，袁仲贤、姚弟鸿、赵健民都在那里，司令部是他的权力所在，他当然要紧抓不放！不过，老家伙离开聊城也很好，眼不见、心不烦。"

王金祥诡秘地说："原濮县大队副大队长长石歪脖子，自从姜洪源县长死后，他就成了鬼子少佐高桥手下的人了。"

李树椿心知肚明的淡然一笑道："怎么，你和姓石的还有联系？"

王金祥："从前都是我的下属，他也不断的托人捎好来。"

李树椿点头会意地说："也捎些有价值的东西吧？"

"价值谈不上。"王金祥说："高桥命石歪脖子的便衣，对范筑先的司令部进行侦察，半个多月了，从未间断过。"

李树椿惊疑道："莫非高桥要打范筑先的主意？"

王金祥："高桥到底是什么意思，石歪脖子也猜不透。"

李树椿兴趣全无地松了口气，头往后一仰，瘫坐在椅背上了。

七

暮云四合，血红的残阳，渐渐坠入天边的丛林里，千里金堤也慢慢朦胧起来。炊烟如轻纱柔丝，把四周的村庄拦腰缠绕起来。傍晚时分，呈现出一幅农家闲适的场景：干完活刚卸套的毛驴，"咴咴"叫着在黄土地上无比舒服地打着滚；井台上匆匆打水的人相互打着招呼；半大小子们光着脊梁、膀子上扛着一大筐青草相继进了村。

就在牛羊归圈、鸡鸭回栏的时刻，范筑先、赵健民等，已来到七里塘村头，二人下了马。

范筑先看着赵健民这个年轻英武，有勇有谋的年轻人，真是从心眼里喜欢，有一种无以言说的爱慕。停了一会儿，范筑先才对赵健民说："你回队后告诉黄龙飞，关于沈鸿烈说话食言，本该发给咱六支队的弹药，却偷偷的给于占鳌，这里边肯定有见不得人的勾当。等见到沈鸿烈后，我会当面质问他。你们就不要再议论了，总得要下级服从上级吧！"

"好的，我一定把您的话转告给黄副司令。"赵健民说："范司令，对惯于要阴谋的人，您也要防着点。"

范筑先慈祥地一笑说："是啊，这一点我心里还是有数的，你就放心吧！"

范筑先指着前面的村口说："司令部已到了，你还有三里地呢，快上马走吧。"

"好的。"赵健民立即立正，向范筑先行了个军礼，然后，转身跨马飞奔而去。

范筑先原地伫立,久久地注视着赵健民远去的身影。

凌作善将马牵到范筑先的面前说:"范司令上马吧。"

范筑先看着村口说:"不骑了,还是走两步吧。正是下晌的时候,街上人多,安全要紧。"于是,范筑先在前,凌作善牵着马和警卫班的人殿后,一起向村里走去。

就在村路右侧棉花地里不远处,有几座长满青草的青石墓碑,旁边还长着几颗郁郁葱葱的柏树,在暮色中,显得阴森、诡异。两个头戴草帽、肩扛草筐的人,贼溜溜地隐藏在墓碑后,窥视着范筑先和赵健民。看着范筑先一行已走进七里塘,这两人才把目光收回来,原来他们是石歪脖子派出的探子。

第三十二章 | 突遭偷袭七里塘浴血奋战
全军覆没乱葬岗高桥毙命

一

濮城大街上,行人无几,店铺、商号大都没敢开门,显得冷冷清清,非常萧条。一个衣裳褴褛的老乞丐,肩上背着个破行李卷,手里拿着一只大破碗,摇摇晃晃地走动着。

一队头戴钢盔、脚蹬翻毛皮鞋的鬼子兵,荷枪实弹,凶神恶煞般的从老乞丐身边走过。弄的街上鸡飞狗跳,杀气腾腾,一派恐怖气氛。

原县政府的大门上方,青天白日满地红的国旗,现已换上了鬼子的膏药旗。大门口两边,站岗的鬼子兵,虎视眈眈地注视着附近的人。衙门大院里,也有来来往往的鬼子在走动。

原县长姜洪源的办公室,如今成了高桥的指挥部。指挥部正中后墙面上,悬挂着一面很大的"武"字旗,鬼子的膏药旗和血光四射的军旗,斜插在"武"字旗的两边。

鬼子的几个中队长,还有汉奸大队长石歪脖子、副大队长陈二扁脸等人,先后走进高桥的办公室,分左右站在两边。

高桥冷若冰霜,一脸横肉里暗藏着凶狠的杀气。他端坐在桌子后边,闭嘴瞪眼,注视着来开会的每一个人。

屋子里死一般寂静。好久,高桥才慢慢地站起来,两只粗短的手摁在桌子上,眼睛盯着石歪脖子,声音沙哑像喷出一口冷气似地说:"石桑,马陵道七里塘的情况有变化吗?"

"报告太君,范筑先仍在七里塘,情况没任何变化。"石歪脖子毕恭毕敬地说。

高桥又追问道:"范筑先还在七里塘,你的确定?"

石歪脖子:"范筑先的确还在七里塘。据线人报告,昨天晚上九点多了,范筑先还在七里塘给部下开会哩。"

高桥深深地点了点头,他发泄郁结在心中的伤痛道:"自从我大日本皇军进入鲁西以来,所遇到的最大障碍,就是这个大胡子范筑先。一年前在梁水镇,第一次袭击了我的侦察小队,十几个皇军连同马匹,统统死在他的枪口之下;紧接着,在堂邑城又把我们痛打了一番;再后来,范筑先又两次从我已占领的范县城,把我们赶出来,并派他的爱将赵健民,埋伏在马陵道伏击我们,之后,在城外擒获了我们三十多匹战马,还在黄泥岭击毁了皇军十三辆军车,让我高桥大队连遭奇耻大辱。为此,皇军华北派遣军总司令部,对我们多次训斥,并命我们不惜一切代价，坚决消灭范筑先。否则，我高桥实在再无颜面活在世上。"

鬼子中队长们以及汉奸大队长石歪脖子们，都一脸敬畏、洗耳恭听的样子。

高桥接着说："现在，我手中几份情报都明确地显示，范筑先的司令部确实仍驻扎在七里塘。为此，我决定，执行早已研究好的第一套作战方案，这就是偷袭加围歼。皇军三个中队，皇协军一个大队全部出动，每个中队的具体位置和相互协同方式，按照预演方案进行。对作战勇敢、杀敌有功者给予重赏。活捉范筑先者，奖大洋壹百元，升一级军衔。亲手击毙范筑先者，奖大洋五十元。而畏缩不前、贻误战机者，格杀勿论，就地枪决。听明白了吗？"

"明白了！"屋里人同声齐呼。

高桥命令道："散会后，立即做好战斗准备，随时准备出发！""哈咿！"鬼子几个中队长领命后，立即退出办公室，陈二扁脸也随着退了出去。

石歪脖子一转身，正想和鬼子中队长们一块往外走，高桥却喊了一声："石桑。"

石歪脖子听到高桥喊他，立即弯腰站好等候高桥训示。

高桥鼻子一"哼"，算是给了个笑脸说："石桑，自打皇军进驻濮城以来，你与本太君我合作的很好，足见你为人的忠诚。此次袭击范筑先的战斗结束后，你将晋升为濮县的县长。"

石歪脖子一听自己要晋升为县长，起初还不敢相信，后见高桥用期待的眼光看着他，这才信以为真。受宠若惊，一时不知道如何感谢高桥的提携之恩，只是弯着腰，一个劲地点头。

高桥看着石歪脖子一副自卑自贱的丑态，虽点了点头，眼里却露着轻蔑鄙薄的神色说："石桑，马上进行战前准备，希望你再建战功。"

"是！"石歪脖子感激涕零，向高桥行了个标准的军礼，立即转身离开了办公室。

高桥目送石歪脖子走出屋门，回头久久地注视着墙上的膏药旗和血光旗，翕动着嘴角，似乎在向他的先人祷告着什么。他一只手抽出挂在墙上的指挥刀，猛然向下一劈，一只手指向前方做了个前进的姿势。

二

入夜，金堤像一条沉伏的巨龙，蜿蜒在昏暗的朦胧中。空中流萤飞闪，草丛里秋虫唧唧，益显夜的宁静。不知何时，挂在银汉中的一痕新月，眨眼间就悄然不见了。夜，更加神秘幽深了，只有满天星斗仍在不知疲倦地眨巴着眼睛，似在洞察人间的一切活动。

七里塘一处农家小院的三间土屋里，范筑先披着外衣伏在小桌上，借着昏暗的油灯光亮，在小本子上写着什么。

凌作善伸了伸懒腰，轻轻地打了个哈欠，揉着困乏的双眼说："范司令，快半夜了，您该休息了。"

范筑先似有醒悟地道："好啊，作善，守俭呢？"

"我让他先睡去了。"凌作善回答。

范筑先："作善，忙了一天啦，你也去睡吧。"范筑先边说边插上笔帽，合上形影不离的小记事本，把手枪放在枕头底下，然后，脱掉了上衣。

凌作善在小院里站了一会，眼看范筑先屋里的油灯熄灭了，才放心地走进了东屋。

无边的黑暗吞噬了大地,村落、道路、树林、河流,都统统地遁迹隐形了。这正是野狗觅食,黄鼠狼、狐狸肆意妄为的时机。

高桥三个中队的鬼子和石歪脖子一个大队的汉奸,已倾巢出动。他们如同鬼魅幽灵,疯狂地向七里塘方向扑来。

拂晓前,鬼子们来到金堤脚下,高桥令队伍停止前进。稍事休息后,即按预先方案,将所有人员分成三路,从不同方向,对七里塘实施包抄。

晨曦微露,东方泛白。大地上的万物,抖掉一夜的黑暗,在朦胧中渐次清晰起来。七里塘的游动哨已经撤回,只有村子东西两头的固定哨,还在原地值守。哨兵们虽然警惕性很高,却未能发现二百米以外的草丛里,已经埋伏了敌人。

鬼子们已抵七里塘村外,一向暴戾骄横的高桥,面对还在熹光中沉寂的七里塘,竟没敢贸然进攻,怕中了范筑先的埋伏。正在其犹豫不决之时,石歪脖子带着侦察员来到面前。高桥问:"石桑,七里塘情况如何?"

石歪脖子低三下四,谄媚又炫弄地说:"报告太君,您尽可放心,七里塘村外没有埋伏,范筑先和他的队伍还没起床哩。"

生性多疑的高桥并没马上采取行动,他瞪着凶恶的小眼,死盯着朦胧沉寂的七里塘。石歪脖子总想献计献策,取悦于高桥,急切盼着尽快打胜这一仗,活捉范筑先。这样,队伍回去以后,自己就成了濮城的县长了。于是,眼珠子一转悠,就进一步无耻地讨好道:"太君,为万无一失,您可先命狙击手把村头的哨兵干掉,然后,即可大胆地向七里塘进攻。"

高桥认真地点点头,认为这个点子很好,说道:"石桑,你大大的好人。"然后,即令人把狙击手找来。

范筑先一向有早起晨练的习惯,即使行军打仗,只要有可能,也会伸伸胳膊、抬抬腿,练上两套太极拳。

今儿和往常一样,起床后就在小院里练起来了。动作优美娴熟,状如行云流水。人,或许真有第六感觉,范筑先一边打着拳,可心里总感觉不安稳,于是就早早的收了势。

凌作善和肖守俭知道范筑先练拳,也早早起来为首长打好了洗脸水。

高桥身边的狙击手,是个眼睛细小、表情冷酷的家伙。此时,他倚在一棵榆树的后边,端起枪来,腮帮子贴在枪托上,视线通过标尺豁口到达准星尖,再向外延伸到七里塘村头,并迅速地锁定了还在左右挪动的哨兵,带班员则在准星护圈内外晃动着。当哨兵的脚步稍一停顿,鬼子的狙击手就扣动了扳机,只听到闷闷地"噗"了一声,视线里的哨兵,身子一趔趄,就倒在了地上。

见战友突然倒地,机敏的带班员随即就地卧倒,见一枚子弹在战友身上穿胸而过,鲜血染红了灰色军装。他知道事态严重,立即本能的"啪!啪!啪!"对空连开三枪,以示报警。

七里塘,鲁西抗日游击总队前线指挥部的值班员,看了看马蹄表,时间是五点十五,就摸出哨子,"嘟嘟"地吹响了起床哨。几乎与此同时,也传来了村头哨兵报警的三声枪响。

枪声就是命令,久经沙场的范筑先意识到此时响枪绝非寻常,即将有重大事件发生。职业的惯性促使他,立即命令通讯班通知各部队迅速作好战斗准备。

枪声响起,村子里像炸了锅,立即沸腾起来。所有官兵都从各个胡同口、各个院落里冲出来,在基层连、排长的率领下,按照平时的预演方案,快而有序、忙而不乱的进入到村外早已构筑好的简易工事。

民兵们也在村干部的组织下,拿起大刀片,扛起红缨枪,守护着村庄。

范筑先手里握着二十响,率先冲出了司令部的小院,凌作善、肖守俭也持枪紧随其后。

警卫连长刘洪涛带着一个战士向司令部跑来,在小院门外正和范筑先碰个正着。

刘洪涛顺势把范筑先推回到小院说:"濮城的高桥大队一部和汉奸大队的四个中队,全部倾巢而出,看来鬼子已做好了充分准备。"

范筑先点点头正要说什么,刘洪涛却接着说:"我们的部队已按预演计划,全部进入了村外的简易工事。袁仲贤参议要我转告范司令,让您可守在司令部指挥,战况的发展,我会及时向您汇报。"

范筑先对刘洪涛说:"告诉袁仲贤和姚弟鸿,叫他们按计划自主行事。"然后对凌作善、肖守俭:"走,跟我去前沿阵地。"说完率先向七里塘村南跑去。

凌作善、肖守俭一愣神,也赶紧拔腿随范筑先跑去。

刘洪涛很快醒过神来,边追边喊:"范司令……"

范筑先边跑、边火冒三丈,近乎骂道:"战争是千变万化的,我怎么能死守在司令部里呢,简直瞎胡闹!"

高桥和石歪脖子的初衷是,待狙击手干掉村头哨兵后,悄悄摸进七里塘,活捉范筑先。没料到带班员鸣枪报警,偷袭不成,只好改为正面进攻。

在鬼子发起进攻的同时,袁仲贤已指挥直属二中队、三中队进入到七里塘西南的简易工事。

姚弟鸿听到枪声后,也快速地率一中队和卫队营到了七里塘南方的战壕里。

当范筑先、凌作善、肖守俭和两个作战参谋顺着堑壕来到前沿阵地后,搭眼往前一看,好家伙,眼前全是鬼子和皇协军,他们提着枪、猫着腰,像泥石流一样滚滚而来。

由于我军阵地早已进行过伪装,敌人并没发现七里塘村外有工事。他们放心大胆地向前扑来。

范筑先见这么多敌人,像决堤的洪水一样扑来,知道高桥拼命来了,一场恶战就在眼前。他对身边的参谋人员说:"向部队传话,等敌人靠近后再打。"

范筑先对刘洪涛说:"马上去通知赵健民,要他立即带队支援,从西南方向包抄高桥;令袁参议在七里塘西南死守阵地。"

"是!"刘洪涛即命人顺着堑壕去传达命令。

敌人距阵地越来越近,速度却越来越慢。鬼子明显的胆怯了,不敢再放肆前进。

弯弯曲曲的掩体里,战士们早已憋了一腔怒火。他们把拧开盖的手榴弹,摆放在触手可及的面前斜坡上。双手紧握钢枪,眼睛紧盯着越来越近的鬼子,只要指挥员一声令下,仇恨的子弹就会向敌人飞去。

范筑先沉着镇定,目测着敌人行进的速度和距离,心里默数着:八十米、七十五米、七十米六十五米……

七里塘村南二百米小丘陵斜坡旁,是一片乱葬冈子,里面长满了盈足的青草。

高桥躲在坟包旁边,举着望远镜,注视着向七里塘靠近的先头部队。他头也不回地对石歪脖子说："石桑,七里塘外有防御工事没有?"

石歪脖子眼睛眨巴了两下子,有些语塞,含含糊糊地说："啊!可能没有吧,侦察员从来没说过这事。"

高桥用鼻孔不屑地"哼"了一声,对石歪脖子的回答非常不满。但他看到先头部队已顺利地接近村头,感到一阵惊喜,心里说:范筑先呐!范筑先!你这个狡猾的老家伙,竟也忘了在你司令部的村外构筑工事。嘿嘿!他妈的今儿也该你尝尝吃败仗的滋味了。

得意忘形的高桥,禁不住冷冷地微笑起来。可转念一想,觉得不对。十分钟前,村头哨兵既已鸣枪报警,那么,村子里为什么一点动静都没有呢?难道范筑先又在搞什么阴谋?他越想越害怕,越想越不对头,刚才还在窃喜狞笑的得意心情,如今已荡然无存了。

范筑先看着来犯的敌兵,距掩体阵地只有五六十米了,只见他把脚蹬在堑壕沿壁上,右手挥着二十响,大喊一声:"打!"

早已憋足火气的战士们,听到开打的命令后,立即扣动扳机,仇恨的子弹和手榴弹一齐向敌人飞去。刚才还是万马齐喑、沉寂无声的阵地上,突然像霹雳闪电一样爆发了。整个七里塘村前长龙似的阵地,像一张巨大的弓箭,颗颗子弹如同箭镞,无情地向敌人射去。

心存侥幸正在摸索前进的敌兵,受到突然打击后,立即乱了阵脚,像一群掐了头的蚂蚱,瞎蹦乱跳。他们有的被子弹击中了脑袋,有的钢盔被炸得飞上了天;有的被打折了胳膊、有人断了腿、有人伤了腰,多数人来不及哼一声,就见阎王去了。

一小个子鬼子,觉得太危险,于是,抱头就往回跑,一颗子弹从其背后钻进去,军衣炸开一个洞,猩红的鲜血,喷涌着飞溅出来。那家伙身子一晃悠,立即弄了个嘴啃泥,死猪似的一动不动了。

那些受伤躺在地上的鬼子皇协军们,呲牙咧嘴、鬼哭狼嚎,哭爹喊娘乱叫唤。

残余敌人已无力抵抗,为保小命,只好丢盔撂甲,拼命往后逃窜。

刘洪涛和作战参谋见敌人已溃败,就欲跃出战壕,准备追击。

范筑先眉头紧蹙,表情肃穆地制止说:"不要追击!"

"啊!"刘洪涛和作战参谋,疑惑不解地看着范筑先。

范筑先坚定地说:"派几个人,把敌人丢弃的武器弹药捡回来。其余人员留在掩体内就地休息。"

"是!"刘洪涛立即命令一排清理战场。

范筑先回头对身边的参谋说:"通知左翼姚主任和右翼的袁参议,所有指战员任何人不得擅离阵地,可在战壕内休息、就地补给。"

"是!"参谋和通信员领命后,顺着曲折蜿蜒的战壕通道,分别向左右跑去。

刘洪涛、肖守俭等人,虽然无条件地执行着范筑先的命令,但总感到心有不甘。就说:"看来,打小日本,还真不大费劲,今儿还觉着没打过瘾哩,鬼子们就死的死,伤的伤,夹着尾巴逃跑了。"边说边拿眼睛看着范筑先,期待得到解答。

范筑先:"是啊!现在我们是打退了鬼子的一次进攻。可你们想想,高桥连夜从濮城赶到金堤七里塘,他肯定做了充分准备。我估计高桥本想偷袭我们,因哨兵鸣枪报警,偷袭不成,才用小股兵力来试水。你们没发现吗,走在前边的敌人全部是皇协军,只有少数几个鬼子在后边督战。所以,我们必须防备鬼子更猛烈的进攻。"

金堤脚下，七里塘村前，又复归于往日的平静，好像什么也没发生过。

小丘陵乱葬岗子的蒿草丛中，众多的鬼子兵，手里拿着饼干和军用水壶，趁战争间隙正在进餐。

高桥很焦躁，眼里露着凶光，似乎要向外喷火。他嘴巴紧闭，脖子上吊着望远镜，腰里挎着指挥刀，脚蹬黑皮靴，围着一个较大的坟头，一圈圈地转起来。

高桥心里充满了纠结，他怎么也没想到，这次精心准备了许久的第一仗，竟又败在了范筑先这个老家伙手里。这使他非常懊丧，却又极度不甘心，转而，他把失利迁怒于石歪脖子的情报不准。

高桥的副官和几个中队长，都规规矩矩地站在坟头旁边，低头注视着高桥。石歪脖子也站在鬼子副官身后，低着头，还不断地偷偷注视高桥的举动，心里七上八下的不踏实。

高桥踱到石歪脖子面前停下了，瞪着血红的眼睛，良久才开口说："石桑，你不是说七里塘村外没有防御工事吗？"

石歪脖子低着头，心里有些害怕，惊怵地说："太君，咱们只令侦察员打探范筑先的行踪，好像没叫他们注意防御工事。"

高桥很不耐烦，把手掌往下一压，他拒绝毫无意义的解释。本想狠狠地惩罚一下石歪脖子，可考虑到，战斗还在继续，就转而问道："石桑，你认为此时，范筑先会在什么地方？"

石歪脖子觉得事情有了转机，心里就轻松了许多，不假思索地说："范筑先应该在他的司令部里。"

高桥对石歪脖子的话，既没点头、也没摇头。他转身对副官和中队长们问："诸君，你们认为范筑先，此时应该什么地方？"

副官和中队长们互相看了看说："范筑先应该在他的司令部。"

高桥仍不置可否，转过身问石歪脖子："石桑，范筑先司令部的位置是？"

石歪脖子得意地用手一指说："那不，七里塘西半截，那颗最高的白杨树东边，就是司令部，咱们侦察员曾观察了多次。"

高桥举起望远镜，镜头从东往西扫描着七里塘。当画面移动到村子西半截时，果然出现了一颗高过其他树木的白杨树。

高桥在望远镜里锁定白杨树，盯了很长时间，才慢慢地放下望远镜。脑袋轻轻一摇，嘴里狠狠地吐出来两个字："哟西！"

高桥抬手，看了下腕上的表，对坟边众头目们说："现在我宣布，十分钟后，向七里塘发起第二次进攻。皇军一、三中队主攻正面，皇军二中队负责右翼，皇协军濮城县大队进攻左翼。第一次进攻，我军虽然失利，但探清了中国军队的火力部署，也消耗了范筑先的武器弹药。这次进攻，皇军要加强火力，彻底摧毁范筑先在七里塘的司令部，大家听明白了吗？"

"听明白了！"众鬼子头目和石歪脖子同时回答。

高桥："好！回去马上整队，十分钟后准时行动。"

"是！"头目们领命而去。

三

炊事班已为前沿官兵做好了早饭，七里塘的乡亲们，也把煮好的鸡蛋，托炊事员送到了阵地上。

掩体里,战士们趁战斗间隙,正在抓紧吃饭。有的啃着窝窝头就着大葱,有的剥着乡亲们送来的鸡蛋。

阵地前的草丛里,肖守俭举着望远镜正在观察乱葬岗子鬼子的动静。

战壕和掩体的连接处,范筑先正和袁仲贤、姚弟鸿研究敌情和下一步的打法。少顷,袁仲贤、姚弟鸿等,领命顺着堑壕向东西两头走去。

肖守俭从望远镜里敏锐的发现,乱葬岗子附近有动静,马上向范筑先报告说:"范司令,敌人开始行动了。"

范筑先立即接过肖守俭递来的望远镜一看,大批鬼子兵集结在乱葬岗子里,正在影影绰绰地开过来。于是,对身边的参谋人员说:"告诉各部队,立即准备战斗!"

"是!"参谋和通信员们,都立即行动起来。

阵地上,战士们已简单地吃过早饭,炊事员和乡亲们也收拾起盛窝头的柳条篮子,提着水罐,顺着通向村里的堑壕,迅速地离开了阵地。

高桥从乱葬岗子东边,来到最西边的一个小坟包。这里聚集着二十个鬼子,还有二十个皇协军,他们全副武装,显得彪悍凶猛。这支特殊小队的指挥官,就是高桥的副官。

副官见高桥走过来,就迎上去报告说:"特别小队已整队完毕、请您训示。"

高桥:"勇士们,你们的任务特殊而艰巨,先潜入七里塘村西芦苇塘,当皇军对范筑先司令部给予炮火准备后,要迅速扫除一切障碍,以迅雷不及掩耳之势,冲进司令部小院,抓捕范筑先,明白吗?"

"明白!"小分队士兵异口同声回答。

高桥:"你们任务特殊,行动特殊,奖惩也特殊。凡亲手抓到范筑先者,奖大洋一百块,晋升军衔两级;亲自击毙范筑先者,奖大洋五十块,军衔晋升一级。大家有没有信心抓获范筑先?"

"有!"

"好!"高桥手一挥说道:"出发!"

敌人的特别小分队在鬼子副官和汉奸侦察员的引领下,很快就走进村边的苇塘,静静的潜伏起来。

高桥对七里塘的第一次进攻,是试探性的偷袭,所以就没动用重武器。受到中国军队的顽强抵抗后,决心动用仅有的两门六零迫击炮。现在,炮兵已在沟沿上将炮架支好,就等着下命令开炮了。

高桥脸上又露出了傲气,他鄙夷地看着七里塘,又低头看了一眼手脖子上的表,冷冷地对炮兵小队长命令道:"时间到,对范筑先的司令部,进行炮火准备!"

"哈咿!"炮兵小队长手握小旗,立即跑到炮架一侧大声喊道:"目标,正前方二百米,七里塘村最高的白杨树,开炮!"两门炮的一二三炮手,按照不同岗位,立即动作起来,炮弹冲出炮膛,呼啸着向前飞去。

七里塘,鲁西抗日游击总队司令部的小院里,早已空无一人。范筑先和参谋们都在村前的阵地上,准备迎击鬼子的第二次进攻。

只有小院外的那棵大白杨,仍然威风凛凛,傲然挺立于蓝天下,像一位恪尽职守的哨兵,忠实地守护着这个小院。

鬼子的炮弹冷不丁地飞来,爆炸过后,顿时鸡飞狗叫,大人喊、孩子哭,人们躲的躲、藏的藏,村子里顿时乱成了一锅粥。

七里塘村前阵地上,官兵们听到鬼子向村里打炮,心里就有些纳闷。鬼子明知道我们阵地位置,为啥还向村子里开炮呢?范筑先则认为,鬼子的炮手可能测错了距离,或者有意分散我军的注意力。于是,就对身边的参谋说:"鬼子是瞎打炮,不要管他。要集中注意力,准备迎击正面进攻的敌人。"

"是!"参谋们即令通信员传达范筑先的指示。

赵健民所部六支队特务团,驻在七里塘村西三里地的铁佛寺。听到七里塘方向枪响,感到很愕然,正欲派人探知究竟,正好碰上司令部的通信员来求援。

战事十万火急,赵健民决定亲自带队驰援七里塘,并告诉副司令黄龙飞,集合所有部队,稍后也立即跟上。

当赵健民带着队伍快到七里塘村西的时候,鬼子对七里塘范筑先司令部开始了炮击。

为弄清敌人的目的和动向,赵健民立即命令队伍停止前进,暂隐于路边草丛,以观事态变化。

敌人一阵炮火过后,赵健民正欲率队前进,趴在前边的王山虎,却使劲打了个手势。

赵健民顺着王山虎手指的方向一看,见右前方的苇塘里,突然钻出来几个鬼子,正快速地向村里偷偷靠近。

这是敌特别小分队,趁着炮火准备刚结束,就立即向村里冲去,准备活捉范筑先,邀功领赏。

鬼子们刚接近村头,就被守护阵地的警卫班和村里的民兵们发现了,立即利用墙角、巷口等有利地形,向鬼子开了枪。

由于警卫班都是手枪射击距离不远,难以形成火力压制,而村里的民兵们,手里拿的是大刀片和红缨枪,双方力量悬殊太大,根本扛不住敌人的进攻,只能且战且退。

赵健民和王山虎,对眼前敌我态势,已经分辨清楚。于是,就立即命令部队向凶恶的鬼子背后开了枪。

即将冲进司令部小院的鬼子们,万万没想到背后会受到打击,而且火力密集又猛烈。

眼见高桥副官及十几个凶神恶煞似的鬼子,"扑扑腾腾"地被打翻在地,残余者更是丈二和尚摸不着头脑,懵头转向、乱作一团。一时间鬼哭狼嚎、争相夺路而逃。

见敌已溃不成军,赵健民和战士们却越战越勇。前后不足五分钟,鬼子已死伤大半。剩余的几个鬼子和皇协军,为保小命不死,立即膝盖跪地,双手托举着三八大盖,向中国军队投降。

高桥十分倚重的这支特别小分队,从组建到寿终正寝,前后不过二十分钟,就烟消云散了。他们要活捉范筑先,加官晋爵的美梦,也彻底化成了泡影。

远在二百米之外的高桥,此时,脸上的表情复杂。按时间计算,炮火准备已过去七八分钟,特殊小分队,应已进入了七里塘,若一切顺利的话,范筑先此时已成了大日本皇军的俘虏。

高桥心中泛起一丝窃喜,决定趁热打铁,即令炮兵重测距离,向七里塘村前阵地立即开炮。

肖守俭从堑壕的一头,快速地来到阵地中间的临时指挥所,向范筑先报告说:"刚才有一小股敌人,在炮火掩护下,偷袭村里的司令部,被警卫班和赶来支援的赵健民参谋长消灭掉了。"

"啊!"范筑先这才意识到,高桥之所以向村里开炮,原来是对着我来的。想罢,不禁轻轻摇头一笑。

阵地上异常平静,这是大战前特有的现象。宁静的空气中,突然传来一种"啾啾"的声音,久经沙场的范筑先立即大声喊道:"赶快隐蔽!"话音刚落,几发炮弹呼啸着在阵地前炸响了。阵地上立刻硝烟滚滚,黄土卷着树叶、杂草冲天而起。堑壕后边不远处,是村民的打麦场,多个麦秸垛被炮弹击中,燃起了熊熊大火。

堑壕里,官兵们怀里抱着枪,卷缩在掩体角落里,躲避着炮弹的轰炸。他们的帽子、衣服,浑身上下都蒙上了一层黄土。

卫队营长郑佐衡,正在查看阵地受损情况,却突然被炮弹的气浪掀翻在地,身上也覆盖了一层厚厚的黄土。

炮弹爆炸过后,堑壕大部分坍塌损毁,战士们手扒着一大堆黄土,将被埋在黄土里的郑佐衡,扒了出来,所幸身上也没受伤。

郑佐衡拍了拍身上的黄土,十分幽默地扮了个鬼脸,舌头一伸:"哈哈!没事,他娘的。"

看着郑佐衡一脸黄土的滑稽样子,战士们也都忍不住笑了起来。战壕里紧张沉闷的气氛,也随之消失了。

郑佐衡抹了把脸上的黄土说:"弟兄们,快把刺刀、手榴弹准备好,炮击之后,鬼子会马上发起进攻。"

一般规律是,敌人向我方阵地,进行一番轰击后,步兵会马上发起进攻。而今天的高桥,却一反常规,对七里塘阵地,连续实行了两次毁灭性的炮击。

七里塘村前所谓的阵地,就是在田野里挖了条沟,用黄暄土拍实了,籍以遮挡前方射来的子弹。这种简陋至极的工事,是难以抵挡鬼子的重炮轰炸的。

眼下,在鬼子的二轮炮击下,大部分堑壕掩体,已遭到严重破坏,甚至夷为平地了。不少战士受了伤,有些战士已壮烈牺牲,我方战斗力也受到重创。

范筑先这个久经沙场的老将,没想到鬼子会对我方阵地进行再次轰炸。这使他马上意识到高桥的战斗决心,一场鱼死网破、血雨腥风的恶战,马上又要开始了。

面临如此危急凶险的关头,而又毫无胜算把握的情况下,范筑先心不慌、意不乱,沉着冷静地运筹思谋克敌制胜、化险为夷的招数。

鬼子炮击停止了。

范筑先立即肃穆地对参谋们说:"传我的命令,全体官兵,准备立即投入战斗。任何人不准后退半步,誓与阵地共存亡!"

"是!"参谋和通信员们,冒着硝烟和刺鼻的火药味,沿着残存的堑壕,向不同方向跑去传达命令。

高桥从望远镜里,观察了炮轰七里塘阵地的全过程。他十分自信而又把握十足地认为，范筑先的黄土工事，早已被炮弹夷为平地了。残存在掩体内的中国军人，也必定死伤过半，此时，正是快速出击，彻底消灭中国军队的时候了。

高桥盛气凌人地把指挥刀高高举起，嘴一张正要下命令的时候，他却把指挥刀又放下了。

狡猾的高桥，本想把鬼子和皇协军一齐派上去，一鼓作气将范筑先的主力，彻底消灭在七里塘，却又立即感到不妥，改口命令道："除皇军二中队原地待命外，其他队伍立即向七里塘发起进攻！"

听到高桥的命令后，鬼子和皇协军像疯狗似地，边打枪、边呼喊着向村里冲去……

四

东昌湖西北角，有一个极佳的去处，这里四面环水，是个名副其实的小汀洲。岛上芳草如茵、白杨参天、绿柳拂地、高树蝉鸣，空气清新湿润、环境清幽静谧。此处是保安大队四中队的驻地。

王金祥觉得在城里憋闷的慌，就邀上李树椿一块，说是去四中队检查战备。

二人骑着自行车，拐过光岳楼，一直向北，很快就出了北城门。在城门外的青石桥上，两个人同时下了车子，一边悠闲地走着，一边观赏着湖边风光。不一会，就来到了四中队驻地。

四中队长吴炳财，是王金祥的同乡，二人关系非同一般。所以，四中队这个幽静的地方，也就成了王金祥消愁解闷的另一个最佳去处。

吴炳财知道王金祥今儿要来，就知会司务长采购了一些美酒佳肴，还有些时令瓜果。

王金祥、李树椿落座后，品着勤务兵沏好的龙井茶，开心地扯淡闲聊。

胡作良一脸兴奋地样子，也急急慌慌地来到四中队。他把自行车往院子里一扎，就直接进了办公室。

胡作良的突然出现，使在座的人感到很惊异。都以询问的目光，看着尚在喘息的胡作良。

吴炳财招呼着让胡作良坐下，勤务兵立即奉上一杯香茶。

环顾左右，等勤务兵下去后，胡作良手里捏着茶杯说："刚接到濮城传来的消息。"

"啊！"李树椿、王金祥同时感到惊诧。

胡作良接着说："鬼子驻濮城的联队长高桥，将大部兵力及皇协军带上，直奔七里塘范筑先司令部，说誓死也要活捉范筑先。现在，双方正在七里塘激战，战况如何，尚难料定。"

李树椿瞪着眼睛说："范筑先不是说最近要带部队回聊城吗！"

"高桥就是听到这个消息后，才决定在范筑先回聊城前，要想法干掉他！"胡作良说。

"这消息是怎么来的？"李树椿心情复杂，惊疑地问。

胡作良十分肯定地，说："高桥的皇协军，大部分都是姜洪源县长的旧属，他们和咱们始终都有联系。"

"噢，是这样！"李树椿把脊梁往后一靠，心里就放松了许多。

王金祥脸上露着阴冷的笑意，幸灾乐祸地说："若要真是这样……"

老奸巨猾的李树椿，不显山、不露水地说："既然范司令和鬼子正在激战，咱们就静候

"佳音"吧！"实际上，李树椿是另有所指。

王金祥听出李树椿的弦外之音，就趁机说："既然吴中队长准备好了，咱们就边喝边聊，静待好消息吧！"

"也好！"李树椿、胡作良、吴炳财自然明白王金祥的意思，于是，几个人就打着哈哈，离开办公室，向东头的小餐厅走去。

五

七里塘阵地上，硝烟尚存，木桩上残存的余火，扑扑燎燎地还在燃烧。中国军队堑壕掩体已被严重破坏，几乎成了一片焦土。

阵地前，横七竖八地躺着敌人的尸体。有的卷缩着被黄土埋了半截，有的头脸则扎进深深的黄土里。钢盔、饭盒、枪支弹药等，遍地皆是，一片狼藉。

残有的堑壕里，我方官兵军容不整，灰头土脸、浑身上下都沾着泥土。军装大都被弹片撕破，缺裤腿、少袖子，破烂不堪。

战斗间隙，战士们爬上前沿，捡回敌人丢弃的枪支弹药，以备迎击鬼子的再次进攻。

远处，鬼子的再次进攻，又偷偷摸摸地开始了。敌人像蝗虫一样，随着密集的枪声，"哇啦哇啦"地嚎叫着冲了上来。

营长郑佐衡趴在前沿上，看着越来越近的鬼子兵，小声对战士们说："弟兄们，要沉着气，恁看鬼子那熊样子，一定怕咱了，为节省子弹，等鬼子靠近了，瞄准后再开枪。"

郑佐衡看着敌人已来到五十米以内了，立即大喊一声："弟兄们，打！"

整个阵地上即刻枪声大作，轻重武器倾泻着弹药，似暴风骤雨，呼呼作响。

鬼子又一次被压制在阵地前，但他们凭借着精的武器和充足的弹药，还是把我方阵地冲开了几个口子。

此时阵地上有些慌乱起来，当敌人接近掩体时，双方就展开了肉搏战。

郑佐衡和战士们手端刺刀顽强地和鬼子拼搏着，一对一的决斗起来。

林宗豪是个大高个，他的上衣和军帽不知哪去了，身上沾满了黄土和烟灰。他双手紧握上了枪刺的汉阳造，左冲右刺，已干倒了两个小鬼子，现正和一个高大的鬼子，你来我往地对刺着，厮杀得难解难分。林宗豪被鬼子逼得连连后退，体力有些不支，脚下被土块一绊，身子往后一仰，平身摔倒了。大个鬼子见机会来了，端起刺刀凶狠地刺过去。林宗豪早已料到鬼子会来这一手，见鬼子双手端枪往后一缩，正要往前发力的时候，迅急往左一打滚，鬼子的刺刀就扎进了泥土里。

躲过鬼子一刺刀的林宗豪，趁鬼子扑空，立足不稳之际，伸手抓住鬼子的双脚，使劲往后一拉，那鬼子就倒在了地上，却仍伸胳膊蹬腿，挣扎着想站起来。

林宗豪早已怒火中烧，怎肯放过这个最佳时机。先是一个鲤鱼打挺站起来，接着就是一个扫荡腿，将鬼子再次踢倒在地，随之，照准敌人后背就是一刺刀，鬼子还要垂死挣扎，林宗豪拼命往下摁着枪刺，使鬼子不能动弹。鬼子的气力越来越小，再也无力动弹了，林宗豪才把枪刺抽出来。几乎是同时，鲜血就像红色的喷泉，顺着鬼子伤口高高地喷出来。

郑佐衡趁着短兵相接的乱乎劲，就侧歪在堑壕沿上换弹夹。

一个小鬼子觉得这是个机会，就猫着腰、挺着刺刀翘首蹑脚地向郑佐衡靠近。

刚想喘息一下的林宗豪一抬头,发现了小鬼子的险恶企图,就立即跑过去大喊一声。小鬼子急忙一回头,林宗豪的刺刀已"扑哧"一声,捅进了鬼子的胸膛,他没来得及任何反应,身子一软,就栽倒在堑壕里。

已经换完弹夹的郑佐衡,看到眼前这一幕,竟伸了伸舌头,孩子似地扮了个鬼脸。

阵地上已渐趋平静,堑壕边上,一个战士和一个鬼子却还在一块扭着。此时,鬼子竟张嘴啃战士的肩膀,而我方战士也咬掉了鬼子的一只耳朵。两个人已满脸是血,却谁也不肯松手。从东打到西,翻来覆去地死掐。最后,两个人一起滚到了堑壕里。正好落在郑佐衡脚下,郑佐衡立即举起大肚盒子枪,照准鬼子头上一击,那鬼子眼珠子一翻,终于撒开了抱着我方战士的手。

一直焦急不安,提心吊胆的高桥,在乱葬岗子里来回地踱着步。他心里既知道中国军队的阵地,已近于全部冲垮,也知道日军的伤亡极其惨重。在双方兵力都消耗殆尽的情况下,谁能在最后时刻硬挺一下,谁就可能最后获得胜利。于是,他决定把身边仅有的一个中队拿上去,虽然只有几十个人,但,这是今天最后的希望所在。

赵健民在七里塘村西头,把鬼子的特别小分队消灭后,简单打扫了战场,就带着队伍急如星火地向七里塘西南前的阵地赶来。

黄龙飞在赵健民带着先头部队奔向七里塘之后,立即组织剩下的部队整装出发。

为断绝高桥败退濮城的道路,黄龙飞决定亲率部队赶往金堤脚下的道口封堵。

此时,鬼子的第三次进攻开始了,高桥令石歪脖子的皇协军为右前锋,他自己则亲率最后的几十个鬼子兵,离开乱葬岗子,向村里扑过来。

七里塘阵地虽千疮百孔,却仍在我方的牢牢控制下。

堑壕里刚开完紧急阵地会,人们还没全部离开,姚弟鸿趁机说:"为安全起见,我建议范司令在鬼子进攻前,马上离开阵地。"

"对!应该马上离开阵地。"大家频频点头附和道。

在姚弟鸿的示意下,凌作善、肖守俭准备去搀扶范筑先。

范筑先脸色铁青、眼里喷着怒火,冷冷地说:"战斗打到这种份上,是至关重要的时刻。作为司令,我能离开阵地吗?战前我已讲过,全体将士要与阵地共存亡,谁敢后退半步,就地正法,也包括我。在这种时候,谁再敢说一个'退'字,我就立即毙了他!"

在场的人都听得面红耳赤、相觑无言。

范筑先对身边的人说:"快去阵地前,把鬼子丢弃的枪支弹药多拣一些回来,马上准备迎击敌人!"

刘洪涛和几个战士猫腰出了掩体,从鬼子的尸体上取下枪支弹药,寻找着杀伤力更强的冲锋枪。

前进中的鬼子发现阵地前有人活动,随之而来的是一阵猛烈的枪声,阵地上就爆出了阵阵烟尘。

刘洪涛和战士们怀抱一些武器弹药,连跑、带爬地滚回到堑壕里。

在高桥亲自提刀督战的情况下,鬼子和皇协军不敢有丝毫犹豫,一直边打枪、边往前冲。

现在,我军前沿阵地,早已变成了一片焦土。将士们就趴在焦土堆后,顽强地抵御着鬼子的进攻。

范筑先也和战士们趴在一起,用手枪点击着进攻的敌人。

范筑先看着侧前方,有个头戴钢盔的鬼子,正偷偷地往前爬,于是,就伸出手枪使劲一勾扳机,竟没有任何响声。他心里一惊,明白弹仓里已经没有子弹了,手枪没有了子弹,就等于是块废铁。于是,只好无奈的把手枪放下,顺手抓起一支刚从鬼子尸体上摘下来的冲锋枪。

高桥已发现了我军指挥员的位置,就把散乱的鬼子、皇协军收拢起来,想重点进攻我军要害部位。姚弟鸿在左侧阵地上,已发现了鬼子的企图,他没来得及多想,就暗暗地给刘洪涛下了命令。

刘洪涛和肖守俭在姚弟鸿的暗示下,两个人架起范筑先,顺着堑壕就往村里跑。

范筑先对这种绑架似的保护,非常反感。作为沙场老将,他心里非常清楚。在战斗的关键时刻,不论什么原因,若主将退出战场,这就意味着阵地丢失,全军覆没。孰轻孰重,一目了然。是自己苟且偷生,还是和战友们一块战死沙场,范筑先果断地选择了后者。

范筑先怒不可遏地大吼一声:"放开我!"随之双臂使劲一抖。

刘洪涛、肖守俭见范筑先如此光火,吓得只好放开了手。

范筑先挣脱开之后,就大声喊道:"弟兄们,跟我冲啊!"然后,飞身跃出堑壕,双手端着冲锋枪,边打、边向鬼子冲去。

被压制在阵地前的鬼子、皇协军,本已惶恐不安,一筹莫展。瞬间,被这突如其来的强大阵势,吓傻了、惊呆了。当稍一醒神后,有的趴在原地不敢再动,有的则起身扭头就往后跑,阵脚立即大乱起来。

刚从乱葬岗子里走出来的高桥,眼见队伍进展顺利,马上就要冲破七里塘前沿阵地,心中暗自惊喜。

就在高桥想象着即将到手的胜利时,却突然发现前沿阵脚大乱,士兵们东跑西窜,像一群炸了窝的马蜂。而中国军队竟犹如天降神兵全线冲过来,这是高桥无论如何也没想到的突变。

高桥虽然弄不清突变的原因,可稍一镇定,又继续挥动长刀督促队伍前进。然后,高桥又对身边的石歪脖子说:"石桑,你马上组织人从左翼向七里塘冲过去。"

"是!"石歪脖子立即离开高桥去寻找自己的队伍,虽说这是个送死的差使,石歪脖子心中却一阵窃喜。

石歪脖子脑瓜儿很机灵,又善于拍马钻营。他原以为这一仗打胜后,就可以回濮城做县长梦了。可现在看来,此战必败无疑了。他率队来的时候是一百二十人,如今只剩四十来人。如不随机应变的话,落到范筑先手里必定得死,落在高桥手里也肯定活不成。以石歪脖子的精明劲,他会想出适合自己生存之路的。

石歪脖子对七里塘附近的地理环境,是比较熟悉的。当时姜洪源和十三支队搞磨擦的时候,石歪脖子作为县大队的副大队长,就曾来过这里。他知道七里塘村西有一条通往金堤路口的深沟土道。

在高桥催命般地逼迫下,退下来的鬼子们只得从地上爬起来,冒死往前冲。

我军虽然再次被压制在阵地上,而敌人也在我猛烈地抵抗下,寸步难行,双方又一次僵持、对峙起来。

七里塘村西南角,赵健民正率队跑步前进。绕过长着芦苇的水塘,刚走上乡间小道,就又听到了密集的枪声,队伍立即就地隐蔽。

他经过详细观察,摸清了双方的事态和位置,于是立即下达了向敌人射击的命令。

伺机准备再次发起进攻的鬼子们,突然受到横向火力猛烈地打击后,彻底乱了套,晕头转向、手足无措,甚至连逃命,也不知该往哪儿跑了。

范筑先听到枪声后,见鬼子阵营大乱,就知道的赵健民前来增援了,心中惊喜自不待说。于是,就立即趁势率先向敌人发起了总攻。

鬼子和皇协军在腹背挨打的重压下,已彻底失去了战斗力。有的人为保小命不死,只好跪地举手,乖乖地缴械投降了。

黄龙飞率部正在驰向金堤路口,听到枪声稀疏,即勒住马缰,派人探听战场事态的动向。当侦察员回来报告敌人正在溃逃时,即将部队分散到几个路口防御,以便拦截鬼子逃跑。

高桥眼看实力雄厚的大日本皇军,瞬间分崩离析、溃不成军,他不相信这是真的,犹如做梦一般。

距离中国军队越来越近的喊杀声,高桥不得不痛苦地面对现实。求生的欲望,迫使他丧魂落魄地逃跑。

石歪脖子的脑袋瓜很机灵,当赵健民的援军在阵地上一出现,他就猜到了此次战斗失败已成定局。混乱中不顾别人如何,他自己首先在灌木丛的掩护下,偷偷地逃窜了。

当石歪脖子气喘吁吁地跑到乱葬岗子时,猛抬头,却正好碰上同样狼狈的高桥,二人惊慌失措尴尬地相视片刻,竟然无语。

高桥看见石歪脖子丧家犬的样子,气就不打一处来。此次战斗失利,他认为主要是石歪脖子的情报不准,再就是参谋决策失误造成的。而今,你石歪脖子丢下队伍不管,自己只身逃跑,我岂能……可转念一想,此时也不是处置他的时机,逃命重要。就问道:"石桑,这里有退往濮城的近路吗?"

石歪脖子立即高兴起来,心想,如能安全的把高桥带回濮城,说不定我还真能当上县长哩。就又点头哈腰、奴颜婢膝地讨好说:"太君,有路。这乱葬岗子西边不远就是马陵古道,一直深延到南堤,只要过了南堤,咱们就万事大吉了。"

高桥点点头,并示意石歪脖子立即带路先行。

此时,石歪脖子发觉他们已被包围,他怕人多目标大,就决定甩掉高桥自己逃生。趁高桥稍不注意,转身就向灌木丛里钻。

高桥早已看透了石歪脖子的小伎俩,就在石歪脖子向灌木丛逃窜的瞬间,开了枪。

随着一声沉闷的枪响,石歪脖子晃了两晃,一头栽进了乱葬岗子的草丛里。在国难当头,生民涂炭的时刻,这个认贼作父的民族败类,终于得到了主子奖给他的应有报应。

高桥见石歪脖子已死,就想立即离开乱葬岗子逃走。

高桥正要迈步逃跑,突然一抬头,立即傻眼了。天哪!周围都是着灰色军装的中国军人,此时,就是插上双翅,也逃不出去了。

刘洪涛正处于高桥的左后方,一个箭步飞过去,出其不意、乘其不备,伸手将高桥手中的王八盒子夺过来。

惶恐中的高桥没来得及做任何反抗，就乖乖地被缴了枪。

在中国军人仇恨的目光逼视下，高桥真的害怕了。两条腿不由自主地哆嗦颤抖，往后倒退着。大皮靴正好碰上坟拜台的碎砖块，身子晃晃悠悠地一趔趄，一屁股就摔在了地上。

范筑先、袁仲贤、姚弟鸿、郑佐衡、赵健民、黄龙飞、肖守俭、凌作善等也来到了现场。

周围的官兵们见长官来了，自觉的向两边一分，让出了一块空地儿。

范筑先等人久久地注视着斜躺在坟包上的高桥，看着这个往日傲慢骄横、盛气凌人的家伙，如今却恐惧猥琐，十分狼狈。可那与生俱来的凶恶眼神，虽显示出癞皮狗临死前的惊恐、无助和无奈，眼中却也隐含着毒蛇般的阴冷。

高桥意识到，来人一定是些长官头目。特别是中间那位高挑个，身材魁梧、挺胸昂首的老者。这老头深眼窝、大眼睛，目光如炬，炯炯有神。特别令人注目的是，下巴颏上那一蓬疏朗秀美的苍髯，透着威严庄重，甚有道骨仙风。顿觉自惭形秽，矮了三分。

高桥心里也明白，对面这个老头，就是自己的宿敌范筑先。一年多来，一次次地败在这个老家伙的手里，这让他时刻都燃烧着复仇的怒火。今儿这一仗，本已胜券在握，而这个老东西，竟神奇般地转败为胜。无情的现实摆在面前，自己又实在心有不甘，脸上却仍是一副桀骜不驯、老子天下第一的样子。

范筑先面对高桥这种妄自尊大、目空一切，不知羞耻为何物的倭寇贼子的表现，只是冷冷地嗤之以鼻。他威严地命令道："高桥，我命令你，放下指挥刀，举起你沾满中国民众鲜血的手，老老实实地向中国人民投降！"

高桥听到范筑先的命令后，虽然磨磨蹭蹭地把指挥刀放在了坟地上，可双手并没有举起来，脸上仍露着阴冷的仇恨、不屑一顾的样子。

大家对高桥的敌视非常气愤，都想一枪崩了他。

范筑先对高桥的表现，也十分反感，就立即厉声说："高桥我数三个数，数完之后，你还不举手投降，我就毙了你！"说完就郑重地数起了数："一、二"，当范筑先"三"还未出口，在场的人都屏息敛气注视着高桥。只见高桥右脚的皮靴往后一拉，右手一抖，一道白光突然向范筑先飞来。

始终紧盯着高桥的肖守俭，见高桥的腿一曲，右手迅速地摸了一下马靴，就立即意识到靴子里可能暗藏着匕首，情况紧急，刻不容缓。说时迟、那时快，就在高桥甩出匕首的同时，肖守俭迅速地用身体挡住了范筑先。

高桥投过来的匕首，插进了肖守俭的左前胸，殷红的鲜血，很快就洇透了灰军装。

肖守俭的身体晃了晃，范筑先左手立即将其抱在怀里，并关切地呼喊着肖守俭的名字。而右手一举，"啪！啪！啪！"连开三枪，高桥这个无耻的入侵者，像一条死狗，倒在了长满蒿草的土坟上。范筑先回头对怀里的肖守俭说："守俭，高桥这个坏蛋已死，受到了应有的惩罚。"

肖守俭似乎疲惫已极，嘴角动了动，没说出话来。可他那微闭的眼神里，却闪烁出一丝微笑，他的身子越来越软，气息越来越弱，突然间脖子往下一耷拉，就永远闭上了眼睛。

范筑先看着这位手脚勤快、谨言慎行，且又机灵纯朴的小战友，心里像刀割一样难受。两人一起相处一年多了，却没有来得及叙一句家常，而今为了保护我，他却献出了宝贵的生命。想到这里,这位花甲老人,竟老泪纵横、万箭穿心。这个钢铁般的硬汉子,对敌人嫉恶如仇,对战友却是柔情似水。

范筑先抱着肖守俭,久久地不肯放下,他大声呼喊着:"守俭!守俭!我的好战友、好兄弟!"呼喊声强烈地震撼着周围每一个人,这种真诚无瑕的战友感情,就连身边的芳草灌木,万里金堤上的绿柳白杨,也都为之动情。

金堤河上空,流云飞度。一只矫健的雄鹰,正在展翅翱翔,追风穿云,左盘右旋,万里云天,尽显风流。

第三十三章 | 野猪林英雄怀古 海泉镇暗访精英

一

队伍打了胜仗后，根据敌情变化，必须马上调防转移。村民们听说后，拿着慰问品、敲锣打鼓来到村头欢送。

袁仲贤、姚弟鸿、郑佐衡也跟着自己的队伍，和欢送的乡亲们招手告别。凌作善和几个战士则牵着战马，走在队伍的后边。

队伍绕过水塘，穿越金堤路口，向东北方向进发。

出七里塘不远，就是三岔路口。

袁仲贤、姚弟鸿、郑佐衡、刘洪涛的队伍，从岔路口往正北行走，目的是回驻地休整。

六支队和赵健民的特务团，却从这里向东走去，仍然回运河东驻地。

范筑先站在路口，看着两支队伍分别向不同方向开拔，就对身边的赵健民说："健民，队伍都走了，咱们也上马吧。"

"好！请范司令先上马。"赵健民礼貌地招呼说。

"好吧！"范筑先从凌作善手里接过马缰，一抬腿稳健地跨上了枣红马。正要扬鞭催马，却突然转过身来，喊了声"健民。"

赵健民立即趋前一步问："范司令有事？"

范筑先："健民，你们到运河东驻地以后，找个时间替我办两件事。"

赵健民："好的，什么事？"

范筑先："第一，你到海泉寺去一趟，替我向海泉法师问声好。"

"这好办。"赵健民点点头应承。

"第二，去找一下运河女子抗日救国会的会长黑瑞侠，她要求我们改编她的队伍很心切，先了解一下情况，看她们还有什么要求没有？"

赵健民："到运河东安顿好以后，我就去办。"

范筑先："把办理的过程和结果，要及时向我报告。"

"是！"赵健民敬礼回答。

"走吧。"范筑先一拽缰绳，枣红马就"哒哒"地跑起来。赵健民见范筑先已经走远，自己才从通信员手里接过缰绳，矫健地飞身上马。

徒骇河西畔的黄土官道上，范筑先一行，正风尘仆仆地往东北方向赶路。烈日当空，酷热难耐。虽然骑着马，人们的身上还是汗漉漉的。

刘洪涛又一次拿起小水壶晃了晃，水壶很轻，没有任何响声，壶里显然是没水了。他无奈地摇摇头，干裂的嘴唇"吧叽"了两下，一抖马缰绳，又继续向前走去。

前方不远，就是一个小村子，树木太密，几乎看不见房舍，眼前只是雾气腾腾的一片幽深的林子。来到村头，只见一老汉挑着水桶从柴门里出来，径直奔村西路边的一口青砖水井。井沿上边是一块用灰麻石雕成的圆形井口。由于长年累月被井绳和笆筒磨蹭，麻石上竟磨出了几条深沟，见证着岁月的风雨沧桑。

老汉来到井台上，很熟练地用另一头的钩担穗，挂准水桶上的铁系子，顺势往下一放，轻松地左右一摆，再往下一撅，那柏木桶就灌满了水。然后，三拔两提，一桶清冽甘甜的井水就放在了井台上。

此时，刘洪涛一行，已汗流浃背地来到了井台前。对一路干渴闷热的行路人来说，这样的一桶井拔凉水，可实在太诱人了。于是，就不约而同地下了马。

刘洪涛对打水的老汉一拱手说："老大爷，您在打水？"

正弯腰，使劲拔第二桶水的老汉，听到有人说话，就急忙把水桶放稳，然后，恭敬地对刘洪涛说："老总，您……"

刘洪涛笑着向老汉一招手，亲切地说："您这桶水，可真清凉啊，俺们想喝一点可以吗？"

老汉一听当兵的要喝水，就爽快地说："那就快喝吧，用不着打招呼。"老汉左右看了看，觉得没盛水的家什，就说："老总，等等，我回家去拿几个碗来。"

"拿碗干什么？"刘洪涛问。

"喝水啊！"老汉说。

刘洪涛笑着晃了晃手中的军用水壶，对老汉说："大爷，我有这玩意儿，就不麻烦您老人家去拿水碗了。"

老汉会意地点点头，看着这几个当兵的，都在往自己的水壶里灌水，心里很高兴。于是，从腰里摸出旱烟袋，蹲在树卜，美美地"吧嗒"起来。

范筑先也拿着军用水壶，边喝水边注视着四周的环境。这个村子树高林密、葛藤缠绕、蒿草遍地、野花幽香、清净凉爽，却几乎听不到鸡鸣犬吠，茅屋农舍也很少。

范筑先拧紧水壶盖，走到老汉面前问："老先生，您这是个什么村庄啊？"

老汉抬头看了看和自己年纪差不多的老兵，并没直接回话，他用烟袋杆指了指井台旁路边的一块小石碑橛说："喏！那上边写着哩。"

范筑先顺着老汉所指，在黄土官路的草棵里看到掩埋着半截小石碑橛。

这个小石碑橛已陈旧得不成样子了。但上边那几个残缺不齐的字迹，尚可辨认。石碑橛上方，自左至右横写着"汴沧官道"四个小字，下边竖写着"野猪林"三个大字。

"噢！您这儿原来就是野猪林？"范筑先惊奇地问。

老汉嘴里噙着旱烟袋，得意地点点头。

刘洪涛、凌作善等也凑过来听个究竟。

姚弟鸿审视着小石碑慨说："汴沧官道？"老汉在树根上磕磕烟袋锅，饶有兴致地说："村里老辈人一直传说，这条路，就是从汴梁到沧州的官道。俺这村，就是当年花和尚鲁智深搭救好友林冲的野猪林。"

"真的吗？"刘洪涛疑惑地问。

"是不是真的，咱也说不准。"老汉说："村里一辈人、一辈人的都这么说。"

就在人们将信将疑的时候，老汉指着村前不远处的一座小庙说："小庙里边的四面墙上，还画着花和尚当年大闹野猪林的彩画哩。"

刘洪涛、凌作善一听小庙里有壁画，眼神里就露出要去看一看的意思。

范筑先早已看出了年轻人的心思，却说道："大家把水壶灌满水，马上赶路。等打跑了日本鬼子，咱放假七天，让大家把咱地区文化古迹，尽情地看个够。"

大家把水壶灌满后和老汉打招呼辞行，带着一种美好的期盼，离开了这个树高林密，传说中闻名遐迩的野猪林。

三

今天的聊城，全城都洋溢着一种喜庆气氛。东、西、南、北四个城门外的右侧，各有一块大型宣传牌，偌大的牌子上，都用隶书写着"良心"两个字。这两个字，是范筑先为人的标准，也是号召民众共同抗日的口号。

为使良心抗日深入人心，宣传部门就特意在重要醒目的地方，制作了宣传牌。

进出城门的人，只要看见"良心"这两个字，心里就会有一种震撼和自省的感觉。

今天，城门上方、光岳楼、万寿观，以及机关学校、商号店铺的门前，都悬挂着醒目的大横幅，上书："热烈欢迎范专员胜利归来"。

王老七的茶馆，向来就是各种信息的传播点，范筑先胜利凯旋的喜讯，也早就在这里传开了。

王老七见全城的机关学校、各大商号店铺的门前，都张灯结彩，贴着标语口号。他二话没说，就到杂货铺里买了一张大红纸，然后，到一个识字的老邻居家，央求为其写副对联。

这老邻居是位在家赋闲的私塾先生，就问王老七要写什么字。

王老七说："范专员带兵打了胜仗，全城都在大庆贺，我茶馆虽小，也想表达一下心意。"

私塾先生点头表示明白，摇头晃脑，思忖再三。然后，展纸濡墨，眨眼的工夫，一副对联就写妥了。

王老七笑逐颜开地捧着对联回到茶馆，耿老三就插手帮着往门框上贴。

不逢年、不过节，王老七的茶馆贴上了大红对联，立即就引来很多人围观。

只见上联写的是："范专员大凯旋万民欢庆。"下联是："王老七小茶馆一片沸腾。"横批是："中国必胜。"

有人点头称赞，有人拍手叫好，小茶馆门前，顿时热闹起来了。

范树琨、田苑带同学们贴完欢迎范专员胜利班师的标语后，把糨糊盆子等工具放到办公室里后，就一同走进了田苑的小卧室。

两个人洗完脸后，范树琨拿起一张《抗战日报》浏览着，一边问田苑："哎！田老师，明儿有事吗？"

田苑擦完脸，把毛巾搭放在盆架上，没加任何思考地说："明儿，不是星期天吗？"

范树琨立即醒悟，轻轻摇着头，自嘲地说："看我这脑子，忘了明儿是星期天了！"

田苑凑到范树琨跟前，玩笑地说："怎么，范二小姐有什么事要吩咐吗？"

"你如果没当紧的事，明儿中午到我家吃饭去。"范树琨快人快语地说。

"噢！好哇！"田苑略一思考后说："范专员刚回来，你们一家人先亲热亲热吧。我以后再去，反正有的是时间。"

范树琨直来直去、心口如一地说："明儿，中午这顿饭，对我可非同一般！"

"啊，为嘛？"田苑有些惊异，觉得范树琨不像开玩笑。

"现在，我只告诉你一个人。"范树琨说。

"这么神秘啊！"田苑催促着说："那就快说吧。"

范树琨："俺爹、俺娘早就商量好了，待这次胜利归来，趁着喜气，把何方我俩的婚事订下来，在家吃顿便饭，就算举办了订婚仪式。"

"啊！"田苑惊喜地拍着手说："大喜事，大好事！"两个闺蜜好友，竟由衷高兴地搂抱着转起来。

四

聊城青年抗日挺进大队的操场上，有人在打篮球，有人在盘单、双杠。宿舍门前，还有不少队员在洗衣裳。

集体宿舍的西头，有一间单人间，大队长范树民、参谋长何方，两个人合住在这间房子里。

何方今儿特别精神，眉眼都洋溢着兴奋和喜悦。衣帽着装特别干净整洁，像是要参加什么重大活动。他昨儿下午刚理过发，更显光彩照人，青春气息扑面而来。举手投足间尽显朝气蓬勃、潇洒帅气。为抑制内心的激动，他拿起一张《抗战日报》，心不在焉地浏览起来。

房门一响，范树民气喘吁吁地进了屋，对正在看报纸的何方说："好啊，何大参谋长！我一大早，就到菜市场买菜、到酒馆打酒、到肉铺割肉。这不，刚忙活完，又得跑过来，亲自恭请你这个大贵人赴宴。"

何方放下手中的报纸，看着范树民满头是汗，就立即倒了一缸子白水说："范大队长辛苦了，快喝口水，歇歇吧。"

"不渴。"范树民把茶缸子放在小桌上："一会到我家去喝吧，我刚才已沏上了茶水。"

"既然如此，那咱就走吧。"何方催促着。

范树民扮了个鬼脸说："反正我二姐已同意嫁给你了，你还着什么急啊！"

何方不好意思地一笑说："你不是专门叫我去赴宴的吗？"

范树民："别忙，我先给你说件事，然后咱们就走。"

何方："好，范大队长，有什么事就请说吧。"

范树民一本正经道："咱们俩同时见到我爹的机会不多，趁今天这个好日子，咱俩一块向他提一件事。"

"提什么事？"何方疑惑地问。

"咱们青年抗日挺进大队,不能老是窝在家里训练,应该尽快编入正规部队序列,跟我爹他们一样,参加打鬼子的战斗。"

何方点点头,表示理解,说:"在这件事上,咱俩想法是一样的。"

范树民见何方同意自己的想法,心里自然非常高兴,立即站起身来说:"好!走吧,家里人都等着哩。"

何方和范树民离开宿舍,穿过操场,走出巷口,就看见了巍峨的光岳楼。

一向油滑老练的李树椿,心里七上八下,思绪很乱。昨天,虽和大家一起参加了欢迎范专员胜利凯旋仪式,可作为省政府驻聊行辕主任,总该有点另外表示才对。再三思谋后,决定今儿中午,在三德元饭庄设宴。名义上是为范筑先胜利凯旋接风洗尘,实则是通过交谈,弄清范筑先下一步的思想动向,以及对行辕及王金祥的一些看法。

李树椿正盘算中午如何与范筑先交谈时,王金祥一掀竹帘进来了。

"怎么样,范司令今儿没什么活动吧?"李树椿问。

王金祥:"已先后派人询问了两次,直到现在也没探听到他的准信。"

"别站着啦,坐下说话吧。"李树椿顺便递过去一颗烟卷,二人刚把烟卷点着,柯劲根就匆匆地进来了。

柯劲根表情沮丧地说:"别等了!"

"怎么回事?"李树椿一惊。

"今儿范专员设家宴请客。"柯劲根说。

李树椿挺疑惑地问道:"设家宴请客,请谁呀?"

柯劲根点着一支烟,不急不忙地说:"请谁?你们猜猜看。"

李树椿很不耐烦地说:"唉呀,你就别卖关子了,快说吧!"

"请何方!"柯劲根眼神睥睨而不屑地说。

"何方?"李树椿问道:"何方是干什么的?"

柯劲根:"何方就是青年抗日挺进大队的参谋长。"

李树椿惊诧地问:"范专员为什么请他?"

"范筑先为什么请何方?"王金祥阴冷地说:"全城人都知道。李主任,你就一点也没听说?"

"没听说。"李树椿似有些木讷。

柯劲根:"范专员的二小姐范树琨和何方喜结连理,今儿中午摆的就是订婚宴!"

"噢,原来是这么回事!"李树椿恍然大悟。

王金祥从鼻孔里"哼了哼"说:"这个老头子,已经把一个儿子、两个女儿送到了共产党大本营延安。如今,又把二小姐范树琨许配给共党分子何方,照这样下去,用不了多久,聊城就要红透了!"

李树椿心里虽有同样的担忧,可对王金祥的口无遮拦很有反感。于是,就压抑着不满情绪,转脸问柯劲根:"他们的订婚宴,在那个饭店举办?"

"没去饭店,就在范专员的家里。"柯劲根说。

"有政府和党政军队的在职人员吗?"李树椿问。

柯劲根回答:"没有!"

李树椿心里乱糟糟的,猛然对身旁的张秘书说:"去,把三德元的两桌酒席退了吧!"

"是!"张秘书随即掀开竹帘向门外走去。

李树椿看着王金祥、柯劲根吸了一口烟后,像被霜打过的茄子,没了精神头。自己也摇摇头道:"唉,咱们总是跟在人家的屁股后边跑!"

范家小院的厨房里,武治国腰里扎着围裙,正在准备着中午的家宴,案板上摆放着已经收拾好的各种食材。

范树琨坐在厨房门口的马扎上,正在细心地刮藕皮。

武治国在案头忙活着,却扭头对门口说:"树琨,你把那两节藕放下吧,等一会儿腾出手来,我刮刮就行了。"

范树琨一愣神说:"我现在闲着又没啥事!"

武治国:"你不是想叫田苑老师来吗,天不早了,该把人家请过来了。"

范树琨继续刮着藕皮说:"她不来了。"

"为啥?"武治国惊诧地问。

"她说订婚是一家人的事,等结婚的时候一定给我当伴娘。"

武治国想了想,觉得很有道理,就佩服地说:"嗯,人家田老师这个人,说话办事稳重得体。"武治国看着范树琨说:"你呀,以后得向人家田老师学着点,别总是风风火火,跟个假小子似的。"

范树琨心里酸酸地说:"娘,这话你说了好多遍了。"

武治国:"女人哪,订了婚,就算是成人了,不能再像个楞头小子,毛手毛脚的。"

范树琨用手指了指堂屋门说:"娘,小声点,俺爹正在跟张秘书长谈工作哩!"

武治国半嗔半笑地一撇嘴道:"好,快干活吧。"

星期天,张维翰实在不忍心打搅范筑先专员的休息,可考虑到事情的急迫,他还是来到了家属院。

其实,范筑先向来没有逢星期天必休息的习惯。昨天刚从战场上归来,今儿清晨,还在小院里打了两趟查拳,舞了一套太极剑。早饭后,即拿出小记事本,坐在方桌前,考虑着几个急待处理的问题。

现在,范筑先和张维翰一左一右,对脸坐在方桌旁,从气氛上看,两个人好像已交谈了很久。

范筑先看了看记事本,对张维翰说:"你刚才谈到的问题,我也早有耳闻。不过,关于于占鳌、胡作良截取、藏匿武器的事,我一直在马陵道前线,没时间处理。"

张维翰点头表示理解。

范筑先:"关于王金祥、胡作良经常和李树椿接触一事,我们也不必过多过早怀疑什么。李树椿作为山东省政府住聊城行辕主任,他接近一些人,也是理所当然的。"

张维翰认真听着,没有任何表情。

范筑先:"倭奴犯我中华,举国上下都在忙于抗日,我始终相信,人总是要讲点良心的,对他们也不必忧虑过多。"

张维翰注视着面前这位正直慈祥的老乡、老上司,心里虽别有一番滋味,嘴里却什么也没说。

范筑先："好！你就谈谈十支队吧。"

张维翰："一年多了，我名誉上是十支队的司令，却一直忙于专署的行政事务。而十支队副司令、参谋长几乎每个星期，都从堂邑跑来聊城向我汇报工作，大部分官兵还都没有见过我的面。"

范筑先："那你的意思是？"

张维翰："现在形势越来越严峻，必须有一支真正受咱掌握的武装力量。为此，我想辞去一切行政职务，马上去堂邑和十支队的官兵，吃在一起，住在一起，战斗训练在一起。"

范筑先很满意，亲切地说："当时叫你去十支队，我也有这个想法。可又觉得，你从学校毕业后，就来到了专署，对行政工作比较熟悉。而军队呢，平时训练、战时打仗，都是艰苦危险的。我怕你不习惯，所以，就一直没催你下到部队去。"

张维翰："人呐，其实不管把你放到哪儿，时间长了，就都能适应。六支队的赵健民，也是从学校出来，就直接去了部队，经过一年多的锻炼，现在已成了优秀的指挥员了。"

范筑先点点头表示认同，高兴地说：'好啊！看来你已经考虑成熟了，既然如此，你就放心地到十支队去吧。"

"是！"张维翰高兴地立即站起来，向范筑先行了个军人举手礼。

范筑先一招手，示意张维翰坐下，说："你准备什么时候到堂邑去啊？"

"现在就走。"张维翰仍然站着，并没有重新入座的意思。

范筑先略显惊异地说："这么急啊？"

张维翰："今儿再不到部队去，十支队的副司令和几个团长，明天上午就准备来聊城，想向您亲自要人哩！"

范筑先听后，轻轻摇头，哑然而笑道："走就走吧，不过今儿中午，一定要在我家吃饭。"

张维翰未及多想："平时在您家吃的饭不少了，今儿就不在这儿吃了。"

"不！"范筑先说："今儿这个饭可不一般。"

"啊！"张维翰惊异地问道："不一般！怎么不一般？"

"树琨的事，你也知道。"范筑先说："何方和树琨相处半年多了，趁今儿不忙，在家吃顿饭，就算把亲事定了。"

张维翰惊喜地说："树琨与何方，今儿订婚？"

范筑先："是啊！男大当婚，女大当嫁。今儿把婚事定下来，年前再找个吉利日子，给他们把婚事办了，我也了却了一桩心事。"

张维翰说道："嗯，这事值得祝贺！"

范树民兴冲冲地走在前边，何方微笑着紧随其后。

范树民"咣当"一声，把小院大门推开，即大声喊道："娘，客人来了。"

正在厨房里忙活饭菜的武治国，听到范树民的喊声，心里一阵惊喜。把湿漉漉的双手，在围裙上擦抹了两下，笑容满面、心情喜悦地走出厨房，急忙给何方打招呼。

何方见未来的丈母娘出来迎接，赶紧趋前一步，恭敬地问候道："大娘，您身体好啊？"

武治国笑呵呵地说："好，好着呐。"

范树琨和何方，虽然早就熟悉了，可今儿是正式订婚，心里还是有一种别样的喜悦。她抑制住激动，略显娇矜地站在厨房门口，含情脉脉地注视着何方。

范树民见状，就挤眉弄眼，摸着自己的脸颊，羞臊着二姐范树琨。

范树琨见弟弟羞臊自己，就瞪眼撇嘴地一扬手，噗笑着作了个要"打"的姿势。

正在和何方说话的武治国，见树琨姐弟俩逗趣的样子，就对树民说："哎！树民，快带着你何参谋长，到堂屋里喝茶去吧。"

"哎，好！"范树民爽快地答应着。回头一看，见何方直愣着眼，和厨房门口的二姐对视着。于是，就扮了个鬼脸，调皮的一拍何方的肩膀说："别看啦，走！快进屋喝茶去。"两个人嘻笑着刚要迈步，张维翰和范筑先却从堂屋里出来了。

张维翰见何方，高兴地打着招呼说："何参谋长，刚才我听范专员说，今儿你和树琨订婚，这可是个大喜事。我衷心祝你俩幸福美满，共同携手抗日。"

何方握着张维翰的手说："谢谢，谢谢张处长。"

一直站在厨房门口的范树琨，微笑着远远地看着这边。

站在厨房问口的武治国，和站在堂屋门口的范筑先，面带微笑、舒心开怀看着眼前的喜庆场面，老俩口的心里真是乐开了花。

张维翰回头看着大伙说："你们赶快进屋吧，我要先走一步了。"

一听张维翰此时要走，武治国、何方、范树琨、范树民都感到不解。武治国极力挽留说："中午一块吃过饭再走吗？"

张维翰："我有点当紧的事，今天就失陪了。"

武治国，不知咋回事，拉住张维翰还要强留。

范筑先干咳一声，解围说："哎！你们就让维翰走吧，他确实有要事去办。"

张维翰脱开身就往外走，却又扭过头来说："何方、树琨请放心，晚些天你们结婚的时候，我一定来参加你们的婚礼、喝你们的喜酒。"说完一招手，就匆匆地向外走去。

看着张维翰走出小院，大伙都有些怅然若失。少顷，范筑先招呼何方进屋喝茶，武治国、范树琨，又重新回到厨房，准备着丰盛的订婚宴。

五

微微晨风，舒适惬意。不知何时，把轻纱般的氤氲薄雾也吹得一干二净。大地已苏醒，村庄、树木、房舍，都渐次清亮起来。朦胧的海泉镇，又开始了一天新的喧嚣。

如果说，横亘在村东头的运河长堤，是一堵高大坚实的城墙，护卫着海泉镇。那么，村西边苍松翠柏掩映的古刹宝寺，则是福佑百姓的一座神庙。这海泉镇的地形地貌，也是当地人引以自豪的两大标识。

海泉镇南邻水泊梁山，西近阳谷景阳冈。水浒中的人物，已成了人们久说不厌的故事。所以，这个地方的人，大都淳朴直爽、有疏财仗义的豪侠之气。

今儿是阴历初六，正逢海泉镇大集。来赶集的人就特别多。村路上，赶集的人一帮一伙的不断涌来。

赵健民和王山虎，身着便装和赶集的人一样，不紧不慢地向海泉镇走来。

边走、边往前张望着，首先映入眼帘的是，苍松翠柏掩映下的海泉寺。海泉寺，绛紫色的围墙，早已褪色泛白，墙皮斑驳脱落。"南无阿弥陀佛"几个佛偈大字，缺胳膊少腿、也残缺不齐了。

寺院里,有些老树已干枯坏死,地面上荒草盈足。这里的老鼠、狐狸也特别胆大,大白天就敢随意出没。枯树栖息的老鸦,自由地飞来飞去,肆无忌惮地"啊！啊！"大叫。很显然,这里是一片荒凉破败的景象。

大殿的东侧,是本寺主持慧泉法师的寮房。门口墙上竖着把扫帚,还有两个小粗陶盆。门口的杂草也少了许多,尚有些许生活气息。

几个月前,赵健民为迎接、保护范专员,曾匆匆来过一次海泉寺。所以,对这儿的情况,并不很陌生。当他们随着赶集的人,又来到海泉寺,再抬头一看,海泉寺的山门紧闭着。门槛前的地面上,破砖烂瓦、树叶草屑、羊屎狗粪,随处可见。门鼻上拴着一把大铁锁,已是锈迹斑斑,好像早已没人开启过了。这使本已衰败的海泉寺,更增添了几分凄凉。

半年来,海泉寺究竟发生了什么,慧泉法师下落如何等?一连串的疑问,立即在赵健民的脑海里翻腾起来。

赵健民向周围瞭了几眼,并没发现可疑或不安全的现象。

王山虎也很着急,小声说:"看样子,庙里好像没人了。"

赵健民点点头,表示认同。

王山虎:"我们得弄清慧泉法师的下落,要不咋向范专员汇报啊！"

赵健民往东一甩头:"先到里边打听打听去。"

王山虎:"去集上?"

赵健民似乎胸有成竹地说:"对！跟我走就行。"

王山虎呆呆的,还是觉得有些迷糊。

赵健民轻轻一摇头,微笑着向王山虎使了个眼色。

王山虎会意地点点头,二人就向闹市区走去。

赵健民没有料到的是,他和王山虎在山门外逗留的时候,早以被海泉寺对过开茶馆的王大友盯上了。

尽管赵健民、王山虎在海泉寺山门前停留的时间不长,也没有什么显眼的举动。凭直觉,还是引起了王大友的怀疑。

王大友看着赵健民二人,直奔街里走去后,就扭头对拉风箱的老婆刘改菊小声"叽咕"起来。之后,刘改菊急忙离开茶馆,抄近路,迅速向街里走去,很快就消失在赶集的人群里了。

海泉镇,是方圆十里八乡最大的集市。粜谷子、籴高粱的粮食市,买牛卖羊的牲口市,还有什么木料市、铁货市、柴草市、鸡鸭禽蛋市等,到处人头攒动、熙熙攘攘,显得十分繁华热闹。赵健民、王山虎穿行于人群之中,却心有旁骛,眼神似乎在寻找着什么。

茶馆王大友的女人刘改菊,从岔道拐弯抹角,很快就来到了会英楼的侧门,一闪身,就钻进了后院。

会英楼后院的一间屋,是运河女子救国会的一个临时联络点。平时,会长黑瑞侠本人并不在这里,只有逢集或预先约定,才会到这儿来。因为这会英楼的主人,是她的亲舅舅。

黑瑞侠听完刘改菊发现陌生人,察看海泉寺的全过程后说:'嫂子,你反映的情况很重要,我听明白了。回去告诉大友哥,今后对海泉寺还要多留心。"

"好！"刘改菊爽快地回答。

黑瑞侠:"嫂子,今儿逢集,茶馆里忙,你就回去吧。"

"好！"刘改菊一点头，扭身向外走去。

黑瑞侠看着刘改菊的背影已经消失，就对身边戴鸭舌帽的黄春燕说："看来，关注海泉寺的人还真不少。今儿来的这两个人，不知又是哪方神灵、鬼怪哩？"

黄春燕摘去头上的鸭舌帽说："海泉寺里是否有武器弹药，大部分土匪老缺，都是人云亦云，道听途说。真正知道点内情的人，绝对不多。"

黑黑瑞侠突然眼睛一亮，慢慢地点着头，沉思良久说："听说聊城范专员在七里塘消灭敌酋高桥后，已经凯旋而归。而六支队，也回到了黄河边上原来的驻地，离咱这儿才几里地，是不是他们……"

黄春燕此时也有所悟，惊喜地说："你是说今儿这俩人，可能是六支队的？"

黑瑞侠："上次咱去七里塘见范专员时，曾谈到会英楼，而今天又是逢集，所以……"

黑瑞侠越说越激动，就催促黄春燕说："快，你快到前堂安排一下。"

黄春燕心领神会，高兴地向前堂跑去。

大街上，赵健民和王山虎，虽说是一副悠闲赶集的样子，其注意力，却没放在任何物品上。两人一前一后，慢慢地向会英楼走来。

赵王二人来到大隅首西北角，站在郑老五的丸子汤铺的后边，观察着东南角的会英楼酒家。

当下，正是集市买卖双方交易的黄金时段。所以，酒馆、饭庄还没到上人多的时候。特别是档次较高的会英楼酒家，简直是门可罗雀。

赵健民觉得时机正好，于是就和王山虎，大大方方地进了会英楼。

会英楼前堂接待，是个眼观六路、耳听八方、干练通达的中年人。见赵健民、王山虎进来，立即从柜台里走出来，热情地招呼道："二位先生里边请。"

赵健民轻轻点点头，既没就近落座，也没再继续往前走，而是有意识地原地踟蹰起来。

前堂接待见客人不肯落座，就微笑着说："一楼太吵，先生若想安静，二楼有雅间。"

赵健民："啊！掌柜的，是这样，河南的朋友来谈一笔黄豆生意，约好在三楼等我们。"

躲在隔壁的黄春燕，听到客人说黄豆生意和三楼，心里马上一惊。然后，又伸长耳朵，想再听到下文。

"三楼？我们这里没……"前堂接待正想说没三楼的时候，就见躲在侧门后边的黄春燕，正向他挤眉撇嘴、又摆手摇头。就回头一愣神，立即改口说："噢！刚才是有两个人，现正在小院里喝茶，不知是不是您二位要找的人？"

"哦？"赵健民故作惊疑地说："那好，我们可以进去看看吗？"

"当然可以。"前堂接待弯腰的同时，伸手向小院一指："请吧！"

赵健民礼貌地一点头，就和王山虎向后院走去。

候在小院门口的黄春燕，已经认出了赵健民。于是，就沉稳而热情地上前说："先生，屋里请。"

赵健民此时也认出了眼前这位女士，就是曾去过七里塘的"鸭舌帽，"然后友善地一笑，即向院里走去。

黑瑞侠透过窗棂，已观察到了赵健民的一举一动。既然是仰慕已久的抗日英雄，自然应热情接待，于是，就亲自来到屋门口恭候迎接。寒暄过后，赵健民就在主宾位上落了座。

黄春燕适时端起了茶壶,为赵健民和王山虎沏上了水。

黑瑞侠见气氛归于平静,就恭敬地看着赵健民和王山虎说:"二位首长,在百忙中来海泉镇指导工作,我们很受鼓舞,很受感动。对我们的工作有什么要求,请首长给予指示。"

赵健民点头微笑着说:'咱们都是为了抗日,大家不用客气。我这次受范专员的指派,到咱海泉镇来,主要有两件事:第一、就是想了解一下海泉寺慧泉法师的情况;第二、就是看看咱们运河女子抗日救国会,接受范专员改编前的准备情况。"

赵健民看了看黑瑞侠:"怎么样?先谈谈第一个问题。"

黑瑞侠点点头说:"关于海泉寺外在情况,二位首长来的时候,都已经看到了。"

听黑瑞侠如此说,赵健民、王山虎均有些吃惊,惊呼道:"你怎么?"

黑瑞侠笑了笑说:"是这样,您二位虽着便衣,可毕竟与当地真正的农民行为举止不同。所以,您二位在海泉寺门口逗留的时候,我的眼线就盯上了你们。您二位还在逛集的时候,我就知道了信息,可我并没想到是您二位。现在想起来,还真有点不好意思。"

"噢!原来如此。"赵健民惊喜地说:"真没想到你们的情报侦察工作,搞的这么好,这么细密!"

黑瑞侠摇摇头有些不好意思。就岔开话题说:"好,现在,我就向首长汇报一下有关慧泉禅师的情况。"

赵健民、王山虎默默点头倾听。

黑瑞侠接着说:"据我们长期关注海泉寺的眼线说,从春天开始,慧泉禅师的身体就不大好。吃了几副中药后,病情有些好转。可突然有一天,人们发现慧泉禅师不见了。村公所曾派人多处打听、寻找,却始终没有任何音信。村公所怕海泉寺遭到毁坏,就买了把大铁锁,把山门给锁上了。可对于慧泉禅师的舆论,却是五花八门,说啥的都有。"

如同听一个神秘的侦探故事,赵健民和王山虎频频地点着头。

黑瑞侠亲自执壶,为赵健民和王山虎的杯子里续上水,之后,又接着说:"慧泉禅师的悄然消失,主要有以下几种说法。"

赵健民把水杯放在桌子上,静听下文。

黑瑞侠趁机呷了口茶,然后说:"社会上传言最多的是,省城济南有一个原来与禅师同在军中的老朋友,听说慧泉禅师有病,就派人开着吉普车,连夜将禅师接到济南去了。"

赵健民、王山虎听后,惊诧地点点头。

黑瑞侠补充说:"此说,听起来有些神奇和诡异,到底是真是假,却谁也说不清楚。"

黑瑞侠:"另一种说法是,东平湖东北的青石山上,有一伙绿林好汉,听说海泉寺里藏有武器弹药,就把法师请到山里去了。"

黑瑞侠说:"另有人说,慧泉法师去了梁山;也有人说,在邯郸集市上有人见过慧泉法师;总之,越传越奇,各种说法都有。"

屋里短时间沉默后,赵健民抬头看着黑瑞侠说:"关于慧泉法师的情况,大体就是这些?"

"对,大体上就这些。"黑瑞侠回答。

赵健民:"现在,咱们就谈谈,你们运河女子抗日救国会的情况。"

"好的。"黑瑞侠说:"上次在七里塘,我接受了范专员的建议。改变了以前只招女兵,不要男兵的错误做法。眼下,愿意跟我一块打鬼子的男兵,已达四十二人,女兵三十六人,均已登记在册。大家都热情很高,决心很大。"

"好!"赵健民鼓励说:"你们干得不错嘛。"

"嗨!"黑瑞侠说:"现在人员不少,可我们这儿却没有军事教官,这是亟待解决的问题。"

赵健民一听,立即爽快地说:"这个不用发愁,军事教官的事,由我来解决。回去后,我就给你派人来。"

"啊!太好了。"黑瑞侠惊喜地说:"哎!首长,范专员什么时候来点编我们哪?"

赵健民:"别着急嘛!"

黑瑞侠:"怎么能不着急呀。改编后,我们就是真正的抗日队伍了,省得现在有些人说我们是真土匪假抗日。"

"啊!"赵健民惊讶地问:"竟有这种事!"

黑瑞侠:"人多嘴杂,说什么的都有。所以,大家都强烈要求,尽快接受范专员的改编,以便名正言顺,挺起腰杆打日本。"

赵健民深深地点头,表示理解说:"好吧,我回去后,一定把你们的想法,马上向范专员汇报,争取尽快举行改编仪式。"

"好!"屋里所有人,都高兴地鼓起掌来。

赵健民,站起身说:"黑队长,还有什么事吗?"

黑瑞侠略微想了想说:"暂时也没什么事了。"

"那好。"赵健民说:"既然没什么事,我们就告辞了。"

"怎么?"黑瑞侠一听赵健民他们要走,就着急了:"怎么能说走就走啊?天都晌午了,来海泉镇工作,就是不喝酒,也总要吃顿饭吧!"

"部队工作也很忙,我们还是回去吧。"赵健民说。

"不行,工作再忙,也不能不吃饭。"黑瑞侠转身对黄春燕说:"快,到后厨说一声,叫他们快上饭。"

"是!"黄春燕应声向外跑去。

黄春燕刚出去不久,墙外大街上就传来了一阵人喊马嘶的声音,由弱到强、由远而近。这声音让人心惊肉跳、不寒而栗。很显然,集市上出事了。

屋里三个人也都警觉起来,王山虎正要出去看看,却见黄春燕气喘吁吁地回来了。

"外边出什么事了?"黑瑞侠急切地问。

黄春燕稍一喘息说:"集市上到没出什么事。"

"外边怎么乱哄哄的?"

黄春燕:"有人说黄河边上正在打仗,说日本鬼子正在追剿山东省政府。边打边往北来。赶集的人一听,都吓坏了,拔腿就跑,集上顿时大乱。"

"噢!"黑瑞侠松了口气说:"原来是这样。"

赵健民一听有敌情,军人的使命感,让他立即作出决定,必须马上回队。

黑瑞侠和黄春燕见赵健民执意要走,还想挽留,觉得叫客人饿着肚子走心里很不得劲。

赵健民一拱手说:"黑队长,敌情就是命令,咱们后会有期。"说完就和王山虎快速地离开了会英楼。

第三十四章 | 沈鸿烈陷绝境危在旦夕
范筑先秉大义星夜驰援

一

徐州会战后，鬼子抽出一小部分兵力，下决心要消灭占领区的中国抗日力量。他们早已探明流亡的山东省政府，就设在山东最西南的曹县。于是，即乘其不备，向沈鸿烈的省政府，发起了猛烈进攻。

深夜，专署小会议室的房梁上，还吊着两盏明晃晃的煤油罩子灯。

范筑先、袁仲贤、张郁光、姚弟鸿、赵伊坪、李树椿等人，围坐在案子四周，正在开紧急会。

会议室的气氛沉闷压抑，甚至有些紧张，人们脸上的表情也不尽相同。有的淡定、有的激动，有的冷峻肃穆、有的气愤恼怒。会议进行得不太顺利，眼下正在僵持阶段。

李树椿看着会议久议无果，心里十分着急。于是，就觍着脸干咳了一声说："各位同仁，今天这个事，千错万错，都是我和沈主席的错。对于王金祥违法乱纪，用人不察的行为，事后定会予以严惩。而眼下的当务之急，是赶快派兵驰援。否则，省政府和沈主席的命运不堪设想。"

李树椿说完之后，眼巴巴地看着大家。会议室里沉闷的使人喘不出气来，可始终，却没人表态说话。

良久，范筑先终于站起来说："整个事情的来龙去脉、是非曲直，大家心里都很清楚了。"

人们静静地听着，感到范筑先会有新的决定要说。

范筑先说："大家知道，我这个人说话办事，向来好讲良心。人若不讲良心，与禽兽何异？刚才李主任说了，王金祥的问题，稍后处理。现在必须准备立即派兵救人。"

姚弟鸿一听范筑先要派兵，心里就有点沉不住气了。他腾的一声站起来，激动地说："沈鸿烈这样的人，根本不值得营救。自从他姓沈的到山东上任以来，对我们就存有严重的偏见。首先，他上任伊始，毫无道理地撤掉了我们十三个年轻的抗日县长；还联合利用反动势力，击垮了我们的十三支队；藏匿、克扣武汉国民政府下拨的武器弹药，扶植、助长了王金祥的反共情绪。你们想想，这样的省政府、这样的省主席，我们救他何用。"

姚弟鸿一番连珠炮，令大部分人感到痛快解气，只有李树椿的脸，红得像个紫茄子，十分难堪。

少顷，袁仲贤稳重而又暗讽地说："本来救人是天经地义的事，可人家沈主席愿意叫咱们去吗？沈主席给参谋处的王金祥发求援电，为啥不给司令部范司令发电啊？在这种情况下，咱若主动去救援，沈主席硬说咱要杀害他怎么办？我看，咱们还是别多此一举为好。"

袁仲贤的这几句话，说的李树椿羞愧不堪、无地自容。范筑先也觉得说得有理，而大家伙则觉得出了口恶气。

就在会议又将进入僵持阶段时，只见孟秘书和刘洪涛突然来到了会议室，把一张译电纸递给了范筑先。

范筑先急忙展开，上下看了两遍。然后说："沈主席的救援电来了。"

人们都一愣神。李树椿则由惊愕变成了惊喜。

何去何从，人们把目光都集中到范筑先身上了。

室内一片沉寂，没人附和也没人反对。马蹄表的秒针"嘀嗒滴嗒"的走着，人们的心也都悬了起来，连空气都感到十分凝重。

只见范筑先稍一思索，即沉稳大气地对孟秘书说："给沈主席回电。"

"是！"孟秘书手持纸笔，做着记录的准备。

范筑先："沈主席请放心，筑先亲自率队，即刻出发驰援。"

孟秘书快速地记录着。

范筑先："记好了！"

"记好了。"孟秘书回答。

范筑先："复诵一遍。"

孟秘书一字一句地念道："沈主席请放心，筑先亲自率队，即刻出发驰援。"

范筑先一摆手："好，去吧。"

孟秘书正待转身，范筑先又说："慢！给运河东的六支队发报，命赵健民、黄龙飞先行出发，我随后即到。"

"是！"孟秘书转身而去。

"慢！"姚弟鸿气愤而激动地说："沈鸿烈对抗日军民的劣迹我不再啰嗦，我只提醒大家一句：'别忘了东郭先生的教训。'"

范筑先理解姚弟鸿的良苦用心，严肃地说："今天不是讨论会，他沈鸿烈可以不仁，我范筑先决不能无义。"

范筑先即对刘洪涛说："立即备马，我和骑兵连一块出发。"

"是。"刘洪涛领命而去。

二

蓝天下的光岳楼，犹如一个饱经风霜、阅尽人间冷暖，观看潮起潮落的沧桑老人，静穆、端庄地坐在东昌湖的碧水清流中，它洞穿一切的神态，似在冷眼关注着世上的善、恶、美、丑。

为庆贺范筑先驰援省府取得胜利，聊城又充满了热闹、欢快的气氛。光岳楼四周，从东城门到运河闸口，都贴上了红红绿绿的标语口号。可最醒目抢眼的，依然是四个城门外宣传栏上，那巨大的"良心"二字，成为了聊城当时一道特有的风景。

这次驰援胜利,主要是范筑先出兵及时、指挥果断运筹得当。再就是六支队的赵健民、黄龙飞率部大胆勇敢、机智灵活,对鬼子的包围圈使用了两边撕开、中间突破、骑兵穿插的战法。把困乏已极的鬼子,打了个措手不及,逼迫鬼子丢盔卸甲、伤亡惨重地逃跑了,救出了身处绝境的沈鸿烈及省府机关,驰援战斗取得了彻底胜利。

沈鸿烈被范筑先从重围中救出之后,似乎有点良心发现,觉得十分惭愧。半年多来,自己对聊城抗日工作的所作所为,实在无颜再见范筑先。

一向仁慈的范筑先,不计前嫌,根本没有跟小肚鸡肠的沈鸿烈一般见识。他秉承自己的良心,不但救了沈鸿烈的命,而且,还热情地邀请他来聊城以视察工作为名,为其洗尘压惊。当然也想趁此机会向沈鸿烈详细汇报一下,近来聊城抗日工作的是是非非。

上午十一点多,范筑先陪着沈鸿烈,从黄河边上来到了聊城运河闸口。看到了众多欢迎的人群,和红红绿绿的标语口号。但最早映入沈鸿烈眼帘的还是"良心"那两个大字。"良心"这两个普通汉字,似乎蕴藏着巨大的能量。任何人,只要细心地看着它,都会为之一震。而沈鸿烈此时看到这两个字,就像是铁锤猛烈地敲击着他的心扉。他惯于傲视下属的气势,已荡然无存。尽管沈鸿烈在心中进行着自责,他却没勇气,再看一看"良心"那两个巨大的汉字了。

面对热情的欢迎人群,范筑先挥着手,边走边向人们亲切致意。沈鸿烈见状,也随着举起手摇动着。如果说"良心"二字震惊了沈鸿烈,那么,眼前民众们的欢呼口号声,则狠狠地击打着他的心灵,使他羞愧难当、无地自容。而他脸上还要挤出难以名状的笑容,民众呼喊的"向抗日英雄致敬,向老英雄范专员致敬,欢迎沈主席支持抗日"的口号,他稀里糊涂的一句也没听进去。

从运河闸口到光岳楼,足有四五里地,范筑先、沈鸿烈一行,已是满头大汗,最后终于走进了专署大院。

第三十五章 | 东征济南炸毁日寇四架军机
雄姿英发挺进大队初临战场

一

徐州会战后,日寇又把魔爪向南伸出去,各路兵力,疯狂地向有九省通衢之称的武汉三镇扑来,武汉的国民政府,受到了很大的威胁。

各地的抗日力量,为减轻长江一线的压力,主动行动起来,在敌占区,向鬼子发起了各种形式的骚扰和反击。

范筑先闻知此消息,经慎重考虑后,决定对驻守在济南的鬼子进行袭扰。于是,立即调集了五个支队,亲率万余名官兵,挥师东进。在济南西郊长清、齐河、晏城等地,形成了扇面型的包围圈。

经过几天的仔细侦察,初步摸清了济南西郊机场鬼子哨兵的活动规律,范筑先制定了切实可行的作战方案。

首先,在支队里选拔了十二个机智灵活、强壮悍勇,而又有一定经验的战士,组成了三个小分队。在一个雾气弥漫的深夜,小分队悄悄地剪断了铁丝网,干掉了迷迷糊糊的鬼子哨兵,然后抱着炸药包飞速地向停机坪跑去,随着几声震耳欲聋的巨响,鬼子四架军用飞机先后爆炸,熊熊大火烧红了半个天空。

待鬼子醒过神来后,立即向着无边的黑夜,"啪啪"地放起枪来。而此时,我军的勇士们早已撤到了黄河岸边,满怀胜利的喜悦凯旋而归。

鬼子汲取了西郊机场被炸的惨痛教训后,对辖区内的交通要冲、桥梁道口、武器弹药库房等军事重地,增添了兵力、加强了警戒。

津浦铁路,是鬼子通往南方战区的重要运输线。为保证火车的畅通无阻,鬼子在沿线新增了很多岗楼、哨所,并组织了不定时的沿线巡逻队。

黄河北岸,晏城和禹城路段的交界处,是个横穿铁路的交叉道口。鬼子在铁路西侧建了个大型岗楼,内有一个小队鬼子和皇协军的三个班,可谓戒备森严。

民间有句话叫"灯下黑",意思是越是凶险的地方,越有可能是最安全的地方。

我军以六支队黄龙飞为首,组成了一支专以"灯下黑"为目标的别动队。针对大多数皇协军,都是本地人的特点,利用各种关系,买通了皇协军的一班长刘长福。在星期天夜里,有意识地将鬼子和铁杆汉奸灌醉,我们早已准备好的别动队,立即冲进炮楼,收缴了所有的枪支弹药,并将鬼子和皇协军反锁在炮楼的地下室。

另一只别动队,则趁机奔向铁道路基。拧道钉、掏石子、抽枕木,很快就卸下三节钢轨。队员们正准备掀翻第四根钢轨时,只见一列军车亮着耀眼的灯光,正"咣当、咣当"地向南开来。

黄龙飞见状,立即下令队员们停止行动,所有人员全部撤到路基西侧隐蔽起来。

漆黑的夜里,火车头的前灯显得特别亮,就像一只巨大的探照灯把前方的夜空,直直的钻出一个白色的大窟窿,把漫天浓黑的夜幕硬是撕出一条裂缝。

火车由远及近,呼啸着向前飞来。隐蔽在道沟一侧的别动队员们,屏气敛迹,眼睁睁地看着火车像一头狂奔的疯牛,随着"轰隆"一声巨响,就一头栽进了路边的沟里,再也威风不起来了。惯性使然,后边的七节车皮争先恐后地向前倾压下来,稀里哗啦地都叠压在了一起,平地立即堆起了一座小山。由于车厢里的弹药爆炸,就立即变成了一座火焰山。

此时,黄龙飞令队员们带上缴获的枪支弹药,准备返回驻地,接着一把火焚烧了敌人岗楼。霎时间,岗楼和火车道上的两处熊熊大火,在夜空里争相放着异彩,真可谓"相映生辉"。

范筑先这次率部东征济南,三天内,炸飞机、扒铁路、烧岗楼,这一连串的胜利,不但强烈的打击了鬼子嚣张气焰,而且,还进一步鼓舞了广大军民奋起抗日的决心和信心。

二

这几天,聊城辖区的各个县城,特别是聊城大街上,光岳楼、万寿观、山陕会馆等要冲场合,又都贴满了庆贺前方胜利的大标语。店铺商号的掌柜和伙计们,脸上洋溢着喜悦,笑迎顾客的到来。而走在大街上的各色人等,也都和颜悦色、扬眉吐气。

今儿,聊城青年抗日挺进大队的操场上,与往日的气氛有着明显的不同。官兵们除着装整齐、精神抖擞外,还背着行军的背包,左肩右挎着水壶,右肩左挎着饭包。特别让人眼睛一亮的是,他们原来使用的木棍教练枪,竟都换成了真家伙。枪的型号,虽然大都是老旧的汉阳造和中正式,但对挺进队员们来说,只要手中有一只真枪,也就求之不得了。

大队长范树民、参谋长何方也是一身戎装,每人也都挎着一只德国造的二十响驳壳枪。眼前这阵势,好想马上就要上战场了。

值星班长耿大山,见队列集合就绪,即跑步来到范树民面前,立正敬礼后报告道:"报告大队长,鲁西青年抗日挺进大队,现已整队完毕,请指示。"

"好!"范树民还礼后,挺胸昂首来到队列前说:"请稍息。"队员们立即略伸左脚,身体也放松了许多。

范树民说:"弟兄们,这几天,听到从济南前线传来的胜利消息后,大家有什么想法吗?"

"有!"队列里一阵躁动。

范树民问:"有什么想法?"

"坚决要求上前线!"

"好!"范树民说:"现在我高兴地告诉大家,咱们要求上战场的愿望就要实现了。今天,之所以全副武装紧急集合,也可以说是上战场前的最后一次演练,弟兄们能适应吗?"

"能适应!"

"还有什么困难吗？"

"没有了。"

"一会解散后，大家再做一些必要的准备，随时准备开赴前线，听明白了吗？"

"听明白了！"

"好，解散！"

队列解散后，大家都在各自忙活着，有人找同学老乡聊天啦呱，有的忙着准备行军中需要的物品。

耿大山离开营房，独自来到西城墙外的东昌湖边上，一眼就看见了爷爷耿老三正站在小船上撒网。于是，他就拼命地冲着小船，又是呼喊、又是摆手。

耿老三收网后，抬头一看，见湖边有人呼喊，就手搭凉棚仔细一看，认出是孙子大山。于是，就摇起小船，向岸边靠过来。耿大山一纵腰，抬腿飞上了小船。

见到孙子，耿老三从心眼里高兴。然而，却嗔怒地说："看你莽莽撞撞地，都当上班长了，还是毛手毛脚的不沉稳！"

耿大山憨憨地一笑，从爷爷手中接过来桨把子，慢慢地摇起来，小船又重新向湖里漂过去。

刚点着旱烟袋的耿老三，见小船又向湖心里摇去，就惊异地说："哎！大山，你这是往哪里摇啊？"

"往湖里，我想帮你撒几网。"

"今儿，又不是礼拜日，你咋就有空啊？"

"今儿，特殊放假！"

耿老三一听是特殊放假，就不再言语了。为什么特殊放假？老头心里就打起鼓来，琢磨着孙子今儿一定有什么心事。

耿大山一连撒了三网，除有几只小鱼、小虾外，网里几乎是空无一物。于是，他把湿淋淋的撒网放在船头上，抹抹手，从兜里掏出两块钱塞到爷爷口袋里说："爷爷，俺挺进大队今儿第一次关了饷，每人三块钱，这两块钱给你，留着买点东西吃。"

耿老三惊喜地，摇着烟袋杆说："钱，我用不着，你自己留着花吧。"

耿大山似乎很警惕，前后左右看了看，偌大的东昌湖面上，竟空无一人。于是，就小声地说："爷爷，范司令在济南打了很多胜仗，听说了不？"

耿老三高兴地道："知道，全城人都知道，又炸飞机、又扒铁路的。"

耿大山停了会说："爷爷，俺挺进大队也上前线哩！"

耿老三一惊，然后，半嗔半怒地说："你小子猴急猴急的一跳上船，俺就知道你有心事。什么特殊放假啦，帮我撒几网啦，给我两块钱叫我买点吃的啦，这一切，都是为了你要上前线打仗，怕爷爷我不放心，是不是啊？"

耿大山点了下头。

耿老三又吸了口烟说："大山，你小看爷爷了，爷爷可不是糊涂虫。好男儿为国戍边，当兵打仗，古来如此。你如今上前线，一是打鬼子，一是为你死去的父母报仇，这是天下第一等大事。你就放心的去吧，爷爷只会支持你，绝不扯你的后腿。"

耿老三说着，把两块钱掏出来塞给大山说："这钱我用不着，你出门在外，还是你带着吧!"

耿大山坚决不要,爷孙俩就又在小船上推让起来,弄的小船直摇晃。

耿老三转移话题说:"大山,你第一次离开聊城,上前线打仗,这事还用给别人说不?"

耿大山摇着桨把子说:"咱又没什么亲戚近邻,不用给别的什么人说。"

耿老三两眼盯着大山,试探性地问:"哎!我看你应该到学校,跟人家田老师说一声。"

耿大山脖子一拧说:"咱和田老师非亲非故,给人家说的着吗?"

耿老三:"人家田老师平常日子又给我买点心,又给我洗衣裳的。"

耿大山:"田老师的心眼好,人家关心咱。"

耿老三眼神里闪着一丝狡黠说:"你就没看出点别的什么意思?"

耿大山:"别的还能有啥意思?人家是学校老师,咱是没文化的一穷小子"

耿老三有些着急地嗔怪道:"大山,你都十八九了,要说有些事也该明白了。你使枪弄棒、打拳踢脚,也算是头脑灵通,可别的心眼也该开开窍哇!"

耿大山:"别的啥心眼?"

耿老三:"老实过了头,像半截木头疙瘩。田老师几次来咱家,你红着脸,头也不敢抬,连田老师长啥模样也不敢看一眼。"

耿大山的脸更红了,只顾摇橹,也不再言语。

耿老三:"爷爷倒是早就看出来了,田老师一看见你,眼里就有光彩。我看人家,田老师心里有你。"

"爷爷,你瞎说啥呀!"耿大山有些急了。

耿老三还想说点什么,可小船"咯噔"一声靠了岸,等在湖边买鲜的人,呼啦一下子围了上来。

三

范家的小院里,老椿树的荫凉下,铺着两领苇席。席子上放着红色的被面子,还有一大包雪白的棉絮。

武治国半蹲在席子上,腰往前探着,一层一层的续着棉花瓢子。院门突然"吱咀"一声响,范树民和何方,一前一后的进来了,两个人几乎是同时喊了声"妈"。

武治国见儿子,和未过门的女婿同时来家,自是从心眼里高兴。就急忙拍了拍身上的棉絮,手扶着老椿树站起来。

范树民:"妈,大热的天,怎么做起棉被了?"

武治国看了看何方高兴地说:"下个月初六,何方和你二姐就结婚,怎么着,也得做床新被子吧。"

范树民问:"我二姐呢?"

武治国:"在学校里啊,现在又不到下课的时间。"

"好,今儿,我们在家吃饭,我到街上买点菜去。"范树民也不说个所以然,扭头就向外走去。

武治国先是一愣,然后,即热情地招待何方到堂屋里坐下,又麻利地沏上茶说:"来,快喝杯茶吧。"

何方礼貌得体的接过茶杯,之后,即提起壶来,又给武治国的杯子里斟上了茶,恭恭敬敬地放在武治国面前。

武治国对这个知书达理、帅气英俊,又文武皆能的女婿,打心眼里喜欢。就与何方唠起了家常:"何方啊,听说你们常州的风景名胜很好,等打败日本人以后,我也到恁老家看看去。"

"太好了,欢迎全家都去。"何方不好意思地纠正说:"妈,我老家是扬州,不是常州。"

武治国恍然大悟,自嘲地笑着说:"哎!人老了,这脑筋就不好使。对!是扬州不是常州。"烟花三月下扬州"吗!"

何方:"妈,您记忆力挺好的,连李白送孟浩然的诗都能背下来。"

武治国摇着头,自嘲道:"也就会这一句。"说完止不住笑起来。

何方很殷勤的提起茶壶,又给武治国的杯子里斟上了水。

武治国则急忙双手捂住茶杯说:"到家了,怎么能让你倒水啊!"

何方:"我是晚辈,给老人沏茶倒水是应该的。"

武治国心里甜丝丝的,稍一愣神,急忙问道:"哎!何方,今儿不是星期天,你和树民咋有空到家来了?"

何方稍有迟疑地说道:"啊!这个,是这样的。我们挺进大队,最近要到济南前线去。"

"啊!"武治国甚是惊愕:"要到济南前线去?"

武治国:"长官知道吗?"

"是的。"何方答道。

何方:"知道,是长官批准的。"

"噢!"武治国略微镇静地说:"你们可是第一次上前线哪!"

"集训快一年多了,也该到前线练练胆了!"何方说。

武治国不无担心地说:"唉!鬼子入侵,既然当兵总要打仗的。"

何方:"妈,您老就放心吧,又不是我们自己。前方有范司令的五个支队,一万多人马哩,我们也就是去见识见识。"

武治国呆呆的,刚想说什么,就见树琨、树民姐弟二人,同时走进屋里来了。

武治国:"今儿,咋这么巧,恁俩一块回来了,正想差人叫你去哩。"

范树琨:"一个学生肚子疼,我把他送回家,路上就碰上了树民去买菜。"

武治国:"树民买的菜呢?"

"放在小厨房里了!"范树民、范树琨几乎同时回答。

武治国见范树琨的眼睛,偷偷地注视着何方,就对一旁的树民说:"天不早了,走,到厨房帮我择菜去。"

范树民明白母亲是给树琨和何方腾空间、让地方,于是,对树琨一伸舌头,做了个鬼脸,就和武治国走出去了。

范树琨见母亲和二弟已离开堂屋,就立即问何方:"怎么,你们挺进大队要上前线打仗?"

"哎!你怎么知道的?"何方问。

范树琨:"是树民刚才告诉我的!"

"噢!"何方提起壶,给范树琨倒了一杯茶。

范树琨接过茶杯说："哎！这么大的事，你咋不告诉我一声？"

何方一笑："这不，还没来得及开口哩，你不已经知道了吗。"

范树琨端起杯子咂了一小口茶，问道："这次是真的要上前线啊？"

何方："这还有假。"

一向快人快语的范树琨，此刻竟有些语塞。然后，还是小声说："喂！下个月初六，可是咱定下的结婚日子！"

何方笑道："这日子我知道，不是还有十好几天吗。"

平时见了面，就说不完、笑不够的两个恋人，此时却显得很些沉默。

范树琨："哎！等你们从前线回来，我也申请加入你们挺进大队，今后，和你们一块上前线去打鬼子。"

何方："好，我欢迎。"

听何方这么一说，范树琨心里特兴奋。厨房里瓢勺叮当响着，堂屋里又没别的人，两人心头一股热流忽地涌上来，扑上去结结实实地搂在了一起。

四

一辆长鼻子大眼泡的黑色小轿车，"嘟嘟"地鸣着喇叭，耀武扬威地行驶在聊城大街上，这只愣头愣脑的"小黑老虎"，霸气十足，逼着行人向两边躲去。行人躲的越快，小黑老虎就向前冲得越快。这情景，就像东昌湖里犁水的小船，所到之处，将水花呼呼地向两边推开了。

"小黑老虎"围着光岳楼转了半圈，把头一扭，就向南开走了。钻出城门，再穿过峡谷似的南关大街，小心翼翼地爬过两边都是湖水的唯一通道，擦过付家坟，就冲上了徒骇河大堤，顺着堤顶向西走不多远，"小黑老虎"才慢慢地停下了。

车门打开后，王金祥从车里鬼鬼祟祟地钻出来。他身着便衣，头戴一顶麦秸莛编制的草帽，鼻梁架着副墨镜，显得神秘鬼怪。他先在车门口一停，然后向堤坡下面走去。走不多远，抬头碰上了行辕警卫员小刘，小刘向王金祥打了个敬礼，然后，又把右手向前一指。

王金祥顺着小刘所指，继续向前走去。穿过一片小树丛，前方忽然开阔起来，眼前是一泓碧水，蜿蜒着向东北天际流去。

河边有棵老柳树，树下有两大块粗麻石伸进河水里。这是当地农民，在天旱时便于取水而垒砌的。上边柳荫遮阳，下边是碧草如茵，湖水清幽静谧，是垂钓者理想的去处。

此时麻石上坐着一位垂钓者，头戴大沿草帽，手持钓竿，眼睛一眨不眨的注视着水面上的鱼浮子。他气定神闲、沉静恬淡，俨然有出世绝尘、归隐田园之态。与前方浴血奋战的抗日将士，形成鲜明的对比。

王金祥轻轻地走到了粗麻石后的柳荫下，正要开口说话，就听垂钓者问："情况进展如何了？"

王金祥："现在看来，一切顺利。"

"好！"随着声音，垂钓者李树椿扭过头来，顺手甩给王金祥一根"哈德门"。

王金祥及时地划着了火柴，先为李树椿把烟点着，两个人就在静谧的河边，畅快地吸起来。

李树椿喷吐出一口烟雾，得意地说："他娘的，这次行动若能顺利成功，既可痛击执迷不悟的范老头子，又可震慑张郁光、姚弟鸿、赵伊坪这伙共党分子的嚣张气焰。"

王金祥深深地点头，表示同意。他也跟着恶狠狠地说："一开始，鲁西青年抗日挺进大队因为是军事性质，名誉上是归我管。可我派进去的军事教官，却被他们一个个的都撵了出来。而从武汉来的共党分子何方，一进来就当上了参谋长。这不，如今何方这小子，竟又成了范家的女婿！事实上，挺进大队已完全被共党分子控制了。为此，我几次提议试图解散挺进大队，可范筑先这老家伙，却死活不同意。"

李树椿对挺进大队的事，当然早有耳闻。他边吸烟、边不怀好意地撇嘴冷笑道："很多事情不要光看开头，好戏大都在后边哩。"

王金祥："这次要真能把这帮小崽子们干掉，也算给我姓王的出了口恶气。"

李树椿："凡事不要高兴过早。"

王金祥点点头。

李树椿："这出戏唱好、唱砸，关键是前边的两员大将。"

"谁？"王金祥问。

"还有谁？"李树椿说："当然是吕顺臣吕副官，再就是胡作良。"

王金祥稍一思索，深深地点了点头。

李树椿把半截烟卷一扔问："范树民、何方走了几天了？"

王金祥："今儿是四天头，估计下午能到齐河。"

"好！"锣鼓已经敲响，好戏就要开幕了，咱们还是回城听消息去吧！李树椿回头对远处的警卫员说："小刘，快把鱼竿收起来吧，咱们回城去。"

王金祥说："李主任，车上有酒有菜以及孙金利从莘县捎过来的北街尹氏酱牛肉。咱要不来一次野餐，提前庆贺庆贺。"李树椿道："凡事不能太张扬，还是事成之后在庆祝吧。"

李树椿和王金祥离开河边，穿过滩地，登上了长堤，一眼就看见了停在堤上的"小黑老虎。"

李树椿触景生情说："哎！王参谋长，这辆小汽车，要不是吕副官所赐，咱还真坐不上哩。"

"啊？"王金祥略有惊诧地问："这辆车，不是沈主席给了八百块大洋买的吗？"

李树椿诡异地一笑道："嗨！你是只知其一，不知其二啊！八百块大洋是沈主席给的不假，在这种战乱形势下，你上哪儿买车去呀！"

王金祥醒悟地点点头。

李树椿十分佩服，略带炫耀地说："这事多亏了吕副官。"

王金祥："噢！"

李树椿说："这种时候，你就是有本事买车，可你也从济南城开不回来。吕副官不但亲自把车交到咱手里，而且一分钱也没加。"

王金祥佩服地点点头说："吕副官这二年给日本人干事，各方面的能力确实提高了。"

"嗯！"李树椿点头说："有了这辆车，咱就长上了飞毛腿。今后办点什么事，可就方便多了。"

王金祥频频点头称是,两个人边说,边钻进了车子里。车喇叭"嘟嘟"一响,小轿车晃晃悠悠地下了河堤,然后,消失在去聊城的大道上了。

五

范筑先此次东征济南,连战连捷,先头部队已攻到济南西郊十二马路。节节胜利,令官兵们士气高昂,部队处于极好的精神状态。

鬼子为减少损失,已向城里龟缩,彻底处于守势。

在这种大好形势下,本应乘胜追击,以求全胜。而令人意想不到的是,总司令范筑先却下达了后撤的命令。一夜之间,部队全部撤到了黄河北岸,在齐河县的焦庙、马坊、贾市一带驻扎下来。紧张战斗了半个多月的官兵们,进入了放松和休整阶段。

总结讲评会议后,范筑先心情很好,就和袁仲贤、姚弟鸿等人,策马登上了黄河大堤,边察看地形、边欣赏着黄河的风光。

眼前是一截伸进黄水里的缓冲坝,坝顶上散乱的堆砌着防洪用的石块和土牛子。

范筑先下马来到土牛子旁,望着滚滚东去的黄河水,无限感慨地说:"济南,咱山东的省城,如今,却沦丧于倭寇之手。这次东征,虽略有小胜,可总觉得心有不甘啊!"

人们一时沉默。刘洪涛、胡作良和一作战参谋小声嘀咕说:"咱应该乘胜追击,一鼓作气拿下济南。"刘洪涛的声音虽然很小,所有的人却也都听到了,他代表了大部分人的想法。

范筑先见大家都不再言语,就摇摇头苦笑道:"好!有这种想法的人,还不在少数。我就趁机说说吧。兵法上有'知己知彼,百战不殆'之说,再说了,咱手中的武器弹药,严重短缺,捉襟见肘。用来骚扰鬼子尚可,根本无力攻坚。而且,咱此次东征的目的,就是骚扰鬼子。"

刘洪涛和作战参谋红着脸,直点头,不再言语。

袁仲贤接过话说:"纵观此次行动,我军攻守相宜、进退有度,达到了袭扰鬼子的目的。范司令果断地撤军河北,让队伍休整放松、养精蓄锐,是正确的。"

姚弟鸿:"部队出来二十多天了,官兵们虽斗志不减,可身体毕竟疲惫,休整一下,也正是时候。"

袁仲贤有意扭转话题说:"据说,这次袭扰济南的鬼子,蒋委员长把任务交给了石友三。可石友三耍滑头,一直驻守濮阳按兵不动。在这种情况下,袭扰济南鬼子的任务才落到了咱们头上。"

姚弟鸿有些气愤地说:"石友三是正规部队,他陈兵不动,也应该派别的部队去,咱们可是地方武装。"

范筑先一笑说:"石友三这个人哪,全国军界都知道,他是个一贯背信弃义之人。他先背弃恩人冯玉祥将军;再背弃收留他的阎锡山;又背弃了张学良,也背弃过蒋委员长,甚至替韩复榘杀害了张宗昌。所以,石友三这个人,是不能指望的。"

袁仲贤、姚弟鸿等,都鄙夷地点点头。

范筑先:"事到如今,再争论该不该出兵,已经没有什么意义了。只要能消灭鬼子,对整个抗日工作有利,我们问心无愧,也就行了。"

袁仲贤点头一笑,真心佩服地说:"范司令顾全大局,真正是良心抗战啊!"

范筑先正想说什么，扭头一看，见司令部通信员小陈气喘吁吁地来到了面前，就问道："有事吗？"

小陈翻身下马，立正报告说："聊城青年抗日挺进大队在大队长范树民和参谋长何方的率领下，现已到了焦庙。"

"啊！"范筑先略微一惊，就立即平静地说："知道了。"然后转脸对袁仲贤说："走吧，咱们到焦庙看看去。"

焦庙，是黄河北岸一个普通的农村小集市。聊城到济南的黄土官道，就从这里经过。路上行人稀少，除徒手步行者外，偶尔也会有一两辆马拉胶皮大车或绿色小卡车，扬着黄尘从这里经过。

因范筑先的临时指挥部设在这里，街上就出现了新气象。着灰色制服的军人，有的扫街清理垃圾、有的帮老百姓挑水。人们都在忙活着，一派热火朝天的景象。

范筑先一行来到司令部小院前下了马。见范树民、何方站在门口迎候，就严肃地问："你们怎么到这儿来了？"

范树民略有胆怯地说："你们在前方打了这么多胜仗，全聊城的百姓都欢欣鼓舞，俺挺进大队的所有人，更是欢呼雀跃，大家都写了决心书，坚决要求上战场，杀敌立功。"

范筑先、袁仲贤、姚弟鸿等，看着坚定又有些天真的范树民，脸上不禁露出满意的笑容。

"你们积极要求上前线，消灭日本鬼子的决心和热情，是值得表扬的。但是，当兵要有严格的组织和纪律性，一切行动听指挥。你们这次上前线来，是经过谁批准的？"范筑先严厉地问道。

范树民低着头嗫嚅地说："长官们都在前方指挥打仗，我们给政治部张郁光参议打了个报告，他批准了，我们就星夜赶来了。"

袁仲贤、姚弟鸿笑着有意插话说："行啊，张郁光参议是咱聊城的主要负责人之一，只要他批准，也就可以了。"

范筑先面无表情，心想，这帮孩子太天真，还不知道战争的残酷。可他们勇于参战的精神，还是应该鼓励的。于是就关心地问："路上行军走了几天？"

"算上今天正好是四天。"范树民回答。

范筑先脸上略有笑意道："长途行军，也是队伍练习腿脚的好机会，路上有掉队的吗？"

"没一个掉队的。"范树民松了一口气地说："只有三个人脚上打了泡，不然，我们还可提前一天就到达这里。"

范筑先高兴地点点头说："人呢？他们都在哪里？"

范树民："都在西边打麦场里休息哩。"

"嗯！"范筑先对袁仲贤、姚弟鸿说："他们既然来了，咱们到西边场院看看去吧！"

村西头路北，是个打麦场。眼下麦收已过，秋粮还没登场，正是闲置的时候。

聊城青年抗日挺进大队经四天的行军，身上已非常疲累，停留在场院里的队员们，都坐在自己的背包上，进行短暂的休息。

值星班长耿大山，见范筑先、袁仲贤、姚弟鸿等长官来到跟前，就立即慌忙地整队迎接。

范筑先，这个军旅出身的老兵，深知长途行军的滋味。就急忙双手往下一压说："不要再整队集合了,大家就坐下不要动。"

耿大山平时话语不多,可关键时候,却也从不慌腔走板,说:"大家还是坐下吧,现在请范司令为我们作指示。"说着就带头鼓起掌来。

范筑先边鼓掌、边亲切地问:"大家第一次走这么远的路,累不累啊?"

"不累!"队员们的精神立即振作起来,竟忘掉了疲劳和困乏。

范筑先微微一笑说:"走了几百里路,哪能不累呢?可你们这种不怕苦、不叫累的精神,是非常可贵的。有了这种精神,我们就可以战胜一切困难。今天,你们主动请缨,勇敢地奔赴前线,令我们这些老兵也十分感动。"

袁仲贤、姚弟鸿等,竟激动地鼓起掌来。

范筑先扭头看了看身边的何方说:"听说你们何参谋长,以全体队员的名义,写了一首表决心的队歌。现在趁这个机会,给大家念一遍听听怎么样?"

"好!"大家热烈地鼓起掌来。

何方健步来到队列前,用他那扬州口音很浓重的普通话朗诵道:

"向前!向前!向前!

我们是抗日挺进大队的队员

国土沦丧,人民遭难

我全民总动员

反攻济南,破坏津浦线

砍断敌魔爪,保卫大武汉

向前!向前!向前!

我们是抗日挺进大队的队员

国家危亡,民族灾难

英勇牺牲,不怕艰险

把日寇赶出中国

保卫祖国江山!"

"好!"又是一阵热烈掌声。

掌声之后,范筑先问左右:"哎!队员们都很累了,他们的宿营地安排了吗?"

"胡参谋长已在十九支队安排好了房子。"一参谋人员回答。

范筑先:"大家都累了,洗洗脚,早点休息。"

"是!"范树民和何方立正回答道。

六

济南这个有"泉城"之誉的繁华城市,自从被日寇侵占之后,就立即萧条、衰败下来。大街上冷冷清清、行人稀少。街面上商家店铺,也大都没开门营业。

耀武扬威的鬼子兵,刺刀上挑着小膏药旗,脚上蹬着大皮鞋,嘎嘎地走在石板路上,凶神恶煞般的横冲直撞。

更令人气愤的是,一些认贼作父的皇协军,也屁颠屁颠地紧随鬼子之后,这帮猪狗不如的败类,丢尽了中国人的脸面,竟还恬不知耻地自鸣得意。

这条马路的北边，是一处很大的庭院。院内高树参天、浓荫蔽日。地上芳草萋萋、花香四溢。侵华日军矶谷师团的千叶联队本部就驻扎在这里。

大院内外有两个绿色岗亭，四个哨兵端枪在门口游动。可谓岗哨林立、戒备森严。

园内的浓荫掩映中，有一座德国人建造的小洋楼，这就是千叶的办公室。

室内正中墙面上悬有"尚武"两个大字。膏药似的倭奴国旗，血光四射的军旗，就像哭丧棒招魂幡一样，交叉着斜插在"尚武"两边。

千叶心事重重地坐在椅子上，办公桌左右分别站着几个中佐、少佐官衔的军官。没人说话，气氛沉闷而凝重。

自从西郊机场的日军四架飞机被炸，津浦线铁路被扒毁、军火列车脱轨、中心炮楼被焚烧后，千叶曾多次受到师团长矶谷中将的严厉训斥。

千叶又羞愧、又气恼，他认为这一切倒霉的事件，都是范筑先一手造成的，他咬牙切齿的想要报复。可他心里也明白，主力部队都远在武汉长江一线作战，而眼下的济南兵力有限，连自保都很困难。

更使千叶心里疑虑的是，范筑先在节节胜利的情况下，不但没乘胜进攻，反而将所有队伍，统统都撤到了黄河北岸。这肯定是个阴谋，可究竟范筑先葫芦里卖的什么药，却无从得知。这使千叶更加焦躁烦乱，可暂且又无计可施。

千叶下意识地看了看腕上的表问："你们谁给邱一堂打的电话？"

"报告长官，是我给他打的电话。"一位佩戴少佐军衔的鬼子回话说："邱一堂说放下电话就来，估计他马上就会来到。"

一辆草绿色军用吉普车，从千佛山西侧急速地向城区开来。越过趵突泉东门，顺河沿往北，再向左一拐，顺着西门外大街，就一直向普利门方向开去了。

吉普车左拐右转后，终于来到了千叶的司令部。

两个头戴钢盔、荷枪实弹的鬼子哨兵见有车开到门口，就立即挺枪阻拦，吉普车"吱"的一声停下来。

坐在副驾驶上的吕顺臣，慌忙拉开车门跳下来，麻利地从文件夹里拿出一张证件递了过去。

鬼子哨兵仔细地审查完证件，然后，又看了看吕顺臣和吉普车，确认无疑后，向门里打了个可以通行的手势说："开路！"

吉普车刚驶进大门，那位给邱一堂打电话的日军少佐，就迎面走来。

吕顺臣和邱一堂先后下车，和日军少佐打过招呼，即一同向千叶的办公室走去。

卖国求荣的邱一堂向日军投降后，虽被矶谷封为济南皇协军总队长，但在日本人眼里，他仍然是一条摇尾乞怜的癞皮狗。

邱一堂进屋后，见千叶肃穆凝重地端坐在椅子上，就和吕顺臣一起，"啪"地一声双脚立正，随即将右手举到太阳穴上，行了个标准的军礼。

千叶虽然一向鄙视中国人，可对邱一堂、吕顺臣这两条走狗的忠诚表现还是满意的。脸上露出一丝不易觉察地冷笑说："邱桑，自从范筑先无端地撤回黄河北岸后，你们始终掌握他的行踪，干的不错。我今天叫你们来的意思，就是想听一听详细情况。"

"是！"邱一堂、吕顺臣立即同时摘下军帽，向千叶行了个九十度的鞠躬。

"好！说吧。"千叶向邱一堂一招手。

邱一堂左手托着军帽，毕恭毕敬地说："范筑先所部五个支队，万余兵众，神秘地撤到黄河北，驻扎在齐河城西焦庙、马坊一线，整日操练休整，既无回聊城之意，也没有再度来济南骚扰皇军之迹象。"

千叶斜瞅了邱一堂一眼，没有言语。

邱一堂心里就有些不够底，立即补充说："在范筑先每一个支队里，都有我们的眼线，就连他的副参谋长胡作良，也经常和我们接头。所以，一切情报，都是完全真实可靠的。"

邱一堂进一步解释道："范筑先陈兵黄河北岸，既不撤回鲁西，又无再战的迹象，其目的，就是为牵制住济南的皇军，以缓解中国主力部队在武汉长江一线作战的压力。"

千叶"哼"了一声，对邱一堂这种毫无新意的陈词滥调，显然不感兴趣。

邱一堂已觉察到千叶的情绪，眼珠子一转说："太君，最近又发现了一个新情况！"

"噢！什么新情况？"千叶感兴趣地问道。

邱一堂指着身边的吕顺臣说："此事最好叫我们吕副官向您汇报。他在黄河北岸和范筑先的副参谋长胡作良及当地民团、乡保长们商谈过多次，昨天晚上才从河北赶回济南。"

千叶抬头仔细地打量着眼前这位年轻干练，而又略显油滑的副官说："好的，你的请讲吧。"

吕顺臣追随邱一堂走南闯北，也算是见过大世面的人了。一年来虽尽心尽力效忠于日本人，却未能受到鬼子的重视，更没在千叶这种级别的大人物面前说过话。而今，千叶竟面对面的请自己汇报，吕顺臣在激动兴奋之余，又有些诚惶诚恐，受宠若惊之感。但同时，他也清楚地意识到，这是展示自己聪明才智的大好时机。于是，就强迫自己去掉了平时说话前，总要"干咳"一声的坏习惯。首先又向千叶恭恭敬敬地行了个九十度的鞠躬，然后才沉稳地说："报告太君，范筑先的二儿子范树民，近日带着五十人余的抗日挺进大队，也来到了齐河，现驻扎在县城西北的赵堤村。"

对这种不咸、不淡无关紧要的信息，千叶毫无兴趣，冷冷地瞪了吕顺臣一眼说："就这些？"

吕顺臣有些尴尬地说："太君，就范树民这五十多个新兵蛋子本身，看似没什么价值。但，我们远在聊城的两个朋友……"

"我们的两个朋友？"千叶有些疑惑问道。

"是的！吕顺臣说："我们的两个朋友，李树椿和王金祥。"

"噢！"千叶似有所悟，慢慢地点了点头："这两个朋友怎么说。"

狡猾的吕顺臣并不急于把包袱抖开，就故意兜着圈子说："太君，你的死敌范筑先的大儿子和两个女儿，远在共产党的老巢，延安接受赤化教育，他的小儿子范树民，就成了他的宝贝疙瘩、心头肉。"

千叶点点头说："你的意思是？"

吕顺臣："太君，只要能趁机除掉范树民，那么范筑先的精神马上就会垮下来。"

"嗯！嗯！"千叶略一思忖，无奈地说："你的主意倒是挺好，可惜，皇军的主力部队都在前方，我身边没兵可派呀！"

吕顺臣：'太君，你一定有办法！"

千叶："什么办法？"

吕顺臣："太君,你只要派出几十名皇军,剩下的事情,就由邱大队长和我去做。"

千叶："几十个皇军,我还是有的。但,你必须把具体行动方案拿给我看。"

吕顺臣看了一眼邱一堂对千叶说："方案已经做好了。"

邱一堂打开文件夹,从中抽出几张纸递给千叶说："请太君过目。"

千叶接过方案,就急忙看起来。他一会皱眉,一会点头,最后,使劲把手里的方案,往桌子上一拍说："好！就这么定了！"然后伸出大拇指对面前的两条走狗说："邱桑、吕桑！此事成功之后,皇军会大大地奖赏你们。"

血染光岳楼

第三十六章 | 初试锋芒众小将临危不惧
壮志凌云范树民血洒沙场

一

厨房里的小饭桌上,摆着一盘白萝卜条炒红辣椒,左右各放着一碗稀稀的小米汤。桌边的秫秸篮里,盛着几个金黄的玉米面窝头,上边还架着两双竹筷子。

武治国解开围裙,舒展了一下酸疼的腰背,就独自坐在饭桌前小凳子上,手托腮帮,看着渐渐失去热气的饭菜,直直地发呆。

平时忙忙碌碌也觉不出咋着,只要一静下来,武治国就会不由自主地想这想那,特别惦念远在延安学习的闺女和儿子。近日则更惦记还在济南战场上的老头子,及第一次上战场的小儿子范树民和准女婿何方,心里胡思乱想,提心吊胆,甚或有些不祥之感。

天已晌午过了,连树琨也不回来吃饭,武治国心里就更觉空落落地焦躁难熬。只听院门"吱呐"一响,风风火火的范树琨进门就喊了声"娘"。

武治国立即从呆想中醒过神来,埋怨地问:"这都啥时候了,咋才回来呀?"

范树琨呼呼啦啦洗完手,抓起窝头"咔嚓"咬了一口说:"放学回来,刚走到光岳楼南门,正碰上刚从济南战场上回来的报社记者李士超,就向他打听我爹和树民何方的情况。"

武治国迫不及待地问:"那李记者怎么说?"

范树琨夹了一筷子白萝卜条,边吃边说:"挺好的,打了几个大胜仗,小鬼子都跑到济南城里去了。咱的军队没再追击,全部转移到黄河以北,进行休整哩。"

"树民和何方的情况呢?"武治国追问道。

"噢!也挺好。"范树琨咽下一口窝头说:"他们青年抗日挺进大队也在黄河北,跟十九支队一块都住在赵堤村。像在聊城一样,每天照常出操训练。娘,你就放心吧。"

"嗯,好!"武治国悬着的心,终于放松下来。

二

由于村里的住房不宽绰,挺进大队的六个班,分别住在九个农户家里,这给部队的管理增加了一定的难度。

这个村子和周边的百姓,大都信奉黄沙会,痴迷于烧香祷告、念咒语。军民关系很冷漠,甚至还有些抵触情绪。为此,司令部曾多次指示下属各单位,要秋毫无犯,千方百计的把军民关系搞好，更不准闹出什么事来。范树民和何方为检查群众纪律，首先向炊事班所在的磨房院走来。刚来到门口，就听到院里有人吵吵嚷嚷，声音也越来越大。

炊事班长王全有，正跟额头勒着黄布条的两个村民激烈地争论着。

何方快步来到面前制止道："王班长，有什么话慢慢说，不要跟老乡们吵吵嚷嚷的！"

王全有见大队长和参谋长来了，就指着身边一捆湿树根说："给了村公所三块钱，他们就派人送来了一捆湿树根。这东西根本点不着火，没法做饭，我能不着急吗？"

两个村民仍蛮横地说："村长叫我们送，我们就送，你不收就拉倒。"

"你们……"王全有还要继续理论下去。

何方就示意他先回避一下，自己就心平气和地对两个农民说："大哥，你们看，这树根也太湿了，部队没法做饭，战士们饿着肚子，怎么能上前方打鬼子呀？"

一农民冷冷地说："你打不打鬼子关我什么事，你有话找村长说去，我们做不了主。"

范树民对这种故意刁难人的行径，早已憋不住了，就大声训斥道："你们这样干是破坏抗日，是犯罪行为！"

"哎！哎！怎么回事？"恰在这时，村长赵长贵突然来到了磨房院，左右还紧跟着两个头扎黄布条，气势汹汹手握大刀片的彪形大汉。

赵长贵不仅是村长，他还是周围十几个村的黄沙会会首，是当地名副其实的"土皇帝。"他来到磨房院后，张口就对两个农民训斥道："谁给你们的胆子，敢跟老总们吵吵闹闹的？"

农民嗫嚅着说："俺把烧柴抬过来，他们嫌好道歹的就是不收。"

"混账！"赵长贵用脚踢着树根说："这么湿的东西，能烧火做饭吗？"

"这……"一农民说："不是你叫俺俩送来的吗？"

赵长贵抢先骂道："他娘的，是我叫你们送来的不假，可你们不长眼，抬错了。"

"啊！抬错了？"

此时，又有两个青年农民抬着几捆上好的劈柴进了院。

赵长贵说："看见了吧，我是叫你们抬好劈柴，谁叫你们送湿树根了？咱赵堤村支持抗日队伍，一向是真心实意的。"

"好！好！赵会长说话痛快！"不知何时，十九支队司令于占鳌，竟也来到了磨房院。随之而来的还有总队副参谋长胡作良等几个参谋干事。

范树民、何方对胡、于二人的突然出现，感到十分惊愕。基于上下级的礼貌，立即向胡、于二人施了军人见面礼，并相互握手寒暄。

站在一边的赵长贵，也趁机点头哈腰地向胡于二人打了招呼。

胡作良就故作姿态地对赵长贵说："赵会长，咱们青年抗日挺进大队，住在你们赵堤村，可能会给你们添些麻烦，你可要予以原谅，多加支持啊！"

赵长贵眼皮一眨巴，立即说："胡参谋长、于司令，请放心，咱挺进大队需要什么，我保证全力支持。"

"嗯！"胡作良点点头。

"好！赵会长痛快。"于占鳌接着手指范树民说："赵会长，你还不知道吧？"

赵长贵一愣道："什么事？"

于占鳌兴奋地说："这位范大队长，就是咱范专员、范司令的二公子。"接着又指着何方说："何参谋长就是咱范司令的乘龙快婿！"

"啊！"赵长贵虽然表示惊讶，却似乎并不太在意。可还是故作惊喜地一手抓住范树民、一手抓住何方的手说："失敬！失敬！以后队伍上有什么事，尽管找我，保证有求必应。"

"谢谢赵村长．"范树民礼貌地回应着，可心里却很窝火。对于占鳌不分场合的瞎喷喷非常反感，可一时又不便发作。后来他们都说了些什么，似乎再也没听进去。

送走胡作良、于占鳌之后，范树民一直很烦躁，情绪也很低落。

何方也觉得今天的事情有些诡异。赵长贵、胡作良、于占鳌三人，几乎是同时来到磨房院，这是巧合呢，还是早已商议好的？特别是于占鳌，虽说是匪气十足的老兵油子，可也不该在这种场合，随便宣扬范家的私人关系啊！

为尽快从这种不良气氛中走出来，何方对范树民说："范大队长，于占鳌这个人，匪气难改，可不能叫他影响了咱们的情绪。"

范树民："胡作良、于占鳌这两个人，向来对咱挺进大队没好感，今天怎么来了个一百八十度的大转弯？"

何方："其实我也是这么想的，世道太乱，人心难测。一时弄不清他们的意图，咱总不能一直沉闷下去呀！"

范树民点头表示同意，两人离开炊事班，就向其他班的驻地走去。

东征前沿司令部，现设在焦庙一个农家小院里。院子不大，却十分清静。靠右侧，还有一棵老枣树，稠密的绿叶丛中，还闪烁着很多翡翠似的小青枣。枣树下有一扇用砖墩架起来的麻石磨盘。

范筑先手里拿着小记事本，坐在磨盘旁边的小矮凳上，静静地沉思着。这些天来，部队虽然处于休整状态，可他这个司令心里，却始终没有轻松过。既要时刻警惕济南日寇的动静，使自己部队保持高度戒备状态，又要注意搞好军民关系。

更令范筑先放心不下的，是儿子树民和女婿何方。这两个至亲的年轻人，是第一次带队来到战场。他们虽有雄心壮志，却没有战斗经验。战场上是残酷的，不是你死就是我活，枪子是不长眼的。这种想法已浮泛在久经沙场的老将军的心里，他有些提心吊胆，隐隐约约地有一种不祥之感。

姚弟鸿和刘洪涛到各支队驻地视察了一圈回到了司令部。看见范筑先正在静静地沉思什么，两人就自觉地放慢了脚步，唯恐打乱了老专员的思路。

范筑先知道他二人回来了，就指着磨盘旁矮凳子说："坐吧！"

凌作善则快速地为每人送来了一碗白开水。

姚弟鸿主动地向范筑先汇报说："我和刘参谋到各支队转了一圈，官兵们的精神状态很好，没什么问题。"

"好！没什么事就好。"范筑先很满意。

刘洪涛喝了口水说："哎，今儿上午，胡作良副参谋长和十九支队于占鳌司令，到挺进大队视察去了。"

"噢！"范筑先一惊说："他们是友邻，住的比较近。可平时，他们二位是不大关心挺进大队的。"

姚弟鸿不以为然地怪怪一笑说："他们二人，或许觉得这是个表现的机会吧！"

刘洪涛："我倒觉得胡作良不应该将挺进大队的驻地，安排在东边，更不应该和十九支队的于占鳌挨在一块！"

"为什么？"姚弟鸿问。

"我也说不出为什么。"刘洪涛说："把挺进大队安排在东边，我心里一直觉得别扭。"

姚弟鸿点点头说："要不，明天给他们调调防，把挺进大队往西挪挪？"

范筑先："现在没战事，队伍既已住下，就暂且别动了。"

三

浓密粘稠的夜色，严严实实地把大地包裹起来了，整个世界，似乎都掉进了漆黑的深渊。夜空中偶有流萤闪过，草丛里传来断断续续的虫鸣，这就更增添了夜的静谧和幽深。

夜已很深了，煤油灯的火苗飘飘忽忽，光线很暗，小屋里弥漫着刺鼻呛人的烟草和油烟味。

胡作良、于占鳌、赵长贵三个人的脸，挤在忽明忽暗的煤油灯前，那脸型就显得极为怪异、丑陋和阴毒。看样子，他们三人已在这个小屋里密谋很久了。

胡作良仍然把声音压得很低说："咱们此次行动的深远意义，时间、步骤和细节，二位都已经清楚了？"胡作良边说边摸出两把微型小手枪，分别送给于占鳌和赵长贵说："上峰对二位很关爱，但，不到万不得已，不得开枪。我们还是要假日本人之手，铲除我们的心腹大患。"

于占鳌、赵长贵默然点头，表示已心领神会。

胡作良瞅了一眼腕上的表说："时间不早了，二位回去准备行动吧。"

于占鳌、赵长贵没再言语，慢慢站起身来。然后，两个人像幽灵一样，轻飘飘地消失在黑暗中了。

胡作良以怪异的眼神，目送于、赵二人出门以后，转身立即吹灭了冒着黑烟的煤油灯。

夜色如磐，繁星眨巴着干涩的眼睛，人们还沉浸在梦乡里。

特显黑暗的黄河北堤外，在吕顺臣和赵长贵这两个怅鬼的引领下，近百名全副武装的鬼子和皇协军正兵分两路，向赵堤村包围过来。

于占鳌翻来复去，始终没合上眼。他虽是个吃、喝、嫖、赌、抽五毒俱全的土匪头子，是个杀人不眨眼的刽子手，可对眼前将要发生的事，他还是多次予以权衡的。如果成功了，既解了憋在肚子里的怒气，又能得到李树椿、王金祥进一步的信任；事情万一败露，自己顶多带着弟兄们离开范筑先，找个适当的地方另立山头，更自由自在。

于占鳌还在胡思乱想的时候，马副官隔着门窗说："报告于司令，巡逻小分队发现正有一队不明身份的队伍，快速地向我方驻地运动。"

于占鳌先是一惊，又立即有些不耐烦地说："今天有友邻部队换防，别大惊小怪的。"

马副官只得唯唯诺诺地离去。抬头一看，东方天边已露出轻微的鱼肚白。

晨曦方露，黑夜慢慢地抖掉了面纱，村庄、树木、长堤等，由近及远渐次清晰起来。

鬼子和皇协军们在赵长贵的指引下，绕过十九支队驻地的村庄，顺着护路沟缩脖猫腰，快速地奔走着。

　　大约距村头不到一里地，敌人突然停止了前进。吕顺臣、赵长贵在翻译的协助下，和鬼子小头目比划了一阵子。之后，鬼子兵就分成了两路，从不同方向，迅速地向赵堤村包抄过去。而胡作良和吕顺臣则趁机遁进了深沟小道溜走了。

　　赵堤村口，今夜最后一班哨兵还没下岗。负责下半夜查哨的耿大山，在村头溜达着，时刻注意周围的动静。

　　天已蒙蒙亮，鸡叫声此起彼伏，村子开始苏醒起来。耿大山正要命令哨兵撤岗，抬头向东一看，发现大批的鬼子兵，正顺着护路沟偷偷地向村里摸来。这情景立即把耿大山吓懵了，这是他平生第一次见到这么多全副武装的鬼子。起初，他还不敢相信自己的眼睛，再定睛一看，鬼子们正在选择地形准备射击。情况紧急，已没犹豫的工夫了，他立即命令哨兵回去报警，自己隐蔽在短墙后监视敌人的动向。

　　挺进大队刚起床，正准备出早操，忽然听到哨兵回来报警。范树民立即将部队集合起来，在敌情尚不清楚的情况下，立即做好固守和突围的两手准备。

　　何方对范树民说："我带两个班去村东监视和阻击鬼子，范大队长带三个班在此坚守。特别要防止敌人从南面进村偷袭和包围我们。"范树民点点头，非常赞成何方的分析和主张。

　　村头已响起了枪声，耿大山已和鬼子接上了火。

　　按照分工，何方则带着两个班的战士，越过一道矮墙，绕过两条胡同，逐渐向村东头接近。正准备翻过土墙时，何方刚一伸头，就发现村外护路沟里黄乎乎的全是鬼子兵。而且，配置精良，除步枪、冲锋枪外，还有几挺轻机枪，远处还隐约可见有十几个骑兵。面对这样强大的敌人，只有三十八条汉阳造的挺进大队，就显得太弱小了。在这种情况下，盲目的和敌人硬拼绝非上策，必须保存实力，以待时机。

　　何方正在思考的时候，却发现鬼子的几个小头目，正在苇塘边上紧张地商议着什么。其中有一个着便衣的，头上还戴着草帽，根本看不清他的真面目。此人很活跃，对地形、地物也很熟悉，不断地指指划划，鬼子就紧跟着点头，对他很信任。

　　此时，耿大山正猫着腰、溜着墙根慌慌张张地撤回来。

　　"前边还有人吗？"何方问耿大山。

　　"没有了！"耿大山说："何参谋长，村东全是鬼子，我们必须赶快向外突围。"

　　"走，赶快到十字街口和范大队长会合，然后一起向西突围！"何方说。

　　"是！"耿大山边走边说："何参谋长，村长赵长贵是汉奸！"

　　"你咋知道？"何方问。

　　"刚才我看见他告诉鬼子，说我们大队部驻扎在那个院里、并亲自引领鬼子奔向大队部。"

　　"啊！原来他是汉奸！那胡作良、于占鳌也肯定……"何方和耿大山边跑边说。

　　枪声越来越激烈，进村的鬼子遭到了范树民所率三个班的顽强抵抗，鬼子的进攻受阻。

　　范树民也意识到根本无条件和鬼子硬碰硬的傻拼，为保存实力，就立即向村外转移。于是就乘机带领战士们，边射击边向村外突围。

　　何方从枪声和鬼子的进攻方向上，意识到范树民等已从西南方向出了村。于是，就和耿大山等人向西南方向追去。

心事重重的于占鳌还没起床，就听到了村街上混乱的脚步声和人们的喊叫声。紧接着副官来报告说："鬼子兵在皇协军的协助下，正在向驻在赵堤村的挺进大队发起了猛烈进攻。"

于占鳌听到汇报后，心里先是为之一震。继而，就意识到，谋划了很久的计划，今天终于付诸实施了。看来李树椿、王金祥、胡作良的影响力还是很大的。我于某跟着他们走，这条路是选对了。于是，就立即对副官说："马上集合部队绕过赵堤村，迅速向西北方向撤退。"

"那……"副官还想说什么。

于占鳌阴沉着脸，冷冷地说："执行命令。"

"是！"副官转身向外走去。

四

何方和耿大山十几个人，绕过两条胡同，见大街上全是敌人。在一房东老乡的暗示下，知道范树民已带人向西南方向冲出去了。于是，就紧跟着从村西头直接钻进了玉米地，奔向西南方向，摸索着寻找范树民。

透过玉米地的间隙，看到大批鬼子也从村子里出来，正围着一片黄豆地，压缩着包围圈。

此时，何方才忽然觉得不对劲。战斗从打响至此，已二十多分钟了，周围驻有十九支队，为什么没有一点动静呢？这时他才真正想到了事态的严重性。于是，就立即对耿大山说："耿班长，你马上到焦庙司令部去求援，告诉范司令，挺进大队的情况十分危险。"

"是！"耿大山即刻从玉米地里向西钻出去。

众多的鬼子汉奸，端着明晃晃的刺刀，嚎叫着向黄豆地压来。

范树民此时倒十分冷静，他已看到鬼子步兵后边，还有十几个骑兵在远处游弋，就知道最后的时刻到了。如果说一开始接触鬼子，还有些心惊胆战的话。那么，现在面对生死攸关的严峻时刻，心里竟泰然自若，毫无畏惧之态，心想必须趁机多杀些鬼子。

敌人已经越来越近，此时，赵长贵竟恬不知耻地替鬼子喊话道："喂！范树民，范大队长，你睁开眼看看，遍地都是皇军。你赶快举手投降吧，皇军优待俘虏，我赵长贵敢拿性命担保，你只要投降，皇军保证不杀你。范大队长，你还年轻，千万不要执迷不悟啊！"

范树民气得怒火填膺，再也忍耐不住了，他对身边的战士们喊道："弟兄们，报效国家的时候到了，把枪口对准鬼子，打！"

范树民立即举起二十响，首先对准赵长贵扣动了仇恨的扳机。只见冲在最前面的七八个鬼子，相继应声倒下。他还没有看到这个狗汉奸是否被打倒，范树民自己身上却连中了七八枪，栽倒在黄豆地里，再也没能爬起来。

隐藏在玉米地里的何方，目睹了刚才撕心裂肺的一幕。眼看着范树民大队长和战友们惨死在敌人的屠刀下，万恶的侵略者，应受到碎尸万段的惩罚。而为虎作伥的赵长贵，则更是罪该万死。

战士们心里早就气炸了，几次要冲出去和鬼子拼命，都被何方制止住了。怒火冲天的何方，何尝不想冲出去为树民报仇，可理智告诉他，那样只会造成更大的牺牲。于是就强压怒火,以待时机。

枪声停止了,鬼子都跑到黄豆地,用皮鞋踢着十几个已牺牲的战士问赵长贵:"他们哪个是范筑先的儿子啊?"

赵长贵和鬼子一块翻看着挺进大队战士惨不忍睹的尸体,突然,指着身中七八枪、手里还紧紧握着二十响的范树民嚎叫着说:"太君,快来看,这个家伙就是范筑先的小儿子。"

鬼子们忽地一下围过去说:"这小兔崽子,是皇军的死对头,良心大大坏了!"说完就照范树民血肉糊糊的脸上吐唾沫、用脚踢,有人竟用刺刀对准胸腔又是刺,又是挑的乱扎起来。更令人发指的是,几个鬼子竟将范树民的心、肝、肺和肠子掏出来挂在了树枝上,任其在风中飘动着。

一向沉稳冷静的何方,本想等援军来到,一块向敌人发起进攻,以报血海深仇。可看到鬼子这么触目惊心、灭绝人性的兽行之后,却再也控制不住复仇的怒火了。他再也不允许鬼子践踏、污辱自己的战友,若此时不出手,还是男人吗?还有何面目再见聊城的父老乡亲。想到这里,他立即喊道:"弟兄们,报仇的时机到了,先杀汉奸赵长贵,再杀小鬼子,走!"

头上扎着黄布条的赵长贵,正和鬼子们歇斯底里、疯狂嚎叫的时候,他们怎么也不会想到,一伙复仇的中国人,正向他们围过来。

何方在前,十几个战士在后,怀着满腔仇恨,已悄悄地走出了玉米地。二十米、十米,离敌人只有不到是五米了,何方的枪口对准赵长贵扎有黄布条的脑袋,狠狠地扣动了扳机。两个点射之后,眼看着这个罪大恶极、十恶不赦的狗汉奸,伸腿瞪眼的摔倒在地上了。十几个战士也接连向鬼子群里开了枪,有的鬼子就像中了魔,摇摇晃晃地倒下了。起初,其他鬼子懵懵懂懂地没弄清是咋回事,当看到汉奸赵长贵和身边的同伴被打死。这才如梦初醒,发现中国人正在向他们开枪,于是,就嚎叫着立即组织反扑。何方和他的战友们,也为国家、为民族,流尽了最后一滴血。

第三十七章 众勇士壮烈殉国感天动地
悼英灵万人空巷浩气长存

一

胡作良确认范树民、何方已战死,赵堤村的赵长贵也被击毙后,才轻松地喘了口气。紧接着就跨上战马去寻找于占鳌,为这出戏收官,做好善后。这也是李树椿交给的最后一项任务。

于占鳌率部,屁滚尿流地跑了八九里地,听着赵堤方向的枪声由急骤渐稀疏,最后已完全平静下来,就知道战斗已结束,大功已告成。而自己的队伍没动一刀一枪,到时候还能领功获奖,坐收渔利,心中就暗自窃喜。于是,就命令队伍停止前进,原地待命。而他自己则坐在沟边一棵歪脖子老桑树下歇息,副官和警卫员就忙着为他寻找西瓜去了。

胡作良在沟边桑树下找到于占鳌。

于占鳌一看胡作良脸上的表情,就预料到了这次战斗的结果,高兴地问道:"此次行动已经圆满成功了?"

"胜利已是手拿把攥了,眼下还不能算圆满。"胡作良没任何表情的回答说。

于占鳌当然听不出胡作良话里含有什么玄机,就嘻嘻哈哈地说:"既是胜利了,也就是圆满了。"

胡作良也就打着哈哈说:"是啊!胜利了也就算圆满了。"说着就掏出一盒"哈德门",首先给于占鳌递去一支。

于占鳌急忙划着火柴,给胡作良把烟点着,之后,自己也"吧嗒"着吸起来说:"胡参谋长,咱这次的计划之所以能够胜利完成,与你的亲自指挥是分不开的。"于占鳌竖起大拇指:"若论功劳,你是这个。你参谋长前边那个副字早该拿掉了。"

胡作良摇摇头说:"占鳌兄,这事可不能瞎议论啊。"

于占鳌大大咧咧地说:"这是秃子头上的虱子,明摆着的事!范筑先的亲儿子、女婿一死,老家伙的精神就得崩溃。而省里沈鸿烈主席,不是早已暗中给王参谋长下了委任状嘛?王金祥当上专员后,这参谋长一职,顺理成章就是你的。"

胡作良还是摇摇头,没再说什么。

于占鳌却接着说:"哎!胡参谋长,我老了,也不求高升腾达了。你许给我的三十支匣枪、二百块大洋给我兑现了,就算行了。"

胡作良冷冷一笑道："于司令,这点小事,您尽管放心。王参谋长、李主任心里有数,他们不会亏待你的。"

于占鳌满意地点着头说："哎,哎,放心!"

胡作良觉得时间有限,不能再和这老家伙闲扯了,于是就说："咱这一级的小屁官,都是些受气包。出力受累是咱的,有了成绩都是上边的。如果有了差错,一切责任和罪过又都成了咱的!"

于占鳌觉得胡作良的话,有些云山雾罩,就问："胡副参谋长,你的意思是……"

胡作良假惺惺而又一本正经地说："占鳌兄,这次重要行动,您的确是一片忠心,功劳很大,可王金祥、李树椿却说你匪性难改,应治以重罪。"

"什么?"于占鳌认为自己的耳朵听错了。

胡作良："王金祥说鬼子大举进犯,你却闻风而逃;友邻挺进大队陷于重围,你却见死不救。就凭这两条,你说该当何罪?"

于占鳌大怒道："胡作良,你血口喷人。时间、地点、路线都是你叫我这么干的。"

胡作良："我没这么大的权,这一切都是王金祥、李树椿的主意,你有话找他们说去。"

于占鳌愤怒已极说："你们不讲理,我到范司令那儿告你们去!"

"哈!哈!"胡作良阴冷地说："占鳌兄,我就是范司令派来对你执行死刑的!"话音未落,掏出手枪,两粒子弹已穿透了于占鳌的胸膛,于占鳌死不瞑目,惊恐地指着胡作良欲说什么,可一句话也没说出来,一命呜呼了。

二

焦庙,范筑先司令部的小条桌上,东半截放着一把二十响,还有一顶灰色的军帽。这是范树民烈士的遗物;西半截摆着一个军用挎包,旁边还有一支派克钢笔,这是何方烈士的遗物。

面对孩子们还带有体温的遗物,素以刚强、沉稳、冷静著称的范筑先,此时如万箭穿心,悲痛已极。头懵眼黑,身子也踉踉跄跄地摇晃起来。

凌作善见状,急忙上前将其抱住,搀扶在凳子上坐稳,然后又递来一杯水。

其实,自从范树民何方带挺进大队来到前线后,范筑先是既高兴又担心。高兴的是,孩子们有强烈的爱国热情,有勇赴战场的英雄气概,其精神,令人感动和自豪。担心的是,战场不同于游戏,它是残酷无情的,是瞬息万变的生死之地。每虑及于此,就会有一种不祥的阴影,无端地萦绕在心头。可转念一想,别自己吓唬自己了,世间哪儿有这么巧的事!这么一想,心里就亮堂多了,一切疑虑,也就全然释怀了。

可现实太残酷、太捉弄人,他最担心的事,终于还是发生了。人世间,白发人送黑发人的惨痛不幸,竟真的落在了自己的头上。一天前还生龙活虎的两个孩子,而今天却是阴阳相隔、永世难以相见了。

此时,范筑先心如刀绞,脸上也已老泪纵横。他真想失声大哭一场。可身份、环境、理智等,都迫使他要镇静、要抑制。再说了,孩子们是为抗击日寇、报效国家而牺牲的,是死得其所,是我老范家的光荣。想到这里,刚才那悲痛欲绝的情绪,才算逐渐平静了许多。

袁仲贤、姚弟鸿、郑佐衡等,不约而同来到司令部,面对小条桌上烈士的遗物,摘下军帽,低头肃立,沉痛默哀悼念。之后,他们又和范筑先握手安慰,劝其节哀。

姚弟鸿突然气愤地说:"挺进大队受到如此重挫,而别的队伍却毫发无损,我看,这里边肯定有阴谋。"

刘洪涛愤恨地说:"于占鳌就在附近,听到枪声见死不救,绕道逃跑。按军法就该枪毙。"

"对,枪毙于占鳌!"人们气愤地同声喊道。

范筑先正要站起来说些什么,却看见胡作良滚按下马后,急匆匆地走进院里大声说:"对,于占鳌应该枪毙!"

人们十分惊诧,都把目光转向胡作良,他平时和于占鳌过从甚密,今天怎么也说出这样的话来呢?

胡作良气喘吁吁地说:"于占鳌那小子临阵脱逃,我把他给枪毙了!"

"啊!"这消息来得太突然,大家觉得很吃惊。胡作良气愤地说:"挺进大队正在赵堤村头和鬼子激战的时候,于占鳌却带着他的人绕道村后,偷偷地向西北方向逃跑了。我曾几次派人去命他回来,于占鳌始终不予理睬。最后我亲自出马劝他回来,他竟然说:回去也不会有什么好,还说跟范司令干太辛苦,反劝我跟他到徒骇河北另立山头。处于无奈,我就警告他说:'于占鳌,你这是叛逃,若不跟我回去,我就枪毙你。'他反而冷笑道:胡作良,你小子眼瞎了。身边都是我的人,就是借给你一百个胆,你也不敢开枪。我觉得于占鳌已不可救药,就乘他不备,迅速向他开了两枪,结果了这个叛徒的狗命。"

胡作良这么一说,一时间难辨真假,大家都默然无语了。

三

一连三天,浓云密布,天昏地暗。整个聊城都沉浸在肃穆悲痛的气氛中,人们的心情如同天气一样,非常压抑和沉闷。

范树民、何方等十七位英雄的遗体,已入棺成殓,灵柩停在聊城东关外华陀庙里,专署卫队派有专人守护。耿大山却带着挺进大队幸存的弟兄们,坚持守棺陪灵,为情同手足的战友们再送一程。

人们对壮烈牺牲的英雄们赞叹不已,也为这十几个守灵人真挚的战友之情所感动。

几天来,街头巷尾,熟人相遇,话题的主旨,大都是谈论烈士们的英雄壮举,为他们的牺牲精神,唏嘘不已。

王老七的茶馆里,依然是人来人往,也有些人干脆坐下来,喝水拉呱听闲话。其话题,除议论已牺牲的英雄事迹外,耿大山冲出重围搬救兵的惊险情节,就成了人们争相传诵的故事。

当时,耿大山接到何方要他到焦庙告急救援的命令后,当即转身顺着玉米地向西奔去。边悄悄地往前蹿,边注视着周边的动静。走着走着,感到前方光线亮了许多,透过玉米叶的间隙一看,前边已到了这块地的边沿,而且是一条南北走向的大车道。路边还长着两三棵七股八杈的小槐树。更令他吃惊的是,小槐树旁竟站着两个荷枪实弹的鬼子兵,正虎视眈眈地盯着玉米地,他们的任务就是在此堵截后撤的挺进大队。耿大山本能地把身子往后一缩,虽心急如焚,却临危不乱。他觉得鬼子哨兵不会马上撤走,可任务紧急又时不我待,必须速战立决,快刀斩乱麻。于是,就将枪管从玉米叶子下伸出去,稳稳地瞄准鬼子的胸口,运足气,见鬼子正在发呆的瞬间,立即扣动了扳机,"啪,啪",一个鬼子立即"扑通"一声来了个嘴啃泥,往前一趴,就再也没动弹;而另一个鬼子也已受了伤,但他还在摇摇晃晃地端枪瞄准,耿大山见状立即补了一枪,鬼子兵才终于摔倒在车辙沟里。

耿大山趁机准备跨过大车道,前腿刚一腾空,却"扑通"一声摔倒了。原来第二个鬼子并没死,只是受了枪伤,见耿大山正要从他身边越过,就伸手拽了一把耿大山的后腿。

耿大山摔倒后回头一看,见鬼子正企图摸枪,就飞起一脚,将他手中的三八大盖踢到了玉米地里去了。然后迅速地照准鬼子的头部,狠狠地砸了两枪托,鬼子就再也不动弹了。

左右两边的鬼子哨兵,发现中间出了事,就打着枪跑过来。

耿大山知道此时不能恋战,就一头扎进路西的高粱地里,飞快地向焦庙方向跑去了。

战斗结束后,耿大山才知道范大队长、何参谋长,还有十五个生死与共的弟兄们,都英勇地战死了。耿大山心如刀绞、悲痛欲绝,心里又难过又压抑。本来就拙于言词的他,更加少言寡语,整天都不见吭一声。即使回到聊城后,也不跟任何人说话。

耿老三觉得有点不对劲,就说:"孩子,你们大队上的人,死的死,伤的伤,你咋就全毛全翅的回来了呢?你不会是贪生怕死开小差吧?"

耿大山脸色通红,不耐烦地说:"我不知道啥是开小差!"

"大山!"耿老三有些不满地问:"爷爷告诉你,你要是做出给咱老耿家丢人现眼的事,我不会轻饶了你!"

耿大山拧拧脖子,没言语。

耿老三有些着急上火地说:"大山,你要真做出不光彩的事,不但我不饶你,就连你被鬼子杀害的爹娘,在阴间里也不会原谅你。"

在爷爷的一再追问下,耿大山终于讲出了那天受命去焦庙搬救兵的全过程。

耿老三听孙子讲完以后,心里既亮堂又佩服,同时也觉得荣光和骄傲,就把这事讲给了王老七听。经王老七茶馆这个"信息转播站"一转,这事就被安上"突重围杀鬼子初现神威,耿大山搬救兵飞奔焦庙"的题目传播开了。

李士超闻讯后,立即采访了耿大山,将他的事迹和照片都登在了《抗战日报》上,人们才知道,在齐河惨案中,还有个活着的英雄叫耿大山。

在这场令人痛心的劫难中,人们更为关注和担心的是范筑先的老伴武治国。死者一个是亲儿子,一个是亲女婿,真是肉连肉,筋连筋。两个人都是第一次上战场,竟同时遇难,壮志未酬身先死,老人怎么会不悲伤呢?

这种天塌地陷般的悲惨大祸,一下子向这位花甲老太太压来,她能承受得了吗?

当噩耗传来时,作为母亲的武治国,一时间惊呆了,只觉得天旋地转,仿佛天塌了一般。好长时间里她欲哭无泪,眼睛呆滞。范筑先和范树琨害怕了,赶紧去搀扶安慰,武治国这才回过神来,突然嚎啕大哭起来,眼泪止不住地往下流,失子之痛的悲情,再也控制不住了。人们见状,也不想过早劝阻,竟至于嗓子哭哑、眼泪流干、眼皮浮肿,理智才使她逐渐平静下来。铁的事实已摆在面前,她在思忖,作为母亲当下应该做些什么。

面对小弟战死、未婚夫阵亡的沉痛打击,范树琨悲痛万分,她将自己关在屋子里,任由泪水下流,面对桌上她跟何方的订婚照,肝肠寸断。丧失亲人的痛苦,让她一下子成熟了许多,性格脾气也改变了,由从前的笑声快语,变成了如今沉稳庄重。今后的路怎么走,她已在做着抉择。

范筑先则认真地阅读着各民众团体发来的唁电,作为地方长官和烈士的家长,他正考虑着如何回电以示感谢。

经过昼夜紧张的筹备,十七名烈士的追悼会就要召开了。

华陀庙大殿的五间前廊,罩以巨幅的白色帐幔,正中是一个很大的黑色"奠"字。大殿前的四根圆柱上,分别写着两幅挽联。第一幅上联是:"忠魂不泯热血一腔化春雨",下联是"大义凛然壮士千秋泣鬼神"。第二幅挽联是:"壮志未酬身先死,留取丹心照汗青"。巨大的横批为:"浩气长存。"

大殿庙台前,东西两厢房下,紧紧地排放着社会各界敬送的各式花圈。上方则挂满了白绫、孝幛、灵幡和飘带,在微风中轻轻地摇晃着。

在东西廊庑前,摆放着民众按古老民俗扎制的纸车、马、箱笼、柜盒、楼台府第和庭院。甚至还有童男童女、摇钱树、聚宝盆。

大殿前庙院中间,有一尊生铁铸就的大香炉。里面插满了用松树枝、柏树壳做成的香烛,正在呼呼地焚烧着,青烟缭绕、袅袅升腾,空气中弥漫着一种特殊的味道。

华陀庙大门外,用竹竿扎起了一座双层大牌坊,竹竿外用缕缕苘麻,将松柏枝叶捆扎着。那青翠墨绿的牌坊上,每层都悬有黄陵白绢,且点缀着很多素洁的小白花。二层正中扎制着一方匾额,上书"永垂不朽"四个楷书大字。

牌坊两侧,排列着民间的十个响器班子,锣鼓、铙钹、唢呐、长号,不停地吹打着。

追悼会开始前,从凌晨起,全城民众,就成群结队、络绎不绝地前来华陀庙吊唁祭奠。特别感人的是,那些六七十岁的老奶奶们,按照民间办白事的习俗,左手拿卷黄表纸,右手攥一块擦脸布捂着半个脸、扭动着小脚,边走边轻声哀号,也听不清念道的什么词。追悼会现场,笼罩在一片悲痛、哀伤的气氛之中。

上午十时多,参加追悼会的人均已到齐,从左到右列有五个纵队,分别是:六专署和聊城县府的公职人员代表、鲁西抗日游击总队的官兵代表、聊城文化教育界代表、聊城工商业界代表、四街三关的居民代表。

主祭台左侧,站立着:张郁光、姚弟鸿、袁仲贤、齐燕铭、赵健民、黄龙飞、刘洪涛、李树椿、王金祥、胡作良、柯劲根等,也道貌岸然的混迹于悼念的行列里,假惺惺地鞠躬作揖,故作悲哀状,令民众人鬼难分。

主祭台右侧,是范筑先和十七位烈士的亲属,另有耿大山等十几个幸存下来的战友。

十时三十分,司仪张维翰沉重地宣布:"范树民、何方、张振元、李永平、高学勤等烈士追悼会开始!鸣炮!"

华陀庙院东墙角外的八个三眼铳手,依次点燃了引线,"嗵嗵"二十四响过后,张维翰介绍了参加追悼会的重要来宾以及发来唁电的单位和个人。之后,在哀乐声中,全体人员脱帽,向烈士灵棺默哀三分钟。礼毕后,烈士的亲属们臂戴黑纱、胸别白花,依依不舍的和亲人作最后的告别。

范树琨今儿穿军装、戴军帽,腰里扎的皮带上交叉别着两把二十响。既显得肃穆冷艳,又相当英武逼人。她的闺中好友田苑,今天仍是一身便衣素装,显得大方俊美。二人相伴着,缓慢地向灵堂走来。

向来以活泼爽朗、无忧无虑示人的范树琨,当来到范树民和何方灵棺旁时,与弟弟一娘同胞的手足之情以及和何方六七个月的火热恋情,一同潮水般地涌向心头。从此后将生死两茫茫,今生今世永不能见面了,几天来使劲压抑的情愫,突然冲开了闸门,再也难以控制。她先是跪趴在范树民灵棺前,又将脸颊紧紧地贴在棺盖上,一任泪水汹涌流出。之后,又以同样的方式,偎依在何方的灵棺上。

范树琨对弟弟、对何方这种真挚的难以割舍之情,深深地感染了身边的人,观者无不为之动容。

田苑感到闺蜜好友积压的悲痛之情,已经有所释放,这种场合理应适可而止。于是,就立即将范树琨搀扶起来。

范树琨顺势腾地站起来,左手立即从腰里抽出一把"二十响"说:"树民,这是你打仗用过的枪。"然后,右手又掏出一把"二十响"说:"何方,这是你杀鬼子用过的枪,你和树民一路走好。我要继承你俩勇于杀敌的精神,决心和鬼子血战到底!"

大家正欲叫好,却见耿大山和几个战友来到范树民、何方和战友们灵前,立正站好,庄重地行着长长的军礼说:"范大队长、何参谋长,各位弟兄们,请你们一路走好!我们十几个人,坚决发扬你们英勇战斗、不怕牺牲的精神,誓死要把日本鬼子赶出中国去。"

追悼会的主要程序进行完毕后,司仪张维翰又来到台前说:"再给大家说三件事。此次鲁西青年抗日挺进大队在齐河失利,其主要原因之一是:枪支老旧,子弹缺少。范树民烈士的母亲武老太太听说后,把多年积攒的八十块现大洋,原准备给女儿结婚买嫁妆用的,现在全部拿出来捐给挺进大队买弹药,为消灭日本鬼子,贡献一份力量。"场上立即响起热烈的掌声。

张维翰说:"第二件事是,根据范树琨等人的申请,鲁西抗日游击总队司令部,决定批准并任命范树琨为青年抗日挺进大队的大队长,任命耿大山为副大队长。"范树琨、耿大山上前一步给全场打了个敬礼,又是一片热烈的掌声。

张维翰接着说:"第三件事是,烈士们在齐河壮烈殉国的消息传出后,全国各地抗日团体纷纷发来唁电,对烈士亲属表示慰问。因函电太多,范专员不便一一回复,故拟了两份综合通电,刊于《抗战日报》,以致答谢。"

第一封回电全文为:

自中日战起,弟早已打破家庭观念。齐河之役、民儿授命,不敢为求仁得仁,差幸死得其所,伊何可憾,弟又何悲!惟长江形势,日趋紧张,此弟所万分惦念者也。

范筑先手叩

第二封电文为:《树民殉国答谢慰唁各方启事》

此次幼子树民挺进大队长,随军东征,在齐河堤北与敌激战,为国捐躯,系军人光荣。承各方函电慰问,弥深感激。马革裹尸,男儿应具素愿。既获疆场殉国,死后何憾!除分别函电复谢各方请释愿望外,特此登报,特表谢忱。

山东省第六区抗日游击总队司令范筑先

第三十八章　投靠日本人邱一堂认贼作父
谋害范筑先王金祥甘为内奸

一

夜，日军驻济南司令部的大院里，树影婆娑摇曳，甚是幽静瘆人。

远处德式洋房的门窗里，闪烁着鬼火般的亮光，日本民间小调，也从洋房里若有若无地飘荡出来。

洋房里的装饰摆设，一色的日本情调。几个着和服宽袖长衫、古装粉面的日本女人扭动着腰肢，嘴里哼哼唧唧，唱着哀怨凄婉的小曲。

看歌妓表演的人并不多，只有鬼子头目千叶和汉奸邱一堂、吕顺臣三个人。

邱一堂、吕顺臣可谓是见过世面的人，也出入过不少大戏院子、小堂会。可在只有三个人的情况下，观赏日本歌舞伎的表演，还是平生第一次。心里美滋滋的，脸上一副受宠若惊的样子。

千叶之所以给邱一堂、吕顺臣如此高规格的礼遇，一是对他们在齐河杀害范树民和何方的奖掖；二是还要这两条走狗为他实现更大的阴谋。

一曲终了，舞女们急忙低头敛容，小步颠颠地跑进了侧门。

千叶站起来说："邱桑、吕桑，二位是大日本皇军的好朋友。除歌舞外，我还为二位备了一份上好的日本料理，咱们一块品尝品尝。等拿下了聊城，干掉了范筑先，我会在济南燕喜堂，用你们山东最地道的鲁菜款待二位。

邱一堂在新主子面前，过去那种目空一切、盛气凌人的样子，早已荡然无存。竟奴颜婢膝地说："太君，攻占聊城、除掉范筑先，一堂理应尽心尽力。"

吕顺臣也点头哈腰地紧接着说："为皇军效力是应该的，怎敢再叨扰太君哪！"

千叶没再理会邱一堂、吕顺臣那些溜须拍马地客套话，就把二人领进另一个小房间。在料理没上来之前，千叶郑重地说："皇军这次进攻聊城，是冈村司令亲自批准的重大行动。"

邱一堂、吕顺臣洗耳恭听。

千叶："聊城，是华北平原共党分子活动最猖獗的地方。涉及到山东、河南、河北三省的三十多个县，有什么'钢铁濮范观，华北小延安'之说。共党分子之所以在聊城发展这么快，关键是他们利用了范筑先这个没头脑的老头子。"

邱一堂点头道："太君所言极是。"

吕顺臣伸出大拇指说："千叶太君英明。"

"我们这次行动的主要目的，就是要干掉范筑先。"千叶接着说："只要范筑先这棵大树一倒，共党分子就失去了依靠，没有了立足之地。而其他的毛贼土匪，也就会树倒猢狲散。"

"太君高见！"邱一堂、吕顺臣点头如捣蒜。

千叶直视着邱、吕二人，若有所思地说："皇军要拿下聊城，不会有太大的困难，难就难在抓住或击毙范筑先。"

邱、吕二人附和着点头。

千叶接着说："如果范筑先安全撤出聊城，它就会像一条龙游进了大海，再想抓到他就困难了，你们看……"

邱一堂看了一眼吕顺臣说："太君的意思是？"

千叶诡谲地一笑："邱桑，你们中国的'三十六计'中，第三计是'借刀杀人'，既然李树椿、王金祥也想除掉范筑先，何不利用他们，你的明白？"

邱一堂立即醒悟地说："太君的意思是，利用王金祥、李树椿把范筑先拖住，然后，皇军再'咔嚓'一声。"邱一堂做了一个用刀砍头的动作。

"嗯！你的明白！"千叶伸出了大拇指说："利用好王金祥、李树椿这两个内鬼，才会有把握。"

"太君英明！"吕顺臣也不失时机地拿出了溜须拍马的本事说："请太君放心，这件事我们会全力以赴。"

"好！"千叶说："事关重大，在万无一失的情况下，你们要和李树椿、王金祥亲自见一面，马上作出详细的行动方案，然后报我审阅。"

"是！"邱、吕二人同声回答。

千叶扭头高兴地对门外喊了声"上料里的干活！"

二

深秋，收割完毕的田野，显得旷远而荒凉。北风在干枯的树枝上呼啸，几只寒鸦仍在枝头上跳来跳去。

乌云翻滚，天空也越来越暗。黄河北堤上，一辆黑色小汽车，正颠簸着向东爬行，左右两只大灯，似毒蛇的眼睛时刻窥视着什么。

后排座上的李树椿、王金祥，两个人不断地交头接耳，表情神秘而诡异。

小汽车不紧不慢地行驶着，拐过一个大牛梭子弯，前边就是一道长长的缓冲坝，上边是些防洪用的碎石和土堆，成了路人解手方便的地方。此时，这里却停着一辆少见的绿色吉普车。

王金祥惊喜地对李树椿说："李主任，邱旅长他们早就来到了。"

李树椿点头的同时，小轿车"吱的"一声停下了。

黑色小轿车和绿色吉普车，几乎是同时拉开了车门。李树椿、王金祥和邱一堂、吕顺臣下车简单的寒暄后，就下了大堤，似乎是漫不经心地向着急速流淌的黄河水边走去。当来到一片潮湿的土坑边,才停下了脚步。

李树椿以老大的口气问:"一堂啊,以前有什么事,都是派吕副官来,今儿你亲自出马,一定是有什么重大行动吧?"

邱一堂微微一笑道:"老学长高见,这次行动的确事关重大。千叶那个老狐狸,非逼我和吕副官一块来不可。再说了,自部队离开聊城后,快两年了,我也十分想念学长李主任和学弟王参谋长。"

李树椿点头一笑,王金祥则恭敬地说:"谢谢学长的挂念!"

在寂无人迹的滩地里,他们正在密商一项骇人听闻的阴谋,甚至涉及每一个行动细节。待一切都讲清、定准之后,邱一堂高兴地说:"学长、学弟,待咱们的计划实现、目的达到以后,我要在胭脂楼设庆功宴,咱他妈的痛痛快快地喝一回。"

"好啊!"李树椿接着说:"一言为定!"

四个人洋洋得意,心怀鬼胎的走上大堤,迅速钻进了各自的车子里。黑色轿车和绿色吉普向着不同方向急速而去,很快就消失在昏暗之中了。

三

清晨,太阳刚刚升上地平线,范筑先已准时来到办公室,他先打开小记事本翻看了一阵,然后站起来习惯地注视着墙上'还我河山'四个大字。这是他去年亲手临摹的抗金名将岳飞的字迹,以醒示自己抗击倭奴日寇的决心。沉思良久,伸手从墙上摘下剑套,抽出寒光四射的精钢利剑,正要挥手起舞,刘洪涛喊着"报告"进了屋。

范筑先手握利剑说:"有事?"

刘洪涛报告说:"昨天下午,侦察员在东阿艾山的黄河对岸,发现近百名鬼子和皇协军,正在比比划划地准备搭浮桥。"

"噢!"范筑先立即警觉起来,问道:"还有别的情况吗?"

"暂时还没发现。"刘洪涛说。

范筑先强调:"告诉沿河各支队加强监视,有任何动静立即报告!""是!"刘洪涛刚一出门,姚弟鸿就急匆匆地走进来了。

范筑先一看姚弟鸿的表情,就知道有情况,示意他坐下来慢慢说。

姚弟鸿边落座边说:"据线人报告,驻济南日军千余人皇协军八百多人,皆全副武装,并配有轻重机枪,还有几门迫击炮、榴弹炮,从济南西郊出发,正向我聊城方向运动。"

"嗯!嗯!"范筑先表情严峻地点着头,意识到了事态的严重,说:"鬼子这次行动规模较大,想必早有预谋,来者不善啊!"

此时,孟秘书手持文件夹,喊声"报告"也进了屋,抽出几张电文纸,递交给范筑先。

范筑先摘掉老花镜,对孟秘书说:"没别的人,你就念念吧。"

孟秘书立即展开最上边的一张电文纸说:'高唐齐子修司令来电:今晨六点二十分,驻禹城的鬼子近二百人,正向西南迂回前进。"

范筑先点头,示意已听明白。

孟秘书抽出第二张纸念道:"十支队张维翰司令来电:侦察发现,驻邯郸、大名的鬼子都有东犯的迹象。"

范筑先频频地点着头,心里分析着鬼子的意图。他和身边的姚弟鸿简单地交谈之后,对孟秘书说:"通知司令部、政治部、参谋处、驻聊城行辕李树椿主任及驻聊各支队司令,马上来专署开会。"

"是!"孟秘书正待转身出门,"慢!"范筑先叫住他补充说:"通知卫队营的陆子恒、游击营的林玉堂、特务营的郑佐衡、执法队的刘佩之也来开会。"

"是!"孟秘书转身离开了办公室。

老奸巨猾的李树椿,已料到范筑先听到敌情后,一定会召集相关人员商讨对策。于是,就提前纠集胡作良、柯劲根和几个支队司令,细致地研究了应对方案,并以王金祥为总协调人,通知了莘县的孙金利、阳谷忠孝团的卞大头,要他们果断地相机行事,以铁的手腕武装夺取政权。

李树椿觉得一切都安排妥当之后,为掩人耳目,就坐上小轿车,跑到四区临清躲起来了。

四

一九三八年十一月中旬,时令已届初冬。叶落草枯、寒露凝重。聊城大街上行人稀少,比往常清冷了许多。光岳楼上,时有不知名的小鸟飞来飞去,似乎在寻觅着什么。

专署小会议室里,聚集着聊城军政各界的重要人物。计有张郁光、袁仲贤、姚弟鸿、赵伊坪、齐燕铭、王金祥、胡作良、柯劲根、郑左恒等二十余人。与会人员可能已感到有重大敌情,大家都正襟危坐、聚精会神。会议室的气氛,特别肃穆安静。没人说话、没人吸烟,眼睛紧盯着主席台,唯恐漏听了什么消息。

会议主持人姚弟鸿,默然清点了一下人数。然后,向坐在主席台上的范筑先回报说:"报告范司令,除行辕李树椿主任去临清视察外,其余人员全部到齐了。"

坐在主席台上的范筑先,自第一时间听到敌情后,即沉稳地进行着细致的思考、谋划着既妥当又积极的御敌方案。心里虽有了可行的计划,为稳妥起见,他还是要听一听大家的看法。听到姚弟鸿的报告,就立即说:'既然李主任去了临清,我们就不等他了,开会吧!"

姚弟鸿宣布:"开会了,请范司令讲话。"

范筑先合上记事本,郑重地站起来说:"现在向大家通报一下敌情。综合各路确切情报,济南方面发现敌伪近两千人,武器精良,并配备有轻重机枪三十多挺、迫击炮三门、榴弹炮一门;禹城方面有鬼子二百余人;邯郸、大名方面日伪四百余人,他们正从不同方向住聊城迂回过来。"

会场静无声息,范筑先略一停顿说:"从时速和路程上判断,途中若无阻碍,敌人在三天内,可全部到达聊城,对我形成包围夹击的态势,企图把我聊城一口吞下去。事态严峻,时间紧迫,我方应如何应对,在司令部未下战斗决心之前,我想听一听大家的想法和见解。"

姚弟鸿补充道:"大家有什么见解和高招,现在可以讲出来。"

会场里气氛略有舒缓,有人相互传递眼神,有人则小声叽咕。

范筑先:"今天是征求大家意见,有什么好的想法,尽可以大声讲出来。"

王金祥见会场已趋平静下来,也未见有人要发言,就忍不住将早已策划好的阴谋诡计,堂而皇之的拿出来说:"刚才听范司令讲敌情,对鬼子的侵略行径十分愤慨。小鬼子野心不小,胃口很大。敌人凭借武器精良、装备先进,无视我十万铁军的存在,竟敢贸然来犯。

对此，我认为，为安抚百姓、鼓舞将士斗志，应把主力部队调回聊城。先在东昌湖外设第一道防线，再凭借城高水深、坚守城池，誓与百姓共存亡。只需三到五天，长途跋涉而来的鬼子，自然会身心疲惫，届时，我军从城内发起反冲击，彻底消灭来犯之敌，就会易如反掌。"

王金祥出此阴招的险恶目的是，他表示自己在城外一线防御，范筑先必定坐镇城里指挥。这样一来，范筑先就成了瓮中之鳖，鬼子只要大举进攻，范筑先必定束手被擒。

王金祥说完之后，有意瞅了一下范筑先，见范十分坦然，没任何反应，心里就有些失落。而会场里有人点头，也有不少人摇头，大多数人则沉默不语。

此时，张郁光悄然站起来，环顾了一下会场说："我说一点看法。现在武汉、广州已相继失守，抗日形势急转直下。如今敌人乘机把济南、邯郸、大名、禹城等地的鬼子联合在一起、共同向聊城袭来。此重大行动，他们定有充分的计划和预谋，可谓来者不善。因此，我建议应避其锋芒、挫其锐气，把主力部队撤出聊城，只留少量队伍。鬼子即便临时占据一座空城，对我们的战斗力也毫无损失。战争本来就是千变万化的，加上鬼子兵力不足，战线太长，后勤补给难以为继，稍后，我们再把聊城夺回来。"

依胡作良的身份，他本不该在此种场合说什么的。可是为了支持王金祥，也为了显示自己的才华，他也站起来毫不掩饰地说："我同意王参谋长的意见，对于鬼子的来犯，我们要展现出中国人的决心和勇气。要敢拼敢打，誓死捍卫聊城，保百姓以平安。眼下，鬼子还在二百里地之外，连敌人的影子也没见到。就弃百姓于不顾，自己逃出城外。百姓们会骂我们是闻风丧胆的草包，会对我们失去信心。总之，我赞成坚守聊城，誓与百姓共存亡。"

在人们的印象中，王金祥、胡作良热衷于拉帮结派，沉湎于吃喝玩乐，对抗日持悲观消极态度。怎么今天却一反常态，来了个一百八十度的大转弯，这葫芦里卖的什么药呢？大家都在疑惑着、沉思着、观望着。会场的气氛虽平静，而两种观点却已十分明显。

此时，袁仲贤慢慢站起来，心平气和地说："我认为，面对日寇强敌来袭，我们应沉着冷静，万不可凭一时冲动，感情用事。而要从全局和战略高度来分析问题，要实际可行。切不可莽撞蛮干，更不能逞匹夫之勇，与强我几倍的敌人死打硬拼。这样只能加速消耗我们的力量，而对全局则毫无益处。我们应考虑打持久战、游击战，保存实力，待机消灭敌人。"

两种意见分歧严重，一些职务较低的人，虽也有自己的倾向和见解，觉得人微言轻，不便发言，会议陷入尴尬的僵持、对峙阶段。

范筑先心里很清楚，鬼子星夜奔袭，会议不可久拖不决。他综合各方意见，早已有了自己的战斗决心，立即站起来说："还有要发言的吗？如果没有，我就说一下我们的战斗决心。"

会议室里安静下来，大家都清楚，范筑先所说的战斗决心，也就是作战计划和方案。于是，大家就聚精会神地注视着范筑先。

范筑先摁住笔记本说："根据敌情，综合各位的意见，现在我决定：为保存战斗力，避鬼子之锋芒，城内只留部分武装力量坚守。而司令部、政治部、参谋处，以及报社、学校、文化团体，都要撤出聊城，而且越快越好。因濮县、范县、观城、朝城，是我区的纵深后方，可一律向西南方向撤退。然后，我们的主力部队，依靠广大农民百姓，再与鬼子进行长期周旋。大家听明白了吗？"

"听明白了。"与会人员异口同声回答。

五

鬼子要攻打聊城的消息，就像一阵刺骨的寒风，立即传遍了聊城的大街小巷，在这股寒风的袭扰下，往日平静安泰的聊城，立即就像炸了锅、乱了营，人们惶惶不安、不知所措。

聊城县长兼特务营长郑佐衡，按照专员范筑先的指示，带领各街保甲长，挨家挨户地动员人们暂时出城躲避。结果是年轻人大都愿意出城，另一部分人则愿意参加守城民兵自卫队，而年长者，则去留听便。各家各户都依照自家的实际情况，积极地做着应对措施。

小巷里鸡飞狗叫，孩子哭、大人喊、乱作一团。

大街上，推车的、挑担的、牵牛拽羊的。人们扶老携幼，在相关人员的引导下，从城门向城外撤退。。

一辆马车，停在范家小院的大门外。范树琨、耿大山和几个警卫战士，正忙着把锅碗瓢盆、衣物包裹等生活用品，一股脑地装在马车上。待一切物件安排妥当后，才把老太太武治国、小妹范树珊搀扶到车厢里，田苑也随之上了车。

一向豁达乐观的范树琨，知道马车就要出发，兵慌马乱的时刻，即将和母亲分别，心里就隐隐作疼，眼睛也酸酸的潮湿起来。她声音低沉、忧心忡忡地说："娘，我和挺进大队一起行动，不能和你一快走，就叫田老师陪你一程吧！"

见过多少兵燹离乱，经过无数岁月沧桑的武治国，倒显得十分沉着，淡定地说："树琨，娘啥都明白，你用心带好你的挺进大队，我和树珊的事，你就甭操心了。"

"嗯！"范树琨点点头，然后对田苑说："田老师，就麻烦你照顾俺娘了！"

田苑此时也红了眼睛说："说啥呢，送大娘一程，还不是应该的吗？再说了，把大娘安顿好后，我再顺便回观城老家，又不耽搁事。"

范树琨抹了抹眼角说："好，啥也别说了。等打败了鬼子，咱聚在一起，好好地聊他个三天三夜。"

"嗯，好！"田苑虽答应着范树琨，却对站在远处的耿大山快速地瞟了一眼。

范树琨对田苑的用意，自是心知肚明，就扭头着急地说："耿副大队长，马车就要走了，还不向田老师道个别！"

这种场面下，耿大山知道应该说点什么，可一时又不知从何说起。经范树琨一点拨，才红着脸走到马车前，对武治国和田苑说："大娘、田老师您们一路多保重，等消灭了日本鬼子，咱们再见面吧！"

"你们也要多保重！"武治国回应说。

田苑思绪万千，又多少有些幽怨，只轻轻地向耿大山招了招手，嘴里却没能说出什么。

车把式觉得该走了，用眼色向范树琨征求意见后，举起鞭子，抽了下缰绳，喊了声"驾"，马车轱辘就向前滚动起来。

范树琨、耿大山紧跟车后，一直送到西门外，看着马车融进了万千逃难的人流里。范树琨、耿大山二人才怅然若失地转身回到了城里。

为避免鬼子滥杀无辜，聊城行政干校、师范中学等，都已奉命放假，师生大多回到了乡下。往日欢声笑语的校院里，已是空空荡荡、杳无人迹了。

鼓楼小学的校工老李头，没事似的泰然自若，仍坚守在那间门房小屋里。

老校长放心不下，就又来到门房说："老李呀！日本鬼子都是些杀人不眨眼的禽兽，你还是出去躲一躲吧！"

老李头是出了名的倔犟人儿，他满不在乎地说："嗨！校长，鬼子再凶恶，对我这老头子，他能怎么着呢？"

"别倔了，鬼子是禽兽，还是躲躲好。"

"我在这儿住了二十多年了，学校没丢过一草一木。院子里虽没值钱的东西，说实话，我真还离不开这儿！"老李头很动情地说。

老校长深有感触，就点点头说："好！既如此，我也留下来和你做伴，咱们一块看守学校吧！"

老李头一愣道："这咋行！你是校长。"

"咋不行！"老校长说："咱俩年纪也差不多！"

光岳楼南路东，行政干校和《抗战日报》社大院里，人们忙于出城前的最后准备。仅有的一台老式印刷机，还有几十盒铅字，黎明前已窖藏完毕。一些重要文件和资料，也已装到了临时雇用的一架小推车上。行政干校的十几个老师，报社的编辑记者们，也均已肩扛背包等物整装待发。

少将参议张郁光、政治部副主任兼报社主编齐燕铭以及任仲夷、赵伊坪等领导人，也已是一身戎装，腰扎皮带，肩上挎着文件包和茶缸子，健步来到队列前。张郁光大声说：'同志们都准备好了吗？"

"准备好了！"大家齐声回答。

"好！"张郁光说："按照统一部署，行政干校、报社，第一站先到莘县，遇到什么困难，可直接找县长吕世隆同志，他一定会帮助解决。另外，聊城到莘县有七十里路程，大家第一次行军，路上要互相帮助，千万不能有人掉队。大家都记住了吗？"

"记住了！"

"好！"张郁光说："原本咱们一块走，可我还有事要找范专员，大家就先走一步，过后我再追赶你们！"

"是！"领队喊了声："向右转，齐步走！"

队伍就离开了行政干校，踏上了行军之路。

李士超脊梁上扛着背包，肩膀上挎着军用水壶，胸前脖颈上还耷拉着他视为珍宝的照相机。虽面无表情，但心里却五味杂陈地行走在队列里。他看了看远处的万寿观，又深情地看了看眼前的光岳楼。大街上则是恐慌不安，呼儿唤女的难民流。职业使然，习惯性地端起胸前的照相机，对着耸入云端的光岳楼，对着身背老母亲，手牵儿女的难民，前后左右一连拍了五六张，记录下了家乡聊城，此刻所经历的苦难。

出了西门，就算离开了聊城，文化人大都多愁善感，李士超回转身，又对着高大威武的西城门，小心谨慎地摁动了快门。然后，才把相机收拾好，转身就要追赶奔往莘县的队伍。猛抬头，范树琨、耿大山竟意外地出现在眼前，虽然平时常见面，而在这离乱时刻相遇，还是免不了一阵惊喜，心里有一种别样滋味。

范树琨："哎！李老师，你们报社要搬到哪里？"

"莘县！"李士超又问道："你们挺进大队去哪？"

"堂邑！"范树琨答道。

"恁这二位当官的，怎么又往回走啊？"

"刚把我娘和田老师送走！"范树琨说："我们挺进大队，计划是十点出发！"

李士超见自己队伍已经走远，急于追赶，就急忙说："范大队长，胜利后再见！"说完快步就往西走，还不断地回头和范树琨、耿大山相互招手致意。

众多的难民来到西堤口，都禁不住要回头再看一眼城中央的光岳楼。这是聊城引以为荣又十分自豪的家乡标识。此一去，不知何时才能回来，心里都有一种难以言表的惆怅和忧怨。大家面对家国多难的战乱形势，只能摇摇头，无奈地踏上了漫漫的逃难路。

出城后不久，就有人开始投亲靠友，路上的行人就逐渐稀少起来。只有机关学校和政府职员，还在顺着黄土官道，向莘县方向走去。

初冬，天气已开始昼短夜长。下午五点半钟，太阳就疲惫地失去了活力，懒洋洋地向西天沉落下去。

莘县大雁塔，在晚霞辉映下，更显巍峨壮观、雄浑大美。

爱好美术摄影的李士超，面对如此绚丽华美的景象，立即兴奋起来。一天来的饥渴疲劳，也随之悄然消失。他毫不迟疑地打开相机，以夕阳彩霞为背景、大雁塔为主体，前后左右调了几次角度，最后"咔嚓"一声，拍下了一张难得的逆光风景照。

由于大批难民涌来，莘县小城街道上的行人就比平时多了起来。

六

"小旋风"头上包一条旧花毛巾，胳臂弯上挎个小包袱，从雁塔东侧的大隅首，顺大街一直向南走来。行之小隅首王旦祠堂对过的虞家茶馆，略一徘徊，为掩饰无聊，就和旁边一卖梨膏糖的小女孩有一搭无一搭的搭讪起来。可那两只贼溜溜的眼珠子，却老向西边衙门口方向瞟，很显然是有什么不可告人的目的。

天色向晚，寒鸦归林。

县长吕世隆的勤务员王梦秋，拎把大铁壶，从县政府大院里出来，直接去虞家茶馆打开水。

"小旋风"见王梦秋向茶馆走来，眼睛立刻一亮。抛开卖梨膏糖的小女孩，自顾自的迎着王梦秋走去，两个人鬼鬼祟祟地叽咕了几句什么，王梦秋就进了虞家茶馆。"小旋风"也一阵风似的向大雁塔东侧的大隅首走去，一拐弯就进了梯云楼酒家。

夜色已浓，梯云楼的一个小房间里，煤油灯光下的桌子上，早已摆上了莘县小城的四大名吃。分别是莘荠丸子、干煸肉丝、尹氏酱牛肉、姜糖藕片。旁边还放着一壶宴宾陈酿和一盘康园房氏馅饼以及两双筷子。

"小旋风"早已扯掉了罩在头上的旧花毛巾，形只影单地坐在椅子上发呆，她在等候姘头孙金利的到来。

桌子上的菜肴已没有热乎气了，可仍不见孙金利的踪影。"小旋风"心里很焦急，早已等的不耐烦了。一天的疲劳困乏，使她磕头晃脑地打起盹来，嘴角还流着哈喇子。

房门突然一响，随着一股冷风，孙金利风风火火地进了屋。

"小旋风"听到动静，睁开惺忪的睡眼，见是孙金利，就埋怨道："都啥时候了，咋才来?"

孙金利嫌"小旋风"声音太大,就把五个指头一捏,示意小声点。然后转身关上房门,扭头对"小旋风"说:"王梦秋已告诉我你来了,我正要找你,可吕世隆那小子突然召开紧急会议,我没办法离开。这不,刚一散会,我就立即跑来了。"

"半夜三更,什么狗屁会议啊!""小旋风"撒娇又嗔怒。

"鬼子要攻打聊城,范筑先要各县也进入战备状态。"孙金利气愤地说:"吕世隆那小子,要求我们县大队,除保证本县治安外,还要抽一个中队去支援聊城,这简直是昏了头了。"

"小旋风"不屑地一撇嘴说:"他说他的,你行你的。再说了,你上边不还有王金祥吗?"

孙金利气哼哼地说:"可吕世隆上边还有个老家伙范筑先护着他哩!只要吕世隆在莘县,我孙金利就别想有出头之日。"

"县大队实权在你手里,你怕他啥,小旋风?"说。

"我怕他个屌啊!"孙金利又飞扬跋扈起来,说道:"只是李树椿主任叫我沉住气,等待时机而已,要不……"

"小旋风"表情神秘地瞪巴着眼皮,从腰里摸出一张折叠好的小纸条,在孙金利眼前晃了晃,故弄玄虚地说:"你看看,是不是时机快到了?"

"噢!这是什么?"孙金利急切地问。

"小旋风"说:"昨天一大早,就有人急急忙忙地找到我,要我今天一定交到你手里。所以,我就随难民来到了莘县。"

孙金利接过纸条,就着油灯,快速地看起来。然后,把纸条一捏,深深地点着头,似已领悟到了什么。

"纸条上写的啥?"大字不识一个的"小旋风"问。

孙金利诡异地说:"王参谋长没明说,只是提醒我要相机行事。"

孙金利见"小旋风"对此事不甚关心,又看着一桌子好菜还没动筷,就亲切地问:"宝贝,你还没吃饭啊?"

"小旋风"撒娇地说:"这不光等着你了吗。"

孙金利趁势扑上去,抱着"小旋风"疯狂地又亲又啃,忙活了一阵子之后才喘着粗气说:"宝贝,我真的早就想你了,可最近形势紧张,身不由己呀!"

"你总是满有理由。""小旋风"边说边掂起酒壶,斟了两杯酒说:"三个月没在一块吃饭了,快陪我喝一杯吧!"

"好!"孙金利爽快地端起杯子,和"小旋风"轻轻一碰,一仰脖子"咕噜"一声,杯子就喝了个底朝天。

"小旋风"精神大振,也随之将一杯酒,全部灌进嘴里。然后摸起酒壶,又斟上了第二杯。

孙金利抓起筷子,夹了一只色香味俱佳的尹氏酱牛肉塞进嘴里,当他把第二杯酒倒进嘴里后,眼睛一愣,立即对"小旋风"说:"宝贝,这酒你先喝着,我得马上出去一趟。"

"小旋风"一愣:"半夜三更的,你还有啥当紧的事啊?"

"宝贝,你带来的消息太重要,我必须马上向县党部书记长回报。"孙金利说:"这可是大事,千万不能耽搁。"

"那也得等到天亮再去啊!""小旋风"埋怨着。

"战乱时期,时间就是一切。"孙金利边说边站起来,照准"小旋风"的腮帮子,吻了一下说:"宝贝,等着我,一会儿就回来了。"然后,拽开房门,就消失在黑夜里了。

第三十九章 | 李树椿为虎作伥里应外合
老将军未识玄机陷入险境

一

坚壁清野，转移居民的工作已近尾声。按照计划，司令部、政治部、专署所属机构，也必须在今天全部撤出聊城。

范筑先通过电话向各县交代完任务后，听说张郁光、袁仲贤、姚弟鸿、齐燕铭、赵伊坪等已撤出聊城后就令身边的人也立即行动，准备马上撤离。

因早有思想准备，前后不到十分钟，警卫排已列队完毕，整装待发。

戴着高度近视镜的孟秘书，除自己的背包行装外，肩上还挎着一个牛皮文件包。

凌作善则牵着已备好鞍辔的枣红马，站在大门口待命。

刘洪涛见大家已做好出城准备，就急忙回到办公室向范筑先报告。

范筑先这两天虽疲惫已极，眼窝深陷、面色清癯，可精神依然矍铄。他戴上军帽，摘下挂在墙上的七星宝剑，正要和刘洪涛一同迈出房门的时候，却见侦察连长气喘吁吁地闯进了办公室。

范筑先见状，知有重要情况。就请侦察连长先坐下稳稳神，嘱其喘口气后再慢慢说。

侦察连长并没有坐下，立即说："今天早上七点十五分，有鬼子千余人，从东阿艾山渡口偷偷地渡过了黄河。现正集结休整，有向聊城进犯的态势。"

鬼子要渡河西犯，本是意料中事。听到真实消息后，范筑先并没感到特别惊诧，只是印证了自己早先的判断，点头问道："渡河的鬼子中，有没有发现骑兵？"

"没发现骑兵。"侦察连长回答。

"有汽车辎重吗？"

"也没发现。"

"鬼子有后续部队吗？"

"看到大批鬼子过河，我们侦察员就撤回来了。"

"鬼子大摇大摆的过河，我们守卫渡口的部队没进行抵抗吗？"范筑先问。

"我感到很奇怪。"侦察连长说："鬼子如入无人之境，我们的队伍一枪没放，就无影无踪了！"

"嗯！"范筑先又惊愕又气愤问："艾山渡口归谁防守？"

"十九支队的三大队。"刘洪涛说:"原是于占鳌手下的人,匪性十足,根本没什么战斗力,现属胡作良副参谋长代管。"

范筑先紧蹙眉头,一脸怒气。胡作良远在东阿,训斥、责骂都无济于事,东阿黄河渡口的失守,使其立即联想到聊城四门的防务。于是,决定延缓出城的时间,转而对刘洪涛说:"你马上带两个人到运河板桥去,告诉王金祥参谋长,要他亲自到每个要害防御阵地,再仔细检查一遍,不得有任何疏忽。"

"是!"刘洪涛说:"我这就去东关,可我要求范司令你们应按原计划马上撤出聊城。"

范筑先凝重的一点头,他明白刘洪涛的心思说:"鬼子离聊城还有八十多里地,他们没带汽车,不会马上就到聊城。你赶快去东关,我也察看一下四门的防守,然后,咱们一块出城。"

看到刘洪涛点头离去,范筑先也带上孟秘书和凌作善,从光岳楼北侧绕过去,顺着大街直奔林金堂防守的东门走去。

在林金堂的陪同下,范筑先一行从瓮城斜坡马道上,登上了正在忙于战备的城门箭楼。垛口旁堆积着装满黄土的麻袋,三挺轻机枪枪口朝东,也已经架好,女墙下摆放着已撬开盖的手榴弹箱子。城墙马道内侧,还备有一些应急用的绳索、竹竿、箩筐、碎砖头。

范筑先对林金堂东门的战备很满意。于是,就伫立城头,放眼朝东望去。往日车水马龙、十分繁华的东关大街,因逃避战乱,现已萧条冷落,没有一丝生气,脚下这片家乡故土,就要陷于鬼子的铁蹄之下。想到这里,范筑先既无比愤恨,又实在心有不甘。

范筑先用了两个多钟头,终于视察完了四个城门的防卫情况。将士们同仇敌忾,士气高昂。且城高水深,实为固若金汤。但,林金堂、刘佩之、郑左衡、陆子恒这四员指挥,却提出了一个共同问题,就是弹药不足,要求予以解决。

大敌当前,武器弹药的重要性,是不言而喻的。范筑先对这样的要求是充分理解、十分支持的。可因沈鸿烈存有偏见,加上李树椿从中作梗,武汉国民政府下拨给山东的武器弹药,从来就没有分给聊城一枪一弹。此时,怨愤已无济于事,经过再三权衡,范筑先决定将仓库里,应急用的二十箱手榴弹、三千发子弹全部拿出来,分发给四门守城的将士们。

二

没受到任何抵抗,千余名鬼子就渡过了黄河。可狡猾的千叶,却并没有喜形于色,也不想乘胜前进,而是命令所有过河的鬼子就地休息待命。

大约半个小时后,从黄河南岸的一个小山坡后,突然窜出一辆绿色的吉普车,车子开到浮桥入口旁,才"吱"的一声停下来。车门开后,千叶从里面钻出来,在副官和翻译等人簇拥下,站在桥头一堆沙土上,傲慢骄横地环顾着四周。往左看,黄河像条巨龙咆哮着、怒吼着在眼前滚滚而下。黄河北岸,则是一望无际的平畴沃野。

千叶十分得意,心想,中国这大好河山,很快就会归属于大日本天皇治下的版图,心中就有些飘飘然。

千叶虽生性骄傲凶残,看不起中国人。但他对中国的典籍,却顶礼膜拜、尊崇有加,视如天书、圣典。他通读了"武经七书",特别是孙子兵法,更是奉为稀世珍宝,反复研读。全书虽说不能倒背如流,其内容却皆谙熟于心,且运用于实战之中。

在这次进犯聊城的重大行动中，虽有邱一堂、吕顺臣这些忠实的汉奸走狗为其出谋划策、搜集情报。可千叶对这两只走狗仍心存疑虑、多有戒备。所以，他认为没有十分把握，绝不能贸然行动。

现在，千叶正通过浮桥走向北岸。滚滚河水，猛烈地撞击着简易的浮桥，浮桥摇摇晃晃，千叶在副官和翻译的帮扶下，终于左摇右摆地走到了北岸。

岸边有一间极其破旧简陋的茅草小屋，原是渡口老艄翁遮风避雨的歇息地，此时却成了千叶的临时指挥所。

河边风沙很大，千叶并不想钻进这个低矮透风的小草屋。正在门口徘徊的时候，只见远处一匹杂毛马，正飞快地奔来。

杂毛马停在小草屋前，吕顺臣滚鞍下马后，屁颠屁颠地向千叶跑来，气喘吁吁地说："报告太君，一切顺利。从聊城东门外，到东阿县的守军，都由王金祥和胡作良控制。只要皇军一到，他们保证自动避让，不开一枪一炮，皇军就可顺利到达聊城城下。"

千叶面带微笑，伸出大拇指说："吕桑，你的，功劳大大的！"

吕顺臣喜形于色，却又神秘地凑近千叶说："太君，据可靠情报，范筑先的军政机构，已全部撤出聊城，城内只有不足八百人的杂编队伍，此时范筑先还在城内察看防务。"

"噢！"千叶有些振奋地说："情报的可靠？"

"千真万确。"吕顺臣说："这是王金祥亲自派人告知我的。"

"好！"千叶点点头，脸上露出阴狠的表情。吕顺臣继续说："王金祥估计，若皇军在三个半小时内，能够封锁住聊城四门，范筑先这个老家伙，就会成为瓮中之鳖，必死无疑。"

千叶紧绷嘴唇，下意识地来回走动着，知道此时是活捉范筑先的绝佳时机。于是，就突然抬头对身边的副官说："命令部队，目标聊城，立即跑步前进！四个小时内，必须堵住聊城四门！"

"哈咿！"副官转身离开后，快速向正在休息的队伍下达了命令。

转眼间，千余名鬼子兵，就像平地生起了一阵旋风，卷着滚滚黄尘，急速地向聊城疯狂扑来。

三

专署军政机关首脑，已全部离开聊城城区。当他们离开西堤路，抵达五里屯村北，回头一看时，原本高大雄伟的光岳楼，已缩变的很小，朦朦胧胧地浮现在昏沉的天边。烟波浩渺的东昌湖，已被长堤岸柳阻断，看不到任何风光了。人们的心中，就有一种难以言表的惆怅和失落。

此时，张郁光正用一种惊慌焦急的眼光，前后左右的搜索了好几遍。却没发现范筑先和他身边的任何人。这老头上哪儿去了呢？心中立即泛起一种不祥的感觉。

"见到范司令了吗？"姚弟鸿急急忙忙地跑来问。

"没有哇！"张郁光说："我也正在纳闷，范司令他们是不是抄小道已走到前边去了？"

"没有。"姚弟鸿说："我们是先头部队。再说了，刚出聊城也没有小道可抄啊。"

说话间，袁仲贤、赵伊坪、齐燕铭等也都跑来打听范筑先的消息。关注的人越来越多，大家你一言、他一语，说啥的都有。

后勤处的王管理员，是刚从西门撤出来的，他说："大伙都别瞎猜了，范司令此时还在聊城忙活着呢，他根本就没出城。"

"啊！你看到了？"张郁光、姚弟鸿等齐声发问。

"对！"王管理员说："我是最后一人离开专署大院的，亲眼看着他带着人，到四门去察看防务去了！"

"哎呀！都什么时候了，还在城里窝着不出来！"姚弟鸿何止是着急，简直在发怒。

张郁光说："眼下当务之急是赶快派人回城，把老头子请出来！"

"我去！我去！"一听说要回城催范司令出城，参谋、干事们就争先报名前往。

袁仲贤心想，范筑先是个很有脾气的倔老头，他要想做什么事，一般人是难以劝阻的。于是，就说："这个事，还是我亲自去请比较好。"

"不！你绝对不能去的。"张郁光心想袁仲贤是来自红军的将领，是聊城抗日活动中的主要军事指挥员，是范司令的左膀右臂。眼下大战在即，他是万万不能离开部队的。随后，不容置疑地说："大家不必再争了，时间太紧迫。回城请范司令，这个差事只有我最合适。"说完就指定身边的两个干事，一同向东走去。

"我也去。"姚弟鸿说："人多力量大，硬拖也要把老头子拖到城外来。"说毕带上两个战士，立即追上去。他们登上西堤路，很快就在岸柳丛中消失了。

四

东阿顾官屯到聊城许营的黄土路上，大汗淋漓的鬼子兵，正以最快的速度向西奔跑着。

吕顺臣这条效忠于东洋鬼子的哈巴狗，已经受到了千叶的信任和器重。现在，两人坐在吉普车里，咬着耳根子，不断地叽咕着什么。吉普车在弥漫着滚滚黄尘的土路上，摇摇晃晃的颠簸着。

保安二大队和一路民军负责聊城东关外板桥的一线防务，由王金祥和胡作良直接指挥。

王金祥站在一简陋的防御工事旁，不时的向东南方向眺望。然后，又匆匆地看着腕上的手表，似乎在着急的等待着什么。

突然，一辆黑色小轿车进入王金祥的视线，由远及近地快速驶来。王金祥眼睛一亮，知道是李树椿来了，于是，就大步迎上去。

事情如此默契，很显然他们早有约定。小轿车来到阵地前，"吱"的一声就站住了。车门刚开了条缝，王金祥一弯腰，就迅速地钻进去，"砰"的一声又关上了车门。然后，小轿车又继续向西开过去，王金祥和李树椿眼光一碰，就神秘的密谋起来。

范筑先巡察完四门后，对防务较为满意。然后才命令身边的人，准备向城外撤出。

听到撤出聊城的命令后，孟秘书、刘洪涛、凌作善以及警卫排的官兵，五分钟内已作好了出发的一切准备。

刘洪涛带着队伍走到了大门口，凌作善已给枣红马备好了鞍子。

范筑先也走出办公室，又回头留恋地望了一眼，然后，来到大门口，从凌作善手中接过马缰绳。正要抬腿上马，只见一辆黑色小轿车，"吱"的一声堵在了马头前边。

范筑先突然一愣，车门打开，只见李树椿笑眯眯地从车里钻出来，之后，王金祥也哈巴狗似地随着爬出来。

导火索已经燃烧，战争顷刻即将打响，在这种既敏感又危险的时刻，对抗日一贯持消极态度的李树椿，怎么有闲心跑来了，他来干什么？范筑先、刘洪涛等都感到诧异，一时猜不透他葫芦里卖的什么药。李树椿此来，有一点是可以肯定的，那就是夜猫子进宅，无事不来。

李树椿这个在官场历练出来的老油条，在短暂的惊愕尴尬之后，点头哈腰，主动地和牵着马缰绳的范筑先打招呼说："哎呦！竹仙兄，看你慌慌张张地，这是……"

范筑先厌恶这种明知故问、且虚伪的小伎俩，也就以问为答地说："李主任，都这种时候了，你怎么还来了呢？"

李树椿打着哈哈，变被动为主动地问："怎么，这种时候，我就不能来吗？"

"当然！"范筑先不卑不亢地说："李主任何时光临聊城，筑先都会热烈欢迎。不知李主任此时来有何指示。"

李树椿不阴不阳、油滑自然地哈哈道："我哪里有什么指示啊？不过大敌当前，为保聊城万无一失，我想听听竹仙兄的想法。"

简直是无稽之谈。仗已打起来了，再要听听城防情况，这不是添乱吗。一向对李树椿礼遇有加让的范筑先，此时已憋了一肚子气，本想出言相讥，或不予理睬，可碍于上下级关系，还是忍了忍，就和言悦色地说："对聊城的防务，李主任有何御敌良策，请当面明示。"

"哈哈！御敌良策？"李树椿嬉笑中加着嘲讽说："竹仙兄这是你专署大门口，可不是商谈御敌良策的地方啊！能否到你办公室里一坐啊？"

"啊！当然。"范筑先对李树椿这种讽刺的语气十分反感，可还是令凌作善打开了办公室的门。

对李树椿这个不速之客的突然到来，刘洪涛和警卫排的战士们也都十分恼怒。他们心想。都什么时候了，还在这儿扯闲篇。

凌作善不言不语，面如冰霜，咣当一声把门打开，就气哼哼地站在门外候着。

范筑先招呼李树椿落座后说："请说说你对城防的高见吧？"

李树椿摆弄着桌子上的一只空茶杯说："今儿一大早，从临清到张秋，然后回到这儿，实在是又渴又累。竹仙兄，到你这来了，怎么着也得给弄杯水喝吧？"

看李树椿这架势，一时半会他是不想走了。范筑先虽心急如焚，可碍于情面，不便发火，于是，命凌作善去烧水。

范筑先一肚子气正没处撒，回头却见王金祥杵在身边，就严肃地问："你怎么也来了！有事？"

王金祥稍有慌乱地地："噢！是这样。刚才刘洪涛参谋到东关外察看防务，我觉得有些事应直接向范司令汇报，正好李主任车从阵地旁路过，我就搭了个便车……"

"嗯！"范筑先点了点头，没再理他。

凌作善板着脸，用刚烧的开水为范筑先和李树椿各自沏了一杯茶，之后，就自觉地离开了办公室。

李树椿不慌不忙地用指头捏起茶杯，习惯性地吹了吹水面上的浮沫，然后，就轻轻地呷了一小口,品咂了一阵说:"竹仙兄,今儿这个茶是六安瓜片,保证不是上一次的庐山云雾!"

范筑先此刻哪有心思听他胡扯,就敷衍道:"李主任懂茶道哇?"

没料到范筑先这句话竟使李树椿谈性大发,他使劲喝了口水"哈哈"了两声:"要说茶道吗,这可是一门学问。日本的茶道讲究严格谨慎,军事,宗教……。"

范筑先心不在焉地点着头,根本不知道李树椿唠叨些什么。李树椿又喝了口水说:"中国茶道提倡静、恬、和、真。而日本茶道强调……"

早就心急火燎的范筑先,再也忍不住了说:"李主任,恕筑先不敬,这茶你自己先慢慢喝,敌人攻城在即,我还有很多事情要安排。"

李树椿一愣,耍起无赖道:"范专员,你这是想赶我走啊!"

此时,专署大院里,警卫排的战士们,对李树椿一直赖着不走,心里早已愤恨不已。一开始是小声发牢骚,后来就吵吵嚷嚷地咒骂起来,声音越来越大,已隐隐约约传到了办公室。

王金祥觉得有些不得劲,就用眼神征得范、李二人同意后,快速地走出了屋子。对着刘洪涛和警卫排的人恶狠狠地瞪了两眼,噪杂声瞬间虽消失了,可当王金祥刚回到屋里,喊骂声又在院子里响起来了。

范筑先一听外边还在吵嚷,就想借机到院里看看,正要转身向外走。

李树椿以为范筑先此时出去,准是去训斥警卫排的士兵,可又怕他出去后不再回来,若是这样,将范筑先拖在城里的计划,就会泡汤。于是,就急忙起身阻拦道:"竹仙兄,警卫排的弟兄们有情绪是可以理解的,刚才王参谋长已经训斥了他们,你就别再出去批评他们了。"

范筑先对李树椿死皮赖脸地缠着不走,心里早就生气着急了!可一时又看不出他有什么恶意,更不知道他有什么阴谋诡计。若因他粘歪在这儿喝几杯茶,情绪就过于激动的话,也显得自己太小肚鸡肠,没气量了。此时恰逢李树椿劝阻,正好顺坡下台阶。于是,他回到了座位上,继续耐着性子,听李树椿不着边际地,胡吹海聊。

五

经过三个多钟头的急行军,鬼子的先头部队一路上没受到任何抵抗,现已进入聊城地界。之后,即放慢速度,悄悄地向外围城防阵地靠近,和王金祥指挥的一路民军,保安二大队的防御阵地仅是咫尺之隔。

吕顺臣离开千叶的绿色吉普车,在约定的地方,见到了早已等在那里的胡作良。两人简单的寒暄后,吕顺臣即问:"这里的情况进展如何?"

"很顺利。"胡作良有些讨好地说:"一切都在按计划进行。"

"范筑先现在的情况怎么样?"吕顺臣问。

"李树椿主任、王金祥参谋长还在城里缠着他。虽具体情况不清楚,但可以肯定范筑先眼下仍然在城里。"胡作良很有自信地保证。

"好!"吕顺臣很满意,但转而又问:"作良兄,你们的外围城防……"

"嗨!"胡作良恬不知耻地说:"王金祥参谋长不在,这儿的城防由我指挥。只要皇军开始行动,我就给弟兄们下令撤出阵地。"

吕顺臣放心地点点头,然后,撸开袖子看了看腕上的表。

胡作良也看了一下手表说:"还差二十分钟,不到四点!"

"好!咱们各自准备吧。"吕顺臣以命令的口气说。

六

时令虽属初冬,张郁光、姚弟鸿等,却早已满头大汗。现在仍沿着湖堤路、踏着遍地落叶,快速地向城里跑来。

路上,又有一批批的难民拥来,慌恐匆匆地向西逃去。远处东边天上,隐隐约约,似有沉雷般的炮声传来,大战前的慌乱氛围,已经非常浓烈。

张郁光一行下了湖堤路,穿过空无一人的南关大街,与把守南城门的将士们打了个招呼,就迅速地来到了专署大院。见刘洪涛和孟秘书们,无所事事地乱转游,就急不可耐地问:"孟秘书,咋回事?你们咋还没出城?"

"唉!"孟秘书苦笑着摇摇头。

姚弟鸿见状,立即问:"范司令呢?"

刘洪涛很情绪化地用手使劲一指说:"那!在办公室!"

张郁光:"说好的一块走,这都过去四个小时了,咋还磨叽着没出城啊?"

"有客人呗!"孟秘书也有些生气地说。

"客人!什么客人?难道比战争,比生死还重要吗?"姚弟鸿情绪非常激动。

刘洪涛手一指说:"你进屋看看就知道是谁了!"

范筑先耐着性子,听李树椿说了些不咸不淡的话说:"李主任,眼下鬼子大军压境、兵临城下,筑先实在不敢再听您讲茶道了。"

李树椿"哈哈"两声,不无嘲讽地说:"竹仙兄,你可称得起是疆场老将了,古人善战之将帅……"

范筑先截断话茬说:"李主任,请别再开玩笑了。筑先出身寒微、生性愚钝,怎能和古之贤人良将相比呢?"

李树椿:"怎么不能比!百年后咱们就是古人。现在,鬼子虽正在向聊城靠近,作为地方军政总指挥的竹仙兄,应有气凌三军、志轻强虏的胆魄。虽兵临城下,也能镇定自如、谈笑风生……"

范筑先觉得太肉麻,就赶快摇头摆手,制止李树椿不要再说些阿谀奉承的溢美之词了。

李树椿故意装没看见,仍滔滔不绝地说:"竹仙兄,咱俩在这儿品着茶,八百名守城将士,就会把来犯之倭奴斩尽杀绝。此等感天地,泣鬼神的英雄壮举,必成为一段佳话,载入史册!"

范筑先非常厌恶这种不着边际的贫嘴饶舌,就阻止说:"李主任,你还有什么当紧的事吗?"

"有!"李树椿说。

"什么事?"范筑先问。

李树椿干"咳"了一声,厚颜无耻地说:"为了抗日,我东奔西跑,一天多了,水米没粘牙,饿得肚子咕咕叫。竹仙兄,你无论如何也得给我弄点东西吃!"

"行!"范筑先对门外的凌作善说:"快!给李主任搞点饭吃."然后转身问李树椿:"你还有事吗?"

李树椿语塞,无言以对。

范筑先对王金祥说:"我还有急事要办,王参谋长,你就陪李主任喝茶吧。"然后,就要抽身往外走。

气氛显然很尴尬,可李树椿这条官场上的老泥鳅,却一点也不难为情,仍然半真半假地说:"竹仙兄,你如果真怕鬼子的话,现在就可以放心的走。保卫聊城这点事,我来替你指挥。"

"呵呵!"此时张郁光、姚弟鸿闯进了办公室,知道李树椿话里有话,妄想激怒范筑先。于是,就冷冷地说:"没听说范司令要解甲归田啊,李主任怎么要夺聊城的指挥权哪?"

张郁光、姚弟鸿的突然到来,人们都感到突然,范筑先心里一阵惊喜问:"张主任,你们不是走了多时了吗?怎么又回来了?"

张郁光:"是啊,出城四个多小时了,按原定计划这时候应该到沙镇了。"

"噢!是啊!"范筑先问道:"怎么又回来了,有事儿?"

"当然有事!"张郁光看到李树椿、王金祥仍在范筑先办公室里喝茶,就立即意识到这两个人肯定在搞什么阴谋。就指桑骂槐,意在言外地说:"范司令,咱们定好的一块出城,我们准时行动,在五里屯等了三个多钟头,而你却一步没动,坐在办公室里品茶闲聊。鬼子的先头部队已逼近东关外的板桥的第一防线,敌人的大炮像沉雷一样,难道你们真没听见。战事如此紧急危险,你们……"

张郁光连珠炮似的一席话,让李树椿、王金祥脸上青一阵、白一阵,十分难堪。其罪恶的阴谋诡计,似已被洞穿识破,心里做贼心虚,表情就十分惶恐不安。

张郁光言词过激,句句对王金祥、李树椿敲敲打打,范筑先心里当然明白。另外自己没能准时出发连累了大家,也深感内疚和自责,于是就想解释一下。

姚弟鸿觉得时间紧迫,这种时候,任何的解释和说明都是多余的。他果断地向刘洪涛使了个眼色,刘洪涛心领神会,两个人搀架起范筑先就往外走。

炊事员腰扎围裙、手掂提盒,上边放着一海碗热气腾腾的鸡蛋面条,在凌作善的引领下,快速地向办公室走来。刚要进门,就和往外闯的刘洪涛碰了个正着,炊事员手中的提盒猛烈地一摇晃,那青花大海碗"哗啦"一声摔了个粉碎,鸡蛋面条泼洒了一地,更有几片鸡蛋黄竟溅到了李树椿那裤线笔挺的毛料裤腿上了。

这样的场面,此时都让人感到十分难堪。

刘洪涛说:"李主任,这香喷喷的鸡蛋面,是炊事员精心为你制作的,本来已到你嘴边上了,你看这……"

范筑先也觉得怪难为情,就对凌作善说:"快!叫炊事班再给李主任做一碗。"此时,李树椿那张阴毒狡猾的老脸,就像被人狠狠地打了两耳光子,十分难看。他迅速地看了看表,觉得应立即离开这里。一是约定的时间将到,二是张郁光、姚弟鸿很显然带着怒气,万一被他们看穿,后果将不堪设想。于是,就急匆匆地对范筑先:"范专员,时候不早了,饭就不吃了。今儿咱就谈到这儿,树椿告辞了。"边说边向停放小汽车的大门口走去。

王金祥也意识到时间紧迫、事态险恶。也立即向范筑先请示说："范专员，鬼子已向板桥防线逼近，一路民军和保安二大队，还在等我去指挥。"

范筑先稍一思索说："好！快去吧。你们一定要顶住鬼子的进攻，以缓解城防的压力。"

"是！请范专员放心。"话还没说完，王金祥就一溜小跑到了小车跟前。车门一开，就像只狐狸似地"哧溜"一下子就钻进去了。

车上的人大概太紧张了，司机竟没顾得上按一下喇叭，小汽车就像一条溜街狗，悄悄地向光岳楼方向开去，之后，一拐弯，就彻底消失了。

"呸！"刘洪涛吐了口唾沫，近乎骂道："要不是这两个丧门星赖着不走，这时候咱就快到莘县了。"

"嗯！是啊！"不少人也附和着骂道。

"快去！赶快把李树椿追回来，不能叫他出城！"姚弟鸿突然激动地说出这样的话来，大家难免有些茫然和惊愕！

姚弟鸿："炮声隆隆、杀声震天。平时胆小如鼠的李树椿，在这种极不寻常的节骨眼上，竟还有闲情逸致、品茶聊天好几个小时。天色将晚，鬼子逼近，他又甩下范专员，带上王金祥匆匆离去。其行踪蹊跷、表情诡异，其中必有不可告人的阴谋，绝不能让他出城。"

姚弟鸿这几句话，很有振聋发聩的作用，大家都觉得有道理。早已对李树椿恨之入骨的刘洪涛，没向任何人请示，就带着警卫班，立即向东追去。

张郁光对刘洪涛的果断性格很赞赏，可又担心地说："李树椿坐在汽车上，警卫班只靠两条腿，能追得上他吗？"

范筑先也觉得事情严重，说："快回屋去，给东门林金堂打电话，叫他一定把李树椿的小汽车拦住，就说我有事要和他商量。"

凌作善闻言，立即跑到办公室去摇电话。

李树椿的小汽车，像一条黑色的野狗，在寂无人影的大街上，疯狂地奔跑着。来到城墙根，才发现高大的城门已牢牢地关上了，小汽车无奈地停下来。

王金祥伸出头来，命令哨兵马上打开城门，哨兵说钥匙在林营长手里，他现在城楼上。"

王金祥声色俱厉地嚎叫着：快把林金堂叫下来！

林金堂在城门楼上已听到了王金祥的喊声，就主动带着钥匙，从斜坡马道上跑下来。

王金祥训斥道："天还没黑哩，怎么就把城门关上了？"

"鬼子兵已逼近板桥，城防指挥部下令一律关上城门。"林金堂回答说。

"快把城门打开吧！"王金祥不耐烦地说。

此时，城外枪声响起，一发迫击炮落在城外，轰隆一声炸响了。

林金堂："参谋长，城外太危险不能出去！"

"快把城门打开！"王金祥着急地说："李主任有要事出城！"

林金堂无奈，只好掏出钥匙打开了大铁锁，两个哨兵将横栓及顶门杠抬下来。

司机见城门已打开，踩了下油门，小汽车猛地冲出了城门洞。

李树椿的小汽车刚钻出城门洞，刘洪涛和警卫班的弟兄们，就气喘吁吁地跑来了。眼巴巴地看着小汽车越跑越远，又懊恼又沮丧，战士们竟愤怒地骂起来。

林金堂正要和刘洪涛打招呼,城门楼上却有人喊:"林营长,范司令的电话!"林金堂顾不上和刘洪涛打招呼,就快速地向城门楼上跑,气喘吁吁地抓起电话筒说:"喂!我是林金堂,李树椿的小汽车刚开出城门去!范司令您……"只听啪地一声,很显然,那头范筑先已经放下了电话。

刚才城门外还在放冷枪,可李树椿小汽车刚一出城门,东关外反倒平静下来了。

原来,胡作良、吕顺臣早已躲在东关外的一座小楼上,时刻监视着已经关闭的东城门。他们正在担心李树椿、王金祥是否被范筑先扣在城里时,却突然发现紧闭的城门打开了。紧接着就看见那辆熟悉的"小黑老虎,"像一条狗似地夹着尾巴钻出了城门洞。怕李、王二人遭到误伤,就下令准备攻城的敌人员立即停止射击,待李树椿的小汽车驶出东关后,才又下令对四门进行强力的炮火攻击。于是机枪声、炮声响成一片,鬼子和皇协军很快就把聊城彻底包围了。

李树椿按预先策划好的路线,小汽车三拐两绕,就远离了炮火连天的聊城战场,顺着黄土官道,飞也似地向莘县方向驶去。虽颠簸的十分厉害,可李树椿、王金祥心里却无比激动和庆幸。

王金祥恶狠狠地说:"他娘的,范筑先这个老家伙终于钻进了咱们设下的套子里了,老天有眼,我王金祥总算出了口恶气!"

李树椿则酸气十足地说:"真是天助我也!咱原本只打算把范筑先拴在聊城,可万万没想到,在最后时刻,张郁光、姚弟鸿这两个共党的死硬分子,竟也来自投罗网,甘愿为范筑先殉葬。他们真他妈的够哥们,可能是前世有缘啊!"

"他们这几个人,之所以能有今天,完全是报应!"王金祥咬牙切齿地说。

暮色虽已渐浓,莘县大雁塔雄伟壮观的轮廓,已经渐入眼帘……

第四十章 | 驰援途中孙金利煽动哗变
恪尽职守吕世隆壮烈牺牲

一

夜深人静。

莘县大雁塔旁,梯云楼酒家后院的雅间里,也就是昨天晚上,孙金利和妩头"小旋风"一块抽烟喝酒鬼混的地方。而今,却又来了两个新客人,他们是李树椿、王金祥。这两个丧节媚敌的恶魔,刚把范筑先、张郁光等甩在被鬼子包围的聊城。当下,又马不停蹄地窜到莘县,妄图谋害抗日模范县长吕世隆。

听说李树椿、王金祥莅临莘县,国民党县党部书记长魏玉德、警察局长张际涛、县大队副大队长孙金利,如儿子见干爹一样,阿谀恭维、百般奉承。为给李、王二人接风洗尘,到梯云楼猛吃海喝,也就是必然的了。

酒足饭饱之后,李树椿呷了一小口茶,然后又吐出一口烟雾。在孙金利等人众星捧月的恭维下,把脑瓜子向椅背上一靠,志得意满地说:"天意呀!咱们顺利的把范筑先扔在了聊城。一年多来,和共党分子明争暗斗,总算有了满意的结果,也该喘口气了。"

屋里所有人自是一阵狂喜,特别是孙金利,更是无法掩饰其吃喝玩乐的本性说:"赶明儿范筑先、张郁光这伙人完蛋之后,咱可要好好地庆贺庆贺,放假三天,叫弟兄们都痛痛快快地喝几杯!"

"哎!别高兴这么早!"王金祥对孙金利这位老乡的冒失轻率,非常反感地说:"刚才讲的是聊城的事,现在就请李主任对莘县的工作予以指示。"

孙金利听说李主任要讲话,两手一张刚要鼓掌,就看见王金祥对他瞟了一眼,才意识到半夜三更,也的确不是鼓掌的时候。于是,就知趣的挨着张际涛坐下了。

颐指气使的李树椿,故意干咳了一声说:"我们被范筑先、张郁光这伙人压制了一年多,终于迎来了这个天翻地覆的大好时机。不但要干掉范筑先,夺回专署政权,也要乘机把属下二十二个县的政权完全夺回来。"

李树椿又呷了一口茶,注视着魏玉德、孙金利说:"特别是你们莘县,这可是范筑先树立的抗日模范县,而吕世隆,又是被范器重的模范县长。所以,一定要千方百计想法把吕世隆搞掉。饭前你们说的行动方案,我认为切实可行。好!天不早了,你们分头准备吧,我和王参谋长,还要连夜赶往阳谷。"

二

两天来,莘县政府大院里,进进出出人来人往。忙成一团。既要接待安排聊城转移来的各机关团体的有关人员,又要组织动员本县人民群众坚壁清野,布置加强民兵武装,人们从早到晚,忙得手脚不沾地。

夜已很深了,刚一散会,吕世隆就拖着疲惫、困乏的身体,开门往床上一趟,不一会儿就打起了呼噜。

吕世隆刚躺下不一会,觉得大门口有隐隐约约的说话声。两只耳朵就支楞起来,这么晚了,怎么还有人呢?

政府大院门口,警卫班长王梦秋正要关门睡觉,却见政干校主任张炳元、又匆匆地回来了,这引起了他的高度注意。贼溜溜的眼珠子转了两圈,就搭讪说:"哟!张主任,都大半夜了,您咋又回来了?"

"噢!找吕县长有事要商量。"张炳元不动声色的说。

"吕县长可能睡觉了!"王梦秋借以察颜观色地说道。

张炳元没再理会王梦秋,径直向大院里走去。

从说话的声音和走路的动静上,吕世隆听出是张炳元。心中一愣,就来了个鲤鱼打挺,麻利地跳下床来,把屋门拉开就问:"怎么!有事?"

张炳元示意吕世隆坐在床沿上,然后,警惕地向门口看了看,小声说:"这两天光顾着接待和安置专署的来人了,有些情况咱也得引起重视啊!"

"你听到什么消息了?"吕世隆急迫地问。

张炳元就将见到的情况复述了一遍。

"是这样。"张炳元说:"散会后我正要回到政干校,在大隅首东,正碰上在梯云楼顺菜拉二刀的东街王五,我说天这么晚了,咋才封火收工啊?王五小声说,聊城来了两个大官,县里的头面人物设宴请客,客人不走,咱这打杂的也不敢离店呐!"

"都是啥头面人物!这兵荒马乱的,咋还有闲工夫喝酒啊?"张炳元问道。

王五:"哦,聊城来的王参谋长,听说还是坐小汽车来的哩。咱县有县大队长孙金利,还有警察局的张际涛局长,别的咱就不知道了。"

张炳元说:"在文庙的岔路口自己和王五分手后,刚走进政干校正想小解,听断墙外路上有人说话,我就趴在墙头上往外瞧,从身影和走路动作上看,我断定这两个人是孙金利和一中队长刘建唐。"

"你亲眼看见的?"吕世隆问。

"我亲眼看见的!"张炳元说。

"你的意思是?"吕世隆说。

"我看这事太蹊跷!"张炳元说。

"嗯!有道理!"吕世隆正要说什么,屋门一响,只见王锡恩、白朴也慌慌张张的进来了。

白朴气喘吁吁地说:"据咱的线人说,李树椿、王金祥与鬼子合谋,已将范筑先专员围困在聊城了!"

"啊!范司令没出来?"吕世隆非常惊愕。

"是的!"白朴说:"李树椿、王金祥使出了金蝉脱壳的鬼点子,张郁光、姚弟鸿主任,也被他们都堵在城里头了。"

白朴接着说:"王金祥放在城外的一个大队和一路民军,鬼子袭来时,一枪没放,就闻风而逃了。如今,聊城已被鬼子重重包围,而且是孤立无援。"

一个个接踵而至的坏消息,令人愕然、惊呆。本已疲惫至极的吕世隆,面对眼前紧迫危机的事态,早已困倦全无了。趁当下县里的主要成员都在,他决定召开一次县委临时扩大会,商讨一下应对措施。大家表示同意后,吕世隆说道:"范司令是鲁西抗战的总指挥,现被困在聊城,万一有个什么闪失,损失可就大了。为此,我决定亲自带领县大队,立即去聊城营救范司令。如果大家同意的话,我马上去集合队伍。"

毫无疑问,派县大队驰援聊城是正确的,吕世隆的急迫心情也是可以理解的。

可大家却好久都沉默不语。

此时"唔!唔!唔!"有人敲门。

大家的目光都转向门口,吕世隆问:"谁呀,进来吧!"

屋门一响,王梦秋提着一把大铁壶进来了。在人们不易察觉的情况下,那贼眼珠子滴溜一转悠,迅速地把屋里所有人扫视了一遍,牢牢地记在心里。然后,把铁壶里的水倒进竹皮暖壶里,转身就向外走去。

对于不阴不阳的警卫班长王梦秋,人们总有一种猜不着、摸不透的感觉。每当主要成员在吕世隆屋里商量事,或开什么会的时候,王梦秋的身影定会准时出现。手里似乎永远有一把大铁壶,眼神也诡异和神秘。

吕世隆早就想和王梦秋沟通一下,可每天都忙得天昏地暗,哪儿有功夫和他交流呢!

吕世隆见王梦秋已走,就接着说:"刚才我提到,应立即去聊城驰援范司令,大家有何看法,请说一说吧。"

张炳元稳重地说:"驰援聊城,解救范司令是对的,而且应马上就去。但我认为,世隆同志不应亲自带队去。"

白朴、王锡恩、刘泮溪都同时点了头,表示支持张炳元的意见。

吕世隆却睁大眼睛,对张炳元的意见很不理解。

张炳元说:"眼下是非常时期,人员复杂,事态严峻。情况瞬息万变,各种势力也都在伺机妄动。"

张炳元警惕的向门窗瞥了一眼说:"更为严重的是,李树椿、王金祥把范司令扔在聊城后,又马不停蹄地来到莘县。他们不到县政府找我们,却偷偷地在梯云楼约见魏玉德、孙金利,这里肯定有阴谋,我们必须要提高警惕。"

张炳元的一席话,使心情激动的吕世隆顿有所悟。从心里佩服这个老搭档的沉着冷静、遇事三思的优良作风。

"帅不离位。"张炳元对吕世隆说:"你是一县之长,在这种关键时刻,一定要稳住阵脚、掌握全盘。你若慌慌张张的离开莘县,这可能正是某些人巴不得的呢!"

"那去聊城救援范司令?"吕世隆怅然不解地问。

"去!马上就去。"张炳元说:"你是堂堂正正的县长兼县大队长,可以下命令,二中队留下守卫莘县,其余两个中队叫副大队长孙金利带队驰援聊城。"

"好！这个办法好。"包括吕世隆在内、大家一致赞成。

吕世隆："天,马上就亮了。我现在就去县大队组织队伍,立即开往聊城,然后就回来坚守岗位,有什么情况要及时保持联系。好！现在咱们就分头开始准备吧。"

小城还沉浸在黎明前的朦胧中,而城中央大雁塔顶端铜笼尖上,却遥望到了东边天际第一缕曙光,稍倾,大街小巷就全都苏醒了,偶有二三行人走过,大都行色匆匆。

吕世隆邀上秘书刘泮溪,两人就向大门口走去,并对着门房喊了声:"王梦秋,王班长！"

王梦秋正躲在值班室审视着放在墙旮旯的一架轻机枪,听到院子里有动静,斜眼一窥视,见是吕县长和刘泮溪秘书,正估摸猜测着他们要到哪儿去,却突然听到吕世隆喊他,于是就磨叽着走出值班室。他光着脑袋,假意揉搓着惺忪的眼皮,似乎很困乏的样子。

"快！戴上帽子。"吕世隆说:"跟我一块到县大队去一趟。"

"是！"王梦秋扭身回到值班室,到墙根把机枪子弹梭子拔下来,掖在墙角的杂物堆里。戴上帽子跑出来,和吕世隆刘泮溪一块,向东街路南的县大队走去。

听说吕世隆来了,孙金利猛然一愣怔。愕然之后心想,他娘的,一大早,这小子怎么跑来了,昨晚刚商定的事,难道他闻到了什么风声?

昨天夜里,孙金利和和县党部书记长魏玉德,警察局长张际涛等,依照王金祥的指示,为不使居民百姓大惊小怪,决定今夜十二点整起事。先杀掉吕世隆、张炳元这两个外地来的共党分子,然后夺取莘县政权。

孙金利边提心吊胆地思摸着心事,边披上军装往外走。恰在这时,王梦秋带引着吕世隆、刘泮溪就来到了大队部。

孙金利有些惊慌失措,却立即转为笑脸相迎,他殷勤恭维着把吕世隆让在正座上。

吕世隆简要说明来意后,孙金利的眼珠子转了两下说:"啊！啊！对！应该马上驰援范司令,我这就命人集合队伍。"说完就向门外走去。临走时,还特意用眼角的余光扫了一下王梦秋。

王梦秋对孙金利眼神的暗示,自然是心知肚明。意思是要他监视住吕、刘二人的行动。

孙金利走出大队部后,先命值星中队长刘建唐集合队伍,然后又和勤务兵叽咕了几句什么,勤务兵就飞快的向外跑去。越过文庙前的魁星阁,顺皇行路向南,擦着城隍庙的戏台子,就钻进了一条小胡同。

坐在八仙桌旁的魏玉德,听完勤务兵捎来的几句话后,先是震惊,知道事态发生了变化,然后就是一脸的冷峻和深沉。稍一思索后,拿起放在条几上的毛笔,把一张空烟盒纸反铺在桌子上,提笔在墨盒里蘸了几下,写下:"提前相机而行"六个字。他用嘴吹了吹墨迹,然后把烟盒纸折叠了几下,就交给了勤务兵。

勤务兵走后,孙金利心里七上八下,一会儿在院里看看各小队的集合,一会又跑到大队部和吕世隆搭讪两句什么。其实他真正着急的是,等待县党部书记长魏玉德的下一步指示,正在六神无主的时候,只见勤务兵很沉稳迈着四楞步走进了大门。

孙金利装作若无其事的样子,仍在院子里转悠着。从勤务兵的眼神里,知道他带来了魏玉德的指示。

精明伶俐的小勤务兵,在任何人都不注意的瞬间,就把烟纸条递到了孙金利手里。

孙金利急于弄清魏玉德有何指令,一转身就进了厕所。他看完魏玉德的手谕后,即刻明白,这是昨夜在酒店定的第二套行动方案。下一步如何行动,心中基本就有数了。

大约二十分钟后,孙金利才把县大队全部集合完毕。他一如往常,规规矩矩地请吕世隆给队伍训话。

正直厚道的吕世隆,并不知道中间有什么变故和玄机。就严肃的站在队列前,凝重地说:"弟兄们,大家都知道,当前的形势极为严峻。范司令、张郁光主任等,被鬼子重重包围在聊城,为解其危局,县政府决定,我县派两个中队的兵力,在孙金利副大队长的率领下,迅速驰援聊城。待凯旋回莘县后,一定会论功行赏,杀猪宰羊犒劳大家。"

吕世隆鼓舞士气的话讲完后,孙金利就立即整队离开了大队部。顺大街出北门,跨过护城河,走出北关,从伊尹庙旁向东北走去。

虽说是战乱时期,向有"假斯文"绰号的刘玉珂,每顿饭后,依然是慢吞吞的吹着纸媒子,"呼呼噜噜"地吸他的水烟袋。正在他眯眼吸得有滋有味的时候,听到院子里有脚步声,睁眼一看,魏玉德已急急慌慌地向屋里走来,两个人立即脸对脸,神秘的小声叽咕起来。

魏玉德最后说:"刘老爷子,天不早了,马上行动吧。记住,一定要想办法把吕世隆缠住,不能叫他离开办公室。"

刘玉珂并不直接回话,而是把水烟袋往桌子上一摞说:"二小子建唐他们不去聊城了?"

"不去了。"魏玉德:"他一会就回来,您就放心的去吧。"

刘玉珂点了点头。

吕世隆、刘泮溪目送驰援聊城的队伍走出北关,就喊上王梦秋,回到了县政府。

办公室门口,已聚集了好几个人,都是向吕世隆请示工作的。在秘书刘泮溪协助疏导下,仅半个小时,就把所有来人都满意地打发走了。吕世隆才伸了伸腰,拿起窗台上的搪瓷碗到伙房打来了一碗地瓜糊,还有两个棒子面窝头。回到办公室,刚吃了一半就见王梦秋领着刘玉珂进来了。

吕世隆立即撂下饭碗,热情的请假斯文坐在椅子上问:"刘老先生,这么早就过来,有事吗?"

刘玉珂看着身边的刘泮溪和王梦秋,欲言又止,很有些诡异、神秘的样子。

刘泮溪知道刘玉珂平时就有之乎者也,掉文嚼字的酸腐味,更知道他神秘兮兮的用意,于是就和吕世隆打了个招呼,与王梦秋一块离开了办公室。

吕世隆亲自给刘玉珂斟了一杯水说:"刘老先生,您有什么事就尽管直说吧。"

刘玉珂先干咳了一声,然后虚拱着手,捋了两下山羊胡子说:"吕县长,莘县乃偏远贫瘠的小邑,自您上任以来,兴利除弊、勤政爱民,真乃泽被鱼鸟乐、瑞鹊舞空庭。莘县百姓无不感恩戴德、额手称庆啊!"

吕世隆对这种虚伪的恭维之辞非常反感,强忍着心中的不悦说:"刘老先生,眼下战乱时期,我也有很多事要办,您若有事就直说吧!"

刘玉珂见状,只好收起那些陈词滥调,言不由衷的阿谀之词,转而说:"吕县长,你才华横溢、前程似锦,可眼下时局不稳,处境险恶。为您的安全和前程计,老朽奉劝您,回泰安老家躲一躲,待天下太平后,您再出来为官不迟。"

刘玉珂虽拽文弄句拐弯抹角,吕世隆听后不禁心里"咯噔"一愣,心想,这老头名义上在关心我,实则是在撵我走,企图陷我于临阵脱逃、不仁不义的地步。看来,此等阴谋诡计,绝非刘玉珂一人所为,背后可能还有更狡猾险恶的高人。就决定暂且不置可否,看刘玉珂还有什么话要说。

刘玉珂见吕世隆沉默不语,就以为这小青年已开始犹豫了。于是,就进一步说:"吕县长,你的前任,也就是曲阜的王嘉猷县长,他可是个洞穿一切深谙人情世故的聪明人。'七七事变'后,北方的军队和政府都纷纷南逃,一个七品小县官,也只能随波逐流。所以,王嘉猷就把县财政仅有的五百块大洋,统统拿走。如今在曲阜老家,过着清静赋闲的日子,真乃安逸快哉。"接着又关心地说:"吕县长,危难关头,时机不可错过。你当效法前任王嘉猷,步前贤之足迹,才算是识时务者呀!"

燃眉在即,哪有工夫和这老头闲扯谈。吕世隆毫不客气地说:"刘老先生的好意我心领了,世隆深表谢忱。可我有好多公务要处理,刘老先生,您就请回吧!"

刘玉珂明知吕世隆下了逐客令,却懵懵懂懂地装聋作哑,拿出水烟袋就吸,没一点要走的样子。

吕世隆非常心烦,可对于这老赖皮,又不便硬性使其离开。于是,就把刘玉珂冷落在一边,专心忙于自己的公务。

四

孙金利带着两个中队的人,来到城北蒋庄村北的一条水沟旁,觉得不能再往前走了。于是,就给自己的心腹、三中队长刘建唐使了个眼神。

刘建唐早已心领神会,且知道该如何动作。就停住脚步,大声地问孙金利:"孙大队长,弟兄们上个月的军饷,至今未发,就叫我们去聊城打仗,弟兄们都有情绪。即便是勉强上战场,也等于白白送死!"他这么一喊,队伍立即停止了前进。

孙金利趁势站在一个小土坎上大声说:"弟兄们,咱们的军饷,只有吕世隆县长签字才能发放。我这个小小的大队副,也跟你们一样,连个放屁的权力也没有。"

刘建唐立即愤怒地鼓动说:"弟兄们,找吕世隆去,今儿不给军饷,就跟他没完!"

"走!回城找吕世隆去!""呼啦"一声,队伍已乱作一团。

刘建唐见人们的情绪已经激发起来,就进一步提高嗓门喊道:"咱们把丑话说在前边,光在漫坡地里咋咋呼呼算不上好汉,等一会见了吕世隆,谁要是孬种软蛋,谁就是婊子养的。该往前冲的时候,谁要是当缩头乌龟,或偷偷地溜圈,可别怪我刘建唐不仁义!大家听明白了吗?"

"听明白了!"

"好。"刘建唐回头往北城门一指说:"走!"

在孙金利和刘建唐的教唆、煽动下,这伙没开仗就败下阵来的逃兵,就像疯子一样,喊着、骂着从北关外向城里涌来。

百姓们不知是县大队兵变,还以为是鬼子打过来了呢,吓得惊惶失措地四散逃跑。

张炳元和王锡恩、白朴正在北街和群众一块坚壁清野,听到县大队在孙金利的策划下已经"哗变,"既感到十分震惊,又意识到了处境的险恶,反动派终于露出了真面目。

面对形势的突变,三人即商定由张炳元、白朴马上去堂邑十支队,请求张维翰司令派人驰援莘县,王锡恩则迅速去县政府向吕世隆报告。

王锡恩穿过大街上惊慌的人群来到县政府,见吕世隆还在伏案办公,就急忙将吕世隆叫到门外,小声将孙金利刘建唐唆使县大队哗变的过程说了一遍。

吕世隆震惊的同时,立即对王锡恩说:"王主任,你赶快去门岗,叫王梦秋把那挺轻机枪送过来。"

王锡恩应声跑出办公室,手里拿着水烟袋的刘玉珂,听到王锡恩说的情况之后,知道孙金利和儿子刘建唐已经开始行动,心里既高兴又害怕,就决定趁机溜走。于是说:"吕县长,你忙吧,我也该走了!"

此时,王锡恩跟着王梦秋,把一挺罩着枪衣的轻机枪,慌慌张张的抬进了办公室。

刘玉珂还是坚持要往外走。

吕世隆冷冷地说:"刘老先生,外边太危险,眼下你不能走。"而此时王梦秋趁人不注意,却偷偷溜走了。

院子里叛军的叫骂声由远渐近。

吕世隆一边叫王锡恩把机枪罩衣脱下来,一边观察着院子里的动静。

王锡恩扒掉枪衣,却发现机枪上没有子弹梭。

吕世隆一看就急了眼,立即呼喊王梦秋。

"王梦秋放下机枪就不见了。"王锡恩说。

"啊! 这个混蛋玩艺。"吕世隆说:"机关枪没梭子,连根烧火棍也不如。王主任,你再跑一趟,叫王梦秋把枪梭子送过来。"

"是! "王锡恩跑步离开了办公室。

反叛的歹徒们,开始共有一百多人。进城途中趁着混乱,不断有人哩哩啦啦地溜号开小差,及至来到县政府,就只有三十几个人了。这三十多个人,却都是孙金利和刘建唐的铁哥们,他们都是些心狠手辣、敲诈勒索、无恶不作之徒。

歹徒们进了县政府,就骂骂咧咧到处乱闯。还有一部分人为占领制高点,已爬上了房顶。有人在房顶上指名道姓的骂道:"吕世隆,你小子喝兵血、尅扣军饷,还叫我们去聊城卖命,你也忒没良心了。今儿你要不把吞进肚子里的大洋吐出来,就别想活着走出这个大门。"

一身浩然正气的吕世隆,端庄无畏地站在办公室门口,对着房顶的歹徒说:"弟兄们,你们一定要擦亮眼睛,千万别上了坏人的当。你们每个月的军饷,都由孙金利副大队长签字后领回去了。县政府一分一厘都不欠大家的,财政科是有据可查的。"

听吕世隆这么一说,房顶上的歹徒不再言语了。

孙金利见吕世隆说出军饷的真相,怕人们泄气,就站出来说:"吕县长,你是个明白人,如今形势怎样,你应该比我清楚。好汉不吃眼前亏,看在咱共事一场的份上,只要你放下枪,离开莘县城,我孙金利绝对保证你的安全。否则……"

孙金利这个败类,终于撕掉了伪装,露出了无耻小人的可憎面目。

早已怒火填膺的吕世隆,手握二十响,义正词严地训斥道:"孙金利,我严正警告你,在国家民族生死存亡的危机时刻,你作为一个军人,不但不奋勇杀敌,反而认贼作父、煽动哗变、颠覆政府。你罪大恶极,按国法、军法均该就地枪毙。希望你放下武器、改邪归正,争取宽大处理……"

房顶的孙金利早已恼羞成怒,说道"姓吕的,老子给你留了条生路,可你却不走,这就怪不得我了。"说罢,手枪对准吕世隆"啪啪"就是两个点射。

吕世隆对此早有防备,身子迅速往后一闪,躲过了孙金利的子弹。然后,将手中的二十响,指向对面的房顶,狠狠地扣动了扳机。"啪啪啪"三个点射出去后,房顶上已不见人影。不过,歹徒们则把更多的、已点燃的柴草,统统扔到院子里。霎时间,县政府大院里,硝烟四起,火光冲天。

孙金利见房顶喊话失败,就立即指挥刘建唐从地面向吕世隆的办公室发起进攻。

吕世隆知道自己已被歹徒包围,却仍沉着冷静。就把那挺轻机枪架在门口,借以镇唬那些失去理智的家伙们,阻止其进攻的速度。

此时,吕世隆回头往屋里看了一眼,看是否还有其他能用得上的物件。却突然看见刘玉珂已瘫软在墙旮旯里,浑身筛糠、面如死灰,瞪着吓傻的老眼,露出哀求的眼神。

心地善良的吕世隆本想把刘玉珂放走,恰在这时,叛军士兵已冲进了小院,而为首的竟是刘玉珂的儿子、县大队三中队长刘建唐。这使吕世隆火冒三丈,他顺手从墙角抓起刘玉珂,并将其拉到门口,用二十响指着刘玉珂的头,对冲过来的刘建唐说:"刘建唐你不忠于职守、却带头哗变,罪大恶极、罪不可赦,你杀我,算不上什么能耐,还是先把你老爹领回去再说吧。"

杀气腾腾、不可一世的刘建唐正要对吕世隆破口大骂,却突然看见他老爹的脑袋,正处于吕世隆的枪口前,这让他像泄了气的皮球,立即扁软着傻了眼。这小子虽心狠手辣,脑袋瓜倒十分灵活,他来不及多想,"扑通"一声就跪下了。抬手"啪啪"地自己打了两耳光子,痛心地说:"吕县长,你大人不见小人怪,我是个大混蛋,上了魏玉德和孙金利的当。吕县长,只要你放了俺爹,我一定死心塌地的跟你干。要是说话不算话,你就亲自把俺毙了!"

吕世隆还没来得及说话,刘玉珂却对儿子刘建唐大骂道:"王八羔子,你这个忤逆不孝的混蛋玩艺。你身为中队长,竟带头谋反,实应罪该万死,还不赶快叫上你的弟兄们一块向吕县长磕头请罪!"

刘建唐回头喊了声"跪!"

身后三十多个士兵,立即刷一声全部跪下了。并大声说:"请吕县长赎罪!"

吕世隆冷冰冰地说:"用不着来这一套,只要你们能真心痛改前非就行了!"

"是! 一定痛改前非!"刘建唐痛心地说。

刘玉珂则趁机说:"既然吕县长开恩饶了你们,还不起来带着你的人马上滚蛋!"

刘建唐眼珠子一转悠:"谢谢吕县长。"然后抓起手枪腾身而起。

"慢!"吕世隆威严地呵斥道:"把所有的武器弹药全部就地放下,人可以暂且回去,待在营房,听候处理。"

刘建唐稍一迟疑,知道他爹刘玉珂还在吕世隆枪口下,此时不可硬碰硬,于是随即爽快的说了声:"是!"之后,转身命令士兵们将枪械全部放下,就带着他们离开了小院。刘建唐率众离开小院后,并无悔改之意。他在孙金利授意下,谋划着一个更险恶的阴谋。

刘玉珂见儿子已顺利地脱离了险境,就转身对吕世隆说:"吕县长,犬子建唐这个王八蛋,犯这么大错误,实在有负您的栽培和重用。这都是我人老昏聩、教子无方所造成的。待我回去之后,一定要狠狠的教训教训这个小兔崽子。"

吕世隆当然明白,刘玉珂也想尽快脱身。心想,刘氏父子都是翻脸不认人的家伙,刘建唐知道他爹还在我手里,是不会善罢甘休的。倒不如趁机将老头放走,甩掉身边这个累赘,自己也便于灵活地采取应对措施。于是,就警告刘玉珂说:"希望刘老先生能践行承诺,告诉你儿子远离坏人,不要和政府为敌,否则,是不会有好下场的。"

"吕县长所言极是,老朽定当铭记在心。老朽回家后,对犬子一定要严加管教。"

刘玉珂灰溜溜的刚离小院,迎头碰上王梦秋。王梦秋左手拿着一个机枪梭子,右手诡异地向西南角厨房后院一指,就迅速的走进吕世隆办公的小院里。

刘玉珂对王梦秋的暗示,心理猜不透是什么意思,就疑惑地向厨房后院走去。伸头往里一看,那情景,立刻把他吓了一跳……

吕世隆已感到风波不会立即停息,处境依然险恶,就赶紧回屋里收拾一些重要文件,此时,王梦秋却像幽灵一样飘进来了。

吕世隆一见王梦秋就有气:"叫你保管轻机枪,怎么把子弹梭子拔下来了?"

"弹簧坏了,我去找人修理去了。"

"修好了吗?"

"咱这小城没人会修这个。"

"王锡恩主任上哪儿去了?"

"俺俩正想来送枪梭子,县大队的人一来,就把他给撵跑了。"王梦秋说。

吕世隆稍一沉默问:"刚才看见刘建唐了吗?"

"见到了。"王梦秋这小子撒谎不脸红,说:"他带着人已经走了。"

吕世隆听后不置可否,很显然,他没能分辨出王梦秋说的是谎话。此时,小院外却传来杂沓的脚步声,王梦秋耳朵一支愣说:"我去看看。"然后就跑出了小院。

吕世隆也把全部注意力放在了小院门口,只见刘玉珂又踏着方步回来了,正在疑惑不解之时,后边的景象就更加让他大吃一惊。

紧跟在刘玉珂身后的是,他的儿子刘建唐和三十多个歹徒们,不同的是,这一次所有人都光脊梁、露胳膊、赤裸着上身,他们双手合十,高高举过头顶,每个人的背后都插着一根树枝或木棍,以示负荆请罪。来到吕世隆面前,"扑通"一声,全部双膝跪在地上。然后共同高喊:"请吕县长赦罪,请吕县长惩戒。"

吕世隆惊呆了,他从未见过这种阵势,这是演的哪出戏啊?

刘玉珂说道:"啊!是这样。他们回去后觉得反叛政府,其罪可诛,为感谢吕县长不杀之恩,决定再次负荆请罪,以示诚意。"

吕世隆感到这是多此一举,心中疑惑,甚是不悦。为尽快把这伙人打发走,说:"弟兄们,我们中国有句老话,叫做人要讲良心。作为军人,不但要讲良心,还要加上保国为民的责任心,咱们的范专员就提倡良心抗战。而你们都拍拍胸口问一下,自己的良心怎么样?刚才我已讲过了,你们虽犯有严重错误,只要在今后的抗日行动中,能立功赎罪、改过自新,政府和百姓就会原谅你们。好！你们可以回去了。"

刘玉珂听吕世隆如此催促，自己更不想拖延时间。于是，往前跨出一步，长袍马褂正巧挡住儿子刘建唐，面向吕世隆行了个九十度弯腰作揖大礼。

吕世隆来不及多想，只好顺手搀扶。

刘建唐就在他老子挡住吕世隆视线的瞬间，迅速从裤腿里抽出手枪，在他爹礼毕，将身体往旁边一撤的时候，在任何人都没注意的刹那间，已用枪口顶住了吕世隆的胸膛，毫无防备的吕世隆，惊愕地怒斥道："刘健……"唐字尚没说出口，禽兽刘建唐就扣动了扳机，"嘭嘭"两声闷响，吕世隆瘫软下去，迅速地倒在血泊里。

这位祖籍山东泰安、北京大学、品学兼优的高材生，深受莘县人民爱戴的抗日模范县长吕世隆，没死在日本侵略者屠刀下，却死在了反动派的枪口下，年仅二十七岁。

第四十一章 | 秉大义几番冒死送情报
明真相誓与城池共存亡

一

一生中经历太多变故的范筑先,知道处境险恶,而时间又至关重要。于是,就立即命令道:"除留守人员外,其他人员立即行动,跑步从东门出城。"

刘洪涛听到命令后,立即带着办公室和警卫排离开专署大院,绕过光岳楼,直奔东门跑去,范筑先、张郁光、姚第鸿等也紧随其后。当他们刚来到光岳楼拐角处,就听到两发迫击炮弹在东门外"咚咚"的炸响了,紧接着各种步机枪声,一阵紧似一阵地响起。

城门楼上,林金堂的队伍早已各就各位进入阵地。战士们趴在女墙后的黄土麻袋旁,双手端枪,注视着城外鬼子的动静。为节约子弹,林金堂要求战士们瞄准了,再向暴露的鬼子、汉奸们开几枪。

这天,是一九三八年十一月十四,聊城抗日保卫战,正式打响了。

范筑先一行满怀希望地跑到东门,见城门紧紧关闭。林金堂的队伍在城墙上,和城外的鬼子已接上火。

林金堂听说范筑先来到东门,心里就猛然一惊。都什么时候了,范司令怎么还没出城啊!他来不及过多思考,就马上从城门楼上跑下来,向范筑先敬礼报告说:"我部正严密监视着鬼子的行动,请范司令指示。"

范筑先点点头说好,一时竟有些语塞。

张郁光心里有气,激动地说:"我们中了李树椿的奸计,延误了出城时机。"稍一停息又说:"刚才李树椿不是从这儿出的城吗?"

"是啊!"林金堂说:"他有小汽车,城门刚打开,一阵风似的就开出去了。可也巧,不知咋回事,那一阵子鬼子居然一枪也没放。"

"现在还能出城吗?"姚第鸿着急地问。

林金堂:"鬼子虽越来越多,可天色已经黑下来了,也不妨试试!"

听了林金堂的话,大家都把目光投向了范筑先。

范筑先稍一沉思,又和张郁光交换了一下眼神,事已至此,也只能试一试了。

范筑先转身对刘洪涛说:"叫弟兄们做好突围的准备。记住,出城过桥后往南拐,沿湖东岸往外迂回。"

"是！"刘洪涛向警卫排下达了准备出城的口令后，战士们"哗啦"一声都把子弹推上了膛。城防卫兵悄悄开启城门之后，战士们就在刘洪涛的带领下，轻手轻脚地摸出了城，刚刚来到石桥中间，鬼子的步枪、冲锋枪、轻机枪，像雨点般的打过来，形成了一张强大的火力网。出城的战士们压制在桥面上，动弹不得。

其实，李树椿出城后，在胡作良的暗示下，敌人预料到范筑先也必然会趁黄昏出城。所以，早就盯上了东城门。

二

城楼上的林金堂，一看刘洪涛出城受阻，就立即集中一切火力，对敌人进行压制。

刘洪涛抓住这个难得的时机，命令战士们快速退回城里。

第一次出城没能成功，给人们心里投下了浓重的阴影，一时间心头压力陡增。

范筑先则没有完全意识到事态的严重性，他认为，人生就是克服困难，而当兵打仗，歼灭敌人，或被敌人围困，也是常有的事。在严酷的时刻，应该更沉着冷静，以便尽快想出解决问题的办法。于是，就嘱咐林金堂说："要提高警惕，严密注视鬼子的一切行动。特别要防止敌人夜间突然袭击。"

林金堂点头称是后，范筑先和张郁光等，转身又回到了专署大院，研究如何化险为夷，尽快走出困境。

天空早已布满了浓厚的乌云，夜色如墨，伸手不见五指。西北风夹带着令人颤抖的寒冷，袭扰着鲁西重镇——聊城。往日安逸繁华的城市，如今却是一片漆黑，死一般沉寂。

不知是来自何方，也不知是谁唱的《我的家在东北松花江上》的歌声，在呼啸的阵阵寒风中，时有时无地飘荡着……

范筑先的办公室，掌起了灯火，会议在紧张地进行着。

范筑先严肃的说："眼前形势显然很严峻。既然出城无望，我想干脆决心留下来与七百多名城防官兵一起，就地参加聊城抗日保卫战。"

屋子里很寂静，气氛十分压抑，对范筑先的说法，没有一个人盲目附和。

沉默良久的张郁光，突然果断地说："范司令，我不同意您的想法。"

这么坦然直率的铮言，在往日的会议上是极为少见的。屋里的气氛，更加肃然沉静了。张郁光却接着说："范司令，你的职责是统帅聊城的三十五个支队、三路民军、二十二个县大队，计有十万余人的抗日武装力量。而保卫聊城的任务，也早已有明确分工。刘佩之、林金堂、杜子恒、郑佐衡的四支队伍，两天前就上了城墙，现在正执行既定的防卫任务。而范司令您，当下最迫切的任务，是要千方百计的尽快出城。然后，迅速把我军主力部队调回来，和城内的七百多名将士形成内外夹击，彻底消灭来犯的侵略者。"

张郁光激越铿锵的一席话，不但强烈地震撼着范筑先，同时，也让在场所有人都感到言之有理。

范筑先点点头说："刚才张参议所言很有道理，我们的确应主动想一切办法，摆脱这种被动的困局。在这种严峻时刻，谁有什么好点子、好办法，请马上说出来吧！"

姚弟鸿激动地说："时间不允许再拖下去了，今晚必须想办法出城。"

张郁光："我同意姚主任的意见。"

姚弟鸿："事态很清楚,东门、南门、北门鬼子已进行了严密封锁,只有西门外还暂时没发现敌情。可我们的城防部队,为防鬼子进攻,在两天前就把西城门门洞封堵了,一时半会又不可能将黄土杂物清理出去。"

张郁光："战前各城门楼上都备有绳索和大抬筐,我们选拔十几个武功好、智勇双全的勇士,从城门楼上吊下去。若没有鬼子埋伏,这倒是个可行的办法。"

"行!这个办法可以。"姚弟鸿非常赞成。

"范司令,您看这个办法能行吗?"张郁光问。

范筑先沉思片刻后说："此方案可以试一试!"

刘洪涛见三位长官都已表态,就立即说："我这就到西门去找刘佩之,叫他马上挑选队员,迅速开始行动。"

"好!"范筑先、张郁光、姚弟鸿三人几乎同时说："去吧!"

"是!"刘洪涛马上带着两个战士,拉开屋门,钻进无边的黑夜里。

办公室里,煤油灯的火苗,忽忽悠悠闪动着。范筑先、张郁光、姚弟鸿看着刘洪涛出门之后,却一时沉默起来,静静地等候西门的消息。在这种时候,人们总觉得时间走得太慢,恨不得能亲眼目睹西门勇士们的行动。在这种焦躁的等待中,大家的心情是难以平静的。

大约过了半个多小时,门外终于传来了杂沓的脚步声。

范筑先等一起把目光投向了门口,只见满头大汗的刘洪涛和两个战士,气喘嘘嘘地推门进了屋。

"情况怎么样?"张郁光急切地问。

刘洪涛喘着粗气说："我到西门后把情况一说,刘佩之就立即选派了十六个人,用抬筐从城墙上把人吊下去,他们就迅速地向西悄悄地摸过去。一开始相当顺利,可他们快到吕祖堂的时候,却突然响起了密集的枪声。突击队无法前进,只好顺原路撤回,其中有两个战士还挂了花。很显然,鬼子已抢先占据了吕祖堂。看来,我们从西门出去也没希望了。"

刚才东门受阻,而今西门无望,人们原本就沉重的心情,更增添了一层浓重的阴影。一时间,屋子里陷入了可怕的寂静,连空气也似乎被凝冻了。

稍倾,不知谁突然说："不行!干脆咱们从东昌湖里往外游出去吧。"

有人说道："眼下是十一月中旬了,水温太低,很多人不会水,咱们又没有救生衣,好几里宽的水面上,又有水草和粘网子的相互缠绕,咱们根本游不过去!"

一听此言,屋里所有的人都在摇头。夜里,天寒水面宽,游泳出城是极大的冒险,根本不可取。

很显然,又一个出城的办法被否定,人们的情绪更加低落了。

范筑先很清楚,这种时刻,必须使大家的情绪稳定下来,让其看到光明和希望,只有鼓起勇气,提高士气,才能顺利度过难关。于是,就耐心而镇定地说："大家不必过于着急,更没理由垂头丧气,办法总会有的。再说了,现在,我们并非走投无路。城内,我们有七百多名守城将士,而城外我们还有十万铁军。李树椿主任、王金祥参谋长很清楚我们的情况,他们若是良心还在,一定会调动部队在城外对鬼子形成包围。到时候,我们进行内外夹击,消灭小鬼子,就是手拿把攥的事。"

范筑先的一番话,显然没能起到鼓舞斗志的效果,大家依然沉默不语。

在这种难堪压抑的时刻，张郁光经过反复思考后说："范司令，我曾多次提醒过您，一年多来的事实证明，对李树椿、王金祥这种出尔反尔的人，是绝对不能再相信了……"

"范司令。"姚第鸿忍不住插话说："铁的事实证明，咱们已被李树椿他们给出卖了。"

"啊！"此话一出口，范筑先和屋里所有人都惊呆了。

姚第鸿激动地接着说："他明明知道鬼子已逼近聊城，却故意缠住你，利用你的善良和忍让，延误了好几个小时。估计鬼子已在城外形成了包围圈，才金蝉脱壳，开着小汽车逃之夭夭了。他们刚一出城，鬼子就用密集的火力网，严密地把东门封死了。这绝对不是巧合，是他们早已策划好的阴谋！我怀疑，他们可能和鬼子、汉奸挂上了钩。"

此时，范筑先表情有些尴尬，明显底气不足地说："李树椿、王金祥在某些事上，与我有分歧、有争论，我总是忍让迁就他们，我想，他们总不至于因此就做出反水投敌、丧尽天良的事吧！"

"范司令。"姚第鸿再也控制不住情绪，着急地说："李树椿已把咱出卖了，置于死地了。他们利用了您的善良，骗取了您的信任，是看清他们的嘴脸的时候了。"

"范司令！不要再心存幻想了！会场里群情激奋，大家又你一言我一语议论起来。

三

一连两次突围，均未能成功。人们的情绪渐显急躁，心情也开始沉重起来。

范筑先想，眼前事态虽然不容乐观，但心里，却仍然充满了必胜的信念。他还寄希望于天亮后，王金祥肯定会带队来救援的，到时候实行里应外合、内外夹击的既定战术，定会转被动为主动，化险为夷的。退一步想，即使王金祥万一有什么变故，而张维翰的十支队，六支队赵健民的特务团，莘县吕世隆的县大队，也会来驰援的。

时间过得很快，夜色也在不知不觉地变化着，遥远的天东边已悄悄地泛起了鱼肚白，巍峨壮观的光岳楼，也抖掉一身的朦胧，渐次清晰起来。

突然，东门方向响起了激烈的枪炮声，打破了黎明前短暂的宁静。

听到枪声后，大家都认为鬼子的进攻开始了，但，枪声很快就停止了。为了弄个清楚，范筑先决定亲自到东门看看。

范筑先一行刚走出司令部，就看见林金堂带着一伙人，急急忙忙的迎面走来。其中还有几个战士抬着一副担架，上边躺着一个腿缠纱布的伤员。

"怎么回事？"范筑先问。

"他有重要情况向范司令报告。"林金堂回答。

范筑先听后一愣，就立即示意刘洪涛招呼人把担架抬到司令部。

林金堂对伤员说："郑连副，这就是范司令，你就把情况亲自汇报一下吧。"

只见担架上的伤员挺了挺身子说："范司令，我叫郑秋祥，是二支队一营三连的连副，详细情况是这样的……"

聊城东关外运河板桥一线，是王金祥统领的二支队一营三连的防御阵地。两天来，官兵们在此挖掘堑壕、构筑工事、摩拳擦掌，准备痛击远道来犯的鬼子。

昨天傍晚，李树椿离开范筑先的司令部之后，小汽车向东一路狂奔。当来到板桥阵地附近时，"吱"地一声，小汽车就骤然停了。

胡作良、吕顺臣突然不知从何处钻出来,二人快步跑向汽车,弯腰就势的趴在车门外,窗玻璃摇了下来。李树椿、王金祥叽叽咕咕地向胡、吕二人面授着机宜,样子十分神秘。胡作良、吕顺臣则频频点头,不一会儿,窗玻璃又慢慢地摇上去,司机一踩油门,小车就开走了。

胡作良、吕顺臣目送小汽车拐了弯,两人才向各自的队伍跑去。

从各种事态和气氛上看,有经验的人都预感到,战斗马上就要打响了。

二支队一营三连连长辛广财从胡作良处开会回来后,事情发生了惊人的变化,辛广财命令连队放弃阵地,立即向西南莘县方向撤退。

这命令太突然,简直弄得人们一头雾水,丈二和尚——摸不着头脑。官兵都惊愕万分,认为是辛广财下错了命令。

这个连队共有七十五人,其中五十八个都是聊城本地人。两天来官兵们挖掘工事、加固阵地,就是为了保卫家乡不受鬼子侵犯。而今鬼子还未到,却一枪不放,撒腿就跑,大家觉得愧对聊城父老。于是就有人嘟囔道:"这是谁的狗屁主意,扔下百姓不管,自己扛着枪偷偷溜走,这叫什么玩意!"

"这是谁的命令,找他去!"

"找他去!"一时间群情激愤,阵地上骚动起来。

辛广财仗着自己是王金祥、胡作良手下的红人,向来飞扬跋扈,见有人敢质问他,就窜到阵地前的土堆上,双手叉腰,盛气凌人地说:"'谁的命令? 上峰的命令,必须无条件执行!''上峰! 哪个上峰?'"官兵们纷纷问道。

"哪个上峰?"辛广财不屑地说:"这是军事机密,你们没必要知道。"

"什么军事机密! 范司令还在城里司令部指挥战斗,除他之外,还有哪个上峰?"官兵们你一言,我一语地问道。

辛广财吱吱唔唔,不敢说出真情。

二连弟兄们,对辛广财这个傲慢骄横的家伙,早已恨的牙根疼了。今见其吞吞吐吐有意隐瞒什么,就更加恼怒、愤恨。大声骂道:"辛广财,你这个喝兵血的家伙,今儿如不说出真情实话,你就别想离开板桥阵地。"

"对! 辛广财不说实话,就揍死他个不要脸的东西。"

"揍死他! 揍死他!"

场面顿时失去控制,辛广财脸色蜡黄、浑身颤抖,着实害怕了。他用求助的眼光看着身边的副连长郑秋祥,希望他能将混乱的场面控制住。

辛广财、郑秋祥虽是一正一副,两个人却貌合神离,不是一路人。对辛广财攀高媚贵、到处钻营的行为,郑秋祥平时就很反感。眼下群情激愤,若不及时控制,辛广财就会被战士们打死。而他究竟奉谁的撤退命令,其中有何不可告人的阴谋,也就无从知晓了。郑秋祥稍作掂量、权衡利弊之后,就从衣兜里掏出哨子,嘟嘟地吹了两声。

战士们一听是连副郑秋祥吹的哨子,乱哄哄的阵地立即静下来了。

郑秋祥把双手一摆说:"弟兄们,现在谁对辛连长有意见,可以平心静气的提出来。然后,再请辛连长给大家解释清楚。"

"我们没什么意见,就是叫他说清楚,是谁下的撤退命令,为什么扔下聊城父老乡亲,队伍自己偷偷逃跑!"

郑秋祥转身对蹲在身后的辛广财说:"辛连长! 你站起来,给弟兄们交代交代吧。"

辛广财磨磨蹭蹭地站起来,衣袖和裤腿上都沾着黄泥。头上的军帽斜楞着,帽檐拧到了耳朵上,低头站在土堆旁,好久也没说话。

怒气未消的战士们,看见辛广财的样子,更是火冒三丈,喊道:"愣着干什么? 还不快说清楚!"

"再不言语,揍他个小舅子的!"

郑秋祥说:"辛连长,队伍的秩序,我已给你整顿好了。下边的事,你就看着办吧!"

辛广财此时已深知没有退路了,只好将撤退命令的来龙去脉和盘端出……

当时,目送李树椿、王金祥的车开远之后,按照预先计划,吕顺臣立即跑回去指挥鬼子、皇协军们,严密地封锁了四门。自此,聊城彻底与外界隔绝,成了名副其实的一座孤城。

而胡作良则召集二支队营连长及二路民军的主要负责人开会宣布说:"诸位,现在告诉大家一个好消息! 范筑先和共党分子张郁光、姚第鸿等,已钻进了我们给他编织好的圈套里,被皇军和皇协军层层围住,成了真正的瓮中之鳖,就是扎上翅膀,也别想再飞出来了。老家伙的小命,连同他的政权,从此,也就寿终正寝了。"

人们一听惊呆了,愣然了。

胡作良继续眉飞色舞地说:"遵照省政府沈鸿烈主席的手谕,王金祥参谋长就任山东省第六区行政督察专员兼任保安大队司令。"

一参谋插话说:"从现在起,胡作良副参谋长已被扶正,晋升为参谋长。这是刚才李树椿主任代表省政府宣布的,大家欢迎!"

零零星星几声掌声过后,胡作良说:"根据王金祥专员的命令,二支队两个营,立即离开板桥阵地,迅速赶往城西道口铺一线,堵截张维翰的十支队来聊城驰援范筑先……"

会场里鸦雀无声,点到名的单位已经点头应命。胡作良就继续说:"一营二连辛广财连长注意,你们连接到命令后,马上开往西南八里屯设防,防止莘县的吕世隆县大队来聊城扰乱。任务完成后,每人发三块大洋,放假三天,可以尽情地玩一玩……"

辛广财原原本本地说出事情的真相后,士兵们平时对辛广财的积怨和愤恨,一下子爆发了,阵地上如同炸了锅。他们对辛广财吐的吐,骂的骂,打的打,踹的踹,不一会工夫,辛广财就被手下的士兵打死了。

范司令被困城里,王金祥篡权叛逃莘县,辛广财已被乱拳打死,眼前已看不到任何光明。五十多个散兵游勇,就成了无头苍蝇,乱哄哄各奔东西了。

起初,郑秋祥本想控制一下局面,可自己一个小副连长,人微言轻,再加上兵心已乱,自己也就无能为力。他却认为,困在城里的范司令不可能知道城外发生的变化,为了聊城不受损失,凭着做人的良心和军人的职责,必须尽快将这一坏消息告知给范司令。于是,郑秋祥就和身边十几个有正义感的弟兄们商议后立即行动起来。

冬季天短,浓重的暮色,眨眼之间就覆盖了大地。城廓村庄、湖水岸柳都朦胧起来。

夜色浓重,月黑风高。

鬼子和皇协军将聊城围成个水泄不通,特别是四个城门附近都有重兵把守,想要出入城门,其难度不亚于登天。

好在二支队久住城边,郑秋祥对重要建筑物、地形地貌比较熟悉。就趁有夜色掩护,从板桥阵地,顺运河西岸向北,绕过护国兴隆寺的铁塔,钻进浅水芦苇丛,悄悄摸到城墙脚下。再往上攀登时,蹬趷了一块滑溜溜的石头,崴了脚脖子。只能一瘸一拐地往前走,忍着疼痛,一直走到东城门楼下。

郑秋祥躺在城门外稍一喘息,即小声向上喊道:"上边的弟兄们,我是二支队三营一连的连副郑秋祥,我有重要情报向范司令汇报,请帮我爬过城去。"

郑秋祥一连喊了三遍,城门楼上也没有任何回应。可能是声音太小,于是,就提高嗓门又喊了一遍。这一喊却引得野狗汪汪地狂叫起来,不知藏在何处的鬼子哨兵,也"砰砰"地向城楼打起枪来。

良久,狗不吠了,鬼子也不打枪了,无边的黑夜又复归令人毛骨悚然的死寂中。

瑟瑟发抖的郑秋祥,用小石子轻敲了几下城门,又重复了几次自己的要求和名字之后,就陷入了漫长的等待中。

浓黑的夜,万籁俱寂。

郑秋祥已陷入极度的失望中。疲惫、饥饿、寒冷、困乏、伤疼又一起袭来,让他很快就进入到半昏迷的状态,就像一叶失去动力的小舟,任其在风浪中飘荡起来。

经历刚才的狗叫和枪声后,城头上哨兵仔细分析后,判断城下那人并没离开,于是,就向林金堂汇报了发生的情况。

林金堂再三斟酌后,认定其中必有缘由,立即命人将抬筐放下去。

郑秋祥,经几番周折,终于爬进了抬筐里。

郑秋祥讲完事件的全过程后,人们都为他这种大无畏的英雄壮举所感动。同时,也对李树椿、王金祥等公开叛乱篡权,置范司令于死地的罪行无比义愤填膺。

范筑先心里波涛翻滚,又像是打碎了五味瓶。他强压着怒火,十分平静地说:"郑副连长,你忍着伤疼、冒着生命危险,亲自进城传送重要情报,我和司令部的弟兄们都十分感谢你。"

郑秋祥眼里噙满了激动的泪花。

"通知厨房,赶快做些热汤、热饭,把郑副连长安排在招待室,好好休息休息。"范筑先转身又对孟秘书说:"把郑秋祥副连长的姓名和事情过程记下来,抗战胜利后,一定要为其请功。"

姚第鸿、刘洪涛听到李树椿、王金祥公然篡权叛乱,又和鬼子汉奸勾结在一起,对范筑先下毒手,早已眼里冒火,气愤之极,无比愤恨地骂起娘来。

张郁光略显沉默,甚至自责,没能及时催促范司令出城,以造成眼前这种被动局面。

人们把胸中对李树椿、王金祥的仇恨发泄出来之后,又都把目光投向了范筑先。

一夜之间,饱经沧桑的范筑先,消瘦、苍老了许多,眼窝也更显深凹。他虽面露镇静,表情却近似木然,而心里却是波涛汹涌、倒海翻江。他想,既然残酷的现实已摆在面前,什么抱怨、后悔、叫骂、责怪等,不但于事无补,而且,反而会产生不良情绪。眼前当务之急,是让大家团结起来,同仇敌忾投入捍卫聊城的战斗。

范筑先看大家的情绪有所稳定,就语气沉重地说:"事情的原委,以及我们现在的处境,大家现在是清楚了。之所以出现如此大的变故,都是我疏忽大意、不辨真伪造成的。影响恶劣、后果惨痛，所造成的一切损失，应由我一人承担。因此，我诚挚的向各位做深刻检讨！"说罢，深深地鞠了一躬，屋里一阵沉寂。

范筑先抬起头来，眼睛一亮说："古人云：塞翁失马，焉知非福。自去年鬼子进犯聊城以来，我们和鬼子大小战斗打了八十多次，大多数是我们赢得了胜利。今天，李树椿、王金祥为虎作伥，勾结鬼子，又给我们创造了一次和鬼子恶战的机会。我们要抓住这个大好时机，痛击来犯之敌，出出憋在心里的这口恶气。弟兄们，有决心吗？"

"有决心！"全体同声回应。

"好！"范筑先高兴地说："大家知道，东门的林金堂上校，西门的郑佐衡上校，南门刘佩之上校，北门的杜子恒上校，这四位虎将手下有七百二十名骁勇善战的勇士，再加上我们这些人，共计有八百余名将士，城中还有万余名父老乡亲。咱们凭借着高大坚固的城墙、沟深河宽的湖水，天时、地利、人和都具备，战胜远道而来的鬼子兵，我们是很有信心的。还有，堂邑张维翰的十支队、清平高唐齐子修的三支队和赵健民的特务团、莘县吕世隆的县大队等，都会闻讯赶来驰援的。最后的胜利，一定是属于我们的！"

范筑先一番激人奋进的话语，赢得大家一阵热烈的掌声，大家立即精神振奋、士气大增。

按照分工，刘洪涛随范筑先去东门、北门督战；张郁光、姚第鸿协助刘佩之和郑佐衡防守南门、西门。正在大家整装待发的时刻，轰隆、轰隆的炮声，突然从南、东不同方向传来，人们都为之一震。

范筑先立即命令："出发！"

第四十二章 伤亡惨重敌酋千叶垂头丧气 奋勇杀敌我军官兵斗志高昂

一

战斗间隙,硝烟虽在飘散,而空气中却还残留着浓烈的火药味。

巍峨壮观的光岳楼,经过一天多的炮火洗礼,仍宏伟端庄,傲然屹立于天穹之下。

枪炮声虽早已停止,大街上还是静悄悄的,少有人走出家门。

耿老三肩背渔篓、手持渔叉,走出那间栖身一辈子的土坯屋,回头将房门锁上,像往日打渔一样,顺着小巷慢慢地向北走去。

耿老三走出巷口,就伫立在大街中央,向东仰望着光岳楼。虽然他几乎天天从这儿经过,而今天却突然感到,这古楼竟然是如此的高大壮观。

邻人们从门缝里,看到耿老三呆呆的样子,都以为这老头是被打仗吓傻了,此时咋还敢背着鱼篓去打鱼呢。

良久,耿老三终于转过身来,向路北丁字胡同的王家茶馆走去。

王家茶馆的小木牌,只有鞋底大小,被寒风吹得拧着劲的直转悠。

茶馆的门板虚掩着,屋里静悄悄的。王老七独自坐在小矮桌旁一架破旧的老式躺椅上,眯缝着老眼假寐。

耿老三像到自己家一样,一声不吭,就把虚掩的门板推开。见王老七一脸愁苦的样子,不睁眼不说话,却把旁边一个小马扎往耿老三面前一推。

耿老三拉过马扎,就坐在王老七对面。两个人都闷闷地吸着旱烟袋,谁也没言语,但二人的行为却是异常的合拍默契。

"咋才来呀?"王老七终于憋不住了,就问道。

"怕耽搁你睡觉!"耿老三回应。

"我能睡得着吗?"

"唉!是啊。我也是一夜没合眼!"

王老七点点头说:"唉!都快入土的人了,难道还真要咱当一回亡国奴!"

耿老三:"他奶奶的,这算么事啊!"

王老七轻轻地摇摇头,没再说什么。

耿老三摇摇头说:"也不知是咋回事,总影影绰绰地感到要出大事!"

王老七磕了磕烟袋锅里的灰，淡然一笑道："能有多大的事，有咱这条老命顶着哩。"

耿老三点点头似有共鸣，脸上泛起一种坚毅的神色。然后，从鱼篓里掏出一个锃光瓦亮的黑瓷酒嘟噜，轻轻地放在小桌上说"这是三年前你送给我的'雁宾窑王，'我一直珍藏着，今儿咱老哥俩就把他喝了吧！"

王老七从墙旮旯儿里的破箱子里摸出两个荷叶包说："这一包是半只魏氏熏鸡，这一包是王三炒货店里的五香花生仁，咱上不了战场了，就借酒以祝愿将士们取胜吧。"

耿老三："四街民众都组成了救援队哩，帮着将士们守城。"

王老七："应该！应该！"

两个老友坐在矮桌旁，把酒刚刚倒进碗里，突然间城门方向枪声又响起来了，而且越来越密集、越来越猛烈。

耿老三和王老七端起酒碗，各自泯了一口，又都下意识的放到了小矮桌上，瞪着老眼关注着门缝外的动静。

二

两天来，鬼子虽发起了多次进攻，但在范筑先和八百名将士顽强的反击下，敌人消耗了大量的武器弹药，死伤了五十多个鬼子和汉奸，却始终没能攻破城门。特别是城中央高耸入云的光岳楼，仍然雄伟端庄地屹立于蓝天白云之下。

失利的事实，狠狠地刺疼了千叶。他恼羞成怒、暴跳如雷。像一只伤了尾巴的疯狗，面对着高高的城墙转来转去。他想范筑先已少了王金祥李树椿这两只左膀右臂，为什么还有这么强劲的战斗力呢？这的确是他始料不及的。经再三思谋后，决定将全面进攻，改为重点突破。于是就在东西北的三个方向，只留少数人佯攻，而大部分重点兵力，迅速集结在南门。而且他命令邱一堂和自己一块，在南门外亲自督战。

鬼子第三次重点进攻开始后，范筑先从枪炮声的稀疏程度上，立即意识到了千叶的意图。就命令北门杜子恒、西门的郑左衡、东门的林金堂抽出一定的兵力支持南城门的防守。并通知街道居民组成的后援队，把檩条、竹竿、砖头石块等物资，迅速搬运到城墙上，以备急时所用。

千叶仗着武器精良、弹药充足的优势，首先照例用榴弹炮、迫击炮，对准南城门楼，以及左右的城墙进行了猛烈的炮火准备。城墙上立刻炮声隆隆、硝烟腾起，紧接着各种密集的枪弹，犹如可恶的飞蝗，铺天盖地地压来。

在这极度危险的时候，范筑先命令张郁光去了北门，姚弟鸿去了西门，而他自己则带着刘洪涛、凌作善和警卫排来到南门。此时，他们正猫着腰、弓着背，顺着斜坡马道，艰难地向上攀登着。当他们刚登上城墙入口处的平台，一发六零炮弹就呼啸着飞来。

机智的凌作善听到声音后，本能地护住了范筑先，二人就势倒地一滚，迅速趴在了地上。刘洪涛和孟秘书，也随之躲藏在垛口之下。

炮弹落地后，瞬间"轰隆"一声巨响，立即砖石横飞、烟尘弥漫，所幸无人伤亡。

城防阵地上的官兵，看到年事已高的范司令，冒着枪林弹雨，亲临城头指挥作战，都倍感精神振奋，大家都憋足了劲，准备跟敌人决一死战。

范筑先这位几十年的老兵，自然理解官兵们此时的心情，就主动趴在地上和战士们身挨身的挤在一起,亲切交谈起来。

南门总指挥刘佩之,听说范筑先亲临城头,就弯腰跑过来,不容置疑地对刘洪涛说:"这儿太危险,你们马上把范司令搀扶下去!"

还没等刘洪涛反应过来,范筑先就温和而严肃地说:"佩之,眼下整个聊城都处于危险之中,你不必担心我。咱当兵打仗的人,干的就是危险的活,回到你的位置上去吧,我一会儿就到你的指挥所去。"

刘佩之无奈地摇摇头,只好又回到箭楼东侧,用麻袋垒成的临时指挥所里。

此时,又有两枚炮弹相继飞过来,随着震耳欲聋的爆炸声和硝烟砖块的飞起,不远处的女墙,硬是被炮弹撕开了一条几米长的大口子,对城防阵地形成了一定的威胁。

"我操恁亲娘小日本!"战士们一边抖着身上的尘土,一边破口大骂。

说也奇怪,随着两声爆炸之后,激烈的枪声、炮声竟戛然而止,战场上死一般的寂静。人们倒有些不大适应,甚至由衷地紧张起来了。其实这种现象,在战场上并不奇怪,有经验的老兵们都明白,刚才的那阵炮击只能算是一出武打戏的开场锣鼓,真正的恶斗好戏,还在后边。

范筑先提醒大家说:"弟兄们,鬼子的进攻马上就要开始,请立即做好战斗准备!"

战士们抖掉身上的尘土,重新握紧手中的枪支,把拧开盖的手榴弹,放在触手可及的垛口下,做好了随时打击敌人的准备。

范筑先向前挪了挪身子,把脸颊贴在女墙砖垛口上,放眼往外一看,城墙之下,竟有几百名鬼子、皇协军混在一起。就像一大片黄绿色的癞蛤蟆,拥着、挤着,抬着十几架云梯,从护城河水边,迅速地向城墙根靠近。

范筑先一看这么大的阵势,在震惊的同时,也敏锐地意识到,敌酋千叶已改变了先前那种向四门进攻、全面开花的战法。而是集中兵力攻打南门,然后再向全城展开。

事实证明,范筑先的判断是准确的。一向刚愎自用、骄横傲慢的千叶,仗着装备精良、士气旺盛的千余名倭寇,妄想到达鲁西,定如风卷残云,即可把聊城荡平。

然而,千叶虽已经发起过几次进攻,在范筑先和八百名将士的顽强反击下,可这座历经无数次战争洗礼的千年古城,依然昂首屹立、坚如磐石。

范筑先想,千叶豁出血本攻打南门,这肯定是一场你死我活的恶战,千叶也一定会亲临指挥。擒贼先擒王,要趁机想办法干掉他。于是命刘佩之选出两名神枪手,专门寻找盯住千叶,伺机将其干掉。

范筑先布置妥当后,往旁边挪了挪,紧挨着狙击手隐蔽起来,并不断用望远镜观察敌情变化。

细心的人会发现,范筑先的望远镜,此时变成了一具怪异的面具。其实,这是凌作善怕望远镜反光而被敌人发现,就用几种杂色布条,为望远镜缝制了一件伪装衣。

这一次登城,半小时内鬼子已发起了两次进攻,在我城防将士的顽强抵抗下,都以鬼子、汉奸死伤惨重而告终。

城墙外一片狼藉,碎砖乱石、折断的云梯、鬼子的钢盔、没来得及拉走的尸体,以及还冒着白烟的柴草等。此时,战斗又进入了间隙阶段,双方参战人员,也正在忙于短暂的休整。

范筑先立即抓住这个时机,透过望远镜多次扫描,终于扑捉到了令他极为兴奋的迹象。

从城墙垛口往下看,南关村东北角靠近护城河水边,有一处很不起眼的小破院子。院墙外有两棵落了叶的老榆树,墙头边还堆积着两垛高粱秸和棉花柴。由于视线不好,院子里的活动,只能影影绰绰地看到。似乎有军人走进小院,稍后又发现两个鬼子神秘的进了小院。据此,范筑先断定,此处可能就是千叶的前沿指挥所。

范筑先的判断十分准确。狡猾的千叶,为避开跳弹飞子和我军狙击手,就选择了这个既能看到攻城状况,又不易暴露自己的这个破烂小院。

范筑先命令身边的两个狙击手,在不同的位置上、以不同的角度时刻瞄准小院,确保随时能击中目标。

千叶像一条输红眼的疯狗,在小院的土坯屋里,气急败坏地来回走动着。他怎么也没想到,自己精心策划的几次登城进攻,竟全都被范筑先指挥的中国军队粉碎,且伤亡惨重。

此时,进攻连连受挫的四个鬼子中队长和汉奸邱一堂、吕顺臣,也都应召先后来到小院的土坯房,小心翼翼地站在一旁,等候着千叶的训斥。

聊城久攻不下,让千叶恼怒、狂躁又憋气。他那张圆圆的柿饼子脸上,就像落了一层厚厚的霜雪,使人感到寒气袭人。他明知道来开会的人已经到齐,却仍然旁若无人地来回走动着。

千叶这种冷酷的样子,令人胆战心惊、毛骨悚然,手心里都捏着一把汗。

正在人们提心吊胆的时候,千叶在一个佩戴大尉军衔的高个子中队长面前停下来,冷冷地审视良久之后,突然举起手来,照着脸上"啪啪"就是两耳光子道:"一、二、三号是云梯,是你们中队的?"

"哈咿!"被打的鬼子大尉挺着脖子回答。

"为什么没登上城去?"

"中国军队火力太猛,我们根本爬不上去!"

"混蛋!""啪啪"又是两耳光子,千叶挨个审视着面前的人。

当千叶来到吕顺臣面前时,不知出于何种用意,他竟然不动声色的点了点头说:"吕桑!八、九、十号三架云梯是你们皇协军的?"

"是的!"吕顺臣"啪"的一个立正,吓得脸都黄了。

"你们为什么也没有攻上去?"千叶问。

"范筑先亲临城墙上指挥,百姓们又源源不断地为他们运送砖头、石块,云梯实在竖不起来!"吕顺臣说。

"胡说八道,蛊惑军心!"千叶喝道:"据我推算,范筑先的城防部队,弹药几乎消耗殆尽,他还有什么可厉害的!"

吕顺臣点头哈腰,嗫嚅着不敢再说什么。

"太君!"邱一堂趁机解围说:"这是个易守难攻的千年古城,两千年前,燕将固守此地。因城高水深,齐将田单用了年余时间都久攻不下……"

"邱桑,你的不要讲了。"千叶摇摇头,显然不想在这种时刻听邱一堂讲古。

邱一堂最后还是进言说:"太君要想速战速决,而又能保存实力,我看只能……"

"只能什么?"千叶急忙问道。

"只能给上峰发电,从济南调来几架飞机,把四门炸开,当天即可把聊城拿下。"

"不!"千叶摇摇头,心想,我大日本皇军从北平南进以来,所向披靡,没遇到任何抵抗,简直如入无人之境。可一个小小的聊城,动用近两千兵力、血战一天一夜,竟一无所获,实在有辱皇军威名。他自愧无地自容,怎么还好意思请冈村司令派飞机支援呢。千叶想罢,断然的对中队长们命令道:"你们回去马上做好准备,不惜一切代价,也要登上城去,否则别来见我!"

"哈咿!"四个鬼子中队长,以及汉奸吕顺臣,立即领命向外走去。

城墙上的范筑先从望远镜里,两个狙击手从准星圈里,均已发现了小院的动静。范筑先认为,战地会议开完后,一般情况下,主要指挥员大都最后离开会场。

千叶目送中队长们已离开小院,就转身对邱一堂说:"邱桑,成败在此一举,你要和我一起亲临前沿阵地。"

邱一堂这个认贼为父的败类,本不想亲临火线,可畏于鬼子的淫威,也只得硬着头皮和千叶一起走出土坯房。他们刚来到老榆树下,上半身就进入了范筑先望远镜视线内,同时也被两名狙击手锁定在准星圈之内。

范筑先认定这是两个要害人物,于是就示意开枪。两位狙击手瞬间扣动了扳机,小院里的两个人影立即就不见了。

随着两声沉闷的枪声,只见小院老榆树下,千叶的左臂中弹,在痛苦的呻吟着;同时他听到身后"扑通"一声响,赶紧回头一看,邱一堂像一截木头一样,重重地摔倒在地,左胸口往外喷着猩红的鲜血。这个认贼作父的狗汉奸,终于得到了应有的惩罚。

千叶经军医包扎后,用绷带吊着左胳膊,躲在小院的后墙,用望远镜监视着鬼子如何登城。

挨了千叶一顿臭骂之后,登城的鬼子们又重整旗鼓,再次组织进攻。在猛烈的炮火掩护下,出动一百五十名鬼子汉奸,抬着五架云梯彼此间拉开八十米的距离,就像五条巨大的黄色蟒蛇,快速地向残破的城墙上摸去。

尽管敌人的子弹像黄蜂一样,在城墙垛口上下左右乱飞,尽管城外的鬼子抬着梯子像吐着信子的毒蛇一样快速地向上攀爬。我城防将士,虽焦急万分,却都不急于开枪。原来是没有子弹了,手中破旧的汉阳造,真的成了一根烧火棍。所幸有居民后援队,及时送上来很多砖头、石块和棍棒、檩条。这些最原始的东西,现已成为将士们最实用的武器了。

南门总指挥刘佩之,发现鬼子们沿着云梯正往上爬,知道时机已到,就大声喊道:"弟兄们,鬼子快爬上来了,狠劲砸吧!"

早已憋了一肚子气的战士们,听到命令后,立即拿起身边的石块砖头,照准正在向上攀爬的鬼子狠狠地砸下去。

正在向上爬的鬼子们,受到砖石杂物的抛砸后,手抓不住、脚站不稳,一个一个失去了重心,从梯子上纷纷地摔了下去,非死即伤。

此时,鬼子们用另外三架云梯,顺着早先炸开的城墙豁口,又一次"哇哇啦啦"的喊叫着,像疯狗似地冲上来,而且人多势猛,攀爬的速度也快。

鬼子先头的两架云梯转眼间就像幽灵一样,从炸开的女墙豁口上冒出来,并有五六个鬼子已登上了城墙,正在摘下挎在肩上的枪支。

我二排三班的几个战士,在班长的带领下,从炮火浓烟里钻出来。见鬼子已登上城墙,情急之下,立即抓起身边的铁锹、棍棒及手中没有子弹的汉阳造,照准立足不稳的鬼子兵,狠狠地抢起来。先是白刃格斗,再是徒手对打,然后就是翻滚着一对一的肉搏战。

与此同时,城门楼东侧不远处,有两架爬满鬼子的云梯,像两条毒蛇头,晃晃漾漾的从女墙外边钻出来了。

这里是三排一班的守卫地段,将士们发现了这一险情后,立即挺起刺刀往外推着云梯。

因鬼子曾吃过从城墙上被推下来的苦头,这次进攻就提前有了防备。每架云梯后都有十多人用肩膀扛着,还有些人用捆绑好的木棍推举着。

一时间,上举和下压的力量是均衡的,形成了僵持,对峙的局面。此时刘佩之带着两个战士跑过来,立即帮着战士们使劲往外推云梯。敌我上举下压的力量发生了变化,云梯开始摇晃着向后滑落。伏趴在云梯上的鬼子们见情况不妙,吓得"呼爹喊娘"的惨叫起来。云梯随着鬼子们的惨叫声,终于像断了七寸的毒蛇,软软地瘫散在高高的城墙脚下。

范筑先对南门守城将士们顽强的战斗精神非常钦佩,对刘佩之的指挥能力也大加赞赏。所以,他自己还是本着"擒贼先擒王"的想法,始终和两个狙击手隐蔽在一起,仔细地寻找目标。虽也采用了切块搜寻法,却再也没能发现鬼子头目千叶的踪迹。

刘佩之刚和将士们把鬼子的云梯打趴下,扭头往东一看,不远处二排的几个战士也正和攀到女墙外的鬼子推搡着,像拉锯一样,推过来,送过去的正在较劲。于是就带着几个战士跑过去,抄起身边的竹竿、木棒,又砸又打地往外推。

大家见总指挥来助阵,劲头倍增,在大声的吆喝中,大家伙猛然一使劲,那爬伏着七八个鬼子的云梯摇晃着直往后坠,上面几个鬼子也"扑腾扑腾"地摔进了护城河里。

千叶策划的这次进攻,决心很大、兵力也足,可前后不到二十分钟,又被聊城军民给彻底击垮了。而从开始进攻,到最后惨败的整个过程,千叶在望远镜里都看的一清二楚。残酷的现实,狠狠地刺疼了千叶。这个桀骜不驯、目空一切的家伙,此时深深地感到,范筑先指挥的中国军队,的确不可小觑,但又苦于没有尽快拿下聊城的良策。

善于观察颜色的吕顺臣,早已看透了千叶的心思,就不咸不淡地说:"太君,这次攻城,将士用命,作战勇敢,可结果却令人……"

"嗯!"千叶点头表示认可说:"吕桑,有什么话尽可大胆讲出来。"

吕顺臣的嘴角上掠过一丝不易察觉的笑意,心里明白,一向虚荣、乖庆的千叶,今天为何这么客气的礼贤下士,其用意是不言自明的。稍一思忖,即沉稳地说:"太君,两天来,在皇军强大攻势的打击下,虽未能奏效,可也重创了中国军队的锐气。如今,范筑先虽内无弹药、外无援军,可他凭借城高水深、地利人和,再坚持一个月是没什么问题的。"

千叶摇摇头,对吕顺臣的讲话并不满意。

"太君,"吕顺臣说:"您如果想速战速决,也是可以的。"

"说下去!"千叶逼视着吕顺臣。

"只要冈村司令给点空中支援。"吕顺臣说:"我敢保证,两个小时内,即可拿下聊城。"

"嗯!"千叶点了点头,吕顺臣的话正好说到他的心坎上。同时也消除了之前自己坚持不要空中支援的尴尬。千叶想,如今兵力消耗越来越大,官兵士气也越来越低沉。如果再拖延下云,范筑先会趁机养精蓄锐,他远在外地的部队,也必定前来驰援。他越想越怕,一向多疑的千叶,才最后下定了决心。他迅速转过身来,对身边的副官说:"快!立即给华北皇军司令部冈村司令发电,请求对聊城空中支援……"

"哈咿!"副官领命后,立即走出土坯房。

第四十三章 | 阵地前众英雄心急如焚
硝烟中武治国遥望古城

一

初冬的鲁西平原，庄稼早已收割，就连萝卜、红薯也都刨回了家。霜露和北风，把树叶摇落，将沿堤坡路边的小草侵染得枯黄。苍穹旷远，大地一片萧瑟、凄凉。

古老的运河长堤，从遥远的南方蜿蜒而来，而又消失在北方浑浊的天际。

黑瑞侠和黄春燕骑着两匹快马，飞速地赶往六支队三团驻地秋郎古渡。

两天来，赵健民情绪低落、焦躁不安。虽多次派侦察员打探范筑先司令的下落，却始终没有一个准确的消息。正在一筹莫展之时，通信员小于跑进来报告说："海泉镇的黑司令来了。"

"啊！"赵健民情绪为之一振："快请黑司令进来。"说着自己也跑出门外亲自相迎。二人握手寒暄后，黑瑞侠刚一落座，就急不可待地说："赵参谋长，你离开海泉镇不到十天，我们已发展到五十多人，大家都盼望范司令尽早去点编呢！"

赵健民没直接回应她，反问道："鬼子进攻聊城的事听说了吧？"

"听说了！"黑瑞侠担心地说："我就是为这事来的，想打听打听范司令的情况。"

赵健民表情沉重地说："听说济南、德州、邯郸的鬼子一起出动，来势凶猛，形势不容乐观。我虽多次派人到聊城附近侦察，因聊城周围都是水，而四门又被鬼子封锁，所以一点信息也摸不着，我也正为这事发愁哩！"

"这咋办呐！"黑瑞侠急切地问。

"这……"一向敏锐机智的赵健民，此刻也感到一筹莫展。

"让我和小黄俺俩去聊城打探打探去。"爽快的黑瑞侠果断地说。

"不行！"赵健民摇摇头说："你们人生地不熟，而且又是……"女字却没说出口。

"没问题。"黑瑞侠很自信地说："一年多来，我俩东跑西颠的，也习惯了。"

"别着急，你们马上回海泉镇去。"赵健民嘱咐说："一旦有了消息，我会立即派人告诉你！根据眼前难以预测的形势，请黑司令也要作好随时应变的准备呀！"

"好！"黑瑞侠知道聊城战况吃紧，赵参谋长心神不宁，自己不便在此添乱说："既然如此我就回去吧。"

"也好！"赵健民稍有歉意地说："战乱时期，多有慢待，请黑司令谅解。"

"都是自己人何必客气！"黑瑞侠一抱拳，迅速向外走去。在门口接过黄春燕递来的缰绳，飞身上马，直向村外奔驰而去。

赵健民目送"黑牡丹"登上了运河大堤，往回一转身，却见穆九如背着坠琴、行囊出现在眼前。就惊诧地："穆大叔，你咋到这儿来了？"

"说来话长啊！"穆九如紧紧地握住赵健民的手说。

"穆大叔，咱们回村再说吧。"二人就相伴着向村里走去。

半年多来，赵健民的三团战事频仍，无暇他顾。而穆九如则是濮、范、观、朝、莘几个县的地下交通员，为抗日传递着各种情报和消息。近来，鬼子进攻聊城，世面不稳、谣言四起，各种反动势力都在蠢蠢欲动。而我党的上下联系也不畅通，有的基层组织也惨遭破坏。此次，穆九如受莘县县委书记张炳元委托，来三团驻地找赵健民打探一下情况。于是，就利用游走艺人的身份，来到了秋郎古渡。

通信员为穆九如端来一碗白开水，穆九如就边喝水边听赵健民讲当前的形势。

赵健民一笑说："穆大叔，刚才光顾我自己说了，现在也很想听听你的所见所闻。"

穆九如放下水碗，习惯性的抹了把嘴巴说："这两天怪事很多，情况很很杂，可有两件事，不知你听说了没有！"

"什么事？"赵健民急切地说。

穆九如难过地说："莘县吕世隆县长被人杀害了！"

"啊！谁杀的？"赵健民十分震惊地说的问。

"李树椿、王金祥指使魏玉德、孙金利，杀害吕世隆县长后，立即接管了县政府。"

"他娘的！这是明目张胆的叛乱篡权。"赵健民十分气愤，心情也更加沉重了。问道："穆大叔，有范司令的消息吗？"

"没有！"穆九如说："人们都议论说，范司令被鬼子包围在聊城出不来了。"

赵健民低头不言语，心里却无比难受。

门口突然传来一阵脚步声，黄龙飞、王山虎，火急火燎的进了屋。

"怎么回事？"赵健民问道。

黄龙飞把军帽摘下来，顺手抹了把脸上的汗珠子说："他娘的！据可靠消息，王金祥、李树椿这两个兔崽子，把范司令扔在聊城，想借鬼子之手，予以杀害。现已被困两天了，当下是死是活，尚不得而知？"

这种几近噩耗的消息，实在太惊人了，赵健民不敢相信自己的耳朵，就大声问道："这消息可靠吗？"

"十分可靠！"黄龙飞说："王金祥那儿，以及阳谷忠孝团里，不是都有咱们的线人吗！"

"噢！"赵健民沉重地点点头，立即感到事态的严重和聊城范司令处境的险恶。说："既如此，我们应立即去聊城援救范司令！"

"是啊！我也是这么想的，不过……"黄龙飞语焉不详、欲言又止的说。

"事不宜迟，必须马上行动！"赵健民很着急地说道。

黄龙飞和王山虎没有马上表态，少了以往的雷厉风行的快捷作风。"你们怎么……"赵健民已感到黄龙飞的表现有些异常。

黄龙飞没回话，用眼角扫了下一旁的穆九如。

赵健民已觉察到黄龙飞对穆九如心存顾忌，即淡然一笑说道："噢！这是穆大叔，自己人，有话但说无妨。"

黄龙飞点头一笑说："范司令被困聊城，莘县吕世隆县长派县大队驰援，他自己却被王金祥、李树椿的爪牙杀害在县政府大院里。如今，我们三团也已被人监视了！"

"谁敢监视我们！为什么？"赵健民大为震惊。

"哼！"黄龙飞冷冷地说："还能有谁，就是咱六支队司令蓝春河！"

"蓝春河？为什么？"赵健民疑惑不解。

黄龙飞说道："大半年来，蓝春河就憋了一肚子气。阳谷城活捉卞二愣、马陵道痛击高桥、黄沙岗巧夺鬼子军车、七里塘反击胜利、济南炸鬼子飞机、扒铁路等，咱三团屡建战功。蓝春河不但不鼓励咱们，反而又嫉妒又眼气，认为范司令偏爱我们，他就对范司令很有意见。"

"噢！是这样，这也太小家子气了。"赵健民已有所醒悟道："即便如此，他也不至于监视我们呐！"

黄龙飞气愤而鄙夷地说："蓝春河匪性难改，三个月前就和王金祥勾结在一起了。只是时机不到，不便暴露而已。"

"这事？"赵健民觉得证据不够充分，有些置疑。

"千真万确！"黄龙飞着急地说："这一切都是咱的线人，亲眼所知所见。"

"对！的确是这样。"王山虎证实说。

听两位好友言之凿凿的说法，赵健民也就确信无疑。他心情沉重地点点头，顿时感到事态严重、处境险恶，而此处也非久留之地。

赵健民经过慎重思考后，就先将穆九如派到徒骇河一带继续搜集情报。而后，他和黄龙飞、王山虎研究决定，夜间带领三团绕开蓝春河的监视，急行军去堂邑、冠县，向张维翰的十支队靠拢。两支队伍会师后，再和张维翰司令共同研究驰援范司令的行动计划。

二

武治国在田苑的陪同下，离开聊城转移到马颊河西的梨花屯后，就再也没有了老伴范筑先的消息。担心老伴的安危、思念亲人的心情，就成了她挥之不去的心病。以至于昼不能安、夜不成寐。好在田苑和小女儿树珊在身边，日子过得虽不算太寂寞，可对亲人的牵挂和思念却始终难以忘怀。

"田老师，咱们离开聊城几天了？"武治国问道。

"三天了。"田苑一仰脸，眨巴着眼说："咱是十一月十二号离开的聊城，今天正好三天。"

武治国点点头，没再言语。

田苑不断用话语安慰武治国，可她自己却也时刻在惦念耿大山。只有十来岁的范树珊虽然是个孩子，脸上也露出与她年龄不相符沉默忧愁的样子。

田苑想，若这样长此以往的忧愁、郁闷下去，也不是个办法。而身边一老一小，只有自己年富力强，于是，他决定出去打探消息。

田苑把想法向武治国一说，老太太立即表示坚决反对说："战乱时期，信息不通是常有的事。你一个女孩子家，万不可胡审乱跑的打探什么消息。咱娘仁就老老实实待在这儿，着急也没用。"正说话间，门口传来一阵脚步声，她们伸头一看，却见村里老乡领着范树琨和耿大山进了院。

几个人分开虽只有三天，大家却有恍若隔世之感。一阵惊喜之后，挥之不去的阴云愁雾，又悄然爬到了人们的脸上。

"恁爹在那儿？"武治国问范树琨："有信息吗？"

"是这样。"范树琨没直接回答母亲的问话，转而说："我们挺进大队撤出聊城，到马颊河西定远堡宿营后，就和领导我们的参谋处、政治部失去了联系。之后，就听说参谋处在王金祥的指挥下，叛逃到莘县、朝城一带去了。正在我们迷茫不知所措的时候，十支队司令张维翰派人找到了我们。待重新安顿好后，要我尽快找到你们。我打听了一两天，这才终于见到了你们，总算是放心了。"

武治国听得很认真，脸上却毫无表情说："有你爹的消息吗？"

范树琨理解老娘的心情，却无奈地摇着头说出三个字："不知道。"

"堂邑十支队至聊城的电话，两三天前都打不通了。"范树琨含含糊糊地说："张维翰司令好像也不清楚。"

武治国微微一点头，显得冷静而深沉，她也没再无休止的问下去。却转而问道："你刚才怎么说，王金祥叛变了？"

"嗯！听说是。"范树琨点点头说。

武治国嘴角上掠过一丝冷笑，摇摇头，自言自语地说："善良太过，养虎为患哪！"当下又是一阵令人窒息的沉寂。

武治国毕竟跟范筑先走南闯北征战了大半辈子，应对过各种艰难困苦的情况。如今兵荒马乱、形势险恶，决不能因自己的胡思乱想，影响了孩子们的情绪。于是，就仰头爽朗地对耿大山和范树琨说："情况我也知道了，梨花屯的乡亲们对我们都很热情，恁俩不用挂着我，放心大胆地跟着队伍去打鬼子吧。"

"是！"耿大山觉得战火纷飞时刻，不宜在此久留，就对范树琨说："大队长，咱们走吧！"

范树琨扭头瞪了大山一眼说："慌啥！再停一会，咱们还没跟田老师说一句话哩？"

田苑略微羞赧地一笑说："你们说的话我都听着哩，咱能见上一面，比什么都好。还是大娘说的对，你们就放心的去打鬼子吧。"

"田苑！"范树琨说："俺娘在梨花屯已安顿好了，你不是要回观城老家一趟吗？"

"不回去了。"田苑说："这儿离观城还有一百五十多里地，兵荒马乱的，再说了我也不想离开大娘！"

武治国说："我也催过几次，可田老师就是不走，说不放心我。"

"田老师，谢谢你了。"范树琨边说边弯腰鞠了一躬。

田苑半嗔半怒地拍了范树琨一下说："净说些不该说的话！"

范树琨伸舌头挤眼做了个顽皮的鬼脸。

耿大山惦记着挺进大队，就提醒似地喊了声："范大队长！"

范树琨并不理会他，说道："哎！耿副大队长，你还没给田老师打招呼哩！"

耿大山脸色红红地对田苑点了点头，算是打了招呼。

田苑宽容地甜蜜一笑说："耿爷爷从聊城出来了吗？"

"我劝他到乡下躲躲,他却拧着说,我不出城,鬼子再凶残,他能把我这七十多岁的老头子怎么样呢？"

"爷爷的脾气还挺倔的。"田苑委婉地说。

耿大山觉得这不是拉家常的时候,就提高嗓门又喊了一声："范大队长！"

范树琨知道耿大山提示的有道理,就站起身来说："娘,我们该走了,以后见！"然后就握住了小树珊的手。

"也该走了。"武治国从床沿上站起来说："走,我送送你们,顺便也到村头看看。"几个人相伴着向村头走去。

呼啸的西北风,卷着团团块块的乌云,快速地向东南天边飞驰,那匆匆忙忙的样子,好像前方有什么重要的事情在等待着它们。

武治国牵着田苑和树珊的手,站在村头一棵老白杨树下,踮脚仰望着已经远去的范树琨和耿大山。然后,她扭过脸来,遥望着东边的聊城方向,猜度着老头子,此时正在干些什么？这一幅老娘携幼女、送儿女出征又思念战乱中亲人的画面,令村里的乡亲都非常感动。

第四十四章 | 八百将士保聊城视死如归
以身许国老英雄气壮山河

一

千叶三次拼命攻城,皆以惨痛失败而告终。在垂头丧气、一筹莫展的情况下,他才要求华北侵华日军司令部给予空中支援。

自电报发出后,千叶就伸着脖子、瞪着眼守候在电台旁。三个小时过去了,电台仍像一块冰冷的废铁,一点动静也没有。千叶如坐针毡、焦躁不安,重新陷入了恐惧和烦恼。正在其万般无奈之时,沉寂已久的电台,终于"嘟嘟"的有了信号。冈村宁次回电说,立即给予空中支援。并命千叶一定要抓住战机,拔掉鲁西聊城这颗钉子,否则要他就地自裁。

千叶虽有些惊恐,可有飞机空中支援,他还是充满了自信。暴戾乖张的本性,就立即故态复萌了。

这是一间极不起眼的土坯房,正面土墙上,刚刚挂上膏药旗和血光四射的军旗。千叶正在向僚属们训话。

千叶的左胳臂用绷带吊在胸前,神气十足地站在两面破旗的中间,摆出一副胜券在握的样子。

大概说话太多,水分补充太少,千叶的两个嘴角上,堆积着两滩污浊的唾沫。千叶还在喋喋不休地重复着他的战斗构想:"此次皇军攻打聊城,可以说是泰山压顶,以石击卵,有百分之百的胜算。皇军不但有飞机的空中支援,而且还有刚刚运来的五卡车弹药,足可以把聊城四门夷为平地,全歼守城之敌。"

最后,千叶看着斗志昂扬的僚属说:"待飞机轰炸后,皇军踏进城去,聊城军民皆可杀,而只有范筑先可以暂且不杀。我要亲眼看一看,这个敢于留在黄河北岸,誓死抗击皇军的长胡子老头,是个什么三头六臂的人物。"

千叶两只眼睛紧盯着表盘,然后抬头说:"约定的总攻时间快到了,你们马上到阵地去,各就各位!"

"是!"下属领命后,迅速离去。

千叶特意把吕顺臣留下,问道:"战争打响后,能保证张维翰、赵健民不来驰援范筑先吗?"

"这一点请太君放心。"吕顺臣说:"王金祥早已派自己的嫡系部队,把张维翰的十支队、赵健民的三团全部暗中监视起来了,一旦发现他们有反常举动,定会立即予以阻止。"

"吆西!"千叶满意地点点头。

二

聊城城内,百姓们正在为我军阶段性的胜利欢呼雀跃着,把自己家好吃好喝的东西拿出来,诚心诚意的慰劳着守城的将士们。

城门楼的拐角处,有一间古老的土地庙,平时香火也不怎么兴旺。可这两天却一反常态,前来烧香许愿的人多了起来,可以说是络绎不绝。其中最多的是上了年纪的老奶奶们,他们手拿着敬奉神灵的香箔纸码,扭动着小脚,纷纷跪在庙前,一脸虔诚地念叨着:"老天爷、老地爷,各路神仙,千万保佑范专员打胜仗,别让小鬼子跑到城里来,把日本人打跑后,俺聊城百姓给您老人家,再造庙宇、重塑金身!"其心之诚、情之真,实在令人感动。

东门里路南,有个李老五馍馍房,门前,摆着两笼屉热气腾腾的大白馍馍,条桌上放着十几碗白开水。七十多岁的李老五,已是鬓发苍白,腰里扎条蓝布围裙。对着从城楼上下来的官兵们,亲切地喊道:"弟兄们,辛苦了!今儿我李老五劳军,馍馍尽吃,开水尽喝,快来吧!"

左右周边的店铺商号,也都把煮好的鸡蛋、花生、大枣等食物,摆在街边的小桌上,热情的吆喝着请官兵来享用。可是,却没见任何一个将士走过来。

李老五心里正在着急,抬头一看,却见范筑先一行,顺着斜坡马道从城楼上走下来。于是,就急忙趋前一步,抓住范筑先的手说:"老专员,您辛苦了。咱们的队伍打的好啊!您快坐下歇歇,喝碗水,吃个馍吧!"

"老哥!"范筑先握着李老五的手说:"谢谢!你对咱队伍的大力支持。我还有事,等打完仗,把鬼子赶跑了,我再到您这儿来做客!"

憨厚纯朴的李老五,按照自己的心意,硬是把范筑先摁在板凳上。恰在此时,张郁光、姚弟鸿,却气喘吁吁地赶到了这儿。范筑先正想趁战斗间隙,交流一下情况,可在街面上又觉得不妥,就对李老五说:"李大哥,我们有事要开会,就不打扰您了。"见多识广的李老五,看出几位长官有事相商,就说:"好,长官您请便吧。"

离开李老五的馍馍房,范筑先、张郁光、姚弟鸿就向近处的城隍庙走去。紧接着,四门的指挥员林金堂、刘佩之、郑佐衡、陆子恒也先后来到了城隍庙。

才两天的时间,大家好像都变了样。范筑先本就清癯瘦削的面颊,愈显灰暗憔悴。眼窝塌陷、神情疲惫,平时疏朗清秀的胡须,也散乱的挓挲起来;张郁光上衣钮扣只剩下一颗,走起路来,衣衿飘荡着,倒另有一种威武英俊的气势;姚弟鸿的半边帽檐被鬼子的炮弹皮撕走了,剩下的半个帽檐软踏踏的耷拉着,样子有些滑稽;刘佩之额头上缠着还在浸血的纱布;林金堂胳膊上吊着绷带;郑佐衡则用纱布蒙着一只眼;陆子恒穿着少了一只袖的褂子。

范筑先看着面前这些刚从死亡线上爬出来的弟兄们,心里就充满了敬佩和骄傲。为集中精力,他轻轻的"拍"了下手,深情地说:"弟兄们,大家辛苦了,你们是好样的,是保卫聊城的功臣,是英雄。我向大家和八百名守城将士敬礼了。"之后即把右手伸到帽沿上,行了个军人举手礼。

一阵掌声过后，人们的眼睛潮湿了，心里也酸酸的。

两天来枪声不断，人们为避险，就一直憋闷在家里。今见枪声一停，不少年轻人，特别是儿童们就大着胆子跑出了家门，在街上相互说笑和嬉闹着。

突然间，伴着沉雷般的轰鸣，空中出现了四架绿色喷着红色太阳旗的飞机，围着聊城由高到低的盘旋，像是寻找着什么。

聊城的百姓，特别是年轻的孩子们，几乎从未见过飞机。今儿见到这奇特的怪物，还以为是什么秃鹫、恶雕呢，就踮脚仰头追着看。

此时，只见那四架飞机飞到城楼上方，扔下一串黑色的炸弹，马上响起一阵震耳欲聋的爆炸声，霎那间，砖瓦横飞、浓烟四起。人们知道凶险来临，就本能地跑回家，急忙躲避起来。

在日本人的飞机向聊城投下第一颗炸弹的时候，范筑先一行正好在城隍庙东廊屋里开会。

鬼子的飞机似入无人之境，肆无忌惮地横冲直撞，爆炸声也持续不断。东廊屋里很沉静，没人说话，也没人吸烟，气氛很压抑。人们心里都明白，眼前的处境十分险恶，虽非弹尽粮绝，可弹药已基本上耗尽，又得不到补充，局势岌岌可危。

戎马一生的范筑先，凭着几十年的军旅生涯经验和过人的眼力，对眼前的形势和官兵们的心理状态，是清楚的。此时有必要向大家讲明白。稍一沉思，即肃穆又近于悲壮地说："张郁光主任、姚弟鸿副主任、林、刘、杜、陆四门总指挥，各位弟兄们：面对天上有飞机，地上有大炮的日本侵略者，我们手中拿着缺少子弹汉阳造，以及砖头瓦块，甚至赤手空拳打退了鬼子的多次进攻。我们尽到了一个中国人，特别是一个中国军人的职责，完成了该完成的任务。仰望苍天，面对国人，我们问心无愧！"

城隍庙东屋里，人们脸上尽显庄严、悲壮的表情，大有以身许国之气势。

范筑先接着说："尽管我们的武器不如倭寇，可我们保卫国家，保卫乡亲的决心和意志，却始终坚如磐石。即便最后只剩一个人，也要和鬼子血战到底！这是我们中国军人的精神所在，大家有没有这个决心！"

"有！"东廊屋里人虽不多，却声震屋瓦。

范筑先继续说："鬼子一旦攻破城池，他们就会放松对外围的防御。在与敌人展开巷战的同时，要趁混乱之际，你们要带领年轻的弟兄们向城外突围，这些年轻人就是今后长期抗日的有生力量。"

大家又一次点头，表示明白。

范筑先最后说道："随着战争的变化，为了便于联系，我的第一位置在东城门楼上，第二位置在光岳楼上。万一有什么意外，我的第一代理人是张郁光主任，第二代理人是姚副主任。大家听清楚了吗？"很显然，范筑先是在交待后事，可人们也并未感到多么愕然。

"听清楚了！"大家齐声答道。

"飞机还在轰炸，鬼子尚未发起进攻，弟兄们，赶快回到自己的阵地上去吧，出发！"

"是！"张郁光，姚弟鸿和四门总指挥，立即从城隍庙快步地的向外跑去。

范筑先率领刘洪涛，凌作善等人，也快速出了城隍庙，奔向东城门楼。

由于冈村宁次派飞机空中支援，以及济南、禹城给予弹药补充，早已灰心丧气的千叶，狂妄傲慢的本性，又重新泛滥起来。

此时，他正信心百倍、志在必得的带着副官和吕顺臣等，指手划脚地做着进攻前的一切准备。

将要攻城的鬼子、汉奸兵们，手持枪支蹲在前沿阵地掩体里待命。

鬼子炮兵，早已将炮弹箱子撬开，随时准备填弹开炮。

千叶、吕顺臣将右脚踏在土坎后边，不断地看着腕上的手表，一旦空袭过后，就会立即发出总攻的命令。

鬼子的飞机仍在轮番轰炸，炮声和硝烟覆盖着全城。家家关门闭户，大街小巷渺无人迹。只有拐角处王老七的茶馆，虚掩着门板，似是等待着什么人，尽管天上有飞机，地下有炸弹，可耿老三却一如往常，肩扛渔篓、手持渔叉，悠然的向好友王老七的茶馆走来。

王老七问道："街上有什么动静吗？"

耿老三眉宇紧锁，轻轻一摇头，算是回了话。

茶馆里很清静，往日欢快热闹的气氛不见了。老哥俩相对而坐，各自只顾闷头吸烟，谁也没说话。可心里，却翻江倒海地思虑着什么。

耿老三长吸了一口烟，头也不抬说："七哥，快把你放的那瓶好酒拿出来吧。"

王老七一愣："咱们不是早就说好了，等范专员打了胜仗再喝那瓶酒吗！"

"酒壮英雄胆！"耿老三低着头说。

王老七听的有些迷糊，不知所云，于是问道："三弟，你的意思是？"

耿老三没再言语。只是莫名地摇了摇头。

二人相对一笑，王老七给每人倒了一碗酒，然后高高地举起黑瓷碗说："来，这第一碗酒，敬范专员和全体守城将士。"

"说的对！"耿老三也举起黑瓷碗，各自把碗里的酒恭恭敬敬地泼洒在桌前的地面上。

轰炸过后，鬼子的飞机在空中打了个旋，就向济南方向飞走了。

千叶伸腕看了一下表，时针已指向下午四点。他稍一沉思，声音低沉而又阴毒地对副官说："开炮！"

副官立即把攥在手里的小信号旗往后一指，远处的炮手就迅速行动起来。霎那间，各种型号的炮弹，呼啸着向城墙上倾泄下来。经过多次炮火打击的聊城，特别是东城墙，早已千疮百孔，遍体鳞伤了。

范筑先和东门总指挥林金堂以及官兵们，仍坚守在坍塌的掩体里。官兵们大都灰头土脸，有的头上缠着纱布，有的胳膊上绑着绷带。他们的身边都放着石块、木棍和大刀片，随时准备和进犯的鬼子们搏斗。看到这种顽强悲壮的场面，人们不禁肃然起敬。

千叶估计四架飞机的轮番轰炸，再加上地面迫击炮、榴弹炮的打击，城墙上守军的掩体，肯定已完全摧毁。于是，就命令炮兵用平射对城墙重点轰炸。在十几发炮弹的轰击下，坚固厚实的古城墙,终于被鬼子的大炮,硬生生地撕开了一个十几米宽的大豁口。

从一般规律上判断,猛烈的炮火打击之后,敌人就会发起全面进攻,你死我活的惨烈时刻马上就会到来。

东城墙上,林金堂和官兵们正随时准备迎击鬼子的再次进攻。可扭头一看,范筑先和狙击手一起,仍在瓦砾遍地的女墙下,寻找着城外可攻击的目标。他立即火冒三丈对刘洪涛和凌作善声色俱厉地呵斥道:"这都什么时候了!马上把范司令拉下去,出了事我饶不了你们!"

其实,刘凌二人心里早就心急如焚,此时听到林金堂的训斥,尤如遇到了救星一般,立即上前架起范筑先,前拉后推,顺着斜坡马道急匆匆地下了城墙。

五分钟后,鬼子的平射炮停止了轰炸。千叶将指挥刀向前一甩,声嘶力竭地吼道:"前进!"

鬼子皇协军,趁着硝烟的掩护,挺枪边扫射冲锋,边从城墙豁口处涌入,不一会儿,东城门也被打开了。大批的鬼子,就像决堤的洪水,向城里涌来。

我军简陋的土木工事,再也无力抵挡鬼子的疯狂进攻,防御阵地上土崩瓦解,指挥系统全部失灵。官兵们除死伤者外,也都成了散兵游勇,从城墙上退进城内,与敌人展开了白热化的巷战。

五

张郁光惦记着范筑先安全,就带着几个人,从东南城角顺着小太平街,一路向光岳楼走来。一路走,一路和迎面相撞的鬼子战斗,每行进一步,都十分艰难,最后只剩下张郁光一个人了。

部队本来就极端缺少弹药,经过两天的战斗,张郁光已打完了最后一颗子弹。他觉得不能再恋战了,于是,转身钻进了一条小巷。鬼子已发现了张郁光的行迹,就悄悄的尾随其后。

古楼小学的工友老李头,透过窗棂往外一看,见有我方军人慌不择路的跑来。心想城池已破,这军人身后肯定会有鬼子追击,他来不及过多思考,就立即把大门拉开一条小缝,小声呼唤张郁光进来。

张郁光稍一迟疑,就闪进了李老头的门房。鬼子兵拐进胡同,见追逐的目标竟然无影无踪,却看见李老头正在关门。于是,就把枪口往李老头胸前一杵:"有八路的干活!"

"这儿是学校,没八路的干活。"李老头回答道。

"八嘎!"鬼子训斥道:"眼睁睁看着八路进了胡同,一眨眼怎么就看不见了!"

老李头一副害怕的样子摇摇头。

"快把八路交出来,否则死了死了的!"鬼子一边说着,一边就挺枪往屋里闯。

老李头坐在椅子上堵住门口,坚决阻止鬼子进屋。

焦躁凶悍的鬼子抬腿就踹了一脚,李老头经不住这么一踹,连人带椅子就"叽哩咣当"摔倒了。

因拉铃的绳子拴在椅子轴上,悬在校门里老槐树上的校钟,就急骤地"哨哨哨"的响起来。

怒气冲天的老李头,抓起墙角的顶门杠,照准鬼子就打过去。

恼羞成怒的鬼子,双手往后一缩,挺枪就向老李头的胸口刺来。

就在千钧一发之际,躲在门后的张郁光眼疾手快,抓住鬼子捅过来的枪管,使劲往里一拽,刺刀就捅到椅子轴外的空挡里,小鬼子也一下子趴在了椅背上。鬼子正要挣扎着爬起来,张郁光顺势举起没有子弹的二十响,向鬼子头上"砰砰"地砸起来,那鬼子头上往下喷着血,翻了几下白眼,身子晃悠着就倒下了。

后边鬼子惊呆了,等醒过神来后,照着老李头和张郁光就"啪啪"地开了枪,两人顿时倒在了血泊之中。

这些狼心狗肺的东西,杀死张郁光和老李头还不解恨,之后,又放火点燃了门房,刹那间,古楼小学笼照在熊熊大火之中。

冷酷蛮横的千叶,并没有马上随部队进城,他在副官和吕顺臣们的簇拥下,迈着四方步,跨过地上的瓦砾和尸体,首先登上了东城门门楼。

东城门早已被炮火和枪弹,打的千疮百孔、摇摇欲坠了,城墙顶上的路面,也被炸成了坑洼不平的一片焦土。缺胳臂少腿的尸体,横七竖八、遍地皆是,一摊摊黑紫的血迹,也早已凝固了,战争的惨烈和悲壮可见一斑。

千叶看着眼前的悲惨景象,不但没有悔过和赎罪之意,此时突然想到了誓死保卫聊城的指挥官范筑先将军。一个年近花甲的老头子,竟能在后方发动三十多个县,近十万人坚持抗日,而且还把鲁西地区,搞成了闻名遐迩的红色抗日根据地。这老头子是个什么样子的人呢,难道他长着三头六臂吗? 想到此,千叶对范筑先竟产生了一种由衷的敬佩之意。他想,皇军胜利后,聊城仍要交给范筑先这样的人管理,会是很放心的,可转念一想,这么优秀有骨气的中国人,是不大可能为我所用的。

千叶不再多想下去,怀着一种失落感,举起了胸前的望远镜,面向西,从左到右扫描起来:全城多处燃烧着大火、浓烟滚滚,枪炮声时急时缓,此起彼伏,聊城的百姓正在遭受着生灵涂炭,威武壮观的光岳楼却依然顶天立地,展示着它巍峨高大的雄姿。

千叶收起望远镜问:"巷战进展如何?"

"非常顺利。"副官汇报说:"范筑先的守城部队早已溃不成军,节节败退,已无任何还手之力。如不出意外,二十分钟内,即可结束战斗。"

"吆西!"千叶扭头对副官和吕顺臣说:"告诉士兵们,不要打死范筑先,我要亲眼看一看这个小老头到底是什么样子!"

六

此时,范筑先左臂已负伤,卫生员给予简单包扎后,用纱布和三角带吊在脖子上。左额也被敌人的子弹擦伤了,帽檐下的绷带上,还渗透着殷红的血迹。按战前的计划,光岳楼是第二指挥所,范筑先也想在光岳楼下,集结四门退下来的将士,然后向北门突围。可战斗的发展是千变万化的,如今,在鬼子的围追下,司令部的人最后都被逼进了万寿观,官兵们才得以暂且喘息。

对于眼前的形势和处境以及最后的结局,范筑先心里是清楚的。由于敌我双方实力太过悬殊,再怎么努力,再怎么勇敢,恐也难挽危局了。自己年近花甲,死不足惜,而眼前刘洪涛、孟秘书、凌作善以及警卫排的这些弟兄们，他们可都是年轻力壮，是抗击鬼子的中坚力量，国家和百姓需要他们，必须想办法叫他们活着出去。对此，他心里早已想过多次。

万寿观是公共场所，近年来开大会、演大戏都在这儿举行。除正面设有大门外，观的左右也各留有东西两个角门。

范筑先把孟秘书和刘洪涛叫到面前说："咱们一块行动目标太大，容易引起鬼子的注意。为此，我命令你二人带上警卫排和其他的弟兄们，绕过光岳楼，从卫仓街向北，去找姚弟鸿主任，然后，你们一块从北门向外突围。"

"为什么叫我带人先走呢？"刘洪涛已领会了范筑先的意图，就问："范司令，那您呢？"

"我自有安排，这是命令，你必须马上执行。"

"是！"刘洪涛嘴上答应着，行动上却仍在磨蹭。

范筑先理解刘洪涛的想法，然而，却厉声命令道："刘洪涛，这是战场，立即执行命令！"

刘洪涛万般无奈，只好极不情愿地招呼警卫排刚走出东北角门。只听"轰隆"一声巨响，万寿观的大门被鬼子用炸药炸开了，敌人嚎叫着，边开枪边向大殿冲来。

范筑先见刘洪涛和警卫排已撤出东北角门，就和凌作善等向西北角门走去。

说也奇怪，此时，鬼子的枪声竟戛然而止。原来他们接到了千叶的命令，一定要活捉范筑先，不到万不得已，谁也不准随便开枪。

范筑先、凌作善趁机迅速走出西北角门后，很快就消失在碧荷塘边的芦苇丛中了。

冷风萧瑟，空气中弥漫着硝烟和刺鼻的火药味，鬼子们仍在疯狂的烧杀奸淫。人们惊恐万状，血雨腥风的悲惨景象，笼罩着聊城。

我守城队伍，虽已溃散失联，却仍在各自为战，决心和鬼子血战到底，誓与古城共存亡。

姚弟鸿虽然早已衣冠不整，可眼里却依然闪烁着永不服输的精气神。手里握着已没有子弹的二十响，和两个已负伤的战士一块来到卫仓街北口，迎面碰见一个负伤的我军战士。

"喂！兄弟。"姚弟鸿急忙问："见到范司令了吗？"

"没看见。"那战士边走边回话，又突然一回头说："听说范司令在光岳楼被鬼子包围了。"

"啊！"姚弟鸿心头一震，稍一思忖，就决定先去光岳楼看看，然后，按预定计划去万寿观与范司令会合。

为抄近道，姚第鸿三人即转身拐进白衣巷。走近中段岔路口，看见两个荷枪实弹的鬼子，正在一个院墙破败的民宅里，嬉笑淫荡的追赶一个老奶奶和她只有十六七岁的小孙女。

老奶奶脚小，再加上年迈体弱，根本跑不快，怕老奶奶摔倒，小孙女只好搀扶着她。

鬼子兵追上来后，首先争相抢夺小孙女。老奶奶为保护孙女，紧紧搂在怀里不撒手。鬼子气急败坏，一脚把老奶奶踹倒在墙根边。然后，拉着小姑娘，又啃、又搂、又乱摸着，快速地往破草房里拽。

老奶奶为阻止鬼子的兽行，就拼命搂住鬼子的腿，哭喊着哀求。

鬼子们羞恼成怒，丧尽天良的日本人，照准老奶奶的胸膛捅了几刺刀。瞬间鲜血就染红了老奶奶的胸口，双手也无力地松开了。

鬼子像疯狗似地向小姑娘扑去。

小姑娘见奶奶已被杀死,自己又遭此污辱,早已从惊慌害怕,转为怒不可遏,她拼命的又撕又打,又咬又骂。

姚第鸿和两个战友,亲眼目睹自己的同胞姐妹遭此奇耻大辱,早已怒火填膺,热血奔涌。立即冲上去趁鬼子不备,夺下鬼子手中的三八大盖,开枪就打,只见两个饿狼一样的鬼子,摇摇晃晃地就倒下了。

姚弟鸿见鬼子已死,安抚好受惊吓的小姑娘即转身和两个战友向光岳楼跑去。刚一出胡同口,便和斜刺里涌出来的一伙鬼子兵迎头撞在一起,仇敌相见、分外眼红。机智的姚弟鸿趁敌人还没反应过来,手里端着的三八大盖就向鬼子开了枪,两个战友也先后开了枪,七八个鬼子瞬间倒地。姚弟鸿正欲离开胡同口继续去光岳楼寻找范司令时,已被打倒在地负伤的鬼子,偷偷地举起了冲锋枪,两个点射后,姚弟鸿和他的两个战友先后倒地,再也没能站起来。

两天来,我守城将士在鬼子们强大火力轮番打击下,伤亡惨重,少数幸存者,近乎弹尽。敌人突破城门后,鬼子、皇协军如潮水般向城里涌来,我军幸存者,只能边打边向城里退。他们知道,范司令的第二指挥位置在光岳楼下,一路上和鬼子多次展开遭遇战,及至最后,战场已全部压缩在光岳楼下。

光岳楼台基四面的墙壁上,早已弹痕累累。多家店铺被鬼子点燃,火光冲天,浓烟蔽日。我军将士和敌人的尸体混在一起,遍地皆是:有的双手还掐着敌人的脖子,有的与敌人相互缠绕、叠压在一起。路面上血流成河,在刺骨的寒风中,已凝固粘稠,变成了黑紫色。

郑佐衡带着两个班都已挂彩的弟兄们,边打边撤。当他们艰难地将靠近光岳楼,还没能喘息一下的时候,被埋伏在一旁的鬼子,用机枪一阵疯狂的扫射,郑佐衡和他的十七八个弟兄们,没来得及反应,纷纷倒在了血泊之中。

七

茶馆里,王老七和耿老三,面对矮桌上那一壶老酒,默默无言、相对而坐。这两位饱经岁月沧桑的老人,虽无道骨仙风,却也沉稳淡定。对远处的枪声,也似充耳不闻,依然泰然自若。可他们的内心却如万箭穿心,疼痛至极。今天的鬼子进城,绝非昔日张大帅赶走李大帅,这一回可真要当亡国奴了。两个老头正为自己年老体衰,没法为国家效力而叹息。

这条小巷,自开战以来,就人迹罕至,也还没有过枪声。这让二位忧心忡忡的老爷子,才得以乱中取静地品尝老酒,以消磨难熬的时光。

此时,不远处突然响起一阵激烈的枪声,两位老先生为之一震,急忙把目光投向门缝外的小巷里。

范筑先和凌作善,自万寿观西侧门出来后,就顺荷塘边的芦苇丛走。然后又从观后街往北拐。尽管如此,而他们的身后,却还有十几个鬼子,如影随形地悄悄跟踪着。起初他们并未察觉,后来,范筑先察觉身后有尾巴,就有意识地拐弯抹角欲甩掉他们。这样三转两拐,就来到了王老七茶馆所在的小巷里。

待他们走近茶馆,王老七和耿老三都惊呆了,这不是范专员吗?他咋就来到这儿了呢?此时,耿老三敏锐地发现,巷口外有鬼子的钢盔,探头探脑地晃来晃去。他马上意识到范专员的处境十分危险,就和王老七稍一商量,即顺手抄起鱼叉,出门对范筑先说:"范专员随我来!"然后,往东一拐,端开早已无人居住的小院柴门,三人进而越过倒塌的半截墙,就拐进了另一条小胡同。

在十几个鬼子众目睽睽的监视下,一眨眼,范筑先就无影无踪了。这让鬼子们大惑不解,之后,就奔跑着进了小巷。半条巷子的人家,几乎都门户紧闭,鬼子就把注意力集中到王老七的茶馆里。

王老七见鬼子嚎叫着跑来,以为他们发现了范筑先、耿老三的行迹,为阻止和延迟鬼子的追赶,就突然灵机一动,转身把停放在门洞的推水车子,连车带水"叽里咕噜"推到了小巷里,车子上水箱口的木塞被震开,里面的井水就"咕咕"地淌了出来,把本来就窄狭的小巷,堵得严严实实。

由于前冲的惯性使然,对突然横空冲出的水车,鬼子们根本来不及躲闪,于是,就跟头跟跄地都被绊倒了。有的磕破了头,有的碰伤了腿,后边上来的鬼子也刹不住腿脚,就一股脑地都叠压在一起了。

当鬼子意识到这一切均为茶馆老头所为之后,立即对王老七又骂又打。年近八旬的王老七,虽属一介草民,可对鬼子的入侵早已恨之入骨,今儿能为打鬼子略尽绵薄之力,这辈子也算没白活。在鬼子们枪托砸、皮鞋踹的情况下,心里知道自己的忌日已到。于是,就趁鬼子不在意的时候,顺手把捅茶炉的火钩抓在手,对着四周鬼子们肚子、腰腿就拼命地攮起来。其结果,王老七的胸口却被鬼子扎了十几刺刀,怒瞪着双眼倒下了,殷红的鲜血流了一地。小茶馆也被鬼子一把火点燃,滚滚的黑烟随之腾空而起,这个经营了三代的王家茶馆,就此销声匿迹了。

耿老三毕竟是年逾古稀之人,一阵翻墙越院的猛跑后,体力就有些不支,上气不接下气地喘息起来。范筑先就扶他坐在断墙上说:"耿老哥,谢谢你帮了我们,是我没把聊城保护好。眼下趁着没有鬼子,您老人家就请回吧!"

耿老三有些不悦说:"范专员,怎见外了,要说谢谢,百姓们得先谢谢您,您也是花甲之人了,还出生入死的张罗着打鬼子……"

说话间,见西边一片浓烟腾起,从方位和距离上看,耿老三断定是好友王老七的茶馆被鬼子烧了。既然茶馆被烧,那七哥……想到这儿,耿老三心如刀绞,一股仇恨的怒火,在胸腔里激烈地燃烧着。他从断墙上站起来说:"范专员,您说上哪儿吧,聊城的大街小巷我都熟悉。"

范筑先还没言语,凌作善倒说:"原计划是在光岳楼碰头的,那里是第二指挥部……"

凌作善的话音未落,那伙在王老七茶馆烧杀的鬼子们,就循迹悄悄追来。三人顾不上再说什么,就顺着小胡同往东跑。跑出胡同口一看,眼前就是巍峨高大的光岳楼。

光岳楼依然以它庄重伟岸的雄姿,耸立于天宇之下。北门洞上,"武定"二字雄浑肃穆、光彩照人。门洞左边巨大的方框里,用隶书写着"良心",右边则写着"抗日"。"良心抗日"这四个字,聊城所有军政人员,几乎尽人皆知,是范筑先亲自提出的抗日口号。他也以自己的实际行动,践行着这个庄严的承诺。此时,目睹着自己提出的这四个大字,心里五味杂陈,感慨良多。

光岳楼下,刚发生过一场异常激烈殊死的肉搏战,到处横阵着敌我双方的尸体。有的

457

鬼子虽然死了,可胸口上还插着刺刀;有鬼子还掐着我方战士的脖子,而我方战士将手指抠进了鬼子的眼窝里,由此可见刚才肉搏之惨烈。然而,眼下,这里却出奇的宁静。

范筑先、凌作善、耿老三站在光岳楼下踌躇片刻,一时不知该走向何处。而大街上,却静悄悄地不见有人走动。这种不寻常的现象,立即引起了范筑先的高度警觉。其中必定有诈,鬼子在耍什么花招呢?想到此,他一转身,立即让眼前的景象惊呆了:不知何时,东西南北四面八方,全都是荷枪实弹的鬼子兵,端着上了刺刀的三八大盖,虎视眈眈地盯视着范筑先。而范筑先、凌作善也立即举枪对准了鬼子,就连耿老三也握紧了手中的鱼叉。很显然,这是一场力量极为悬殊的对峙,时间在无声的流逝,对峙仍在坚持。大约几分钟后,千叶和他的副官以及吕顺臣等,也赶到了现场。

千叶定睛一看,光岳楼北门前,统共只有老弱伤残三个人,显然已没有战斗力了。于是,就喝令士兵们收起准备射击的枪枝,而千叶自己也一反常态,收敛了骄横傲慢的秉性,装出一副礼贤下士、毕恭毕敬的样子说:"范老将军,大日本皇军让你受惊了吧?"

范筑先感到惊奇,见对方佩有大佐军衔,估计他可能就是这次侵犯聊城的前线总指挥千叶。于是,冷冷的问道:"你是谁?"

"在下千叶,请范将军多多关照。"

"呸!无耻小人,虚伪至极!"范筑先对千叶怒斥道:"你本东洋倭奴,却带兵掠我国土、杀我同胞,你们罪恶滔天、罄竹难书。如今却人模狗样的问我受惊了吗,简直是无稽之谈!"

千叶眼珠子一转,仍装出一副笑脸说:"范将军息怒,说起杀人来,范将军一年多来,不是也重创了我大日本皇军吗?"

"强盗逻辑。"范筑先怒吼道:"你们为什么跑到我们国家来?"

"好了,好了!这些话题以后再说吧。"千叶说:"范将军,你的品德,你的为人,你的才华,我千叶早已久仰,非常敬佩。可我希望范将军认清形势,愿将军能和大日本皇军合作,共创大东亚辉煌。如果范将军放下武器投降,山东的军政头衔,你就可以随意挑选。"

"住嘴!"愤怒已极的范筑先说:"千叶,瞎了你的狗眼,我范筑先乃堂堂正正的中国军人,岂能与你们这些倭寇、禽兽为伍!"

听了范筑先这些凛然大义之词,掷地有声的豪言壮语后,站在一边的吕顺臣,甚感无地自容,再也不敢看一眼置生死于度外的老英雄范筑先,羞愧无比地低下了头。心想,万一日本人真让范筑先掌管了山东大权,我吕某绝没有好果子吃。于是就小声撺掇千叶说:"范筑先这个老家伙很顽固,良心大大的坏,干脆把老家伙送回西天去算了。"

千叶此时非常厌恶吕顺臣在耳边聒噪,抬手狠狠地扇了吕顺臣一耳光子,然后对范筑先说:"范将军,不要冲动,更不可感情用事。请范将军三思而行,我可以耐心等待。"

范筑先早已料到今天难逃鬼子的魔掌,看来,也是我为国捐躯的时候了。作为一个军人,我对得起自己的良心,死而无憾。而我身边这一老一少,他们就太可惜了。于是,就冷冷地问道:"千叶,我来问你。"

千叶以为范筑先已回心转意,可能会提出什么要求,就慷慨地说:"好!范将军有什么要求,尽管提出来,我千叶一定照办。"

"你是不是军人?"范筑先问。

千叶一愣怔,茫然地说:"当然是军人啊!"

"好!你既然是军人,"范筑先指着耿老三说:"就请你先把这位老人放了,双方打仗是军人的事,和百姓无关,更不能滥杀无辜!"

千叶仔细审视着耿老三说:"范将军,在这种时刻,能跟你站在一起的人……"

"少啰嗦!"范筑先厉声地说:"你到底放人不放人?"

"好!范将军,我遵从你的意见。这老头可以放掉,你还有什么要求吗?"千叶故作姿态道。

范筑先威严又正气凛然地说:"千叶,看来你还算有一点理性。既如此,我劝你马上撤离聊城,回你们日本老家去。"

"什么?"千叶愕然地问:"范将军,你不是白日说梦吧?"

范筑先郑重地说:"千叶,你们的野心即便得逞一时,可早晚有一天,中国人民一定会把你们全部赶出中国去。"

吕顺臣对千叶的姑息忍让非常反感,现在邱一堂已死,自己是山东皇协军总队长,他最怕范筑先真要掌了山东的大权,自己的一切美梦就必定会化为泡影。于是,就不顾一切地破口骂道:"范筑先,你已死到临头,还敢如此狂妄。如果不给你点厉害,他他娘的就不知道马王爷几只眼!"边说边举起了手枪。

千叶早已识破了吕顺臣居功自傲的罪恶企图,也知道这条癞皮狗已没有什么价值了,于是,就在吕顺臣举枪的瞬间,"砰砰"连开了两枪,吕顺臣这个认贼作父的民族败类,还没弄清咋回事,就瞪着眼珠子,大惑不解地倒下了。

千叶冷冷地小声道:"你们中国有句古话,叫卸磨杀驴,今天就是你的下场。"然后,回过头来问范筑先还有什么要求。

范筑先没理会千叶,扭头对耿老三说:"耿大哥,既如此,你就回家吧。"

耿老三没言语,也没动弹。心里却有股热流直往上冲,心想,我一个糟老头子,有何德何能,在生死攸关的时刻,范专员却首先想到我。对鬼子的恨,对范专员的爱交织在一起。耿老三再也控制不住自己,于是,大声叫骂着:"小日本,我操你八辈的祖奶奶!"然后端起鱼叉,向敌人群里猛冲过去。虽然刺伤了几个惊呆的鬼子,可耿老三自己也很快被敌人开枪打死了。

范筑先见鬼子已经慌乱,也趁机向千叶射出了最后一粒子弹,因千叶早有防备,一闪身躲过了范筑先那致命的一击。

此时千叶已认识到,范筑先这样的中国优秀人物,是不可能为日本人所用的。于是,就凶残地向范筑先开了枪。

凌作善虽全力用身体护着范司令,但枪里已无子弹了,在范筑先举起七星宝剑的同时,鬼子疯狂地扫射起来。

尽管有凌作善挡在范筑先身前,但鬼子们的枪弹太密集,在子弹强大的推力下,凌作善摇晃倒下了,范筑先欲冲向千叶时,那高大的身躯跟跄着,后背就紧贴在光岳楼北墙上了。身边那巨大的"良心"二字上,即刻溅满了英雄的鲜血,其情景就是一幅悲壮惨烈的英雄雕像。实乃感天地、泣鬼神!令人震撼、令人敬仰。

面对这一幕悲壮的场景,敌酋千叶惊呆了、震憾了。出于对英雄的敬畏,他下令部下停止射击。然后,在范筑先面前立正站好,肃然、恭敬地举手敬礼,在场的日军官兵也都列队一一敬礼。

刹那间天地共愤、人神皆怒,狂风大作、乌云翻滚。光岳楼昂首为英雄悲歌,东昌湖掀起愤怒的波涛……

抗日英雄范筑先为家乡、为祖国、为民族献出了宝贵生命,一颗将星就此陨落。时间定格于,公元一九三八年十一月十五日下午五时。

血染光岳楼

后　话

当时，范筑先将军为国捐躯的噩耗，很快传遍了全国，中共机关报《解放》，《新华日报》及《中央日报》等众多媒体，都发了消息和唁电。国民政府在后方举办了隆重的追悼会，并令全国下半旗致哀。

远在延安的毛泽东，惊闻聊城失守，范将军殉国后，即令其在延安抗大学习的三个子女返鲁，并命八路军一二九师组成先遣队赶往山东，和张维翰的十支队并肩作战，以巩固鲁西抗日根据地。

时任国民政府军事委员会委员长的蒋介石，为范筑先将军题词："精神不死"。并撰写挽联："碧血为山河百里危城留与社会树模范，浩气存天地千秋青史合为民族表英雄"。

朱德、彭德怀的挽联是："战事方酣忍看多士丧亡显其忠勇，吾侪尚在势必长期抗战还我河山。"

董必武、吴玉章的挽联是："三友见精神松体道竹身直梅花亦自清高格高气苍直到岁寒全晚节，一门尽忠义夫殉职妻为民子女都称勇武顽廉懦立共纾国难绍遗风"。

为纪念范筑先将军忠勇的爱国精神，聊城县更名为筑先县。共产党人张维翰领导的十支队，改番号为"筑先纵队。"

众多文艺工作者，把老英雄的感人事迹，编写成各式各样的文艺作品，广泛演唱，进行大力宣传。特别是全国著名诗人臧克家先生，历时年余，写出了五千行的长诗《范筑先》，后改名为《古树花朵》。

聊城县梁水镇的民众，在范将军旗开得胜，首壮军威的地方，建起了英雄塔和范公祠，表达对老将军的怀念之情。

范筑先将军壮烈殉国后，首厝聊城万寿观。一九五三年清明节，国务院指示将范将军的遗骸，移至邯郸"晋冀鲁豫烈士陵园。"

一九八八年，聊城人民为使英雄精神万古流芳，决定在光岳楼北将军殉国处，建立范筑先烈士纪念馆。并立碑刻石，爰勒贞珉，以垂不朽。碑阳"民族英雄范筑先殉国处"十个大字，为邓小平书写。此碑与光岳楼毗邻，必定与天地共存，与日月同辉。

在纪念馆内廊庑墙壁上，镶嵌着诸多政要和社会各界名流所题的感言和诗词。现摘要附此，以飨读者。

（一）蒋中正题："精神不死"。

（二）冯玉祥题："范君筑先，忠肝义胆。奋战抗敌，不畏艰险。率领民众，杀敌数千。范君筑先，能征惯战。巧用谋略，努力向前。率领民众，杀敌数千。范君筑先，自动参战。抄敌后路，交通被断。如此击敌，敌必溃散"。

（三）徐向前题："范筑先与鲁西抗战"。

（四）宋任穷题："为人民解放事业献身的烈士永垂不朽"。

（五）杨得志题："学习民族英浩气，发扬爱国主义精神"。

（六）谷牧题："范筑先将军垂范千古"。

（七）周乐亭题："血泪光岳五十年，英雄业绩垂史篇。八方子弟来凭吊，共诵将军鏖战酣"。

（八）傅斯年题哀悼范筑先："受命孤危际，扶民水火中。歃血召英俊，逝死奏肤公。郡陷卅城在，北门管钥通。方期收河朔，何意殉方戎。东郡百战地，胜节著当年。古有御胡守，平原与常山。阻寇危其势，王师于以旋。一门多忠烈，颜范应俱传。岛以成弩末，中干图外强。逆战征腐鼠，变乱起萧墙。国军东征顾，亿兆担壶浆。北定中原日，太牢告国殇。"

（九）欧阳山尊为范筑先将军殉国五十周年纪念题："识公抗战初，宏论迄末忘，一别成永诀，思及倍神伤，磊落显丹心，坚信共产党，将身许民族，不顾鬋髪苍，沙场洒碧血，民众恻国殇，东岳青松茂，黄河水流长，一门尽忠烈，中华有荣光。"

赘 言

20 世纪 50 年代初，我在一个僻远的乡镇粮站工作。站里除一份迟到的省报外，再没有其他读物了。

是年，从省城济南分来两个学生，一个姓胡，一个姓郭，我们年龄差不多，都十六七岁。他们的到来，为粮站增添了活力，更令我惊喜的是，他们还随身带来了好多本新书，这下我有事干了，仅半年多，就把一大摞书读完了。印象最深的，是孔厥、袁静合写的《新儿女英雄传》。这是我平生第一次读新小说，对书中的抗日故事很感兴趣。之后，又相继读了刘知侠反映鲁南抗日的《铁道游击队》，冯德英写胶东抗日的《苦菜花》，徐光耀写冀中南抗日的《平原烈火》，郭澄清写鲁北抗日的《大刀记》等。

由此，便联想到我的家乡鲁西。东仰岱岳，西望太行，黄河大运河在此交汇。马颊河、徒骇河、金堤河横贯全境。历史悠久，文化底蕴丰厚，文臣武将，才俊精英代不乏人。特别是抗日战争时期，鲁西的环境最艰苦卓绝，规模和影响面最大，故事最曲折复杂，战况最惨烈悲壮。英雄们感天地、泣鬼神的壮举，不但当地广大民众唏嘘赞叹，传为佳话，而远在武汉的国民政府蒋介石，延安中共中央毛泽东，也都特别关注和支持。且有"钢铁濮范观，华北小延安"之美誉。

我想，有如此优越的历史文化，又有这么多可歌可泣的抗日英雄故事，定会有人写出好的文学作品来，于是，我就眼巴巴地等待着。

沧桑岁月，光阴荏苒，几十年一晃就过去了。我也由小青年逾花甲、越古稀，步入了耄耋之年。遗憾的是，却始终未能见到我所盼望的作品问世。为此，某竟突发奇想，既然几十年等不来别人的大作，我自己何不试一试呢？可又一想，我文字功底薄弱，早年业余虽在报刊上发表过一些文字，也出版过几本小册子，可那都是些即时应景之作。如今，我年老体弱，记忆力减退，又多年未曾着笔，要驾驭这么波澜壮阔的重大题材，虽非天方夜谭，其难度却可想而知。这样一想，刚萌发的一点创作冲动，也就立即消失了。

然而，要为英雄唱赞歌，把他们的英雄壮举发扬光大，慰藉先烈们在天之灵的想法，却总是萦绕于心，始终难以释怀。这就又决定在有生之年，无论如何也要将鲁西抗战的这段史实，准确地写出来。

我偏居一隅，资料信息来源不多。只能凭藉案头所有，和多年积攒的一些散碎记忆，就开始了谋篇布局。

人物多，地域广，素材零散，如一团乱麻。这就只能撮其要，挑拣梳理后，再将其有机地捏合在一起。这个过程看似简单，其实还真不是一蹴而就的易事。开始时，如同钻山洞，两眼一抹黑，不知该往那个方向迈步。仅归拢素材，构思框架，列出大纲这第一个环节，就缠绕了我大半年的时间。

我写作速度相当慢，有时还要变换思路，重组架构。像我这般年纪的人，大都不会电脑，只能用笔头一个字一个字的戳。而且繁、简体混杂，又时常提笔忘字，还得翻来复去的查字典。有时半月二十天，也憋不出几个字来，确有绞尽脑汁，搜索枯肠之感。其间，因身体原因，曾多次搁笔，打过退堂鼓，虽犹豫再三，总算没有放弃。

在尊重历史，敬畏先烈，弘扬正能量、唱响主旋律的前提下，书中所有主要正面人物和重大事件，都实有其人，确有其事。在创作过程中，既要本着大事不虚，小事不拘的原则，又必须进行适当的演绎和艺术渲染。

古人云："爱好由来下笔难，一诗千改始心安。"动笔之前，充满了信心和希望，可当稿子划上最后一个句号，再回头翻看时，却发现写出来的东西，和预先想像的并不完全契合。心情就难免有些沮丧，很有另起炉灶，推倒重来的念头。可冷静一想，天不假年，上苍不会眷顾任何人。自己也真的没有大拆大卸的勇气和力量了，稿子只能放一放再说。之后，自感来日无多，在几位老友再三鼓励下，还是仓促付梓了。这样，书中就难免存有诸多缺憾和不足。尚可聊以自慰的是，总算了却了要为英雄唱赞歌的夙愿。当然，我会更热忱地盼望读者和方家，提出宝贵意见。

《血染光岳楼》之所以能够面世，是社会各界有识之士，大力关注和支持的结果，在此一并致以诚挚的谢意。

作者